中國新聞史研究輯刊

二 編

主編　方漢奇

副主編　王潤澤、程曼麗

第 5 冊

奉系軍閥與中國新聞業

王　健　著

花木蘭文化出版社

國家圖書館出版品預行編目資料

奉系軍閥與中國新聞業／王健 著 -- 初版 -- 新北市：花木蘭文
化出版社，2014〔民 103〕

序 2+ 目 4+378 面；19×26 公分

（中國新聞史研究輯刊 二編：第 5 冊）

ISBN 978-986-322-812-7（精裝）

1.新聞業　2.民國史

890.9208　　　　　　　　　　　　　　　103013283

ISBN-978-986-322-812-7

9 789863 228127

中國新聞史研究輯刊
二 編 第五冊　　　　　　ISBN：978-986-322-812-7

奉系軍閥與中國新聞業

作　　者　王健
主　　編　方漢奇
副 主 編　王潤澤、程曼麗
總 編 輯　杜潔祥
出　　版　花木蘭文化出版社
發 行 所　花木蘭文化出版社
發 行 人　高小娟
聯絡地址　235 新北市中和區中安街七二號十三樓
　　　　　電話：02-2923-1455／傳眞：02-2923-1452
網　　址　http://www.huamulan.tw 信箱 hml810518@gmail.com
印　　刷　普羅文化出版廣告事業
初　　版　2014 年 9 月
定　　價　二編 11 冊（精裝）新台幣 22,000 元　　版權所有·請勿翻印

奉系軍閥與中國新聞業

王　健　著

作者簡介

王健，女，遼寧錦州人。新聞學副教授，新聞學碩士生導師，中國人民大學新聞學博士，中國新聞史學會會員。系學校「教學帶頭人」，教授「中國新聞傳播史」、「新聞學概論」、「傳播理論研究」、「新聞傳播理論前沿」等多門本、碩課程，其中「新聞學概論」被評為校級精品課。主要研究領域為東北新聞傳播史、新媒體與社會治理研究。近年來在《理論探討》、《社會科學戰線》、《編輯之友》、《中國出版》、《新聞界》、《現代教育管理》、《理論界》等學術期刊上發表論文三十多篇，曾獲遼寧省哲學社會科學優秀成果二等獎。參與編寫《中國紅色記者》、《當代受眾心理學》、《新聞寫作病例簡析》等多部著作。主持遼寧省社科基金重點項目、省教育廳、省社科聯項目八項，參與國家、省、市級項目十多項。

提　　要

　　《奉系軍閥與中國新聞業》一書，追本溯源，探尋奉系軍閥統治時期政治、經濟、文化等母體環境對新聞業的影響，挖掘其「在地感」；全面闡釋當時新聞業全貌，分析其發達與不發達的各種原因，肯定其進步與發展，並從屬性、學理上分析奉系軍閥對新聞業實施輿論操控的緣由。系統全面地從主導思想、法律法規和操作實踐層面深入探討奉系軍閥與中國新聞業關係及影響，再現歷史原貌。以新聞哲學的視角客觀分析奉系軍閥操控新聞輿論的理論根源，重點關注奉系軍閥對中國新聞業的功勞與過失。本書利用大量當時出版的報刊原件和保存至今的公私檔案，對奉系軍閥與中國新聞業的關係和影響作了深入分析和研究，更正了已出版的多部著作中記載的關於十幾種報刊的錯誤。著作資料翔實，論證綿密，達到較高學術水平，對民國新聞傳播史的研究具有極其重要的參考價值，填補該領域學術研究空白。

序

　　以張作霖、張學良為首的奉系軍閥，是北洋軍閥中最關注新聞事業的一個軍閥派系。這個軍閥派系不僅擁有自己辦的報刊，還以各種方式直接和間接的掌控大量媒體，製造輿論，為其所用。對報人，這個軍閥派系既充分利用，也極盡威逼、利誘、摧殘、迫害之能事。其方式之多樣，手段之殘忍，遠非近現代的其他軍閥派系所能企及。本書作者利用了大量當時出版的報刊原件和保存下來的分散在東北各處的公私檔案，對這個軍閥派系和當時中國新聞事業的關係和影響，作了深入地剖析和研究，資料翔實，論證綿密，達到了較高的學術水平。對民國史，特別是北洋軍閥統治時期民國新聞事業史的研究，具有極其重要的參考價值。適宜於公開出版。

方漢奇

2013 年 11 月 7 日

目次

引　論

一、問題緣起與選題意義

（一）問題緣起

軍閥統治是中國半殖民地半封建社會由專制向民主政治轉變過程中的一種政治現象，這種現象的出現、演變及消亡，並不是由軍閥集團及軍閥個人決定的。因此，近代軍閥是中國社會轉型時期特殊的政治現象，它是「一個以一定軍事力量為支柱，以一定地域為依託，以帝國主義為後援，以封建關係為紐帶，以民主政治形式行專制政治之實，以追求私利為主要目的的個人和集團」〔註1〕。在 1916 年至 1928 年間，大小軍閥分據各省，以軍事管制為形式獨立於中央政府，傳統的民國體制變異為地方軍閥各自擅權政由方伯的體制。在 1924 年第二次直奉戰爭以前，北洋軍閥有直系和皖系制衡。以馮國璋為首，曹錕、李純和後起的吳佩孚為直系的重要人物，在英、美、法的支持下，主張「和平統一」政策，希圖與西南滇桂軍閥聯繫，實行南北議和；而以段祺瑞為首，徐樹錚為輔的皖系（安福系）實力較為充足，後有日本帝國主義的支持，遂主張武力統一中國。後來獨樹一幟的奉系軍閥在民國初還只是依偎於直皖之間的小派系，後來因得到日本帝國主義的支持才發展成為當時力能震撼全國，影響及於世界的大軍事集團，成為直、皖之外的又一大系。

當時的政治局勢是南北方各有政府，政府中又有無數無形的政府，南北

〔註1〕〔美〕費正清主編：《劍橋中國史（1912～1949）》（上），中國社會科學出版社，1994 年，第 78 頁。

方各有軍閥，人民無權無勇。全國一盤散沙，如同「死物僵屍」〔註2〕。國家失去組織、制裁，越來越散漫，失去拘束力，成為無政府狀態，歸根結底是國家權力失去了原本的位置，立法權、行政權、司法權，沒有了主體，其實推翻君主制後應主權在民，但人民忘記了自己的權力，權力就為擁兵的軍人和依傍軍人的政客所專有，軍閥之間為一點權力地盤互相攻堅討伐，彼此你方唱罷我登場。

北洋各路軍閥都忙於地方勢力擴張，中國政治中心因武力爭奪不斷更迭，軍閥的割據「所造成的分裂與混亂，卻為思想的多元化和對傳統觀念的攻擊提供了絕好的機會，並為之盛行一時。無論中央政府還是各省軍閥，都無法有效地控制大學、期刊、出版業和中國知識界的其他機構」〔註3〕。因為對新聞出版事業沒有系統管理，此時各種國內外的政治力量、社會力量、各種主義、各種學術觀點、各種思想主張、各種宗教信仰，乃至於各種文學藝術流派都在各自的領域內尋求發展，同時也都欲借助新聞媒介宣傳自己的觀點主張以擴大其影響。在這樣的「自由」背景下，新聞事業獲得了一定的發展空間。當時作為北洋軍閥統治的一個派系，奉系軍閥在「你方唱罷我登場」的各系軍閥角逐中一直處於主要地位，也是北洋軍閥各系中與新聞業最密切相關的派系，除了政爭中的「子彈」攻勢外，同時也善於運用「紙彈」的攻勢，為此奉系軍閥在統治時期為維護統治對新聞業進行了有效的新聞輿論操控。

奉系軍閥懂得民主政治、言論自由是當時報刊追求和踐行的旨歸，但是由於皇權專制及傳統儒家獨尊思想的影響，行伍出身的奉系軍閥更關注武力擴張及內部衝突，對啟蒙民眾、喚醒民眾、動員民眾力量不特別關注和重視，也不太懂與外部輿論環境進行有效協調，致使以關騙、強權甚至武力等手段來拉攏、漠視、鉗制新聞輿論，以此來維護統治地位。為了維護統治擴張權勢，奉系軍閥善於利用各種渠道搜集國內外信息，而且隨著視野開闊、勢力擴大，對新聞輿論認識也逐漸深刻。由於對權力穩固的擔憂和民眾輿論的畏懼，奉系軍閥在統治時期對新聞輿論主要還是採取操控的思想，並且制定利於操控的「人治」新聞法律法規，「有為」地實踐著對新聞輿論的操控。

〔註2〕廖仲愷：《三大民權》，《廖仲愷集》，中華書局，1983年增訂版，第10頁。

〔註3〕〔美〕費正清主編：《劍橋中國史（1912～1949）》（上），中國社會科學出版社，1994年，第395頁。

奉系軍閥對新聞法律法規的建立以濃厚的「人治」色彩爲基調，而實踐方式則籠罩在「軍治」的陰霾裏，輿論操控手段也多「以意爲法」。奉系軍閥爲取得輿論支持，善於利用通電造成輿論強勢，支持黨派民人創辦報刊，同時扶植自己創辦報刊，津貼資助中間報刊，派銷利己報刊；同時也改造違規報刊、打擊查封異派報刊、斫伐赤化報刊、限制日、俄報刊，對膽敢冒犯奉系軍閥的報紙、記者或編輯施加壓力，以防「宣傳赤化」爲名逮捕殺害張榕、田亞斌、胡信之、邵飄萍、林白水、李大釗、李清漣等多名進步報人，使近現代新聞史蒙上濃重的武力色彩。奉系軍閥非常重視無線電臺和廣播無線電臺的建立和發展，國人自辦的第一座廣播無線電臺就是奉系創辦的。奉系雖然因爲自身發展需要帝國主義的後援支持，但對日本、蘇俄報刊並非一任寬容，多數情況下是採取限制的策略，致使發生奉系對日、俄報刊的多次查封，且東北報刊與日、俄報刊的多次交鋒。奉系軍閥統治時期無論是東北報刊還是日、俄報刊都以自己獨特方式存在和發展著，奉系對其產生的所有正面與負面的思想和行爲都體現奉系統治時期新聞業的多元與立體。所以研究奉系軍閥統治時期的新聞業，研究奉系軍閥對新聞業的輿論控制，以此做深入的個案研究，對於瞭解北洋軍閥統治時期的新聞事業的全貌，更具時代的代表性。

（二）選題意義

奉系軍閥是北洋軍閥統治時期的主要派系之一，發迹於清末民初的亂世之秋，崛起於民國的動蕩時期，統治東北長達十餘年；多次稱兵關內，問鼎中原，幾度操縱北京政權，其首領張作霖最後竟自封爲陸海軍大元帥，公然登上北洋政府末代國家元首高位。奉系軍閥在中華民國史和北洋軍閥史上佔有重要地位，它既是北洋軍閥史研究中的重點，也是東北區域史研究的主要內容。作爲一個政治、軍事集團，奉系軍閥缺乏統一的政治理念，缺乏思想上的一致性和始終追尋的政治目標，但它卻在東北統治十多年，並曾多次影響全國的政治局面，這裡新聞輿論在其中固然扮演著重要角色。因此，深入探討一個缺乏政治信仰的封建軍事集團塑造的統治地域的政治、經濟、文化環境對新聞業的影響，及其新聞業自身的發展規律與輿論空間，以及奉系軍閥對新聞業的輿論操控等，無疑是一個非常有趣有意義的研究課題，且具有重要學術價值。

其一，可以塡補奉系軍閥史中關於新聞業這部分學術研究空白，具有創

新性的學術價值。關於奉系軍閥的研究無論是軍事史、經濟史、外交史、教育史等領域都有研究的書著問世，而對於奉系軍閥與中國新聞業的研究，國內尚無著述。所以此研究可以彌補奉系軍閥史新聞類選題的缺憾，填補此類學術研究空白，具有重要的學術創新價值和意義。

其二，可以梳理奉系軍閥統治時期新聞業發展全貌，對近現代新聞傳播史的研究有一定補充意義。奉系軍閥與中國新聞事業的研究作爲我國民國新聞史（新聞斷代史）研究的一個重要組成部分，以往的這段時期的新聞事業史研究顯得零散，縱深研究比較薄弱，覆蓋面的研究也稀少，不乏疏漏之處，而且缺乏學理思考，還存在諸多學術研究空白和巨大研究空間。因此系統梳理奉系軍閥統治時期新聞業發展的過程，對充實中國新聞傳播史研究有一定的意義。奉系軍閥統治時期新聞事業研究，將在馬克思主義唯物史觀的指導下，遵循歷史發展規律，本著實事求是原則，以奉系軍閥統治時期新聞事業爲整體研究對象，將其置於歷史發展進程中進行考察，在宏觀視野下進行微觀分析，力求以小見大、以微見著，探討這一時期新聞事業的複雜現象，理清新聞事件和新聞人物與政治勢力的各種關聯，進而探討新聞業與政治難以割捨的關係以及由此帶來的牽連。同時，本著客觀的原則，在充分佔有史料的基礎上，對當時新聞業實際發展狀況、存在的弊端及其對之後新聞事業影響力進行理性分析，從而對已有的研究進行必要的補充，爲今後的新聞傳播史研究提供有益的學術積累。

其三，可以多元立體地窺見軍閥對新聞輿論的控制，爲奉系軍閥政治史、思想史、社會史、外交史的研究提供依據。奉系軍閥統治下的東北、京津地區，無論是政治、經濟、文化教育都得到了前所未有的發展，而所轄地區的新聞業的發展也成爲國內新聞、文化發展規模較大的地區。奉系統治階段有爲政府喉舌的官報，有爲黨派團體代言的黨報，有提倡教育發展實業的民報，有與奉系思想背道而馳的赤化報刊，也有爲侵略充當先鋒的日、俄報刊，在五味雜陳的新聞業中，奉系爲維護鞏固統治地位，對不同角色的報刊採取的不同的新聞輿論操控策略，以利用與限制媒介達到統治目的，對此進行研究有利於瞭解和還原奉系統治時期不同的社會場景和發展軌迹，爲奉系軍閥政治史、思想史、社會史、外交史的研究提供依據。

其四，可以將多種研究方法結合，分析地域新聞史的歷史、政治屬性，探索新聞史研究的新範式。近年來，中國新聞史的研究方法不斷出新，以歷

史檔案和文本考辨爲主要研究任務的史學研究方法對今天新聞事業史的研究
具有重大的指導性意義。奉系軍閥與中國新聞事業的研究，會很好地利用現
有豐富的奉系軍閥檔案材料及相關報刊資料、新聞史料的文本來進行全方位
的研究；另外，以社會史的範式和敘事學、解釋學的方法，綜合考察並書寫
新聞事業的歷史衍變與現實關聯的「新新聞史」和「從學科屬性上搞清新聞
史是歷史的科學，探索新聞史研究的新範式，認識我國新聞史的政治性」的
新聞史研究方法，更有利於全方位考察在北洋政府時期奉系軍閥與中國的新
聞事業的互動關係。

　　總之，目前學界關於奉系軍閥與中國新聞事業的研究還十分薄弱，零散
的研究多一些，而且到目前爲止關於這方面的研究還沒有系統的專著問世，
這就爲本選題的研究留下了較大的探索空間。

二、以往研究綜述

　　奉系軍閥與中國新聞事業的研究，從目前研究狀況以及從事深入研究的
依據上看，都是一個有趣有意有研究價值的選題，目前國內研究著述有一些，
而國外這方面的研究甚少，綜合起來有如下闡述。

　　在中國奉系軍閥與中國新聞事業的研究應該說已經有一定的基礎，並且
也取得了一些成就。

　　其一，宏觀研究中，多是梗概數語，並未深入研究。

　　戈公振的《中國報學史》裏有相關內容的介紹。民國成立後的報刊歷史，
有四節內容，分別是：(1)兩度帝制之倏現，(2)雜誌，(3)國內外會議與我國
報界，(4)結論；四節中所涉及的 1916 年後的報紙基本沒有，雜誌 35 份，大
部分只有短短的幾句話；但他留下了報界之現狀，新聞、廣告、發行、銷
數、印刷、紙張、用人、副刊及小報、圖畫與銅版，部分地展現當時媒體的
狀態。

　　方漢奇的《中國近代報刊史》中有關該時期的研究，第七章裏的第四、
五、六節分別論及以下問題：第四節：(1)報刊言論出版自由繼續受到限制，
(2)辦報成爲一部分資產階級文丐賣身投靠、營私牟利的手段，(3)多數報紙
的館舍和編輯出版條件十分簡陋，(4)新聞業務工作有所改進，但進展不大，
(5)以「鴛鴦蝴蝶」爲中心的報紙副刊和小報、期刊泛濫一時，(6)通訊社有
了進一步的發展；第五節：(1)民初的新聞記者和新聞學研究活動，(2)涉及

到的代表人物：黃遠生、邵飄萍、林白水、劉少少、徐淩霄、胡政之等，（3）北京大學新聞學研究會，第六節：新思潮的傳播和激進革命民主主義者的報刊活動：重點爲魯迅、其次爲李大釗和陳獨秀。

吳廷俊的《中國新聞史新修》中有關民國時期的研究，中編第六章第四節爲近代中國的一代名記者邵飄萍：研究其新聞生涯、新聞思想、採訪藝術，對其經歷只著重 1919 年以前的新聞活動，頗有遺憾。中編第七、八章主要介紹宣傳新文化運動、早期的共產黨報刊、民營幾個大報及中國無線電廣播事業的誕生，其中第 229 頁對廣播無線電事業研究對本選題有借鑒作用。

以上介紹的各研究構成了我國建國後關於該時期新聞業歷史研究的基礎和主要成就，是目前新聞傳播歷史界較深入和權威的研究，這些研究對北洋政府時期新聞傳播業稍有著墨，篇幅不大，對這段時期，東北新聞業的概述較少，而其他一些新聞傳播史著作研究也都是以此爲藍本的，對東北新聞業的著墨並未見有多少超越，在此就不一一列舉。

其二，專題研究中，爲面上摸索，有些需重新考證且深入展開，但這些著述都爲本研究提供理論支撐。

王潤澤的《北洋政府時期的新聞業及其現代化（1916～1928）》這本書是目前研究北洋軍閥時期新聞業較系統的著述，本書以官報、黨報、商報、宗教報、通訊社及廣播電台的角度概述，北洋時期新聞業以新聞業物質基礎、運營模式、新聞業務、理念觀念角度分析新聞業的現代化，打破以往新聞史學界對此時報業狀況近乎全盤否定的論斷；但本書是從面上進行的摸索、研究，具體到北洋軍閥各派系，沒有做深入的個案研究，這爲本書的研究提供了探索空間。

黑龍江日報社新聞志編輯室編著《東北新聞史》，這本書也是本選題研究需重點參考的著述。該書分四大章，東北的清末、民國、東北淪陷和解放戰爭四個時期，內容涵蓋報刊、通訊社、廣播等諸多新聞傳播領域，首次將近代東北新聞事業發展加以詳盡介紹，但是本書對黑龍江報業著墨頗多，對近代遼寧報業、吉林報業的發展，特別是這兩個省的報業生態環境、經營管理、報刊成長歷程、著名報人的群體活動狀況以及東北報業的現代化未有論述，缺乏對遼寧、吉林地方性報刊的關注，且本書讀來邏輯性不強，多爲介紹，論證部分少，還有多處需重新考證。即便如此，這本書也是本研究的重要依循資料，給本書以史料追尋目標，對開拓研究視角提供了一定的借鑒和

幫助。

　　趙永華的《在華俄文新聞傳播活動史（1898～1956）》一書非常系統地闡述了在華俄文報刊的活動，第四章在華俄文新聞傳播活動繁榮期（1917～1931）中對哈爾濱俄文報業闡述較詳盡，爲本書研究東北俄文報刊提供了基礎，但本書中對當時俄文報業生態環境及中俄報刊的對峙鬥爭著墨不多，爲本研究提供研究空間。

　　吉林大學趙建明的博士論文《近代遼寧報業研究（1899～1949）》中對遼寧的晚清、民國、僞滿和解放戰爭時期的報業進行描述並加以學理評價，著墨較多爲僞滿和解放戰爭時期，其中第二章第二節民國時期報業（1912～1931）對代表官報、民報、黨報、日報的重要報刊進行闡釋，爲本書提供基礎材料，但論文對奉系統治時期對新聞業的影響與新聞輿論操控著墨不多，爲本書提供探索空間。

　　其三，個案的研究成果繁多，雖思路多維，但爲整合、解析奉系軍閥與中國新聞業的研究將起到一定奠基作用；有些針對東北新聞業的統計資料據檔案考證還存有誤差，需要更正。如杜吉仁的《東三省報紙》（1926），陳鴻舜的《東北期刊目錄》（1936），《暴日統治下的東北報紙調查》（1934），戈公振的《從東北到庶聯》，邱晨陽的《東北國人第一報——〈東三省公報〉研究》，趙雨時的《北平晨報社論集》，散木的《邵飄萍和他的時代》，王植倫的《林白水傳》等等，還有很多關於李大釗、成舍我、胡信之、邵飄萍、林白水、馬駿、傅立魚、趙雨時、張兆麟等跟奉系直接相關的報人的研究，還有北京《東方時報》、天津《北洋畫報》、奉天《盛京時報》、《東三省民報》、《醒時報》以及好多東北、京津的報紙研究，還有民國時期各個階段新聞思想、新聞人物、新聞事件、新聞團體、新聞教育、新聞學術，等等，諸多學術研究文章都對本書研究起到借鑒意義，在此不一一贅述。

　　國外研究據作者目力所及只是數據調查，未涉及具體內容，研究成果幾近爲零。數據調查涉及的多是日文資料，如文教部文教年鑑編纂委員會《滿洲文教年鑑》；（日）棲崎觀一《滿洲・支那・朝鮮新聞記者三十年回顧錄》；大冢令三編述（南滿洲鉄道株式會社庶務部調查課）的《滿洲に於ける言論機関の現勢》；南滿鐵道株式會社的《支那報刊一覽表》。俄文資料，如中東鐵路出版機構的《東省出版物源流考》。

　　綜觀北洋時期新聞業的全貌及其中個案的研究，前期已有些成果，但關

於北洋時期奉系軍閥與新聞業的研究，寥寥無幾，即便是《東北新聞史》和《近代遼寧報業研究》中關於此段研究也是著墨不多的。爲此，本研究還有較大研究空間。其一，從研究內容看，對當時東北新聞業的內外生態環境，對軍閥統治時期資助、津貼、控制、查封的報刊，對重大報刊、重要報人的個案研究，及其在內憂外患之中圖生存的報業理念、精神的研究，對東北日、俄報刊的文化侵略及東北國人報刊與其的筆伐鬥爭的研究，對無線廣播電台建立的過程及當時的社會功用及與日人在廣播電台上的權力紛爭的研究，對東北新聞業的現代化轉型的研究等等，都著墨不多，相對薄弱，故本書的研究內容有較大空間。其二，從研究時段看，對 1916～1928 年新聞傳播史的研究厚此薄彼，全國報刊研究對「五四」時期報刊研究頗多，但涉及東北新聞業的各種著述中對「五四」階段報刊、報人研究較少，著者查閱東北三省檔案資料發現 1919 年時段的檔案資料不對外開放，希望彌補此段研究空缺。其三，從研究方式看，以往研究大多是靜態描述，缺少新聞業在軍閥統治時期與社會各因素相互作用及新聞業自身具體運行的動態研究；其四，學科間的交叉兼容性不夠。應既有史學的性質，又有新聞學、社會學、政治學、經濟學、文化學、管理學的某些屬性，只有多學科研究方法綜合運用，才能把握東北新聞業發展的整個脈絡。

鑒於此，本書試圖從奉系軍閥與中國新聞業互相作用與反作用的生態環境、內部特點、運行狀況入手，深入研究奉系軍閥對新聞業的輿論控制，以期對民國新聞傳播史研究中所存在的空白做一點補充和完善。

三、研究範疇與章節架構

（一）研究範疇

奉系軍閥與中國新聞事業的研究，在研究對象時間、地域範圍、涉及的奉系人物及論文研究的主線各方面都有限定範疇。

研究對象時間的範疇：在中國近、現代史上，奉系軍閥的統治時期 1916 年至 1928 年底，即 1916 年 4 月張作霖被任命爲奉天督軍兼省長始至 1928 年 12 月 29 日張學良實行東北「易幟」止，共 12 年時間。

奉系軍閥對東北各省的統治時間不同，奉天是從 1916 年 4 月張作霖被袁世凱任命爲奉天督軍兼省長始，吉林、黑龍江的統治是 1918 年 9 月張作霖成爲東三省巡閱使始，之後奉系軍閥對東北的統治一直到東北易幟 1928 年 12

月29日，故對奉天的研究起於1916年，對吉林、黑龍江的研究起於1918年9月。

　　對京津的統治以1926年6月至1928年6月時間段爲研究對象。奉系軍閥雖然三次進入京津，但前兩次都是作爲過客，只有第三次才是眞正控制北京政權。第一次是1920年6月19日張作霖受大總統徐世昌之邀來北京調停直皖之爭，與直系聯合反皖。第二次是第二次直奉戰爭奉系取得了勝利的1924年11月奉軍進入北京，但組成段祺瑞執政府後奉系忙於地盤爭奪未直接參與政權。1926年1月11日，張作霖通電宣佈與北京政府斷絕行政關係。由此前兩次奉系軍閥張作霖進入北京都是以客居的身份出現，而把持北京政權的分別是直系曹錕吳佩孚和安福系段祺瑞。奉系第三次1926年6月4日進京津先後組成杜錫珪、顧維鈞內閣，1926年11月28日張作霖爲安國軍總司令，1927年6月18日張作霖就任中華民國陸海軍大元帥之職，到1928年6月2日張作霖發佈退出京師通電，奉系軍閥第三次進入京津才是以主人身份掌握北京政權，故對京津研究時間段爲1926年6月～1928年6月。

　　研究對象地域範圍界定：奉系軍閥從1916年4月起，統治地域由關外到關內，即從東北擴張到蒙疆、京津及長三角地區，但論文研究的地域範圍爲奉系軍閥統治時期東北及京津地區的新聞業。對熱察綏統治時段不列入研究對象。1921年5月，北京政府任命張作霖爲蒙疆經略使，轄熱、察、綏之特區，但1922年5月第一次奉直戰爭的失敗，蒙疆權勢被收回，奉系軍閥宣佈東三省實行「聯省自治」。奉系軍閥雖在蒙疆有過停留，但由於張作霖並未置身蒙疆，所以很難有影響，再有由於在搜尋檔案史料時，熱察綏的檔案材料封閉，所以無法取得第一手資料進行研究，故論文放棄熱察綏地區奉系對新聞業影響的研究。對長三角統治不列入研究對象。1925年5月起奉系軍閥先後收復山東、上海、江蘇、安徽各省部分地區，但隨後1925年9月浙奉戰爭奉敗，奉系退出長三角地區，在其地域停留短暫，很難捕捉到對新聞業的影響，故長三角地區不納入研究對象。

　　研究對象中涉及到奉系統治者的界定：奉系軍閥的統治是以張作霖爲核心，本研究只涉及奉系軍閥中與新聞業相關的張作霖、張宗昌及張學良，其主要還是奉系核心人物張作霖對新聞業的影響。

　　研究核心論點的界定：本研究的核心論點是奉系軍閥對新聞業的輿論操控，以新聞輿論操控作爲貫串本書的主線，但這種新聞輿論操控只是對新

聞報刊業的輿論的操控。另外書中新聞輿論操控與新聞輿論控制設定爲同一
涵義。

（二）章節架構

奉系軍閥對新聞業的輿論操控是本研究的主線，具體從觀念、制度和實
踐三個層面體現新聞輿論操控論點。觀念：新聞自由與輿論控制，在於二者
屬性的內在排斥。新聞要求自由言說，以在信息碰撞中發現並傳播眞理；政
治要求社會有序，整齊劃一，以整合資源應對內外危機。軍閥爲保住政權，
控制傳播渠道，只讓有利的東西傳播出去；扭曲傳播鏈條，讓信息邏輯符合
權力、財富、榮譽的需要。制度：採取新聞法律法規或秘密的防範措施和手
段，壓制對立的思想和意識形態的傳播，發展出了綿細、龐大的輿論控制措
施。實踐：奉系軍閥爲控制新聞輿論，從自己創辦、津貼資助、限制利用、
打擊查封報刊和通訊社，到建立廣播無線電臺，到爲維護輿論製造多起逮
捕殺害進步報人事件，展現著奉系軍閥控制新聞業的精細、複雜、多元、立
體、殘酷的互動衝突的歷史場景。奉系軍閥與新聞事業研究的框架主要圍繞
以上各層次展開。

緒論部分主要論述論文選題的緣起和意義，論文研究的國內外文獻綜
述，論文研究範疇、章節內容、論文的創新和不足以及論文研究方法等。

第一章　奉系軍閥統治時期新聞業發展的外部生態環境

這章闡述政治、經濟、文化環境是奉系軍閥統治時期新聞業發展的母體
環境。政治環境中分析奉系統治東北的穩定政治局勢，促進了新聞業的發展；
日、俄對東北政治、經濟及新聞輿論的侵略；奉系軍閥的統領張作霖、張宗
昌、張學良對新聞事業的相互關聯。經濟環境中闡述城市的擴展和人口的增
多致使受眾群體增多，促進報刊業的發展；實業與資本的雄厚，爲報刊的創
立與發展提供資金保障；造紙與印刷的發達成爲報業繁榮的直接物質保障；
交通與郵電爲報紙的新聞來源與發行提供便利條件。文化環境中思想交融、
地域文化促使報刊種類繁多、內容豐富、言論多維；教育的普及能啓迪民智，
加深民眾對報刊的認識，也增加了受眾群體。

第二章　奉系軍閥統治時新聞業發展的內部生態環境

這章從整體上概括新聞業的概貌，分析新聞業不發達的內外因素，闡述
新聞業的進步與發展。接著闡述新聞與政治的關係及奉系軍閥輿論控制的理
念及所依據的新聞法律法規。前一部分概括新聞業的概貌，進而從中國的專

制統治，言論不自由；國人觀念守舊，對報刊認識不足；報紙鮮能經營獨立，不注意營業發展，機關報、黨報的色彩太濃厚；缺乏新聞人才、教育不普及、交通不便利、印刷業不發達等方面分析致使新聞業不發達的外部因素。從當時津貼報紙爲常態、報人報格卑下、出現稀奇古怪的報刊、報紙副刊和小報黃色信息泛濫、報紙消息片面謠言甚多等方面分析新聞業不發達的內部因素。對新聞業的進步與發展，從形成報刊、通訊社和廣播無線電臺三位一體局面，報刊由「政論本位」轉向「新聞本位」，重視新聞記者，湧現大批職業記者，報紙副刊內容豐富，畫報期刊湧現幾個方面闡述。後一部分闡述新聞輿論控制，從屬性上分析新聞與政治的矛盾對立，從學理上闡釋奉系軍閥實施輿論操控的原由，奉系軍閥關注武力擴張及內部衝突，不重視與外部輿論環境的協調，爲此只能讓信息邏輯符合權力、財富、榮譽的需要，於是衍生出系列控制新聞輿論的法律法規及防範措施和手段，壓制對立的思想和意識形態的形成和發展，對主張新聞自由的新聞界採取統治、管制、漠視態度。

第三章　奉系軍閥對新聞業的輿論操控

這章首先闡述奉系軍閥統治地域東北、京津新聞業的概況。然後系統分析奉系軍閥爲操控新聞輿論，衍生出系列主導思想：奉系軍閥不僅通過各種渠道瞭解國內外新聞信息，還通過自辦和批准創辦、津貼資助、派銷利己報刊的方式扶植報刊發展，同時對違反新聞法規的報刊進行改造，對異系報刊加以排擠、打擊，對日、俄報刊進行限制。最後詳細展現了在奉系軍閥新聞輿論操控下，扶植創辦、津貼資助、限制利用、打擊查封等各類報刊的不同生存和發展狀態；同時對通電、通訊社，無線電訊、廣播無線電臺，日人、蘇俄創辦的中文代表報刊也做了詳盡闡述。

第四章　奉系軍閥製造的新聞事件

這章論述奉系軍閥在新聞輿論操控主導思想下製造的新聞事件，從學理層面分析這些進步報人被殺害的原因。奉系軍閥張作霖受趙爾巽指使殺害欲以革命推翻滿清的《國民報》社長張榕和主編田亞斌，開東北捕殺報人先河；殺害支持國民軍和郭松齡倒戈的《京報》社長邵飄萍；殺害政治上與奉系對立的共產國際代理人、共產黨早期報刊理論活動家李大釗。奉系軍閥張宗昌殺害聲援青島工人罷工和「五卅」慘案的《青島公民報》總編輯胡信之；殺害言論攻擊奉系人物和同情國民軍的《社會日報》社長林白水；殺害宣傳共

產思想的《農民日報》總編輯李清漣。

第五章　結語——北洋其他派系的新聞輿論控制和奉系軍閥操控新聞輿論的理論根源及得失

這章首先簡要闡述了北洋軍閥統治時期直系軍閥、安福系、國民軍系的新聞輿論操控，這部分內容只起到烘托作用，辨明同作爲北洋軍閥時期的一個派系，不只是奉系軍閥對新聞輿論進行操控，其他派系也是如此。接著以新聞哲學的角度，提出奉系軍閥作爲統治者與新聞業的矛盾根源爲新聞與政治既互相依存又互相制約的矛盾衝突，歸根結底爲自由主義報刊理論與集權主義報刊理論的衝突，二者只有認識到各自局限，併兼顧社會責任，在互相依存、互相監督的基礎上才能使統治者做好輿論引導，新聞業做好社會監督，人類社會才能健康發展。其後對奉系軍閥實施新聞輿論操控的功勞與過失進行概括，分析奉系軍閥因重視新聞教育間接培養擴大報刊受眾群體；創建大量公報和職業報刊，完善報業體系；制定新聞政策，完善新聞法規體系；發展無線電訊事業，建立第一座廣播無線電臺；對日、俄報刊政策寬鬆，帶動國人報刊的發展，對其的限制又維護了文化主權。奉系軍閥新聞輿論操控的過失中，指出對宣傳「赤化」報人、報刊的殺害和封禁，對異系報刊的排擠、查封遏制，內外新聞政策的不平衡，都抑制、阻礙了報刊業發展；且對日人報刊的寬鬆，導致日本文化侵華加速，致使東北淪陷。

附錄一：東北地區報刊統計表（1931 年以前）
附錄二：奉系軍閥通電一覽表（1918～1929）

四、研究方法與創新之處

奉系軍閥與中國新聞業的研究首先應該是歷史的研究，它必須能夠在對新聞生產與演變歷史的研究中體現出某種深邃的歷史觀，提供對於包括新聞在內的整個社會歷史運動的某種洞見，這種洞見是基於研究對象而生發的。「史學本是一個非常開放的學科，治史取徑尤其應該趨向多元；最好還是不必畫地爲牢，株守各專史的藩籬。《淮南子·氾論訓》所說的『東面而望，不見西牆；南面而視，不睹北方；唯無所向者，則無所不通』一語，最能揭示思路和視角『定於一』的弊端，也最能喻解開放視野可能帶來的收穫。」〔註 4〕所以對奉系軍閥統治與新聞業的研究是放在奉系軍閥統治時期的政

〔註 4〕羅志田：《從文化運動到北伐：激變時代的文化與政治》，北京大學出版社，

治、經濟、文化社會所涉及促進新聞活動的全景圖中，從當時的史料中提煉、概括、解釋史實，理性分析新聞業自身發展的內在規律，盡力再現奉系軍閥統治新聞的輿論主導思想與新聞活動的互動，勾勒史料新意，賦予時代意義。同時對奉系軍閥統治時期的新聞史作「瞭解之同情」與「語境化」理解﹝註5﹞，以「問題意識」為線索。「問題意識能夠提綱挈領，把林林總總的史料串起來，否則材料必將如羽毛散飛一地。……經過問題意識的駕馭和統攝，材料不再是死的，而是立刻鮮活生動起來，既看到內在邏輯，又彰顯背後一層層的意義。做歷史研究，敏銳的問題意識很重要。」﹝註6﹞

　　具體採取的主要研究方法為文獻研究法、解釋學研究法、實證研究法、文本、語體分析法。文獻研究法：任何歷史研究脫離了文獻、特別是一手的資料，將是沒有光彩和價值的。老老實實地坐下來收集資料、整理與分類是這次研究的最基本的方法。解釋學研究法：對文獻進行深入分析，找到各種文獻間的相互關係，得出理論性的結論，避免對文獻的堆積和簡單記錄，也就是用解釋學的方法，透徹而全面地揭示該時期媒體與文化間互動的狀況，是提升此研究現實意義的關鍵。實證研究法：技術上採用定性分析與定量分析相結合，進行系統而深入的研究。文本、語體分析法：內容上運用文本分析和語體分析作為補充，尋找關鍵性的細節，提升研究成果的精確性。

　　奉系軍閥與中國新聞業的研究經過兩年的查找、抄錄、翻譯檔案資料；逐頁翻閱、摘錄民國有關報刊；翻譯日、俄文有關文獻；通讀民國通史、北洋斷代史、地方通史、方志、傳記、回憶錄等各類著作；研讀新聞傳播類書籍、各類論文，等等，付出了極大的艱辛，才從確立選題時材料的一無所有到寫成三十多萬字的書稿，致力達到著論的初衷「文章不著一字空」，當然也存在許多遺憾，此時說起論文的創新卻不知所措，簡要介紹幾點。

　　首先，在研究內容上創新。與本研究相關的雖學界有北洋軍閥統治時期關於新聞史一些方面的研究成果，但著眼點是宏觀的，具體到哪一個軍閥與新聞事業的關係和影響還沒有著述問世，尤其是關於奉系軍閥與新聞業的研究還只是寥落數語，所以此研究屬於未被開墾的礦，完成即彌補了此選題學

2007 年 11 月版，第 16 頁。

﹝註5﹞ 詹姆斯・卡倫著，史安斌、董關鵬譯：《媒體與權力》，清華大學出版社，2006年 7 月版，第 65 頁。

﹝註6﹞ 李金銓：《新聞史研究：「問題」與「理論」》，《國際新聞界》，2009 年第 4 期，第 7 頁。

術研究的空白。

　　其次，在研究框架和體例上創新。本書以新聞輿論操控爲主線。先從奉系軍閥統治時期新聞業的外部生態環境入手，瞭解並挖掘新聞事業的「在地感」，考察奉系軍閥統治下政治、經濟、文化等各要素與新聞傳播的直接、間接關係，可以解釋被新聞媒介現象遮蔽的歷史，讓歷史變得「澄明」。接著闡釋奉系軍閥統治時期新聞業儘管有自身不發達的內外原因，但也有進步和發展。然後闡釋新聞與政治的關係，得出奉系軍閥操控新聞輿論的原因。最後從奉系軍閥操控新聞輿論的主導思想到制定操控新聞業的法律法規，到有爲地對新聞業進行新聞輿論操控，完成了從思想——制度——實踐三個層面的認知到實踐的研究過程。

　　再次，論文中引用大量的第一手檔案資料作爲論據，而且研究中對已出版的新聞史學資料進行比較，依據檔案資料及報刊原件對幾個報刊的創辦時間、復刊時間、地址、社長、發行語種及報刊性質等進行考證、論證、更正。如《東三省民報》（1922 年 10 月 20 日），《醒時報》（創辦 1909 年 1 月 21 日，社址在瀋陽工夫市胡同），《新亞日報》（1926 年 11 月 15 日），《國際協報》（創刊 1918 年 6 月 10 日，遷刊 1919 年 11 月 10 日）；《東方時報》（1923 年 2 月 25 日）；《晨報》（復刊 1918 年 12 月 1 日）；《大東日報》（1915 年 7 月 30 日）；日人《滿洲報》（1922 年 7 月 24 日，發行語種爲中文）；《醒時報》之前記載皆認爲張兆麟獨資經營，其實檔案記載其多次申請並接受奉系津貼，屬於半官方報刊。以上這些更正了《奉天通志》、《東北新聞史》、《遼寧近代報業研究》、《遼寧省志・報業志》、曾虛白《中國新聞史》、（臺灣）陳嘉驥《東北新聞事業之回顧》、《哈爾濱市志・報業志・廣播電視志》、《吉林黨史資料》、《北京報刊史話》、《中國新聞事業編年史》、《中國新聞事業通史》等書籍存在的錯誤。

　　最後，在新聞史研究的方法上創新。在文獻收集和全面記錄的基礎上，用解釋學的方法，進行資料和文獻的分析和闡述。主要挖掘和本研究中心議題有關的材料，尤其是第一手的、未被發現和使用過的，同時發覺材料之間的邏輯關係，形成「證據鏈條」，佐證觀點。

第一章　奉系軍閥統治時期新聞業的外部生態環境

　　新聞事業作爲一種文化事業，它必然受文化母體的影响，有其很強的傳承性。因地域環境和人的行爲方式不同，所產生的文化差異必然會在新聞事業上反映出來。一切有生命的物體都是某個整體中的一個部分，新聞事業與地域獨特的地理、政治、經濟、文化相關。新聞生產必然有某種相當地方化的、具有很大差異性的地域資源作爲背景，瞭解並挖掘新聞事業的「在地感」，可以解釋被新聞媒介現象遮蔽的歷史，讓歷史變得「澄明」。所以研究地域新聞史，當以地域新聞媒介爲歷史主體，以地域各新聞實踐爲關照中心，將新聞媒介地域內獨特的且不在場又無時無刻都存在的政治、經濟、文化等關聯起來，從橫向的多維角度研究其對新聞媒介的影響，再滲透到新聞媒介縱向的歷史演進過程中，就會很好地分析、綜合、還原地域新聞史的豐富歷史面貌。

　　所以研究地域新聞史，需要考察地域內的各時期階級、政黨、政權機關和各派政治力量的活動；考察地域內各個時期的生產力及社會經濟發展；考察地域內思想傳承、地域文化和教育程度等，所有這些政治、經濟、文化都無不時時刻刻與新聞媒介相關，更因此決定著新聞傳播事業的社會角色、功能與價值，是新聞事業賴以生存和發展的外部生態環境。

第一節　政治環境

媒介是既定歷史條件的社會信息生產、散播行為，它黏合了人類社會的各個層面，「具有連植物也具有的那種通常為人們所承認的東西」〔註1〕，那麼新聞媒介固然承認它是黏合了政治環境中的各種因素的。新聞傳播活動「是當時歷史條件下的不同人群，在同一時間框架內，進行非在場互動的中介」〔註2〕，這裡的不同人群就是同一時期的統治者與民眾，包括階層、民族、信仰的各類人群，雖不相關卻被新聞媒介關聯。新聞媒介作為一種社會性的溝通中介，當其潛在的價值被當權者所利用，成為控制、影響、爭奪他人或人群的工具時，其意義就不再限於理想化的、單純的信息交流，而成為充滿詭秘、權變的社會信息的博弈現象。美國學者 W·蘭斯·班尼特說，從根本說，新聞是一種政治信息體系〔註3〕。作為「政治信息體系」的新聞，在艱難痛苦的中國現代化轉型中，其政治性表現就更為突兀。鑒於新聞媒介與政治如此緊密的關係，所以研究奉系軍閥統治時期的新聞業，需要探究一下當時的政治環境。

一、奉系統治地域及東北的政治局勢

發源於東北的「奉系」是北洋軍閥中的一支重要派系，在北洋軍閥各派系中屬於勢力較大，實力較強的。奉系軍閥在張作霖統率下，先後五次進山海關參加各軍閥混戰，兩度控制北京政權。奉系軍閥由「馬賊」而「馳騁中原，縱橫一世」，稱霸中國北方。

奉系軍閥始於 1916 年 4 月張作霖被袁世凱任命為奉天督軍兼省長，此後他先後接管黑龍江、吉林，到 1918 年 9 月 7 日，北京政府任命張作霖為東三省巡閱使，成為了真正的「東北王」後，奉系軍閥便在穩固的地域內掌管著自己的政權。

〔註1〕馬克思，恩格斯：《馬克思恩格斯全集》第 2 版第 1 卷，第 397 頁。原文「要使報刊完成自己的使命，首先必須不從外部為它規定任何使命，必須承認它具有連植物也具有的那種通常為人們所承認的東西，即承認它具有自己的內在規律，這些規律是它所不應該而且也不可能任意擺脫的。」

〔註2〕李慶林：《從傳播的分類看傳播學的研究重點》，《國際新聞界》，2008 年第 3 期。

〔註3〕〔美〕W·蘭斯·班尼特：《新聞：政治的幻想》，當代中國出版社，2005 年版，第 5 頁。

　　1920 年 3 月，張作霖參加以直系軍閥爲主的直、贛、蘇、豫、鄂、吉、奉、黑八省反皖同盟。奉系和直系成爲北洋政府中樞機構的兩大政治力量，奉系取得了對北京政府的控制權。1921 年 5 月，張作霖被北京政府任命爲蒙疆經略使，轄察、熱、綏之特區，張作霖又變成了「滿蒙王」。1922 年 6 月第一次奉直戰爭爆發，奉系軍閥敗退東北，宣佈東三省實行「聯省自治」，即進行「東北割據」，後「整軍經武」，儲備實力。

　　1924 年秋，奉系在第二次直奉戰爭中，取得馮玉祥對直系的倒戈，發動「北京政變」，幽禁曹錕，摧毀「賄選政府」，組織黃郛過渡「攝政內閣」。同時奉軍在張學良少帥的指揮下，包圍直軍吳佩孚的主力，吳僅率數千殘卒，浮海逃遁，第二次直奉戰爭奉系全勝。奉系羽翼下的「段政府」在一廂情願的「廢督裁兵」和「善後會議」後，於 1926 年 4 月 9 日令張作霖失望的段執政逃往東交民巷。

　　「北京政變」後，張作霖就有對時局的腹案，即「槍桿出政權」，用武力統一中國。先在華北屯重兵，壓制馮玉祥不戰而屈，招降或中立閻錫山；再「以武力解決長江各省」，消滅盤踞滬寧一帶齊燮元、閩浙一帶的孫傳芳等直系殘餘勢力，甚至包括寄生於武漢、洛陽一帶的吳佩孚。長江既已在掌握中，則西北華南不難傳檄而定。由此，除東北外，第二次直奉戰爭後，奉系軍閥先後掌控熱河、直隸、山東、南京、常州、無錫、蘇州、上海等地。奉系勢力發展至此，可以說臻於極盛。其後，紛爭不斷中奉系軍閥又先後失去長江以南地區，固守津京兩年，最後又撤回東北老家。爲此東三省一直是奉系盤踞臥守的地域，而奉系軍閥多年來也一直努力維護著東三省穩定的政治局勢。

　　相對穩定的地方政權對經濟開發和社會各項事業發展至關重要。奉系軍閥統治時期，除了郭松齡反奉時的局部戰亂外，地方政權始終相對穩定。東北三省軍政、民政、財政大權張作霖一人獨攬，致使政令不受約束和限制，客觀上爲東北地區的經濟發展和近代化建設提供了必要的政治條件。

　　第一次直奉戰爭失敗後，奉系軍閥實行「聯省自治」，地方自治。梁啓超曾以「地方自立」爲名較早提出和宣傳之，它是一種「強國興邦」形式的社會思潮。

　　東三省實行地方自治後廣招人才，整軍經武，成立「東三省陸軍整理處」、擴充東三省講武堂、建立海軍擴建空軍、擴建兵工廠，並招聘人才與培養人

才並舉，使地方政權進一步鞏固。郭松齡反奉事件後，張作霖不事株連，一律免予追究反奉其他將領，避免了新的戰亂，又保持了政權的穩定。

東三省地方當局爲了促進經濟開發興辦實業，繁榮工商，或直接間接，或主動被動，或積極消極，均不同程度地制定並執行貫徹了一系列有關政策措施，如加強治安管理，清剿盜匪保衛家鄉，約束軍警，同時爲維護統治地位還發佈一系列反對革命黨人活動和反對愛國進步宣傳的秘密文件。所有這些都爲奉系軍閥統治時期的東三省提供了穩定的政治局勢。而正因爲穩定的政治局勢，才促進了東北經濟、文化的繁榮，使東北新聞事業得以在穩定中可持續發展。

二、日、俄對東北新聞業的影響

古語云，國必自伐而後人伐之。推翻滿清後，國家權力失去了原本的位置，立法權、行政權、司法權，三權沒有了主體，推翻君主制後主權應在民，但人民麻木忘記了自己的權力，權力就集中在擁兵的軍人和依傍軍人的政客手中。軍閥割據的「分裂與混亂」，使軍閥忙於地方勢力擴張，中國政治中心因武力爭奪不斷更迭，爲此才有日、俄在東三省大地上的肆意橫行，不僅在政治、經濟上，對文化以及新聞業的侵略也極盡能事，危害至極。

（一）日本對東北新聞業的影響

在第一次世界大戰期間，西方國家無暇顧及東亞問題，將主要力量都放在對德作戰，日本趁機繼承德國在華的非法利益，加緊侵華，無論在軍事、政治、經濟、文化方面都爲所欲爲、肆無忌憚。日本偏重北方勢力，故東三省成爲日本渴望佔領並付諸行動佔領的地域。

對於日本帝國主義對東三省的侵略現狀，日本內閣總理大臣田中義一在1927年7月25日向日本天皇奏請滿蒙之積極政策時，道出了對東北侵略的野心，「所謂滿、蒙者，乃奉天、吉林、黑龍江及內地外蒙古是也。廣袤七萬四千方里，人口二千八百萬人，較我日本帝國國土（朝鮮及臺灣除外）大逾三倍，其人口只有我國三分之一。不惟地廣人稀，令人羨慕，農礦森林等物之豐，當世無其匹敵。我國因欲開拓其富源，以培養帝國恒久之榮華，特設南滿洲鐵道會社，借日、支共存共榮之美名，而投資其地之鐵道、海運、礦山、森林、鋼鐵、農業、畜產等業，達四億四千餘萬元。此誠我國企業中最雄大之組織也。且名雖爲半官半民，其實權無不操諸政府。若夫付滿鐵公司以外

交、警察及一般之政權，使其發揮帝國主義，形成特殊會社，無異朝鮮統監之第二。即可知我對滿、蒙之權利及特益巨且大矣」〔註4〕。從這份奏摺可以看出日本對東北的侵略涉及方方面面。

　　對於日本對東北的侵略，國人分析得很透徹。1929年1月在瀋陽創刊的《遼寧教育月刊》的第一卷第一期刊登文章《列強對華的文化侵略政策》把列強的侵略歸爲六類：「（一）武力的侵略政策；（二）政治的侵略政策；（三）外交的侵略政策；（四）經濟的侵略政策（殖民政策、投資政策、交通政策、商業販賣、工業的資源、礦業的採掘、農產的吸收）；（五）文化的侵略政策（宗教的誘惑、教育的同化、新聞的擾害、文化的籠絡）；（六）慈善的感化政策（醫院、各種慈善事業）」〔註5〕。日本對東北的侵略盡在以上六類中，而無論哪種侵略都是以新聞報紙作爲侵略先鋒隊、偵探隊、精神滅國的遠征隊。日本軍閥及政客們將報刊視爲侵略滿蒙的無上勁旅，擁護扶植，不遺餘力。日本依靠新聞報刊對東北的侵略更是具有柔和性、同化性、迷惑性、麻醉性、陰毒性、危險性等，侵潤於東北人的身心於無形中，危害不淺且難以估量。

　　奉系軍閥統治時期，由於東北自發報刊處於萌芽、不成熟狀態，因此東北各地的日人報紙做了東北的政治及文化的宣傳機關，並且常有反宣傳的文字。「日本在奉天的《盛京時報》，它能猜出中國人的心理，將內容形式處處都迎合著中國人的心理而編輯，所以就是中國人自己亦往往不知讀的是外國報。」〔註6〕而東北地域自辦的報紙，大多都有英文及日文的翻譯員，把日文報紙的記事譯出，當作自己的東西來發表，將世界大事及日本列國關於我國討論的問題，事無大小，均無遺漏的轉達給東北的讀者。東北的新聞記者也常視打探消息爲冒險之事，遇到戰爭時，都靠日本人的通信社，把消息報告給自辦報紙。

　　在東北地域，知曉國內外特別是當地新聞，需取材於日人通訊社及日人報紙，這是一種飲鴆止渴的做法，主要是由於當時的奉系軍閥只知一味地從事政權，特別是地盤爭奪，而不知何爲政治，更不知何爲新聞宣傳，甚至爲了掩飾自己的醜行，還極力限制或阻礙在受著日本人宰割的本國人的新聞電

〔註4〕　田中義一：《田中奏摺》，《日本田中內閣侵略滿蒙之積極政策》，上海民新書店，1931年版。
〔註5〕　姜長喜、諶紀平主編：《遼寧老期刊圖錄》，遼寧人民出版社，第35頁。
〔註6〕　蔣國珍：《中國新聞發達史》，世界書局，1927年，第66頁。

訊，而不敢限制和阻礙在做著他們的搗亂引線的日本的新聞電訊，「新聞界元氣不充，日惟呻吟於經濟及政府鉗制兩重壓迫之下，不克自振，遂使一切氛浸乘隙而入」〔註7〕，於是就給了日人的報刊、通訊社以同化、麻醉、造謠、挑撥、蠱惑的機會，遂成為對東北攻城掠地的工具，宣傳帝國主義的喇叭，侵略東北的傳聲筒和代言人。

南滿鐵路局是日本最大的對華經濟侵略機關，同時也是最大的對華文化侵略機關，還是個最大的對華施行宣傳策略的機關。還有日本在華的偽華報《盛京時報》、《泰東日報》、《滿洲報》等經常在時局不靖時，謠諑繁興，以言亂政，常引起東三省當局及民眾中的有識者的痛恨。對日人報刊的造謠、挑撥行徑，僅以兩次直奉戰爭前夕，日人報刊的歪曲報導就可一斑窺豹。

第一次直奉戰爭之前，奉系軍閥雖已經出兵，實際上並未與直軍有過接觸之時，但連日內奉天省城內竟發生種種謠言，荒唐支離，無奇不有。《申報》對此有過報導，舉其甚者數則，記之如下。「奉天日人機關某報云」：其一謂「日前奉軍在某地曾收得直軍大炮數尊，詎直軍之窺炮面走者，係一種計謀，其後奉軍若干，前往搬運該大炮，不知其大炮之下，埋有地雷炮，搬動之後，地雷即已爆發，奉軍炸傷兩千餘，狡哉直軍，現大帥對於此事，嚴守秘密，不准發表，外間故鮮有知者」。其二謂「奉軍日前佔領德州兵工廠，僅一旅人，佔據後即駐廠內，詎某日間不知何來直軍兩師許，突將德州兵工廠包圍，奉軍猝不及防，竟致全體投降」。其三謂「張使電知天津警廳楊處長，布告商民決無戰事，君等亦知其故乎，蓋天津之不准駐兵，載在庚子條約，有背約者列國必干涉之，此次直隸之奉天必不顧及此項國際條約，是以種種設法，使奉軍蹈違約之陷阱，今奉軍果中其計，進兵天津之背約範圍內，致列強公使，已提出強硬抗議，張使見前途梗阻，遂宣明決無戰事，並擬改變其初定方針，奉直戰爭，或當即此消滅云云」〔註8〕。分析《申報》的此三則報導，按前二說，盡人可以知其無稽，第三說雖不無影響，然事實上則相差甚遠，該庚子條約，天津大沽秦皇島以及山海關不准駐兵，或由外國軍隊分段把守，係為京津地方如發生變亂，外人得以登輪避難，今奉軍入關數目過多，庚子條約中所載的安全路線以及安全地帶，佔據不少，外人為防將來的安全，向張作霖提出警告。事固有之，至張作霖屈於列國之抗議，布告無戰

〔註7〕遼寧省檔案館藏 JC10-3027（2049）遼寧報界聯合會宣言 1930 年 9 月 3 日。
〔註8〕《日報紀奉天出兵之謠言》1922 年 4 月 29 日《申報》179-589（5）。

事並將變更方針，殊屬牽扯。其實日人報刊所造謠言的原因有兩個，其一為有用意者的捏造，其二為無意識者的臆造，其結果雖無大關係，然而究竟是淆惑視聽。有如第二次奉直復戰之聲，「實際上即《盛京時報》與某日通信社所造成，其用意在引起奉直之糾紛，以減少國民對於旅大問題之注意，在奉天方面之記載，每多失實，謂某處已運兵，某處已增防，而按諸實際，則毫無影響」〔註9〕。對於謠言的防止，其實當時奉系軍閥若能禁止，將時事取有限度地公開，國民也能稍明大勢，謠言斯息矣。

再說日人報紙對於日本帝國主義的功用，決不僅對華實行造謠、挑撥、陰謀宣傳這麼簡單，其實他們還要擔任間諜的職務。《滿洲報》刊行「東北人物志」，在報端大登啟事，徵求東北人物的事迹、財產、住址，不厭求詳。除第一等人物為日人深知毋須徵求外；二、三等角色，或自行投稿，或倩人捉刀，對於本人事迹，則渲染赫奕，對於財產忠實寫出，以顯富有。據聞該報耗去徵稿印刷等費，不下二十萬元。列名人物志者四千餘人，可謂洋洋大觀。後來日本侵佔東北後，欲沒收東北人物的財產，不必從事調查，翻閱人物志，按圖索驥，即可一個不漏。可見日人的報紙著實是侵略東北的先鋒隊。

奉系軍閥每年對統治地域的這些日人報刊也常有這樣、那樣的禁令，如「查日人在華發行之《滿洲報》、《泰東日報》、《盛京時報》，對於國內軍事、政治，每多捏造消息，肆意挑撥，顛倒是非，混淆黑白。當次國事多故，人心浮動之時，此種報章，實有查禁之必要。函請各機關實行查禁，為慎重觀聽計，自應嚴禁訂閱，以杜流傳」〔註10〕，但這些禁令都沒有阻止日人報刊對東北文化侵略的腳步。

（二）蘇俄對東北新聞業的影響

中蘇兩國在復交前，存在外蒙古、中東路、邊界、松黑航權、旅蘇華僑保護問題等重大懸案。蘇聯在建立蘇維埃政府後，於 1919 年和 1924 年對華宣言中放棄沙俄帝國在中國的特權和利益，先後達成《解決懸案大綱協定》、《中華民國東三省自治政府與蘇維埃社會聯邦政府之協定》。然達成中東路中蘇共管後，蘇方並未履行中俄協定內容，本應交還中方的非鐵路本身的營業，如電話、電報、礦山、天文臺、學校等，沒有交給中方。路局行文以俄文為

〔註9〕任白濤：《日本對華的宣傳政策》，商務印書館，1940 年 1 月版，第 84 頁。
〔註10〕任白濤：《日本對華的宣傳政策》，商務印書館，1940 年 1 月版，第 88 頁。

主，度量衡採用俄制，財政結算以盧布為單位，鐵路的盈利也多為蘇方獨佔。為了平分鐵路利潤，同時阻撓「赤禍蔓延」，張作霖從 1925 年起漸次收回軍警權、護路權、司法權、行政權，確認中東鐵路商業化和中蘇共管；1926 年收回路局的航權，1927 年收回教育權，1928 年收回電話權和部分地畝權，蘇聯在東北的侵佔的權利和勢力逐年縮小。

蘇俄其實從東北獲得巨大的經濟利益。中東鐵路有著重要的商業價值，它是中蘇進行貿易的重要通道，鐵路經過的地區物產豐富，是蘇俄獲得工業原料的基地之一。這條鐵路也有著俄國的巨大投資和可觀的收入，從 1922 年起中東鐵路開始逐年盈利，1926 年達到 2,200 多萬盧布，這對蘇聯來說是不小的經濟利益。此外，奉系軍閥統一東北後，政局相對穩定，對蘇出口也年有增加，從 1918 年以後蘇聯從東北輸入大批小麥、麵粉、豆類、肉類和油脂、日用工作品，數額為蘇聯國內糧食整數的五分之一〔註 11〕。解決了蘇聯當時的糧荒，拯救軍民的生命。奉系與蘇聯的進出口貿易促進了東北糧油加工業的發展和商業的繁榮，同時也進口煤、木材、石油產品，提供了東北交通、工業能源的供應。奉蘇貿易到「九一八」事變後才江河日下。

蘇聯對東北的侵略表現出來的是十分明顯的大國沙文主義和民族利己主義。在蘇聯看來，在東北占統治地位的是張作霖和日本，如果放棄中東鐵路將意味著增加張作霖的力量，日本的勢力也將從奉天推進到哈爾濱、滿洲里，這意味著增加蘇聯和日本之間發生衝突的可能性，所以出於防止中東路可能被作為帝國主義國家進攻蘇聯的基地和保衛新生的蘇維埃政權的安全目的，以及從中東路獲得的經濟權益的考慮，蘇聯遲遲不肯退出中東路，對沙俄在中國的非法特權也牢抓不放，並且為了維護本國的安全和利益而損害一個半殖民地國家的主權和利益，就是民族利己主義的體現。

蘇俄對於東北的文化影響有侵略的成分，但也有傳播新知、信息交流和文化傳承的成分。俄國僑民來到東北從最早的阿爾巴人、東正教神職人員、鐵路技術人員、商人、留學生、尋找謀生機會的知識分子，到後來避難的白俄貴族、地主、平民、軍人等，僑居東北並不都是出於政治原因，大部分是出於精神的、文化的、物質的原因。這些俄僑移民促進了哈爾濱乃至東北報刊的發展，為當時的已經很活躍的新聞和出版生活增加了更多的活力。根據《東省出版物源流考》統計，1901～1926 年東北俄文全部報刊為 243 種，其

〔註11〕列寧：《列寧選集》第四卷，人民出版社，1972 年版，第 391 頁。

中報紙 102 種、雜誌 141 種〔註12〕，這些報刊與日人報刊逐鹿東北報壇。早期沙俄報刊成為侵略東北的先鋒隊，控制東北輿論，麻痺東北人民的思想，而十月革命後，來哈埠避難的大多數俄僑的民辦報刊不關心中國政治，加之東北國人懂俄語的較少，也沒有能力施加影響，所以大都對政局沉默。

　　由於俄僑的社會背景、政治立場不同，所以出現思想傾向不同的出版物，有政治傾向極強的中東鐵路機關報《遠東報》，作為出版 15 年的綜合性報紙，成為沙俄在東北地區侵略政策的宣傳工具，控制東北新聞輿論，東北國人報刊屢遭排擠破壞，致使哈埠「東陲」系列《東方曉報》、《濱江日報》、《東陲公報》、《東陲商報》等報刊紛至停刊或遭封禁。有「轉換派」先反共後援蘇的以復興俄羅斯為目的的《生活新聞報》；還有以俄、英、中文發刊，以發展經濟為內容的《滿洲經濟通報》；以民族藝術和文化傳播為內容的《邊界》周刊、《丘來耶夫卡》文學月報、《燕子》兒童雙周刊、《婦女報》、《軍事思想報》、《猶太人言論》，等等。這些報刊，新聞報導迅速，版面設計美觀，管理強化服務，報業經營商業化，印刷技術先進，由此帶動了東北報刊的發展，加強了俄中兩國人在東北地區的經濟和文化交流合作，促進了東北經濟的繁榮和文化的多元。

三、影響新聞業的奉系軍人

　　中國傳統「右文而賤武，故成文弱之國」〔註13〕。國人自甲午敗於日本，為矯文弱之弊而疾呼「尚武」；但民國共和制卻導致軍閥割據，乃「知右文之說，尚未可厚非」，又疾呼「文治」。其實，尚文尚武都非問題所在，關鍵在於「當使武力操於有教育者之手，而其國乃強」〔註14〕。

　　奉系軍閥將領恰反之，武力則操於無教育者之手，當然後來有受過軍事教育的將領在興起。也有人認為「『拔差弁為軍官』是袁世凱有意為之，蓋其以為『到底不識字的人靠得住』」〔註15〕。奉系軍閥未受過教育的特殊軍人有張作霖、張宗昌等，雖識字不多，也出現了「綠林之劇盜通電而論時事」〔註16〕的情形。

〔註12〕秋寧：《東省出版物源流考》，中東鐵路出版機構，1927 年版，第 6 頁。
〔註13〕楊蔭杭：《老圃遺文輯》，長江文藝出版社，1993 年，第 27 頁。
〔註14〕楊蔭杭：《老圃遺文輯》，長江文藝出版社，1993 年，第 27 頁。
〔註15〕榮孟源、章伯鋒主編：《近代稗海》第 6 輯，四川人民出版社，1987 年，第 221～222 頁。
〔註16〕1920 年 12 月 29 日《申報》。

奉系軍閥老派將領雖然未「當使武力操於有教育者之手」，但奉系統帥善於吸收人才，以少壯派張學良、楊宇霆爲首的新派，「大量吸收各國陸軍留學生和國內陸大、保定軍校等出身的軍官，特別是原籍東北而散在關內的各方面擔任軍職的人」〔註17〕。其實，軍閥將領的「出身」未必決定其所轄隊伍的行爲，「綠林之劇盜」統率的奉系軍閥就爲北方裝備最好，軍事觀念最「現代」者，實際戰鬥力大概也最強。這些老、新派奉系將領不僅善武力操戈也善文治，對新聞媒介及民眾輿論的操控有逐漸成熟的思想和手段，爲此需要分析這些與新聞業相關的奉系人物。

（一）張作霖

張作霖（1875.3～1928.6.4），字雨亭，奉天省海城縣小窪村人。出身貧寒，讀過一段私塾，當過獸醫。後投身於草莽間，順潮流接受了招安，當上了新民廳軍官，在日俄戰爭的夾縫中左右逢源擴充軍隊，顯示了處理複雜問題的能力。後絞殺土匪海沙子、杜立三，剷除遼西北蒙患，於辛亥革命時機智進入奉天省城，成了東三省總督趙爾巽的保鏢。由草莽到軍官，由小鎮到省城，這樣的改變顯現了張作霖善於關注信息，研究形勢，抓住時機，適時聞風而動。

在省城張作霖用軟招擠走藍天蔚，謀計誘殺張榕，贊共和取悅袁世凱，到 1912 年 9 月 11 日，38 歲的張作霖任二十七師師長，駐奉天，成爲東三省舉足輕重的武裝力量。

1914 年 6 月 6 日張作霖以粗俗表演痳痹袁世凱的接見，提高了自己政治地位。後又設壓力排擠張錫鑾，演雙簧驅逐段芝貴，使手腕攫得奉天督軍寶座，1916 年 4 月 22 日成爲奉天省軍政最高統治者。之後又拉、打馮德麟，舉親家鮑貴卿、嫡系孫烈臣控制黑龍江、吉林兩省，到 1919 年 8 月張作霖攫取了東三省領導權，當上了眞正的東北王。

1918 年初，張作霖爲調節直皖矛盾，借機在秦皇島劫走日本供給皖系大批軍火；3 月 5 日，奉軍開赴廊坊，靠近北京，助段祺瑞組閣。1920 年 6 月 19 日張作霖受大總統徐世昌之邀來京調停直皖，因不滿皖系段之做法，與直系聯合擊敗皖系，後因地盤直奉反目，奉退出關。1921 年 4 月 27 日在天津，張作霖與曹錕、王占元三巡閱使和各省軍民長官 32 人發表譴責廣東孫中山選

〔註17〕文直公：《最近三十年中國軍事史》第二編，臺北文星書店，1962 年影印，第53 頁。

舉總統，5 月 25 日張作霖領命平外蒙叛亂兼內蒙防亂，6 月 5 日張作霖正式就任蒙疆經略使，染指熱河、綏遠、察哈爾三特區，成為滿蒙王。

1921 年 12 月 24 日張作霖再進京迫靳雲鵬辭職，組親日的梁士詒內閣。梁士詒內閣同意華盛頓會議未決之山東問題由賄路借款並中日共管，遭到直系吳佩孚和輿論攻擊，張作霖與直系展開第一次奉直戰爭，戰敗後實行東三省「聯省自治」，整軍經武，發展經濟、教育、文化事業，東三省保境安民，鞏固根本，發展很快。

積攢了實力的張作霖又有了圖謀進京的野心，時值 1924 年 9 月江浙戰爭，張作霖不能袖手旁觀，發起了第二次直奉戰爭，因張作霖、孫中山、段祺瑞反直三角同盟的作用，及奉系政治、財政、軍事、外交上優於直系，直系曹吳遭輿論唾棄及馮玉祥倒戈，奉系獲勝。

1924 年 11 月 15 日，張作霖、馮玉祥、盧永祥等通電擁戴段祺瑞臨時執政府，而張作霖繼續推行其武力擴張。至 1925 年 3 月，其勢力範圍致直隸、山東、江蘇、安徽四省，加之熱河及東三省，勢力所及北起黑龍江，南至長江，好大喜功的張作霖事業達到巔峰。可是由於奉軍官兵素質差，打下江山半年多即又退回長江以北。1925 年 11 月 23 日，郭松齡舉兵反奉，張作霖末路時受日本幫助，險而重生。1926 年 6 月 4 日奉軍進駐北京後打擊進步人士，殺害著名報人邵飄萍、林白水，北京實行了白色恐怖。1926 年 7 月國民革命軍大舉北伐，先後吳佩孚逃走、孫傳芳投奉，此時北京先後組成張作霖勢力下的杜錫珪、顧維鈞內閣。

1926 年 11 月 28 日，張作霖為安國軍總司令，1927 年 6 月 18 日就任安國軍政府海陸軍大元帥。時人評道「然最高位置之方式，不外正式總統、臨時總統、軍政府之大元帥及段祺瑞式之執政四種。正式總統無產生之可能，執政名義又不便取而自用。臨時總統未便由一部分武人公推即可矣，又不可無參議院等類民意機關，以資點綴，終嫌礙手礙足。不如大元帥之直截了當」〔註18〕可謂一語中的。北伐之始，張作霖 1927 年 6 月 25 日發佈「息爭令」，以拖延時間，蔣介石也曾考慮與張作霖合作，但由於分屬不同帝國主義支持，故而放棄合作，於 1928 年 1 月張、蔣開戰。1928 年 5 月 30 日節節敗退的張作霖決定以大元帥名義下總退卻令，6 月 2 日發表退出京師通電，6 月 4 日在歸奉途中被日本人炸死。12 月 29 日，張學良宣佈改旗易幟，奉系軍閥結束。

〔註18〕徐徹、徐悅：《張作霖》，中國文史出版社，2012 年 1 月版，第 313 頁。

考察張作霖的一生，雖然未能「當使武力操於有教育者之手」，但傳統保守，特立獨行，爲人機敏，長於計謀；善於識人且重用知識分子；發展經濟、興辦教育、重視文化，雖會禁止言論但也會利用言論作鼓吹。張學良晚年評價其父爲「有雄才、無大略」。然分析文虧武盈的張作霖，會展現一個立體、完整、鮮活的張作霖形象——時代之梟雄，對於理解奉系統治時期他對新聞業的認識、態度及實際行動有直接作用。

1. 識才重才

曹汝霖在《一生之回憶》中對張作霖談到政事，臧否現代人物，有這樣的陳述，「他不諱言招撫的事」，對趙爾巽頗致崇敬，「且佩服他誠懇，待人厚道」，對袁世凱最推崇，「只有項城的能力智力，能統一中國，惜誤於群小，勿起帝制運動，中道而殂」。對段祺瑞「雖有剛愎之性，但用人不疑，對人誠實，不用權術，故門生故舊人才眾多，無一不樂爲之用，惜過信又錚」。對徐樹錚「又錚之才，勝於宇霆，惟鋒芒太露，反有時爲合肥之累」。對黎元洪「碌碌庸才，靠了一時運氣，做了副總統，還要亂出主意，以致府院不和」。對馮玉祥則深惡痛絕，謂「這種反覆小人，唯利是圖，還要裝僞君子。這人險而詐，同他共事，眞要小心」。「余與他初次暢談，聽他評論人物，論及時事，卻都中肯，不覺起了傾佩之意。」〔註 19〕從這段敘述中可以看出張作霖雖然文化淺薄，但見識不淺，且識人客觀、中肯、準確。

張作霖因家貧「未進過學校」，但他對知識分子卻是比較重視。不但識人，還重視人才，網絡文人，不拘一格提拔重用，有獨到之處。初秉奉政，便對左右說：「吾此位得自馬上，然不可以馬上治之，地方賢俊，如不我棄，當不辭厚幣以招之」〔註 20〕。1916 年 5 月，張作霖發佈求治任人的登報稿，聲稱：「自維求治，首在得人，故受事以來，即以綜覈名實信賞必罰爲第一義」，且「用人行政，向秉大公，既無愛惡之私，復乏畛域之見」〔註 21〕，表明其任人爲賢的態度。

張作霖對知識分子的認識是逐漸提高的。第一次直奉戰爭前，他常說：「學校出身的人材，雖有能力，但是只可用他們當參謀，作教官，若是讓他們帶

〔註 19〕 曹汝霖：《一生之回憶》，香港春秋雜誌社，1966 年版，第 17 頁。
〔註 20〕 金毓黻：《張作霖別傳》，吉林人民出版社，1983 年版，第 80 頁。
〔註 21〕 胡玉海、里蓉主編：《奉系軍閥大事記（1894～1931）》，遼寧民族出版社，2005 年 2 月第一版，第 133 頁。

隊，他們思想複雜，不能任便聽我指使，而且難以駕馭」〔註22〕。第一次直奉戰爭後，促使張作霖懂得知識的重要，謂「烏合不教之兵，不堪作戰；而無學識之將校，尤不足任指揮」〔註23〕。於是開始重用新派人物，廣攬全國軍事人才，銳意整軍經武，才有了第二次直奉戰爭的勝利。

張作霖善於籠絡、重用知識分子。世人皆認為張作霖乃「一介武夫」，張作霖自己也說：「我是一個武人，不懂政治」。但事實上張作霖「善於明察利弊」，對部下有超長的駕馭能力和技巧。第一，既往不咎。張作霖與王永江曾有過摩擦，1912 年趙爾巽命王永江為奉天民政司使時，張作霖因王不趨其門而顯榮，揚言「倘敢就職，余必有以報之」。王果未赴任。後因張「需有匡世之略者為之佐」便「易倨為恭，以期永江能為己用」〔註24〕。第二，不分畛域，唯才是舉。張作霖通過身邊人才為核心人物，「憑著各人的同學同鄉和親友的關係，從四面八方一個個地招攬進去。」〔註25〕所以全國各地軍校人才都云集東北，對奉系也都是「知遇之感，始終難忘」。第三，摒棄株連，人心安定。郭松齡反奉失敗後，張作霖只懲處了郭夫婦，對於參與的將領在忐忑不安、人人自危之時，張作霖「且任用如故。時有統軍在關內文治聞之，皆不待招諭而來歸」〔註26〕。張作霖容人、用人之道和化敵為友的氣度，也為軍閥中之少有者。第四，不庇親朋，放手任人。張作霖莫逆之交的湯玉麟部下開賭局，作奸犯科，有違時任警察廳長的王永江制定的警政，被逮捕入獄，查封賭場。湯要求撤掉王，遭張作霖怒罵，事後湯離去，王提出辭呈被張挽留，至此奉省治安好轉，獲效力知識分子好感。第五，不加束縛，放手任用。張作霖允准王永江任奉省省長時的約定：「曾預與雨公（張作霖字雨亭）約，凡省內大小官吏，悉由己任命，不許雨公作干預」〔註27〕。

2. 樂善好施，但易受人蠱惑

張作霖對於東北子民還是關愛有加，每有困難都會撫恤子民，伸出援助

〔註22〕金毓黻：《張作霖別傳》，吉林人民出版社，1983 年版，第 78 頁。

〔註23〕文公直：《最近三十年中國軍事史》，上海太平洋書店，1932 年，第 19 頁。

〔註24〕金毓黻：《張作霖別傳》，吉林人民出版社，1983 年版，第 85 頁。

〔註25〕何柱國：《孫、段、張聯合推到曹吳的經過》，《文史資料選輯》第 51 輯，中國文史出版社，1986 年版，第 21 頁。

〔註26〕吳相湘：《孟祿博士與張作霖、閻錫山的談話》，臺灣《傳記文學》第 34 卷第 2 期，第 23 頁。

〔註27〕園田一龜：《怪傑張作霖》，瀋陽市第六印刷廠，1981 年 6 月版，第 83 頁。

之手。1921 年夏奉天省 20 餘縣遭受水災減產，張作霖「特照會商務會並通令各縣知事無論何種糧食均禁止出境」〔註28〕。1924 年「張作霖捐私款 350 萬元以充軍費」〔註29〕，「奉天當局擬籌 100 萬元修築奉天到興京間奉興路」〔註30〕，實施開發蒙古計劃，「奉天出資 500 萬元，吉林出資 200 萬元，黑龍江出資 200 萬元，聯合開墾蒙地」〔註31〕。1924 年 7 月奉省所屬海城、蓋平等縣災情嚴重，張作霖與王永江等磋商在省署內設立義務賑捐處，以資募款賑濟災黎。「東三省各要人紛紛解囊慨助，張作霖捐洋 15 萬元，吳俊升捐洋 7,000 元，張作相、王永江各捐洋 5,000 元」〔註32〕。

實力最強的奉系張作霖雖控制北京，其心目中仍以東北為第一考慮，並不曾擺脫客居的性質。1924 年奉直二次戰爭後，「奉張本無擴張軍備之心，而馮則自恃擁段有功，肆意要求，擴充軍隊，侵蝕陝豫，自稱為西北軍。張以馮為收買而來，鄙視其人，且獨霸北京，張作霖一怒而返奉天，合肥屢次懇邀，竟置不理。」〔註33〕這說明張作霖並無佔據北京、稱霸全國的謀略和野心。

1927 年閻錫山與馮玉祥響應北伐軍，正與奉軍作戰，張作霖雖與閻馮作戰，其志只圖控制北方，並無與國府抗衡之意。然孫傳芳與張宗昌想借奉軍之力，以圖再起，於是聯袂來北京。孫傳芳善於辭令，力說張氏與南方劃疆而治，徐圖進展，「鼓其如簧之舌，張氏竟為所動，於是他們擁戴張老將（時人通稱）為元首」〔註34〕。張作霖雖開府於北京，其子張學良則公開表明，張之所以任大元帥而不就總統，「即表示其為臨時的位置」〔註35〕。「北伐時及北伐後的不少軍事領袖可以說都曾有『問鼎』的機遇。但他們大多數與張作霖一樣仍偏於地方意識，並無太大的『野心』，故往往不能充分利用其所遇到的崛起時機。他們在時勢運會所推之時，一度也曾有主持全國之念，但正因其在很多方面缺乏為此而做的準備，因而所措多差」〔註36〕。「各方所爭，

〔註28〕1921 年 9 月 4 日《盛京時報》。
〔註29〕1923 年 4 月 24 日《盛京時報》。
〔註30〕1924 年 2 月 24 日《盛京時報》。
〔註31〕1924 年 3 月 5 日《盛京時報》。
〔註32〕1924 年 7 月 24 日《盛京時報》。
〔註33〕曹汝霖：《一生之回憶》，香港春秋雜誌社，1966 年版，第 41 頁。
〔註34〕曹汝霖：《一生之回憶》，香港春秋雜誌社，1966 年版，第 43 頁。
〔註35〕1927 年 7 月 20 日《晨報》第 2 版。
〔註36〕羅志田：《從新文化運動到北伐——激變時代的文化與政治》，北京大學出版

不再是要爭取一人一閥獨大，毋寧是防止任何一人一閥獨大。」〔註37〕「余在東三省多年，竭力保境安民；入京以來，亦無任何政治野心，唯盡力討伐赤禍，並力保內外人之安全，維持治安。然所不幸者，非但無顯赫之政績，討伐赤禍，亦未達預期成效，此乃憾事。」〔註38〕

從以上張作霖父子及學界評價，張作霖並無統治全國野心，坐擁北京政府實爲受人蠱惑及自身好大喜功性格所致。

3. 對日本軟硬兼施

有這樣評價「張氏養兵太多，急不暇擇，竟用其拍賣手段，斷送他祖宗墳墓的所在地於日本財閥之手，張氏用意『必以關內當皇帝較之荒涼的奉天好多了』」〔註39〕。這樣的評價有失偏頗，對於張作霖與日本之間的關係應放在當時歷史背景下審視。奉系統治東北時期，中國正處於外遭帝國主義侵略，內部又四分五裂的狀態。東北地處日俄兩大強鄰的挾制之下，內外矛盾錯綜複雜，既要與之交往，又要抵制其侵略。面對這樣的境況不禁就會有這樣的慨歎：評價歷史人物要堅持主觀動機和客觀效果相結合的原則，在主觀動機和客觀效果相矛盾時，還要尊重客觀效果。考察張作霖的對日交往，雖然有勾結妥協的一面，但更多的是據理力爭，奮力保衛國家領土主權的一面，是一種有伸縮性的親日交往。

客觀地說張作霖是在日本帝國主義扶植過程中，進一步攫取了東北各項大權。張作霖積極投靠日本，以便發展自己的勢力，而日本政府也想支持張作霖，使其充當侵略東北的代理人，將中國變成它的勢力範圍。1916 年張作霖剛當上奉天督軍兼奉天省長，爲了實現他「統一東北」的野心，10 月 13 日張作霖對他的日本顧問菊池中佐說：「我力避投入政爭漩渦，一意和日本提攜，維持東三省及東蒙的安寧秩序，以專心致力於開發」〔註40〕。在日本的幫助下，1918 年 9 月北京政府任命張作霖爲東三省巡閱使。可以說，張作霖稱霸東北時與日本的支持分不開的，張作霖與日本互相勾結、互相利用，張

社，2007 年 11 月版，第 211 頁。

〔註37〕英國外交部遠東司長 S. P. Waterlow: William R. Louis, British Strategy in the Far East, 1919~1939, Oxford: Clarendon, 1971, p.110.

〔註38〕《芳澤公使致田中外務大臣電 1928 年 6 月 1 日》，選自《北洋軍閥》(1912~1928) 第 5 卷，武漢出版社，1990 年 6 月版，第 779 頁。

〔註39〕《張作霖拍賣東三省》1920 年 10 月 2 日上海《民國日報》。

〔註40〕《日本外務省檔案膠卷》，MT117，第 3158～3160 頁。

作霖為日本侵略政策效力，日本對東北的侵略日益深入。第二次直奉戰爭結束，奉系軍閥把持了北京政權，張作霖把勢力擴張到華北，進而伸向長江沿岸。這與戰前日本為其擴軍備戰，戰中提供情報是分不開的。奉系軍閥的勝利，表明了日本帝國主義在美英帝國主義爭奪侵華霸權的鬥爭中，又一度佔了上風。此時的日本由於段祺瑞失勢，而把張作霖作為新的侵華工具。奉系郭松齡倒戈，張作霖窮途末路時答應日本擬定侵佔東北數條無理要求後，得其幫助才保住江山。日本帝國主義認為「至少今天的形勢最具有統一的可能性是張作霖。正如傳說的那樣，張作霖如果和廣東的孫文一派合作，南北相呼應，打倒吳佩孚，中國的統一大業大概不是十分苦難的。」〔註41〕

張作霖在東北雖與日本有互相利用，但張作霖是不甘心出賣東北的。「張作霖坐鎮東三省，整軍有方，理財有術，保境安民，人民稱頌，尤其對付日人，內外並進，剛柔互用，關東軍無所施其技。」〔註42〕對日本的壓迫，他往往採取推託的辦法，表面敷衍，1924 年「張作霖通令禁止非法出賣房屋土地給外國人」〔註43〕，遏制東北日人移民的居留。1924 年 5 月張作霖為加快東北鐵路建設，成立東三省交通委員會，開始籌建東北鐵路網。為此，日本方面認為，這些鐵路、港口的修建嚴重影響了其在「滿蒙的權益」，曾多次向張作霖提出警告和抗議，張對此未加理睬〔註44〕。1925 年 12 月郭松齡反奉時，日本曾向張作霖提出以承認「二十一條」作為出兵援張的條件。當時迫於形勢，張作霖曾口頭和日本締結密約。密約中規定日本在我東北有土地商租和雜居權等條款。事後張作霖親自去旅大拜訪日方，以重金答謝在郭軍反奉時日方對他的援助，以此抵沖危難時的過失承諾。張作霖深感答應土地商租和雜居權，就等於承認「二十一條」，無疑會遭到全國人民的反對，而且嚴重影響自己在東北及內蒙的既得利益。為推翻自己的承諾，張作霖讓王永江暗中指示東三省議會出面堅決反對上述條件，他以此為藉口，對日本人說：「這類問題等風頭過去再談吧！」〔註45〕予以拖延。

〔註41〕田園一龜：《怪傑張作霖》，遼寧大學歷史系內部參考資料，第 226 頁。

〔註42〕曹汝霖：《一生之回憶》，香港春秋雜誌社，1966 年版，第 71 頁。

〔註43〕1924 年 5 月《盛京時報》。

〔註44〕張友坤、錢進、李學群編著：《張學良年譜》（修訂版），社會科學文獻出版社，2009 年 2 月，第 62 頁。

〔註45〕張友坤、錢進、李學群編著：《張學良年譜》（修訂版），社會科學文獻出版社，2009 年 2 月，第 98 頁。

1927 年 10 月 15 日，「日本逼張作霖簽訂關於五條鐵路的密約，張僅簽個『閱』字以應付之。張作霖在離北京前夕，日本公使芳澤要求張作霖正式履行『日張密約』（郭松齡反奉時同意的），被張拒絕」〔註46〕。張作霖說：「我不能出賣東北，以免後代罵我張作霖賣國賊。我什麼也不怕，我這個臭皮囊早就不打算要了」〔註47〕，張作霖因不容於日本侵略而被害。日本對東三省久存野心，對付張作霖也是煞費苦心。作為地方統治者的張作霖面對歷史遺留下來的日俄侵略，能做到應付得宜，無從尋釁，已經實屬不易，然最後因保住東北領土「逐至遇難，其命也歟？然亦可稱為殉國」〔註48〕。

4. 善於與記者溝通和左右輿情

張作霖在統治過程中，為了及時與社會溝通，表明心境，得到輿論支持，曾多次與新聞記者談時局。主要時段是 1920 年 8、9 月間奉系軍閥入關進京，1922～1923 年間東三省「聯省自治」及 1925 年 9 月浙奉戰爭奉系失敗，張作霖欲借媒介為奉系軍閥的各種行為博得民眾理解及取得帝國主義支持。

1920 年 8～9 月張作霖曾與《英泰晤士報》、《華北明星報》、《星期評論報》、日本大阪《每日新聞》等多家媒體談論此次入關理由，奉軍入關後安排，對國民大會態度，對吳佩孚的評價，制約軍隊、裁兵及對解決時局的意見等問題。通過與媒體的這些談話，表明奉系為被迫入京，且不贊成不合國情的國民大會，奉系不響應中央裁軍政策是因為東三省地域廣大，有增兵之需，以此得到民眾的支持及中央政府的理解。

1920 年 7 月 27 日與北京記者談入京理由，奉軍入關是受邀而來，而且是遭到小人迫害後，不得已而為之。「調兵入關乃與曹錕取同一之行動，即統一中國而已〔註49〕。「余為調停時局糾紛起見入京，然事不如意，加之合肥左右小人蠢動，輒有作梗之舉，不得已而退歸，忽有姚某等暗殺團出現，攪擾地方，危害無辜人民，幸天心明，姚某等就獲，余即奮然決定入京矣」〔註50〕。

〔註46〕 曹汝霖：《一生之回憶》，香港春秋雜誌社，1966 年版，第 73 頁。

〔註47〕 曹汝霖：《一生之回憶》，香港春秋雜誌社，1966 年版，第 73 頁。

〔註48〕 曹汝霖：《一生之回憶》，香港春秋雜誌社，1966 年版，第 73 頁。

〔註49〕 1920 年 7 月 27 日張作霖在津與《英泰晤士報》、《華北明星報》、《星期評論報》記者等舉行會談。載胡玉海、里蓉主編：《奉系軍閥大事記（1894～1931）》，遼寧民族出版社，2005 年 2 月第一版，第 231 頁。

〔註50〕 1920 年 8 月 13 日下午與日本駐京各新聞記者 15 人談入京理由。載胡玉海、里蓉主編：《奉系軍閥大事記（1894～1931）》，遼寧民族出版社，2005 年 2 月第一版，第 233 頁。

接著談到對於時局解決的辦法，「南北統一，是爲緊務中之最大緊務，靳內閣今已成立，且與南方疏通，頗爲良好，其進行不可謂之至難也。」〔註51〕在 8 月 13 日與日本大阪每日新聞記者談話中，顯示吳佩孚受英美勢力支持，才有國民大會，張作霖且認爲國民知識不足，且南北未行統一，根本無國會可言，強行恐生弊端，同時張也一再表明願意與日本在東北境內友好相處。「反對吳佩孚氏召集國民大會之主張，因渠確信中國人民知識尚不足語此之故。曹錕與渠統一，渠已勸告吳氏，告以此種主張之不能發生效力，吳氏自己並不欲有此國民大會，但有英美人各一，在其背後鼓吹此項主張。」〔註 52〕「自己負有滿洲境內中日良好交誼之責」〔註53〕。9 月 2 日張作霖與外報訪員談制約軍隊、裁兵等問題，表明「其部下軍隊，悉受政府節制，全國軍隊，悉隸政府，故督軍不遵政府命令，單獨用兵者實屬謬舉」。對於裁軍問題張作霖稱，「渠爲一省長官，服從政府命令，裁兵計劃，應照省分大小行之，滿洲地大，兵額宜增，渠現有軍隊，除警察外，共三十萬人」〔註54〕。9 月 30 日張作霖與日本記者談話，稱于沖漢爲特使赴日「主要任務是爲了收到中日友好的成果，相互坦率地交換意見，以求取日本政府的諒解。……使命的大部分是與東三省有關，使之與日本政府交涉，其內容不便說明。」〔註 55〕通過談話得知此時的張作霖是希圖得到日本的支持，希望日本能大力支持與得到英美支持的直系形成對峙，並最終取代，實現統一中國的目標，其實日本也深知吝嗇的張作霖一切都從利弊得失出發，奉行有伸縮性的親日行動。

　　1922 年至 1923 年張作霖也曾多次與記者談論對時局的看法，此時張作霖以被免去本兼各職，在東北實行「聯省自治」。發表談話是表示擁護曹錕當選總統，對奉直議和謠言表明否定態度，並對賄選總統的行爲不贊同，但靜觀曹錕促成南北統一的行動。張作霖通過媒體向民眾表明，奉系只願在東三省保境安民，並無武力擴張全國野心，但若有直系前來進犯，定不坐視。1922 年 8 月 13 日張作霖在奉與美記者談話，「倘曹錕繼黎被選爲總統，將擁護曹

〔註51〕 《張作霖與日記者談時局，反對開國民大會》1920 年 8 月 18 日《申報》165-856（6）。

〔註52〕 1920 年 8 月 15 日《字林報》北京電。

〔註53〕 《附譯西報消息》1920 年 8 月 18 日《申報》165-856（6）。

〔註54〕 《張作霖與外報訪員談制約軍隊、國民大會、裁兵等問題》1920 年 9 月 2 日《申報》166-22（1）。

〔註55〕 田園一龜：《怪傑張作霖》，遼寧大學歷史系內部參考資料，第 383 頁。

氏，惟與吳佩孚之感情，壞至極點，而與英國亦不佳」〔註 56〕。當時因爲英國堅持京奉路自由通車，會剷除日本對鐵路的管理權，這樣對張作霖與日本的關係是一大損失。「京奉車輛倘不加以外交上壓迫，而關外鐵路仍歸其管理者，當陸續歸還」〔註57〕，然外之意就是欲強迫政府取消免職令。1923 年 10月 25 日張作霖嚮往訪之記者發表關於最近時局之談話：「予現爲東三省保安總司令，除東三省保境安民外，並無他念」。「奉直和議，無何等考慮，縱或直隸派向予提示如何有利條件，予斷抱決心，不與之應。實際上予亦認爲無有與以接應之必要」。「曹錕當選大總統，全屬僞選，不能認爲合法，即爲曹錕爲國會選出之大總統，然予以爲東三省選出之東三省保安總司令，其間予信無若何差別」。最後張作霖慷慨表態，若曹錕能夠「促成南北統一，具此自信，盡可放膽做去，予定守旁觀態度」〔註 58〕。

　　1925 年 9 月 20 日美國聯合社董事長哈瓦德訪問張作霖，晤談很久，哈瓦德還將其談話報告哈瓦德報紙三十家，並在北京聯合社披露。張作霖此次談話的核心爲法權與關稅向小問題，過激主義爲當前鉅患，奉軍兵力足以防止，希望各國予以道德、經濟上的援助。「治外法權與關稅兩問題，實爲無關重要，據外人眼光觀之，或據華人眼光觀之，此兩事均非根本重要問題」。「中國四萬萬人民如受俄國政治瘟疫之毒，則世界國家絕無能設法剷除之也。夫蘇俄在華活動一節，外國或抱疑慮，華人領袖某某與蘇俄合作，人所共知，余素日之希望，即在現時之政府變成鞏固，足以統一中國」。「過激主義實不適於中國人之心理，過激主義之火星，難已潛入中國各地，而尚未到燎原之時，如能從速設法，加以防範，不難制止。東三省方面尚未聞有過激之事，吾人之軍隊組織極佳，足敷制止此害之用，如遇必要時，吾人之軍隊，亦可抵禦全國過激之害，但吾人須得有關係各國之援助。此援助爲何，即爲強有力道德上之援助，與經濟上之援助是也。」〔註 59〕

5. 媒體視閾對張作霖的評價

　　奉系軍閥張作霖被認爲是北洋軍閥時期能夠力挽狂瀾的關鍵人物，處於萬眾矚目的位置，一直是眾多國內外新聞記者追逐和報導的對象，對其評價

〔註 56〕　《張作霖代表與美記者談話》1922 年 8 月 16 日《申報》183-330（2）。
〔註 57〕　《張作霖代表與美記者談話》1922 年 8 月 16 日《申報》183-330（2）。
〔註 58〕　《張作霖之時局談話》1923 年 10 月 27 日《上海中國晚報》。
〔註 59〕　《張作霖與美記者之談話》1925 年 9 月 27 日《申報》216-609（2）。

也是眾說紛紜，褒貶不一，有支持者更有批評者。對張作霖的評價也是多角度、多方面、多元化的。對性格方面好壞評價平分秋色，對在東北的政治實踐也是一分為二，但多為正面的較公允，對多次舉兵關內也是正負皆有，但造成民眾忍受戰爭之苦實為不義之舉，張作霖屢次的親日外交遭到國人痛恨，但因最終沒有出賣國家主權，保護東三省領土完整，對日本侵略最終沒有妥協，得到國人諒解。所以後人對張作霖蓋棺定論的評價多數是欽佩、讚譽之聲，而有少數帶有派別立場的媒體給予貶義評價。

性格人品方面。時任張作霖組織的東三省民治促進會會長的高崇民對其評鑒，「其為人，多機智，聲色貨利非所好，好俠義，喜近讀書人，此其所以興也」，「無政治頭腦，乏世界知識」，「至以漢高明太譽之，陰雇其好大客功，用兵關內，逐鹿中原，為天下英雄之志，遭大投艱，中道崩殂，亦可哀矣」〔註60〕。時任東北空軍少將司令官馮庸評價張作霖「他推誠委任，不猜疑，不嫉妒」〔註61〕。黑龍江陸軍軍官養成所郭德權評說「張公為人忠厚，可稱節、義、廉、明」〔註62〕。

數次舉兵關內評價。高崇民評價張作霖「重以用兵關內，供應浩繁，民生益困」〔註63〕。臺灣大學歷史教授沈云龍評價，「因『英雄主義』作祟，曾經幾次向關內進軍，捲入政治漩渦，陷於泥沼，不能自拔」〔註64〕。美國哥倫比亞大學編寫的《張作霖傳》說：「張作霖幾次入關聞問內地軍政，對於當時中國軍閥政治具有平衡作用，並且終於鋪平東三省與中原結合一體的道路」〔註65〕。

政治實踐方面。張作霖在政治實踐中的一舉一動，新聞媒體相當關注且具有很大的新聞價值。有些民營大報對張作霖的統治實踐多直言不諱的。五四運動之後，《申報》發表一篇雜評《張作霖》，評論張作霖對東北的統治野心「夙懷統一三省之野心，自攫得巡閱使一職後，著著進行」，五四運動時對於學生，「代以武力迫禁開會，使愛國熱忱不敢稍有表示」，對於商民「以苟

〔註60〕高崇民：《張作霖與東北》，《高崇民傳》，人民日報出版社，1991年版，第33頁。

〔註61〕《張作霖先生座談會》，臺灣《傳記文學》第31卷第4期，第27頁。

〔註62〕《張作霖先生座談會》，臺灣《傳記文學》第31卷第4期，第29頁。

〔註63〕高崇民《張作霖與東北》，《高崇民傳》，人民日報出版社，1991年版，第33頁。

〔註64〕《張作霖先生座談會》，臺灣《傳記文學》第31卷第4期，第30頁。

〔註65〕美國哥倫比亞大學編：《張作霖傳》電子版。

法把持金融，使蒙受損失，不敢有所告訴」〔註 66〕。這些評論描繪了張作霖不卹鄰疆，不顧邊禍，不維護其輿情民氣，只知道急切地拓其權利地位。

曾跟隨張作霖身邊的有識之士對張作霖在東北的施政予以客觀、公正的評價。高崇民對張作霖在東北施政的評價，認為張作霖受一人得道，九族昇天等傳統思想影響，「致使東北軍政各界，多稚魯無文之夫，橫暴貪污，無所不用其極」。張作霖對東北民眾是愛護有加的，只是不知道愛民之道。所以對橫暴貪污「張氏知之，又往往置於重典，足亦知愛民，而不知所以愛民之道，民斯苦矣」〔註 67〕。張作霖統治東北時各個方面發展還是成績顯著的，「惟以界於兩強之間，對外不肯示弱，關於交通、市政、教育諸端，頗知注意，外表亦殊有可觀。」〔註 68〕曾任東北陸軍第一一六師師長，1925 年授陸軍少將的繆澂流，在 1977 年 10 月由臺灣《傳記文學》雜誌社舉辦的「張作霖先生座談會」時評說：「我們對老帥不敢妄加評論，就其治軍待人確是外嚴內寬」，「認識人才，重視人才」，「治理內政，其成績超過關內各省，東三省大體均能安居樂業」，「東北處於日、俄兩強之間，時時發生問題。這些年不但未訂過喪權辱國條約，就北京對日所定二十一條……有老帥在世，日本均未行得通」〔註 69〕。

對張作霖最終的歷史定論，國內外媒體、著述對其褒貶不一，一般國內在張作霖身邊工作過的人及國內民營大報對張作霖的歷史功過還是讚譽的多；而外國媒體，尤其是美國媒體對張作霖的評價多是諷刺、批評，而讚譽者少，其實分析原因也不難看出是立場不同所致，因為英美是直系軍閥吳佩孚的支持者。

跟隨張作霖的民治促進會會長高崇民對其的評價為「人傑」，謂「平心而言，張氏之與東北，處不可為之地，當不可為之時，猶能支持掙扎至二十餘年，亦可謂功過參半，而其過且在於不知。故其遇害也。東三省無論男婦老幼，無黨派恩然，莫不悲悼。噫！張亦人傑也哉！」〔註 70〕天津《大公報》

〔註 66〕《張作霖》1919 年 6 月 27 日《申報》。
〔註 67〕高崇民：《張作霖與東北》，《高崇民傳》，人民日報出版社，1991 年版，第 34 頁。
〔註 68〕高崇民：《張作霖與東北》，《高崇民傳》，人民日報出版社，1991 年版，第 33 頁。
〔註 69〕《張作霖先生座談會》，臺灣《傳記文學》第 31 卷第 4 期，第 26 頁。
〔註 70〕高崇民：《張作霖與東北》，《高崇民傳》，人民日報出版社，1991 年版，第 33 頁。

社論：「張作霖雄踞關東手創霸業者十五年，親日賣國，叢謗一身。然終張之世，雖與日人曲盡周旋，於國土之權，則保持匪懈，故率攖日人之怒。皇姑屯一彈，身雖慘死，心迹則大白於天下」〔註71〕。北京《晨報》則認為張作霖不肯賣國，還是可以得到國人諒解的，「不肯簽字於賣國條約，以致殉國難於皇姑屯，秘幕為國人所知，因而取得諒解」〔註72〕，顯然國內大的民營媒體的評價是公允的。張學良在《雜憶隨感漫錄》中評價父親張作霖：「對沙海子的決鬥，不願糜亂地方，塗炭生靈，使我佩服他慈祥豪俠；隻身對抗藍天蔚，維護趙次帥，使我佩服他忠義膽壯。……對日本要挾之不屈服，使我知他愛國並不後人，敬佩他大義凜然」，「生非其時，他確具有劉邦、朱元璋之風度；亦有項羽、陳友諒之氣概：英雄豪傑也！！」「有雄才無大略」〔註73〕。總結國人對於張作霖的這些評價，筆者認為如臺灣學者吳相湘說「毫無憑藉崛起遼東，為不世之雄才」〔註74〕，應該說是公平而非過譽。

美國媒體對於張作霖的報導，多是貶斥的，且字裏行間流露出對張的譏諷、蔑視以及某種程度上的厭惡之情。美國人李亞（George B Rea）在上海《遠東時報》譴責張作霖是「地地道道的獨裁者，在一切國家事務上固執己見，玩弄權柄，使政府成為不過是一臺傀儡戲」。〔註75〕美國記者侯雅信（Josef W Hall）則指責張作霖搜刮大量財富，還預言：「假如吳佩孚失敗在張作霖之前，那麼，張作霖儘管有他的軍隊和銀行，也將失敗在人民的面前，並且比袁世凱的失敗要快得多。」〔註76〕美國《時代》周刊「張作霖是舊式大軍閥」〔註77〕；「一位瘦小但卻專橫高傲的中國人，從上到下，他穿著一身富麗堂皇、亮閃閃的藍色絲綢陸軍大元帥服，樣式是由他自己設計的。此人就是滿洲和中國北方的軍閥、赫赫有名的張作霖。日本曾支持他的『滿洲政權』。據信英國也私下為他提供援助。上周，他決定正式宣佈自己為『統治

〔註71〕 1933 年 3 月 13 日天津《大公報》社論。
〔註72〕 1933 年 1 月 23 日北京《晨報》。
〔註73〕 張學良校補，張之宇錄入：《雜憶隨感漫錄》，人物春秋版。
〔註74〕 吳相湘：《孟祿博士與張作霖、閻錫山的談話》，臺灣《傳記文學》第 34 卷第 2 期。
〔註75〕 章伯鋒主編：《北洋軍閥 1912～1928》第四卷，武漢出版社，1990 年版，第 771 頁。
〔註76〕 章伯鋒主編：《北洋軍閥 1912～1928》第四卷，武漢出版社，1990 年版，第 771～772 頁。
〔註77〕 1927 年 4 月 4 日《時代》周刊。

者』。他用又尖又高的聲音朗讀自己寫的 20 字誓言，鼓勵他的軍隊『消滅中國的共產主義』。不幸的是，無論如何這一切均毫無意義。張本人一直是一個不折不扣的獨裁者。差不多一年來他天天都在對記者說，他的軍隊即將『消滅中國共產主義』，可是上周這些軍隊卻被南方傑出的『國民革命軍』總司令蔣介石打敗，正在向北京撤退。因此，上周『獨裁者』張倒像是在喊出絕唱的第一聲勇敢的音符」〔註78〕。

美國媒介除了上面的對張作霖貶意評價外，還有比較溫和亦或讚美的評價。上海主編英文刊物《密勒氏評論報》的美國人鮑威爾，採訪過張作霖，在他的眼裏這是一個幽默有趣的人，「當我坐在會客廳裏，看見一位矮小、溫和、沒有鬍子的人，有人介紹說這就是張作霖將軍時，我不由大吃一驚，……張作霖將軍不失爲一位具有幽默感的人。」〔註79〕

奉系軍閥張作霖沒有「消滅共產主義」，也沒有打敗國民革命軍，相反在各方壓力下，通電宣佈撤離北京，駛奉途中被日本關東軍炸死。曾經叱吒風雲、「不可一世」的一代梟雄，竟以這種方式永辭人寰。關於張作霖的歷史功過，遠非三言兩語可以說清。但我比較欣賞美國記者鮑威爾的一段評說：「儘管東北長期處在日本軍閥的鐵蹄下，張作霖常常不得不奉命行事，但蓋棺論定，他無愧爲一個愛國的中國人。張作霖把自己的大半財產用於興辦教育。他年輕時沒有受過良好的教育，但他在東北亞地區，跟俄國人和日本人玩弄國際政治這副牌時，卻是一個精明的牌手，應付裕如，得心應手，始終保持了東北領土的完整」〔註80〕。

（二）張宗昌

張宗昌（1881～1932），原名張田，後改名張宗昌，字效坤，山東掖縣人，生於1881年，家境貧寒，讀過一年私塾。曾做過縣衙捕快。18歲時闖關東，挖煤、淘金、修路，做過鏢手。在關東的林莽中練就了嫻熟的馬技和高超槍法。在山東同鄉中很有威望。後到俄國海參崴一家華商公會當保安，會說俄語。1912年參加南方革命軍，任上海光復軍騎兵團團長，駐防閘北地區。二

〔註78〕《「獨裁者」發表宣言》1927年6月27日《時代》。
〔註79〕鮑威爾著，邢建榕等譯：《鮑威爾對華回憶錄》，知識出版社，1994年版，第91頁。
〔註80〕鮑威爾著，邢建榕等譯：《鮑威爾對華回憶錄》，知識出版社，1994年版，第93頁。

次革命中受傷後投靠直系馮國璋，受到器重，招兵成旅，升為陸軍第一師師長兼第二路軍總司令。在袁世凱密謀下收袁 5 萬元，張宗昌派人暗殺了著名革命黨人陳其美。1919 年馮國璋逝世後，走投無路時受張學良之邀，遂投靠張作霖。1922 年 5 月奉張作霖之命吉林剿除叛匪後，收容了帝俄逃入中國境內的 1 萬多人白衛軍及大批武器，實力大增，受到張作霖重任。後逐步發展為奉系軍閥的主要將領。

1925 年張宗昌督魯後，苛捐雜稅增至十餘種，各界均受其害，農民尤烈；但重視尊孔祭祖，主張推行尊孔讀經，通令全省自小學三年級至高中畢業，一律添加讀經講經課程。1926 年，張宗昌訓令山東大學「管理訓練，尤以尊德性、明人倫、拒邪說為依舊」〔註81〕。

張宗昌雖然知識淺陋，但知道新聞輿論的重要，創辦有直魯聯軍機關報《黃報》、《正言晚報》、《大義報》、《輿論報》、《北京時報》、新魯通信、正言通信等報刊和通信，同時也對新聞媒體發表過時局談話。由於封建宗法觀念和皇權主義思想仍濃厚地存在於張宗昌的頭腦中，認為剝削人民的自由民主權利，動輒宣佈戒嚴，禁止人民集會、結社，勒令報刊停刊或予以查封是當權者的正當行為。在山東召集記者的訓詞就可見一斑，「今天我請你們大家來，沒有別的話說，就是你們的報上登載的消息，只許說我好，不許說我壞，如果哪個說我壞，我就以軍法從事」〔註82〕。張宗昌還真就踐行了自己的話，他上任前濟南有報館 20 餘家，上任不到 4 個月就剩下 5 家〔註83〕，還殺害《青島公民報》記者胡信之，《農民日報》主編李清漣，《社會日報》社長林白水，對新聞界進步記者大行殺戮，使張宗昌得到了全國輿論的聲討，也成為新聞界的歷史罪人。

張宗昌為表明反赤決心，注重擴大自辦反赤的輿論影響力，不僅創辦正言通訊社和《正言晚報》，還多次向直隸內河行輪局請求贊助和訂閱新聞稿和報刊，「函請惠訂正言社社稿一份，該項稿費每份每月計收大洋 10 元，此戔戔之數，在貴局籌措非難，而敝處實受眾擎易舉之惠也」〔註84〕。「正言晚報

〔註81〕 1921 年 6 月 5 日《政府公報》。
〔註82〕 1925 年 8 月 12 日《晨報》。
〔註83〕 魏建、唐志勇、李偉著：《齊魯文化通史》（8）近現代卷，中華書局，2004年，第 152 頁。
〔註84〕 《直魯聯軍總司令部宣傳處為創辦正言通信社致直隸內河行輪局函》1926 年 9 月 23 日《北洋軍閥天津檔案史料選編》，第 594 頁。

亦經出版銷行頗廣。查赤逆得志，宣傳之力爲大。我方官中設立之宣傳機關尚不多見，敝處現方著手宣傳，以正人心，苦於綿力有限，深望鼎力加以贊助，敝群策群力，庶收眾擎易舉之效，而推銷愈廣，則人民蓋了然赤化之爲害，於行軍治理兩得其益。……擬請貴署首先訂閱數份，以資提倡，並通令所屬各機關派銷及廣爲勸購，並經行備足報費」〔註85〕。

張宗昌時常向新聞記者公佈自己的行動及主張，如1925年2月1日，張宗昌在上海與大陸報記者談話，鄭重申明和平願望，「余之來滬，係奉中央政府命令，……此來唯一目的，端在肅清散兵，恢復地方秩序，一俟善後辦竣，即將率領所部開撥回北」〔註86〕。1925年2月15日，張宗昌與滬報記者對孫傳芳允撤駐兵，各領事頗表滿意的上海善後辦法發表談話，「已與浙江督辦孫傳芳謀一諒解，並已有妥協條約之成立。」〔註87〕談話後孫傳芳三日撤兵，奉軍五日內撤出上海。

張宗昌爲抵制南方三民主義盛行，在北伐前夕上呈國務院總理希望北方「各該報館切實宣傳四維主義，每日必有短篇論說，違者禁止發行。」〔註88〕爲此內務部給直隸、山東、奉天、黑龍江、新疆、吉林省長，察哈爾、熱河都統函，「請貴省長都統轉飭所屬各警察官署，嗣後對於各級報紙特別注意，嚴密審查。至所陳刊撰短篇論說，宣傳四維主義一節，亦即由該管官廳酌量與各報館妥爲接洽，勸導辦理」〔註89〕。

張宗昌踐行奉系軍閥反赤方針，也踐行督魯不久對新聞記者的訓話，對共產黨報人和肆意抨擊自己的報人進行捕殺。相繼有《青島公民報》的主編胡信之由於支持青島工人罷工，抨擊日本資本家和親日商會，受人讒言詆毀，於1925年7月29日被張宗昌以「肆意行邪論，鼓動風潮，擾亂社會，引起

〔註85〕　《直隸省長公署爲辦理〈正言晚報〉反對赤化事致直隸內河行輪局函》1927年1月7日《北洋軍閥天津檔案史料選編》，第595頁。

〔註86〕　《大陸報紀張宗昌之談話，張氏鄭重申明和平願望》1925年2月1日《申報》209-464。

〔註87〕　《張宗昌與滬報之談話》1925年2月15日《東方時報》。

〔註88〕　1927年6月20日《張宗昌等建議黃河以北學校讀經以抵制南方實行黨義教育的有關文件》，《北洋政府內務部檔案》載於《中華民國檔案資料彙編‧第三輯》（北洋政府——文化分冊）（上）。

〔註89〕　1927年6月20日《張宗昌等建議黃河以北學校讀經以抵制南方實行黨義教育的有關文件》，《北洋政府內務部檔案》載於《中華民國檔案資料彙編‧第三輯》（北洋政府‧文化分冊）（上）。

重大糾紛，群情慌懼」的罪名殺害，《青島公民報》停刊。1926 年 8 月 6 日北京《社會日報》林白水因撰文稱讚馮玉祥的國民軍和發表諷刺文章《官僚之運氣》得罪張宗昌同僚潘復，被張宗昌以「通敵有證」罪名槍斃於北京天橋。1927 年 5 月沂水縣《農民日報》的創辦者李清漪，因在家鄉沂水發展地方黨組織，傳播共產主義思想被張宗昌殺害。

張宗昌一直與日本交往過密，不僅幫助日本人創辦侵華報紙，還聘請日記者做顧問。1929 年 7 月《東京日日新聞》大連電云：「日政府擬於大連設一大漢字報，作爲所謂滿蒙政策打開策；一方謀緩和排日感情；他方俾對滿蒙政策易於解決。現使元田肇氏之親戚岩本英夫氏秘密調查。據岩本氏談此事云：此計劃爲元田氏所發起，田中首相及關東廳長官木下，南滿鐵路局總裁山本諸氏亦俱贊成，行將實現。資本約五十萬，擬約潘復張政本（張宗昌）諸氏等，擔任其事云」〔註90〕。還有上海《民國日報》遼寧通訊中有云：「亡命日本的張宗昌，最近已離開別府，而似取道朝鮮，潛入吉林間島。此外尚有數事：（一）大連之滿鐵機關報《滿洲日報》記者，有武田南陽其人，素以『支那通』一自命，與大連寓公輩頗有來往。客秋，張宗昌起而禍魯時，曾聘爲顧問。其後數月之間，該報對於魯戰之論載，儼然爲張宗昌之宣傳機關，最近武田不知何故，與社中當局發生衝突，現已被辭赴沈。（二）張宗昌舊部參謀長金壽良，潛來瀋陽日站，將近一月，變名史某。（三）大連漢文報華人記者文實權，係復辟黨份子，半月以前，忽偕某人，乘輪渡日。以上三人之行動，均爲張宗昌等奔走。」〔註91〕據此，可知日本帝國主義者的陰謀宣傳機關，是不單憑藉紙彈來搗亂的；而中國的高級軍政人員張宗昌竟聘外國的間諜記者做「顧問」，並有幕僚游說於日本，可見張宗昌有賣國的眞實行爲。

（三）張學良

張學良（1901.6.3～2001.10.14），字漢卿，號毅庵，乳名小六子。中國奉天省海城人。奉系軍閥領袖張作霖之長子，人稱「少帥」，奉系軍閥少壯派將領。

張學良的成長過程和奉行的政策，與張作霖有顯然的差別。張學良自幼處於「東北王太子」的地位。二十歲即帶兵打內戰，二十九歲繼承張作霖的

〔註90〕《大連電》1929 年 7 月 15 日《東京日日新聞》。

〔註91〕《遼寧通訊》1929 年 11 月 23 日上海《民國日報》。

地位，他是封建軍閥向民族資產階級轉化的人物。

張學良沒有進過正式學校，而是聘請中國的、外國的家庭教師講授課程，參加基督教青年會的文化活動，在東北講武堂體驗軍人生活，與郭松齡、閻寶航、杜重遠等進步人士交好，由此張學良具有一般知識青年的民主愛國思想，並參與社會上的各種進步活動。

張學良的治軍與郭松齡合作，他們不再採用收編土匪、重用綠林兄弟，而是從勞動人民和窮學生中招兵，嚴格訓練，各級軍官必須受過正式軍事教育，且成績優秀者，選送出國深造。他們能與下級軍官和士兵接近，保證軍隊的生活供給，不准「喝兵血」，所以他和郭松齡帶領的三、八旅，後擴充為第三軍，成為東北軍的精銳，戰功最大。第一次奉直戰爭失敗後，張作霖發憤整軍經武，讓張學良為整訓處參謀長，建立空軍、海軍，擴建兵工廠，加強講武堂，起用新人，張學良發揮作用最大。在張學良獨立領兵，以及流亡期間的東北軍，組織上紀律上從未削弱，不是張作霖的奉軍及其他雜牌軍隊可以比擬的。

張學良 1928 年 7 月 3 日就任東三省保安總司令，開始主持東北的軍政事務。他認識到封建割據、軍閥混戰只能帶來經濟衰退、民不聊生的局面。他曾說：「經濟是一國命脈，經濟上不能復興，政治上就永遠沒有獨立自主的一天」，遂提出「東北新建設」構想。1928 年 12 月 29 日，張學良毅然宣佈東北「易幟」，並通電全國，由此挫敗了日本妄圖把東北從中國版圖上割裂出去的陰謀。在日本侵略和壓迫的艱難情況下，張學良既進行必要的抗衡，又進行工業、商業、林業、農業、鐵路交通、航空運輸、文化教育等方面建設，並且在三年時間內取得可觀成效，奠定了東北地方民族工業發展的基礎。

張學良注重辦學校，增撥教育經費，發展各縣中小學，取消讀經尊孔運動，特別是捐款擴建東北大學北陵新校舍，由德國公司承包，仿柏林大學規模。各院教師大樓、實驗工廠、圖書館、體育場的規模質量，為當時全國之冠，以比關內大學高一二倍的工資，聘請名教授。他自己兼任東北大學、同澤男女中學及後來的東北中學、東北講武堂等名校的校長，他捐出大筆私資，建立「漢卿教育基金會」，資助各校經費及社會文教活動，資送優秀畢業生出國深造。

經濟和教育的發展必然帶動新聞業的繁榮，張學良重視無線電新聞通訊事業的發展，尤其注意培養無線電通信知識的專門人才。1923 年 7 月 31 日張

學良充任無線電臺監督，暫借宮殿南院房屋爲辦公處，在東三省緊要區域一律添設分臺，以便各軍傳達消息。經過籌建使奉天廣播無線電臺竣工並正式播音。廣播電臺的開通，給報刊業發展提供了廣闊的空間，報刊報導的內容更加廣泛，信息量增大。

　　張學良對新聞媒體很是尊重，資助創辦大量報刊，一爲宣傳政令，發展經濟，同時也爲抵制日本侵略。張學良資助過後期的《東三省民報》，並出資創辦《新民晚報》，使其成爲反日的先鋒報刊。還創辦《東北新建設》雜誌，以「建設新東北，助成現代化國家，消彌鄰邦野心」。創辦《精鐘》周刊，指令凡連長以下每人皆手一篇，並須於個人觀覽後隨時向各連詳爲解釋，以期盡曉。還資助創辦《東北工商報》、《哈爾濱晨光報》、《松江日報》、《北洋畫報》等報刊，先後曾爲十幾家不同種類的期刊題寫刊名或題詞，如《東北新建設》、《東北交通大學校刊》、《遼寧教育月刊》、《民政月刊》、《蒙旗旬刊》、《民視》月刊、《夏聲季刊》等。《東北礦學會報》創刊時，他親自作序。當《法學新報》刊印三週年紀念號之際，他專門發去賀詞。1928 年 10 月 7 日張學良爲國慶寄贈《大公報》題詞：「直道存三代，知名過卅年；高文期有用，清議貴無偏；回雁驚秋亂，聞鵑訝地施；中庸在天下，先爲化幽燕。」〔註92〕另外，經他允許，一些期刊封面或扉頁也出現張學良的肖像。

　　由著名記者、新聞學家戈公振以及嚴獨鶴、趙君豪等率領的上海新聞界代表團於 1929 年 5 月訪問東北，在瀋陽受到了隆重的歡迎和接待。東北的新聞人士參加戈公振及其他知名報人舉行的新聞學術講演，是受益匪淺的，張學良大力支持，並以自己的活動經費給予資助〔註93〕。

　　張學良從 1928 年 6 月到 1931 年 9 月，這短短的三年裏，在「東北新建設」的口號下，勵精圖治，把東北建設成一個全國少有的經濟發展、社會穩定、文教事業進步的地區，與關內軍閥連年混戰、民生凋敝的局面形成鮮明的對照。

1. 張學良與新聞記者談時局

　　張學良作爲一位開明的統治者，從維護自己的統治地位出發，往往也聽

〔註92〕 胡玉海、里蓉主編：《奉系軍閥大事記（1894～1931）》，遼寧民族出版社，
　　　　 2005 年 2 月，第 493 頁。

〔註93〕 胡玉海、里蓉主編：《奉系軍閥大事記（1894～1931）》，遼寧民族出版社，
　　　　 2005 年 2 月，第 521 頁。

聽群眾的議論。並且善於將自己對時局的看法公佈民眾周知，以此獲得民眾的理解和支持。正如鄭觀應在《日報》中所說：「古之時，謗有木，諫之鼓，善其旌。太史風采，行人問俗，所以求通民隱、達民情者，如是其亟亟也」〔註94〕。張學良是善於同民隱，達民情的，其與新聞記者談論時局集中在以下三個時段：1925年2月張學良隨張宗昌去滬與孫傳芳謀和平，1925年「五卅」運動之後張學良去滬調查，1926年4月入京對奉直聯合討伐馮玉祥及北京教育界的混亂發表看法。

1925年2月10日張學良與申報記者談來滬的目的，雖說是遊玩，但張學良也表明雖不帶兵，但願使東三省軍隊「將造成一軍紀，務使軍人勿再成國民反對之的，但是否成功，未敢自信。」〔註95〕同一天，張學良與字林報記者談為謀和平統一而來滬，稱「渠之來此，為謀和平與國家統一，故渠父唯一志願，厥在謀中國之統一與和平」。接著表明奉軍不願戰爭，只是「為環境所迫，不得不執干戈以衛國家，奉軍今除和平外，別無他求」〔註96〕。2月11日張學良對日本記者團解釋外間對奉軍未退兵、增兵及欲伸張勢力於長江的誤會，「奉軍撤兵遲延，因收束潰兵之故。俟收束既畢，即退至常州附近」，「至外間謂奉軍現正增兵，亦殊無據，其實雖有補充，而無增加」，「奉軍南下，為擴張奉天勢力起見之說，亦屬揣測之辭，奉軍特隨盧氏南下，對於齊之反抗，依盧命討平之，如奉天欲伸張勢力於長江，在吳佩孚失敗時已有機會。又如此次南下，亦可乘勝進攻浙江，關於此事，亦足證奉天之希望和平，並無戰意，故奉天斷無擴張勢力於長江之野心」。〔註97〕

「五卅」運動後，張學良奉張作霖之命蒞滬調查五卅風潮，發表《致上海「五卅」愛國學生電》，表明聞上海學生因援助失業工人，為英租界巡捕開槍轟擊，死傷多名，非常痛心，「痛我莘莘之學，竟被摧殘，莽莽神州，天道何在？」接著分析造成如此的原因是「積弱之國，現象如斯，凡我國人，宜知奮勉」，然後表明自己願捐助資金慰藉死傷，力難遠及，聊以盡心，「謹以

〔註94〕 吳廷俊：《新記大公報史稿》，武漢出版社，1994年1月，第78頁。
〔註95〕 《張學良與申報記者談話謂來滬純以遊覽為目的》1925年2月10日《申報》209-635（5）。
〔註96〕 《張學良與〈字林報〉記者談話謂來謀和平與統一而來》1925年2月10日《申報》209-635（5）。
〔註97〕 《張學良對日記者團解釋外間對奉軍之誤會》1925年2月13日《申報》。

廉俸所人，捐助二千元」〔註98〕。張學良在上海拜會各國領事時表示，「惟此來爲調查雙方事實，及維持秩序爲天職，且我所率軍隊程度頗多，租界方面亦可合作維持。」〔註99〕接見上海學生聯合會代表時「鄙人在京聞此慘案，異常惋惜；此種滅絕人道，不特出於本國，即出於第三國，亦當主張公道；惟罷市、罷工等徒使自己受損失，希先復業而靜候交涉。」〔註100〕接見華僑學生代表時「鄙人亦屬國民一分子，頗願以個人資格，據理力爭。」〔註101〕6月23日《申報》刊登張學良離滬啓事：「願各界對外宗旨堅定，團體固結，手段務取和平，舉動勿涉軌外，圓滿解決，自在意中。一得之愚，尚希亮察。」〔註102〕6月25日《盛京時報》刊載《張學良與記者談對滬案之意見》聲明來滬以維護治安保衛國民爲唯一責任，言明對內外交涉當以和平爲要，對滬案希望政府交涉。「愛國之心，余自問與各界無異，但處此時局艱難之際，眼光當放遠，步驟當嚴整，國人向痛詬軍閥黷武，學良亦軍閥一，且自承認爲壞軍閥，然私意實酷愛和平。……國民當謹守秩序，忍一時之憤，靜候政府交涉」。接著張學良提出希望願與國人共勉，「牢記國恥，發奮圖強，人人從修養人格入手，工商學界各以發展其業爲職志，則二十年後，所謂十年生聚，十年教訓，誰敢再以侮辱臨我」。對於罷學、罷工、罷市張學良並不贊同，「余絕對不贊成國人自己犧牲過大」〔註103〕。闡明學生罷學荒棄求學光陰，罷市則華商日損三百萬，罷工僅華商雇工，對手雇用華工並無一致舉動，實等於自殺。

1926年4月24日張學良與國聞社記者談時局，表示此次來京是視察軍隊整頓風紀，並對國民軍馮玉祥予以抨擊，「自來竊鉤者誅，竊國者侯。國民軍將領皆竊國之徒，聯軍兵士則不過竊鉤之輩。甚望世人，有以察之」。並言此番是奉方與吳佩孚聯軍共同討伐馮玉祥，「必使國民軍不再有赤化嫌疑，不再受赤俄協濟械彈而後已」。最後張學良談及對北京的教育狀況深感惋惜，「北京近年學風太壞，學校爲世詬病，有子弟者至不敢送至北京學校讀書。予係學生出身，對此現象，極爲悲觀。以爲鐵路破壞，實業不興，所害尚

〔註98〕《致上海「五卅」愛國學生電》1925年6月9日天津《大公報》。
〔註99〕1925年6月15日第9版《申報》。
〔註100〕1925年6月15日第9版《申報》。
〔註101〕1925年6月16日《申報》。
〔註102〕1925年6月23日《申報》。
〔註103〕《張學良與記者談對滬案之意見》1925年6月25日《盛京時報》。

小，獨此關係國脈之青年教育，放任冷淡，一至於此，實大不了。務望社會名流碩彥，切實注意，不宜因現在學校辦得不好，便爾漠然視之，須知誰無子弟，辜忍聽其惡化。依予之見，應在京籌定教育專款，使學生不受困乏之之苦。」〔註104〕

1926 年 4 月 25 日張學良與民治社記者談時局，時值對於直奉各自主張顏、靳內閣問題產生分歧，其實張學良對新聞界屢有表示，其意似乎主張恢復約法，而絕不以護憲為然，然而奉天方面因 1924 年曾參與討伐賄選，此時若順從直派主張，認 1924 年的局面為有效，是自失立足點，所以奉系軍閥在這次組內閣問題很是難堪，時局不易解決，其癥結在於此。當記者問及大元帥府組織問題，張學良避而不答，只言此來是「協商軍事問題，並不涉及政治，即齊靳亦復如是政治問題，自有吳張兩帥暨國中賢豪公同商決。」〔註105〕

2. 媒體視閾中的張學良

美國《時代》周刊在奉系軍閥張作霖被炸後，以《張之後的張》為題報導了張學良在緊要關頭的舉動，「一個能幹的中國年輕人，被討好他的人奉承為『完美的戰士』，在經過了 17 天謹慎的秘而不宣之後，於上周證實了他的父親、滿洲大軍閥張作霖在撤離北京途中被炸身亡的消息。17 天的時間，足以使兒子、繼承人張學良鞏固其地位，看上去已獲成功，所以他宣佈，根據協議他繼承了 1,000 萬元的遺產。滿洲是比法國、意大利加在一起都要大的偌大地盤，位於中國富饒的北方，這塊土地的新統治者以堅定的語調宣佈其綱領：『我要我們的人民專心於滿洲發展，為了發展，關心我們自身而非外部。從現在起，我們沒有必要尋求擴張，或者侵犯中國別處……』『我經歷戰爭已達 10 年，深知其恐怖。我要讓我們的人民不再身受其害。』『至於國民軍我們準備與他們在平等基礎上簽訂協議。事實上，我們已經達成了協議，不過目前暫時停頓，有待於民國政府統一後實施。如果他們想把我們排除在外，只根據他們自己的條款來取得和平，那麼我們自然不會與他們談判。』」〔註106〕

美國《時代》周刊報導的行文，摘錄的聲明，為人們展現著一個與其父

〔註104〕1926 年 4 月 26 日《晨報》第 2 版。
〔註105〕《張學良與民治社記者談時局》1926 年 5 月 3 日《申報》223-57（5）。
〔註106〕《張之後的張》1928 年 7 月 2 日美國《時代》周刊。

性格、政治主張諸方面均有很大不同的張學良。配合這則報導，《時代》還發表了一幅張學良的照片。照片上的張學良一身白色休閒服，他雙手叉腰，腳上一雙長筒皮靴，倒讓人感覺出一點鎮定自若的神采。的確，在對父親遇難消息秘而不宣的十幾天裏，張學良做了許多緊要的事情，並且控制了局面，避免了因張作霖去世而可能引發的奉系內部混亂及日本關東軍的進一步陰謀，張學良有令人刮目相看的智謀和堅韌。《時代》照片的說明上面一行「SMART SON CHANG」下面一行「His father was smarter」。關鍵詞「smart」是「狡猾的」，這兩句的意思是「狡猾的兒子張」，「他的父親更狡猾」〔註107〕。「smart」也是聰明的之意。「狡猾的」「聰明的」張學良在危亂之際走到了歷史舞臺的中央。他躊躇滿志，被手下人譽爲「最完美的戰士」，以此姿態站到與蔣介石、馮玉祥、閻錫山相提並論的位置。並且在接下來的時間裏，張學良一次又一次地以他的參與而改變中國現代史的進程：第一次1930年，在蔣、馮、閻中原大戰膠著之時，張學良出兵關內，力挺蔣介石，導致馮、閻兵敗宣佈下野，從此不再有向蔣挑戰的實力；第二次1931年，在日本關東軍策劃的「九‧一八」事變中，張學良的東北軍一敗塗地，撤進關內，整個東北轉眼間陷入日本之手，中國從此開始抗日救亡的時代；第三次1936年，張學良囚禁蔣介石，「西安事變」眞正徹底改變了中國的歷史走向。

第二節　經濟環境

　　奉系軍閥統治時期，東北的經濟狀況好於關內各省及京津。有文章記載1924年「北京之鬧窮，截至現今，財政部尚無辦法，然各方面受此影響，不免叫苦連天」〔註108〕。文章中稱北洋政府官吏近兩年因欠薪過巨，無術支配發放，故至年終，僅放一個月欠薪。京畿軍警欠餉已積欠六個整月。銀行在夏曆年關有停滯現象，有欠銀行職員薪金三月有餘。商民難索積欠，年終歇業者實難枚舉。1925年四川、貴州、雲南、湖南與江西鬧大災荒，1925年「川民死於饑荒者，已達三十萬人，死於疫癘者亦有二十萬人，至於流離失所，委填溝壑者更不可勝紀」〔註109〕；黔省旱荒「災民有二十餘萬人之多」

〔註107〕李輝：《封面中國——美國〈時代〉周刊講述的中國故事（1923～1946）》，東方出版社，2007年5月版，第70～75頁。

〔註108〕《北京之一片呼窮聲》1924年2月5日《上海晚報》。

〔註109〕頌阜：1925年8月10日《五省之大災荒》，《東方雜誌》第22卷第15號。

〔註110〕，全國經濟局勢一片蕭條。然 1916～1928 年雖然中國軍閥操縱政治，連年混戰，致使國家分裂，而奉系軍閥張作霖統治的東北，由於受傳統道德的影響，當地政府官員（東北有責任心的官員、工商界精英和民間精英）努力建設家園，使東北社會上出現共和思想，經濟有所發展，「一些近代化產業開始興起，從而使北洋軍閥對東北地區造成的破壞與損失得到一定程度的彌補。」〔註111〕奉系軍閥統治時期，東北政府不僅負責收稅和維持社會秩序，同時也實施了許多建設項目，開發農產品貿易，創辦紡織廠、電燈廠，興修鐵路和快速公路，開發電話與電報服務項目，引進關內勞動力等，這些舉措都直接促進並加快了東北地區經濟發展和現代化建設。美國學者包華德評價「張作霖統治滿洲的時候，國內軍閥混戰的物力損失，農業、經濟上的癱瘓，人力摧折這些現象並未在滿洲出現」〔註112〕。經濟環境中的城市與人口、實業與資本都與新聞事業密切相關，尤其與報業相關的造紙業、印刷業、交通郵電業等鏈條行業的發展，延拓了近代東北報業發展的可持續性，並使之變爲可能。

一、城市與人口

新聞傳播的發達與城市的繁榮、人口的增長相關聯。城市的規模、地理位置、人口的流動、受教育程度、多元化文化的形態、文化氛圍等等，都直接與新聞事業正相關，城市規模越大、越現代化，人口越多、受教育程度越高，對媒體的要求就越高，要求傳媒有自己的品味，能夠表現整個城市不同階層受眾的個性地位，所以城市與人口是新聞業發達的主要促進因素。

東北的奉天、長春、哈爾濱、齊齊哈爾、大連等城市由於「招募關內墾民十萬」並給予優厚的移民政策，「凡屬墾民，一律均與免稅三年，並爲保護墾民萬全起見，就地分派步兵旅專任護墾」〔註113〕，但移居而來的「墾民」並未「墾」地，多集中在擁有車站和港口的大城市，加之日、俄大量侵略及避難的移民，使東北港口及省會城市人群聚集，現代商業、服務業隨之而起。城市和人口的擴容，帶動了經濟文化的繁榮，由此新聞業也隨之擴大

〔註110〕頌皋：1925 年 8 月 10 日《五省之大災荒》，《東方雜誌》第 22 卷第 15 號。

〔註111〕薛龍新著：《北洋軍閥時期的中國地方政府：傳統，近代化與東北地區（1916～1928）》，2002 年，第 5 頁。

〔註112〕包華德：《民國人物傳記辭典》第 2 分冊，中華書局，1980 年，第 11 頁。

〔註113〕《張雨帥之移民政策》1925 年 2 月 15 日《東方時報》第二版。

發展。

　　據統計，東三省的移民人口 1926 年爲奉天省 12,824,779 人，吉林、黑龍
江兩省合計爲 9,258,655 人，三省總計人口爲 22,083,434 人〔註 114〕，1930 年
爲 29,951,000 人〔註 115〕，平均每年增長 64 萬人。

　　移民流入的原因是無外乎是政治、經濟、社會、宗教四端。民國以來河
北和山東人口增長量超過土地供養力，更由於天災人禍，使最低限度的生活
供應也告中斷，結果造成大量驅逐性的人口出關。這些移民中大多是單身男
子，夫婦攜帶子女同行的只占單身移民的二分之一。從青島、龍口兩處登
輪，自大連入境，以奉天和長春兩地爲落腳點。這種大幅度的人口流動，不
僅對地區間的人口結構有巨大影響，即社會結構和組織，也不免因而產生相
當程度的變化。這些移民進入東三省後雖未給該區提供合理的農業勞動力，
而進入了城市及工業中心，也是「東三省工業化發展較內地迅速的原因之
一」〔註 116〕。「在奉系統治的 16 年間（1912～1928），東北地區的人口不斷增
加，耕地面積也不斷擴大，糧食產量迅速增長。而且，土地面積和糧食產量
的增長比人口增長的比例大。」〔註 117〕東北城市規模擴大及人口激增，帶動
經濟發展，人口從七八百萬增到三千萬，政府歲入增長幾十倍，爲新聞出版
等文化事業的開辦發展提供了基本的商業和讀者條件，而受眾激增本身就是
新聞傳媒發展的原動力之一。此時的奉天、長春、哈爾濱、大連這樣的大城
市已經有了各種各樣的報刊，以滿足不同階層讀者交流信息的需要。

二、資本與實業

　　奉系之所以能成爲北洋軍閥中一支主要派系，並能在最後與北伐軍對
抗，靠的雖是軍事實力，然軍事力量是以經濟實力支撐的。奉系的經濟實力，
除有東北豐富資源這得天獨厚的條件外，它的掠財手段、經濟政策，包括發
展基礎工業、民族工業政策都使當時東北經濟超過關內各省，實業與資本的
雄厚帶動了商業發展，也促進了文化的發展。

〔註 114〕1926 年 1 月 15 日《盛京時報》。

〔註 115〕見《滿洲國》第一次年報。另據民國二十年東北年鑒，東三省人口不含關東
　　　　　州，總數爲 25,269,719 人。詳細統計見胡煥庸《中國人口之分佈》，《地理學
　　　　　報》第 2 卷第 2 期，1935 年 6 月，第 33～74 頁。

〔註 116〕轉引自〔臺〕趙中孚：《一九二零～三十年代的東三省移民》，《東三省研究文
　　　　　集》，第 342 頁。

〔註 117〕衣保中：《東北農業近代化研究》，吉林文史出版社，1990 年，第 71 頁。

　　東北猶如「東方雄雞」的雞首，囊括黑龍江、吉林、遼寧三省區，地處邊陲，幅員遼闊，氣候宜人，土壤肥沃，擁有豐富的自然資源。當時東北的農業生產的商品量占全國的 50%以上，關內農業商品量不過為 20%。豐富的農業商品量擴大了外貿交易，東北的大豆、元皮、豬鬃、柞蠶絲是當時國際市場上的主要供給者。東北大豆是「世界性商品」，「像這樣一種在短期內出口猛增並獲得國際聲譽的商品，在近代貿易史上實屬罕見」〔註 118〕。同時農產品加工業和畜牧業隨之發展，東北的燒酒、豆油、豆餅、粉條大量運入天津、上海，冬季凍肉、皮張、大米大量運往日本，成為日本軍需民用的主要來源。東北林業資源豐富，森林總面積約為 2,615 萬公頃。林區發展山貨和皮毛業；江湖和沿海地區發展漁業；草原地區發展牧業；山區發展礦業，據俄國地質學家亞禮爾德調查，「北滿一帶蘊藏砂金數量為 350 萬公斤」〔註 119〕，還有大量非金屬礦藏。東北具有發展近現代工業所具有的大部分原料。

　　擁有如此豐厚的物產資源，便於統領東北的奉系當局通過行政手段及軍閥官僚資本將相當一部分國有、地區所有資產及私人資金用於資源開發、改良農業及各種有益於國計民生的產業，用於科技、教育、對外防務、文化等事業，當時的奉天清鄉總辦齊恩銘還投資《盛京時報》二千元〔註 120〕。這些資本的投資利用促進東北經濟的發展。經濟狀況的好壞與管理者有直接關係，張作霖啟用「理財能手」的王永江任財政廳長，對財政紊亂現象進行調整，改變以前入不敷出局面。經過王永江 4 年的籌措，奉天的紡紗廠、電燈廠等實體產業都有盈餘〔註 121〕。

　　除了政府人為的治理，經濟好轉外，當時東北災荒也較全國其它省份輕，有篇就逐年政府公報及各種新聞紙等直接材料整理的全國各種災荒情況的文章《1912～1927 年的災荒實況彙舉》〔註 122〕中，地震：3 雲南、2 甘

〔註 118〕〔日〕駒井德三：《滿洲大豆論》，1912 年，第 218 頁。

〔註 119〕連睿：《東三省經濟實況攬要》，臺灣傳記文學出版社，1931 年印行，第 171 頁。

〔註 120〕《奉系軍閥資產和投資事業表》，載於日文《東三省官憲的施政內情》附錄，1928 年 3 月調查。

〔註 121〕奉天省長公署檔案：卷 3967 號，奉天省民國九年度至十一年度財政統計年鑒。

〔註 122〕轉引鄧云特：《1912～1927 年的災荒實況彙舉》，《中國救荒史》，第 40～44 頁。

肅、2 蘇、1 天津、1 皖、1 鄂、1 閩、1 粵、1 浙、1 陝、1 川；大水：7 魯、
6 湘、5 贛、5 粵、5 鄂、4 冀、4 浙、4 皖、4 豫、3 閩、3 蘇、2 桂、2 晉、2
遼、1 黑、1 陝、1 川、1 察、1 滇、1 甘肅；大旱：2 魯、2 豫、2 湘、1 贛、
1 皖、1 川、1 鄂、1 陝、1 冀、1 晉；蟲害：1 蘇、1 皖、1 冀、1 粵、1 桂、1
魯；颶風：1 武漢、1 漢口、1 汕頭；饑饉：1 蜀；疫癘：1 蜀。從以上列舉災
情中，遼寧有 2 次水災，黑龍江有 1 次水災，相比其它各省爲最輕省份。所
以東北人民免受災荒之苦，能夠安居樂業，由此爲新聞業的發展提供了優越
的環境。

　　東北的機器造紙和手工造紙提供了新聞傳媒發展的利器，成爲新聞傳播
發展的物質條件。東北有豐富的紙漿資源，然造紙工業之興起，爲期較晚。
機器造紙業概況自 1917 年 12 月始，日本王子製紙公司于吉林市創立中日合
辦的「富寧造紙有限公司」，這是東北最早的機器造紙工廠，投入資本爲一百
萬元，其業務爲利用木材製造紙張及原料，並經營其他附屬事業，該公司向
亞洲各國供應造紙原料。先後又有日本在大連的「松浦製紙合名會社」，安東
的「鴨綠江製紙株式會社」，營口的「營口製紙合資會社」，國人自辦「六合
成紙廠」。以上五家公司成立於 1917 年至 1923 年間，因受經濟景況不良影
響，營業成績不太好，惟「鴨綠江製紙株式會社」一家，因資本較多，規模
龐大，技術優良，得到發展繁榮之機會。

　　東北手工造紙業，以關內人移住東北時即行傳來，但爲原始式小規模家
庭工業，原料用麻繩頭及廢紙等，主要製品爲適應地方需要的粗質毛邊紙，
但因地得其利與紙價低廉，遂普及各地，成爲必需之紙。至 1928 年左右手工
造紙坊 44 家，全體之總資本尚不滿十五萬元，其全年生產額約六十五萬元左
右，至於紙張之種類因地方尺寸不同，名稱異類。用途酒窖、油箱、帳簿、
門窗、裁衣、油紙、包裝、契約書及官署執照等，範圍頗廣。

　　東北紙張之供求狀況自 1914 年以來，隨著文化的進步，需用增加，造紙
工業的勃興對東北之需要及文化普及，頗有貢獻。1926 年左右機器造紙與手
工造紙相等，手工造紙年產約五十萬元左右，機器造紙年產約一五○萬至一
八○萬元左右〔註123〕。需要量的增加，實可顯示文化的日趨進步，且機器造
紙中以印刷紙需要爲最多，由此顯示了東北報刊逐年增加，東北新聞事業的

〔註123〕王樹楠、吳廷燮、金毓黻等纂：《奉天通志》（三），東北文史叢書編輯文員
　　　　會，1983 年版，第 2575 頁。

逐步壯大。

民國初期東北的印刷業多是油墨印刷，機器印刷很少，起初使用機器印刷報刊多是《盛京時報》、《遠東報》等外國大報。奉系軍閥統治後，由於重視教育、文化，致使出版讀物日益增加，帶動印刷工業發展，許多報館都設有印刷工廠，《東三省公報》社「開始下設印刷廠，有大十六頁印刷機 4 臺」〔註124〕。《醒時報》社先後購置四臺印刷機，並承印《奉天市報》、《新亞日報》等。《泰東日報》社「不惜重貨，已添購頭等刷印機器及各大宗鉛字，並一切要具一概全備，且操機皆用電氣，於刷印神速無比，故除報紙外，一切刷印事均可承辦」〔註125〕。與此同時印刷工業的佈局也逐漸發生變化，東北印刷工廠 1916 年爲撫順、大連 2 家，到 1919 年增至位於大連、鞍山、遼陽、安東縣、長春、奉天地區的 11 家，後逐漸發展到旅順、四平街、營口、哈爾濱、鐵嶺〔註126〕等地。印刷技術也由民國初期的大多以石印和活字版印刷爲主，後多數報館更新爲鉛印技術。《盛京時報》登出一則書局開業廣告足見當時鉛印技術已經流行，本局「備有機械，各號鉛字一概俱全。專印刷文牘、各件咨箚移文、曉諭傳單。學堂文憑、章程、表單、書籍、帳簿、信箋、名片均能照樣承印。字迹清眞、顏色鮮明、紙料豐富。印刷迅速，訂期不誤，印費從廉，格外克己」〔註127〕。據「奉天印刷業統計表」載，1933 年奉天市有 125 家印刷廠，共有各種石印機 160 臺，各種鉛印機 64 臺，儘管鉛字印刷機少於石印機，但已經能夠滿足東北報業市場的可持續發展。

三、交通郵電

郵政與交通技術的發展也是影響新聞業生存發展的重要因素。報紙的發行、代銷、消息傳遞，都需要交通郵電這種傳播渠道的支撐。正因爲如此，有學者認爲，傳播科技是傳播發展的第一推動力，因爲傳播科技的進步決定了傳播媒介的更新，促進了傳播方式的變革，而且導致了傳播觀念的進化和高能新聞業者的養成。

〔註124〕遼寧新聞志（報紙部分）編寫組編：《遼寧省地方志資料叢刊》第十二輯，《遼寧新聞志資料選編》第一冊，遼寧省人民政府印刷廠印刷（內部發行），1990 年，第 28 頁。
〔註125〕《機器鉛字之添備》1911 年 10 月 13 日《泰東日報》。
〔註126〕關東局司政部殖產課、滿洲國實業部工商司工務科、滿鐵經濟調查會：《滿洲工場名簿》，南滿洲鐵道株式會社，1934 年。
〔註127〕1911 年 1 月 7 日《盛京時報》。

交通運輸業是國民經濟的基礎和動脈，是聯繫社會生產、分配、交換和消費的紐帶，是溝通城鄉、方便工業生產、聯繫各地區以及國內外的重要環節。同時也會直接帶動文化新聞事業的發展。邵飄萍在《中國新聞學不發達之原因及其事業之要點（遺稿）》中就指出中國新聞教育不發達的原因中第二點就是：交通不便利。交通不便利致使信息傳播速度慢，造成消息阻塞。近代東北的郵路方式較多，分為自行車郵路、輕騎郵路、摩托車郵路、汽車郵路、火車郵路、航空郵路。通往外地主要是部分汽車郵路、火車郵路和航空郵路。

火車郵路取決於鐵路，東北奉系當局和部分商民積極投資鐵路建設，取得了相當可觀的成績。1924 年 5 月 7 日張作霖建立東三省交通委員會，統一管理東北的鐵路、電訊、郵務和航政，認識到「以整理交通為先務，而後諸般事業乃有發展之希望。如實業之發達也，教育之普及也，治安之維持也及移民實邊也，整軍經武也，亦往往因交通不便之故，均無從措手」〔註 128〕。自 1921 年 2 月至 1931 年 9 月，使用本國資金〔註 129〕和技術修建的鐵路運營里程共計 1,521.7 公里〔註 130〕。包括國有的京奉鐵路的錦朝支線和打通支線，民辦的開封鐵路，官辦省有的吉海、昂齊、洮索、齊克鐵路，以及官商合辦的奉海、呼海、鶴崗等省有鐵路，共計 10 條鐵路。

航空郵路取決於飛機與輪船。東北航空雖主要用於戰爭，但對運輸和郵遞業務也有相當幫助。1921 年 1 月，張作霖設置東北航空處，建立飛機場，組建航空隊，使東北航空初具雛形。1923 年 9 月張學良提出整頓航空業措施〔註 131〕，同時注重培養航空人才〔註 132〕外，還花鉅資購進法國、日本、捷克飛機，到 1929 年，飛機累計約有「250 至 300 架」，「在當時中國是首屈一指的」〔註 133〕。東北海軍籌建於 1921 年冬，除了設有東三省航警學校外，還籌備東北海軍艦隊，1927 年張作霖設立東北海軍總司部，全盛時期東北海軍「擁有大小艦隻 21 艘，約 3.22 萬噸，艦隊官兵約 3,300 人。當時全國海軍艦隻只

〔註 128〕王貴忠：《張學良與東北鐵路建設》，電子版，第 221 頁。

〔註 129〕1924 年 2 月 24 日《盛京時報》載奉天當局擬籌 100 萬元修築奉天到興京間奉興路。

〔註 130〕胡玉海主編：《奉系經濟》，遼海出版社，2000 年 6 月，第 113 頁。

〔註 131〕《張少帥整頓東省航空事業》1925 年 3 月 27 日《東方日報》第一版。

〔註 132〕1924 年 5 月 23 日《盛京時報》載：東三省航空處總辦張學良選派優秀軍官 13 名赴法國見習航空，以培養高級航空人才。

〔註 133〕徐徹、徐悅：《張作霖》，中國文史出版社，2012 年 1 月版，第 145 頁。

有 4.2 萬噸，官兵約有 5,400 人」〔註 134〕，東北海軍在全國海軍中佔有絕對優勢。東北航空和航海在當時全國都是一流的，儘管航空郵路郵發及時速度快，但成本太高，東北報紙在本地的發行，多數不採取這種方式，只有向外地發行的特殊情況下才使用。

　　無線電報電話業也有一定的發展。東北的郵電通訊始自 1919 年 5 月日本敷設東京至大連直達有線電報線。後來，東北當局依據華盛頓會議經手收回俄國人在哈爾濱私設的電臺，設立東三省無線電臺，奉天、長春、齊齊哈爾、營口、吉林、延吉、綏芬河、滿洲里設有電臺，並在奉天設置遠程收報機，歐美電報均可接收。還從德美等國購進多種電信器材，與德國柏林無線電海外通訊社簽訂雙方通訊合同，先後開通大連、上海等處電報。當時京、津、滬埠國際電報多由奉天台傳遞〔註 135〕。

　　由於交通運輸業的發達，航空、航運、鐵路的發展，使大城市與中小城市之間的距離縮短，信息的流通也大大加快了，通郵的運輸費用降低，速度加快，電信業務的無線和有線的電報、電話發達，使郵電通訊事業也有了顯著進步，給新聞業的信息採集、報刊的傳送、發行與徵訂帶來便利。

第三節　文化環境

　　新聞業的產生及衍化，離不開孕育它的文化生態環境，這種環境包括政治、經濟、社會為新聞活動提供的外環境，也包括思想交融、地域文化、教育普及等為新聞信息交流等構成的內環境。正如施拉姆稱：「媒介是一股解放的力量，因為它們能打破距離和孤立的藩籬，把人們從傳統社會傳送到『偉大社會』中」〔註 136〕。因此文化環境對媒介產生的作用是直接的，影響也是最大的，報業本身就是一種文化產業，是由思想文化支撐的，報人與受眾都應具有思想文化素養。文化環境在新聞業發展相關的諸要素中，無疑是最有普遍意義、最深刻的根本因素。

一、思想交融

　　北洋軍閥統治時期由於經歷了新文化運動的洗滌，新舊思潮一度展開激

〔註 134〕徐徹、徐悅：《張作霖》，中國文史出版社，2012 年 1 月版，第 150 頁。
〔註 135〕胡玉海、里蓉主編：《奉系軍閥大事記（1894～1931）》，遼寧民族出版社，2005 年，第 451 頁。
〔註 136〕施拉姆：《大眾傳播媒介與社會發展》，華夏出版社，1990 年版，第 134 頁。

戰，儒家思想的「獨尊」格局被打破，使得各種思想學術流派空前活躍。奉系統治時期中、日、俄等各種政治力量，軍閥、土匪、國民黨、共產黨等各種社會力量，國家主義、實用主義、無政府主義、過激主義、共產主義、民粹主義、自由主義、種族主義、宗教主義以及不同派系的『三民主義』等各種主義，儒家忠君、民主科學、馬克思主義、共和思想等各種思想主張，佛教、道教、回教、薩滿教、東正教、基督教、天主教、日本宗教等各種宗教信仰，親善友邦沙俄、日本大動干戈的異族文化，加之中原、齊魯難民帶來的移民文化，楔入原始本土文化進一步加劇了東北文化的多元、交融性，所有這些流派都欲在全國及東北的領域內尋求發展，同時也都欲借助新聞媒介宣傳自己的觀點主張以擴大其影響，為新聞業的繁榮發展提供契機。

在東北有代表軍閥政局思想，官府言論機關的《東三省公報》、《東三省民報》等報刊傳達「惠民」政策，傳播儒家忠君、四維主義、訓民以政思想。有贊同民主共和的張榕組織的「聯合促進會」創辦的《國民報》，宣傳民主思想及孫中山的三民主義，雖發動數次武裝革命，經過多次失敗，可惜張榕留下與孫中山一樣的「革命尚未成功，同志仍需努力」的遺憾被張作霖殺害。有大批布爾什維克和中國先進人士陳為人、李震瀛、閻寶航、任國楨、吳麗石、馬駿等通過《回聲報》、《東北早報》、《吉林二師周刊》、《哈爾濱晨光報》、《哈爾濱日報》、《泰東日報》等各種報刊高舉「民主」「科學」的旗幟，猛烈抨擊儒家思想，掀起了思想解放運動，使東北逐漸地擴大了馬克思主義的影響和傳播範圍，並對當地革命運動產生了深遠的影響。由於地緣優勢，東北成為較早接觸馬克思主義的地方。有中國《醒時報》、《國際協報》等民營報刊放棄「政論本位」，轉向「新聞本位」，並對新聞業產生了正面影響；有日本《盛京時報》、《泰東日報》、《滿洲報》等傳播新知，進行日本書化侵略，也同化、迷醉國民精神；有俄國《遠東報》、《生活新聞報》、《邊界》傳播俄羅斯異域風情，俄羅斯民族深厚的文學藝術造詣。

在東北大地上東北報刊催生出新文化運動的勃興，馬克主義思潮傳播，中國共產黨的誕生，以及媒介的「文人論政」和「處士橫議」，是各種思想在這個多元化的時代共同演繹著「東北風」雄壯彪悍的交融盛宴。

二、地域文化

地域文化是每個地域、民族、社會所特有的，文化本身鮮明的地域性特

色，是不同文化間差異的標誌。東北在水道文化、鐵道文化、殖民文化的傳承與交融中，形成具有鮮明的個性和強烈的遺傳性、積澱性的東北地域文化，雖有若干曲折、複雜的表現形式，卻依靠新聞報刊傳送給社會各個階層，同時也為新聞業注入了鮮活的內容，成為新聞業發展的肥沃土壤。

東北的營口、大連、松花江開港後，東北沿河各城市出現鮮活的海洋文化，不僅是洋商、內地商家逆河而上，深入盛京、哈爾濱、松江等沿河沿海城市紮根經營，而且使東北文化最關注海洋精神。最先有的是洋教士、洋教堂以及以標準、廉價、適用為取向的「洋物」。報刊上約占二分之一的廣告版，登載競相追捧的洋務和「洋物」，棄舊圖新的思潮開始浸潤於沿河流域。東北文化趨洋傾向反過來又成為民族工商業的催化劑，沿河流域的水運文明一度登峰造極，使東北農產品加速商品化並走上國際市場，激活整個東北地區經濟的同時，也激活了人們的社會文化生活。河道文化生活的節奏在報刊上呈現自然節率的變化，副刊、廣告中可看到白帆點點，軸轤相望，土產運出，洋貨泊來，碼頭聲喧，漁歌互答。

東北境內的中國自辦鐵路將關內鐵路展築接軌，延伸到東北綏中，雖被甲午戰爭所中斷，但義和團運動前已使綏中至錦州段鐵路竣工通車，火車可以從北京一直開到盛京的皇姑屯。1898 年沙俄又把中東鐵路從哈爾濱修至大連旅順，日俄戰爭後，這條南滿支線從長春以南由日本奪取，改稱滿鐵。自此火車在東北大地上一開，風馳電掣，現代工業文明的風威，一舉將鐵路文明帶到沿線千家萬戶，鐵路工業、商業、報業迅速發展，使東北文明的傳播速度更快，東北文化的大眾程度更寬，東北文學的表現樣式更多，東北報業的種類更豐，鐵道文化催生著報業的現代化。

東北殖民地半殖民地階段起於 19 世紀末 20 世紀初，從 1898 年沙俄攫取東北鐵路修築權，到日俄戰爭後，日本割占大連、旅順，並奪取南滿鐵路的修築權，直至 1945 年第二次世界大戰結束。日、俄在東北中東鐵路、南滿鐵路沿線，修路開礦，伐木建廠，瘋狂掠奪東北財富。通過傳教、經營工商企業、辦報刊、辦學校、建立文化團體和文化設施，大量傳播了日本和俄羅斯文化，使異族文化楔入東北。

信息是傳播文明的急先鋒，報業是兼有信息、文化、科技含量三種屬性的標誌性行業，在東北報刊先有日本人搶灘創辦《盛京時報》，俄國人創辦《遠東報》，接著就有中國官方所辦的《東三省官報》、《吉林官報》、《大中公

報》，並迅速湧現出《東三省民報》、《醒時報報》、《吉長日報》、《國際協報》、《東陲商報》、《濱江時報》等報刊，將東北的水道文化、鐵道文化、殖民文化傳播深入至各個階層的人民群眾，完成了文化下移並普及的全過程，同時這些文化也在養育滋潤著這些東北報刊，使他們茁壯成長。

三、教育的普及

邵飄萍在《中國新聞學不發達之原因及其事業之要點（遺稿）》中就指出中國新聞教育不發達的原因中第一點就是：教育不普及。「新聞事業能否發達，專看新聞紙銷售多少，新聞紙銷售多少，專看社會閱報的多少，社會上閱報的多少，又以教育是否普及為前提。要是教育普及，看報的自多，銷售的至多，新聞事業還能不發達？不用以西洋來論，即以日本來說吧：廚子、老媽子皆可看報紙與雜誌！中國四萬萬人，能讀報的不過四十萬人；所以中國新聞事業不發達，就因為教育不普及的緣故。」〔註137〕國民知識程度不足是近代中國無法迴避的客觀存在。據饒懿倫研究，十九世紀末二十世紀初的中國「有 30%～45%的男性和只有 2%～10%的女性具有某種程度的讀寫能力」〔註138〕。新聞事業的不發達就是教育的不發達。

奉系軍閥及其重視教育，張作霖曾言：「凡國家若想富強，哪有不注意教育與實業，會能成功的呢？我們現在這幾天正討論設立東北大學問題。並且，也計劃派送留洋的學生。現在救急的法子，就是凡本省自費出洋的，都由省政府酌量予以救濟，不使他們失學。」〔註139〕「張作霖現注意教育自治」〔註140〕，張作霖除了設立軍事學校外，還創建了東北大學，除撥公地外還投資建築費和設備費二百八十萬經費。東北大學雖屬省辦大學，但「其實驗設備卻是第一流」，教師薪金較「國立大學高」，不但「包羅豐富與傑出」，而且「它的教育水準及設備比較日本在滿洲設立的高等教育遠為高超」〔註141〕。

〔註137〕邵飄萍：《中國新聞學不發達之原因及其事業之要點（遺稿）》，載入黃天鵬：《新聞學名論集》，第 45 頁。

〔註138〕〔美〕吉爾伯特・羅茲曼主編：《中國的現代化》，比較現代化課題組譯，江蘇人民出版社 2003 年版，第 168 頁。

〔註139〕吳相湘：《孟祿博士與張作霖、閻錫山的談話》，臺灣《傳記文學》第 34 卷第 2 期，第 52 頁。

〔註140〕《張作霖現注意教育自治，不預備入關》1922 年 9 月 11 日《申報》184-224（5）。

〔註141〕吳相湘：《張作霖與日本關係微妙》，《民國人物列傳》（下冊），中國大百科全

張作霖自己雖然沒受過良好的教育，卻能把大部分財產用於興辦教育，「知用民財設立大學，培養人才」，「是國內其他軍閥所不及」〔註142〕。

　　張學良主政東北後，加速「培植政治、技術、科學人才」〔註143〕。1928年 7 月任東北大學校長後私囊支出現大洋一百萬元成立教育基金，興建教學設施，還聘請章士釗、梁思成等名師到校任教，使東北大學在數年內一躍成為全國最高學府之一。同時創辦同澤中學、同澤女中、新民小學、海城同澤中學，同時以五百萬元（奉省一年稅收三千萬元左右）建立「漢卿教育基金會」，作為省立中小學之補充基金。

　　奉系軍閥主政東北，重視文化教育，興辦大批學校，建立了從幼稚園到大學比較完備教學體系，到「九一八」事變前還建立「閱報所 49 個、講習所110 個、通俗教育館 35 個、圖書館 36 個」〔註144〕。閱報所內容豐富，「凡關於有益於風俗人心政治學術之書籍新聞雜誌，胥列其中，任人閱覽」〔註145〕。講報所是「派定講員講演市政方針，以及道德法律實業交通衛生各種利害關係」，為目不識丁的民眾瞭解報紙，以此啟迪民智。張作霖於 1923 年 10 月在奉天市政公所「附設通俗快報閱覽社一處，通俗教育講演社一處」〔註146〕，足見張作霖對民眾閱讀報章的重視，於此同時還發《布告》：「要知人生限於境遇，幼時未受相當教育，已為欠缺，果能愛惜未來之光陰，犧牲休息時間之安逸，時來閱覽，並聽講演，知識有一線之光明，能力上即有一分之增進。匪惟裨益於個人，抑將造福於社會，仰各踴躍偕來，勿存觀望，切切此布」〔註147〕。《盛京時報》發刊詞開宗明義：「如今救時匡世之途，雖不外乎自強，而自強之策必先整頓內治，整頓內治必先振興教育，蓋以人才匱

書出版社，第 702 頁。
〔註142〕吳相湘：《張作霖與日本關係微妙》，《民國人物列傳》（下冊），中國大百科全書出版社，第 704 頁。
〔註143〕吳相湘：《楊宇霆之死是否端納告密》、陳崇橋：《奉系軍閥與知識分子》，《遼寧大學學報》，1986 年第 3 期，第 84 頁。
〔註144〕國立東北大學著：《東北要覽》，三臺國立東北大學出版組，1946 年，第 686頁。
〔註145〕國立東北大學著：《東北要覽》，三臺國立東北大學出版組，1946 年，第 687頁。
〔註146〕國立東北大學著：《東北要覽》，三臺國立東北大學出版組，1946 年，第 688頁。
〔註147〕遼寧省檔案館編：《奉系軍閥檔案史料彙編》（四），江蘇古籍出版社，1990年 8 月，第 291 頁。

乏、民智閉塞，將何以興議會。而贊襄國猷故識時學者以國民教育程度為國家富強之標準，實務本之論也。然國民教育分為二端：一學堂；二報章是也……」。而報紙「使人人知當事時事，悉國民義務，以儆力於國家，實能補學堂之不逮，相輔以鼓鑄國民其功力，其程度較諸學堂有過之無不及也」〔註148〕。

奉系時期的張氏父子為東北民眾補上了國民教育的兩項內容，即學堂和報章，使「東北教育於事變前，實呈突飛猛進之象」〔註149〕。隨著東北人民受教育程度及文化水平的提高，視野逐漸開闊，渴求瞭解外界信息願望增強，理解報紙能力提高，受眾群體也由上層的達官貴人外延到了下層的普通群眾，促進了東北報業的繁榮。

〔註148〕光緒三十二年十月十八日《盛京時報》（創刊號）。
〔註149〕國立東北大學著：《東北要覽》，三臺國立東北大學出版組，1946年，第675頁。

第二章　奉系軍閥統治時期新聞業的內部生態環境

　　近代新聞業產生的根本原因是信息傳播的需要、信息產業的進步、公共輿論空間的形成，新聞業的社會價值是借助與特定的物質載體和傳播方式，加快信息傳播的速度，擴大受眾範圍，滿足受眾的需求，提高各種資源的價值，從而有助於推動社會政治、經濟、文化和日常生活的進步。奉系軍閥統治時期由於社會變動加劇，產生大量新聞，西方新聞自由理念傳入，中國新聞理論的初步形成，民眾受教育程度逐年提高促使民智開化，以及各派軍閥「你方唱罷我登場」導致對新聞管制不具有統一連貫性，使公共輿論空間擴大等等因素，促使各黨派、機關、團體及個人紛紛創辦報刊，以達到傳播信息、溝通思想、黨派攻訐及「文人論政」和「處士橫議」的目的。但由於眞正新聞人才的缺乏、辦報資金的不足以及教育普及力度不夠，致使新聞業較之西方並不發達，新聞自身發展過程中還有很多不健全的地方。當時日本新聞家有言「『今日中國之報界，尚不逮五十年前之日本』，其尚在幼稚時代可知。夫以幼稚時代之新聞界，設備不甚完備，亦何足怪？美前總統威爾遜曰『新聞爲國民之食料』。其與國民不可須臾離，彰彰明甚。況以中國人口之多，文化之發達，由幼稚而趨於進步，由進步而全盛，意中事也！記者濫竽報界，學識譾陋，不自諒其愚鄙，草成茲篇，遺失大雅，知所不免，尚望海內同志，加以匡正，幸甚幸甚！」[註1] 儘管如上所述中國新聞業處於幼稚狀

〔註1〕　周孝庵：《中國最近之新聞事業》，一九二五年四月十日於時事新報編輯室，
　　　　《東方雜誌》第 22 卷第 9 號，第 56 頁。

態，與世界發達國家相比有其不發達的內外因素，但新聞事業在報業同人的努力下，也取得些進步和發展。

第一節　新聞業發展整體概貌

民國肇建之始，民氣伸張，潮流一變，報紙遂應運而現勃興的景象，民立報紙爲當時呈現最顯著之勢。在北京、上海、廣州、漢口、天津、杭州等處，風起雲湧，先後創辦大量報刊，而以「五四」以後爲尤甚，終以限於資本，倏起倏滅者甚多。「據外人調查 1891 年全國報紙共 31 家，1913 年 330 家（二十二年中增至十倍），1921 年共 821 家（八年中又增二倍）據最近（1925 年 5 月）郵局統計，則全國報紙已達千餘家」〔註2〕。

從這份統計，可看出在北伐全國統一前，報紙數量在持續增加，尤以民國元年與「五四」以後形成兩個高峰。1916 年袁世凱倒臺到 1919 年五四運動前北洋軍閥統治時期，政局動蕩多變，新聞事業的命運更爲複雜艱辛。黎元洪接替袁世凱就任大總統初期，通電宣佈恢復民初的《臨時約法》，恢復國會。1916 年 7 月 8 日，內務部明令通知各省區，曾被停郵和查禁的《民國雜誌》、《民國月刊》、《愛國報》、《救亡報》等 21 家報刊宣佈解禁〔註3〕。這一來，被袁世凱徹底破壞的共和制度和政黨政治，表面上似乎再次復生，不僅袁世凱統治時期被查禁的報紙紛紛復刊，一些新創辦的報紙，也乘機出版。國民黨系統各派先後在北京出版了《甲寅月刊》、《中華新報》、《東大陸民報》等。進步黨人組成憲法研究會進行政治活動，稱之爲研究系，也恢復出版《國民公報》等報刊，並在 8 月創辦了《晨鐘報》以加強政治宣傳。到 1916 年底，報刊比前一年增加了 85%，全國共有報刊 289 種，新聞事業似乎出現了一線轉機。

新聞事業的短暫復蘇，不久就被 1917 年 3 月的張勳復辟和而後的段祺瑞專權全部扼殺。袁世凱時期頒佈的有關報刊的一些法令繼續有效，從 1917 年 5 月 26 日，實行新聞郵電檢查。1918 年 10 月，又頒佈了一個共有 32 項條文的內容十分苛細的《報紙法》。在 1916 年底到 1919 年五四運動前的這 4 年內，封報、捕殺報人的事件層出不窮，全國至少有 29 家報紙被封，至少有 17

〔註2〕　周孝庵：《中國最近之新聞事業》，《東方雜誌》第 22 卷第 9 號，第 50 頁。
〔註3〕　方漢奇：《中國近代報刊史》下冊，山西教育出版社，2012 年 6 月版，第 648 頁。

名新聞記者慘遭從徒刑到槍決的各種迫害。到了 1918 年底，全國報紙總數又由 1916 年的 289 種，下降到 221 種，減少了 23%。整個新聞出版事業仍然處於被禁錮的狀態。到五四運動以後報刊業有了快速發展，到 1924 年據《中外報章類纂》調查，全國華文報刊每日發行共有 628 種〔註4〕。1926 年全國 23 個省市共發行報刊總量 72,573,172 份，其中上海爲 23,610,100 份，直隸爲 6,259,200 份；東三省中奉天報刊發行數爲 4,056,900 份，發行數量在全國範圍內僅次於上海和直隸，吉黑報刊的發行份數爲 2,756,400，發行數量在全國範圍內次於直隸、奉天、山東、湖北、上海、浙江、廣東〔註5〕。由此可以看出 1926 年東三省的報刊發行數量在全國還是位於前列的，但是東北此時的報刊多是日俄報刊居多，1926 年哈爾濱俄文報刊總數爲 243 種〔註6〕，1928 年日本人在東北創建報刊了約 187 種〔註7〕，而國人報刊爲 67 種，對比可知儘管東北報刊發行份數在全國居於前列，但日、俄報刊幾乎壟斷了東北的新聞市場，東北國人的辦刊只占四分之一。由東北報刊的創辦發行情況一斑窺豹，足見當時全國報刊業還處在不發達時期。

一、新聞業不發達的外部原因

民國時期的報界和它的英美同行相比，從未達到後者所具有的那種政治影響，甚至和日本同行也無法相提並論〔註8〕。中國大部分民眾，尚未受到普通教育，只有全人口百分之五是識字者，而百分之九十五爲目不識丁者，所以報紙的讀者極少，1919 年郵政管理局的調查，「全國已註冊的報紙雜誌爲

〔註4〕 方漢奇：《中國近代報刊史》下冊，山西教育出版社，1991 年版，第 726 頁。

〔註5〕 數據轉引王潤澤：《北洋政府時期的新聞業及其現代化（1916～1928）》，中國人民大學出版社，2010 年 4 月版，第 28 頁。

〔註6〕 秋寧編：《東省出版物源流考》，中東鐵路出版機構，1927 年版。

〔註7〕 陳鴻舜：《東北期刊目錄》，《禹貢》半月刊，第 6 卷第 3、4 期合編，1936 年出版。

〔註8〕 關於英國新聞業，見考斯（Stephen Koss）的力作《英國政治新聞業興衰史》（The Rise and Fall of the Political Press in Brilain）（倫敦：哈米什·漢密爾頓出版社，1984 年）第 2 卷；關於美國新聞業，見 F·莫特（F. Mott）的《美國新聞史（1690～1960）》（American Journalism, A Hiatory, 1690～1960）（紐約：麥克米蘭出版社，1969 年）；關於日本新聞業，見加藤周一（Shuichi Kato）的《日本的大眾傳播媒介》（The Mass Media: Japan），載 R·沃德（R. E. Ward）和 D·羅斯托（D. A. Rostow）編《日本和土耳其的政治現代化》（Political Modernization in Japan and Turkey）（普林斯頓：普林斯頓大學出版社，1964 年），第 236～254 頁。

1,059 種，而中國人口為 430,198,798 人，以此比例，則每 40 萬人不過一種報紙。以此與日本統計相比較，他們在大正十一年末（1922）報紙雜誌的註冊數有 4,562 種，而大正九年人口為 5,561,140 人，其比例平均 12,000 人有一種報紙。」〔註9〕可見中國報刊只有少數閱者，並未普及到廣大民眾。

　　民國時期的報紙並沒有在中國各地全面開花，主要集中在大城市，發行、經營比較好的則還是在北京、上海、廣州、漢口、天津、杭州這樣的大都市，即便這樣，發行份數和讀者太少，在形成輿論上極為不利，雖正在漸次改良，但欲使我國報紙具有國際上的價值和代表中國輿論的日子，前途尚是遼遠。現在的報紙規模不大，在某勢力新產生時候，即被收買或封閉，不過在國內內爭時當作角逐的武器罷了。報紙所以不發達，考究起來外部原因如下：其一，中國的專制統治，使言論不自由。清朝到民國，帝制轉軍閥專制，任意違反民意鉗制輿論，致使封閉報館，取締言論記載以及拘禁槍斃記者的事件層出不窮。因為有此專制暴力壓迫，報社常處在危險時代，無端賣命作屈死鬼，未免太冤。所以有志者都視辦報為畏途險途，惟有不幹。其二，國人觀念守舊，漠視報業。「國人平時視報紙，一若秦越人之肥瘠，漠焉不以加於其心。世界潮流，國家大事，每視為痛癢無關，迫政局大有變動，始稍稍加以注意，銷路焉能廣大？」〔註 10〕由於國人對於報紙大都不懂及漠視，購閱者少，登廣告者亦少，致報社不得收入，窮不能支。雖無暴力壓迫，亦窮而不能持久。受窮者，莫如要飯，於是辦報者，不得不歇業改途。其三，報紙鮮能經營獨立，且不注意於營業之發展，加之機關報、黨報的色彩太濃厚。又因有時個人所創辦資本有限，營業不能發達，使報社經營難以為繼。其四，缺乏新聞人才，致編輯採訪兩方，俱少改進精神。世界的情勢固然不懂，而國內的實情亦不能明瞭，只知一些目前的黨爭和懂些中世紀的文墨，就居稱名記者了。其五，教育不普及，因之一般國民對於報紙無理解和批評。政府及社會事業，不肯公開，而不供給新聞記事。其六，交通不便利，缺乏巨大資本，設備落後，印刷業不發達，以致消息阻滯。上述原因使我國報紙均現沉滯不進現象。「中國今日之新聞界欲求一組織完備之報館如歐美者，百無一焉；皆資本與人才缺乏故耳。雖然，吾為此言，非謂全國無一組織較完備之報館，亦非謂全國報館中無一資本較大者，蓋就全體言，僅居

〔註 9〕　蔣國珍：《中國新聞發達史》，世界書局，1927 年，第 60 頁。
〔註10〕　周孝庵：《中國最近之新聞事業》，《東方雜誌》第 22 卷第 9 號，第 56 頁。

少數而已。」〔註 11〕「可以說是中國報紙，還遠沒有到真正代表輿論時代，也未為不可。」〔註 12〕

「總之，因為不能通曉世界大勢，及高深學識，對於輿論不能與以決定的指導，加之政府及國民又都不知尊敬報紙，結果弄得毫無報紙的價值。一切評論都是近視的，灰色的，格言派的，模棱兩可的臭文章，就算盡了記者的責任，至於能是中國問題介紹到外國的除在中國經營的西文報紙及外國通信員之外，可說是一種也沒有。」〔註 13〕

二、新聞業不發達的內部原因

「要使報刊完成自己的使命，首先必須不從外部為它規定任何使命，必須承認它具有連植物也具有的那種通常為人們所承認的東西，即承認它具有自己的內在規律，這些規律是它所不應該而且也不可能任意擺脫的」〔註 14〕。馬克思的這段話闡明必須尊重報刊自身的內在發展規律，才能使報刊可能毫無阻礙地、獨立自主地各向一面發展，亦關心政治理論或政治實踐，關心新思想或關心新事實，如此和諧地融合了人民精神的一切真正要素的人民報刊，才會充分地體現出真正的道德精神。

彼得森的「傳媒社會責任論」認為報刊對社會有義務，要不負公眾信任；報刊要「供給真實的、概括的、明智的關於當天事件的記述，它要能說明事件的意義」〔註 15〕；應當成為「一個交換評論和批評的論壇」〔註 16〕；應當描繪出「社會各個成員集團的典型圖畫」〔註 17〕；應當負責介紹、闡明社會的目標與美德；應當使人們「便於獲得當天的消息」〔註 18〕。作為職業傳播

〔註 11〕周孝庵：《中國最近之新聞事業》，一九二五年四月十日於時事新報編輯室，《東方雜誌》第 22 卷第 9 號，第 56 頁。

〔註 12〕蔣國珍：《中國新聞發達史》，世界書局，1927 年，第 63 頁。

〔註 13〕蔣國珍：《中國新聞發達史》，世界書局，1927 年，第 64 頁。

〔註 14〕卡爾‧馬克思：《〈萊比錫總彙報〉的查禁和〈科隆日報〉》，1843 年 1 月 4 日《萊茵報》第 4 號，原文是德文，中文根據《馬克思恩格斯全集》1975 年歷史考證版第 1 部分第 1 卷翻譯。

〔註 15〕威爾伯‧施拉姆等著，中國人民大學新聞系譯：《報刊的四種理論》，新華出版社，1980 年版，第 26 頁。

〔註 16〕威爾伯‧施拉姆等著，中國人民大學新聞系譯：《報刊的四種理論》，新華出版社，1980 年版，第 26 頁。

〔註 17〕威爾伯‧施拉姆等著，中國人民大學新聞系譯：《報刊的四種理論》，新華出版社，1980 年版，第 26 頁。

〔註 18〕威爾伯‧施拉姆等著，中國人民大學新聞系譯：《報刊的四種理論》，新華出

者應當遵循公認的職業標準和道德準則，應當切實關心公眾利益和國家利益，不會爲金錢而去做某些事。

無論是提出尊重報刊內在發展規律的馬克思，還是報刊社會責任理論的研究者彼得森都沒有預見到中華民國當時報刊自身發展的狀況。那時一個「群體壓倒了個人，政治壓倒了文化，行動倒了言論」〔註19〕的時代。由於北洋軍閥實行言論禁錮政策，皖系、直系、奉系等各系軍閥相繼執政，各種政治勢力你爭我奪，明搶暗鬥，從屬於各種政治勢力的報人、報刊和整個報界，出現了形形色色的怪現象。新聞事業的進步，自然不能光以數量作衡量。嚴格的說，當時新聞界仍然還在過渡時代，還有許多不健全現象。

其一，津貼是報紙的痼疾。軍閥、官僚政客津貼賄買報紙成風，報紙接受津貼相當普遍。不少報紙淪爲軍閥、官僚政客的喉舌。除了議會各黨團爲爭權奪利擴大影響而創辦報紙外，從中央到地方的各派軍閥、官僚、政客，也紛紛以津貼方式賄買報紙爲自己作鼓吹，有些報紙到處伸手向各派系要津貼，只要是有權勢的軍閥官僚，誰出錢，就爲誰幫腔，爲輿論界所不齒。無論官報還是民報不少都接受奉系軍閥津貼。《東三省公報》創辦之初爲官方報紙，「爲奉天省公署的機關報，由省公署支付 3,000 銀元作爲經費」〔註20〕。《東三省民報》「每月由軍署軍需處撥給補助經費大洋三千元，後改由省署政務廳派員到館監視發行報紙，由省署通令各縣派銷」〔註21〕。民報《醒時報》接受奉系資助的津貼和節敬，「荷蒙貴署每月津貼奉洋八十元」〔註22〕，「應准酌加四十元，按月由廳具領」〔註23〕；「承張漢卿軍團長補助現大洋五百元」〔註24〕，「助奉大洋一千元」〔註25〕。如此接受奉系津貼的報刊還有東三省的

版社，1980 年版，第 25 頁。

〔註19〕 賴光臨：《中國新聞傳播史》，臺灣三民書局，1978 年 10 月版，第 142 頁。

〔註20〕 遼寧新聞志（報紙部分）編寫組編：《遼寧省地方志資料叢刊》第十二輯，《遼寧新聞志資料選編》第一冊，遼寧省人民政府印刷廠印刷（內部發行），1990 年，電子版。

〔註21〕 王樹楠、吳廷燮、金毓黻等纂：《奉天通志》，東北文史叢書編輯文員會，1983 年版，第 3306 頁。

〔註22〕 遼寧省檔案館藏資料 JC10-29641（0593-0595）醒時報社函請增加津貼 1924 年 7 月 31 日。

〔註23〕 遼寧省檔案館藏資料 JC10-29641（0593-0595）醒時報社函請增加津貼 1924 年 7 月 31 日。

〔註24〕 遼寧省檔案館藏資料 JC10-29645（1164）奉天醒時報社二十週年紀提請資助 1928 年 2 月 27 日。

《東北日報》、《新亞日報》、《新民晚報》、《國際協報》、《吉長日報》、《哈爾濱晨光報》、《哈爾濱公報》、《黑龍江報》、《濱江時報》、《東三省商報》，天津《益世報》、《北洋畫報》，北京《晨報》、《東方時報》、北京《正言報》、北京《大義報》。此外，也有接受日人津貼，吉林《民報》社楊策就按月接受日人補助，「細野柳承兩經理先生鑒，近經楊君致意，蒙貴公司按月補助日金六十元」〔註26〕。

　　其二，報人報格卑下。若干報人缺乏高貴的人格，向軍閥「乾薪」「節敬」，接受野心軍閥的金錢或官爵的收買。「無論受何方面金錢之補助，自然要受該方面勢力之支配；即不全支配，最少亦受牽掣，吾儕確認現在之中國，勢力即罪惡，任何方面勢力之支配或牽掣，即與罪惡爲鄰」〔註27〕。如此看來當時報館的原罪就是接受津貼，由此發生的言論偏頗不當，新聞不實錯誤甚至捏造，都直接或間接由此而來。《大公報》張季鸞等對此很義憤，「今敢下一斷語曰，報紙直接或間接接受黨派經濟上的補助者，絕不能有光明磊落之氣象」〔註28〕。除此之外，還有報人虧款攜款潛逃、拖欠報費、詐財，爲牟取暴利報館設煙館、賭場，爲嫖客妓女搭橋等行爲，都體現報人品格的低下。有報館經理虧款潛逃，《士報》「經理于云波等確係因虧款太巨，不能支持，以致潛逃」〔註29〕。有攜款潛逃，《東三省民報》社駐呼蘭縣分社主任康貴一「攜逃之款，現大洋一百元零八角一分如數賠償」〔註30〕。有報社經理拖欠報費，《東三省民報》駐寧安分社主任魏文濤拖欠報費〔註31〕。還有報社經理

〔註25〕遼寧省檔案館藏資料 JC10-29645（1164）奉天醒時報社二十週年紀提請資助1928 年 2 月 27 日。

〔註26〕吉林省檔案館藏 J203-3-6 吉林民報社楊策爲收息補助日金 60 元的覆函 1920年 1 月 6 日，記載「西野柳承兩經理先生鑒，近經楊君致意，蒙貴公司按月補助日金六十元等語，提倡公益具徵熱心，奉聞之餘，不勝感荷，本月份收據昨交遼紀轉呈，用特遣差走領敢乞照發爲禱端，此敬申謝悃，順頌臺綏，有時補助一次，非按月也，民報社章啓」。

〔註27〕世界日報史料編寫小組：《世界日報初創階段》，《新聞研究資料》第 2 輯，中國社會科學出版社，1980 年，第 152 頁。

〔註28〕謝福生：《世界新聞事業》，《最近之五十年》，申報館，1923 年，照片。

〔註29〕1922 年 3 月《濱江警察廳廳長興今爲〈士報〉經理人于云波虧款潛逃請取銷原案並令其餘各報館一律取保的呈》載《黑龍江報刊》，第 226 頁。

〔註30〕遼寧省檔案館藏 JC10-3020（1996-2020）東三省民報社請飭縣追償康貴一攜逃款項由 1923 年 8 月 15 日。

〔註31〕遼寧省檔案館藏 JC10-3020（2021-2026）東三省民報社呈請魏文濤拖欠報費給省公署函 1924 年 12 月 12 日。

詐財，寧安《泰東日報》報館經理魏文濤因用款艱窘三次撰稿威脅寧安稅捐徵收局「徵收皮行與雜貨商稅項有舞弊情形」，如匯給現洋一百元，即無它故，「經法庭依法定期限，按照暫行刑律三百八十二條判決，處以四等有期徒刑一年」〔註32〕。還有一些報館為了牟取暴利，竟公然為煙館作掩護，甚至將報館的一部分館舍騰出來，以高價租給鴉片煙館，作為秘密營業地點。北京《中外日報》社長林松庵因吸毒於1924年2月28日被人挾嫌舉報，警察廳捕送戒煙所〔註33〕。《濱江時報》設立「花界」或「花國集豔」專欄，每日為妓女、嫖客提供版面，內容極其低級下流；同時社長范聘卿以開設賭場、私賣鴉片為副業〔註34〕，報紙形象在正派讀者心目中極為低劣。奉天的日刊《亞東時報》登載妓館廣告：「敝館營業大加擴充，以順社會之潮流，而為各界娛樂之場，以備大方儒消遣之所也，種種設施務求精美，對於衛生更講清潔，聘接之歌妓侍奉，極力殷勤，」〔註35〕並將妓女的花名、技藝等列在報紙上，吸引嫖客。

　　其三，出現一些稀奇古怪的報刊。有些人把辦報作為跳板和從事政治上經濟上投機的一塊敲門磚。當時有不少「有報無社」的「馬路小報」，「往往出版之前夕，在旅館開一房間，作為臨時主筆房，……以報費收入，即交印刷紙張之需。印多少包與印刷者。廣告費作為執筆者潤筆，發行所則在四馬路拐角報販攤上，連區區的斗室一間也沒有」〔註36〕。當時的報紙銷售能達到過萬份就已經是規模很大的報社，一般是兩千、千八份或幾百份，最少的只有兩份，一份交警察局備案，一份在自己門口張貼。這一類報紙，往往是用套用的辦法，即利用當時市面上辦得好的報紙的現成版面換一個報頭、或用固定報頭取各報各種新聞漿糊拼湊的辦法印刷出來的，目的是為向出錢辦報的人交差，或自己靠剪貼報賺錢糊口營生。有一個小故事就能體現當時馬路小報盜名出售的狀況。1925年8月27日當日下午在北京東珠市口一帶，一名叫白濟川的賣報人大喊「打仗的新聞，開火的號外」叫賣畫報，被警察以

〔註32〕　吉林省檔案館藏 J109-11-0643 寧安局報泰東報館經理詐財 1922 年 5 月 12 日。
〔註33〕　方漢奇：《中國新聞事業編年史》（三卷本），福建人民出版社，2000 年版，第 990 頁。
〔註34〕　黑龍江省地方志編纂委員會編：《黑龍江省志‧報業志》，黑龍江人民出版社，1993 年版，第 52 頁。
〔註35〕　《富貴書館超等妓館之廣告》，《亞東時報》，1926 年 12 月 14 日第四版。
〔註36〕　景學濤：《報界舊聞》載《新聞學季刊》，1940 年第 1 卷第 2 期。

擾亂治安將其揪詢，所售報名為《輿論報》，內容盡屬故甚詞之謠言。後來警察與奉系軍閥直魯聯軍津貼的報刊《輿論報》聯繫，該報日出正副兩張，並無畫報，請求追究。被警察搜捕的畫報實屬白濟川每日搜集各報的新聞稿，自己用石印拼湊印刷而成，以圖賣錢。署區警察以其意圖擾亂治安，將其看押〔註37〕。

其四，報紙副刊、小報、期刊充斥無聊、迷信和黃色的內容，泛濫一時。北洋政府時期的黑暗統治，文人辦報，諸多風險，這個團體的成員開始逐漸分化了，其中的一部分人由彷徨苦悶漸入頹廢，以辦附庸風雅、格調抵級、無病呻吟的副刊及宣揚迷信或黃色內容的小報賺錢糊口。小報專門刊登寫娼妓、武俠、神怪、公案、黑幕、滑稽、迷信的作品。如《濱江時報》副刊設立 4 個「說部」欄，分別連載「豔情小說」、「俠情小說」、「社會小說」等。在本埠社會新聞中，尤其突出黃色新聞，曾設立「花界」或「花國集豔」專欄，每日為妓女、嫖客提供版面，內容極其低級下流。奉天日刊《亞東時報》登載封建迷信算命廣告，「占卜小洋三毛，談八字現小洋八毛，批八字現小洋六元，大批八字現小洋八元，合婚現小洋二元，擇日嫁娶現小洋三元」〔註38〕等，各自吹噓其占卜命運之準，來變相百姓掠奪錢財，污染社會風氣。這些格調不高的文字和黃色文字得以在報紙副刊、小報、期刊大量發展的原因：首先是報館願意為其提供版面，利用這類作品來迎合某些讀者的低級趣味，以擴大發行量；其次是北洋政府對時事政治方面的文字限禁很多，而對這不僅不聞不問，有時還採取鼓勵態度；再次是報紙言論的退化。資產階級改良派所倡導的，為革命派所接受的政論文體，在抨擊時弊，介紹新思潮，宣傳民主主義思想等方面起過重要作用，直到二次革命前，各報還普遍設有社論、論說、時評等欄目，幾乎每版都有評論文章，一些短評專欄辦得很活躍。可是，二次革命後，多數報紙除了刊登一些不痛不癢無關大局的短評外，很少發表或乾脆取消了社論和論說，而改為刊載消息，大量刊登電訊和通信。這些報紙所以消減言論多發新聞，主要是屈服於北洋軍閥的淫威，害怕或不願以言論賈禍，這是軟弱的退卻，是倒退。有些電訊，還往往是編輯們憑空臆造的。上述報界種種反常現象，是北洋政府實行言論禁錮

〔註37〕 轉引方漢奇：《中國新聞事業編年史》（三卷本），福建人民出版社，2000 年版，第 1038 頁。
〔註38〕 《煥章命館》，《亞東時報》，1927 年 5 月 19 日第四版。

政策的必然產物。報紙評論聲光逐漸暗淡，報業指導輿論、監督政府的功能削弱。

其五，報紙消息片面，謠言甚多。軍閥混戰時期，報紙多淪爲政治的附庸，多利用報紙互相攻殲，「殆不再有確實消息可言，而縱橫挑撥於其間」〔註39〕。加之當時報館重主筆不重視訪員、採訪記者，「以爲訪員奔走四方以力食者也，主筆則握管披箋以智食者也」〔註40〕，所以報紙新聞多是聽聞，不能親歷其境詳加考察，致使所載的內容多爲轉述，使閱者生疑而令人厭煩。由於缺少忠實的新聞，使軍閥統治時期的新聞陷入謠言、流言、虛假新聞盛行的畸形狀態。不用分析各類報刊，僅就當時時局中人物對報刊的評價即可知報紙消息片面、謠言肆意的狀況。孫中山在寫給張作霖的信〔註41〕「文傾（頃）與越飛氏談話」（即《孫文・越飛宣言》）時指出：「報章譯載有將要點遺漏者」。查閱當時報導的宣言內容和後來有關資料記載的相對照，當時報導確實僅提到「蘇俄政府已準備與中國磋商取消一切俄皇時代之對華條約及苛索條件。中東鐵路之條約亦包括在內。中俄兩國宜開會議討論一切。由中俄政府再行管理。」〔註42〕而政府宣言中「中國最要最急之問題，乃在民國的統一之成功，與完全國家的獨立之獲得……」〔註43〕這一重要部分漏掉。而漏掉的正是孫中山革命多年爲之奮鬥所要實現的目標。故此中山先生特「飭人補譯」。對於如此涉及中俄兩國關係，孫中山與越飛共同簽署的重要文件，在新聞媒體報導時，都會出現將主要部分漏掉的情況，足見當時報刊新聞的偏頗。駐華代辦邁耶致國務卿的信函中也指出中國報刊「媒體謠言中也有極少數是有事實根據的。這些都是預示著大動向的小事，例如張作霖突然出京；溥儀出乎意外地到使館區尋求庇護；儘管馮玉祥已宣佈他們願意出國，但他仍繼續留在北京或者北京附近的地方；孫逸仙即將到京等。這些小事反映出一個令人嚴重憂慮的問題，那就是急進的國民黨和蘇聯的勢力可能會支配北京」〔註44〕。

〔註39〕邵飄萍：《我國新聞學進步之趨勢》，《東方雜誌》第21卷第6號。

〔註40〕汪英賓：《1921年來華之新聞家》1922年1月1日《申報》177-26（1）。

〔註41〕這封信是《孫文・越飛宣言》發表兩天後，孫中山寫給張作霖的，轉引薛景平《新發現的孫中山致張作霖的信》，第60頁。

〔註42〕《大北新報》1923年2月1日。

〔註43〕《大北新報》1923年2月1日。

〔註44〕《駐華代辦邁耶致國務卿（北京1924年12月1日下午4時）》載於《北洋軍閥》第5卷，第1032頁。

其六，報章行文繁瑣，行文角度缺少興趣。報紙本是為公眾所發行，所以編製的繁簡、文字的淺顯，應當以公眾的教育水平為標準。通觀當時的報紙除了專電為分條短句外，其它的文章皆是長篇累牘不分段落，見到即令人生厭，倘若逐一篇讀，非半日不能畢。如此的文章使新聞失去傳播的時效性，而讀者也得不到絲毫的利益。所以文章若吸引讀者應當簡潔，文字既貴簡易，編製尤宜分段，提綱挈領，一目了然。當時的報刊缺少行文技巧，不能饒有趣味，引人注意。例如報刊多數刊登勞工問題，都是始末記載，平鋪直敘，不能引人興味。假如以今天的報導手法，以罷工經過的趣聞或工人的慘史特立標題，以側面表現勞工問題的重要，不僅問題的本相不失，而且也足以引起讀者的興趣。

其實，造成新聞事業內外不發達的根本原因，還是當時國人包括辦報者自身對報紙有誤讀，誤認報紙為無聊文人遊戲三味之比，舞文弄墨之場，藉以糊口。誤認報紙為個人之武器，不懂不辦實事之可貴，顛倒是非善惡，致失其信用。不以報紙為天下公器，而甘心為一黨一派的私利機關。記者的專門知識固然沒有，即普通常識亦無心得，因記者常識的缺乏，不能明白社會群眾的要求。誤認新聞記者之目的，在為文學家或政治家。誤認記者個人之主張，即為一般之主張，少數人的輿論，即為全體民眾的輿論。因此種誤解，報紙遂成為「黨化」「個人化」或為攻擊政敵的利器，而健全的輿論並沒有實現。不知經營報紙的方法。故欲除中國新聞事業發達途中之障礙，須自袪除此種誤解始。

奉系軍閥統治時期的新聞業有如上的原因致使新聞事業不發達，報業輿論不健全，就如北京《晨報》發表的《新聞記者的一種苦處》，文中說：「今日中國的新聞記者真可不做了，除必須編些不愛編，不忍編，不得不編，毫無疑問的新聞外，還要受官廳的束縛和威嚇，朋友的譏諷和仇恨」〔註45〕。其實在當時情況下只要報界有真正的新聞人才，報館具有雄厚的資金，教育能夠普及，這些弊端就會減少很多。

三、新聞業的進步與發展

儘管軍閥統治時期的新聞事業有諸多內外不發達的因素，但報紙還是「散發最廣的出版物」，它們是定期報導有關政治、經濟和文化事情的消息的為數

〔註45〕《一星期之餘力》1922 年 10 月 1 日北京《晨報》專刊第 22 期。

不多的來源之一〔註 46〕。它們足以成爲中國政治舞臺的重要因素，雖然其影響並非決定性的，但它們也是隨人類活動共生的新聞傳播活動的記錄者，儘管是在北洋軍閥的鉗制鎮壓下，新聞事業也依舊遵循自身的發展規律，有自身的發展和進步。

其一，達到報刊、通訊社、廣播無線電臺三位一體的局面。民國初年報刊增多，通訊稿件大多自行採集或購買東方通訊社和路透社等外國通信社稿件，因「計近日北京報社達五十家以上，通信社多達二十家以上，雖多數仍屬幼稚」〔註 47〕。但新聞界還是注意報刊新聞來源，創辦大量通信社，如東北「世界收信（訊）處」、哈爾濱通訊社、遠東通訊社、華東通訊社等等。廣播無線電臺也先後成立，如 1925 年日本關東遞信局在大連創立的大連放送局，1926 年在哈爾濱國人自辦的哈爾濱廣播無線電臺。

其二，報刊由「政論本位」轉向「新聞本位」。北洋軍閥禁錮報刊、鉗制言論，報人不想因言獲罪，致使報紙上的評論開始減少，而夾敘夾議式的新聞和時事評論之類的文字有所發展。此時有些報人對新聞紙的認識由代表、製造輿論轉向供給新聞，「以真正新聞供給社會，乃新聞紙之重要職務，亦於社會有極大之關係」〔註 48〕，「報紙之第一任務，在報告讀者以最新而又最有興味最有關係之各種消息，故構成報紙之最重要原料厥惟新聞」〔註 49〕，「報紙價值之有無大小與新聞材料之敏捷豐富真確與否有最密切之關係」〔註 50〕。基於以上認識使報刊新聞的版面增加，消息的比重加大，電訊增多，各報競爭的一項重要內容就是專電的數量和質量，爲此出現過不少這方面的有影響的作者和作品，受到讀者的注意。如被奉系軍閥殺害的邵飄萍、林白水，都曾在各自報刊上刊登國民軍軍紀的描述性新聞。

其三，重視新聞記者，湧現大批職業記者。由於新聞報導受到重視，所以職業記者大批出現。各個大報爲採訪到重要的獨家冰點新聞，以此提高報紙的聲譽、銷售量，不定時增聘地方通訊員，個別資金雄厚的報刊還重金聘請有才幹的記者駐紮北京，還有大報外派駐外國記者。由此使新聞記者的地

〔註 46〕 R·威廉斯（R. Williams）：《漫長的革命》（The Long Revolution）（倫敦：企鵝叢書出版社，1965 年），第 195 頁。
〔註 47〕 邵飄萍：《我國新聞學進步之趨勢》，《東方雜誌》第 21 卷第 6 號。
〔註 48〕 徐寶璜：《新聞學綱要》，上海聯合書店出版，1930 年 10 月，第 5 頁。
〔註 49〕 邵飄萍：《實際應用新聞學》，第 1 頁。
〔註 50〕 邵飄萍：《實際應用新聞學》，第 1 頁。

位得以提高，獲得獨家新聞爲記者之能，也爲報刊立於報界鰲頭之資。這時期好多記者受過良好教育，具有辦報經驗和新聞學修養，同時還有的記者有較好的中西學基礎和駕馭文字的能力，發表在報端上的新聞通訊，夾敘夾議，文字生動，深受讀者歡迎。這些名記者有共產黨報刊活動家李大釗、《京報》的邵飄萍、《社會日報》的林白水、《醒時報》的張兆麟、《國際協報》的張復生等等。

　　除此之外，這個時期報紙副刊內容豐富，畫報期刊湧現，不少報紙都有時事性插畫或定期畫圖附張。新聞攝影也有所發展。由於民族工商業的大步發展，使商業性報紙增多，刊載不少商情和經濟新聞的報導。

第二節　新聞與政治

　　「人民有言論、著作、刊行及集會結社之自由。」〔註51〕也就是說人民有自由創辦報刊和在報刊上自由發表言論的自由，即言論出版自由。所以「言論出版自由就法律之立場而觀之，則有其絕對之神聖，爲任何人與任何努力所不能侵犯。」〔註52〕這種言論自由觀點在民國時期被民眾初步認識，而且也據理力爭實現。但是統治階級認爲報刊是國家的公器，必須對當權者負責，因爲眞理掌握在少數人手裏，只有報刊統一步調，爲統治者服務，統治者才能順利地爲民眾利益服務。由此民眾的言論自由與統治階級的政治發生矛盾衝突，且在施行中各有其局限，一邊民眾可能會濫用新聞自由，發表不正當、惡意或非法的言論，即便損害了公眾利益和國家利益也不具有任何約束力，不接受任何懲罰，一邊是統治者只保護經過選擇的馴順的報刊，而打擊、查封「搗亂」報刊。報界新聞自由與統治階級的政治就是一對矛盾體，而又不能孑然分開。「夫思想與權力，常立於敵對地位；蓋思想富於排他性，權力素具佔有欲，惟具排他，故常欲破壁飛去，翶翔於時間空間之外；惟欲佔有，故當不願打毀現狀，致使其傳統的權威」。〔註53〕由此可以看出，新聞與政治有屬性上區別，新聞要求自由言說，以在信息碰撞中發現並傳播眞理；政治要求社會有序，整齊劃一，以整合資源應對內外危機，所以二者的衝突在屬性上。

〔註51〕《中華民國臨時約法》中第六條第四項。
〔註52〕《言論自由之眞義》1931年12月13日《申報》(時評) 289-306 (1)。
〔註53〕《思想自由與澈底研究》1930年5月4日《大公報》。

「歷史與現實爲政治之基石，然現實之把握與夫史料之收集，實以新聞紙爲唯一工具把政治與報業緊密聯繫起來。」〔註 54〕要想避開政治而談新聞「自身」，可能是緣木求魚，不太可能。「作爲一種『政治』信息史的新聞史，這裡的政治，應該是千千萬萬的男女爲爭取自由傳播而鬥爭的政治，它包括、但不僅僅是某個階級爲爭取自己的政權而鬥爭、革命的政治」〔註 55〕。既然新聞是一種政治信息體系，抽去政治，自然也就是抽去新聞自身，結果導致想回歸新聞自身而「自身」不可得。

深受英美自由主義的新聞思想和傳統『諍臣』文化雙重影響的新聞界在經濟上、思想上都有了主體性，不再是政治的奴僕，在「民眾喉舌」感召下對梁啓超的「監督政府，嚮導國民」有樂觀想像和新聞實踐。奉系軍閥雖然「綠林」「行伍」出身，但也受當時國內西方民主思想薰染及人民言論出版自由理念提升的衝擊，爲此爲獲得民眾輿論支持，表現出來還是重視、尊重報刊言論自由的，再加之奉系更關注武力擴張及內部衝突，並無統一的機構鉗制新聞自由，報刊的言論處於放任的狀態，致使這一時期的新聞自由度較大，從而爲東北新文化運動深入、啓蒙報刊的繁榮、民營報刊的發展、國民黨報刊的新生、中共報刊的創建提供了外部生存條件，進一步推動了近代新聞傳播結構向現代轉型。

然而，奉系軍閥的統治也是一種頭重腳輕、政權與被治之民上下脫節的統治結構，骨子裏還是願意奉行古代「民可使由之，不可使知之」的愚民政策，所以爲保住政權，也有時用固守傳統的闇騙、強權與武力來維護統治地位，對啓蒙民眾、喚醒民眾、動員民眾力量雖有重視但力度不夠，以致多時都不會很好地協調與外部輿論環境的關係，更不能有孫中山「革命成功極快的方法，宣傳要用九成，武力只可用一成」〔註 56〕的深刻認識。爲此，奉系軍閥爲操控新聞輿論，更好地讓有利於統治者的信息傳播出去，讓信息邏輯符合權力、財富、榮譽的需要，除自己創建報刊外，還津貼資助有影響的民營報刊，當然也採取法律或秘密的防範措施和手段，壓制對立的思想和意識形態等，對主張新聞自由的新聞界採取統治、管制、漠視態度。由於新聞與

〔註 54〕 黃少谷：《政治改進與新聞宣傳》，《申時電訊社創立十週年紀念特刊》，第 63 頁。

〔註 55〕 曹立新：《在統治與自由之間——抗戰時期國民政府的新聞政策與國統區媒體的新聞實踐》，中國人民大學博士論文，2009 年。

〔註 56〕 孫中山：《宣傳造成輿論》，1923 年 12 月 20 日。《孫中山文集》電子版。

政治雙方的互動衝突形成言行不一、言行相悖，使奉系統治時期的新聞陷入謠言、流言、虛假新聞盛行的畸形狀態，表面繁榮昌盛，數量龐大，實則備受摧殘、信譽喪失、效果萎靡，乃至淪為軍閥政治爭鬥的附屬品，失去了主體性。而政治高壓強力扭曲了近代報人的新聞思想，深刻影響了中國近現代新聞史的歷史底色。媒介的多次「缺位」「移位」，嚴重衝擊了奉系的政治藍圖、政治目標，結果在南征北戰中漸漸式微，丟失了民心丟失了軍隊、丟失了地盤，最後以沉重的代價逃離歷史舞臺。

第三節　輿論控制

對於「輿論」一詞，最早直接提出是法國 18 世紀的啓蒙學者盧梭，在1762 年《社會契約論》中首次將「公眾」與「意見」組成一個概念，即「輿論」。孫中山認為「輿論為事實之母，報界諸君又為輿論之母」〔註57〕，馬克思認為新聞媒介已從單純的表達渠道變為公眾代言人，成為「廣泛的、無名的社會輿論的工具」〔註58〕。戈公振的《中國報學史》言「民主政治，根據於輿論；而輿論之所自出，則根據於一般國民之公共意志。報紙者，表現一般國民之公共意志，而成立輿論者也」〔註59〕。通過以上革命家、思想家及新聞史學家對輿論的界定，可以分析得出輿論是公眾對某一公共事件形成的一致意見或態度，新聞媒介是代表輿論的主要工具，也是一種重要的輿論力量，它可以通過表現輿論得到公眾認可，同時通過有選擇地報導或直接或間接的意見表達，在社會上形成對某事件的關注或態度，作用於人們的認識，引導輿論。新聞媒介對於輿論的巨大影響力「蓋以新聞為輿論之引火線，而又為輿論之製造器也。故國民之意見，常隨有卓識之新聞記者為轉移。以是其一抑一揚，足以決彼等運命之浮沉；其一毀一譽，即可為最後輿論之宣告也。」〔註60〕

民國時期報人地位的提高，自由體制的確立，民主立憲等觀念的盛行，

〔註57〕孫中山《民報發刊詞》。

〔註58〕馬克思，恩格斯：《馬克思恩格斯全集》第 7 卷，人民出版社，1972 年版，第111 頁。

〔註59〕戈公振：《中國報學史》，中國新聞社，1985 年 4 月版，第 290 頁。

〔註60〕松本君平：《新聞學》，載余家宏、寧樹藩、徐培汀、譚啓泰編注：《新聞文存》，中國新聞出版社，1987 年版，第 11 頁。

讓報人擁有了「監督政府，嚮導國民」的神聖使命。而「一個眞正對本身所實行的主義有自信的國家，是不怕新聞自由的。除非根本懷疑自身所實行的主義，而企圖用一種勉強的力量，維持非法的政治力量」〔註61〕。奉系軍閥就是不自信的掌權者，不自信的統治者，懼怕新聞自由，懼怕新聞輿論，所以爲了維護自己的統治只能用非法力量對待發表輿論的新聞機關。

奉系軍閥懂得民主政治、言論自由在當時是報刊追求和踐行的旨歸，但是由於皇權專制及傳統儒家獨尊思想的影響，以及對權力穩固的擔憂和民眾輿論的畏懼，致使奉系不懂得甚至是漠視引導和利用具有大多數民眾意見的輿論來維護統治，而更關注用武力擴張及內部衝突，用固守傳統的閥騙、強權與武力來維護統治地位。奉系軍閥對輿論傳播的控制，除採取法律法規手段外，還採用自己創辦報刊、派銷利己報刊、津貼資助報刊、改造違規報刊、斫伐共黨報刊、限制日俄報刊等手段控制輿論。還不時採取強制性手段，對膽敢冒犯奉系軍閥的報紙、記者或編輯施加壓力，甚至對持反對者意見的報人逮捕並殺害，著名記者邵飄萍、林白水就被奉系軍閥所殺害。

奉系軍閥爲對新聞輿論實施操控，主要通過《報紙出版條例》、《管理報紙營業規定》、《檢查宣傳赤化書籍暫行辦法》等規章從法律規定上限制、控制報刊。奉系在戰爭時嚴密規定所有報紙雜誌書籍和其他印刷品，禁止不適當地刊登有關軍隊、飛機、船隻、戰時生產、武器、軍事設施和天氣等消息；同樣的指示也下達到廣播無線電臺。新聞檢查警察管理處聘用工作人員，負責對當地和其他地區國家之間來往的郵件、海底電報和無線電通訊進行強制性檢查。遇有緊急情況就「東三省全境戒嚴，所有消息，一律不許泄露，於關內電報，檢查四道，郵信每封必拆。」〔註62〕

奉系軍閥注意構建自己的報業機構，創辦自己的言論機關，以構建自己的輿論陣地；同時爲擴大輿論宣傳力度也會以津貼和年敬的方式資助報刊。奉系軍閥對轄區內外的各個報館都會依據現實情況，以各種理由予以資助。當然「無論受何方面金錢之補助，自然要受該方面勢力之支配；即不全支配，最少亦受牽制」〔註63〕。奉系認識到世界大勢、國內情形、外交情狀、內政

〔註61〕陸鏗：《新聞自由的贅瘤》，《新聞學季刊》第3卷第1期（復刊號），1947年5月。
〔註62〕《東三省全境戒嚴，消息一律不許洩漏》1922年5月28日《申報》180-559（3）。
〔註63〕世界日報史料編寫小組，《世界日報初創階段》，《新聞研究資料》第2輯，中

發展、窮鄉僻壤一般平民需要明白當政者的苦心，均在於新聞紙的發達興盛與正當言論機關的疏解，尤其是在軍事時期及外報造謠橫行時期，地方治安、金融漲落，胥視報紙消息為轉移，由此注意派銷自己報刊以抵禦外報謠言、維護社會治安、提倡本民族文化、振興實業和擴大自身輿論影響力。奉系軍閥還規定各報館登載政府命令應刊首欄，致力宣傳他們所提倡的四維主義，要求報館更正不實和謠言信息，禁閱誣衊詆毀東省政局報刊，禁登易造成社會不良影響的信息，禁止敗壞風俗出版物和淫穢書刊，懲辦報界不良行為。奉系軍閥對宣傳共產主義的言論報刊、報人深惡痛絕，針對宣傳「赤化」、「過激主義」報刊，奉系軍閥制定了一系列嚴厲控製法規，禁止共產報刊創立和發行，一經發現立時取締。奉系軍閥對於外人創辦的日、俄人報刊的正常傳播並不排斥，但如果日、俄報刊從事各種歪曲事實，挑撥離間的宣傳，奉系就將通令東北各地禁止訂閱，郵局禁止寄送。

　　顧執中在《戰鬥的新聞記者》中曾對奉系軍閥控制新聞輿論的狀態有所描述，時值蔣介石北伐，張作霖在北京執政之時，顧執中從上海直接前往北京摸清當時時局狀況。1928 年 6 月 2 日當顧執中在北京前門車站看到月臺上堆積大量行李，暗中詢問知是張作霖的部隊。「日帝願為張宗昌張目，出兵山東，在濟南阻擊北伐軍，製造了濟南五・三慘案，但對張作霖似乎有意見，不預備有什麼異常行動，來給張作霖出一臂之力了」〔註 64〕。顧執中斷定張作霖將放棄北京，返回瀋陽。要把張作霖逃出北京的消息，拍發給上海的《新聞報》，這是一條關於北伐戰爭的最重要的消息，是北洋軍閥統治者全部覆滅，中國又將進入另一個時代的大家所極度關心的消息。儘管消息本身極其簡單，但可以說顧執中從上海來北京是專為探聽這一條消息來的。《新聞報》駐北京的記者張亞庸痛哭流涕地要求顧執中不要拍發這一電報，遭到顧執中的極力反對。張蹙額皺眉地說道：「老兄有所不知，電報局內部駐有張作霖的新聞檢查員，北京到處，現在都有張作霖的大刀隊。這電報，在他們純是屬於極度的軍事秘密的，安能讓其拍發到南方或其它地方呢？一經查出，定必立即派軍警把我抓起來，交大刀隊砍頭示儆，別以為他就要逃出北京，北京尚未脫出他的魔爪，他還有隨便殺人的力量。此電決不可拍，因為其結果必然電未拍出，我和您的頭必先落地。您沒有看見林白水與邵飄萍麼？兩人雙

　　　　國社會科學出版社，1980 年，第 152 頁。
〔註 64〕顧執中：《戰鬥的新聞記者》，北京新華出版社，第 245 頁。

雙都死在他手裏」〔註 65〕。張亞庸雖抗議理由卻是充分的，顧執中不能不考慮，於是想出解決辦法：「第一，我們試把這一條新聞，寫成爲可以理解得了的密語，這就是把電文：『張作霖今夜率眷屬離京，所有一切問題，由國務院代爲辦理執行』寫成密語：『今夜弟偕小妾離京，所有家務由郭務遠先生代爲辦理』；第二，這條密語電文，擬拍給《新聞報》館中的一位比較機靈的編輯，他接到我電報一看，他知道我是沒有小妾的，我的離京也不會拍電報給他，一看就能猜得這個『弟』就是張作霖，『郭務遠』與國務院同音，也一讀便知，所以這次密語，就不難猜到的；第三，電報的收電人，不寫上海《新聞報》館，而寫上海漢口路 274 號陳達哉收；第四，到電報局拍電時，不用收報人付款的執照，而是付現款，因爲那收報人付款的執照上，是寫著《新聞報》的名稱的，用了仍會露馬腳；第五，不命常到電報局去送電稿的工友去拍這一密語電報，而由另一個不常到電報局去拍電報的新工友去電報局，以現款送拍這一密語電稿。」〔註 66〕遵照這樣的辦法，顧執中採寫的張作霖離京重要新聞如期發送到上海《新聞報》。從這個例子可以看出，奉系軍閥對新聞輿論的控制是極其嚴格的，尤其是戰爭時期。

第四節　新聞業相關的法律環境

　　軍閥時代就是武力支配政治。政治制度是政治活動的基本結構和框架，其核心是約束、規範人們的政治關係與政治行爲，使權力得到有序安排，社會歸於秩序化。從傳播角度講，「制度具有信息與媒介的雙重身份，作爲信息，它向接受者發送規範性的指令，或禁止或允許人們的交往活動；作爲媒介，它起到了社會信息流動的河床作用，或維繫或切斷一種傳播關係」〔註 67〕，從而在事實上建構起社會信息流通的容器，其功能是「趨於降低社會交流的信息成本」〔註 68〕，在這個層面上，也是一種社會傳播的媒介渠道。不同於報刊、廣播的大眾化媒體的是，它以制度文件爲傳播柵欄，控制社會信息的流向、流速與流量。制度與權力是「雞生蛋，蛋生雞」的問題，擁有了權力，

〔註 65〕顧執中：《戰鬥的新聞記者》，北京新華出版社，第 245 頁。
〔註 66〕顧執中：《戰鬥的新聞記者》，北京新華出版社，第 246 頁。
〔註 67〕劉繼忠：《新聞與訓政：國統區的新聞事業研究（1927～1937）》，中國人民大學博士論文，2009 年。
〔註 68〕陳衛星：《傳播理論》，人民出版社，2004 年，第 407 頁。

才能知道制度的制定權，有了制度，才能規範權力，維護既定利益，而鏈接制度和權力的中介是話語。決定、規制新聞信息社會化生產的核心層面，由傳播制度、新聞傳播觀念與約定俗成的生產規則構成，它決定、規制了傳者的媒介生產行為與傳播空間。

　　而作為當權者，規定媒介的傳播制度是有理論依據的，正如威爾伯·施拉姆所說：「每個國家都保證本國人民享有表達思想的自由，然而各國或多或少地對它的大眾媒介加以控制，正如對它所有的社會機構一樣加以控制。」〔註69〕施拉姆等人曾提出集權主義的報刊理論，主張個人的價值在於他作為集體的一員，個人利益應該服從集體和國家利益，國家的自由高於個人的自由；在個人與個人之間，存在著智愚賢不肖的差別，真理往往掌握在少數聰明人手中，「領導國家的英雄或領袖，能對公民福利做出最大的貢獻」〔註70〕；因此，人民應該接受少數精英的指導，才能更好地維護國家和人民的利益。為了維持社會和平與秩序，當權者就有權禁止宣傳帶有危險傾向的意見；而報刊的第一個義務就是避免妨礙由一個統治者或卓越人物來決定的國家權益。如黑格爾所說「國家是道德的具體化」、「國家是理智本身」、「國家本身就是目的」。奉系軍閥作為地方乃至一時控制國家政權的統治者，也依據哲人的理論，為阻止新聞媒介妨礙實現統治的目的，對信息的傳播和言論進行檢查和控制，儘管統治者會通過政治、經濟、司法等不同手段控制新聞事業，但司法控制還是主要的，為此衍生出龐大、綿細、多元的法律規範。

一、奉系軍閥控制新聞業的法律法規

　　民國時期，報刊輿論已經深入人心，成為人們針砭時弊宣傳見解的一種手段，更被社會各種勢力視為掌握話語權爭取社會公眾力量的武器與工具。奉系軍閥統治時期正值袁世凱出臺的報紙條例引起民憤，於1916年7月廢止《報紙條例》等相關新聞法律法規，而奉系軍閥沿用《出版法》及1921年創制《東省特別區警察總管理處暫行取締報紙規則》、《東省特別區警察總管理處限制各報登載條款》、《東省特別區警察總管理處管理報紙營業規則》等新

〔註69〕〔美〕威爾伯·施拉姆，威廉·波特著：《傳播學概論》，新華出版社，1984年，第179頁。

〔註70〕〔美〕威爾伯·施拉姆等著，中國人民大學新聞系譯：《報刊的四種制度》，新華出版社，1980年11月版，第59頁。

法規來控制輿論。同時還有《戒嚴法》、《治安警察條例》等作爲輿論控制的輔助。爲了加強對新聞事業的統治，使新聞報業成爲政府統治的輿論傳播工具及傳聲筒，奉系軍閥還通過對信件盤查，嚴禁國外信件特別是蘇聯信件的入境等手段，逐步束縛信息的傳播及報業的發展，逼迫小報、大報依附統治政府的力量而存在，通過形式多樣的監控手段和嚴密的專控力度，控制新聞事業的發展，以達到嚴密控制言論、思想爲軍閥統治服務的目的，新聞事業的發展失去其本身的方向，逐漸成爲政府統治並控制民聲的工具。

北洋政府對於報刊輿論力量相當重視，袁世凱政府以清除報界「敗類雜種」等理由，以比前清報律「稍嚴」爲主旨，制定與頒佈了教令第四十三號《報紙條例》。該條例共 35 條，不僅把《大清報律》的相關規定悉數照搬，還借鑒了日本報紙法的相關措施，限制新聞事業的發展。

1916 年擁護袁世凱的張作霖就任奉天督軍兼省長，隨後稱霸東北。張作霖統治時期對於報業的控制較袁世凱寬鬆，給報業的生存發展提供了一個良好的政治環境，使得報紙得到一定的發展，東北新聞事業在袁世凱去世後的三年間得到較大發展〔註71〕。奉系軍閥肇始，就收到內務部廢止《報紙條例》的公函，1916 年 7 月 21 日內務部在輿論的壓力下廢止《報紙條例》，發佈致各省長督軍的咨，稱「惟查言論自由，載在約法，報紙爲書面言論之一。現在刷新政治，正宜宣達民意，扶持輿論，似不宜縛束其自由，且報紙如有違犯法律情事，自由普通法可以救濟，此項特別專例，似無存在之必要，此就法理上審核該項條例，似可廢止一也。再，報紙條例頒佈以來，其效力僅能及於內地我國報紙，而於外國在我國內地開設之報館，以及我國在租界開設之報館，均未能加以取締，厚彼薄此，寧爲事理之平，同罪異罰，實啓輕侮之漸，甚至逼之過當，且有懸掛他人國旗，以爲抵制者。此就施行上立論，該項條例似可廢止者有一也。爲此提出議案。應候議決施行。」〔註72〕鑒於對本國媒介有其他法律管束及對外報的治外法權不受約束，內務部雖然廢止了《報紙條例》，但「政府當局仍襲用其精神」〔註73〕。廢止的《報紙條例》

〔註71〕黑龍江日報社新聞志編輯室編著，《東北新聞史 1899～1949》，黑龍江人民出版社，2001 年 1 月，第 100 頁。

〔註72〕1916 年 7 月 21 日《內務部關於廢止報紙條例致各省長督軍等咨》，《北洋政府內務部檔案》，《中華民國檔案資料彙編‧第三輯》（北洋政府‧文化分冊）（上），第 32 頁。

〔註73〕張靜廬輯注：《中國近代出版史料》初編，群聯出版社，1953 年，第 330 頁。

成爲奉系軍閥控制新聞輿論的主要法律依據，將其「奉之爲救命的稻草，不僅及時予以轉發，並札飭所屬遵照實行」〔註 74〕。「任便違反民意，鉗制輿論，致封閉報館，取締言論記載，以及拘禁槍斃記者之事屢屢而出」〔註 75〕，「當時主管報刊的三省民政長及警察機關，以此條例爲藉口使不少申請新辦的報刊胎死腹中，在三省檔案館裏，至今仍留存一些辦報人未獲批准的呈文。」〔註 76〕

　　北洋軍閥混戰，政府對新聞出版活動的法律鉗制也日益增多。北洋政府及各派軍閥對過激主義以及赤化報刊大多口徑一致，將其視爲洪水猛獸，時常頒佈文件規則加以限制、查封。1920 年 2 月 2 日國務院發佈第 256 號公函《查禁宣傳過激主義書目的有關文件》，稱「據報俄國列寧政府對於中國內部社會革命黨頗爲活動，茲查得過激派傳播物及來華人名，呈請鑒核等情。查單開：過激主義印刷物傳播我國已達八十三種之多，至來華黨人，德籍者六人，俄籍者五人。相應分別清錄，送請貴部查照，轉飭查禁嚴防可也」〔註 77〕，以防止共產主義在中國的傳播。1921 年 4 月 23 日北洋軍閥政府懸賞緝拿散發印刷對象的過激黨人。1925 年 4 月 1 日，京師警察廳頒佈《管理新聞營業條例》，又推出了取保制度，規定「發行報紙、雜誌或辦理通信社者，均須於呈報時，取具五等捐以上鋪保兩家，以資負責」；「報紙、雜誌之發行所，通信社之社址房屋，均須取得房主許可，出具同意切結，存廳備案。」並於 1925 年 5 月 27 日發佈《關於嚴禁蘇聯寄郵各種華文報刊入境的密電》，規定「嚴飭俄郵件入境各站檢查員認眞檢查，如有虛應之事，由他處發覺時定將失察之檢查員從嚴懲辦不貸」〔註 78〕。

　　奉系軍閥除了沿用北洋政府對新聞業頒佈的法律法規外，還自行出臺了一些新聞法規。於 1921 年 7 月得到內務部「業經本部將該項規則酌加修正」

〔註 74〕黑龍江日報社新聞志編輯室編著：《東北新聞史（1899～1949）》，黑龍江人民出版社，2001 年版，第 91 頁。

〔註 75〕孫智先：《二十年來瀋陽之報界》1929 年 11 月 30 日《盛京時報》。

〔註 76〕黑龍江日報社新聞志編輯室編著：《東北新聞史（1899～1949）》，黑龍江人民出版社，2001 年版，第 91 頁。

〔註 77〕1920 年 2 月 2 日國務院公函 256 號《查禁宣傳過激主義書目的有關文件》，《中華民國檔案資料彙編·第三輯》（北洋政府·文化分冊）（上），江蘇古籍出版社，1991 年。

〔註 78〕吉林省檔案館存：《吉林省長公署關於嚴禁蘇聯寄郵各種華文報刊入境的密電》，1925 年 5 月 27 日。

〔註 79〕後，奉系軍閥先後頒佈《東省特別區警察總管理處暫行取締報紙規則》、《東省特別區警察總管理處限制各報登載條款》、《東省特別區警察總管理處管理報紙營業規則》等管理新聞事業的地方性法規。東北各省警察處還發佈訓令禁止發行傷風敗俗出版物〔註 80〕，禁止發行淫穢書刊〔註 81〕等地方法規。

奉系軍閥還在各地出臺的戒嚴令中都涉及新聞事業查禁條款，使「東北報館旋辦旋停，所在多有。民國十一年後，奉天省城歷經戒嚴規定，檢查報紙甚嚴，如認為與時機有妨害，停止其營業。各報館為戒嚴法所劫持，一時銷售頗受影響」〔註 82〕。

奉系軍閥在操控新聞輿論中無論是沿用北洋政府的法律法規，還是自行制定的新聞法律法規及戒嚴令等，都在某種程度上抑制了東北報業的發展，負面作用很大。但也有規則條例是進步的，推動新聞業的進步及健康發展。奉系軍閥對於新聞事業比較大的貢獻就是建立和發展了無線電通訊和創建廣播無線電臺，同時還創制了關於無線電廣播事業的條例，《運銷廣播無線電收聽器規則》、《運輸廣播無線電收聽器請領進口護照書》、《裝設廣播無線電收聽器規則》、《裝設廣播無線電收聽器請願註冊書》、《裝設廣播無線電收聽器請領執照書》、《廣播無線電條例》，等等。對廣播電臺是軍辦還是商辦進行多次討論，奉系統治時更是大力發展了軍事通信的無線電事業，促進早期無線廣播事業在我國的發展。還規定政府官吏不得兼任報館訪員，「官吏不得兼充報館之執事人員等職，在官服務尤宜遵守，乃聞各廳書記官等項人員往往有兼該報館記者或訪事等職，如果確實屬不守官箴，仰各該長官等嚴密查察，如有確犯上開情事人員務職名呈部核辦切切，此令」〔註 83〕，此條例對報業的言論獨立就有促進作用。

〔註79〕 1921 年 7 月《內務部修正東省特別行政區暫行取締報紙規則致吉林省長咨》，《北洋政府內務部檔案》，《中華民國檔案資料彙編·第三輯》（北洋政府·文化分冊）（上），江蘇古籍出版社，1991 年。

〔註80〕 吉林省地方志編纂委員會：《吉林省志》卷 39，文化藝術出版，第 123 頁。

〔註81〕 吉林省地方志編纂委員會：《吉林省志》卷 39，文化藝術出版，第 125 頁。

〔註82〕 王樹楠、吳廷燮、金毓黻等纂：《奉天通志》第 144 卷，民治三，報館鉛印本，1934 年，第 3305 頁。

〔註83〕 吉林省檔案館藏 J179-2-199《吉林高等審判廳為官吏不得兼充報館記訪等情的訓令》1918 年 4 月 1 日。

二、奉系軍閥對宣傳過激、赤化制定的法規

「過激主義」，指俄國十月革命後迅速傳播的社會主義潮流。「過激主義的種子，實在是因為社會上不滿意的事太多才產生的。既有這個種子，那社會上的一切不平、不安穩、不公道的事體，就是他的肥料。既加了肥料，又要他不生長，那可有點辦不到。所以世界政府中的頑固黨，都怕過激主義，但是都在那裡培植過激主義」〔註84〕。這裡指出頑固黨是過激主義的引線，是他們培植著過激主義。李大釗在《新舊思潮之激戰》中警告保守舊勢力，「當年俄羅斯的暴虐政府，也不知用盡多少殘忍的心性，殺戮多少青年的志士，那知道這些青年犧牲的血，都是培植革命自由花的肥料」〔註85〕，這裡所說的和頑固黨為「過激派的引線」屬同一道理，並警告頑固黨的過分殺戮只能使過激主義是「野火燒不盡，春風吹又生」。

作為頑固派的北洋政府和奉系軍閥對過激主義行為深惡痛絕，因為這不僅關涉軍閥主義武力統一全國的理想，也關涉日英美等帝國主義的後援支持。張作霖在接受美國聯合社董事長哈瓦德訪問時聲言過激主義為當前鉅患，「過激主義實不適於中國人之心理，過激主義之火星，難已潛入中國各地，而尚未到燎原之時，如能從速設法，加以防範，不難制止。東三省方面尚未聞有過激之事，吾人之軍隊組織極佳，足敷制止此害之用，如遇必要時，吾人之軍隊，亦可抵禦全國過激之害，但吾人須得有關係各國之援助。此援助為何，即為強有力道德上之援助，與經濟上之援助是也」〔註86〕。奉系張作霖的此番表態是向帝國主義表明奉系北洋派系中討赤決心最大及實力最強的，與英美日等在反蘇反赤上取得共鳴，以此希望得到英美日在道德及經濟上的援助，進而武力統一中國。為此奉系軍閥多次制定法規、發佈訓令查處過激報刊。1920年3月23日吉林省長公署第1534號訓令，「茲查近日以來仍有剗除倫常破壞道德之印刷品不時發見，當此過激潮流正盛之時，若任其鼓蕩流行，勢必貽害社會，希即轉飭所屬查照，本部迭次通咨關於違反出版法之出版物，隨時注意依法認真辦理，並將該印刷品之種類名稱發行處所，報部備查，除分行外，相應咨請查照辦理」〔註87〕。1921年7月奉系軍閥頒佈

〔註84〕冥冥《過激派的引線》1919年3月2日的《每周評論》第11號，收入《李大釗文集》上冊，第656～657頁。
〔註85〕中共北京市委黨校編輯：《李大釗文集》（上），人民出版社，第662頁。
〔註86〕《張作霖與美記者之談話》1925年9月27日《申報》216-609（2）。
〔註87〕吉林省檔案館藏 J156-11-0140 吉林全省警務處為轉令查禁違反出版法印刷品

《東省特別區警察總管理處限制各報登載條款》，其中的第二條就爲限制「關於宣傳過激主義之言論」。1925 年 10 月 24 日奉天省長公署頒佈《防範過激施行細則》10 條，以防範過激主義行爲和宣傳〔註 88〕。10 月 29 日頒佈《東省特別區警察總管理處暫行限制派銷外來俄報辦法》。1926 年 11 月 23 日哈爾濱特警處制定《檢查宣傳赤化書籍暫行辦法》〔註 89〕。1927 年 4 月 2 日，吉林省教育廳長劉樹春擬定了《吉林省各教育機關查禁悖謬印刷品及信件臨時辦法》。1927 年 6 月 18 日張作霖任中華民國海陸空大元帥當天即發佈《討赤通電》。奉系軍閥執政以來以各種條款、通電、講話等多種手段，向世人公佈嚴防過激主義、嚴防宣傳赤化，並以此理由查禁流經東北的過激刊物，並對統治東北及京津報刊勒令停刊、查禁報刊，逮捕、捕殺進步報人。

五四時期報刊宣傳「民主與科學」的思想啓蒙運動，以及後來介紹、傳播馬克思主義和對社會主義道路的探索，都強烈地衝擊了以代表舊的政治、文化秩序的奉系軍閥，致使將頑固保守勢力糾合起來，共同圍攻激進及赤化出版物，並極盡詆毀、誣陷、打擊、封殺。於是限制、查禁大量從國外及關內流經東北的宣傳過激主義及共產主義的報刊，「上海過激黨印行之《星期評論》及在北京發行之《每周評論》數紙，各該報內容均係鼓吹無政府、共產主義宗旨悖謬，密令所屬一體查禁」〔註 90〕；「以近日郵件中檢出《民聲叢刊》、《近世科學與無政府主義》、《工人寶鑒》、《愚人伊萬治國史》、《告下士》、《衣食與國家》、《新生命》七種印刷品大都傳播無政府主義，意圖煽惑，較之前次發見之兵士須知，尤爲悖謬，請飭查禁」〔註 91〕；《浙江新潮》等類「主張社會改造家庭革命以勞動爲神聖，罪惡妨害秩序敗壞風俗書報，飭警務處禁止印刷郵寄」〔註 92〕；「過激主義印刷物傳播我國已達八十三種之多，

等情訓令各屬 1920 年 3 月 23 日。

〔註 88〕 胡玉海、里蓉主編：《奉系軍閥大事記（1894～1931）》，遼寧民族出版社，2005 年 2 月第一版，第 396 頁。

〔註 89〕 胡玉海、里蓉主編：《奉系軍閥大事記（1894～1931）》，遼寧民族出版社，2005 年 2 月第一版，第 434 頁。

〔註 90〕 吉林省檔案館藏 J156-11-0108 吉林省長公署、吉林全省警務處爲查禁《星期評論》、《每周評論》印刷品等情給屬的訓令 1919 年 9 月 2 日。

〔註 91〕 吉林省檔案館藏 J156-11-0108 吉林省長公署、吉林全省警務處爲查禁《民聲叢刊》、《近世科學與無政府主義》、《工人寶鑒》、《愚人伊萬治國史》、《告下士》、《衣食與國家》、《新生命》七種印刷品等情給屬的訓令 1919 年 9 月 10 日。

〔註 92〕 吉林省檔案館藏 J156-11-0108 吉林省長公署、吉林全省警務處爲查禁《浙江新潮》印刷品等情給屬的訓令 1919 年 12 月 12 日。

至來華黨人，德籍者六人，俄籍者五人。相應分別清錄，送請貴部查照，轉飭查禁嚴防可也」〔註93〕；「近日以來仍有剷除倫常破壞道德之印刷品，不時發見當此過激潮流正盛之時，若任其鼓蘯流行，勢必貽害社會，希即轉飭所屬查照本部迭次通咨關於違反出版法之出版物，隨時注意依法認真辦理，並將該印刷品之種類名稱發行處所，報部備查」〔註94〕；「據山海關鐵路工廠巡官報告，見有工人持觀《工人周刊》，該項周刊係由北京大學所發寄，純係宣傳過激主旨，為鼓動工潮之導線，擬懇查明禁止出版並行知地方警廳郵局，嚴禁發行處寄，俾遏亂萌」〔註95〕；「近來天津查獲黨人機關印刷品甚多，邪說詖辭利器謬妄，赤黨以宣傳主義為惟一利器，若不嚴加禁遏，勢必隨處蔓延，應即密飭軍隊憲兵警察及各縣知事警甲嚴密偵查，對於某國鐵路附屬地學寄送印刷品，均應特別注意，一經查覺確據，務當依法詳訊呈究，勿稍枉縱以維治安，即核辦密飭遵照上將軍漾四印等因，合亟電仰遵照飭屬嚴密偵查禁止勿任蔓延是為至要等因，除電覆並分行外仰該廳即便遵照查禁」〔註96〕。

　　奉系軍閥不僅對大量流經東北的報刊進行查禁，而且對於東北生存的有赤化傾向的報刊也不時勒令停刊及查封報館並逮捕報人。1921 年 4 月 18 日東省特別區警察總管理處即以「宣傳過激主義」的罪名，逮捕了《前進報》的主編海特。1922 年 7 月 5 日東省特警處又以「宣傳過激主義」罪名查封《俄羅斯報》。1924 年 5、6、8、9 月內，就以「侵害宗教自由，偏袒鐵路職工，侮辱他人名譽及極力傳播過激主義」，對《論壇報》實行告誡 3 次、處罰 2 次、法院傳訊 1 次〔註97〕。1925 年 12 月 5 日，東省特警處發佈「防止赤化辦法」，嚴禁《東北早報》刊載「過激之言論」，派軍警「檢查信件，核閱報稿」。1922 年 10 月 9 日京師警察廳查禁中共北方執行委員會發往奉天盛京時

〔註93〕1920 年 2 月 2 日《國務院函送查禁宣傳過激主義書目的有關文件》，《北洋政府內務部檔案》，《中華民國檔案資料彙編・第三輯》（北洋政府・文化分冊）（上），第 527 頁。

〔註94〕吉林省檔案館藏 J156-11-0140 吉林全省警務處為轉令查禁違反出版法印刷品等情訓令各屬 1920 年 3 月 23 日。

〔註95〕遼寧省檔案館藏 JC10-23947（0237）查禁工人周刊 1923 年 12 月 19 日。

〔註96〕吉林省檔案館藏 J110-09-0291 吉林教育廳奉省署電囑密查禁學校等處赤黨宣傳之印刷品、信件等給各屬代電及省署督辦的訓令 1926 年 11 月 29 日。

〔註97〕黑龍江省地方志編纂委員會編：《黑龍江省志・報業志》，黑龍江人民出版社，1993 年版，第 260 頁。

報社的印刷品四份，稱「查核印刷品中，所言純係宣傳過激主義，蠱惑勞工，希圖破壞大局。除將該件由廳扣留，並飭屬嚴密偵查委員會設立地點，以便嚴行取締」〔註98〕。

三、奉系軍閥新聞法規制度的特點

「人治」化色彩濃厚，「以意爲法」。奉系軍閥「主政多屬軍人，尤以意爲法」〔註99〕，其所執行的新聞政策及新聞檢查的實際標準具有濃厚的「人治」色彩，籠罩於「軍治」的陰霾裏。

新聞規制內容的高度政治化、派系化。其一，扶持自己的新聞業，保障自己的言論自由。其二，嚴厲鉗制「政敵」中共及反對派系的言論，如《東省特別區警察總管理處限制各報登載條款》第一條「謂左袒某方或某黨之言論不准登載」，第二條就爲限制「關於宣傳過激主義之言論」。其三，整頓、馴化民營新聞業，使其服務於奉系的政治利益，如《東省特別區警察總管理處限制各報登載條款》第三條「與中國之土地主權威信有損者」。「中國三省軍政警察各官憲及其行政上之措施，或指謫事實者」。「足使本埠暨東省範圍內中外人民驚詫之傳聞，並不詳查虛實，遽行登布，以致淆惑觀聽或妨及治安者」。淆亂政體之論說；妨害國交及地方治安之論說；傷風敗俗之論說；外交、軍事應守秘密事項；攻訐及損害他人名譽事項。其四，寬容外籍媒體，擴大國際宣傳，塑造自己形象。如《東省特別區警察總管理處限制各報登載條款》第三條「足以挑撥中國三省官憲對於任何一國國際之惡感者」。

新聞政策文本表述精確與模糊並存。政策是由規範性的法律文本構成，法律文本語言要求「準確嚴謹、簡明凝練、規範嚴整、樸實莊重」〔註100〕。新聞政策文本中的基本概念的界定、程序性、規範性的條文，追求表述的精確、嚴謹與規範，並預設彈性較強的隱喻機制。爲執行機構建構新概念、闡釋與推理創設較大的話語空間，以便在法律上網盡一切出版品、宣傳品及相關的責任人、責任單位，從而通過註冊登記、批准登記制的程序，洗清不合乎奉系軍閥統治政治要求的一切出版物及所有新聞從業者。關係理論指出，任何一條訊息均有「內容訊息」和「關係訊息」構成。內容訊息是指傳播的

〔註98〕 1922 年 10 月《京師警察廳查禁中共北方執行委員會印刷品有關文件》，《中華民國史檔案資料彙編》第三輯，第 541 頁。
〔註99〕 王兆剛：《國民黨訓政體制研究》，中國社會科學出版社，2004 年，第 63 頁。
〔註100〕 孫懿華：《法律語言學》，湖南人民出版社，2006 年 12 月版，第 19～29 頁。

內容，指令訊息對於關係給予揭示，它十分隱蔽，只能通過作者的上下文和個別字句的選擇來抉擇，但它影響內容訊息〔註101〕。無意識中凸顯了奉系構建屬於自己掌控範圍內的關係指令，不否認模糊語言在一定範圍內的合理存在，以及晦澀抽象的語言隱藏的隱喻機制。「隱喻不僅僅是具有裝飾功能的語言表達形式，不是詞的單純替代或意義轉換，它是人類理解的表達形式，法律利用隱喻建構、陳述與傳播新思想」〔註102〕，需要替換注釋，找到書，它具有建構新概念、闡釋和推理論證的功能。借助隱喻機制，法律法規充分體現統治階級的意志。奉系軍閥制定新聞政策中規制傳播內容的條文，其語言表述含混、使用了較多的模糊性語言，為執法單位提供了較大的解釋空間。如《東省特別區警察總管理處管理報紙營業規則》、《東省特別區警察總管理處限制各報登載條款》、《東省特別區警察總管理處暫行取締報紙規則》條例中就有「混亂、妨害、敗壞、煽動、曲庇、攻訐、捏造、譭謗、損害」等語言及高度抽象的「有精神病者、過激主義、無政府主義」等歧義紛爭的術語。政策的核心內容是明確清晰地界定人們該做什麼、不該做什麼的範疇和標準。為奉系軍閥界定「敵、我、友」留下足夠的話語空間，又為執法者開了任意執法的方便之門；但也為媒體從業者創設了制度漏洞，給予反擊、利用、駁斥的話語空間。

〔註101〕斯蒂文・小約翰：《傳播理論》，中國社會科學院出版社，1999 年 12 月版，第 93 頁。

〔註102〕丁海燕：《法語語言中的隱喻機制》，海河大學學報（哲學社會科學），2009年 3 月。

第三章　奉系軍閥對中國新聞業的　　輿論操控

第一節　奉系軍閥統治地域新聞業概況

　　奉系軍閥統治地域主要在東北，間次統治過天津北京（1926.6～1928.6），而對熱河、綏遠、察哈爾及長江以南的南京、常州、無錫、蘇州、上海等地雖有染指，但因掌控時間較短並未對當地新聞事業產生太大影響，故省略不論。所以只對奉系軍閥統治時期的東北新聞事業和奉系軍閥掌握北京政權的京津報業進行論述。

一、東北新聞業概況

　　東北地區雖處於我國邊疆，社會文化較之關內的一些大城市與南方沿海地區發展似乎緩慢，「但文化素質一向很高，新聞事業發展歷史，除了比光緒二十一年在北京創刊的《中外公報》及上海之《強學報》稍晚外，幾乎與國內其他各大城鎮的新聞事業同時發軔。」〔註1〕清朝末期，東北地區的民智逐漸開化，民權運動的擡頭和發展，國人自己創辦的報紙也相繼應運而生。「東北最早的報紙，當首推清光緒三十三年（1907）創刊的《東三省公報》，接著有《大中公報》（1909年創刊）、《微言報》、《醒時白話報》及營口的《營商日報》先後創刊。民國成立不久，南京臨時政府頒佈《臨時約法》，規定「人民

〔註1〕　（臺灣）曾虛白：《中國新聞史》，陳嘉驥：《東北新聞事業之回顧》，第 523頁。

有言論、著作、刊行及集會結社之自由」。言論自由理念猶如一縷春風吹遍全國，1912 年全國新創辦報紙總數達 500 家。雖然東北地區的報刊受全國革命形勢影響不大，具有明顯的滯後性，但隨著東北地區民智逐步開化，民權運動逐步擡頭和發展，東北國人創辦的報刊也出現了從未有過的高潮，據《奉天通志》載，「倡惜未見，施行民國紀元，人民有著言論刊行之自由，載諸臨時約法中。一時報紙風起雲湧，彼時奉天報館約有十六七家，頗極一時之盛。」〔註2〕。

　　1914 年後，北洋政府公佈報紙條例及出版法，對報紙限制頗嚴，東北報業與國內各地一樣，不久即遭到袁世凱的摧殘，報業發展尤爲困難。1916 年擁護袁世凱的張作霖就任奉天督軍兼省長，並稱霸東北，東北進入奉系軍閥統治時期。張作霖當土匪起家，小時候念過幾年私塾，他曾自詡自己是「綠林學校畢業的」。這位「胡帥」，倒是很有政治頭腦，懂得新聞輿論的重要性。雖然辛亥革命時期，他曾在趙爾巽指使下，槍殺過革命黨報人張榕、田亞斌等，製造了東北第一次槍殺報人的大血案，但張作霖統治時期對於報業的鉗制較袁世凱寬鬆，給報業的生存發展提供了機會，東北新聞事業在袁世凱去世後的三年間得到較大發展〔註3〕。在張作霖 1916 年開始執政這年，到 1918 年 9 月成爲東三省巡閱使，1919 年東北報刊達到 70 種〔註4〕，其中中文報刊 14 種，日文報刊 40 種，俄文報刊 16 種〔註5〕。報刊出版地集中在奉天、大連、長春、哈爾濱，其它城市齊齊哈爾、旅順、遼陽、開源、營口也有幾份。這時的東北報刊是日本和俄國的輿論陣地，多進行文化侵略。此時的國人報刊，皆爲啓迪民智，提倡教育，振興實業，有時會與日、俄報刊抗衡，但此時的東北國人報刊以財力薄弱，基礎不固，多數旋辦旋停。

　　1919 年五四運動爆發時，張作霖憑著敏感的政治神經，令奉天省城各校校長嚴防學生罷課遊行，同時封鎖外部消息，禁止外地報紙輸入，扣留愛國郵電。當時內地國人呼喚言論出版自由，報刊業得以迅速發展。一年內全國

〔註2〕 王樹楠、吳廷燮、金毓黻等纂：《奉天通志》，第 144 卷，民治三，報鉛印本，1934 年，第 3305 頁。

〔註3〕 黑龍江日報社新聞志編輯室編著，《東北新聞史 1899～1949》，黑龍江人民出版社，2001 年 1 月，第 100 頁。

〔註4〕 數據依據下面兩出版物整理而成。陳鴻舜：《東北期刊目錄》，《禹貢》半月刊，第 6 卷第 3、4 期合編，1936 年出版；秋寧：《東省出版物源流考》，中東鐵路出版機構，1927 年版。

〔註5〕 秋寧：《東省出版物源流考》，中東鐵路出版機構，1927 年版。

湧現的新思潮報刊達 400 多種。而此時在東北，受奉系軍閥的輿論控制，國人新辦報刊雖有增加，雖屈指可數，但加快了東北報刊業的發展。由於新文化和新思想的傳入，此時各種民辦報紙，有所增多。東北的報刊開始使用白話文，開設副刊，宣揚民主與科學，提倡新文藝作品。報刊的種類也有所增多，除綜合性日報外，晚報、畫報與專業報等所在多有。

1920 年後，武裝干涉蘇俄的國際列強干涉軍從西伯利亞撤退，中國政府開始收回中東鐵路路政主權，在張作霖統一東北後政局相對穩定，民族工商業也加快發展以及五四精神的廣泛傳播，致使東北陸續出版了一批「外爭國權，內倡國貨」的國人報紙。這些報紙主要由兩種人創辦，一類是工商界人士主辦，這些民報多以擁護共和，改良風氣，振興實業，指導民生為宗旨。它們多數代表民族資產階級利益，有自發的反帝反封建傾向。但又懾於地方當局的權勢，有時表現激進，支持反帝愛國運動，有時表現畏縮，不敢刊登反帝愛國運動文章。另一類是經過五四洗禮的青年知識分子主辦，愛國的知識分子清醒地意識到廣開輿論、喚起民眾的重要。尤其 1921 年以後，一些共產黨員加入辦報行列。他們以合法的身份，利用舊軍閥和日本侵略者之間的矛盾，開始傳播無產階級革命道理和馬克思主義思想，反帝反封建，提倡科學與民主，從而給民眾創造了接觸新文化、新科學的良好機會。在社會上宣傳革命與民主進步思想呈現星火燎原之勢，這種勢頭推動了東北報紙事業的發展。

1922 年第一次直奉戰爭失敗後，東北當局對新聞限制更為嚴厲，經常檢查新聞，搜查報館，因此新聞事業的發展相對滯緩。到 1922 年 3 月 17 日《全國報館調查錄》〔註 6〕中「此次調查錄不過向各界通信記綴而已，並未實地採訪，也料知不特邊疆省份遺漏甚多。……況報館營業忽開忽閉更難確定」〔註7〕，但體現東三省有影響的報刊奉天的《關東報》、《盛京時報》、《泰東日報》、《東三省公報》，營口《營商日報》，長春的《大東日報》、《北滿日報》，吉林的《吉長日報》、《通俗教育報》，黑龍江的《公報》，哈爾濱的《東陲商報》、《國際協報》等。

1924 年的幾件大事，推動著東北新聞事業的加速發展。如年初奉天東三省無線電總臺，在年前試辦新聞通訊成功後，開始收受歐美各國官商電報和

〔註 6〕遼寧省檔案館藏 JC10-3029（2614）《全國報館調查錄》1922 年 3 月 17 日。
〔註 7〕遼寧省檔案館藏 JC10-3029（2615）《全國報館調查錄》1922 年 3 月 17 日。

國外新聞〔註8〕。這是我國東北與歐美各國無線電臺直接通訊的開端，傳播國外新聞已不再爲外國、特別是日本通訊社所壟斷。這一年，在營口、黑河、綏芬河和滿洲里也建立了無線電臺，連同此前已有無線電臺的奉天、哈爾濱、長春和齊齊哈爾〔註9〕，東北國人自辦的無線電臺多於國內不少地區。

1924 年 5 月末，中蘇兩國正式建交，不久又特別於 9 月在瀋陽簽訂了《奉俄協定》，蘇聯在瀋陽和哈爾濱相繼設立總領事館，爲兩國新聞工作者的交往創造了條件。這一年，張作霖因與孫中山先生等的「三角聯盟」，取得了第二次直奉戰爭的勝利，聲勢大振。此時的張作霖，已與當年一夜「連斃三凶」的草莽武夫不可同日而語，膨脹的野心促使他講究韜略，成爲一個講究謀略的地方統治者。他開始四處網絡人才，興辦教育，設立『東三省陸軍講武堂』，創辦了東北大學，對新聞輿論界也採取了新的策略。雖然他曾一再下令嚴禁「赤化」宣傳，但並不絕對禁止紅黨報紙出版，對國人進步報紙歌頌列寧、擁護「聯俄」的文章與報導，一般也不追究。「各報關於抨擊封建軍閥、軍閥混戰的言論文章，只要不指名張作霖都可以見報。甚至對已經被捕革命黨報人，多交由法院公開審理後判處短期有期徒刑，再刑滿後釋放」〔註10〕。1926 年奉系軍閥在北京先後槍殺了著名報人邵飄萍、林白水和李大釗，但在東北卻沒有對報人重開殺戒。1925 年底《東北早報》編輯任國楨在哈爾濱被捕後，在吉林獄中還曾與魯迅先生通信〔註11〕，1928 年刑滿出獄後即任中共奉天縣委書記。延邊《民聲報》編輯周東郊因安懷音告密被捕，在獄中可以經常收到同志們寄給他的書信和報刊，他還在由共產黨員主編的報紙副刊上發表文藝作品和翻譯著作〔註12〕，刑滿獲釋後進入大連《泰東日報》當編輯〔註13〕。

1925 年 11 月，奉系軍閥將領郭松齡倒戈，奉系當局嚴禁各地報紙報導這

〔註8〕 遼寧省檔案館藏東三省無線電總臺關於收受歐美各國官商電報和國外新聞的辦法，1924 年 2 月。

〔註9〕 李鴻文：《東北大事記》下卷，吉林文史出版社，1987 年版，第 243 頁。

〔註10〕 轉引黑龍江日報社新聞志編輯室：《東北新聞史 1899～1949》，黑龍江人民出版社，1994 年，第 152 頁。

〔註11〕 魯迅：《魯迅日記》，人民文學出版社，1976 年版，第 35 頁。

〔註12〕 周東郊自撰《鐵窗內外》，載《吉林文史資料》第 6 輯。周在獄中曾爲《關外雜誌》和《東北商工日報》副刊等供稿。

〔註13〕 黑龍江日報社新聞志編輯室編著，《東北新聞史 1899～1949》，黑龍江人民出版社，2001 年 1 月，第 100 頁。

一事件，加強了對報刊的管理。張作霖通令在「赤化宣傳最甚」的哈爾濱等地，成立戒嚴司令部，派警到報館「核閱報稿」〔註14〕，檢查郵件，迫使《東北早報》停刊；刊文「贊成」國民革命的《國際協報》，在要聞版上經常「開天窗」。1926 年 10 月 24 日，濱江警察廳以「有宣傳赤化性質」爲由，派警查封了國共兩黨合辦的《哈爾濱日報》，並通緝社長等人〔註15〕。12 月中旬，又以「含有赤化旨趣」爲由，傳押《哈爾濱晨光》社長等人，但此事呈報吉林省長張作相時，張批示說：該報「刊載文字雖語多離奇，不無可疑，然遽然以疑似之語，遂興文字之獄，似與以法治國精神有未盡合」〔註16〕。該報雖然暫停出版，但其社長、總編輯與副刊主編等人，迅即無罪釋放〔註17〕。

　　1928 年，張學良主政東北後，倡導『東北新建設』，大力發展經濟，興辦教育，推動了東北文化事業迅速發展。張學良對新聞業非常重視，先後爲書寫刊名、期刊題字不下十幾種，由此激發各界有識之士的辦報熱情。東北人士立於抵抗外侮第一線，民族意識特別強盛，尤其新聞界與全國合流，彼此聲氣相通，報紙又相繼發刊。在此期間創刊的，瀋陽有《東北商工日報》、《新亞日報》、《新民晚報》，哈爾濱有《濱江辰報》、《濱江時報》、《龍沙畫報》，長春有《東三省時報》，吉林有《東省日報》，黑龍江有《黑龍江民報》等。這些報紙一秉愛國與民族大義，互相呼應，尤其在對日本交涉上，一致爲東北當局的後援，這是東北新聞事業史上最蓬勃的時代。「九・一八」事變發生，這些報紙悉數爲日人掠奪關閉。

　　奉系軍閥統治時期，俄國人在東北創辦的報刊也很多，主要集中在「俄僑之都」哈爾濱，這些俄僑是因中東鐵路修建及十月革命後落戶到東北，到1922 年俄僑增至 155,402 人，幾乎占當時哈埠人口一半，使俄羅斯人在政治、經濟、宗教、文化、社會生活等各方面在東北都具有了一定的實力和影響，紛紛創辦報刊進行信息溝通和輿論宣傳。哈爾濱在 1920 年至 1923 年新辦俄文報刊達 110 多家。其中，報紙 46 家，期刊雜誌 66 家〔註18〕，是東北

〔註14〕1926 年 2 月 25 日《濱江時報》報導。
〔註15〕黑龍江省檔案館藏 1926 年 10 月《濱江警察廳廳長高齊棟爲查封哈爾濱日報情形的筆呈》。
〔註16〕吉林省檔案館藏 1926 年 12 月《濱江警察廳廳長高齊棟爲傳押哈爾濱晨光報社長於芳洲等人給吉林省警務處的呈文》。
〔註17〕黑龍江日報社新聞志編輯室編著，《東北新聞史 1899～1949》，黑龍江人民出版社，2001 年 1 月，第 153 頁。
〔註18〕秋寧：《東省出版物源流考》，中東鐵路出版機構，1927 年版，第 6 頁。

俄文報刊最多的年代。隨後蘇聯在哈的辦報活動受到奉系軍閥的嚴加控制及中蘇關係的影響，1926年後俄文報刊開始逐年減少。

　　奉系軍閥統治時期，日本的侵略勢力已逐漸深入，伴隨著政治、經濟的侵略之後，文化勢力擴展亦甚積極。自清末日人在奉天設立中文報紙《盛京時報》，在大連設立《遼東新報》、《滿洲日日新聞》、《泰東日報》、《遼鞍每日新聞》後，民國時期，繼沙俄後的日本將軍事、經濟勢力乘機北侵，北滿的新聞勢力也迅速擴展，到「九一八」事變前，東北的日人報刊達230多種報刊〔註19〕，掀起了日人辦報的一次高潮，如奉天的《大連新聞》，《滿洲報》、《關東報》，長春的《寬城時報》、《長春實業新聞》、《長春商業時報》；哈爾濱中文《大北新報》、日文《哈爾濱日日新聞》等。日本報紙名義上是為「開通民智」、「聯絡邦交」，實際是以文化侵略為目的，為日本帝國主義企圖侵佔全東北製造輿論。「這些報紙在日人力量支持下，完全不受我國政府限制，且不計銷路，不計盈虧，專門從事各種歪曲事實，挑撥離間的宣傳，因其新聞有內幕，並富刺激性，因此與國人所辦報紙相形之下，大有喧賓奪主之勢。」〔註20〕

　　根據上面論述可以看出，奉系軍閥張作霖統治東北後，政局相對穩定，經濟快步發展，造紙、印刷、交通、電力、郵電等與報紙出版相關的實業都有了雄厚的積澱，客觀上加速加大了東北報業的發展步伐。到1928年，東北報刊從縱向的數量、橫向整體發展、影響因素、內部的辦刊輻射面、新聞傳遞效率、存在時間等方面看東北報刊都有了長足發展。1928年東北報刊總量達到258種〔註21〕。其中國人報刊67種，日人報刊187種，俄文報紙2種〔註22〕，英文2種；分佈狀態東北總類報刊22種，遼寧（奉天及其它市）報刊65種，大連117種，旅順11種，吉林14種，東省特別區22種，黑龍江7種。

〔註19〕趙建明：《近代遼寧報業研究（1988～1949）》，吉林大學博士學位論文，2010年。
〔註20〕（臺灣）陳嘉驥：《東北新聞事業之回顧》載於曾虛白的《中國新聞史》，第524頁。
〔註21〕陳鴻舜：《東北期刊目錄》，《禹貢》半月刊，第6卷第3、4期合編，1936年出版。
〔註22〕1927年4月6日張作霖查抄蘇聯大使館館後，中蘇斷交，哈爾濱出版的幾家俄文報紙悉數被查封，僅有的兩家，一為公開發行的《哈爾濱》，一家為地下發行《真理報》。

　　報刊的整體發展步伐受全國革命形勢影響不大，受東北政局變化影響突出。即便經過辛亥革命、俄國十月革命和五四運動，東北國人的報刊數量相對於全國猛增的辦刊數量並未呈激變激增態勢。反而受奉系各次戰爭影響較大，第一次直奉戰爭失敗後，奉系對新聞限制更爲嚴厲，經常檢查新聞，搜查報館；第二次直奉戰爭勝利後，對新聞輿論界也採取了新的策略，輿論控制相對寬鬆，雖然嚴禁「赤化」宣傳，但並不絕對禁止「赤化」報紙出版，報紙上只要不指名道姓「張作霖」，即便是抨擊軍閥混戰、封建軍閥的言論文章都可以見報。郭松齡反戈奉系當局嚴禁各地報紙報導這一事件，加強了對報刊的管理，事件之後報刊管理又相對寬鬆。

　　能長期出版的報紙不多，隨辦隨停，多數壽命較短。造成如此的原因多是奉系軍閥的新聞輿論控制及辦報經費不足。由於受到《出版法》及《東省特別區警察總管理處暫行取締報紙規則》、《東省特別區警察總管理處限制各報登載條款》、《防範過激施行細則》、《檢查宣傳赤化書籍暫行辦法》等相關法規的管治及奉系軍閥「人治」色彩濃厚，「以意爲法」的新聞輿論控制，加之各報刊經費不足之故，有的時辦時停，有的報館被迫停刊，一般不足一年甚至一兩個月。1929 年《盛京時報》曾就報刊現狀發文感慨，「即以東三省全部，和大連在內計之，有二十年生存以上之報，僅吉長日報、泰東日報、醒時報及本報《盛京時報》。」〔註23〕特別是「民國十一年後，奉天省城歷經戒嚴規定，檢查報紙甚嚴，如認爲與時機有妨害，停止其營業。各報館爲戒嚴法所劫持，一時銷售頗受影響。」〔註24〕「原因多由於經費不足之故。蓋報社，與普通營業不同，收入爲有限的，支出則每呈無限的。任何營業，皆可預知賺錢，反之報社則須先預備賠錢。辦報者，苟不準備多賠錢，難罕有持久者。」〔註25〕說明當時辦報如果沒有雄厚的資金或相關的政府背景支持，單純依靠辦報賺錢，以此爲生的路途是很艱難的。

　　民報增多，新聞內容、來源、副刊增多，政論減少，輻射面擴大。奉系統治時期的東北報刊，按照主辦者的國別和身份等的不同，分爲官辦報紙、政黨報紙、民辦報紙、日俄外報。以維護地方治安和自身利益爲宗旨官辦報紙各省均有，份數不多，以宣傳共和、民主、共產主義爲宗旨的政黨報紙時

〔註23〕《二十年來瀋陽之報界》1929 年 11 月 17 日《盛京時報》。

〔註24〕王樹楠、吳廷燮、金毓黻等撰：《奉天通志》，第 144 卷，民治三報館，鉛印本 1934 年，第 3305 頁。

〔註25〕《二十年來瀋陽之報界》1929 年 11 月 17 日《盛京時報》。

起時落，長久者少。唯有改良社會，開通民智，提倡教育，振興實業爲宗旨的民人自辦報紙增多，民報的種類增加，除相繼創刊的大型綜合性日報外，還有一批通俗小報、晚報、畫報以及廣告報等陸續問世。報刊的新聞內容增多，由於屈服於奉系軍閥的輿論控制，害怕或不願以言論賈禍，所以各報都削減言論多發新聞報導。報紙的新聞來源增多，內容更加擴大，時新性有所增強，各種新聞文體也越來越多。各報副刊普遍新加了刊名和刊頭，內容和欄目越來越呈現本報特色。報紙由中心城市逐步擴展到腹地二三線城市，使得報刊的輻射面逐年拓寬，其影響力日漸擴大。民國初期東北的報刊只局限在奉天、大連、吉林、長春、齊齊哈爾、哈爾濱、營口等省會及港口城市，奉系統治時期已逐步擴散到撫順、丹東、遼陽、鐵嶺、四平、黑河、開源、雙城、望奎等中小城市。

俄文報紙逐年減少，日文報刊逐年增多。十月革命後的幾年裏，在東北哈爾濱的俄文報刊掀起高潮，有紅黨報刊、白俄報刊和中立報刊，但隨著奉系反赤決心力度的加大，紅黨報刊隨辦隨遭查封，白俄報刊和中立報刊也逐漸減少，到九一八事變前東北俄文報刊所剩無幾。而此時的日本在 1906 年日俄戰爭後，逐步控制了東北奉天和長春，加之奉系軍閥的親日政策和行爲，致使東北地區的日本報刊逐年增加，這些報刊表面上是開通民智、聯絡中日邦交，實際上是同化、迷醉國人思想，以文化侵略爲目的，兼有蓄謀吞併東北的野心，到「九一八」事變時逐漸控制了整個東北的新聞業。

二、京津新聞業概況

奉系軍閥統治史上共三次進入京津，第一次是 1920 年 6 月 19 日張作霖受大總統徐世昌之邀來北京調停直皖之爭，與直系聯合反皖。第二次是 1924 年 11 月第二次直奉戰爭後收復直隸進入北京。以上兩次都是以不同目的作爲過客駐留北京時日，稍後即返回東北。唯有第三次 1926 年 6 月 4 日進京出難題逼迫直系的顏內閣 6 月 22 日倒臺後，直到 1928 年 6 月 2 日張作霖發佈爲退出京師通電，整兩年時間，張作霖才由客居變成主人，控制了北京政權的。期間 1926 年 12 月 1 日 15 省區「推戴」張作霖就任「安國軍總司令」；1927 年 6 月 18 日張作霖就任中華民國陸海軍大元帥之職。

京津是北洋軍閥統治的中心，各派軍閥政客在政爭和兵爭中是一面動用武器、彈藥，另一面則借助特有的宣傳攻勢，即誇張、離間、捏造、中傷式

的報紙宣傳。當時北京大小 70 餘家報紙中比較重要的有 35 種，其中三分之二以上都有政治背景〔註 26〕。這些報刊隨權力鬥爭的消長而變異沉浮，靠山得勢隨之發展，不可一世；靠山失勢一落千丈。這類報紙，只圖一黨一派的私利，爾虞我詐，顛倒是非。而依附於權勢和金錢的新聞界，缺乏從業能力或無意經營管理，多有政客文士趨炎附勢，道德墮落，或以辦報爲陞官發財的階梯和鑽營敲詐的手段。「一般報紙的經理人、編輯人，有的因圖津貼，身兼數職拿乾薪而辦報，有的因謀差缺而當記者，聽命於權勢，言論不能獨立。或是爲當權者揚善辯惡，或是言不由己，模棱兩可。新聞內容充滿督軍、要人的文電、言行，報紙篇幅幾乎爲內訌、內閣、議會、外交之類的政治新聞所獨佔。報紙沒有生氣。」〔註 27〕

奉系軍閥在佔領京津後利用權勢和金錢，控制收買報紙充作自己的喉舌。在天津有奉天派機關報《東方時報》〔註 28〕，張學良資助創辦的《北洋畫報》，奉系強行收買的天津《益世報》〔註 29〕，「和張學良私交特厚的雙重立場下，對張的統治是盡力支持〔註 30〕的天津《大公報》，直魯聯軍機關報《天津黃報》；北京有直魯聯軍機關報《黃報》、《正言晚報》、《大義報》、《輿論報》、《北京時報》及李景林派機關報《天津新聞》等。通信社有李景林的機關天津新聞通信社，張宗昌的機關新魯通信社、正言通信社，奉天色彩濃厚的民治通信社、每日通信社、復旦通信社、太平洋通信社、群群通信社，這些報刊和通信社都爲奉系軍閥鼓與呼，它們所起的作用就是「爲內戰跳加官」〔註 31〕。

在控制京津的時間裏，奉系軍閥對力求進步、正直的民辦報刊和異黨報刊嚴屬控制，這些報刊無論怎樣掙扎、抗鬥，亦擺脫不了被迫害的厄運。奉系軍閥扣報紙、檢閱函電、封報館、殺記者的事件不斷髮生。進步報紙往往中途夭折，正直記者橫遭監禁，甚至被殺戮，「北京輿論界平常反對帝國主義

〔註 26〕 方漢奇主編：《中國新聞事業通史》，中國人民大學出版社，第 88 頁。

〔註 27〕 方漢奇主編：《中國新聞事業通史》，中國人民大學出版社，第 88 頁。

〔註 28〕《東方時報》1923 年 2 月，北京創刊，最初爲英人經營，辛博森爲張作霖顧問，後被奉天派收買。1925 年中國內戰遷到天津東浮橋洋貨街。

〔註 29〕 馬藝主編：《天津新聞傳播史綱要》，新華出版社，2005 年 6 月版，第 84 頁。

〔註 30〕 汪松年：《〈大公報〉在天津》，載於中國人民政治協商會議全國委員會文史資料委員會編：《文史資料存稿選編·文化》，中國文史出版社，2002 年 8 月版，第 10 頁。

〔註 31〕 薩空了：《科學的新聞學概論》，香港文化供應社：1946 年版，第 35 頁。

及奉系軍閥最激烈之京報社長邵飄萍君，被奉軍槍斃；大陸晚報記者張鵬被監視；中美晚報宋發祥，世界晚報成舍我，均被迫逃走。」〔註 32〕北洋政府內務部檔案記載，北京政府每年立案創辦報刊 1919 年爲 34 家、1920 年爲 33 家、1921 年爲 76 家、1922 年爲 23 家、1923 年爲 59 家、1924 年爲 64 家、1925 年爲 50 家、1926 年爲 13 家、1927 年爲 13 家、1928 年爲 11 家〔註 33〕，從這份統計中可以看出無論是徐世昌、黎元洪、曹錕當總統還是段祺瑞臨時執政，都不及奉系軍閥張作霖軍政府大元帥對報刊業控制的嚴厲，相比較年創刊驟減 3～5 倍，足見奉系軍閥對北京新聞輿論控制的嚴厲程度。

奉系軍閥對出入津京新聞紙、電報檢查極嚴。1926 年 6 月 19 日直隸保安總司令褚玉璞爲軍事期內停止張垣與直魯豫晉電訊交通，並新聞紙檢查請直隸郵務管理局查照辦理，稱「頃據張學良電稱：根據敵人屢利用張家口無線電臺傳遞情報，際此作戰時間，影響軍事實大，……酌定在軍事期內，一律停止張垣與直魯豫晉電訊交通，非經本總司令及各軍最高長官特許收發之電，各電局皆不得收發。……手續上有必須劃清之件三端：（一）扣留寄往察綏甘之京津新聞紙，概不由郵局人員經手負責，須由貴司令部或貴總司令部委託之其他官署所派人員常川赴局，自行檢查扣留；（二）只有當地交寄之新聞紙始能扣留，若津地經由北京轉寄察綏甘之新聞紙，照章不得在經轉之地方（如北京市）檢查，是以京津兩地均須派有檢查員常川赴局，自行檢查各該當地交寄應行扣留之新聞紙；（三）京津兩地檢查扣留，均在各該匯總髮件之郵務管理局執行」〔註 34〕。

奉系控制天津後不但實行戒嚴，而且對郵政電報私人函電有涉及時局治安或其他嫌疑者一律扣留，對於新聞雜誌如含有宣傳赤化作用，即時封閉或銷毀。1926 年 11 月 19 日天津戒嚴司令袁振清向郵政總局知照戒嚴條例，「新聞雜誌及圖書告白，如含有宣傳赤化作用者，即時封閉或銷毀。」「郵政電報或私人函電如有涉及時局治安或其他嫌疑者，一律扣留查究。」「各機關人員

〔註 32〕 王若飛：《奉系軍閥統治下的北京》，《嚮導周報》第 151 期，1926 年 5 月，署名：雷音。

〔註 33〕 轉引中國第二歷史檔案館編：《中華民國史檔案資料彙編》第三輯·文化，江蘇古籍出版社，1991 年，第 341～368 頁。

〔註 34〕 《直隸保安總司令褚玉璞爲軍事期內停止張垣與直魯豫晉電訊交通並新聞紙檢查等事致直隸郵務管理局函》1926 年 6 月 19 日《北洋軍閥天津檔案史料選編》，第 558 頁。

因公出入戒嚴區域內者，由戒嚴司令部發給通行證。」〔註35〕1928 年 6 月 6 日天津《益世報》發佈張宗昌、孫傳芳、張學良等人的聯名《布告》，「爲布告事照得近值時局不靖，每有不逞之徒從中撥弄或僞造電報文件或種種造謠生事，希圖離間挑撥擾亂地方，某等本寧人息事之旨，每遇事力主和平而衛國衛民勘亂除奸，此志決不少，何況我各軍團聯合六十萬眾精神團結尤同抱奮鬥到底之決心，爲此布告，凡有造謠離間及妨害治安者除一體嚴密懲辦外，對於主使之人，一併認眞澈查務獲究懲以遏亂萌而安地方爾軍民人等，其各凜遵毋違切切，此布」〔註36〕。

奉系進駐天津後，對天津的異派及赤化報刊進行封禁。天津《新民意報》因宣傳愛國、鼓吹民主、推動改革、傳播新文化新思想，1925 年 1 月 7 日被奉系軍閥張作霖勒令查封而停刊。1926 年 6 月 19 日天津《民治晚報》因「宗旨荒謬，言論乖張，亟應從嚴取締，以維治安，應由郵電各局特別注意，自本日起，所有各處寄給該報館函電及該報館寄往各處報紙函電，無論內中陳述何事一律扣留，不得代送」〔註37〕。天津總工會創辦的《工人小報》1926 年 3 月下旬奉系軍閥入關後被迫停辦〔註38〕。1927 年 3 月 14 日《天津華北新聞報》「宣傳赤化，混惑聽聞，殊屬不法，業已通令嚴禁在案。所有該報付郵寄發，一律扣留，並郵政車上亦不准裝帶。除由本部派員按班前赴郵政車檢查外，相應函達貴局，轉飭所屬一體查照，而維治安爲荷」〔註39〕。視直系爲正統的《新天津報》「直奉戰爭」時期極力反奉，並辱罵奉系，1931 年張學良在北平執政，委其弟張學銘爲天津公安局長，《新天津報》被勒令停刊。

奉系軍閥 1926 年 6 月開入北京後，就多次向北京報館傳達奉系軍閥對新聞業的管理要求，核心報館不要進行赤化宣傳，不要挑撥政潮，不要攻擊個人私德，而且還通令商民一體購閱《東方時報》，爲防止報界危及治安還組織新聞研究會。1926 年 9 月 1 日，京畿憲兵司令王琦招待中外新聞界八十餘

〔註35〕　《天津戒嚴司令袁振清等奉委令爲就職啓用關防事致郵政總局函》1926 年 11 月 25 日《北洋軍閥天津檔案史料選編》，第 55 頁。

〔註36〕　《布告》1928 年 6 月 6 日天津《益世報》。

〔註37〕　《直隸保安總司令部軍法課長林斯高爲取締〈民治晚報〉事致津郵政管理局》1926 年 6 月 19 日《北洋軍閥天津檔案史料選編》，第 49 頁。

〔註38〕　馬藝主編：《天津新聞傳播史綱要》，新華出版社，2005 年 6 月版，第 111 頁。

〔註39〕　《直隸保安總司令部爲〈天津華北新聞報〉宣傳赤化通令嚴禁事致直隸郵務總局函》1927 年 3 月 14 日《北洋軍閥天津檔案史料選編》，第 57 頁。

人，對新聞表示三項希望：「（一）討赤一事，不但張吳兩上將軍，及各省各督辦，張軍團長主張，即全國三尺之童，均有討伐之決心。因赤化蔓延，國將不國，希望諸君今後對赤軍不要袒護，對軍情不要虛報。（二）北方軍事即將結束，而政治問題，漸見緊要，希望諸君盡力扶持，不要挑撥政潮。（三）新聞有一種道德，諸位道德高尚，本所欽仰，諒無攻擊個人私德之事。但恐一時失檢，登載上項新聞，傷及個人，發生波折，絕不贊同，希望改良。此外關於外交政策，各有見地，諸位洞察世界大勢，如有見到之處，希望盡量批評或指導。」〔註40〕1927 年 1 月 5 日「警廳設檢查新聞特務委員會、檢查天津來京各報、除東方時報外、須一律蓋戳、方可放行。警廳令商民、每家訂購東方時報一份」〔註41〕。1927 年 3 月 23 日晚五時，戒嚴司令部召集新聞界會議，到《益世報》、益智通信社等十四家，李參謀長言，軍情緊張，報紙不得刊危及治安擾亂人心之消息，結果組織新聞研究會，定二十六成立〔註42〕。

奉系軍閥進駐北京後，不少曾經反對過奉系軍閥的進步報刊和革命報紙都受到了嚴重的迫害。1926 年 4 月 26 日北京《京報》因對奉系軍閥時有批判和嘲諷，社長、名記者邵飄萍被奉系軍閥殺害於北京天橋，《京報》被封。國民黨左派在馮玉祥部宣傳機關北京《國民新報》，1926 年 3 月以前，矛頭主要指向奉系軍閥，1926 年 4 月 28 日起自動停刊〔註43〕。1926 年 4 月 30 日「今日京中停辦報紙十餘家」〔註44〕。馮玉祥國民軍系統的《民報》1926 年 8 月 26 日，奉系軍閥以「登載不確實消息」為藉口，派警察、便衣 6 人非法拘捕陳友仁於奉軍駐京辦事處，28 日《民報》停辦〔註45〕。《中美晚報》1926 年 6 月 25 日停刊，將該報館廣告人張德祿，及中美通訊社書記黃覺民兩人帶去問話〔註46〕；8 月 28 日北京憲兵司令部以通敵之理由封閉《中美晚報》、中美通訊社拘編輯黃伯昂、黃覺民〔註47〕。9 月 1 日十二時，京畿憲兵司令王琦招待

〔註40〕《王琦昨日招待中外新聞界》1926 年 9 月 2 日《晨報》。

〔註41〕《京警廳設檢查新聞特務委員會》1927 年 1 月 6 日《申報》231-127（4）。

〔註42〕《天津新聞界組織新聞研究會》1927 年 3 月 24 日《申報》232-495（4）。

〔註43〕黃河編著：《北京報刊史話》，文化藝術出版社，1992 年 10 月版，第 82 頁。

〔註44〕《近日京中停辦報紙十餘家》1926 年 4 月 30 日《申報》222-665（4）。

〔註45〕方漢奇：《中國新聞事業編年史》（三卷本），福建人民出版社，2000 年版，第 1027 頁。

〔註46〕《中美晚報昨日停刊》1926 年 6 月 26 日《晨報》。

〔註47〕《北京憲兵司令部以通敵之理由封閉〈中美晚報〉》1926 年 8 月 28 日《申報》

中外新聞界時准中美通信社復業，言「中美晚報本為國民軍之機關報，人人知之，張督辦張軍團長及張秘書長（其鍠）會下誡數次囑即查封，經一再詰令，請勿為偏袒之言論，迄未見信，故於前晚查封。至中美通信社，昨據各位來部聲稱，系屬兩事，自應准其復業。現黃君覺民已到此地，一俟茶點完畢，即可與諸位同出司令部」〔註48〕。10月16日北京警察廳函各報社以後禁用中美通訊社稿〔註49〕。1926年8月6日北京《社會日報》社長林白水以「通敵有據」罪名被奉系張宗昌槍斃。8月7日北京《民立晚報》被奉系軍閥查封。1927年1月5日「報界秦某等為被拘之夏鐵等三名記者出結保釋，並由吳晉請張即釋」。〔註50〕1927年3月下旬中共北方區委和國民黨北京特別市黨部合辦的《婦女之友》被京師警察廳取締，被迫停刊。北京《益世報》多次被警察廳令禁停刊、禁止發售。1926年4月24日《益世報》刊登《本報緊要啓事》「本報自二十一日起，突然被警察廳傳令禁止發售，並派警察多人在意租界兩端（即特別二三區交界處）把守，阻止運送，究竟因何觸犯禁忌，本報亦未接到正式公文，除已函電軍民各長官分別請示外，對於非租界地閱報諸君，未能按日派送深為抱歉，一俟辦有結果再行補送尚希鑒原是幸。」〔註51〕1927年6月4日北京《益世報》被查封，編輯朱鑑堂被傳訊。京師警察廳發佈布告，「查北京益世報近日登載軍事，諸多不實，顯係造謠淆惑觀聽。值此軍事倥傯之際，未使任其肆言無忌，致令影響治安，應即先行查封」〔註52〕，10月22日該報被奉系軍閥查禁而停刊，北京北新書局亦被封。1927年10月31日《醒獅》周刊在北京的發行部被北洋警方的便衣偵緝隊10餘人搜查，抄走該刊及各種國家主義書報和發行部的往來函件多件，帶走經理林時茂，社內差役及購報者數人同時被拘。

　　奉系軍閥統治時期的民營大報也多次被檢查新聞稿件，報刊也時有「開天窗」現象。1926年12月31日北京《晨報》登出啓事稱，警廳30日晚令區署傳諭該報，「每晚發稿，應先送區呈警廳檢查」。「惟本報銷數過多，不能待

226-677（2）。

〔註48〕《王琦昨日招待中外新聞界》1926年9月2日《晨報》。

〔註49〕《警廳函各報社，以後禁用中美通信社稿》1926年10月17日《申報》。

〔註50〕《京警廳設檢查新聞特務委員會》1927年1月6日《申報》231-127（4）。

〔註51〕《本報緊要啓事》1926年4月24日北京《益世報》。

〔註52〕《北京〈益世報〉前日被封（編輯朱鑑堂尚在押）》1927年6月6日北京《晨報》。

稿發還，始行鑄版。以後如有禁載之件，只得就原版刮去原文，報上自不免有空白之處。此外尚有因檢查費事，或致本報不能早時送達各節。敬希讀者見諒」〔註53〕。

針對奉系軍閥對北京報界的迫害，《申報》刊文《武力鉗制下之北京報界》對當時北京新聞界的狀況予以描述，對奉系軍閥的新聞控制予以批揭，「中國新聞界自軍事長官槍斃林白水後，更逮捕兩報界人物，皆敢怒而不敢言，京內西人亦大都表示同情於華人，刻聞所捕兩人，一人已判定終身監禁，一人運命尚未悉。京中華字報紙近日刊戰新聞，非當審慎，有數家甚至對於日本新聞記者協會之議案，請延一日始行登出，惟外國報紙頗能仗義發言，天津華北明星報更直斥，為太上士土匪之罪惡，國民黨機關報則稱近日北京景象，直視政府如無物，實於市民之生命與福利，有嚴重之危險云」〔註54〕。

第二節　奉系軍閥操控新聞輿論的主導思想

「中國一般統治者太漠視報業」〔註55〕，引用這句話來說明奉系對新聞事業的態度是很貼切的，需要從兩方面理解。其一是沒有認識到，所以漠視。奉系軍閥在統治之初由於專事武力擴張地盤，所以對新聞輿論的社會功能認識不夠，那時奉系「江山」初具格局，對新聞輿論功能只稍有認識，發過幾次關係政局及戰爭通電向全國人民表明某問題的立場態度，與新聞記者談論過時局，但對新聞輿論的認識還很初淺，也不懂得利用新聞輿論維護統治，對新聞輿論的功效估計不足；其二，是由初步認識到逐漸重視，並極盡所能控制宣傳「赤化」報刊，「漠視」報業應有的言論自由。經過第一次直奉戰爭失敗後，奉系認識到戰爭的前奏通電戰中直系在輿論上佔有優勢，得到人民支持，進而取得戰爭勝利，遂奉系開始整軍經武，發展經濟和文化教育事業，同時對新聞事業的認識才逐漸重視。奉系軍閥開始深信報業宣傳的輿論威力，形成了對其既敬畏、蔑視、恐懼的複雜心態，又應將新聞輿論「為我所用」的操控思想，先後制定系列限制、控制新聞輿論的法律法規，進而在實際操控中有為地踐行。為了維護自己的統治，使「君惠」得以「下逮」，政令

〔註53〕《本報緊要啟示》1926 年 12 月 31 日《晨報》。
〔註54〕《武力鉗制下之北京報界》1926 年 8 月 13 日《申報》226-302（1）。
〔註55〕張季鸞：《新聞事業之根本》，1931 年 4 月 1 日，載王文彬：《報人之路》，第7 頁。

得以「下達」，奉系軍閥開始重視搜集國內外新聞信息，致力支持在管轄區內創辦的報刊，除創辦大量機關和職業報刊外，還津貼資助民營報刊，注重派銷「中意」報刊，對政治思想背道而馳的「赤化」報刊加以嚴屬禁止，同時對日、俄背景的報刊加以限制。奉系軍閥對籌建和發展無線電訊、廣播無線電臺非常重視，不僅投入大量資金興建，還制定一系列營業規範，由此產生中國自辦的第一座廣播無線電臺——哈爾濱廣播無線電臺。

一、扶植資助報刊

（一）瞭解國內外新聞消息

奉系軍閥在其統治過程中，還是相當重視新聞信息的作用，所以會通過扣壓外國郵電函件、翻譯外文信息來瞭解國際局勢，還由管轄區的各道尹制定新聞簡報按時呈送階段內發生的國內外新聞信息來判定地方局勢，如「竊查哈爾濱爲東省通商民中外彙聚之區，交通便利事務繁雜，且動則關係北滿全局，遇事自宜詳加考慮，審慎辦理，謹擬以後聞於內政外交重要事項，內在辦理進行未結期間，所有辦理情形，摘具簡要，作爲報告，並非正式公文，按日專呈以備參考」〔註56〕，除此，奉系軍閥與二十多家通信社有稿件往來，除訂閱通訊社的稿件外，還將奉局新聞信息發送到各通訊社。另外奉系不僅建有自己的東北無線電通訊處，還與國內各通信社訂閱新聞稿件，由此，從多方面瞭解國內外新聞消息，並依據信息內容及時做出判斷，制定相應決策。

奉系軍閥注重搜集外來信息，並依據自己制定的《敵國條例》第八條「自應扣留禁止發行」〔註57〕文件，對往來外國函件進行檢查、扣留，找專人翻譯，以此來瞭解外交內政問題，並以此及時作出相應妥當的決策。1917 年 9 月 8 日奉天遼瀋道尹兼營口交涉員榮厚就檢查郵件委員會謝德榕送來扣留德文報紙呈給張作霖，稱「查得自天津寄到德文北洋德華日報十二份，扣留呈送」〔註58〕。經過翻譯扣留函中是對於德奧宣戰事件，依據此奉天省長公署

〔註56〕遼寧省檔案館藏 JC10-751（3126-3130）《濱江道尹張壽增爲消息靈通》1921 年 11 月 25 日。

〔註57〕遼寧省檔案館藏 JC10-18818（0296-2779）奉天遼瀋道尹兼營口交涉員榮厚扣留德國報紙給張作霖呈 1917 年 9 月 8 日。

〔註58〕遼寧省檔案館藏 JC10-18818（0296-2779）奉天遼瀋道尹兼營口交涉員榮厚扣留德國報紙給張作霖呈 1917 年 9 月 8 日。

組織成立了戰時國際委員會。

奉系軍閥還根據地方長官按時呈送的新聞簡報，瞭解國內外新聞信息，並對重要內容採取應對措施。1922 年 1 月 19 日濱江道尹張壽增翻譯俄報，得知海參崴領袖威爾庫羅夫近日來哈爾濱，意爲「敦請關達基先生出任國務組織內閣」，現哈埠右黨方面極力預備歡迎之事報告給奉天督軍張作霖，言「此節羅合維茨克已與前政府之間合作一度之商榷結果尚未探悉」。並通告威爾庫羅夫抵哈後尚須赴奉，謁見張大帥議哈埠各國代表方面籌議。張作霖得到報告後指示「如威爾庫羅夫來哈，設法拘留，以作要求開釋在崴被押之各國人民之地步，斯議果能成行，不惟要求釋放各國人民尚須賠償拘留時被搶奪之財產」〔註 59〕。又針對 1921 年 11 月 8 日哈爾濱海參崴的交通梗斷呈文，闡明原因「由哈開往崴埠之四號客車，如行至電羅瓦特與達羅夫兩站間，被亂黨拆毀橋梁地方不能經過，時搭客又需轉乘烏蘇里路車」。對事件的處理結果及時上報「此刻正從事修理，二二日內可以通行。」濱江道尹張壽增翻譯 1921 年 10 月 8 日海參崴俄報要聞呈送「海參崴地方情形甚爲不靜，僑居外人生命財產不無危險，領事團方面擬組織僑民義勇團以爲自衛」並對此事提出建議「計一切應需款項，由各國僑民擔任之」。又翻譯東京 11 月 5 日電，呈報「原敬首相被刺純係政治關係，於日本縮減軍備問題，頗關重要，毫無異議，出來華俄議會之代表之趨向極形密切，蓋一切困難，令諸原相之意旨加藤代表尤原相之右臂，會議方針亦有重大牽涉也」〔註 60〕。

奉天外交情報局譯自日本報知新聞 1927 年 10 月 25 日載《日政府主義滿鐵既得權》一文，得知日本方面認爲奉天資助興建自奉天至海龍支線，延長修到開原海龍間的鐵路與滿鐵屬於並行路線，是滿蒙交涉的主要問題，日本當局正欲提起交涉，日報對於奉天當局築路的行爲稱「奉天當局漫然不察，竟又著乎於新鐵之建築，遂使以鐵路問題爲中心之日滿關係益趨險惡」〔註 61〕，又指出奉天修築的鐵路對日本在滿鐵既得權是侵害，但爲長久保持在東北的侵略，「放棄其既得權，亦所不恤」，但此段鐵路實對日本有巨大危

〔註 59〕遼寧省檔案館藏 JC10-751（3126-3130）濱江道尹張壽增爲消息靈通新聞隨時呈 1922 年 1 月 19 日。

〔註 60〕遼寧省檔案館藏 JC10-751（3126-3130）濱江道尹張壽增爲消息靈通新聞隨時呈 1921 年 11 月。

〔註 61〕遼寧省檔案館藏 JC10-2115（0448-0450）日報載滿鐵既得權問題 1927 年 10 月 13 日。

害「海龍開原間鐵路一經成立，則我海底鐵路之建築，不亦全失其價值乎，我之既得權不幾等於水泡乎」。奉天當局經過日報得知日本「侵害我既得權之點，實不能淡漠視之」的想法，之後日本果然令駐奉吉田總事，奉天劉省長提出嚴重抗議，張作霖的回覆是「關於此種根本對策，正在慎重考慮之中，且以山本滿鐵社長歸京時，更就本問題之善後辦法加以切實之協議。」如此往復拖延的策略，直到張作霖遇難，也未達成鐵路協議。

奉系軍閥不僅通過翻譯外報和各省道尹製作新聞簡報獲知信息，而且自建東北無線電新聞「世界通訊處」，與德國柏林和法國巴黎都有新聞電信往來，這些外國新聞電訊對於奉系軍閥及時瞭解國外信息其一定作用。比如1926 年 9 月 19 日張大帥收到吉林軍務督辦公署秘書廳呈送的東北無線電總臺9 月 17 日來自柏林的國外新聞「中國當選非常任理事」、「中國代表祝頌德國加入聯盟」、「白史會議定於本日舉行」、「法國三次抗議意國」、「西班牙赦免炮兵軍官」、「意羅友誼條約已簽字」、「英國調任駐華公使」、「英國致牒莫斯科」〔註62〕。

奉系軍閥除自己擁有「世界電訊處」外還注重與國內外多家通訊社聯繫，先後與法國萬國國際雜誌社、日本華日通訊社、成都紐斯通信社、國是通信社、國際通訊社、北京政治新聞社、北京中華通訊社、復旦通訊社、國聞通訊社、長江通信社、新魯通訊社北京分社、上海中南通信社、南京神州通訊社、中華統一通訊社、新大陸通信社、太平洋通訊社、環球電信社、大中通訊社、東亞通訊社〔註63〕等二十餘家通信社訂閱稿件，以知曉國內外新聞信息，這些通信社也定期來函向張作霖呈報新聞，並預訂奉局的新聞稿件。

東三省巡閱使張作霖在收到法國萬國國際雜誌社總編輯、前法國工部局諮議夏格呂勒為勸購萬國雜誌的來函後，回覆：「頃奉華翰，備悉一是，貴社具世界眼光辦萬國雜誌，必能發抒偉論，啓迪新知，聲譽所播，刊邦人士，將以光觀為快，茲承雅囑，已飭屬自行酌量訂購矣，小照隨寄，即請收刊」〔註64〕。

〔註62〕吉林省檔案館藏 102-03-0336 吉林軍務督辦公署秘書廳收到朱花監稟告國外新聞等事給張大帥的函 1926 年 9 月 19 日。
〔註63〕遼寧省檔案館藏 JC10-29645（0997-1140）各通信社來往信函。
〔註64〕遼寧檔案館藏 JC10-23275（000648-000657）「萬國雜誌社為勸購萬國雜誌」1922 年 3 月。

訂閱日本東京華日通訊社的「華日通訊」，如 1925 年 7 月 14 日刊載新聞有「日英新提攜恐難實現『怕列國與日本爲難』、『不甘心再仰英人鼻息』、「英國債公使團之措置不平『關於處分工部局幹部各節』『希望由國際裁判解決』」、「日英美突起勞動爭議『日本工廠將起總罷業』『英國炭坑主爭議激烈』『美國礦山勞動者亦起問題』」、「中華留日青年會演劇捐助滬粵工胞『請綠牡丹到會出演』『票金捐寄滬粵工胞』」〔註 65〕。

北京國際公報館給張作霖來函「雨亭巡帥大鑒，內政外交不可偏廢，歐戰以後，政治金融變動愈大，國際間之前因後果尤當兢兢三致，意爲本報本此旨以成立故，居今日而設政治，實有手置一編之必要。閣下爲中國之大政治家，或由貴署總定若干分，令行各縣或先開示各縣名單，由本報郵寄，統希詳示以便遵照辦理」〔註 66〕，奉天省長公署除訂購一份還分函到各縣，如願購於該公報，查據去函訂閱。

除了搜集國內外新聞消息外，奉系軍閥爲擴大自己的輿論影響，還受邀將自己的新聞分送給各通信社。國是通信社給奉天省長公署的來函〔註 67〕，「本社宗旨純正，消息靈確，成立以來計有年數，關於貴署事項力爲宣傳，所出快稿按日奉寄尊閱在案。茲因取材豐富，新聞就實起見，用特函請執事飭將發表文件陸續寄下以期詳實而便揭曉至爲公便」。成都紐斯通信社同人給張作霖來函，稱「張巡閱使鈞鑒：……蓋以通信社爲報館之先河，新聞之關鍵作正本清源之計，爲革故鼎新之謀，苟不由茲實難收效，今更擴張社務，遍邀有膽有識之新聞學專家共謀改革之道，添刊英法文稿，俾新聞得遠播西方，人類曙光或可實現，惟同人綿力菲才聰明有限，汲深綆短殊越堪虞，伏維臺端久膺國事，望重南林，具經世之雄心爲人民所瞻仰，昌明文化，諒表同情，且職守所在之機關，又新聞發源之地點，如需國內外報館發表之事迹，尚望隨時抄寄，同人不爲強禦，不殉私情，務使公事公非，盡昭彰於社會，記言記事合民眾之良心而後已」〔註 68〕。

〔註 65〕 遼寧省檔案館藏 JC10-29645（1105-1113）日本東京的華日通訊社的華日通訊 1925 年 7 月 14 日。

〔註 66〕 遼寧省檔案館藏 JC10-30488（2222-2225）北京國際公報館函請購報與奉天省長政務廳的函覆 1922 年 12 月 27 日。

〔註 67〕 遼寧省檔案館藏 JC10-29645（1105-1113）國是通信社請發文件登載 1927 年 3 月 7 日。

〔註 68〕 遼寧檔案館藏 JC10-23269（1521）成都紐斯通信社爲報館發表之事函請隨時 抄寄 1922 年 6 月 2 日。

（二）准許建立報刊

奉系軍閥對申請建立的官報、黨報、團體組織、民營報刊及外國辦刊經過審核後符合辦刊出版法規的都准予申請創辦，向地方當局申請立案，獲准後方可出版，並接受地方當局的管理。奉系統治時期東北出版的報刊到 1928 年爲 258 種，其中中文報刊 67 種，日文報刊 187 種〔註 69〕，俄文報刊 2 種（1926 年爲 243 種，1928 年因中蘇斷交剩 2 種），西文 2 種。這些報刊分屬於各個行業各個地域，創辦的種類有綜合、政治、經濟、文化等多種多樣。

當時申請創辦報刊需要依據國家《出版法》，履行出版手續。如果是地方政府機關報，則須函知警察所，而不作申請手續。法人與私人辦的報刊，必須具文申請，並具股實鋪保。1921 年 3 月頒佈《東省特別區警察總管理處管理報紙營業規則》，提出報紙營業十四條規則。辦報者需要履行出版手續。開設報館須由創辦人開具報紙名稱，體例，發行時期，主筆人、發行人、編輯人、印刷人之姓名、年齡、籍貫、履歷、住址，發行所、印刷所之名稱、地址各款，呈請本處核准，發給執照，方能出版。警察總管理處派員前去申請單位調查，認爲已符合法律上的規定，即可批准許可出版，給予執照後，並將創辦人原呈及許可理由呈報上級長官公署備案，否則批駁不予出版。

對於辦報人的身份範圍在規則中有規定：凡特區內無居住權者，有精神病者，褫奪公權、尚未復權者，現役海陸軍人、現充行政、司法官吏中，有情事之一者，不准充報紙主筆及發行、編輯、印刷人。規則中還規定申請報紙所不能登載的內容：「混亂政體者，妨害治安者，敗壞風俗者，煽動、曲庇犯罪人、刑事被告人或陷害刑事被告人者，輕罪、重罪之預審案件未經公判者，訴訟或會議事件之禁止旁聽者，揭載軍事、外交及其他官署之機密文書、圖畫者，但得該官署許可時不在此限、攻訐他人陰私損害其名譽者」〔註 70〕。這些對辦報人身份及不能刊載內容的規定，雖從維護治安的角度考慮，但客觀上說也爲奉系軍閥操控新聞業提供了「人性化」及彈性治理空間。

申請創辦報刊的程序是申請人向當地警察廳提出申請，警察廳經過實地調查核實，情況屬實後，呈給省長公署，獲得批准後，到省長公署警察處備

〔註 69〕　數據來源王潤澤：《北洋政府時期的新聞業及其現代化（1916～1928）》，中國人民大學出版社，2010 年 4 月版，第 37 頁。

〔註 70〕　《東省特別區警察總管理處管理報紙營業規則》第五條，1921 年 3 月修訂。

案。出版後的報刊歸當地警察廳管理，要每月繳納保護費若干。

試舉東方小報的申請創辦過程爲例：1925 年 4 月 7 日民人陳峙寰等呈請組設東方小報，向奉天警察廳提出申請，稱「竊峙寰等鑒於社會之頹風日成，人民自治之心日衷，道德日下、禮教淪亡，茲擬組設一東方小報，每日出版一小張，體重白話，取價極廉冀人人手執一篇，庶風化漸可挽回，人心自能維繫，裨益社會，無損人群，爲此擬具簡章呈請鑒核，准予出版，實爲德便等情」。奉天警察廳呈「遵查陳峙寰擬開報社實名東方小報，基金奉大洋二千元，實存小北關匯泉長油房，出版方法係以機械印刷，暫委灰市胡同振興印刷局代印，出售方法在省城以雇人發賣，在外埠委各報社代銷，至於價格，每份銅元四枚，每月小洋一元，並查該報一切組設與出版法尚無不合，理合檢同所有職員履歷復請鑒核等情前來，查該報一切組設既與出版法尚無不合，詳覈簡章亦大致尚妥，自應准予出版。惟俟出版時應飭每日檢一份送廳備查，並候抄同簡章履歷呈報省長公署警務處備案」。〔註71〕1925 年 4 月 15 日東三省巡閱使、奉天督軍兼省長張作霖「指令省會警察廳查明東方小報准予出版」。

申請創辦報刊呈請理由不一，宗旨各有千秋，多數都是言論機關爲潮流所趨重言，輔裨社會、指導政治〔註72〕；輔助社會教育、啓發東省民智、造成正當輿論〔註73〕；發揮自治精神、改良社會風俗、提倡工商農業、灌輸人民愛國熱忱〔註74〕；言權半操外人之手，主張互異宗旨分歧〔註75〕；廣告專業屈指難數，廣告之法愈出愈奇，欲登刊廣告者既苦刊資太鉅且限篇幅無多或欲自刷傳單又苦擔負特重投送爲難，以發達商賈得以昌盛〔註76〕；發揚道德、改善社會風俗〔註77〕；以發揚民權、援助外交〔註78〕；號召當世挽救民

〔註71〕遼寧省檔案館藏 JC10-3020（2026）東方小報呈請出版給省公署函 1925 年 4 月 7 日。

〔註72〕1921 年 10 月 30 日《濱江警察廳廳長興令爲于雲波等請設《士報》應即照准的呈》載《黑龍江報刊》，第 224 頁。

〔註73〕遼寧省檔案館藏 JC10-3017（1864-1871）省呈報張煊等人在省創設東報社 1922 年 10 月 12 日。

〔註74〕遼寧省檔案館藏 JC10-3017（1891）創自治周報 1923 年 1 月 11 日。

〔註75〕遼寧省檔案館藏 JC10-3017（1901）鐵嶺公報 1923 年 2 月 1 日。

〔註76〕遼寧省檔案館藏 JC10-3017（1924）批劉希誠、李乃時等呈請發行廣告彙刊 1923 年 4 月。

〔註77〕遼寧省檔案館藏 JC10-3017（1935）達德月刊 1923 年 7 月 19 日。

〔註78〕遼寧省檔案館藏 JC10-3018（1974-1975）省警察廳呈康蔭叔等人創社東邊時

心，貶抑權勢，表彈彝倫補平民教育之不足，杜科學物質之流弊，庶幾人心向善，道德昌明然後禮教興而四維舉，社會亮而天下定，刷新民治喚醒國魂〔註79〕；「賴日刊新聞以鼠注者獲益誠非淺鮮〔註80〕；為促進中日親善起見〔註81〕，「新聞業之未發達」〔註82〕。從以上的申請可以看出宗旨雖然不一，但殊途同歸，都是為了東北的新聞輿論發展。當時的辦報者能夠認識到人民的視野取決於報紙的多寡，政治的興衰取決於報刊是否良性發展，新聞輿論關係到國家社會，國家之式微、社會之不競，完全由於新聞事業不發達所致。此種認識對於北京、上海等開埠都有報紙雜誌數十種或十數種的新聞界來說不足為奇，而對於東北各邑幾寥落如晨星可數的報刊業來說，實屬難能可貴。

對於申請創立報刊也有經過警察廳調查，不符合創辦報刊條件的，未准創辦。茲以《奉天畫報》申請後未准出版為例。該報因呈請材料裏明細說明不全，且知照申請人到警察廳解釋，逾限多日不去，省長公署未准出版。民人趙了貞為籌辦奉天畫報呈，稱「奉省數年以來，百廢皆興，獨於畫報未聞組織，未免美中不足，子貞有見於此，不揣固陋，集合同志各因其才力誠辦奉天畫報，內為個人生計之營謀，外為木鐸晨鐘之貢獻，伏念當此軍務之後，民治方新，聊申負暄獻曝下忱，冀作墜露輕塵報效」〔註83〕，「專以提倡教育普及、企圖工商各業發達、增廣軍民智慧、報導社會進化、補助當道、改良社會為宗旨」。奉天全省警務處兼省會警察廳回覆，稱「為呈覆事，案查前奉鈞署批據民人趙子貞呈請創設奉天畫報一案內開，呈悉，該生擬辦奉天畫報，是否可行？所擬簡章有無窒礙？仰省會警察廳查核示遵具報」〔註84〕。奉天警察廳呈奉天省長公署呈「奉此當以該民原呈報簡章內對於地址資本與人職員姓名履歷等項均未注明牌示，令其於七日內來廳接洽，現已逾限多日，該

報由 1923 年 11 月 13 日。

〔註79〕 吉林省檔案館 J156-01-0680 長春警察廳為報擬在長創設「道德報館」呈文及吉林全省警務處指令 1924 年 8 月 15 日。

〔註80〕 吉林省檔案館 J156-01-0680 長春警察廳為報擬在長創設「東三省時報」呈文及吉林全省警務處指令 1924 年 10 月 9 日。

〔註81〕 遼寧省檔案館藏 JC10-3020（2104）省會警察廳為商人周元恒呈請組設滿蒙日報社由 1926 年 11 月 5 日。

〔註82〕 遼寧省檔案館藏 JC10-3730（3155-3161）長春東三省時報出版論 1924 年 12 月 10 日。

〔註83〕 遼寧省檔案館藏 JC10-3017（1872-1889）籌辦奉天畫報 1922 年 10 月 19 日。

〔註84〕 遼寧省檔案館藏 JC10-3017（1872-1889）籌辦奉天畫報 1922 年 10 月 19 日。

民仍未來廳，查此案既無從調查，未便照准，理合備文呈覆鑒核示遵」。奉天省長公署批文「呈悉，趙子貞既逾限不到，其呈設畫報一事自應毋庸置理，此令」〔註85〕。

也有報刊未申請立案卻請求保護的，對於此種狀況依據奉系當局對東北報刊嚴格的治理，真是只有外報才能有此未申請立案就已發行的行為。試舉日本人創設《東省日報》為例，該報在各處分社未請警察廳備案，東省警察廳不予保護，並命郵局取消《東省日報》掛號，不准在內地行銷。

吉林省城商埠《東省日報》社先後向吉林縣函稱，「為擴充營業靈通消息起見，在貴縣八區紅旗屯組設分社，有裴品山柴子人關茂如為分社經理，請飭警保護」〔註86〕，吉林全省警務處《東省日報》係日本人創設總社既未請警察廳核准備案呈吉林省長，稱「是否呈經省會警察廳立案，無從懸揣，經由知事函准，警廳覆稱該報設立伊始未請准有案」，此時《東省日報》「該報社函擬在七區界大三家屯組設分社一處派臣曹象寅為經理，請照約保護」，警察處「未便擅自，合具文呈，請鈞處鑒核」。1927 年 3 月 9 日吉林省會警察廳就《東省日報》註冊違抗不遵，發佈鈞署第八號指令：「該報社經理日人，既一再堅執不服從我方警法令，所請設立保護之處無從核辦，應暫勿庸置議，一面仍飭廳向省會郵局查明該《東省日報》如經掛號紙註冊，當行知郵局即予取消以資取締，此令」。郵局取消東省日報掛號情形覆函「查自出版法取消以來，郵局對於新聞紙之請求掛號者不令其交出官廳發文，現准函囑取消該掛號一節，應准照辦」〔註87〕。

針對一些報刊多收刊費，且有經費虧空逃跑之事，奉系軍閥採取的措施是各報刊須由商鋪取保，但也有報館訴諸實際困難請求免於取保，奉天當局會依據實際困難，變通解決取保問題。1922 年濱江警察廳因有某報刊發生多收刊費，旋即停閉之事。當時官廳為取締起見，飭令各報一律取保，後經資格較深、名譽昭著的各報具呈當道，請分別取締，蒙官廳許可，舊有之報一律免除。1926 年 11 月 11～13 日濱江警察第一、三、四區署傳諭「奉鈞署令飭，即傳知各報及分社代派處一律取保，如有不法行為，即由保人負責」。14

〔註85〕 遼寧省檔案館藏 JC1 0-3017（1872-1889）籌辦奉天畫報 1922 年 10 月 19 日。
〔註86〕 吉林省檔案館藏 J101-15-0824 吉林全省警務處據吉林縣為東省日報社未請警廳立案應否保護等情形的呈及吉林省長公署的指令 1926 年 10 月 26 日。
〔註87〕 吉林省檔案館藏 J101-15-0824 吉林全省警務處據吉林縣為東省日報社未請警廳立案應否保護等情形的呈及吉林省長公署的指令 1926 年 10 月 26 日。

日濱江警察第四區署傳集《濱江午報》、《東三省商報》以及其他各分社等到署會議，以上峰催逼甚急，限於三日內必須妥具保證，以憑彙報。17 日《濱江午報》、《濱江時報》、《東三省商報》、《東陲商報》對此提出因取保困難請求免於取保，呈請中說明對於政策應該照辦，「本報等奉諭之後，理應遵辦，何敢或違」，遂提出實際困難，「惟報紙雖屬營業性質，究與其他普通商業不同，平日只知安分辦報，對於當地商號素少聯絡，並無深交。即平時金錢細故，求其作保，尚不可能，況當此過激宣傳甚盛之際，黨禍頻興，在本報等雖自問無他，而商人向來膽小，固已避之唯恐不及，欲其作保，雖至親密友，亦難允許，豈能爲本報等毫無關係之人，負此無限制之責任！」接著陳述對免於取保因多數爲多年老報，「在鈞署爲地方治安計，報界份子良莠不齊，是以不能不有所取締。但本報等均繫自置鉛字及機件，價值均在萬金上下，實爲吾人身家性命所繫，豈敢作奸犯科，況本報等創立，均歷五六年以上，平日之行動，當難逃鈞署之洞鑒」，且與其他需要取保的新設之報及其他各埠報紙之分館有本質區別，「似與等在本埠毫無財產，或則託人代印，或則總社遠在他處，經理人隨時更換，隨時可以逃走者，大有區別」，「且本報等均確有固定基礎，萬一外間有若何風傳，官廳亦不難隨時偵查而得，似不宜與一般莠類陽藉辦報之名、陰爲營苟之行者相提並論。」「懇援照前次成例，對於本報等舊有之報資格較深者，免予取保，以示優恤。」〔註 88〕18 日濱江道道尹蔡運升爲變通報社取保辦法給《濱江午報》等的指令，「查各該報館以與當地商號素少聯絡，求其作保諸多困難，所稱似尚近情，但亦未便因其無處覓保，概行置諸不同，應由該廳查酌情形，如商保實難辦到，無妨稍予變通，准其請由報界公會出保，以資連帶負責，除批候令廳斟酌核辦外，合行令仰該廳即便轉飭各區署查照。此令。」同時訓令濱江警察廳「查核現情，酌擬通融辦法，徑飭遵照可也。此令」〔註 89〕。

（三）津貼資助報刊

奉系軍閥在准許創立報刊的同時，爲擴大自己的新聞輿論陣地，擴大輿論宣傳和影響力度，奉系會對各機關創辦的官報報刊予以資助，同時也主

〔註 88〕黑龍江省檔案館：《黑龍江報刊》，哈爾濱市紙製品印刷廠印刷（內部刊物），1985 年出版，第 209～210 頁。

〔註 89〕黑龍江省檔案館：《黑龍江報刊》，哈爾濱市紙製品印刷廠印刷（內部刊物），1985 年出版，第 209～210 頁。

動資助一些有影響的民辦報刊，甚至會依據現實情況，滿足奉系管轄內外的各個報館以各種理由請求補助的要求。奉系軍閥以津貼、節敬的資助方式，使報刊新聞輿論「爲我所有」或傾向於奉系，緣由是報刊本身「無論受何方面金錢之補助，自然要受該方面勢力之支配；即不全支配，最少亦受牽掣」〔註90〕。

奉系軍閥利用津貼資助的東三省及京津地域報刊，大部分爲報社來函請津貼的，這些報刊也多是先宣揚自己爲輿論公器，作用不可估量，但結帳結果當覺有絀而無盈勢，後表示願意爲奉系軍閥服務，「默爲鈞座之機關報何不可」〔註91〕，希望予以資助。如新中華報社社長金光勳請津貼呈，稱「天下萬事萬物莫不有眞正之是非，而常人每忽於不自覺，即有眞知灼見者，又往往苟且因循不能勇進或遷延貽誤，未克痛改，是必有以指導之面匡正之，而後乃總全國人民於軌道，雖然豈易言哉，一國人類至龐雜也，天下事物至繁浩多也，豈能一一而昭告之，是必有其機關發寫名言讜論，以判定其曲直是非，使人人知所去取，乃可以促國家社會之進步，此東西各國對於報紙所以視爲社會上必要之機關也。報紙之爲務，既爲指導社會而設，則售價宜取其廉，而成本每患其重，故每年結帳結果當覺有絀而無盈，勢不得不仰助於碩士仁人以資助，論未能本諸良心，動多阿附所好言論等怒焉，是之爰創斯報，誓本良心之主張作正義之指導，不爲勢屈不爲利誘，以求事理之眞正是非，而除近來阿附之弊」〔註92〕；「鈞座愛護國家，熱心輿論，當不忍坐視此有益於國家社會之新聞事業中途停刊，念職社締造之艱難，完成職社愛國之志願，伏祈再酌益津貼，輔助進行，斯不獨職社受益匪淺，國家社會實利賴之存亡所繫，勢不容緩，耑誠鳴籲敬候」〔註93〕；「願附於其左右」。多數報社都是「請求按月酌給津貼以資推廣報務之輔助」。

關內外報刊中先後向奉系軍閥呈請津貼補助的有數十家。呈請的理由與資助的額度、資助次數分別不同，依據檔案資料，簡要介紹。《東三省公

〔註90〕世界日報史料編寫小組：《世界日報初創階段》，《新聞研究資料》第2輯，中國社會科學出版社，1980年，第152頁。
〔註91〕遼寧檔案館藏 JC10-23256（0009-0011）新亞日報呈請津貼由 1928年6月28日。
〔註92〕遼寧省檔案館藏 JC10-23947（0234-0239）新中華報社津貼簿。
〔註93〕遼寧檔案館藏 JC10-3020（2146）新亞日報社呈請輔助津貼 1927年9月24日。

報》創辦之初「爲奉天省公署的機關報，由省公署支付 3,000 銀元作爲經費」
〔註 94〕，後改爲官商合辦，每年都向各省政府請津貼補助、並得到賀年廣告
刊費〔註 95〕。《東三省民報》財政廳每月資助「三千現洋」〔註 96〕。《新民晚
報》財政廳每月資助「二千現洋」〔註 97〕。《醒時報》現財政廳支領奉洋八十
元」〔註 98〕，增加到每月奉洋一百二十元，「蒙江省吳大帥登高之呼集資補
助，又張漢卿軍團長補助現大洋五百元」〔註 99〕及奉天省長公署「特助奉大
洋一千元」〔註 100〕。《新亞日報》莫前省長月給津貼奉洋千圓」〔註 101〕，後
「准每月增加津貼奉大洋五百元以資維持」〔註 102〕，「再加給奉大洋五百元」
〔註 103〕，至此《新亞日報》得奉系資助津貼奉大洋二千元。《吉長日報》有吉
林廳署議定助款數目，各縣署暨各稅捐局銷報數目，所有各機關認助款項，
自 1915 年 6 月起按月發給；1917 年 12 月起准由軍界機關月助吉洋一百元；
1919 年 4 月由財政廳借墊大洋貳仟元〔註 104〕；1922 年 11 月至 1923 年 3 月
止，每月均由財政廳應撥大洋三百元。《濱江新報》「每月本報經費大洋二百
元」〔註 105〕。北京《惟一日報》「自 1920 年 11 月起，每月由號津貼該報大洋
一百元」〔註 106〕。北京《新民報》「自八年十二月份起每月津貼貴報社補助費

〔註 94〕《遼寧新聞志資料選編》第一部分，電子版。
〔註 95〕遼寧省地方志編纂委員會辦公室主編：《遼寧省志——報業志》，遼寧人民出
　　　　版社，第 20 頁。
〔註 96〕遼寧省檔案館藏 JC10-23256（0003-0021）新亞日報社呈請增加津貼 1927 年
　　　　10 月。
〔註 97〕遼寧省檔案館藏 JC10-23256（0003-0021）新亞日報社呈請增加津貼 1927 年
　　　　10 月。
〔註 98〕遼寧省檔案館藏資料 JC10-29641（0593-0595）醒時報社函請增加津貼，1924
　　　　年 7 月 31 日。
〔註 99〕遼寧省檔案館藏資料 JC10-29645（1164）奉天醒時報社二十週年紀提請資助
　　　　1928 年 2 月 27 日。
〔註 100〕遼寧省檔案館藏資料 JC10-29645（1164）奉天醒時報社二十週年紀提請資助
　　　　1928 年 2 月 27 日。
〔註 101〕遼寧省檔案館藏 JC10-23256（0005）新亞日報社呈請增加津貼。
〔註 102〕遼寧省檔案館藏 JC10-23256（0006）新亞日報社呈請增加津貼。
〔註 103〕遼寧省檔案館藏 JC10-23256（0017）新亞日報社呈請增加津貼。
〔註 104〕吉林省檔案館藏 J101-08-0513 吉長日報社經理爲經費竭盡請令由財政廳借墊
　　　　大洋二千元以度危局的呈文及吉林省長的公署訓令 1919 年 1 月 20 日。
〔註 105〕吉林省檔案館藏 J101-08-0640 哈爾濱濱江新報社爲請補經費的呈文及吉林省
　　　　長公署的指令 1919 年 5 月 3 日～1919 年 12 月 15 日。
〔註 106〕吉林省檔案館藏 J101-09-0970 吉林省長公署政務廳關於北京報社請求補助致

大洋票二百元」〔註107〕。北京《大中國日報》「寄上大洋票一百元，合現大洋六十三元六角九分，希即查收見覆」〔註108〕。北京《大義報》「收到奉天省長公署捐助大洋五十元」〔註109〕。北京《正言報》「指令財政廳呈報遵諭補助北京正言報社現大洋二千元已照數匯寄。」〔註110〕

對於向奉系軍閥申請資助的報刊呈請的理由、呈請金額、呈請次數都不同，奉系軍閥批示的內容也不同，大都是經過考察該報刊可以爲奉系軍閥的施政帶來新聞輿論上的幫助，才予以批准，有些是多次申請多次批准，有些是申請多次，批准一次。分別以《醒時報》爲多次申請多次批准資助，北京《大義報》爲多次申請一次批准爲例，記敘當時報刊向奉系軍閥申請津貼的情況。

多次申請多次批准資助。《醒時報》在不同時期報社經理張兆麟都曾以慘淡經營，艱苦備嘗爲由向奉省、吉林省請求資助，接受奉系資助的津貼和節敬。如「民國四年以來，荷蒙貴署每月津貼奉洋八十元，向由財政廳支領」〔註111〕，說明自 1915 年起奉省每月資助《醒時報》津貼奉洋八十元，而在 1924 年 7 月 2 日奉天醒時報社總經理又以「已於七月一日增刊兩大張」〔註112〕爲由，「是以不揣冒昧懇祈，我公維持爲懷，每月酌予增加」〔註113〕，東三省巡閱使兼奉天督軍兼省長張作霖有批覆「函悉所稱工料昂貴，現又增刊張數，原領津貼不敷挹注，尚係實情，應准酌加四十元，按月由財政廳具領」〔註114〕。由此可知奉天醒時報社得到奉系軍閥的資助由 1915

　　　　永衡官銀號的信 1920 年 10 月 23 日～1920 年 11 月 26 日。

〔註107〕吉林省檔案館藏 J101-09-0498 吉林省長公署爲北京新民報社等大洋兌換現大洋的公信稿 1920 年 1 月 21 日。

〔註108〕吉林省檔案館藏 J101-09-0498 吉林省長公署爲大中國日報館大洋兌換現大洋的公信稿 1920 年 6 月 7 日。

〔註109〕遼寧省檔案館藏 JC10-14125（2617）北京大義報館收到奉天省長公署捐款 1923 年 2 月 1 日。

〔註110〕遼寧省檔案館藏 JC10-14088（0996-0999）財政廳呈報遵諭補助北京正言報社現大洋二千元 1919 年 6 月 14 日。

〔註111〕遼寧省檔案館藏資料 JC10-29641（0593-0595）醒時報社函請增加津貼 1924 年 7 月 31 日。

〔註112〕遼寧省檔案館藏資料 JC10-29641（0593-0595）醒時報社函請增加津貼 1924 年 7 月 31 日。

〔註113〕遼寧省檔案館藏資料 JC10-29641（0593-0595）醒時報社函請增加津貼 1924 年 7 月 31 日。

〔註114〕遼寧省檔案館藏資料 JC10-29641（0593-0595）醒時報社函請增加津貼 1924

年的每月奉洋八十元到 1924 年 7 月增加到每月奉洋一百二十元。除了常規性的資助外，《醒時報》社總經理張兆麟以「屆二十周紀，僅具雛形，諸多簡陋，惟以雙十之寒暑易渡，而將來之歲月無窮，所有一切基礎設施，如擴充篇幅以發展報務，翻修館舍以鞏固基礎，添購各種機器字模以充足內容材料，此在需款至少亦當有三萬元之等備」〔註 115〕的原由，獲得「幸蒙江省吳大帥登高之呼集資補助，又承張漢卿軍團長補助現大洋五百元」〔註 116〕及奉天省長公署「准函以擴充報務，需款浩巨，請予資助等語，茲特助奉大洋一千元」〔註 117〕。除了奉系軍閥資助的津貼外，還有節敬，查檔案資料看，奉天醒時報社每年歲末時都刊登賀年廣告，獲得奉系年賀費五十元不等。

　　多次申請一次批准資助。奉天省長公署捐助北京《大義報》，呈「茲勉捐現大洋五十元，隨函送上，請煩查收掣據見覆，此致北京大義報。」北京大義報收據「今收到奉天省長公署捐助大洋五十元，大義報館具」〔註 118〕。1923 年 9 月北京大義報又呈函請捐，「岷源省長鈞鑒，蒙公道德高尚，海內景仰，對於國家公共事業不分畛域，熱心提倡維持，尤報同人等，傾心崇拜顧榮膺關席，他年撰座可歌，我國地大物博，雖屬窮困之鄉義德，蒙公躬親整理，未嘗不可挽回破產之痛，此報同人等，心悉禱祝，盼望者也，現在中樞無主，國勢飄零，論外交則危險，孰正論內政則瓦解土崩，然國內不乏明達兩院無多，練幹之材，豈能坐視論胥而不一挽救也，同人等本匹有素之義，擬收報務大數擴充，發表良心之主張，不畏強梁，披肝瀝膽，警忠告於同胞兩院同人與，同人等交遊萬象，諒表同情，俾國基早奠，只救危亡，惟願宏力薄附，呈捐照一冊，敬希蒙公鼎力贊助國家聿正東雲，勉首不盡影言，同人等欽慕之伊影夕，倘天僑良會聚晤有日專此，即頌勛安。附捐歷一冊。」奉天省長公署迴文「查本省各項經費悉為預算所限，未便隨意挹注，前之捐送貴報大洋五十元，即係省長捐廉給予，實難再行資助，捐冊璧還，請查收

年 7 月 31 日。

〔註 115〕遼寧省檔案館藏資料 JC10-29645（1164）奉天醒時報社二十週年紀提請資助
　　　　 1928 年 2 月 27 日。

〔註 116〕遼寧省檔案館藏資料 JC10-29645（1164）奉天醒時報社二十週年紀提請資助
　　　　 1928 年 2 月 27 日。

〔註 117〕遼寧省檔案館藏資料 JC10-29645（1164）奉天醒時報社二十週年紀提請資助
　　　　 1928 年 2 月 27 日。

〔註 118〕遼寧省檔案館藏 JC10-14125（2617）北京大義報館收到奉天省長公署捐款
　　　　 1923 年 1 月 25 日。

見宥。」〔註119〕1924年3月大義報經理再呈「岷源省長偉鑒，本報創辦近五年矣，至公至正不黨不系，以道德大義爲宗旨，以國家公共爲前提，蒙海內外同胞歡迎期許，幾次國勢飄搖之頃千鈞一髮之秋，群雄互峙各據一方，兵匪日多國債日增，長此而往亡國滅種即在目前，無富貴貧賤同歸於盡而已，……擬將報務擴充大聲疾呼冀挽狂瀾於萬一，惟經常項下尚有不充，素仰我公道德高尚愛國情切熱心公益廣種善因，用特附上股票二張，敬祈賜存是幸，俾大義昭昭用供長生祿位矣，肅函奉懇伏候示遵。」奉天省長公署函覆北京大義報：「奉省長發下來函並股票二張，查貴報擴充需款早經省長捐廉資助，未便再行入股，股票敬璧，尚希見原。」〔註120〕

（四）派銷利己報刊

奉系軍閥認識到東西各國文明通塞、世界大勢、國內情形、外交情狀、內政發展、窮鄉僻壤一般平民明白新政之益及當政者的苦心，均在於新聞紙的發達興盛與正當言論機關的疏解；尤其是在軍事時期及外報造謠橫行時期，地方治安、金融漲落，胥視報紙消息爲轉移，由此報紙宣傳最關重要，若擴大利己報刊的銷售數量、影響範圍，自然會使謠言自加限制即歸平穩，軍事宣傳收到預期效果，從而安定人心維持錢法，從而對社會治安金融有長久的輔助作用。所以奉系軍閥在對新聞輿論控制上還體現在派銷利己報刊上，使其爲抵禦外報謠言、維護社會治安、提倡本民族文化、振興實業和擴大自身輿論影響服務。

奉系軍閥所派銷的報刊，大多是由報社以各自情由提出派銷報刊申請，然後奉系當局命各機關公署、各商鋪、各縣派銷該報。當然也有地方因爲報刊飽和，呈請「實難派銷」的情況。依據檔案記載，向奉系當局申請派銷的報刊有《農商公報》、《東三省民報》、《新亞日報》、《東北日報》、《東邊時報》、哈爾濱《東北月報》等，除此外，南滿洲鐵道株式會社也向當局呈請派銷《漢譯調查資料》。這些申請派銷的報刊有政府機關報，也有民報，呈請的理由多爲「本省新政久已認爲有宣傳之價值」，「錢法日漸毛荒，金融益形窘緊……報銷數較多，乃於無形中收受偌大之利益」，「東省各縣東省人皆知外報之侵略性質」，「關係外交綦重，東邊不可一日或缺者」，陳述派銷的理由種種，具體依據檔案資料加以列舉。

〔註119〕遼寧省檔案館藏 JC10-14089（1001-1014）各報館請捐助 1923 年 8 月 14 日。
〔註120〕遼寧省檔案館藏 JC10-14089（1031）北京大義報館請捐助 1924 年 3 月 6 日。

　　吉林省農業部編輯發行的《農商公報》因發行手續繁雜，呈請郵局直接郵寄。農商部編輯處為發寄《農商公報》手續多繁瑣，呈請吉林省實業廳希望郵局直接寄送，實業廳批覆：「《農商公報》歷屆均用正式公文發寄業經寄至第六十六期止，惟查每屆另備公文，手續滋繁且延時，茲為簡便起見，改照農商部郵寄公報辦法由本廳逕行交郵封寄，不令備具公文，以省手續，嗣後即照此次辦法郵送，相應函請，查照。」〔註121〕

　　奉天《東三省民報》在奉天報界中為半屬官管報館，其首任社長為張作霖批准組織民進促進會的會長趙鋤非，繼任報社社長為張作霖的秘書羅廷棟，發行量是當時東北期發份數最多的一家國人報紙。《東三省民報》因與奉系官方關係最為密切，多次向奉天省長公署呈請向各機關、各商鋪、各縣派銷報刊。1924 年 6 月 12 日《東三省民報》社向奉天省長公署呈請向各縣派銷報刊，稱「敝報同人對於本省新政久已認為有宣傳之價值，庶窮鄉僻壤一般平民均得以明白新政之益，事先服事各縣行政，主要在知事而直接奉行新政，保護地方教育兒童，又在區村長、警察、保甲、官吏及小學教員，倘此數項人員逐日購讀報紙，……敢呈請鈞座令行各縣知事轉飭警察、保甲、教育各機關一體購閱，實為公便，……附呈各縣分派報數單一紙。」〔註122〕

　　謹將各縣分派報數開列清單，恭呈鑒核。計開：

瀋陽縣：三十份	遼陽縣：一百五十份	海城縣：一百二十份
營口縣：二百份	蓋平縣：八十份	復縣：八十份
莊河縣：六十份	岫巖縣：六十份	盤山縣：六十份
臺安縣：六十份	遼中縣：六十份	黑山縣：八十份
北鎮縣：一百份	錦縣：一百三十份	義縣：一百份
興城縣：八十份	錦西縣：六十份	綏中縣：六十份
彰武縣：六十份	新民縣：一百三十份	鐵嶺縣：一百五十份
開原縣：八十份	昌圖縣：一百份	康平縣：六十份
遼源縣：八十份	通遼縣：六十份	突泉縣：二十份
洮南縣：八十份	鎮東縣：三十份	開通縣：二十份
法庫縣：五十份	安廣縣：三十份	肇東縣：二十份

〔註121〕吉林省檔案館藏 J111-01-1110 農商部編輯處關於發寄農商公報事宜與吉林實業廳函 1920 年 3 月 18 日。

〔註122〕遼寧省檔案館藏 JC10-3020（2002-2010）東三省民報社呈請飭各縣銷報由 1924 年 6 月 12 日。

瞻榆縣：二十份	梨樹縣：八十份	懷德縣：一百份
西豐縣：一百份	西安縣：八十份	東豐縣：八十份
海龍縣：一百份	輝南縣：三十份	柳河縣：四十份
通化縣：一百份	桓仁縣：八十份	興京縣：六十份
輯安縣：三十份	安圖縣：二十份	長白縣：二十份
撫松縣：二十份	臨江縣：三十份	撫順縣：一百份
安東縣：二百份	寬甸縣：六十份	本溪縣：八十份
鳳城縣：八十份	洮安縣：三十份	

以上共計四千零八十份。

依據《東三省民報》的呈請，6 月 20 日東三省巡閱使、奉天督軍兼省長張作霖批覆，「呈悉，已由政務廳逐函各縣酌量推銷，仰警務處轉行該報社知照，呈單抄發，此令。」〔註 123〕之後奉天省民政廳遵照指令，批示「該社宗旨尚屬純正，消息亦復靈通，應由各縣知事酌量情形轉行警甲教育機關購閱，以啓新知。除分函外，相應抄單函請，查照辦理可也。此致縣知事」〔註 124〕。

《東三省民報》在呈請向各縣派銷報紙的同時，也呈請向各商號派銷，呈稱「敝報出版以來屢蒙鈞座提倡維持得有今日暢銷，惟各外縣既已推廣分社，奉天城各商鋪購閱者尚屬無多，伏查敝報爲三省正當言論機關，對於國內外消息之採集與宣傳，本省情形與外省各市均力求翔實正大，茲借遷移之暇，特添聘熟悉新聞之記者數名，擴篇幅爲三大張，探訪各地商況工藝實業各材料，逐日披登以便商工各界之購讀，倘能擴充各銷數在萬分以上，於每月經費即可儉省若干，於人心風俗裨益亦復不淺，爲此種種原因，敢呈請鈞座令行奉天商務總會，分別通知各殷實商號一體購閱，至於辦理手續一俟鈞署令行後，敝社即可與總商會長直接接洽，是否有當，仍希鈞座鑒核示遵施行。」〔註 125〕東三省巡閱使、奉天督軍兼省長張作霖、奉天省長公署指令警務處，據民報社呈請飭總商會通知各商購報，批示「呈悉，已面令奉

〔註 123〕遼寧省檔案館藏 JC10-3020（2002-2010）東三省民報社呈請飭各縣銷報由 1924 年 6 月 12 日。
〔註 124〕遼寧省檔案館藏 JC10-3020（2002-2010）東三省民報社呈請飭各縣銷報由 1924 年 6 月 12 日。
〔註 125〕遼寧省檔案館藏 JC10-3020（2002-2010）東三省民報社呈請飭各縣銷報由 1924 年 6 月 12 日。

天總商會長酌量推銷，仰警務處轉行該報社，逕與接洽可也，原呈抄發，此令。」〔註126〕

《東三省民報》不僅在奉天省城內派銷，因爲社長爲張作霖秘書的緣故，鎮威上將軍公署秘書處向吉林省呈函派銷報刊。1927年8月19日鎮威上將軍公署秘書處函給吉黑省長轉令各屬購閱東三省民報，稱「當此軍事時期，報紙宣傳最關重要，蓋地方治安、金融漲落，胥視報紙消息爲轉移，是外報造謠金融陡漲，自加限制即歸平穩，其影響從可知矣，惟欲根本加以抵制，非擴充本國報紙銷路不爲功，否則此禁彼增造謠愈烈，於治安金融仍不有長久之輔助，竊民報託庇幷蒙本爲東三省之惟一宣傳機關，軍事紀載秉承政府指令，於宣傳上力量未免薄弱，求祈令行吉黑哈埠特別區當局仿照奉省辦法，飭令各道縣一體派銷，庶於軍事宣傳好之效果，而安定人心維持錢法，均不無相當之裨益也，是否有當，理合呈候情」〔註127〕。奉天省長張作相、吉林省全省警務處分別於8月25日、29日批覆「案奉省長公署第2537號訓令，鎮威上將軍公署秘書處函開，……奉此合令該，即便轉飭所屬一體遵照辦理，此令」〔註128〕。

《東北日報》爲民人」袖東創辦，「內容以地方新聞爲主體」〔註129〕，「以提倡實業文化爲宗旨」〔註130〕。社長丁袖東分別於1926年10月8日及1927年3月15日向奉天省長公署呈請向各縣派銷《東北日報》，呈稱「民閣去歲創辦東北日報今已半載有餘，祇因本報之宗旨專爲提倡文化，而本報之目的又特重實業，通合近世之潮流，更應我東省社會之需要，是以各界均表歡迎，派發亦日見其影，雖不敢自謂辦之得法，而成績實有可觀，長此以往自然漸次發達，將來定收良好之效果，無奈今日錢法日漸毛荒，金融益形窘緊，所有報料紙張又均來自外洋，日用人工縱能裁減，對於紙張報料如何收縮，值

〔註126〕遼寧省檔案館藏 JC10-3020（2002-2010）東三省民報社呈請飭各縣銷報由 1924年6月12日。

〔註127〕遼寧省檔案館藏 JC10-3020 吉林省長公署訓令爲轉令各屬購閱東三省民報 1927年8月26日。

〔註128〕遼寧省檔案館藏 JC10-3020 吉林省長公署訓令爲轉令各屬購閱東三省民報 1927年8月29日。

〔註129〕（臺灣）陳嘉驥：《東北新聞事業之回顧》，載於曾虛白：《中國新聞史》，第525頁。

〔註130〕王樹楠、吳廷燮、金毓黻等纂：《奉天通志》，東北文史叢書編輯文員會，1983年版，第306頁。

此現洋金票昂漲之時，實在令人無所措手，今查本城民報及大亞圖書周報歷經鈞署令行各縣輔助派發以致各報銷數較多，乃於無形中收受偌大之利益，民所辦東北日報提倡文化圖興，各報相同，其於振興實業一層實爲特殊之要點，且於各縣各鄉之商民關係甚重，果今合該各報受同等之輔助，對於本報自有利益，對於各處實業前途更多，希望懇請鈞署准予通令各縣派發，以便提倡文化及提倡振興實業，實爲德便。」〔註131〕奉天省長公署 3 月 24 日對批丁袖東訓令各縣爲請令各縣派發東北日報由，批覆「呈悉，所請尚屬可行，仰即通令各縣普勸購閱可也，此批」〔註132〕。

　　《新亞日報》依靠奉系津貼的，屬合資營業性質，以張法支爲經理兼發行人，「爲了發展民族新聞事業，與日本人在東北所辦的報紙抗爭」〔註133〕，以「主張公論研究學術」〔註134〕爲宗旨。《新亞日報》社於 1927 年 4 月 12 日向奉天省長呈請派銷報章，呈「東省開闢較晚，文化草萊接壤強鄰，致招覬覦坐使外報紛馳，幾乎家置一篇不脛而走，三省風行以得隴望蜀之辣手行文化侵略之野心，近數年間摧殘金融，挑撥是非顛倒黑白肆意造亂，我國人直接間接上受其重大打擊，誠不可紀極矣，利害所關興亡，所繁不容漠視者，敝社同仁等淺見及此，恫心巢覆，爰於去歲十一月十五日創設本報，以始終奮鬥之精神欲與敵人相周旋，發刊以來，除提倡教育振奮實業外，即日日攻擊外報揭其侵略東省之陰謀，只以外報在東省行銷甚廣浸潤人心最深，而敝報初辦銷路太少難收抵制之效，使敝報能暢銷於東省各縣東省人皆知外報之侵略性質，斯能自動的拋棄杜絕外報，此根本上之抵製法，無如交遊未廣，四海豈盡知音，才力綿薄，千斤斷難獨撐，素仰鈞座愛護國家，熱心輿論，伏乞賜予令行省城警察廳，在省城派銷，更懇令各縣廣爲派銷，則遠到抵制外報之日即挽救東省治安之日，非只敝社受其益，國家社會實利賴之矣，耑誠鳴籲希垂查不宣。」〔註135〕4 月 23 日東三省巡閱使、奉天督軍兼省長張作霖批「案據新亞日報社呈稱，竊查新聞事業云云實利賴之矣等情，據此，除

〔註131〕遼寧省檔案館藏 JC10-3020（2116-2121）丁袖東請各縣派銷《東北日報》1926年 10 月 8 日。

〔註132〕遼寧省檔案館藏 JC10-3020（2139）勸售東北日報 1927 年 3 月 15 日。

〔註133〕據《瀋陽文學藝術資料》第 1 輯載《陶明濬》。

〔註134〕王樹楠、吳廷燮、金毓黻等纂：《奉天通志》一百四十四卷，東北文史叢書編輯文員會，1983 年版，第 3307 頁。

〔註135〕遼寧省檔案館藏 JC10-3020（2121-2128）新亞日報社請派銷報章 1927 年 4月 12 日。

批並分行外，合行令仰該辦查照，隨時普勸購閱，此令。」《新亞日報》在各縣派銷後，又於 5 月 2 日呈請向警察廳及商埠警察局派銷報紙，稱「惟請令行警察廳尚未批及，是以後懇補行省城安東營口三處警察廳並省城商埠警察局，派員幫同敝社職員普勸購閱，以利進行，務期達到敝報之宗旨，但省城警察廳並商埠警察局二文請直寄敝社，以憑先行接洽，特此仍懇鈞署俯予所請」。5 月 18 日奉天省長公署批示「據此除批呈悉仰候云云，此批掛發並分行外，合令該廳遵照辦理，此令。」〔註 136〕

　　《新亞日報》在派銷報刊時，雖然奉天省長公署已經知照各縣訂閱，但也有各縣有實際困難，無法完成派銷任務。懷德縣知事趙亨萃以無款購閱該報就於 6 月 8 日呈奉天省長，稱「奉鈞署訓令第七八號令，開飭縣查照，隨時普勸購閱新亞日報等因，奉此當即分行各機關勸購，去後茲據教育公所呈稱，所長遵即函知各校購閱，茲據各校函稱，除此錢法毛荒生計日窘，已購東三省民報及教育雜誌，校中一切備考各種書費擔任尚且無著，再閱該報，實無款應付各等情，前來所長覆查各校，無款購訂該報均屬實在情形，理合備文呈請鑒核等情，據此，除指令外理合具文呈請鑒核，謹呈奉天省長」〔註 137〕。

　　以上是報社呈請派銷報刊後，奉系當局對其核查報刊性質後給予指令予以派銷，但是有的報刊呈請後，奉系當局並未予以派銷，指令自行銷售，或未給予答覆。

　　《東邊時報》呈請派銷後，奉系當局回覆指令為自行設法推銷，分析奉系當局不予派銷的理由其一該報地處安東，離奉天遠，其二該報為抵抗日人報刊言論所設，如果明文下發派銷指令，可能會不利於「奉日」親善，給日人留下口實，但是奉系當局既已批准創辦，說明對其辦報宗旨是贊同的，所以指令「自行設法推銷」。《東邊日報》以提倡教育振興實業，援助外交靈通消息為主旨，尤以援助外交為唯一目的，為擴大發行，與日報形成勢均力敵之勢，總社經理呂志厚於 1927 年 6 月 8 日向奉天省長公署呈請派銷報刊，稱「蓋東邊為日韓交通之孔道，交涉關係重要，就安埠一隅而論，日人刊發報紙至三種之多，如安東新報、鴨江日報、亞東時報，逐日發抒侵略強橫論調，

〔註 136〕遼寧省檔案館藏 JC10-3020（2121-2128）新亞日報社請派銷報章 1927 年 5 月 18 日。

〔註 137〕遼寧省檔案館藏 JC10-3020（2121-2128）批新亞日報社請普勸購閱由 1927 年 6 月 8 日。

藉作彼方外交之利器，惟敝報峭然孤立於安埠，與彼方報紙以詞鋒相抵抗，殆不啻果僅存繫千鈞於一髮，其不受彼方摧殘者幾希矣，雖然有敝報相與對峙，日人視為勁敵，決不敢肆其詞鋒，倘無敝報之抗衡，則日人肆行無忌，任意雌黃，此敝報關係外交綦重，東邊不可一日或缺者也，襄當創刊之時，蒙王前道尹通令東邊屬縣為推銷，各縣奉令多方提倡，故當日銷報極多，近歷數年日久怠生更兼各縣官吏迭更，既不識敝報為東邊必要之輿論，又未聞王前道尹提倡之明令，類皆漠漠置之，以致東邊唯一之報紙日漸減銷，夫敝報少銷一份即地方人民少一分知識，外交缺一分助力，是必賴官府提倡而後可獲暢銷之效果，一言九鼎，綸音遠丕，則受賜良深矣，除經函東邊道署乞為提倡外，謹稟懇省長鈞署通令各道縣廣為推銷，實為公便」〔註138〕。6 月 16 日奉天省長公署對批呂志厚請令推銷東邊時報由回覆「呈悉，報館系營業性質，仰即自行設法推銷可也，此批」〔註139〕。

對於日人在東北發行的日人報刊，即便向奉系當局呈請派銷，奉系當局不予答覆，委婉視為拒絕。如日人《東北月報》在呈請派銷申請後，奉系當局未予以答覆。哈爾濱《東北月報》自出版以來自己遴選專員派銷報刊，但由於力量不足，影響報刊發展，遂於 1926 年 11 月 11 日向省長公署呈請，並派交涉員晉謁呈請推銷報刊，稱「本報自開辦以來，頗承各界所推許，惟對於推廣銷路起見，自非遴選專員分往各處竭力派銷不足以達到發展之目的，但本報之宗旨，凡關於提倡教育、擴充實業、振興商務種種問題，已於報內分門特載，似已毋庸贅述，而最所希望者，一俟本社特派交際專員姜酬世造謁時，任懇大力維持贊助一切，倘蒙登高一呼，不難萬山響應，則於本報之發達不惟以增無限之光榮。即同人等亦皆感激無既也。」〔註140〕

南滿洲鐵道株式會社、庶務部調查課長佐田弘治郎為發寄《漢譯調查材料》於 1925 年 4 月 16 日向吉林省實業廳呈，稱「敝課向以調查資料譯成漢文計，自發刊以來征諸另表所載已有七部均經隨時寄奉以供臺覽，敝課此項計劃為鑑於滿鐵之事業，中日兩國人民應共享其利益，故謹啓敝課所調查者，俱從兩國文化上及經濟上生活之發展著手，俾同登於春臺自前年起實行該書類之發刊迄今業經兩載，溯既往而測將來，裨益兩國前途當非淺鮮，其亦為

〔註138〕遼寧省檔案館藏 JC10-3020（2142）勸售東邊時報 1927 年 6 月 8 日。
〔註139〕遼寧省檔案館藏 JC10-3020（2142）勸售東邊時報 1927 年 6 月 8 日。
〔註140〕遼寧省檔案館藏 JC10-30337（0894）哈爾濱東北月報社推銷 1926 年 11 月 11 日。

諸君子所許乎，茲爲求進步計擬有意見三條（已刊調查資料，尊處利用之程度及實際如何、已刊書類之中最合於，尊處參考用者爲何種類、將來翻譯書類應選何種類爲合宜）就正有道，想諸君子扶輪有素，定能匡敝課之不逮，望錫南針，以便祇遵幸甚幸甚，此請臺安」〔註141〕。

二、管束改造報刊

　　奉系軍閥對報紙在發行過程中，會管理約束並改造報刊的某些報導，會指令各報館刊載官方特殊命令刊載的內容，要求報館刊載凡屬有關係可以公佈之通令，除刊登公報外，應抄送各報宣佈；各報館登載政府命令應刊首欄；各報館還要宣傳四維主義。對於報刊發行中違反營業規則，刊載不實和謠言信息的，則要求報館更正不實和謠言信息。對於有對東省政局誣衊詆毀意圖挑撥的報刊，易造成社會不良影響的信息，奉系軍閥對此都予以禁止刊登，並禁止訂閱。對於報界中報社經理虧款潛逃、報社主任攜款潛逃、報社主任拖欠報費、報館經理詐財等的不良行爲，奉系軍閥皆予以追繳，並訴諸法律程序，予以懲辦。同時奉系軍閥爲報刊正常發行還檢查報刊歇業情況等，這些都是奉系軍閥調教報刊，改造報刊，使其正常發刊發展。

　　奉系軍閥爲使政令上通下達，使民眾能夠更好地瞭解、明白新政之益，要求各報館登載政府命令應刊發在首欄，凡可公佈通令各報館宣佈。吉林省長公署1927年8月4日令警務處「查從前各報登載政府命令多系列諸首欄，體列既嚴，觀感尤便，近年報館日增登載，未能首欄，體裁各異，殊欠整齊，嗣後各報館無論發行周刊或日報中，所有政府命令均應於該報第一欄內完全登載，以一體而便觀覽，特電達查照，轉飭一體遵照等因，准此合亟令仰該處分行所屬，特飭管理區內各報館一體遵照，此令」〔註142〕。8月8日吉林全省警務處爲奉省令特飭各屬報館嗣後登載政府命令應刊首欄，令警察廳、水警局、警察所「奉省長公署第1195號訓令，……該處分行所屬轉飭管區內各報館一體遵照，此令……轉飭所屬管區內各報館即便遵照，此令」〔註143〕。

〔註141〕吉林省檔案館藏 J111-01-1110 南滿鐵道株式會社關於發寄漢譯調查資料事宜與吉林實業廳函 1925 年 4 月 16 日。

〔註142〕吉林省檔案館藏 J156-11-0534 吉林全省警務處奉省令報館嗣後登載政府命令應刊首欄 1927 年 8 月 4 日。

〔註143〕吉林省檔案館藏 J156-11-0534 吉林全省警務處奉省令報館嗣後登載政府命令應刊首欄 1927 年 8 月 4 日。

奉天省長公署發令，「凡屬有關係可以公佈之通令，除刊登公報外，應抄送各報宣佈。」〔註144〕

針對長江以南地區多宣傳「三民主義」，且以取得初步成效，奉系當局接受國務院函制令各報館宣傳四維主義，稱「黃河以北各省各校從速改變宗旨，讀吾孔子之書，誦禮義廉恥之四維主義，則未始非抵制三民主義之良法，而移易人心安危定變，所關尤鉅，又黨軍所至之處，言論機關絕對遺憾，似宜派內行人專責審查，令各該報館切實宣傳四維主義，每日必有短篇論說，違此禁止」〔註145〕。「嗣後對於各報紙特別注意，嚴密審查，至所陳刊撰短說宣傳四維主義一節，亦即由該管官廳酌量與各報館接洽勸導辦理，除分行外，相應抄錄原件函請，查照轉飭遵照等因，准此，合亟抄件令仰該處轉飭屬境設有報館之所一體，遵辦具報，此令」〔註146〕。1927 年 9 月 30 日長春警察廳呈吉林全省警務處函「奉此遵查長埠現有《大東日報》、《東三省時報》兩家按日出刊，當派行政科員穆成毅，前往接洽辦理後，茲據覆稱該各報社均願宣傳四維主義，以正人心等情，前仍飭隨時嚴密審查外，理合具文呈報鑒核賜轉實行」。

奉系軍閥出臺的《管理報紙營業規則》第六條規定「登載失實，經本人或關係人開具姓名、住址、事由、或將更正辯明書請求登載者，應於次日或

〔註144〕遼寧省檔案館藏 JC10-30516（2477-2478）廳長條諭凡有關事可以通令應送報館宣佈 1928 年 9 月 20 日。

〔註145〕張宗昌給內務部、國務院函：馨航仁弟總理大鑒，頃程伯虁涓條陳整理教育，及言論機關兩事，辦法正當，查南方黨軍所至之處，皆改各校爲中山學校，教員非經訓練三月中山主義，此不准在校教授，於是青年子弟全體化爲國民黨之三民主義，此人心大變，中國大亂，將不可收拾，吾北方教育自攻孔廢經久已浸謠孫中山主義，內幕之愚暗爲人所不知，茲特介紹伯虁詣前將其中之阻力，及學校加入讀經之辦法，詳細面陳，爲荷採納，俾黃河以北各省各校從速改變宗旨，讀吾孔子之書，誦禮義廉恥之四維主義，則未始非抵制三民主義之良法，而移易人心安危定變，所關尤鉅，又黨軍所至之處，言論機關絕對遺憾，似宜派內行人專責審查，令各該報館切實宣傳四維主義，每日必有短篇論說，違此禁止，發行刑亂國用重典，似不可再放任，未知卓見以爲然否，京津等處近有聖道會，及四維日刊發行，用力多而成功少，爲此一轉移間，則各校皆聖道會，而報紙皆四維日刊，不費公家一文，而收學校教育社會教育之益，豈不甚善，伯虁明達幹練，如蒙畀以事權，必可爲國家得人慶也，統希垂察，祗頌勛祺。如小弟張宗昌敬啓六月二十日。

〔註146〕吉林省檔案館藏 J156-11-0534 吉林全省警務處奉省令嚴密審查報館並宣傳四維主義等訓令及長春警察廳呈文 1927 年 10 月 7 日。

第三日發行之報紙內照登」。對於報紙刊登失實信息奉系當局會要求報館更正發佈有誤的信息。1917 年 5 月 13 日《亞洲報》社登載《代洮南難民募賑公啓》一文，內稱「前由中央賑款十五萬兩洋兩萬元，除由都督劃給他處外僅餘銀二萬四千餘洋兩萬五千元等語」〔註147〕，奉天省長公署認爲登載失實，申明「實無捐啓所載數目之多，所有撥到款項，除付洮南縣賑款沈平銀八千四百七十二兩九錢四分六釐，又銀五千兩又付清安縣賑款沈平銀一萬兩千兩，又付北路觀查使賑款大銀元三千元合沈平銀二千二百兩〇〇八錢九分三釐，又付提存應交賑恤鵬東克臺壯人等大銀元五千元，合沈平銀三千五百六十七兩三錢一分八釐，共餘當存沈平銀三萬三千三百十五兩二錢零一釐，悉數撥交北路觀查使，迄以上所付各款均繫賑濟蒙期之用，並未劃給他處匯過賑款，未便稍涉合混，亟應詳細敘明，函諸貴報社將捐啓所載數目悉行更正，以昭核實電來往請款電報應持檢出並請登諸報端，借供眾覽」。

　　奉系軍閥出臺的《限制各報登載條款》中規定「捏造事實或發佈論說，足以挑撥中國三省官憲對於任何一國國際之惡感者」，「並無其事而虛構事實，與中國之土地主權威信有損者」，「譏謗中國三省軍政警察各官憲及其行政上之措施，或指謫事實者」都不准與刊登。但有北京英文《正言報》、天津《益世報》和《字林報》先後造謠張作霖有復辟之心，張作霖電登載報館及府院，請求更正，並表明無復辟之心之舉的態度。1920 年 1 月 8 日張作霖電北京英文《正言報》請對恢復帝制說闢謠，「北京英文正言報傳復辟之謠，惶駭莫名，方謀固共和不暇，且早知復帝制無成。霖雖愚，不至此，請警廳向該報更正」〔註148〕。「北京電，外團會議復辟謠傳，萬一成事，實應取何態度，結果派員切實調查，英使見外次曾詢及此，陳已力辟之。」〔註149〕1920 年 1 月 11 日張作霖對都中復辟之謠言甚盛，特致電府院極力辨明，「大總統、靳總理鈞鑒，竊閱上年十二月二十七日北京英文華北報載：『復辟之舉，行將實現，張作霖將爲復辟首領，並謂大總統以政局紛糾之故亦贊同此舉』等語。尋譯詞意，惶駭莫名，伏念民國建元，實爲萬國寰球所公認，而政體中變又豈一

〔註147〕遼寧省檔案館藏 JC10-23274 函致亞洲報館更正報載賑款數目 1917 年 5 月 13日。

〔註148〕《張作霖電北京英文〈正言報〉請對恢復帝制說闢》1920 年 1 月 10 日《申報》162-139（4）。

〔註149〕《張作霖電北京英文〈正言報〉請對恢復帝制說闢》1920 年 1 月 10 日《申報》162-139（4）。

二疆吏所主持，況當和平未成之日，方慮國基不固之憂，稍具良知敢萌他志，丁巳一役，全國擾騷，不審時機幾誤清帝，痛定思痛，心憧神寒。今者統一未謀，繼搖風雨，一似孤帆巨浪，彼岸茫茫，苟有愛國之心，必謀鞏固共和之，不暇凡任職時之後，早知恢復帝制之無成，若謂一縷愚患，眷懷故主，但能保持優待即屬大義凜然，倘昧於時局，假藉以快明志致以愛之者害之，德之者仇之，作霖雖愚或不出此」〔註150〕隨即，張作霖又指責刊載的報紙，並請求嚴查懲辦，「惟此等謠言竟載在素有名望之英文報，足顯係政黨捏造，冀以逐其陰謀，破壞大局。作霖一人名譽不足惜，如國家前途何應，請鈞座飭令京師警廳嚴詰該報館，於此新聞系由何人投稿，得自何處，探訪務須澈究眞相，重懲造謠之人，並一面切實更正，宣示天下，以靜人心，事關全局安危，不在個人利害，伏乞俯賜垂聽，迅予核奪施行臨電無任經營之至。張作霖魚印」〔註151〕。

對於張作霖復辟之說在 1921 年 3 月 17 日的《字林報》上也予以刊載，奉省長公署爲此除致電黎元洪外，還給報紙所屬地的警察廳發函請求報館登載更正謠言聲明，並致電東三省《盛京時報》、《醒時報》等個報館登載談話原文，以遏謠傳。張給天津英租界黎宋卿電文，稱「報載字林報祈爾佰德氏興執事談話一段，內有『復辟行動，張氏方在積極進行』兩語，此所談話是否屬實，所詔『積極進行』，何所見而云然，立盼電覆，張作霖養」〔註152〕。3 月 25 日上午十時，黎元洪覆電「盛京張巡閱使鑒，電悉字林報所載通訊一節，鄙人並無此種言論，詳情已登津報聲明，另函郵寄尙希查閱，黎元洪敬。」張作霖發函給北京警察廳殷總監，天津警察廳楊處長，上海淞滬警察廳徐廳長，稱「本月十七日，天津益世報特載字林報驚人消息一則，內稱黎前總統談話，『張氏正爲帝制運動，積極進行』等語，殊深詫異，經電詢黎前總統，此等論調是否屬實，所詔積極進行，何所見而云然，茲奉敬日電覆，字林報所載通訊一節，鄙人並無此種言論，詳情已登津報聲明，另寄查閱等因，後查津報已載有黃陂闢謠之函，聲明前項通訊與事實大相剌謬，歟係奸人捏造有意挑撥，圖淆聽聞，既蒙登報更正，尤照訛傳未已，作霖以

〔註150〕《張作霖電北京英文〈正言報〉請對恢復帝制說闢》1920 年 1 月 10 日《申報》162-139（4）。

〔註151〕《張作霖電闢復辟謠言》1920 年 1 月 11 日《申報》162-158（6）。

〔註152〕遼寧省檔案館藏 JC10-23288（0794-0799）爲電黎宋卿字林報載復辟等情請電覆 1921 年 3 月 29 日。

愛國為天職，凡有危害我共和國體比劍及屨及，他非所知，性方是視，合再通告，以杜謠諑，希即日函至當地各報館登報公佈為荷」。3 月 28 日上午 10時 30 分，淞滬警察廳廳長徐國樑覆電「盛京巡閱使張鈞鑒：頃奉有電，敬悉字林報所載通訊一則純屬姦人捏造，因想我鈞使宵旰勤勞，公忠為國，尚有姦人捏造讒言圖惑聽聞，殊與治安有關，亟應防止。遵即抄電函知租界各報館登布，並由廳長親至各界詳告周知，以正傳訛，除俟檢報寄呈外，謹先電覆，並請嗣後有事電知，自當遵照辦理。」3 月 28 日奉天省長公署致東三省盛京、醒時各報館函「查報載黎黃陂談話一段，當經電詢黃陂有無此事，茲准電覆聲明，亟應抄錄來往電文，暨黃陂原函，送請登入貴報以遏謠諑，至為感荷」〔註 153〕。

奉系軍閥制定的《暫行取締報紙規則》中規定不得登載「妨害地方治安之論說」，而天津、北京《益世報》污蔑東省政局，張作霖電令軍政商學各界及各道縣禁售天津北京益世報，稱「天津北京益世報宗旨乖謬，別抱陰謀，對於東省政局誣衊詆毀意圖挑撥，若不嚴禁售閱，何以息謠諑，而保治安，應請通令軍政商學各界及各道縣不得購閱，並飭地方軍警嚴禁輸送銷售，以資杜絕，而定人心」〔註 154〕。長春警察廳「奉此遵即通飭所屬轉行商學各界不得購閱，並飭嚴禁輸送銷售」。吉林濱江警務廳「前奉電令查禁天津北京益世報以維治安，廳長遵即飭屬嚴行查禁及傳諭商民不准購閱，並將該報代派處一律取締在案，嗣以該報直接與商民郵寄者源源不絕勢難禁，杜復經與吉黑郵務管理局咨商請其代為扣留，近日已直接送廳存，為數甚巨，該報流傳始見稍殺，將來不難禁絕，惟哈埠一埠如此辦理，恐各處郵局仍為寄送在所難免，並請通行各大埠郵局一律代扣以過來源除仍法嚴行查禁」〔註 155〕。

對於易造成社會不良影響的新聞信息，奉系軍閥也禁止登載。1929 年 9月 3 日吉林省政府發電京漢西門老米倉子彈廠失火事宜各館暫勿登載，呈稱「民政廳章廳長公安管理處王處長省會公安局准國府文官處有電，今晨本京

〔註 153〕遼寧省檔案館藏 JC10-23288（0794-0799）為電黎宋卿字林報載復辟等情請電覆 1921 年 3 月 29 日。
〔註 154〕吉林省檔案館藏 J156-01-0680 呈為遵電嚴禁輸送銷售天津北京益世報覆請1924 年 8 月 21 日。
〔註 155〕吉林省檔案館藏 J156-01-0680 呈為遵電嚴禁輸送銷售天津北京益世報覆請1924 年 8 月 21 日。

漢西門老米倉子彈廠失慎僅燒去一部，現火焰已熄，誠恐遠道傳聞失實，特電奉聞等因，除電各埠市政籌備處公安局密飭各報館聞於此項消息暫勿登載外，合電查照省政府三十一印」〔註156〕。

對於報館呈請暫行歇業，所屬警察廳也會實地核實檢查呈請是否屬實。1927年4月《新天津報》社經理人江東明函稱，現在另有他就，該分社無人主持，報請歇業。爲此吉林省會警察廳呈全省警務處「案據第三區三分所巡官路祥云呈稱，據管界會通當胡同門牌三號新天津報社經理人江東明函稱，現在另有他就，該分社無人主持，報請歇業等情，經巡官前往查驗屬實，檢同原函呈請轉報等情到署，理合據情報請鑒核備案等情，據此，除指令外，理合具文呈報鑒核備案施行」〔註157〕。

奉系軍閥對於報界中報社經理虧款潛逃，報社主任攜款潛逃，報社主任拖欠報費，報館經理詐財等的不良行爲，皆予以追究追繳追查，並訴諸法律程序，予以懲辦。

對於《士報》經理人于雲波虧款潛逃一案，濱江警察廳呈請濱江道尹張壽增取銷該報，並建議新設報館應當找商鋪取保。濱江警察廳轄屬第一區警察署，查正陽街東升當院內門牌第四三七號三四戶士報館經理人于雲波，突於1922年2月20日將所有物品潛行移出，並將編輯、雇人等私行遣散。警察署派盧松筠巡官前往調查，該報館原住屋內只有洋式桌二張，洋式椅二把，小櫈五個，洋鐵煙筒六節，暨零星家俱數件。探詢經租人，據稱係因債務過多，無法支持，遂作潛逃之舉。《士報》出版爲日無幾，驟爾潛逃，恐有他項情節，警察署派員分頭偵查，得知「該報經理于雲波等確係因虧款太巨，不能支持，以致潛逃。計欠房租五十餘元，印刷費一百餘元，報差三十餘元，米麵鋪三家共一百餘元，其餘有無借欠，債權者未經訴追，無從查悉。所有士報館經理人于雲波等潛逃情形，理合備文呈請鑒核，將該報原請立案取銷。」對於士報經理于雲波虧款潛逃原因及後果，濱江警察廳進行進一步分析，並提出解決方案呈給濱江道尹張壽增「查哈埠報館，日見增加，資金多寡，難期齊一，因虧荒閉，恐所難免，可否於出版法外加以限制。所有現在及將來新設之各報館，擬令取具殷實鋪保，備案存查，以防流弊。是否有當，一併

〔註156〕吉林省檔案館藏 J156-04-1296 吉林省政府關於京漢西門老米倉子彈廠失火事宜各館暫勿登載之電 1929 年 9 月 3 日。
〔註157〕吉林省檔案館藏 J156-11-0488 吉林省會警察廳爲轉報新天津報館歇業 1927年 4 月 1 日。

呈請鑒核，指令遵行」。〔註158〕

　　奉系當局對報館人員攜款潛逃、追繳分社主任拖欠報費等不良行爲非常重視，收到報社呈請後，指令省會警察廳及所屬縣知事查辦，之後還要呈請東三省巡閱使，上下程序嚴謹，公文呈復及時，可謂難得。《東三省民報》社派駐呼蘭縣分社主任康貴一攜款潛逃，奉天省長公署接到報社呈文後，指令省會警察廳及所屬地遼中縣查辦，並追繳攜款。1923 年 8 月 15 日，《東三省民報》社呈奉天省長王永江，稱「近查該康貴一系本省遼中縣佟二堡區土臺子村居民，家道亦極殷實，可否由鈞署令行遼中縣知事，令該民家中將前攜逃之款，現大洋一百元零八角一分如數賠償，以重公款，實感德便。」〔註159〕1924 年 5 月 27 日署理遼中縣知事史靖寰稱「詳查該土臺子村，康貴一其人者曾在呼蘭民報分社充當主任，當即告以前情，伊家甘屬，遂將該康貴一攜逃之現大洋一百元零八角一分如數追繳，到所理合檢同款及文送請」。1924 年 6 月 9 日奉天省長公署指令省會警察廳「呈悉所送康貴一賠款現大洋一百元零八角一分已如數核收，仰候令發省會警廳轉發該社收領報查，此令。」1924 年 8 月 16 日奉天省會警察廳廳長陶景潛呈給奉天省長公署「奉此遵將前項賠款轉發該社具領，茲據該報社會計主任陳嘉謨出具領狀收據，將康貴一賠款現大洋一百元零八角一分如數領訖。」8 月 23 日東三省巡閱使、奉天督軍兼省長張作霖、奉天省長公署對指令省會警察廳，爲報收前呼蘭民報分社主任康貴一欠款一案批示「呈悉此令」。

　　追繳分社主任拖欠報費。《東三省民報》社社長趙鋤非爲魏文濤拖欠報費給奉天省長公署，稱「竊職社寧安分社主任魏文濤拖欠報費屢催不繳，只以路途遙遠不易派人手提現，據報告該主任因他事被寧安縣拘押，職社曾開具報費欠數函，請縣署代爲追繳在案，茲以隔省關係特再開具欠單一紙，擬請由鈞署咨行吉林省長公署轉令寧安縣查照追繳，以昭鄭重，爲此備文呈請」〔註160〕。奉天省署政務廳給吉林省署政務廳長函，稱「奉省長發交，東三省民報社函，以寗安分社云云，查此追繳以重款項等因，……相應出鈔單函請

〔註158〕1922 年 3 月《濱江警察廳廳長興今爲〈士報〉經理人于雲波虧款潛逃請取銷原案並令其餘各報館一律取保的呈》載《黑龍江報刊》，第 226 頁。

〔註159〕遼寧省檔案館藏 JC10-3020（1996-2020）東三省民報社請飭縣追償康貴一攜逃款項由 1923 年 8 月 15 日。

〔註160〕遼寧省檔案館藏 JC10-3020（2021-2026）東三省民報社呈請魏文濤拖欠報費給省公署函 1924 年 12 月 12 日。

查此，特飭追繳，見覆為荷」。吉林省長公署政務廳給奉天省長公署政務廳函，稱「敬承寧安民報分社主任拖欠報費，已轉令該管縣知事查照追繳，相應函覆即希十二月二十七日到科查照」〔註161〕。

報館經理詐財。寧安泰東報館經理魏文濤因用款艱窘忽起詐財之心，於1922 年 4 月 24 日、4 月 28 日兩次向寧安稅捐徵收局言局長去函，控指該局徵收皮行與雜貨商稅項有舞弊情形，並謂登報與局長名譽有礙等語，以此達到要挾地步。4 月 24 日第一次上言稱「昨據某訪員投稿內悉，貴局日前在各皮行徵收布錢五萬幣，又由各雜貨行徵收布錢十五萬幣之譜，該各商號均悉出何項稅款，盡出於雜項帳由等情，據之以後復向各商號調查均屬實在，並無虛語，敝館負有言必錄之責，理應逐即刊載，慮為此事未悉局，貴局長之前途有礙與否是以先行函請鑒墨，示覆並指明趨向以免誤會，此感刻安，即希覆示」，4 月 28 日第二次上言稱「云局專臺鑒，於日昨奉上一函諒必擾到至今已三日，未見覆函內云之事局，貴局長有關係否見函無論為何速覆函到之，一定回示，祗安」；魏文濤見該局長接信後均置之未答，恐目的不達，復與該局徵收主任李慶符去信囑向局長代借現洋一百元，實行詐財之手段，5 月 7 日給李慶符信稱「慶符仁兄先生碩鑒，昨奉屢示內情已悉是證明至誠處友，才盡項心之誨，並不稍存高傲使友輩望之而生畏，然今既不以弟為外人，弟尤不敢略藏隱志遂不避招致譏諷，敬乞鑒草代為致意，貴局長臺前略援蒼酒之餘資僞給現洋一百元以補助，交代總館之處，此無他故，只以到性無路，始召通財之義，諒不至見阻，而貽口並不能以無理允疑也倘蒙青及之後之無論能否資助，即乞速為示覆，看能允許則蒙賜恤之下俟後款項稍裕，必當歸補，決不食言，此祈祈並候覆示速速」。

1922 年 5 月 9 日寧安稅捐徵收局局長言微以徵收各商稅款均呈報有案，並無不法之處，遂呈報財政廳電令由縣拘捕法辦，並將原函令發到縣，當即由縣拘案訊明前情。稱「竊查寧安泰東報館經理魏文濤品行不端心術險詐，以報館經理之名實行詐欺取財之事，前局長嚴厲查稅處罰各商均前後呈報，鈞廳在案乃該經理魏文濤意為有弊，可以藉此詐財一再來函恐喝，局長均置之未理，因法律手續尚未完備，姑不與較量，茲該經理魏文濤又來函致局長征收主任李慶符聲言，假給現大洋一百元等語，又查前後來函均有該報館正

〔註161〕遼寧省檔案館藏 JC10-3020（2021-2026）吉林省警察廳為魏文濤拖欠報費給奉天省公署函 1924 年 12 月 27 日。

當印戳，查照刑法草案，該經理魏文濤確實犯罪之證據，懇請鈞廳飭將證據發交寧安縣公署，嚴密拘捕魏文濤，依法懲辦，以杜詐欺之風，而維稅局名譽或乞鈞廳密派專員來寧查明實情，再行處辦，如何辦理之處，應請鈞廳鑒核施行」〔註162〕。吉林省財政廳覆函「呈悉已分別電令寧安縣嚴拘法辦件並發縣作證至李慶符覆函，應由局就近錄送縣署備質，此令」。寧安稅捐徵收局局長言微又呈吉林省財政廳，稱「奉此遵將李慶符覆函咨送寧安縣署以備質證當經寧縣公署開庭審訊，局長係屬告訴人依照法律程序出庭兩次，辯論終結證據確鑿，該被告人魏文濤已俯首認罪，經法庭依法定期限，按照暫行刑律三百八十二條判決，處以四等有期徒刑一年，當庭宣佈，在案嗣經局長函請寧安縣署抄錄判決全文，咨送職局以便呈報等因，去後茲準該署函開，昨準貴局函囑將魏文濤詐財一案判詞抄錄過局，以便呈報等因，準此，當經飭科照抄完竣，相應函送貴局查照轉報，此致計函送判決書一本等因，準此，理合檢同判決書具文呈報鈞廳鑒核施行」。

三、排擠異派報刊

　　奉系軍閥對於與自己有不同政見的其他派系報刊採取的策略是排擠、查禁，如查禁挑撥鄰邦關係的印刷品，查禁鼓吹蒙古人革命的蒙文報紙，查禁為韓黨鼓吹煽惑的印刷品。對於與奉系在戰場有過交鋒的異系軍閥的報刊，在奉系軍閥北京執政期間，不少曾遭到排擠，報紙稍有不慎，即被勒令停刊或查封。如對傾向直系的《新天津報》、北京《益世報》，對傾向國民軍系的《世界日報》、《國民新報》、北京《民報》、《中美晚報》等報刊，都以不同罪名遭到奉系軍閥懲治。

　　奉系軍閥對於在民間散佈挑撥鄰邦關係的印刷品，通飭各署查禁。1918年1月20日吉林省長郭宗熙令警務處以「內容對於鄰邦頗多挑撥，惡感之詞若任令外間傳佈，誠恐有礙邦交」〔註163〕為由查禁山東人王訥著述的印刷品，「令行該處轉令所屬一體查禁以免外人籍口，切切，此令」〔註164〕。

〔註162〕吉林省檔案館藏 J109-11-0643 寧安局報泰東報館經理詐財 1922 年 5 月 12日。
〔註163〕吉林省檔案館藏 J156-11-0074 吉林省長公署、吉林全省警務處為山東人王訥著印刷品查禁的訓令 1918 年 1 月 20 日。
〔註164〕吉林省檔案館藏 J156-11-0074 吉林省長公署、吉林全省警務處為山東人王訥著印刷品查禁的訓令 1918 年 1 月 20 日。

奉系軍閥對於日本人創辦及印刷的蒙文印刷品，因鼓吹蒙古人革命的蒙文報紙，通飭各地一體查禁。1919 年 6 月 26 日吉林省長公署第 51 號令，稱「據車林報稱，日前俄領攜蒙文報一紙交閱云，係由奉寄來，內多鼓吹蒙人革命之語，恐係日人所為……通飭所屬嚴密查禁以杜亂萌，……轉飭所屬一體嚴密查禁，勿稍玩忽，切切，此令」〔註165〕。6 月 30 日吉林省長公署第 55 號訓令呈「查蒙文報紙如果有鼓吹革命之語，實於蒙疆治安大有關係，亟應切實查禁以固邊防，……迅即轉飭所屬嚴密查禁以維治安，是為至要，此令」。7 月 5 日吉林省長公署第 59 號訓令「在庫布人巴得馬熱夫受日官指使，近著一論文名曰蒙古問題用俄蒙文印刷，傳佈煽惑蒙人，誠恐散佈內蒙各處請飭嚴重查禁等語，係通飭所屬嚴重查禁以遏亂萌……轉飭所屬一體嚴密查禁，勿稍玩忽切切，此令」。〔註166〕

奉系軍閥對韓黨鼓吹煽惑革命的印刷品一體查禁。1923 年 12 月 22 日延吉警察廳廳長谷金聲給吉林全省警務處呈，稱「為呈報事於本月十九日，案准駐延日本領事分館警察署長函送印刷品多件，內如警告文痛告書共產的書等名目，內容所載悉為韓黨鼓吹煽惑之詞，查該黨挾報復之念野心不死，潛伏中俄界邊難免不乘隙蠢動，以圖擾亂除將附件就近呈送，延吉道署並分令各署一體加意嚴防認真搜查以免發生意外，而保治安外，理合備文呈報，鑒核施行」〔註167〕。

奉系軍閥在第二次奉直戰爭後就與馮玉祥在政治信仰上有了分歧，1926 年馮玉祥組成國民軍系，相應北伐，奉系軍閥當時執掌北京政權，所以對國民軍系報刊予以排擠和封禁。如為賀德霖出資的國民軍第二機關報——北京《世界日報》，於 1926 年 8 月 7 日社長成舍我被奉系軍閥張宗昌派遣軍警逮捕，罪名是：惡毒反奉；和馮玉祥有密切勾結；替國民黨宣傳〔註168〕，經曾任北洋政府國務總理的孫寶琦出面營救後獲釋。國民黨左派在馮玉祥部國民軍駐守北京時期創辦起來的重要宣傳機關——北京《國民新報》，因報刊言論

〔註165〕吉林省檔案館藏 J156-11-0119 吉林全省警務處為奉令查禁蒙文報紙、印刷品鼓吹蒙古人革命給各屬的訓令 1919 年 6 月 26 日。

〔註166〕吉林省檔案館藏 J156-11-0119 吉林全省警務處為奉令查禁蒙文報紙、印刷品鼓吹蒙古人革命給各屬的訓令 1919 年 7 月 8 日。

〔註167〕吉林省檔案館藏 J156-09-0311 延吉警察廳為駐延日本領事分館警察署函送印刷品如警告書、痛告書等為韓黨鼓吹煽惑之詞咨嚴防呈文 1923 年 12 月 22 日。

〔註168〕方漢奇主編：《中國新聞事業編年史》上，第 1059 頁。

矛頭主要指向奉系軍閥，當國民軍被迫撤往南口，奉系軍隊開入北京，不少曾經反對過奉系軍閥的進步報刊和革命報紙都受到了嚴重的迫害，《國民新報》也自 4 月 28 日起自動停刊。〔註 169〕馮玉祥國民軍系與北京國民軍黨組織合辦的北京《民報》，於 1926 年 8 月 26 日被奉系軍閥以「登載不確實消息」為藉口，派警察、便衣 6 人非法拘捕陳友仁於奉軍駐京辦事處，28 日《民報》停辦。國民軍機關報《中美晚報》，於 1926 年 6 月 19 日、6 月 26 日被勒令暫時停刊，8 月 26 日以「通敵」之理由被封閉。1926 年 9 月 1 日奉系軍閥掌控下的京畿憲兵司令王琦招待北京中外新聞記者，稱「中美晚報本為國民軍之機關報，人人知之，張督辦張軍團長及張秘書長（其鍠）曾下誡數次囑即查封，經一再誥令，請勿為偏袒之言論，迄未見信，故於前晚查封」〔註 170〕。10 月 16 日北京警廳函各報社，以後禁用中美通訊社稿〔註 171〕。

　　奉系軍閥雖與直系吳佩孚有過戰爭，也有過聯合，軍閥間的友誼隨時局善變不能善終，奉系軍閥北京執政期間與直系關係徹底崩潰，所以對直系報刊抨擊奉系言論不能容忍，指令勒令停刊。如視直系為正統，大捧吳佩孚的《新天津報》，1928 年夏，孫殿英盜取了清故乾隆帝、同治帝及西太后慈禧的陵墓，該報將張作霖、馮玉祥、李景林、張宗昌、褚玉璞、胡景翼、張之江、孫岳、鹿鍾麟、孫殿英等列為『四凶八惡』，並著有《丙寅戰史》文章，除每日在報紙上發表外，並印出單行本售賣，把這些人罵個「狗血噴頭」。還在報紙上徵求辱罵『四凶八惡』的稿件，並注明『稿費從豐』的字樣，所以由外寄來的這類稿件，也是登不勝登。〔註 172〕1931 年張學良在北平執政，因該報在『直奉戰爭』時期極力反奉，《新天津報》被勒令停刊。北京《益世報》美國基督教會創辦，親美排日，為直隸機關報。1927 年 6 月 4 日京師警察廳發佈布告，指該報「值此軍事倥傯之際，未使任其肆言無忌，致令影響治安，應即先行查封。除將該報編輯朱鑑堂傳訊依法訊辦外，令行布告周知，此布。」〔註 173〕北京《益世報》被查封，編輯朱鑑堂被傳訊。

〔註 169〕黃河編著：《北京報刊史話》，文化藝術出版社，1992 年 10 月版，第 82 頁。
〔註 170〕《王琦昨日招待中外新聞界》1926 年 9 月 2 日《晨報》。
〔註 171〕《（北京）警廳函各報社，以後禁用中美通信社稿》1926 年 10 月 17 日《申報》。
〔註 172〕董孟豪：《天津的〈新天津報〉》，載於中國人民政治協商會議全國委員會文史資料委員會編：《文史資料存稿選編・文化》，中國文史出版社，2002 年 8 月版，第 73 頁。
〔註 173〕《北京〈益世報〉前日被封（編輯朱鑑堂尚在押）》1927 年 6 月 6 日北京《晨報》。

四、斫伐赤化報刊

奉系軍閥統治東北和京津時期，對於宣傳「過激主義」、「共產主義」等「赤化」報刊是深惡痛絕、嚴防不殆的。究其原因有三，其一，張作霖爲維護自己的統治，實現「武力」統一中國的理想，必須剷除威脅最大的異黨勢力，同時反赤也是行武力擴張的藉口。其二，「赤化」分子到處散播反奉言論，並付諸反奉實際行動，充斥在大量報刊上的打倒「奉系軍閥」，打倒「張作霖」，「反奉戰爭開始了」〔註174〕的言論，且人民逐漸接受「赤化」，認爲解除奉系的武裝就是「保障人民集會、結社、言論、出版、罷工之自由權」〔註175〕，轟動全國的反奉宣傳給奉系軍閥心理上造成恐慌、畏懼。其三，張作霖所依附的日本與赤化的蘇聯爲敵對國，且美英等帝國也與蘇立場不同，張作霖想通過反赤博取帝國主義的支持。爲防止赤化報刊肆意滋長，奉系軍閥除了頒佈法律法規以條文形式限制此類報刊的創辦和發行，還以發表時局通電、向媒體發表時局談話、聯合外國公使團等多種方式進行反赤，殘酷的防赤反赤鬥爭中，奉系軍閥殺伐了大量赤化報刊，逮捕、殺害「宣傳赤化」進步報人。

奉系軍閥爲嚴防赤化宣傳，制定新聞法規，作爲查禁赤化報刊的依據。1921 年 7 月頒佈的《東省特別區警察總管理處限制各報登載條款》的第二條就爲限制「關於宣傳過激主義之言論」。1925 年 10 月 24 日奉天省長公署頒佈《防範過激施行細則》10 條，以防範過激主義行爲和宣傳〔註176〕。1925 年 10 月 29 日頒佈《東省特別區警察總管理處暫行限制派銷外來俄報辦法》。1926 年 11 月 23 日哈爾濱特警處制定《檢查宣傳赤化書籍暫行辦法》〔註177〕。1927 年 4 月 2 日，吉林省教育廳長劉樹春擬定了《吉林省各教育機關查禁悖謬印刷品及信件臨時辦法》。1927 年 6 月 18 日張作霖任中華民國海陸空大元帥當天即發佈《討赤通電》。1926 年 11 月 19 日天津戒嚴司令袁振清宣佈本省爲保衛治安維持秩序起見，實行戒嚴，以資警備，並向郵政總局知照戒嚴條例其一爲「新聞雜誌及圖書告白，如含有宣傳赤化作用者，即時封

〔註174〕1925 年 10 月 20 日《中共中央、青年團中央對反奉戰爭宣言》。

〔註175〕1925 年 10 月 20 日《中共中央、青年團中央對反奉戰爭宣言》。

〔註176〕胡玉海、里蓉主編：《奉系軍閥大事記（1894～1931）》，遼寧民族出版社，2005 年 2 月第一版，第 396 頁。

〔註177〕胡玉海、里蓉主編：《奉系軍閥大事記（1894～1931）》，遼寧民族出版社，2005 年 2 月第一版，第 434 頁。

閉或銷毀。」〔註178〕

　　奉系軍閥爲防範赤化舉措，取得輿論支持，多次發表通電，明辨赤化危害。在 1926 年 11 月蔣介石率軍北伐，湘、鄂、閩、贛均受摧殘之時，奉天張雨帥、鄭州吳玉帥、南京孫馨帥、濟南張效帥、太原閻百帥、雲南唐蓂帥、上海反赤救國大聯合總部，於 11 月 19 日向各省支分部，各團體，各報館發表《反赤大聯合之通電》，先闡明赤寇危害「赤寇披猖，蔓延日廣」，「夫赤軍奉蘇俄以侵略，非尋常國內之爭」，「今者禍及心腹，全國震駭」；接著張作霖表明討赤是爲救護國家、民族，「公忠謀國，磊落光明，前與直晉軍合作討馮，膚功立奏。粤赤凶狡，更甚於馮」，最後呼籲反赤須各方合作，庶可力挽狂瀾，驅除赤禍。

　　張作霖 1926 年 12 月 1 日就職安國軍總司令，發表反赤宣言：「吾人不愛國則已，若愛國非崇信聖道不可。吾人不愛身則已，若愛身則非消滅赤化不可」。張作霖就任中華民國海陸軍大元帥前兩天，於 1927 年 6 月 16 日發表討赤通電「惟是共產標題，志在世界革命，則討除共產，實爲世界公共之事業，亦爲人類共同之事。則非作霖一手一足之烈，所能告成。凡我全國同胞，既負報國衛民之責，皆有同仇敵愾之忱，自必通力合作，不必功自我成。此後海內各將帥，不論何黨何系，但以討赤爲標題，不特從前之敵此時已成爲友，即現在之敵，將來亦可爲友。惟獨對赤禍則始終一致對敵，決不相容。一息尙存，此志不改」〔註179〕。張作霖如此發表反赤宣言，其實是變相討好帝國主義，希望得到做到最高統治者的支持。

　　與媒體記者發表時局談話，表明赤化危害，發佈討赤決心。張作霖在接受美國聯合社董事長哈瓦德訪問時，聲言過激主義爲當前鉅患，並請各國援助，「過激主義實不適於中國人之心理，過激主義之火星，難已潛入中國各地，而尙未到燎原之時，如能從速設法，加以防範，不難制止。東三省方面尙未聞有過激之事，吾人之軍隊組織極佳，足敷制止此害之用，如遇必要時，吾人之軍隊，亦可抵禦全國過激之害，但吾人須得有關係各國之援助。此援助爲何，即爲強有力道德上之援助，與經濟上之援助是也」〔註180〕。1926 年 9

〔註178〕《天津戒嚴司令袁振清等奉委令爲就職啓用關防事致郵政總局函》1926 年
　　　　 11 月 25 日《北洋軍閥天津檔案史料選編》，第 55 頁。
〔註179〕丁燕公：《張作霖任大元帥經過》，《張作霖傳記資料》第 1 輯，臺灣天一出版
　　　　 社，第 72 頁。
〔註180〕《張作霖與美記者之談話》1925 年 9 月 27 日《申報》216-609（2）。

月 1 日京畿憲兵司令王琦招待中外新聞界記者，對新聞界提出希望，其一即為「討赤一事，不但張吳兩上將軍，及張督辦，張軍團長主張，即全國三尺之童，均有討伐之決心。因赤化蔓延，國將不國，希望諸君今後對赤軍不要袒護，對軍情不要虛報」〔註181〕。1926 年 12 月 8 日張學良與《大公報》記者談時局《接防保大，決心討赤》，說「吾人確有討赤作戰決心。只要黨軍驅除俄國人，且不再到處鼓動工潮、提倡工會，使舉世騷然，人人危懼，則奉軍對黨軍本無仇視之意，否則為國家社會計，不惜與之一拚，不得最後解決不止也」〔註182〕。時值國民黨北伐之時，張學良表明若國民黨共同討赤將避免戰爭，但實質北伐是國共合作的結果。

奉系軍閥在討赤過程中除了聯合國內力量外，也聯合外國使節討赤，張作霖以討赤表明自己是帝國主義應該予以支持的對象。美國駐華代辦邁耶1924 年 11 月 29 日拜訪了張作霖，張作霖不拘形式，坦率熱情，令人吃驚地詳細談論了布爾什維克在華的活動。並且認為「目前最嚴重的威脅是『布爾什維克問題』。並且蘇聯的在華活動已大大危及在華外國人的生命和財產。他認為最大的危險是孫逸仙與蘇聯人的聯合。他說，如果孫來京仍奉行他在廣東的聯共綱領，他將不在北京停留。接著張又表示了這樣一種意見：列強在京的外交代表們應當在布爾什維克問題上採取一個明確的立場。假如外國代表不這樣做，那麼他就無法明確自己的政策。如果外交代表們這樣做了。他就會採取一個明確的立場。他說無論如何也不能與孫和他的布爾什維克政策合作。」〔註183〕1927 年 4 月 6 日奉系軍閥在查抄蘇聯大使館，逮捕李大釗之前，張作霖曾經在當年 1 月 25 日派安國軍總司令部外交處處長吳晉向英國駐華公使藍普森詢問，「外交公使團能否採取某種措施懲處蘇聯使館，或者允許張元帥查抄它」〔註184〕。並稱「如果必要，可以考慮與蘇聯斷交，並將蘇聯使館全體人員驅逐出境」〔註185〕。3 月 9 日吳晉向藍普森提出建議，「英國、法國和波蘭協力將布爾什維克分子逐出莫斯科，中國北方政府將驅逐當地的

〔註181〕《王琦昨日招待中外新聞界》1926 年 9 月 2 日《晨報》。
〔註182〕1926 年 12 月 9 日，天津《大公報》第 2 版。
〔註183〕《駐華代辦邁耶致國務卿（北京 1924 年 12 月 3 日下午 3 時）》載於《北洋軍閥》第 5 卷，第 1031 頁。
〔註184〕轉引自《藍普森致奧斯汀・張伯倫函》1927 年 4 月 11 日，載於習五一編譯《1927 年奉系軍警查抄蘇聯使館事件函電選擇》。
〔註185〕轉引自《藍普森致奧斯汀・張伯倫函》1927 年 4 月 11 日，載於習五一編譯《1927 年奉系軍警查抄蘇聯使館事件函電選擇》。

所有布爾什維克分子」﹝註186﹞。3 月 26 日吳晉再次拜訪藍普森，表示奉張作霖之命，請求支持其反抗南方勢力和反對蘇聯。4 月 5 日公使團會議一致同意，「如果中國警方能提供適當的搜捕令，將由領袖公使授權其進入任何令人懷疑的蘇聯私人產地，特別是搜查所提到的地方。4 月 6 日中國京師警察廳致函領袖公使說，確有證據表明，為數眾多的共產黨人隱藏在中東鐵路辦事處、道勝銀行和蘇聯庚子賠款委員會。請求領袖公使允許憲兵和警察查抄上述地方。領袖公使連署該函，表示贊同」﹝註187﹞。於是就有了查抄蘇聯大使館，逮捕李大釗等五十餘人的事件。

奉系軍閥在反赤宣傳上極盡所能，不留餘地，在實際行動中也毫不留情地殺伐共產黨報刊，奉系以「反赤」理由勒令停刊、查禁好多進步報刊，並且逮捕進步報人和捕殺胡信之、邵飄萍、李大釗等「赤化」報人。

奉系軍閥在東北查封大量「赤化」報刊。吉林省城毓文中學校刊《毓文周刊》，共產黨員馬駿以此宣傳馬克思主義及革命思想。當局下令查封，驅逐編輯人員。幸有該校教務主任張云責承擔責任，接受罰款，才使《毓文周刊》得以繼續出版。《吉林二師周刊》1925 年 12 月 16 日出版最後一期，在張作霖下令加緊「反赤」聲中被迫終刊。《哈爾濱晨光》1925 年 12 月底，東省特警處發佈「防止赤化辦法」，嚴禁報紙刊載「過激之言論」，派軍警「檢查信件，核閱報稿」，任國楨、陳晦生、彭守樸被捕，陳晦生慘死在吉林監獄，他是黑龍江地區第一個被反動當局致死的革命報人﹝註188﹞。1926 年 2 月，《東北早報》社公開宣佈：「現以特別事故不得已而停刊」﹝註189﹞。《滿洲工人》周刊，秘密印發，並通過郵局寄給各地同志，哈爾濱和齊齊哈爾當局，在郵檢中曾多次查獲該刊，以其「言詞荒謬，足以擾亂治安」為由，下令「嚴加查禁」，「一體取締」﹝註190﹞。共產黨北滿地區反帝反封建軍閥鬥爭的宣傳陣地的《哈爾濱日報》，在辦報活動中，著重揭露官僚政客、軍閥與帝國主義者勾結的各種行徑，最終於 1926 年 10 月 24 日被奉系軍閥的東省特別區警察公署查

﹝註186﹞轉引自《藍普森致奧斯汀·張伯倫函》1927 年 4 月 11 日，載於習五一編譯
　　　　《1927 年奉系軍警查抄蘇聯使館事件函電選擇》。
﹝註187﹞轉引自《藍普森致奧斯汀·張伯倫函》1927 年 4 月 11 日，載於習五一編譯
　　　　《1927 年奉系軍警查抄蘇聯使館事件函電選擇》。
﹝註188﹞《黑龍江省志·第五十卷·報業志》，黑龍江人民出版社，第 68 頁。
﹝註189﹞據 1926 年 2 月 11 日《哈爾濱晨光》報報導。
﹝註190﹞據 1926 年 9 月黑龍江省長吳俊生為從嚴查禁《滿洲工人》周刊給東省特別區
　　　　行政長官公署的咨文。轉引自《黑龍江報刊》，1985 年版。

封，共產黨人韓鐵生和吳麗石共 10 人被通緝。《東北商工日報》副刊編輯、共產黨員蘇子元，於 1929 年 2 月將共產國際六大文件公開刊出，引起日本駐沈領事的震驚，要求地方當局追查稿件來源，下令逮捕蘇子元。蘇子元在《東北民眾報》總編輯陳言掩護下轉移至吉林，報紙也被迫停刊。

奉系軍閥進駐京津後，也大肆查封共產黨報刊，以宣傳赤化之罪名並逮捕進步報人。天津總工會創辦的《工人小報》於 1926 年 3 月下旬奉系軍閥入關後被迫停辦。〔註191〕1927 年 3 月 14 日直隸保安總司令部爲《天津華北新聞報》宣傳赤化通令嚴禁直隸郵務總局查禁，稱「查《天津華北新聞報》宣傳赤化，混惑聽聞，殊屬不法，業已通令嚴禁在案。所有該報付郵寄發，一律扣留，並郵政車上亦不准裝帶。除由本部派員按班前赴郵政車檢查外，相應函達貴局，轉飭所屬一體查照，而維治安爲荷。此致直隸郵務總局。直隸保安總司令部啓。」〔註192〕

北京《共進》半月刊最終在北京被奉系軍閥張作霖查封〔註193〕。北京《蒙古農民》編輯發行人多松年 1925 年奉派赴蘇聯學習，1926 年回國任中共察哈爾特區工委書記。1927 年參加中共「五大」，返回綏察時在張家口被奉軍逮捕，拒絕利誘，壯烈犧牲，年僅 22 歲〔註194〕。1925 年 5 月 29 日青島《公民報》主筆、共產黨員胡信之被軍閥張宗昌以煽動紗廠罷工風潮爲罪名殺害。中共北方區委和國民黨北京特別市黨部合辦的《婦女之友》1927 年 3 月下旬被京師警察廳取締，被迫停刊。1927 年 10 月 31 日《醒獅》周刊在北京的發行部被北洋警方的便衣偵緝隊 10 餘人搜查，抄走該刊及各種國家主義書報和發行部的往來函件多件。帶走經理林時茂，社內差役及購報者數人同時被拘。

奉系軍閥對在華俄文報刊中宣傳赤化的報刊也進行勒令停刊、查封。1921 年 4 月 18 日。東省特別區警察總管理處以「宣傳過激主義」罪名，逮捕俄文《前進報》主編海特，6 月 5 日，該報停刊。1921 年 7 月 5 日《俄羅斯

〔註191〕馬藝主編：《天津新聞傳播史綱要》，新華出版社，2005 年 6 月版，第 111 頁。

〔註192〕《直隸保安總司令部爲〈天津華北新聞報〉宣傳赤化通令嚴禁事致直隸郵務總局函》1927 年 3 月 14 日《北洋軍閥天津檔案史料選編》，第 57 頁。

〔註193〕中共中央馬恩列斯著作編譯局研究室編：《五四時期期刊介紹》第二集上冊，三聯書店，1979 年出版，第 514 頁。

〔註194〕方漢奇：《中國新聞事業編年史》（三卷本）福建人民出版社，2000 年版，第 1020 頁。

報》以同樣罪名被查封。1925 年 4 月 26 日，《論壇報》再次被查禁。1925 年 11 月 7 日《回聲報》紀念十月革命八週年，第 1 版圖文並茂「全世界無產者聯合起來！蘇聯工人首先與中國工人聯合！」〔註 195〕，「友黨與我等前進，若豬若狗行將就斃之資本主義，無論如何不能阻擋我們前進」〔註 196〕，東省特別區警察總管理處以《限制俄報登載條例》為根據，《回聲報》被勒令停刊一個月；紀念十月革命九週年因刊載照片和文章，被處罰停刊 14 天；1926 年 12 月 10 日東省特別區警察總管理處以「宣傳赤化」的罪名查禁《回聲報》〔註 197〕。《風聞報》是繼《回聲報》之後一份較有影響的「紅黨」報紙，1928 年 11 月 1 日特警處命其停刊，該報不顧禁令，繼續出版，1929 年 1 月 5 日特警處再次查封《風聞報》。

五、限制日、俄報刊

東北開闢較晚，文化草萊，接壤強鄰，招致覬覦，坐使外報紛馳，幾乎家置不脛而走，東三省風行得隴望蜀之辣手行文化侵略的野心，僅就哈爾濱一隅日俄報刊爭奪侵略宣傳「地盤」，就可一斑窺豹。東北中東鐵路公司在哈設有華文《遠東報》，俄文《滿洲口報》，內部司編輯發行人員，都為鐵路重要職員，公司每年資助經常津貼數十萬元鉅款，凡鐵路布告及運輸營業以及軍警政務施行等事，都在其報刊上先期揭布，以利推行，十餘年來從未間斷。日本也是如此，「自歐戰期內，俄德單獨媾和以後，日本聯合協約共同出兵遠東，竟視哈爾濱一隅為商業、兵事交相注目之區，同時發刊《西比利新聞》、《哈爾濱》、《北滿洲》等日報。近更陸續添刊俄文周刊。外人之重視宣傳政策，至可驚異。」〔註 198〕這段當時哈爾濱警察局長請辦《俄文日報》附於《國際協報》的呈文，可以看出當時東北日、俄報刊在哈埠為爭奪新聞輿論陣地的爭先恐後，而國人報刊在輿論上弱於日俄兩國。雖然這有奉系軍閥為自身發展依靠日本的野心而予以維護，但也有夾在帝國勢力之間的無奈，更有對侵略領土痛心之後的無計可施，所以奉系軍閥在強大的帝國勢力面前，對日、俄報刊的態度也是一分為二的，既有較為寬鬆的一面，也有干涉

〔註 195〕1925 年 11 月 7 日《回聲報》。

〔註 196〕1925 年 11 月 7 日《回聲報》。

〔註 197〕胡玉海、里蓉主編：《奉系軍閥大事記（1894～1931）》，遼寧民族出版社，2005 年 2 月第一版，第 435 頁。

〔註 198〕《哈爾濱警察總局局長張曾桀為擬請組織《俄文日報》附於《國際協報》發行的呈》1920 年 3 月 29 日，《黑龍江報刊》，第 172 頁。

限制，甚至禁閱查封的一面。當日、俄報刊侵犯東省主權，摧殘金融，挑撥是非，顛倒黑白，肆意造亂，東北國人直接間接上受其重大打擊，誠不可紀極矣，利害所關興亡，所繫不容漠視，爲此奉系軍閥會對日、俄報刊加以限制禁閱、查封。

（一）限制日本報刊

侵略勢力已深入東北的日人，伴隨著政治、經濟的侵略之後，文化勢力擴展也非常積極。自清末至民國時期，沙俄政府的垮臺，使一向視俄爲敵的日本帝國主義的軍事、經濟勢力乘機北侵，並擴展了它在北滿、南滿的新聞勢力，加快了日文報刊在東北創辦的步伐。1921 年英國報王北岩爵士遊歷遠東，在他歸後發表的名論中，有《提防日本》（Watch Japan）一文，裏面有這樣一段：「吾人試密切研究日本之外交，即可知日本商家多漠視他人之商標而侵冒之。彼日本軍閥之漠視條約，亦正與其商人之漠視商標無以異。吾人凡注意於關涉日本之事物時，當牢記一事實，即每時每日每星期，自朝至暮，無不有日本人之宣傳運動在活動中；其形式，則賄買之報紙，機關通信社，宣傳的戲劇，宣傳的電影；其宣傳運動之傳佈於英、美二國，非常之廣。」〔註199〕北岩爵士發表在世界新聞社的這篇文章，道出日本重視新聞宣傳的程度。而日人在東北所創辦的大量報刊，其實是表面上以「開通民智」、「聯絡邦交」爲名義，實際上以文化侵略爲目的，主要是爲日本企圖侵佔東北製造新聞輿論。自日人「定居」東北以來，創辦的中文報紙有《盛京時報》、《遼東新報》、《滿洲日日新聞》、《泰東日報》、《遼鞍每日新聞》、《大連新聞》、《滿洲報》、《關東報》、《寬城時報》、《長春商業時報》、《長春實業新聞》、《大北新報》、日文《哈爾濱日日新聞》等，這些報紙在日人力量支持下，「完全不受我國政府限制，且不計銷路，不計盈虧，專門從事各種歪曲事實，挑撥離間的宣傳，因其新聞有內幕，並富刺激性，因此與國人所辦報紙相形之下，大有喧賓奪主之勢。」〔註200〕瑞士《江戶報》（Taulnalde Geneve）的馬丁（W. Martin）對日人在國聯宣傳的評論中有「愚弄國聯，亂人耳目，使應付者，剛柔俱失其宜」之語〔註201〕，這篇登在《時報》上的歐洲通訊，與國人登在

〔註199〕任白濤：《日本對華的宣傳政策》，商務印書館，1940 年 1 月版，第 34 頁。

〔註200〕（臺灣）陳嘉驥：《東北新聞事業之回顧》，載於曾虛白：《中國新聞史》，第 524 頁。

〔註201〕任白濤：《日本對華的宣傳政策》，商務印書館發行，1940 年 1 月初版，第

《晨報》上的文章《某外人》中所闡述的「世界耳目將爲日本製造空氣所蔽」；「日本利用新聞政策，宣傳各種混淆視聽之消息，以矇騙世界」〔註202〕，此中，外國人與中國人對日本宣傳的評價如出一轍，對日人報刊的侵略宣傳都有一定的警惕和瞭解，可見日本在華、在世界的新聞宣傳目的是司馬昭之心，路人皆知。奉系軍閥對日本的在華宣傳侵略的認識，沒有評論家這麼深刻，但也通過多起事件認識到日本報刊的造謠惑眾、強詞奪理之勢，並加以限制交涉，僅分析奉系對日本主要大報《盛京時報》的限制、交涉可以窺見。

　　奉天《盛京時報》爲日人機關報，1906年創刊以來，每月由日本外務省奉天日總領事館東滿鐵道會社等機關津貼，以作經費。「日本在奉天的《盛京時報》，他能猜出中國人的心理，將內容形式處處都迎合著中國人的心理而編輯，所以就是中國人自己亦往往不知讀的是外國報。」〔註203〕該報在奉天，除對日問題助日本，爲人民所反對外，對於中國政局，頗有敢言之目。故東三省當局，恨之者頗爲不少。對於《盛京時報》的言論奉系有時是默許盲從，有時是限禁和抵制的。

　　「五四」運動後，《盛京時報》於5月6日刊登《國民憤恨外交失敗》中對「還我青島」「取消二十一條」，懲罰三個親日的「賣國賊」極爲反感，且之後發表社論《願當局勿因循姑息》，指責學生，顛倒是非，歪曲事實，鼓吹鎮壓。「五四」運動後，張作霖於「5月8日下令嚴防瀋陽學生罷課遊行，9日又令封鎖外交消息，扣留愛國郵電，禁止外地報紙流入」〔註204〕，這不能否認與《盛京時報》的影響不無關係。有關第二次奉直復戰的喧囂，實際上即《盛京時報》與某日通信社所發動的；其用意在引起奉直的糾紛，以減少國民對於旅大問題的注意；在奉天方面記載，每多失實，謂某處已運兵，某處已增防，而按諸實際，則毫無影響，可無形中的宣傳，煽惑和推動了第二次奉直戰手。中國新聞史學家戈公振曾揭露到：《盛京時報》「借外交之後盾，爲離間我國人之手段。夫報紙自攻擊其政府與國民可也，彼報之

117頁。

〔註202〕《某外人》1921年9月15日《晨報》。

〔註203〕蔣國珍：《中國新聞發達史》，上海書店據世界書局，1927年版影印，第66頁。

〔註204〕黑龍江日報社新聞志編輯室編著：《東北新聞史（1899～1949）》，黑龍江人民出版社，2001年，第120頁。

攻擊我政府與國民亦可也，今彼報代表其政府，以我國之文字與我國人之口吻，而攻擊我政府與國民，斯可忍，孰不可忍！」〔註205〕其中有的離間謠言，國民孰不可忍，有些報導也明顯地觸犯了國家和地方的利益，也惹起奉系政軍當局的取締和交涉，「盛京時報，向來取締甚嚴」〔註206〕，主要有1919年的蒙文報紙事件，1923年的「四夫人」事件，1924年封禁《東報》事件。

蒙文報紙事件。《盛京時報》所辦蒙文報紙，發佈言論鼓吹蒙人革命，日本又指使庫布人巴得馬熱夫，著文《蒙古問題》，用俄蒙文印刷傳佈煽惑蒙人，擾亂蒙疆治安。當時奉系張作霖正受北京政府命令，治理蒙疆，得報有蒙文報由奉天寄來，內容多鼓吹蒙人革命，恐繫日人所為，即多次通令東省及蒙疆各處，嚴密查禁蒙文報紙，以杜亂萌。為此，吉林省長公署先後發佈三道訓令查封《盛京時報》所辦的蒙文報紙。第51號訓令，「日前俄領攜蒙文報一紙交閱云，係由奉寄來，內多鼓吹蒙人革命之語，恐繫日人所為⋯⋯遵照轉飭所屬一體嚴密查禁，勿稍玩忽切切，此令」〔註207〕。第55號訓令令警務處「查蒙文報紙如果有鼓吹革命之語，實於蒙疆治安大有關係，亟應切實查禁以固邊防」。第59號訓令密令警務處「在庫布人巴得馬熱夫受日官指使，近著一論文名曰蒙古問題，用俄蒙文印刷傳佈煽惑蒙人，誠恐散佈內蒙各處，請飭嚴重查禁，係通飭所屬嚴重查禁以遏亂萌」。〔註208〕蒙文報紙，為瀋陽《盛京時報》所辦報紙，經過奉系軍閥交涉後，1919年7月26日日使小幡答應電達日本駐奉領事，查明並取締《盛京時報》所發行之蒙文報紙〔註209〕。

奉系軍閥張作霖對《盛京時報》限制、交涉還有「四夫人被匪掠」事件。1923年5月張作霖的四夫人赴黑山，《盛京時報》忽連登新聞，謂被匪掠去。張作霖疑惑，令召闞朝璽詢問鬍匪至其防地，何不剿辦。闞不知意之所

〔註205〕戈公振：《中國報學史》，上海：商務印書館，1928年，第91～92頁。
〔註206〕吉林省檔案館藏 101-16-0987 雙城縣知事為盛京時報是否弛禁呈吉林省長公署 1928年3月3日。
〔註207〕吉林省檔案館藏 J156-11-0119 吉林全省警務處為奉令查禁蒙文報紙、印刷品鼓吹蒙古人革命給各屬訓令 1919年6月26日。
〔註208〕吉林省檔案館藏 J156-11-0119 吉林全省警務處為奉令查禁蒙文報紙、印刷品鼓吹蒙古人革命給各屬訓令 1919年7月8日。
〔註209〕胡玉海、里蓉主編：《奉系軍閥大事記（1894～1931）》，遼寧民族出版社，2005年2月第一版，第207頁。

指，茫然無以對，經張大加斥責，始知爲《盛京時報》所載。闞急電詢黑山駐軍，得覆電三通：一爲闞旅駐黑司令部「諭電敬悉，頃馳謁帥夫人，夫人萬安」；一爲衛隊營長張學成「此間安寧，謠傳毫無影響，李副官來，示以鈞電，知注敬覆」；一爲四夫人回電，謂「此間未見匪蹤，鄰近有少數匪徒爲地方害，已派衛隊一部分往剿，驅諸境外，謠言無根，勿信」。闞將覆電面呈張作霖，始知《盛京時報》所載爲謠傳，於是討論該報造此謠言之作用。張作霖「左右既群怨該報，則群採以前該報所載挑撥之詞以進；有謂恐受他方運動，故意造各種不利於奉之空氣者，亦有謂此種論調足以搖動奉省人心，使不得安居樂業者。於是決設法以對待之，當時或主與日領事開交涉，或主以激烈手段對待；而亦有主禁閱者，結果採禁閱辦法」〔註210〕。1923 年 5 月 8日張作霖下令《盛京時報》造謠離間，禁止發行，日本領事因此向交涉署抗議，交涉署駁覆；又請人疏通，也未得效果。結果由赤冢領事赴張宅道歉，《盛京時報》社社長親函道歉，由赤冢並聲明：以後該報言論，由彼個人負責，決不再載謠言，謀不利於奉或奉當局；倘再發見，彼甘負全責。張作霖不得已，遂令奉省 5 月 21 日解禁《盛京時報》〔註211〕。可見假若《盛京時報》不是謠言造到「四夫人」的身上，也是不會引起張作霖注意的，之後 1923 年 11月 9 日奉天省再次禁售《盛京時報》，日本旋即又提出抗議〔註212〕。

封禁《東報》事件。《東報》乃民人張煊 1922 年 10 月 20 日在奉天創刊，日出兩張，冀以輔助社會，教育提高人民知識，造成正當輿論。奉天省長王永江爲《東報》創刊撰寫祝詞，「觥觥大報，崛起東方，輿論泰斗，民智梯航。白山屹屹，黑水湯湯。前途發展，山高水長」〔註213〕。發刊一週年時奉天省長王永江再撰文「東報出刊周歲，集唐人間萬里風煙接素秋，蒸黎未又總殷愛，願君更屬千秋業，與爾同銷萬古愁」〔註214〕。得到奉天省長如此器重的報紙，爲東三省傑出之報紙。1923 年日人在東省組織賽馬公司，國際銀公司，及諸般販賣槍彈、嗎啡、鴉片等事，曾歷爲《東報》揭破內幕。1924

〔註210〕1923 年 5 月 5 日《時事新報》。
〔註211〕胡玉海、里蓉主編：《奉系軍閥大事記（1894～1931）》，遼寧民族出版社，2005 年 2 月第一版，第 325 頁。
〔註212〕胡玉海、里蓉主編：《奉系軍閥大事記（1894～1931）》，遼寧民族出版社，2005 年 2 月第一版，第 341 頁。
〔註213〕遼寧省檔案館藏 JC10-30397（0519）奉天東報社創刊 1922 年 10 月 20 日。
〔註214〕遼寧省檔案館藏 JC10-14089（1024）奉天東報社週年請賜文 1923 年 10 月 13日。

年4月14日《東報》刊登時評《是亦兒戲焉耳》一篇,此篇完全仿傚《盛京時報》的《兒戲焉耳》篇。時值奉天省人民運動收回南滿鐵路沿線教育權,駐奉天日領事怕此事爲《東報》鼓吹所成,於是藉口《東報》有排日論調,採先發制人之策,在省教育會未開會之前,於4月21日駐奉日本總領事船津赴大帥府晉謁張司令,言《東報》刊《是亦兒戲焉耳》有侮辱外國元首之意,要求封禁。聲明「盛京時報先語侵中國當局,奉天東報答覆亦語侵日當局,要求停止奉天東報發刊,作爲交換條件,該國亦停辦盛京時報」〔註215〕。《東報》發表停刊宣言,向社會表白此次被停經過「本報自開辦以來,對於某國人在奉之一切非法行動,欺侮華人之事實,本有聞必錄之義,不肯爲之隱飾。本意原欲促起覺悟,以造成眞正之兩國親善,迺某國人非特不知自反,屢次要求我國當局取締,本社受警政當局之勸告,亦會忍耐一時,迺日來所發生之事實,如該國守備隊包圍我國縣署,孫家臺該國人踢死華婦,以及收回教育權問題,有令本報不能不言者,本報迺略略發表意見。十二年度鴨綠江沿岸,我無辜之同胞受該國人慘害者,凡數十起,至今多半交涉無效。彼方無理者,彼方即擱置不理。我可憐之同胞,含冤地下終古莫伸。本報爲之將事實表白,以求世界言人道主義者之同情。被侮者之抵抗能力,亦可謂薄弱極矣。然而侮人者尚不肯任其保留,不知世界各國有識者觀之,作何感想。」〔註216〕

　　自《東報》停刊消息傳播後,奉垣人民聞訊之下,都異常憤激,多次預備聲援,並函電紛馳,要求張作霖速覆《東報》原狀,以重輿情。至報界方面,由《醒時報》發起聯合各報代表,向奉天當局提出質問,並請加以保護。《東報》因亦具呈請求警務處允予復業,呈「敝報自蒙鈞處傳諭停刊,當即停止刊佈。……現我國正要求收回治外法權,而處罰報紙,迺如此其重,深恐將來收回治外法權之時,外國法律家引爲拒絕口實之一也。……《盛京時報》記載中華民國之事,多稱我國字樣,是該報在法律上實自然爲中國報紙,徒以其在附屬地內,毫未處罰。此作獎勵本國報紙當受外國保護,便可得言論自由之權乎?……況日本報紙,淆亂我國政體,侮辱我國家之記載甚多,該國亦並未懲辦或取締,何對於我國報紙,即任意要求?敝報不足惜,但是使全國輿論界寒心。今敝報既已受過重之罰,同人等不敢靜默,致影響

〔註215〕《奉天東報被查封後之呼籲》1924年4月28日《申報》201-587（1）。
〔註216〕1924年4月28日《申報》載《奉天東報被查封後之呼籲》201-587（1）。

全國言論界及治外法權。爲此懇請鈞處早日解禁」〔註217〕。經過奉天人民的「啓迪」，張作霖知雖然取締《盛京時報》，但實屬受到日方的愚弄，於是再次交涉，解聘了一個做警事間諜的『警事顧問』，而《東報》則算受到了一次打擊。

然而懷著一定宣傳鬼胎的《盛京時報》，沒有改變它的造謠搗亂的作風。1926 年 6 月 10 日，《盛京時報》因其批評張作霖，奉天當局又一次禁止該報在滿鐵附屬地之外發售〔註218〕。1924 年 8 月 5 日《盛京時報》揭載奉系內部軍政兩派衝突，奉天當局禁止人民購讀〔註219〕。1927 年 6 月 16 日奉天省因「盛京時報造謠惑眾，敝署已奉總司令電，嚴行禁閱」〔註220〕，吉林省長公署也指令警務處、各鎮守使、道尹、縣知事、警察廳「密奉安國軍總司令電開，查近日盛京時報記載種種讕言，謬妄已極，實屬淆人聽聞，擾亂治安，且於戰事關係尤鉅，亟應施以相當辦法：（一）飭郵政局對於該報停止寄送，（二）飭軍警隨時查禁，不准人民購閱，如有故意違犯者，處以相當懲罰，此事期在必行，仰即分別遵照辦理，如因此事發生交涉，本總司令自有辦法，毋須顧慮，倘辦理不力，惟各該主管是問，並將遵辦情形，具報總司令」〔註221〕。爲此，7 月 23 日，駐奉總領事吉田茂約見奉天省省長莫德惠對禁售《盛京時報》提出交涉〔註222〕。1929 年 10 月，在東省發生『吉黨員因《滿洲報》、《盛京時報》淆亂是非，爲反動宣傳，有害黨國，特發傳單勸國民拒讀』的事情。

對於奉系軍閥禁售《盛京時報》後的弛禁過程也頗爲複雜，是顯似一番鬥爭。《盛京時報》在被查禁後，仍然貼郵票自行寄送，而各地郵局一經查出，如數扣留；即便有《盛京時報》弛禁公啓，沒有收到上級指令，當地警

〔註217〕《奉天東報被查封後之呼籲》1924 年 4 月 28 日《申報》201-587（1）。
〔註218〕佟冬主編：《中國東北史》，劉信君、霍燎原主編第六卷，吉林文史出版社，第 1134 頁。
〔註219〕胡玉海、里蓉主編：《奉系軍閥大事記（1894～1931）》，遼寧民族出版社，2005 年 2 月第一版，第 367 頁。
〔註220〕吉林省檔案館藏 101-16-0987 吉林省長公署爲鎮威上將軍公署呈查禁盛京日報訓令 1927 年 6 月 16 日。
〔註221〕吉林省檔案館藏 101-16-0987 吉林省長公署爲鎮威上將軍公署呈查禁盛京日報訓令 1927 年 6 月 16 日。
〔註222〕佟冬主編：《中國東北史》，劉信君、霍燎原主編第六卷，吉林文史出版社，第 1134 頁。

察局也決不弛禁。有檔案記載了其弛禁交涉過程：1928 年 2 月《盛京時報》雙城分社對報紙已奉令弛禁，呈報館公啓給當地警察局，「各分管、代派處執事先生鈞鑒，本報現經省當局於一月三十一通告弛禁，准人民自由購閱，貴分館及代派處每日須多少份足資分配，希即來函告知營業部，以便照數郵寄⋯⋯專此布告⋯⋯盛京時報社啓」〔註 223〕。雙城縣警察局以「弛禁購閱盛京時報，並未奉有明令，是否屬實，殊難揣測，當令將報暫時緩向各分戶分發，一面派員到郵局調查」〔註 224〕。郵局回覆「盛京時報，未在弛禁以前，均係自貼郵票郵寄，一經敝局查出，即如數扣留，現下寄來之報，蓋有郵務總局利權戳記，其爲弛禁可知，未便再爲扣留」〔註 225〕，雙城警察局認爲當局對《盛京時報》，向來取締甚嚴，未便據其一面之詞，通過縣知事呈文吉林省長公署「查禁閱盛京時報，功令森嚴，是否弛禁，現未奉有命令，殊難懸揣，理合檢同公啓一份，備文呈請核示等情據此，查該報是否弛禁，未奉明令，除轉飭聽候外，理合檢同原啓備文呈請鈞署，鑒核令遵謹呈吉林省長公署」〔註 226〕。

（二）限制蘇俄報刊

經過俄國十月革命後，早期的沙皇俄國侵華輿論工具的沙俄報刊，在哈爾濱分化成「紅黨」報刊、「白俄」報刊和「中立」報刊三種。白俄報刊以居住在老城區和碼頭的商業區居多，紅黨報紙以居住在中東鐵路附近的工人階級出版的俄文報刊居多，多以中東鐵路職工聯合會的名義辦報。東北當局對白俄報紙有意偏袒，對紅黨報刊嚴加限制。由於當局的嚴加限制，紅黨報刊較之白俄報刊少，且出版時間都不長。此外，哈爾濱還有大量中立報刊，以竭誠爲俄僑服務爲宗旨。

1919 年張作霖成爲東三省巡閱使後，由於反共反蘇政策，對宣傳共產主義的中、俄文報刊實行嚴屬控制。1920 年 10 月 31 日起，中國逐漸回收中

〔註 223〕吉林省檔案館藏 101-16-0987 雙城縣知事爲盛京時報是否弛禁呈吉林省長公署 1928 年 3 月 3 日。
〔註 224〕吉林省檔案館藏 101-16-0987 雙城縣知事爲盛京時報是否弛禁呈吉林省長公署 1928 年 3 月 3 日。
〔註 225〕吉林省檔案館藏 101-16-0987 雙城縣知事爲盛京時報是否弛禁呈吉林省長公署 1928 年 3 月 3 日。
〔註 226〕吉林省檔案館藏 101-16-0987 雙城縣知事爲盛京時報是否弛禁呈吉林省長公署 1928 年 3 月 3 日。

東鐵路沿線路界主權，將原中東鐵路附屬地改為東省特別區，為此專門成立了管轄哈爾濱及鐵路沿線的東省特別區行政長官公署，成立東省特別區警察總管理處。根據北洋政府與奉系當局查禁俄共在哈機關、取締「赤化」宣傳的指示，先後頒佈了（1921 年 3 月）《管理報紙營業規定》、（1922 年 12 月）《限制各俄報登載之條例》、（1925 年 11 月）《暫行限制派銷俄報辦法》、（1926 年 11 月 23 日）《檢查宣傳赤化書籍暫行辦法》，這些法規為當局對「紅黨」報紙的限制、查封提供了法律根據。因此，有些俄文報紙設法在別國駐哈領事館註冊，以尋求保護，或設「看門人」，以便一旦被禁時減少損失。

俄文報刊在東北創辦，需要向地方當局申請立案，獲准後方可出版，並接受地方當局的管理。1922 年 3 月 30 日東省特別區警察總管理處處長金榮桂接見哈地所有俄文報刊主編，通報中國出版法的各項規定，「中華民國有出版自由。什麼都可以寫，但是要寫得公正。如果哪家報紙登載有關國家或社會機關、軍隊以及個人行為的虛假新聞，那麼主編將受到中國法律的嚴厲懲罰。中國與俄國是鄰邦，應該友好相處。現在，我們中國當局在保護你們俄國人的利益。俄文報刊應該幫助我們來完成這項任務，而不是為黨派目的在百姓中間搞政治糾紛。我們不允許這裡的報紙煽風點火，這樣會破壞地區的安定。如果俄文報刊挑起百姓的不合，我們就只得實行新聞檢查制度了」〔註 227〕。《生活新聞報》主編布羅克米勒刁難：「在中國不存在預先檢查。這樣的話，如果在東北對俄文報刊進行新聞檢查，就是對中華民國法律的踐踏。」〔註 228〕金榮桂解釋說：「報刊檢查是萬不得已才採取的措施。只有當俄文報刊不顧當局的警告，執意違反出版法，進行反道德的擾亂社會治安的犯罪行為時，我們才會動用新聞檢查制度」〔註 229〕。1923 年 3 月 1 日，護路軍總司令朱慶瀾就任東省特別區行政長官，不久發表對俄文報刊主編的講話，希望「哈爾濱的俄文報刊不要說話空口無憑，不要做宣傳鼓動，要做政府和社會各界的溝通媒介。這樣的話，中國的報刊才會願意採用俄報的正確信息」〔註 230〕。

停刊《魯波爾報》。四月份對於東正教徒是及其嚴肅的日子，為復活節的

〔註 227〕1922 年 3 月 31 日《霞光報》第 72 期，第 4 版。
〔註 228〕1922 年 3 月 31 日《霞光報》第 72 期，第 4 版。
〔註 229〕1922 年 3 月 31 日《霞光報》第 72 期，第 4 版。
〔註 230〕1923 年 3 月 27 日《霞光報》第 69 期，第 4 版。

大齋期。1922 年 4 月 9 日《魯波爾報》上刊載了一篇爲《女騙子》的褻瀆神靈的淫穢詩歌出現在報端，並廣泛傳播，在耶穌蒙難的日子諷刺挖苦聖母，是對基督的極度不敬。該報主編阿雷莫夫被警察處處長金榮桂傳訊，因認錯誠懇且有悔改決心，被處以 15 美元的罰款，《魯波爾報》被懲處停刊三天〔註231〕。

　　查封《俄羅斯報》。《俄羅斯報》於 1921 年 6 月 14 日創刊，該報是 4 月 18 日東省特別區警察總管理處以「宣傳過激主義」禁停《前進報》後，中東鐵路俄國職工聯合會繼之創辦的。1922 年 7 月 2 日《俄羅斯報》刊載《怨聲載道》一文，7 月 5 日以「宣傳過激主義」的罪名被東省特警處查封。而對於此次查封《俄羅斯報》，東省特別區警察總管理處處長金榮桂有給吉林省長公署呈文，闡釋查封理由，「竊查本埠俄羅斯報於六月二日登有滿洲之緩衛國一欄，又於七月二日登有怨聲載道一欄，詳覈所載各節，一則虛構事實鼓惑眾聽，一則鼓吹罷工破壞路政，均屬有害治安，亟應嚴加取締，以資防範，當即按照出版法第十一條第二款之規定，於本月五日飭由第一區警察署勒令該報停止出版」〔註232〕。

　　查封《論壇報》。《俄羅斯報》停刊後的 8 月 16 日中東鐵路俄國職工聯合會又改出俄文《論壇報》，駐哈爾濱蘇聯總領事格蘭德稱《論壇報》爲「代表蘇聯人民民意及力謀中蘇兩國親善之報館」〔註233〕。東省特別區警察總管理處曾多次以各種罪名處罰《論壇報》。「僅在 1924 年 5、6、8、9 月內，就以『侵害宗教自由，偏袒鐵路職工，侮辱他人名譽及極力傳播過激主義』，對該報實行告誡 3 次、處罰 2 次、法院傳訊 1 次」〔註234〕。1925 年 4 月 25 日《論壇報》發表《中蘇關係》揭批中東鐵路中方督辦呂榮寰「利用其地位袒護白俄……哈埠要人不乏與前俄帝制餘孽親善，藉保護政治犯之名，袒護白俄」〔註235〕。由此《論壇報》被冠以「誣謗我中國三省官憲」的罪名，指責其「任

〔註231〕1922 年 4 月 14 日《霞光報》第 83 期，第 4 版。

〔註232〕吉林省檔案館藏 J101-11-1408 東省特別警察總管理處爲報停止俄羅斯報館出版情形的呈文及省長公署的指令 1922 年 7 月 14 日。

〔註233〕趙永華：《在華俄文新聞傳播活動史（1898～1956）》，中國人民大學出版社，2006 年 11 月，第 37 頁。

〔註234〕黑龍江省地方志編纂委員會編：《黑龍江省志·報業志》，黑龍江人民出版社，1993 年版，第 260 頁。

〔註235〕黑龍江省地方志編纂委員會編：《黑龍江省志·報業志》，黑龍江人民出版社，1993 年版，第 261 頁。

便登載過激主義之詞，如打倒資本家，戰勝資本主義，均成共產國」〔註236〕，「此種傳聞，最足驚詫中外人民之視聽……尤易危及治安」〔註237〕，以「破壞登載條例」爲由，強令《論壇報》在 4 月 26 日停刊。時值《論壇報》編輯人員獲准出版《遠東生活報》一個星期，4 月 27 日上午，警察查封了《遠東生活報》，張作霖以「共產宣傳，協定所禁」爲由，嚴詞拒絕了蘇聯駐奉天總領事呈張作霖的復刊要求。

　　查封《回聲報》。1925 年 5 月 6 日《回聲報》創刊，在戈公振《中國報學史》中稱該報「屬紅黨，爲俄（蘇聯）政府在東三省之機關報。注意俄人在東三省之生活，宣傳共產，不遺餘力。凡中東路職員之隸白黨者，一律送閱不取費，以期轉移其意志」〔註238〕。9 月 11 日刊載文章，道出「中國民眾的眞正敵人是帝國主義列強和地主、軍閥與資本家」〔註239〕。東省特警處傳訊主編，警告此種文章不能出現在中國報端，只能在蘇聯國內的報紙上刊登，以示告誡罰款 50 元。紀念十月革命八週年之際，該報圖文並茂刊出「全世界無產者聯合起來！蘇聯工人首先與中國工人聯合！」〔註240〕「友黨與我等前進，若豬若狗行將就斃之資本主義，無論如何不能阻擋我們前進」〔註241〕等標語口號。特警處以違背《限制俄報登載條例》爲由，《回聲報》被勒令停刊一個月。十月革命九週年刊載紀念照片和文章〔註242〕，被處罰停刊 14 天。東省特警處以「宣傳赤化」的罪名，於 1926 年 12 月 10 日查禁《回聲報》〔註243〕。《風聞報》是繼《回聲報》之後一份較有影響的「紅黨」報紙，1928 年 11 月 1 日特警處命其停刊，該報不顧禁令，繼續出版，1929 年 1 月 5 日特警處再次查封《風聞報》。

〔註236〕黑龍江日報社新聞志編輯室編著：《東北新聞史》，黑龍江人民出版社，2001 年版，第 177 頁。據黑龍江省檔案館藏 1925 年 4 月 28 日東省特警處具報查封《特利布那報》（注《論壇報》的音譯）等情的呈文。

〔註237〕黑龍江日報社新聞志編輯室編著：《東北新聞史》，黑龍江人民出版社，2001 年版，第 177 頁。據黑龍江省檔案館藏 1925 年 4 月 28 日東省特警處具報查封《特利布那報》（注《論壇報》的音譯）等情的呈文。

〔註238〕戈公振：《中國報學史》，中國新聞出版社，1985 年版，第 77 頁。

〔註239〕1925 年 9 月 11 日《回聲報》。

〔註240〕1925 年 11 月 7 日《回聲報》。

〔註241〕1925 年 11 月 7 日《回聲報》。

〔註242〕1926 年 11 月 8 日《回聲報》。

〔註243〕胡玉海、里蓉主編：《奉系軍閥大事記（1894～1931）》，遼寧民族出版社，2005 年 2 月第一版，第 435 頁。

　　停刊《霞光報》。《霞光報》1920 年 4 月 15 日在哈爾濱創刊，其創辦人「連比奇與希普科夫都是無黨派人士，他們反對俄國十月革命，主要是在創辦時接受了白俄謝苗諾夫將軍的三萬元資助，故使其時有反蘇文章見諸報端」〔註244〕。《霞光報》雖為白俄創辦，有明顯的反蘇維埃傾向，卻淡化政治色彩，竭力代表中立報刊，以普通俄僑為讀者對象，竭誠為僑民服務，屬於民間的私營報紙。《霞光報》始終對政府當局表示擁戴，保持良好關係，以求平安，奉系當局因其「識相」的反蘇言論及中立立場，對《霞光報》勒令停刊或查封的次數很少，但曾因登載失實被取締。1927 年 9 月 24 日《霞光報》登載由駐京本報訪員伯爾什勞夫簽名寄來的電報，標題為『克列木（即紫禁城）內之鬥毆（即在蘇聯中央政府部院所在地），內容為「查外交部接駐莫司科中國代辦報稱，斯塔靈派之黨徒與反對黨間發生武裝衝突，迨至軍隊干涉始行息事，據聞加入是役之某某人被捕，詳情未悉」。哈爾濱交涉員呈東省特別區行政長官公署，稱「此種消息就其內容而論實係悖謬絕倫，都無絲毫之價值，揆其用意無非利用此項散播讕言及捏造黑白之辦法，冀使蘇聯政體受有損害，且此項消息係為不應有及反對蘇聯國家以及在一九二四年《奉俄協定》上顯著禁止之惡宣傳」〔註245〕，刊載消息的來源根據「外交部接駐莫司科中國代辦之報告而來」，「然本總領事無論在任何情狀之下，決不能遽信該消息係外交部接駐莫司科中國代辦報告而來，更不相信貴國外交部可能將此項材料，供給《霞光報》訪員，本總領事並認為白黨報紙訪員此次假借貴國最高官府之名義與尊嚴，俾為政治上令人詫異仇視蘇聯國家之宣傳，此種手段委係居心，為使密邇兩鄰國友誼關係上發生裂痕之不應有之行為」〔註246〕，吉林省長公署令特區警察交理處，「案據哈爾濱交涉員呈，據此合行令仰該處，即通飭屬查明核辦，具覆為要，示遵施行取締該報，此令。」〔註247〕

　　奉系軍閥不僅嚴屬查禁在東北出版的俄文報刊，對於在蘇聯出版，流入

〔註244〕石方等：《哈爾濱俄僑史》，黑龍江人民出版社，2003 年版，第 303 頁。

〔註245〕黑龍江省檔案館藏 77-2-392 哈爾濱交涉員呈報俄領請取締《霞光報》登載失實由 1927 年 10 月 20 日。

〔註246〕黑龍江省檔案館藏 77-2-392 哈爾濱交涉員呈報俄領請取締《霞光報》登載失實由 1927 年 10 月 20 日。

〔註247〕黑龍江省檔案館藏 77-2-392 哈爾濱交涉員呈報俄領請取締《霞光報》登載失實由 1927 年 10 月 20 日。

東北的俄文報刊也嚴加查禁，1926 年華文《前進報》、《工人之路報》、《全俄列寧共產青年聯合會章程》等報刊先後被查禁。1 月，華文《前進報》被查禁，「在蘇俄國內出版之華文《前進報》多份，查其內容宣傳赤化，鼓吹共產爲宗旨，亟應從嚴查禁以防搖惑人心」〔註248〕。11 月 5 日《工人之路報》被查禁，「有海參崴蘇維埃職工出版之工人之路報，每逢星期三發行一張，其內容均係宣傳赤化主義言詞以圖煽播，設不亟予禁止，恐將流毒中國，實爲世道人心之害，爲嚴禁計，呈工人之路報一紙等因，據此查閱該報內容純係宣傳主義，自應嚴行禁止，以免煽惑」〔註249〕。12 月 11 日《全俄列寧共產青年聯合會章程》被查禁，「茲覓得全俄列寧共產青年聯合會章程原件一本，飭科譯漢詳細查核，章程內容對於青年會員極爲優遇，以期擴張，吉江兩省密邇俄界，而蘇俄黨居於特區界內者尤爲繁多，似應嚴加防止，以遏亂萌」〔註250〕。

奉系軍閥張作霖自下令強行查抄蘇聯大使館後，促使中蘇兩國交惡，不斷發生邊境武裝衝突，在哈爾濱的蘇俄報紙也被悉數封禁，到 1928 年底東北只剩兩份俄文報刊。

（三）與日、俄報刊論戰

奉系軍閥統治時期，交雜在東北有奉系當局、日本、蘇俄三股勢力，日本和蘇俄都爲討好奉系當局，而互相攻訐，並且不時監視對方舉動向奉系當局彙報；東北報刊也爲維護東北的主權和民眾利益不受侵犯分別與日本和蘇俄報刊展開筆戰。

日、俄報刊互相攻訐，日報多刁難在東北的俄國勢力，而俄報則抨擊日本將吞併朝鮮、臺灣、旅大。1919 年 6 月俄領攜《盛京時報》創辦的蒙文報紙呈國務院，「蒙文報由奉天寄來，內容多鼓吹蒙人革命，恐繫日人所爲」〔註251〕。國務院多次通令東省及蒙疆各處，嚴密查禁蒙文報紙，以杜亂萌。

〔註248〕吉林省檔案館藏 J138-01-0018 吉林省長公署爲查禁在蘇俄國內出版之華文前進報給延吉道尹指令 1926 年 1 月 17 日。

〔註249〕吉林省檔案館藏 J138-01-0018 吉林省長公署爲查禁蘇維埃職工出版之《工人之路報》給延吉道尹指令 1926 年 11 月 5 日。

〔註250〕吉林省檔案館藏 J138-01-0018 吉林省長公署爲發全俄列宥共產青年聯合會章程飭屬嚴加查令延吉道尹兼延吉交涉員 1926 年 12 月 11 日。

〔註251〕吉林省檔案館藏 J156-11-0119 吉林全省警務處爲奉令查禁蒙文報紙、印刷品鼓吹蒙古人革命給各屬的訓令 1919 年 6 月 26 日。

1925 年 10 月日人向吉林省長公署通信，「俄在東三省秘密計劃」，並將赤黨計劃抄示甚詳，吉林省長公署通令延吉道尹「抄件查禁聯赤化政策利用宣傳至爲險毒，來件所載是否事實，固難揣測，惟在我方爲預防隱患亟應嚴加注意，以靖亂萌，除分行外，合亟抄同來件，令仰該道尹即行查照注意，此令」。〔註252〕

哈爾濱日文《北滿洲》報製造在北滿取代俄國的輿論，曾猛烈抨擊俄國政府昏庸無能，哈爾濱混亂無主，鼓吹由日本取而代之。十月革命後，《盛京時報》以《俄京打亂》〔註253〕的幸災樂禍標題，進行連續報導「俄國臨時政府現經顛覆，探其原因係守備隊與勞動黨大起衝突所致」〔註254〕；「俄京現有反革命運動之發生，大有推倒過激派之兆」〔註255〕；「過激派首領逃竄芬蘭」〔註256〕，「俄京市決議：凡女子十八歲以上四十五歲以下者，悉迫令與市會所選定之夫同妻……俄國過激派之殘忍好奇，一何至此，如斯不啻衣冠禽獸」〔註257〕，日本報紙這些報導多爲不實之謠言，體現了日本對俄的立場。

《俄羅斯報》1922 年 6 月 2 日登載《滿洲之緩衛國》剖析日本侵東北野心，挑撥奉系張作霖與日本的關係，「自奉軍潰後張作霖所有職位均被罷斥，對此非但張作霖不服，即日本亦提起反抗。由此可見日本近十餘年蝕吞滿洲之野心也，原日本之欲望首滅高麗，漸侵南北滿，以及蒙古等處，似此地方實乃日本侵吞中國之根據地，而張作霖乃日本施行己望之利用品，夫如是，則日本方有遇事協助之舉也，又日本先是希望張軍勝利，孰料其結果竟成泡影。日本對此始終不懈，仍竭力幫助，而張作霖藉此遂又倡滿洲緩衛國問題，並頒佈滿洲及蒙古均爲伊所管轄之，宣佈惟際此蒙古共和又無根據，竟頒此種布告實令人驚疑，再日本見張作霖乃貪名之輩。遂亦倡日本與中國爲緩衛國主義，似此情形於中國前途大有危險，實以日本之舉動明則協助，暗則即趁機侵攻中國也，簡言之，滿洲緩衛國之組織除法國外，對於其他各國政治地位實形不利云云。」對此東省特別區警察總管理處「詳覈所載各節，

〔註252〕吉林省檔案館藏 J138-01-0018 吉林省長公署爲嚴查俄郵件入境密寄宣傳赤化印刷品指令延吉道尹 1925 年 10 月 23 日。
〔註253〕1917 年 11 月中旬連續報導《盛京時報》。
〔註254〕1917 年 11 月 10 日報導《盛京時報》。
〔註255〕1917 年 11 月 11 日報導《盛京時報》。
〔註256〕1917 年 11 月 14 日報導《盛京時報》。
〔註257〕《人倫之賊過激派》1917 年 11 月 16 日《盛京時報》。

一則虛構事實鼓惑眾聽，一則鼓吹罷工破壞路政，均屬有害治安，亟應嚴加取締，以資防範，當即按照出版法第十一條第二款之規定，於本月五日飭由第一區警察署勒令該報停止出版」〔註258〕。

東北國人報刊對俄報的攻擊。當時東北的報紙收到奉系當局的津貼，且稿件來源多日俄通訊社，很少有「獨家新聞」，多以訛傳訛，使「人心更覺浮動」〔註259〕。東北國人與蘇俄報紙也常互相筆伐。

從哈爾濱第一家中國人報紙《東方曉報》開始的「東陲」系列報紙，《濱江日報》、《東陲公報》、《新東陲報》、《東陲商報》在全範圍內的「拒俄運動」之後，繼續發揚愛國精神，堅持「拒俄」方針，長期抵制《遠東報》，為東北報業樹立了勇於反抗帝國主義入侵的光榮傳統。

《東陲商報》1917年5月24日在哈爾濱創刊，是一家大型綜合性日報，堅持「東陲」傳統，繼續「拒俄」，抵制《遠東報》。《遠東報》則以《東陲商報》「每日登載之新聞，凡關於俄國之事無不千奇百怪，每出人意料之外」，「東陲（商）報攻擊俄人的新聞比比皆是」，視《東陲商報》為「中俄提攜一大障礙」，並表示豈能安於緘默，因而兩報論戰時常迭起。因白俄政府擅自發紙幣擾亂市場，哈爾濱物價飛漲，使商民不堪損失，《東陲商報》載文揭露白俄政府因無儲備，造成魯布貶值；《遠東報》稱白俄「既能代表全國，其全俄之財產皆足為魯布之擔保」，反誣《東陲商報》「終日鼓吹魯布低落，以致中外商人皆受損失」〔註260〕。還威脅說：「東陲商報極端反對西伯利亞紙幣」，「卒至害人而害己也」。《東陲商報》先後的議政言論、本埠新聞、副刊文優，因此在哈埠中國人報紙中較有特色，銷路尚旺，一度曾遠銷山東青島、威海，及香港和歐美等地。《東陲商報》在東北易幟前終刊〔註261〕。

除了筆戰外，「東陲」系列報刊還時常刊文對奉系當局旁敲側擊，希望對蘇俄報刊侵略文化的強勢予以重視。「赤塔大里塔通信社原係遠東政府之宣傳機關，自遠東共和國消滅後該社仍由赤塔繼續維持，惟將名稱改為勞司他通信社，作為莫斯科蘇維埃之官府通信社，本埠俄報所記載之俄國政情皆用該

〔註258〕吉林省檔案館藏 J101-11-1408 東省特別警察總管理處為報停止俄羅斯報館出版情形的呈文及省長公署的指令 1922 年 7 月 14 日。

〔註259〕1917 年 11 月 11 日《遠東報》。

〔註260〕《論魯布之將來》1919 年 6 月 5 日《遠東報》。

〔註261〕黑龍江省地方志編纂委員會編：《黑龍江省志‧報業志》，黑龍江人民出版社，1993 年版，第 30 頁。

社之通信，對於宣傳極爲活動，致各俄報之新聞機亦概行電報形式，……此種郵寄電報來自北京及東京者只需三日，足見俄人對於宣傳之注意，不知吾國當局對於此項製造空氣機關當何以善其後也。」〔註262〕「道外各華文報因戒嚴時期之故，每日經戒嚴司令部檢查稿件，而特別區各俄文報館依法亦應受我司令部之同樣檢查的，以符原章，據知俄文報不受檢查者，經我官府予以相當處分，刻間該俄文報在多方託人援助」〔註263〕。

東北國人報刊對日人報刊的攻擊，比比皆是，既有官報報刊也有民辦報刊，既有軍閥報刊也有共產黨報刊，這裡主要分析軍閥張作霖羽翼下報刊對日本的聲討。奉系軍閥統治時期對日本報刊的政策相對寬鬆，各種史料也都說奉系張作霖勾結日本，對其趨炎附勢，但從東北國人報刊對日本報刊的攻擊上，可以看出奉系軍閥張作霖「英雄思想甚強，故不肯示弱」，所以張作霖對日本的所有要求或「諾而不踐」或「避而不與之談」〔註264〕，從張作霖嫡系主辦的《東三省民報》即可知張作霖對抗日本的行動。

《東三省民報》1922年10月20日在瀋陽創刊，由東三省民治俱進會組設東三省民報館，開辦後「每月由軍署軍需處撥給補助經費大洋三千元，後改由省署政務廳派員到館監視發行報紙，由省署通令各縣派銷」〔註265〕。張作霖在第一次直奉戰爭失敗後，宣佈在三省實行「聯省自治」時，組織成立東三省民治俱進會，其宗旨是：「促進民主，喚醒民眾，團結東三省愛國志士，共同爲反日救國而奮鬥」〔註266〕。高崇民任總會長，《東三省民報》就是他領導創辦的，後來爲張作霖的秘書羅廷棟（志超）〔註267〕繼任社長。

《東三省民報》創刊伊始，即配合民治俱進會開展的收回旅順大連的群眾運動，刊載文章揭露日本與袁世凱秘密換文，提出旨在滅亡中國的「二十一條」中將旅大租期延至99年，要求廢除「二十一條」，按期於1923年歸還

〔註262〕《俄通信社宣傳之可異》1923年7月12日《東陸商報》第6版。
〔註263〕《俄報亦應受新聞檢查》1924年10月22日《濱江時報》第7版。黑龍江省檔案館館藏資料 A270101/31。
〔註264〕高崇民：《高崇民傳》，人民日報出版社，1991年版，第33頁。
〔註265〕王樹楠、吳廷燮、金毓黻等纂：《奉天通志》第144卷，東北文史叢書編輯文員會，1983年版，第3306頁。
〔註266〕高崇民：《高崇民傳》，人民日報出版社，1991年版，第15頁。
〔註267〕黑龍江日報社新聞志編輯室編著：《東北新聞史（1899～1949）》，黑龍江人民出版社，2001年，第125頁。

旅順、大連〔註268〕。這個運動在東北的影響很大，三省大中城市都舉行集會遊行，要求「取消二十一條」、「收回旅大」。為此，1923年元月北京參議院通過了有關議案，3月外交部正式要求取消二十一條，按期歸還旅大。

日本侵華勢力由此將《東三省民報》視為「排日」報紙，經常刁難該報。1924年4月14日日本「抗議」《東三省民報》刊載所謂「對日皇不敬」的消息。張作霖於23日勒令該報停刊一周。30日，該報復刊，載文支持收回「滿鐵」附屬地教育權〔註269〕。4月30日，民報刊文支持奉天教育會收回我國在滿鐵附屬地教育權的倡議，日領又照會要求查封該報。日方的蠻橫更加激起民報的抗爭。1924年9月20日日本東三省使用朝鮮銀行紙幣鮮銀券，不能兌換（正金銀行之金票可以兌換），各地反對，《東三省民報》就鮮銀券問題連載長文，反對日本經濟文化侵略〔註270〕。1924年11月10日《東三省民報》發起反對日本侵略的徵文，因駐奉天日本總領事「抗議」，次年2月19日被迫停止連載《日本侵華史》〔註271〕。11月10日，民報又舉辦徵文，專門向讀者徵集反對日本侵略我國的文章〔註272〕。在讀者中的影響越來越大。自1925年6月9日至8月18日，日本駐奉領事數次照會奉天交涉署，要求取締《東三省民報》關於滬案之報導〔註273〕。1927年5月11日《東三省公報》、《東三省民報》、《醒時報》聯名發表拒絕日本在臨江設領聲明〔註274〕。例數《東三省民報》抗日行為，實際也是奉系軍閥張作霖對日本侵略的反抗，張作霖「不肯以祖宗盧墓讓與異族」〔註275〕，「張氏之與東北，處不可為之地，當不可為之時，猶能支持掙扎至二十餘年，亦可謂功過參半，而其過且在於不知。故其遇害也。東三省無論男婦老幼，無黨派恩然，莫不悲悼。噫！張亦人傑

〔註268〕高崇民：《高崇民傳》，人民日報出版社，1991年版，第17頁。
〔註269〕胡玉海、里蓉主編：《奉系軍閥大事記（1894～1931）》，遼寧民族出版社，2005年2月，第357頁。
〔註270〕胡玉海、里蓉主編：《奉系軍閥大事記（1894～1931）》，遼寧民族出版社，2005年2月，第371頁。
〔註271〕胡玉海、里蓉主編：《奉系軍閥大事記（1894～1931）》，遼寧民族出版社，2005年2月，第377頁。
〔註272〕李鴻文：《東北大事記》下卷，吉林文史出版社，1987年。
〔註273〕胡玉海、里蓉主編：《奉系軍閥大事記（1894～1931）》，遼寧民族出版社，2005年2月，第393頁。
〔註274〕胡玉海、里蓉主編：《奉系軍閥大事記（1894～1931）》，遼寧民族出版社，2005年2月，第447頁。
〔註275〕高崇民：《高崇民傳》，人民日報出版社，1991年版，第33頁。

也哉！」〔註276〕

　　東北的其它報刊也曾相繼與日本報刊抗擊過。哈爾濱《午報》堅決抵制日本人在哈埠創辦中文《大北新報》，社長趙郁卿經常撰寫評論揭露《大北新報》干涉中國內政，侵犯中國主權的行徑，兩報時常進行筆戰。「九一八」事變後，《午報》仍然堅持其反對日本侵華的辦報思想，猛烈抨擊日軍侵華的新罪行。因此，在哈爾濱淪陷後，日本佔領指責它爲「帶有濃厚排日色彩，善用煽動性語言」的小報，嚴加限制〔註277〕。哈埠各界也強烈抵制《大北新報》，哈埠國人報紙以「外報不得在內地出版」，要求當局予以取締，但由於郭松齡事件國人報紙遵照奉張當局禁令，多不報導倒戈事件，《大北新報》乘機詳細報導使其在哈埠還是站住了腳。

　　1928 年 2 月，日本單方面提出將正在修建的吉敦鐵路延長至圖門，或借款修築長春至大賁鐵路，以此作爲中國修建吉海鐵路的交換條件。日本《盛京時報》妄稱，吉海路是南滿鐵路之平行線，影響日本的利益，延長吉敦是日本經濟發展之必需。張作霖看出日本野心畢露，拒絕〔註278〕日本要求。當時東北報紙對日本的蠻橫干涉和無理要求進行了有力地駁斥，特別是《東北商工日報》在高崇民的主持下，全力以赴，與日方喉舌《盛京時報》筆戰，對日方刺激甚大。

第三節　奉系軍閥新聞輿論操控下的媒介生存狀態

　　在奉系軍閥新聞輿論操控思想的主導下，奉系統治地域的各類媒介都以不同的方式建立和發展，展現著自己獨有的生存狀態。奉系軍閥扶植創辦的報刊性質多樣，種類多樣，有官報也有民報，這些報紙多爲奉系傳達新政，維護地方統治獻力獻策。奉系津貼資助的報刊在東北有多家，在京津也有幾家，這些報刊雖主張言論「獨立」，但多少傾向奉系。奉系軍閥限制、利用的報刊多爲其他黨派報刊，經過賄買、勸導籠絡後轉變維護奉系統治。奉系軍閥打擊查封的報刊多爲攻擊奉系當局的異派報刊及赤化報刊，奉系軍閥對此類「不可教化」的報刊絕不手軟，找到藉口立時查禁。同時奉系軍閥還資助

〔註276〕高崇民：《高崇民傳》，人民日報出版社，1991 年版，第 33 頁。
〔註277〕黑龍江省地方志編纂委員會編：《黑龍江省志・報業志》，黑龍江人民出版社，1993 年版，第 54 頁。
〔註278〕《高崇民傳》，人民日報出版社，1991 年版，第 31 頁。

東北、京津幾家通訊社，使其爲維護奉系統治服務，然而此時的日、俄通訊社爲東北報刊提供大量新聞源，稿權上佔領大半壁江山，致使國人報刊受其愚弄。奉系軍閥對無線電通訊和廣播無線電臺的建立和發展在當時國內的貢獻是屈指可數的。奉系軍閥善於通過向報刊發佈通電，以達到佔領輿論制高點的目的，來贏取民眾對奉系維護統治或無力擴張的支持。奉系軍閥統治時期的各類報刊、通訊社和無線、廣播電臺都以自身的規律發展著，但同時也接受著奉系軍閥的輿論引導和輿論控制。

一、扶植創辦的報刊

　　奉系軍閥爲了維護統治，需要「軍惠」得以「下逮」，「民隱」得以「上達」，需要通州大邑、窮鄉僻壤都瞭解、理解奉政，需要整合民眾意志，整合多元輿論，需要訓民以政，教化民眾具有大局意識；爲此最直接、最簡便也是最有效的途徑就是建立隸屬於自己的新聞媒介事業。奉系軍閥建立了以「公報」爲主體，各機關職業報刊爲輔的自營報刊體系。對這些報刊奉系軍閥在行政上予以便利，言論上框定範圍，經濟上予以支持，人才與組織上予以幫助等，由此使奉系軍閥掌控的報刊實力雄厚，成爲他們控制和「領導社會輿論」、爲其所用的重要工具。這些報刊按時公佈奉系執政的方針、綱領、路線和措施，享有直接獲取新聞信息源的便利，享有政府各機關部門公費訂閱及政府發行派銷的便利，享有直接劃撥物資、器材、印刷等便利，甚至在廣告源和費用上都享有便利。

　　奉系軍閥自辦新聞業的主要核心是各省公報，《東三省公報》（後改民營）、《吉林公報》、《黑龍江公報》等，同時也有機關各部門內自行出資創辦的行業類報刊，大多是爲了軍事、航空、交通、教育、學術類的報刊，這些報刊爲東北地區政治、經濟、軍事、文化的發展，起到引導和促進作用。本節對奉系軍閥所辦的部分公報在下節介紹，本節只介紹職業報刊。

　　《遼寧教育雜誌》1923 年創刊，由遼寧教育會編輯發行。《黑龍江省教育公報》1923 年創刊，由黑龍江省教育廳創辦發行。《黑龍江通俗教育日報》1922 年創刊，1925 年停刊，由黑龍江通俗教育社編輯發行。《吉林教育公報》1918 年 1 月創刊，由吉林教育廳編輯發行。《吉林省教育會月報》1923年 4 月創刊，由吉林省教育會發行。《吉林省通俗教育》1926 年創刊，由吉林省立民教育館創辦，出版 19 期後停刊。《輯安教育月刊》1924 年創刊，由遼

寧輯安教育局編輯發行。

《精神》1923 年在瀋陽創刊，由東三省陸軍整理處《精神》周刊社編輯、發行，這是奉系軍閥創辦的軍事研究周刊，設有論說、學術、譯述、文苑、雜記等欄目，只在軍隊中派送發行。第七期有論著是梁啓超先生的大作《中國之武士道》（連載），是以文言文寫就的。另載有《步兵對於飛機之射擊》、《初級輜重戰術之研究》等軍事論著。

《東北》1924 年 1 月 1 日在瀋陽創刊，由奉天教育廳編譯處編輯發行。該刊是學術綜合類大型月刊。創刊號在扉頁印有奉天省省長王永江的題詞：「東有啓明」，其次是東三省保安總司令張作霖的戎裝像，再次是省長王永江的肖像。辦刊主旨：本雜誌以介紹東西各國對於中國東北部之調查研究，以供社會之借鑒，並轉輸最近世界學術之成績，以誘起公眾學術上的興味。

《東北航空季刊》於 1925 年 7 月創辦，由東三省航空籌備處發行。1920年張作霖在奉天設立東三省航空籌備處，此爲東北空軍發軔期，後因戰爭耽擱了發展。就是這個東北航空處，創辦了《東北航空季刊》，可惜只出一期，旋即因郭松齡事件停刊了。後來《東北航空月刊》1929 年 1 月在瀋陽創刊，由東北航空大隊編輯部主辦，編輯部主任王世榮在創刊號上撰寫的《編輯小言》中稱：「我們的目的，是依航空救國這句話去做，所以要把航空知識普及到社會上，要把列國的新理想介紹到國人的腦筋裏，使我們航空界的人，在軍事的研究上略有參考」。創刊號扉頁上是「東北航空建樹者東北邊防司令長官張學良氏的肖像」。在第六期《本刊辦週年的感想》中，王世榮進一步闡明辦刊緣起和必要性：「我們承東北邊防軍司令長官張學良的命令，於本年新正，就使我們的航空月刊倉促產生了……先總理說『航空救國』並不是憑空捏論，是由觀察上經驗上得來的。凡屬國民，應當於這『航空救國』四個字上著想，那麼我們這月刊就可以找到幾點可參考的事項」。

《東北新建設》1928 年創刊，1931 年停刊，張學良創辦，由東北新建設雜誌社編輯發行，張學良認爲東北新建設，「新」就是現代化，其目的就是「建設新東北，助成現代化國家，消彌鄰邦野心」。

《軍事月刊》1929 年 2 月在瀋陽創刊，由東北邊防軍司令長官公署軍事月刊社主辦，該刊是一本軍人雜誌，提倡國人研究軍事期間，徵集軍事體裁稿件，每期印有「東北邊防軍司令長官張學良」像。

《東北交通大學校刊》1929 年 2 月在瀋陽創刊，由東北交通大學出版委

員會主辦。該刊是專門刊發研究我國鐵路交通運輸爲主的學術刊物。張學良任東北交通大學校長，爲刊物題寫了刊名，並寫有牟言。張學良的題詞：「公車上書」。

　　《蒙旗旬刊》1929 年 4 月創刊，由東北政務委員會蒙旗處主辦。張學良題寫刊名，每期的封三都印有張學良的肖像，並以蒙、漢兩種文字寫出創辦該刊之旨趣：「五族一家，天下爲公；和衷共濟，促進大同」。該刊以「牖啓蒙民智識，促進蒙旗文化」爲宗旨，每旬出版一次，內容文字以蒙漢合璧排印，這在當時的期刊種類中非常罕見。東北的政治社會情形，與內地各省有著很大不同，蒙漢當時較難處政。爲免手足相殘，授人以柄，禍起蕭牆，張學良最早於東北政務委員會特設蒙旗處，除管理蒙族行政外，凡有關蒙族政治社會改良、教育實業振興、地利交通開闢、畜牧漁林提倡等各項事宜均由該處統籌兼顧，限期舉辦。《蒙旗旬刊》即是該處的「喉舌」。

二、津貼資助的報刊

　　奉系軍閥認爲報紙宣傳至關重要，地方治安，金融漲落，皆視報紙消息爲轉移，有此認識致使奉系軍閥津貼資助的媒體系統龐大，成爲其操控新聞輿論的主要手段之一。奉系軍閥以津貼、節敬、廣告刊費等資助方式，在經濟上人力扶持官報與「聽話」的民營媒體，這樣爲奉系鼓吹和幫腔的御用報紙，既不依眞理事實，亦無宗旨主張，暮楚朝秦，惟以津貼爲向背，今天張軍閥給錢，就替張軍閥說好話，明日李軍閥給錢，就爲李軍閥唱讚歌。道理雖如此，但在奉系統治地域內，由於政權長久穩定，沒有變更，所以這些報刊只能爲奉系軍閥一派言好事，唱讚歌，報紙的許多欄目都是發表奉系軍閥新聞的。報界發表的許多政治新聞，實際上不過是把地方政治組織提供的東西公之於眾而已，「有些報社就像登廣告一樣發佈這些消息，以顯示他們並不「贊同這類新聞」〔註279〕。儘管報紙像登廣告那樣發佈奉系軍閥的消息，以此種溫和的方式表達他們的反抗，但是它們畏於奉系的權威及接受奉系的津貼不得不繼續刊登這類新聞。這種妥協顯然體現了東北報界與奉系軍閥之間的關係，言論在某種特定的情況下是必須符合統治者意願的。

　　奉系軍閥每年都會給報紙賀年刊費，由此可知奉系軍閥是善於籠絡報

〔註279〕R・布里斯（Roswell S, Britton）：《中國的新聞界》（Chinese News Interests），載《太平洋事務季刊》第 7 卷第 2 冊（1934 年 6 月），第 187 頁。

紙，「本城各報：東三省公報四十元、東三省民報四十元、新民晚報四十元、東北日報二十元、東北民眾報二十元、東北商工日報二十元、遼寧新報二十元、新亞日報二十元，醒時報二十元、大亞畫報二十元。本城外國報：盛京時報四十元。哈爾濱：濱江時報十元、東三省商報二十元、國際協報十元、東華日報十元。天津大公報二十元」〔註280〕。

奉系軍閥除了每年按例給予報刊賀年刊費外，還不定時津貼資助大量報刊，這些報刊有公報也有民營報刊，如《東三省公報》、《東三省民報》、《醒時報》等等，介紹接受奉系軍閥扶植和津貼資助的報紙二十家如下。

（一）《東三省公報》

《東三省公報》創刊於 1912 年 2 月 18 日〔註281〕，社址在瀋陽小北城門外。發起者實為民國初建的奉天省議會議長孫百斛、袁金鎧及曾有嚴諸人。以奉天處特別地位，國體變更不能無一言論機關，用以溝通東北之情感。議會公推曾有嚴為總經理，榮孟枚為總編輯，王光烈（希哲）為主筆，關海清為翻譯。創刊之初「為奉天省公署的機關報，由省公署支付 3,000 銀元作為經費」〔註282〕，創刊發行數月後，曾有嚴、榮孟枚將股份退出，於是年九月間正式改組，由王光烈獨自經營改任總經理。該報改為官商合辦〔註283〕，王光烈為商賈之一。1928 年後翟文選任奉天省長時，王光烈又請求官方收回官股，由他個人經營。

《東三省公報》獨立經營時，曾數次向奉系各省呈請津貼和賀年刊費，依據檔案資料有 1919 年向吉林省長請津貼，1922 年後每年都向奉天、吉林省長公署呈請賀年刊費。

1919 年 12 月 6 日東三省公報館向吉林徐省長呈請名章並賜津貼，稱「茲際新年瞬至，敝報謹援前例籌備登報賀新之舉，伏思躬親下逮似有降尊之嫌何如代布，大名得遂同欽之願，敬請即將名章賜下以便屆時恭刊，惟當茲物價飛騰，籌備匪易，金融緊迫，支持維艱，倘假隆名以蘇小草，分洪流

〔註280〕遼寧省檔案館藏 JC10-30393（0462-0466）遼寧省政府給東三省各報的地賀年刊費 1928 年 12 月 24 日。

〔註281〕王樹楠、吳廷燮、金毓黻等纂：《奉天通志》，東北文史叢書編輯文員會，1983年版，第 3306 頁。

〔註282〕《遼寧新聞志資料選編》第一部分，電子版。

〔註283〕遼寧省地方志編纂委員會辦公室主編：《遼寧省志——報業志》，遼寧人民出版社，第 20 頁。

以枯鱗昌勝感禱之至」〔註284〕，吉林省長徐鼎霖先賜雅文「江城歲晚，遺來隴上之梅，椽筆風生，寫貴洛陽之紙，每讀貴報，知肇端閎，遠陳意獨高，著爲讜言，卓然先覺，甚佩甚佩，邇者三邊同流，一元復始，充其篇幅，用載賀新，逮取名章，覆承藻飾彌感盛意，附上銜刺，即請刊入，承囑一節，自當勉竭棉眇，量資津貼，但刻下政務倥偬，急待措施，容稍就緒，再答雅命，削覆順頌」〔註285〕，緊接著吉林省政務廳請示資助額度「本公署向有補助各報社經費一項由吉林公報費內開支爲數不一或每月補助一二百元或每年補助一次一百元數十元不等，茲據奉天東三省公報館函請發給津貼前來，應如何補助之處，請廳長呈省長核示」〔註286〕，「補助東三省公報現洋一百元」〔註287〕。1922 年 12 月至 1928 年 12 月《東三省公報》向奉天、吉林省長公署請賀年刊費，奉天一般每年資助一百元，吉林每年資助三十元。《東三省公報》呈請年刊費，稱「省長閣下鈞鑒：久欽國表，爲三省所俱瞻。遙沐仁風，共一元而復始，當日爲改歲之際，正歡歌復旦之時，敝報每年於新正一號擴充篇幅，專載賀新銜名，用代置郵勞力。恭維大名宇宙寰海同欽，郅治周召群倫共仰，茲際新年瞬至，敝報謹援前例籌備登報賀新之舉，伏思躬親下逮，似有降尊之嫌何如代布大名，得遂同欽之願，敬請即將名章賜下以便屆時恭刊，假隆名以示殊榮，分德澤以蘇小草曷勝感禱之至」〔註288〕，奉天省長公署資助刊費「本屆賀年廣告刊費，茲照上年成案所送小洋一百元，相應開具銜名單連同刊費函送、查收，屆時刊登爲荷」〔註289〕，「上年成案送東三省公報報館上小洋五十元」〔註290〕「茲寄上奉小洋三十元，聊佐刊資，即希

〔註284〕吉林省檔案館藏 J101-08-0870 東三省公報館關於請津貼寫信給徐省長的信及徐省長的發函 1919 年 12 月 6 日。

〔註285〕吉林省檔案館藏 J101-08-0870 東三省公報館關於請津貼寫信給徐省長的信及徐省長的發函 1919 年 12 月 6 日。

〔註286〕吉林省檔案館藏 J101-09-0511 東三省公報館爲請發補助費的函 1920 年 1 月 26 日。

〔註287〕吉林省檔案館藏 J101-09-0511 東三省公報館爲請發補助費的函 1920 年 1 月 26 日。

〔註288〕吉林省檔案館藏 J101-12-1506 東三省公報館爲請登賀新名單給省長公署函 1923 年 12 月 7 日。

〔註289〕遼寧省檔案館藏 JC10-30393（0369-0370）東三省公報館爲登載賀年廣告連同刊費各情形與奉天省長公署的往來函件 1922 年 12 月 17 日。

〔註290〕遼寧省檔案館藏 JC10-30393 奉天東三省公報賀年請刊費 1923 年 12 月 17 日。

查收」〔註291〕，「茲照上年成案所送小洋一百元」〔註292〕，「東三省公報四十元」〔註293〕。

《東三省公報》以「宣佈民眾公意，維持東省治安」〔註294〕為宗旨，在內容報導方面，注重開通民智，釺砭時弊，鞭撻邪惡，維持治安。由於為官報，「該報除月領省署津貼數百元外，純靠營業收入為生活，向來木麻不仁，無所主張」〔註295〕。該報的專刊「暮鼓晨鐘」（後改為「警鐸」）時人稱「醒世格言」，辦得還是很有特色的，善於發表見解精闢獨到的文章，「請出上臺，逼迫北京，總統難，南北紛紛，互相爭權，統一難，旅大期滿，收回失望，交涉難，錢財缺乏，運動不到，做官難，捐稅繁重，無力繳納，人民難，百物昂貴，工資低廉，貧人難，欲倡實業，交通不便，振興難」〔註296〕；但也刊登一些社會瑣聞，內容相對較為低俗，像《女工招生》、《飯莊整頓》、《繼母斯賢》、《淫婦無情》、《逆兒可惡》、《汲井得屍》〔註297〕等。

《東三省公報》內部組織完備，東省各縣暨吉黑兩省均有分館代辦處辦理，十有餘年，主張穩健於地方人民多有裨益，在「奉天報界推為有數之報紙」〔註298〕。奉天全省諮議局多次向吉黑兩省派銷《東三省公報》，「敝局會同官紳軍警學商工農各界組織東三省公報館，以代表言論維持治安，促進憲政為宗旨，此報出版後，在奉境均已行銷，惟貴省訂閱此報者尚屬無多，素念執事與敝局宗旨相同，對於該報必能深表同情，尚祈大力扶持，約略貴省各機關各州縣均勻分派，以維治安，而靖人心，茲先囑該報館按日郵寄二百分俾資分佈一俟，尊處酌定額數，即函示敝局，或徑知會該報館，即便按額

〔註291〕吉林省檔案館藏 J101-12-1506 東三省公報館為請登賀新名單給省長公署函1923 年 12 月 7 日。

〔註292〕遼寧省檔案館藏 JC10-30393（0382-0383）東三省公報館為登載賀年廣告連同刊費各情形與奉天省長公署的往來函件 1926 年 12 月 20 日。

〔註293〕遼寧省檔案館藏 JC10-30393（0462-0466）遼寧省政府給東三省各報的地賀年刊費 1928 年 12 月 24 日。

〔註294〕王樹楠、吳廷燮、金毓黻等纂：《奉天通志》，東北文史叢書編輯文員會，1983年版，第 3306 頁。

〔註295〕杜吉仁：《東三省的報紙》，《現代評論》第 84 期第 4 卷，1926 年，第 118 頁。

〔註296〕1923 年 6 月 28 日《東三省公報》「警鐸」欄。

〔註297〕1916 年 12 月 8 日《東三省公報》第四版。

〔註298〕王樹楠、吳廷燮、金毓黻等纂：《奉天通志》，第 144 卷，民治三，報館，鉛印本，1934 年，第 3306 頁。

數送上，不誤出版，伊始全賴執事量力提倡扶持無任盼禱」〔註299〕。由於官辦派銷，致使每日銷數約 8,000 多份，最多達到 3 萬多份。

1925 年〔註300〕增加發行副刊，名爲《小公報》，爲遊藝小品，莊諧雜出，雅俗共賞，每星期一發行一次《小公報》，因此一般人遂稱《東三省公報》爲大公報以別於《小公報》。副刊發行後，因風格清新，對學生影響甚大，給東北文壇帶來一股向榮氣象，對東北文藝界頗有貢獻。後期由於這家報紙廣告很多，以營業爲目的，對政治言論也持審慎態度，基本不登反帝反侵略的消息；但 1927 年 5 月 11 日與《東三省民報》、《醒時報》聯名發表拒絕日本在臨江設領聲明。《東三省公報》於 1933 年 4 月停刊，改爲《大亞公報》」〔註301〕。

（二）《東三省民報》

《東三省民報》，1922 年 10 月 20 日〔註302〕在瀋陽創刊，張作霖在第一次直奉戰爭失敗後，宣佈在三省實行「聯省自治」時，創設東三省民治俱進會，並組設東三省民報館。開辦時社長趙鋤非（民治俱進會譯事長），副社長兼主編輯宋大章，經理陳丕顯（民治俱進會交際幹事）〔註303〕，1925 年社長爲羅志超，此人爲張作霖的秘書羅廷棟（志超）〔註304〕，1928 年社長陳經賢。《東三省民報》創辦後「每月由軍署軍需處撥給補助經費大洋三千元，後改由省署政務廳派員到館監視發行報紙，由省署通令各縣派銷」

〔註299〕吉林省檔案館藏 J101-14-1139 奉天全省諮議局爲東三省公報館按日郵寄二百份報紙函省公署 1925 年 3 月 6 日。

〔註300〕《東三省公報》的副刊《小公報》的出刊時間分歧：《奉天通志》，第 3306 頁：民國十四年；（臺灣）陳嘉驥《東北新聞事業之回顧》，第 525 頁：民國十四年；《遼寧省志──報業志》，第 20 頁：民國八年（1919 年 12 月）該報出刊附張《小公報》，民國 15 年（1926 年 9 月）《小公報》停刊。

〔註301〕遼寧省地方志編纂委員會辦公室主編：《遼寧省志──報業志》，遼寧人民出版社，第 20 頁。

〔註302〕《東三省民報》創辦時間分歧：《東北新聞史》，第 125 頁，記載其報創辦時間是 1922 年 10 月 23 日在瀋陽創刊；《遼寧省志──報業志》，第 30 頁載其創刊時間爲 1922 年 10 月 20 日；遼寧省檔案館藏 JC10-3017-1878～1883 載創東三省民報社時間爲民國十一年十月二十日；《奉天通志》，第 3306 頁載其創刊於民國十一年。

〔註303〕遼寧省檔案館藏 JC10-3017（1878-1883）創東三省民報社 1922 年 10 月 16 日。

〔註304〕黑龍江日報社新聞志編輯室編著：《東北新聞史（1899～1949）》，黑龍江人民出版社 2001 年版，第 125 頁。

〔註305〕。在奉天報界中爲半屬官管報館。

《東三省民報》創刊之際,即有奉天省長王永江賜箴言,「建國精神,去無民主。伸張民權,尤重自治。納民軌物,民權所寄。教育實業,正德厚生。提倡指導,功在攜蒙。十年紛亂,建設無期。何堪再擾,搖動根基。惟我三省,努力及此。欲圖改造,先求啓迪。懿與貴社,應時而起。以民名報,純正宗旨。民意克達,民警克眾。民生剋厚,民新靖來。閭山屹然,沉水佳處。願祝貴報,終古相與。東三省民報社萬歲」〔註306〕。兩週年紀念王永江省長又賜文祝賀「祝東三省民報出刊周歲:民報開幕、瞬屆一周、提倡輿論、喚醒民智、弗隨弗詭、不忮不求、春蘭秋菊、肆好無尤」〔註307〕。

《東三省民報》內部組織分經理、編輯、營業、印刷等部,宣傳軍事、政治,啓發民智,提倡道德,其言論頗受一般人重視。每日出版兩大張 8 個版,期發 8,000 多份〔註308〕,是當時東北期發份數最多的一家國人報紙。《東三省民報》在發行上得益於奉天省長公署向東北各縣、各商號派銷報刊,「事先服事各縣行政,主要在知事而直接奉行新政保護地方教育兒童又在區村長、警察、保甲、官吏及小學教員,倘此數項人員逐日購讀報紙,則世界大勢、國內情形、外交之情狀、內政之發展、人民均得習聞根本裨益實在不鮮,爲此用敢呈請鈞座令行各縣知事轉飭警察、保甲、教育各機關一體購閱,實爲公便〔註309〕,「令行奉天商務總會分別通知各股實商號一體購閱」〔註310〕。奉天省長公署「該社宗旨尚屬純正,消息亦復靈通,應由各縣知事酌量情形轉行警甲教育機關購閱,以啓新知」〔註311〕,「已面令奉天總商會長酌量推銷,仰警務處轉行該報社,逕與接洽可也」〔註312〕。1925 年張作霖的

〔註305〕王樹楠、吳廷燮、金毓黻等纂:《奉天通志》,第 144 卷,民治三,報館,鉛印本,1934 年,第 3306 頁。

〔註306〕遼寧省檔案館藏 JC10-30397-0517 東三省民報社創辦請省長賜箴言 1922 年 10月 20 日。

〔註307〕遼寧省檔案館藏 JC10-14089 東三省民報兩週年省長題詞 1924 年 10 月 20 日。

〔註308〕據滿鐵調查課於 1926 年調查。

〔註309〕遼寧省檔案館藏 JC10-3020（2002-2010）東三省民報社呈請飭各縣銷報由1924 年 6 月 12 日。

〔註310〕遼寧省檔案館藏 JC10-3020（2011-2013）東三省民報社呈請飭各商號銷報由1924 年 6 月 12 日。

〔註311〕遼寧省檔案館藏 JC10-3020（2002-2010）東三省民報社呈請飭各縣銷報由1924 年 6 月 12 日。

〔註312〕遼寧省檔案館藏 JC10-3020（2011-2013）東三省民報社呈請飭各商號銷報由

秘書羅志超任社長後，以鎮威上將軍公署秘書處名義向吉、黑兩省派銷報刊，「當此軍事時期，報紙宣傳最關重要，蓋地方治安、金融漲落，胥視報紙消息為轉移，是外報造謠金融陡漲，自加限制即歸平穩，其影響從可知矣，惟欲根本加以抵非擴充本國報紙銷路不為功，否則此禁彼增造謠愈烈，於治安金融仍不有長久之輔助，竊民報託庇岍幪本為東三省之惟一宣傳機關，軍事紀載成政府極少於宣傳上力量未免薄弱，求祈令行吉黑哈埠特別區當局仿照奉省辦法，飭令各道縣一體派銷，庶於軍事宣傳好之效果，而安定人心維持錢法，均不無相當之裨益也」〔註313〕，吉林省政務廳、警務處回函「奉此合令該，即便轉飭所屬一體遵照辦理」〔註314〕。

《東三省民報》分社主任拖欠報費〔註315〕、經理攜款潛逃〔註316〕等都有奉天公署指令追繳、懲辦。在安全上具有官府一體保護，1922 年 11 月該報向奉天王永江省長呈文請求保護，「竊敝報仰體鈞座大帥座整飭政治勵行自治之至意，應時發刊業經呈報在案，出版以來記賴提倡，已銷報四千份，設分館三十餘處，同人等曷勝感激，惟是頃據各分館來函，知縣官紳兩界對於敝報組織及作用不甚明瞭且間有誤會排斥之處，殊違鈞座提倡輿論之盛意，合無仰懇鈞座通令各道縣局所，對於敝報一體提倡保護，則感激高厚誠無涯暨矣，格外籲懇可否之處，伏祈鑒核示遵施行」〔註317〕，奉天省長公署指令「合行通令各屬一體保護，此令。」〔註318〕

《東三省民報》因為得到奉系軍閥在津貼與派銷上的大力扶持，所以在報導言論上是時刻為奉系當局鼓吹障目的，在第二次直奉戰爭之際，《東三省民報》就曾刊載大量討伐直系軍閥的文章，其中較有影響的是《曹錕罪狀》，

1924 年 6 月 12 日。

〔註313〕遼寧省檔案館藏 JC10-3020 吉林省長公署訓令為轉令各屬購閱東三省民報 1927 年 8 月 26 日。

〔註314〕遼寧省檔案館藏 JC10-3020 吉林省長公署訓令為轉令各屬購閱東三省民報 1927 年 8 月 26 日。

〔註315〕遼寧省檔案館藏 JC10-3020（2021-2016）東三省民報社呈請魏文濤拖欠報費給省公署函 1924 年 12 月 12 日。

〔註316〕遼寧省檔案館藏 JC10-3020（1996-2002）東三省民報社請飭縣追償康貴一攜逃款項由 1923 年 8 月 15 日。

〔註317〕遼寧省檔案館藏 JC10-3017（1885）東三省民報社呈請通飭各屬一體保護及奉天全省警務處通令各屬 1922 年 11 月 17 日。

〔註318〕遼寧省檔案館藏 JC10-3017（1885）東三省民報社呈請通飭各屬一體保護及奉天全省警務處通令各屬 1922 年 11 月 17 日。

文章開頭例數大總統曹錕家史，兄弟姊妹及妻妾醜聞，曹錕的品行「焚掠姦淫，有遇巢溫」〔註319〕，曹錕攀附權貴，無日不與共和爲敵，賄選總統「五百萬金」〔註320〕，「於是志得意滿，思以武力宰割天下」〔註321〕，接著例數曹錕賣國行徑「解決德發債票案，以兩萬萬金之債權，僅得一千五百萬金，即甘棄之。一半補其賄選之費，一半購置意、美兩國軍火，今日吾直子弟被驅於亂軍之中者，不下數萬，所持以亂東南、亂東北之殺人器，即曹錕賣國之所得也」。這篇文章指出曹錕已日暮窮途，倒行逆施，賣國賊的歸宿將是在第二次直奉戰爭中覆滅。

《東三省民報》辦刊宗旨「大力闡發三民主義精神；發展經濟，挽回失去的主權；注重社會問題，努力解決國民生計；提倡國有文化，灌輸科學知識，扶助教育」〔註322〕。由民治促進會高崇民、趙鋤非、宋大章及著名報人安懷音、陶明俊等一度主筆，創刊伊始即配合民治俱進會開展的收回旅順大連的群眾運動，刊載文章揭露日本與袁世凱秘密換文，提出旨在滅亡中國的「二十一條」中將旅大租期延至 99 年，要求廢除「二十一條」，按期於 1923 年歸還旅順、大連〔註323〕。這個運動在東北的影響很大，三省大中城市都舉行集會遊行，要求「取消二十一條」、「收回旅大」。爲此，1923 年元月北京參議院通過了有關議案，3 月外交部正式要求取消二十一條，按期歸還旅大。1924 年刊載《勸日人反省》，批揭日本的「亞細亞民族大結合」陰謀，指出其「不必好高騖遠，只要能就黃種民族大結合，或亞細亞民族大結合，勿恃強欺弱，以眾暴寡，吾亦聲香祝之矣」〔註324〕。《東三省民報》每星期一附刊《沉水畫報》，「印刷精美，與日人舉辦的《盛京時報》，有分庭抗禮之勢。」〔註325〕

日本侵華勢力將《東三省民報》視爲「排日」報紙，經常提出抗議。1924

〔註319〕《曹錕罪狀》1924 年 9 月 22 日《東三省民報》。

〔註320〕《曹錕罪狀》1924 年 9 月 22 日《東三省民報》。

〔註321〕《曹錕罪狀》1924 年 9 月 22 日《東三省民報》。

〔註322〕遼寧新聞志（報紙部分）編寫組編：《遼寧省地方志資料叢刊》第十二輯，《遼寧新聞志資料選編》第一冊，遼寧省人民政府印刷廠印刷（內部發行），1990 年，第 6 頁。

〔註323〕高崇民：《高崇民傳》，人民日報出版社，1991 年版，第 135 頁。

〔註324〕《勸日人反省》1924 年 5 月 9 日第三版《東三省民報》。

〔註325〕（臺灣）陳嘉驥：《東北新聞事業之回顧》，載於曾虛白：《中國新聞史》，第 525 頁。

年 4 月 14 日日本「抗議」《東三省民報》刊載所謂「對日皇不敬」的消息。張作霖於 23 日勒令該報停刊一周。30 日，該報復刊，載文支持收回「滿鐵」附屬地教育權〔註326〕。4 月 30 日刊文支持奉天教育會收回滿鐵附屬地教育權的倡議，日本領事又照會要求查封該報。日方的蠻橫更加激起民報的抗爭，9 月 20 日日本東三省使用朝鮮銀行紙幣鮮銀券，不能兌換（正金銀行之金票可以兌換），各地反對，《東三省民報》就鮮銀券問題連載長文，反對日本經濟文化侵略〔註327〕。11 月 10 日該報發起反對日本侵略的徵文，專門向讀者徵集反對日本侵略我國的文章〔註328〕，在讀者中的影響越來越大。因駐奉天日本總領事「抗議」，1925 年 2 月 19 日被迫停止連載《日本侵華史》〔註329〕；自 6 月 9 日至 8 月 18 日，日本駐奉領事數次照會奉天交涉署，要求取締《東三省民報》關於滬案之報導〔註330〕。該報後期得張學良扶植〔註331〕，因資金雄厚，內部裝有無線電收音機和京津長途專線電話，傳送消息比較快捷，但也依然是反對日本侵華的一個重要輿論陣地。1927 年 5 月 11 日《東三省公報》、《東三省民報》、《醒時報》聯名發表拒絕日本在臨江設領聲明〔註332〕。「九一八」事變後，《東三省民報》公開提出「沉著、冷靜、不屈服」的口號，後被大漢奸趙欣伯佔據改名《民報》，爲關東軍服務，淪爲了美化日本侵華的「傳聲筒」。歷經十一年後，1933 年停刊。

（三）《醒時報》

　　《醒時報》，原名《醒時白話報》，創刊於宣統元年（1909）一月二十一日〔註333〕，民國以後改爲《醒時報》，去「白話」二字，名爲「醒時報」，並

〔註326〕胡玉海、里蓉主編：《奉系軍閥大事記（1894～1931）》，遼寧民族出版社，2005 年，第 357 頁。

〔註327〕胡玉海、里蓉主編：《奉系軍閥大事記（1894～1931）》，遼寧民族出版社，2005 年，第 371 頁。

〔註328〕李鴻文：《東北大事記》下卷，吉林文史出版社，1987 年版，第 187 頁。

〔註329〕胡玉海、里蓉主編：《奉系軍閥大事記（1894～1931）》，遼寧民族出版社，2005 年，第 377 頁。

〔註330〕胡玉海、里蓉主編：《奉系軍閥大事記（1894～1931）》，遼寧民族出版社，2005 年，第 393 頁。

〔註331〕王樹楠、吳廷燮、金毓黻等纂：《奉天通志》，第 144 卷，民治三，報館，鉛印本，1934 年，第 3306 頁。

〔註332〕胡玉海、里蓉主編：《奉系軍閥大事記（1894～1931）》，遼寧民族出版社，2005 年，第 447 頁。

〔註333〕醒時報創刊時間分歧：遼寧省檔案館藏 JC10-3030《遼寧省會公安局調查界

擴充兩張，蓋爲與各大報抗衡之故。加以民眾教育，已漸次提高，所以改白話，而用文言也。在瀋陽的工夫市胡同〔註334〕，是瀋陽最早的報紙之一，「爲東北刊行最久，亦爲最具權威的報紙」〔註335〕。

《醒時報》雖爲民營報刊，但是奉系軍閥津貼資助的報紙。孫智先在1929 年 11 月 2 日《盛京時報》上載「該報亦創自前清宣統年，無印刷工廠，無官款補助，亦無他人入股，僅獨立經營，只有開銷，無有進款，以致該報出版以來，經費極其艱難，有時不得已中止出報。直至民元後，猶感經費之苦。然張子岐先生，對於辦報，志趣堅決，勇進無退，以百折不撓之精神，卒至，打破難關，經濟日漸充裕，年來購置地基，建築樓房，自備工廠，其印刷之力不僅自供，且能代印他報，其擴充之勢可見。」〔註336〕其中「無官款補助，亦無他人入股，僅獨立經營，只有開銷，無有進款」的表述爲不實，通過查閱檔案資料顯現，《醒時報》在不同時期報社經理張兆麟都曾以慘淡經營，艱苦備嘗爲由向奉省、吉林省請求資助，接受奉系資助的津貼和節敬。如「民國四年以來，荷蒙貴署每月津貼奉洋八十元，向由財政廳支領」〔註337〕，說明自 1915 年起奉省每月資助《醒時報》津貼奉洋八十元，而在 1924 年 7 月 2 日奉天醒時報社總經理又以「已於七月一日增刊兩大張」〔註338〕爲由，「是以不揣冒昧懇祈，我公維持爲懷，每月酌予增加」〔註339〕，

內報館及新聞社一覽表》1930 年 11 月 18 日調查：醒時報成立於宣統元年一月二十一日成立；《奉天通志》一百四十四卷，第 3306 頁載：前清宣統元年正月二十一日立案發行；《東北新聞史》，第 101 頁、《遼寧近代報業研究》，第 34 頁，均説此報創刊清末；《遼寧省志——報業志》，第 17 頁：宣統元年二月初二（1909 年 2 月 21 日）。

〔註334〕醒時報的創辦社址分歧：遼寧省檔案館藏 JC10-3030《遼寧省會公安局調查界內報館及新聞社一覽表》1930 年 11 月 18 日調查：醒時報地址在瀋陽工夫市胡同；《奉天通志》一百四十四卷，第 3306 頁載社址在省城小南關功夫市；《遼寧省志——報業志》，第 17 頁中提及《醒時報》的社址在瀋陽市太清宮西院；《遼寧省新聞志資料選編——第一冊》提及《醒時報》的社址在瀋陽市大南門裏賓來胡同。

〔註335〕（臺灣）陳嘉驥：《東北新聞事業之回顧》，載於曾虛白：《中國新聞史》，第525 頁。

〔註336〕孫智先：《二十年來瀋陽之報界——醒時報》載於《盛京時報》1929 年 11 月2 日。

〔註337〕遼寧省檔案館藏 JC10-29641（0593-0595）醒時報社函請增加津貼 1924 年 7月 31 日。

〔註338〕遼寧省檔案館藏 JC10-29641（0593-0595）醒時報社函請增加津貼 1924 年 7月 31 日。

而東三省巡閱使兼奉天督軍兼省長張作霖有批覆「函悉所稱工料昂貴，現又增刊張數，原領津貼不敷挹注，尚係實情，應准酌加四十元，按月由廳具領，仰財政廳查照辦理轉知」〔註 340〕。由此可知奉天醒時報社得到奉系軍閥的資助由 1915 年的每月奉洋八十元到 1924 年 7 月增加到每月奉洋一百二十元。除了常規性的資助外，《醒時報》社總經理張兆麟以「屆二十周紀，僅具雛形，諸多簡陋，惟以雙十之寒暑易渡，而將來之歲月無窮，所有一切基礎設施，如擴充篇幅以發展報務，翻修館舍以鞏固基礎，添購各種機器字模以充足內容材料，此在需款至少亦當有三萬元之等備」〔註 341〕的原由，獲得「幸蒙江省吳大帥登高之呼集資補助，又承張漢卿軍團長補助現大洋五百元」〔註 342〕及奉天省長公署「准函以擴充報務，需款浩巨，請予資助等語，茲特助奉大洋一千元」〔註 343〕。除了奉系軍閥資助的津貼外，還有節敬，查檔案資料看，奉天醒時報社每年歲末時都刊登賀年廣告，獲得奉系賀年刊費不等。「敝報歷年舉辦賀荷蒙巡帥惠賜賀費小洋五十元，故特派人持據來領」〔註 344〕，「本屆賀年廣告刊費查照上年成案仍送小洋五十元」〔註 345〕，「匯交奉天醒時報社助奉小洋貳拾元」〔註 346〕，「十年歲首刊登賀年廣告費，茲援照上年成案，函送小洋五十元」〔註 347〕，「上年成案送醒時報館上小洋五十元」〔註 348〕，「醒時報館函送小洋五十五元」〔註 349〕，「醒時報館計送小洋五十元」〔註 350〕，「茲開列銜名連同刊費奉大洋一百元」〔註 351〕，「醒時報二十

〔註 339〕遼寧省檔案館藏 JC10-29641（0593-0595）醒時報社函請增加津貼 1924 年 7 月 31 日。

〔註 340〕遼寧省檔案館藏 JC10-29641（0593-0595）醒時報社函請增加津貼 1924 年 7 月 31 日。

〔註 341〕遼寧省檔案館藏 JC10-29645（1164）奉天醒時報社二十週年紀提請資助 1928 年 2 月 27 日。

〔註 342〕遼寧省檔案館藏 JC10-29645（1164）奉天醒時報社二十週年紀提請資助 1928 年 2 月 27 日。

〔註 343〕遼寧省檔案館藏 JC10-29645（1164）奉天醒時報社二十週年紀提請資助 1928 年 2 月 27 日。

〔註 344〕遼寧省檔案館藏 JC10-30393 奉天醒時報賀年請刊費 1918 年 12 月 14 日。

〔註 345〕遼寧省檔案館藏 JC10-30393 奉天醒時報賀年請刊費 1919 年 12 月 26 日。

〔註 346〕吉林省館藏檔案 J101-09-0498 奉天醒時報賀年請刊費 1920 年 2 月 7 日。

〔註 347〕遼寧省檔案館藏 JC10-30393 奉天醒時報賀年請刊費 1922 年 12 月 31 日。

〔註 348〕遼寧省檔案館藏 JC10-30393 奉天醒時報賀年請刊費 1923 年 12 月 17 日。

〔註 349〕遼寧省檔案館藏 JC10-30393 奉天醒時報賀年請刊費 1925 年 12 月 23 日。

〔註 350〕遼寧省檔案館藏 JC10-30393 奉天醒時報賀年請刊費 1926 年 12 月 24 日。

元」〔註352〕。

《醒時報》的創辦者張兆麟，回族人，經理張友蘭，編輯張友竹，藝徒二十餘名，訪員一人，張兆麟大兒媳王代耕曾任該報主筆，小兒媳楊憲英也曾任編輯，「是爲我瀋陽報界有女子編輯之始，提倡女權，女士固早有言論也」〔註353〕，由於辦報人員多爲張氏家眷，被讀者稱爲「家庭報館」〔註354〕。醒時報的辦報宗旨是：「改良社會，開通民智，提倡教育，振興實業。」初創時倣仿當時的《北京白話報》模式，「我瀋陽報界之有語體文，當以該報爲首」〔註355〕。該報在言論上熱心維護公眾利益，經常刊登具有愛國主義思想的文章。報紙內容豐富，報價較低，受到社會歡迎，發行範圍先是在奉天、營口、鐵嶺、開原、大連等地，後逐漸擴展到東北三省，還遠銷北京，在 1926年以後，報紙銷量不斷增加，每天出版兩大張，日銷 7,000 多份，在東北各地發展了 40 多個分社。發行廣泛的《醒時報》資金逐漸豐厚，先後購置 4 臺印刷機自辦工廠，以代其他報紙印刷賺錢，經營模式和產業發展走上良性循環軌道。

《醒時報》在開創東北新聞事業、宣傳民主思想、傳播社會文化等方面都有一定的貢獻和影響。1927 年，杜重遠在瀋陽領導 6 萬多人大遊行，反對日本在臨江和東北各地建立領事館。張兆麟除在報紙上主持輿論外，還以記者身份走在隊伍前列，與《東三省公報》、《東三省民報》聯名發表拒絕日本在臨江設領聲明〔註356〕。他熱心辦公共事業，收容流浪兒童，爲患鼠疫的回民辦收容站等，報紙也配合宣傳。日本在關於報紙的調查中寫到：「瀋陽唯一白話報，在以回教徒爲中心的下層群眾中頗有實力，是排日的先鋒。」〔註357〕

〔註351〕遼寧省檔案館藏 JC10-29645 奉天醒時報賀年請刊費 1927 年 12 月 24 日。

〔註352〕遼寧省檔案館藏 JC10-30393（0462-0466）遼寧省政府給東三省各報的賀年刊費 1928 年 12 月 24 日。

〔註353〕孫智先：《二十年來瀋陽之報界——醒時報》載於《盛京時報》1929 年 11 月 2 日。

〔註354〕史和、姚福申、葉翠娣：《中國近代報刊名錄》，福建人民出版社，1991 年 2 月，第 361 頁。

〔註355〕孫智先：《二十年來瀋陽之報界——醒時報》載於《盛京時報》1929 年 11 月 2 日。

〔註356〕胡玉海、里蓉主編：《奉系軍閥大事記（1894～1931）》，遼寧民族出版社，2005 年，第 447 頁。

〔註357〕孫智先：《二十年來瀋陽之報界——醒時報》1929 年 11 月 2 日《盛京時報》。

「九一八」事變後，由於日本侵略者對新聞界嚴密控制，加上收買了醒時報接班人張友蘭，在人民心目中聲望極高的《醒時報》，流入市俗，變得粗俗。到 1944 年 9 月解體停刊，該報「由前清時發起之報紙，由國人自辦者，其他各報均已先後停閉，僅『醒時報』獨存焉」〔註 358〕，發行 35 年之久。

（四）《東北日報》

《東北日報》1926 年 5 月 1 日創刊，丁袖東爲社長兼總編輯，經理寧萬里，「內容以地方新聞爲主體」〔註 359〕，「以提倡實業文化爲宗旨」〔註 360〕，宣通社會之輿論及開發民眾之知識，則專以啓迪東北實業爲志願，對我東北一隅，民眾實業之知識自能開發出莫大之利益，所有工商各業以及森林礦產殖民實業等要務，尤有極高之影響。每日發行三千餘份，各縣及各商埠分社三十二處，社址省城瀋陽縣南胡同。1927 年 12 月 30 日創辦《東北日報》副刊《午報》，「專以提倡實業、啓導文化爲宗旨，以期有補於國計民生，而造福於社會」〔註 361〕。

《東北日報》是奉系軍閥津貼報刊，1926 年 10 月 8 日、11 月 19 日社長丁袖東分別向省長公署請求按月酌給津貼，以資推廣報務之輔助，第一次呈請津貼未獲批准，「刊行以來，甚合近今社會間民眾之公理，又辱承合各界諸大君子歡迎，由發刊至今，數月中已銷至四十餘份，至於各縣各埠又均成立分社以事推銷，實係稍有成效可觀，不過個人才能終屬有限，依然實力輕而易舉，創辦雖係艱難，至於守成推實爲難之又難。茲特爰各報館已往之舊例，請求按月酌給津貼以資推廣報務之輔助」〔註 362〕，東三省巡閱使、奉天督軍兼省長張作霖批示，「所請礙難照准，仰即知照，此批。」〔註 363〕，社長丁袖東再次呈請，闡明報紙實況，「竊緣民創辦東北日報，自出版數月以來極

〔註 358〕　孫智先：《二十年來瀋陽之報界——醒時報》1929 年 11 月 2 日《盛京時報》。
〔註 359〕　（臺灣）陳嘉驥：《東北新聞事業之回顧》，載於曾虛白：《中國新聞史》，第 525 頁。
〔註 360〕　王樹楠、吳廷燮、金毓黻等纂：《奉天通志》第 144 卷，東北文史叢書編輯文員會，1983 年版，第 306 頁。
〔註 361〕　遼寧省檔案館藏 JC10-29645（1139-1140）東北午報呈請賜發刊祝詞 1927 年 12 月 16 日。
〔註 362〕　遼寧省檔案館藏 JC10-3020（2086-2115）丁袖東爲創辦東北日報請補助津貼 1926 年 10 月 8 日。
〔註 363〕　遼寧省檔案館藏 JC10-3020（2086-2115）丁袖東爲創辦東北日報請補助津貼 1926 年 10 月 19 日。

承各界歡迎，竟暢銷至四千餘份，既有若是良好之數果自當竭盡綿薄力求推廣，方不負各界諸大君子之雅望」接著申訴前次請津貼未批准，無奈本報專重實業，辦報費用實在太高，「援照成例乃於前日呈向鈞署請求補助津貼等情，在案靜候多日謹蒙批以礙難照准云云，奉此理應遵照毋再煩瀆，無奈本報專重實業，冀啓東北民眾實業之知識，非若發揮輿論祇尙浮文者可此所有報說報料均行，根據各項科學採取而來，既屬來之不易，自然耗費亦多。兼連日百物騰貴，以致人工物料全超過原定預算一倍以上，雖云報業爲公益不以營利爲目的，亦應所得以抵所出，如果入不抵出，則民各人能有幾許金錢維持現在，又願推廣於將來」，接著又闡述公家津貼不僅是金錢補助，更是一種聲譽上的獎賞，況且津貼一成慣例，何至厚彼薄此，「且公家津貼報紙在形式上是爲補助，在實際上原係一種獎許之性質，獎許云者又非專對辦報人而言，乃係對於公眾閱報人而言也。公家補助報紙，即所以贊助此報紙認許此報紙，由此報務自然易於維持，更易於推廣公家，何惜毫末之微款不予公眾啓迪實業之知識，況津貼報紙已成定例，試查各報誰未受此補助，事同一體，何獨厚於彼而薄於此，所費無多，致令政出兩歧。爲此具請再行申述，懇請鈞署仍按成例酌給津貼，俾得推廣報務，寔爲德便」〔註364〕，東三省巡閱使、奉天督軍兼省長張作霖這次見請帖言語中肯，合情合理批准「查同家村於私人所設報館向來仰賴公家津貼，所請仍照准，此批」〔註365〕。

《東北日報》也曾經過呈請後得到省長公署爲其派銷報刊，並得到賀年刊費。1926 年 10 月 8 日社長丁袖東又懇請鈞署准予通令各縣派發報刊，「民所辦東北日報提倡文化圖興，各報相同，其於振興實業一層實爲特殊之要點，且於各縣各鄉之商民關係甚重，果今合該各報受同等之輔助，對於本報自有利益，對於各處實業前途更多，希望懇請鈞署准予通令各縣派發，以便提倡文化及提倡振興實業，實爲德便」〔註366〕，東三省巡閱使、奉天督軍兼省長張作霖「所請尙屬可行，仰准通令各縣普勸購閱可也」〔註367〕。1927 年 6 月

〔註364〕遼寧省檔案館藏 JC10-3020（2086-2115）丁袖東爲創辦東北日報請補助津貼 1926 年 11 月 19 日。

〔註365〕遼寧省檔案館藏 JC10-3020（2086-2115）丁袖東爲創辦東北日報請補助津貼 1926 年 12 月 2 日。

〔註366〕遼寧省檔案館藏 JC10-3020（2116-2121）丁袖東請各縣派銷《東北日報》 1926 年 10 月 8 日。

〔註367〕遼寧省檔案館藏 JC10-3020（2116-2121）批丁袖東爲請令各縣派發東北日報 由 1927 年 3 月 24 日。

22 日丁袖東再次向奉天省長公署呈文勸售報刊，「奉令勸售東北日報，現因地方異常窘迫，無力購閱……懇請再於輔助，令縣派發，以便提倡文化及振興實業」〔註368〕。《東北日報》每年都有賀年廣告，1928 年遼寧省政府給賀年刊費「遼寧東北日報二十元」〔註369〕。

（五）《新亞日報》

《新亞日報》於 1926 年 11 月 15 日〔註370〕出版，由曾任大連關東報編輯、奉天東北日報理事長的張法支任經理兼發行人，東北大學教授陶明濬爲社長，「爲了發展民族新聞事業，與日本人在東北所辦的報紙抗爭」〔註371〕，以「主張公論研究學術」〔註372〕爲宗旨，該報在簡章中稱不干涉政治，專以提倡教育振興實業爲宗旨，逐日採取輿論主持公道，從實登載，俾得促進文明。「《新亞日報》與《東北日報》均爲獨立經營，且創刊較晚，與其他報紙競爭，頗爲吃力，因而支撐不易。」〔註373〕內部分經理、編輯、營業、會計、印刷五部。新亞日報日刊兩大張，每日發行四千份，外縣新民等處分社五十一處，吉林長春等分社五處，社址省城大東關恒知府胡同。《新亞日報》的文藝版有《新亞園地》，刊載長、短篇小說，詩文，傳記等。

《新亞日報》是依靠奉系津貼的，報紙創刊時經董榮廷、佟有爲等合資經營，「係合資營業性質，共集奉大洋一萬元爲基金」〔註374〕，以張法支爲經

〔註368〕遼寧省檔案館藏 JC10-3020（2139）勸售東北日報 1927 年 6 月 22 日。

〔註369〕遼寧省檔案館藏 JC10-30393-0462～0466 遼寧省政府給東三省各報的賀年刊費 1928 年 12 月 24 日。

〔註370〕《新亞日報》創刊時間分歧：曾虛白的《中國新聞史》，第 526 頁；（臺灣）陳嘉驥：《東北新聞事業之回顧》中載新亞日報民國十五年六月創刊；《奉天通志》一百四十四卷，第 3307 頁載民國十五年六月成立；遼寧省檔案館藏 JC10-3020（2092）1926 年 11 月 2 日商人張法支等籌設新亞日報社懇請「即當積極籌值准予五十日內出版」由此得出新亞日報是 1926 年 11 月以後創刊的；又據遼寧省檔案館藏 JC10-3020（2121-2126）1927 年 4 月 12 日新亞日報社請派銷報章「爰於去歲十一月十五日創設本報」，可斷定新亞日報是 1926 年 11 月 15 日創刊。

〔註371〕據《瀋陽文學藝術資料》第 1 輯載《陶明濬》。

〔註372〕王樹楠、吳廷燮、金毓黻等纂：《奉天通志》第 144 卷，東北文史叢書編輯文員會，1983 年版，第 3307 頁。

〔註373〕（臺灣）陳嘉驥：《東北新聞事業之回顧》，載於曾虛白：《中國新聞史》，第526 頁。

〔註374〕遼寧省檔案館藏 JC10-3020（2092）商人張法支等籌設新亞日報社懇請中《新亞日報》簡章。

理兼發行人。1927 年 3 月「蒙莫前省長月給津貼奉洋千圓」〔註375〕。1927年 6 月新亞報社正社長陶明濬、副社長陳樹屏又提出增加津貼申請，省公署於 7 月「准每月增加津貼奉大洋五百元以資維持」〔註376〕。10月報社再次申請，並以民報每月津貼現洋三千，新民晚報日出一小張，每月津貼現洋兩千為比較，「敝報出版兩大張，日銷數千份，每月津貼奉大洋一千五百元，敝報價值絕不在他報以下，言論方面因與省當局效勞，相形之下偏枯一些，或能委鄙人諮議顧問等閒職，少加津貼亦可，尤能補助行政之不逮，誠公私兩全」〔註377〕；省公署「再加給奉大洋五百元」〔註378〕。至此《新亞日報》得奉系資助津貼奉大洋二千元。除此外，奉省每年還有賀年廣告刊費，《新亞日報》還申請在省城派銷報紙，更懇令各縣廣為派銷。

（六）《東北工商日報》

《東北商工日報》原名《奉天商報》，由奉天省商會於 1927 年 10 月 10日〔註379〕出資興辦，「商工為富強之本，非提倡無由振其業，提倡之法尤以灌輸知識為唯一要圖，是以通商惠工，懋著復興之績，書陳平准昭垂百世之麻，敝會領袖商工識在提倡灌輸商識，責無旁貸，爰經董事會議決在敝會組設商報社」〔註380〕。此報為中國民族資產階級的報紙。當時的社長是高崇民，總編輯是盛桂珊。《奉天商報》以「發達工商，增廣見聞，靈通消息」為宗旨〔註381〕，每日二大張，其內容為社論、專載、實業經濟調查、職業介紹、人事通訊、冠蓋往來、命令、批示、奉天總商會公文專欄、自由論壇、時評、專電、東北無線電、中外要聞、要聞簡錄、三省新聞、各地瑣聞、世

〔註375〕遼寧省檔案館藏 JC10-23256（0005）新亞日報社呈請增加津貼 1927 年 2 月28 日。

〔註376〕遼寧省檔案館藏 JC10-23256（0006）新亞日報社呈請增加津貼 1927 年 10 月16 日。

〔註377〕遼寧省檔案館藏 JC10-23256（0017）新亞日報社呈請增加津貼 1927 年 10 月18 日。

〔註378〕遼寧省檔案館藏 JC10-23256（0017）新亞日報社呈請增加津貼 1927 年 10 月22 日。

〔註379〕遼寧省檔案館藏 JC10-3022（2179-2186）奉天總商會為承辦商報簡章 1927年 10 月 7 日。

〔註380〕吉林省檔案館藏 101-16-0348 奉天總商會為組設商報社的函及吉林省長公署的函覆 1927 年 10 月 7 日。

〔註381〕遼寧省檔案館藏 JC10-3022（2179-2186）奉天總商會為承辦商報簡章 1928年 2 月 12 日。

界珍聞、小說常識、文苑、著述、談話、通俗講演、俱樂部、新詩、漫畫、格言、廣告等。創刊以來編輯記者「積極進行所有新聞採訪，不厭求譯，素諗貴署各種事項計盡諸待宣傳藉刊進行」〔註382〕，1927 年 12 月《奉天商報》呈請賀年刊費，省長劉尙清批覆，「函爲新年登載賀年廣告，請擇一欄增刊公佈等因，相應開單連同刊資函送查收，屆時刊登爲荷，此致奉天商報社計送奉大洋一百元」〔註383〕。1928 年 12 月改組後，遼寧省政府賀年刊費「東北商工日報二十元」〔註384〕。

　　1928 年張學良改組商會，成立工會，商會和工會合署辦公。1928 年 9 月 10 日《奉天商報》改名爲《東北商工日報》，社長是卞宗孟，編輯李笛晨、蘇子元（爲共產黨員）、朱煥階、胡石如、周晶心等人。「多刊工商消息及經濟新聞，爲其特色」〔註385〕，經常揭露日本侵略東北的行爲，並號召商工界人士發揚愛國主義精神。

　　《東北商工日報》日刊一大張半，在振興印刷局印刷，每日發行兩萬餘份。曾去俄國參加過共產國際第六次代表大會的共產黨員蘇子元擔任副刊編輯，經常發表進步文藝作品。蘇子元刊載在報端的《玫瑰色的薔薇》引發奉系當局注意。1929 年 2 月又將共產國際第六次代表大會決議刊載在報端，由此日本駐瀋領事要求當局追查，當局下令逮捕蘇子元。由於《東北民眾報》總主編陳言的掩護，蘇子元轉移到吉林龍井《民生報》任編輯。《東北商工日報》隨之被迫停刊。

（七）《新民晚報》

　　《新民晚報》創刊於 1928 年 9 月 20 日，爲一小型報紙。社長趙雨時，主編王乙元（王益知，張學良秘書），編輯許之平，還有一些外聘的記者和撰稿人。在經費上張學良給予支持「新民晚報日出一小張，每月津貼現洋兩千」〔註386〕。1928 年遼寧省政府給賀年刊費「新民晚報四十元」〔註387〕。《新民

〔註382〕遼寧省檔案館藏 JC10-3022（2179-2186）奉天總商會爲承辦商報簡章 1927年 8 月 18 日。

〔註383〕遼寧省檔案館藏 JC10-30393（0367-0370）奉天商報賀年請刊費 1927 年 12月 7 日。

〔註384〕遼寧省檔案館藏 JC10-30393（0462-0466）遼寧省政府給東三省各報的賀年刊費 1928 年 12 月 24 日。

〔註385〕（臺灣）陳嘉驥：《東北新聞事業之回顧》，載於曾虛白：《中國新聞史》，第526 頁。

〔註386〕遼寧省檔案館藏 JC10-23256（0017）新亞日報社呈請增加津貼。

晚報》「以啓發東北民智，廣播文藝爲宗旨」〔註388〕，一改各日報當天編排次日銷售的習慣，重要新聞當天編、傍晚賣，消息迅速，編排印刷，獨具風格，爲瀋陽獨一無二的晚報，「銷路曾達十七萬份，爲各報之冠，頗爲一般讀者所歡迎，每星期一附刊《新民畫報》」〔註389〕。

張學良的成長過程中，目睹日本人在東北竭力辦報，國人不斷受日本報刊同化、迷醉，日本以欺騙的宣傳，爲侵華狡辯；加之「皇姑屯」事件，國仇家恨疊加，使張學良決心辦一份深受市民歡迎的報紙，以駁斥日本報紙的謬論，身爲幕僚且有過京滬各大報刊經歷的趙雨時被選中，創辦《新民晚報》，擔任新民晚報社社長。

趙雨時（1998～1948）是民國時期著名的新聞業者和社會活動家。遼寧興城人，國立北京大學畢業，法學士。早期應聘在劉子任爲社長的北京民治通訊社，後來先後在《華北新聞》報社、《東方時報》社、上海《新聞報》社當過記者，1926年回到東北當選奉天省議會議員，任張學良秘書，1928年9月出任東北第一份晚報《新民晚報》的社長。

《新民晚報》發刊時歷陳「辦報有三難」，一在教育未普及，讀者少；二在通訊不便利，消息多爲昨日黃花；三是國弱民窮，購買力有所不及〔註390〕。爲此承諾「文字力求淺顯……俾使老嫗都解……印刷力求敏速，寄遞盡量提前……開破天荒之廉價……每份零售僅銅元二枚，暫合奉小洋二毛」〔註391〕，並稱「本報之宗旨在公開」，歡迎各地讀者踴躍投稿。

《新民晚報》大量刊登張學良的談話和通電，成爲張學良向民眾傳達的愛國主張的輿論陣地，1928年發表張學良的易幟通電，及時有力配合張的政治主張，並發出啓事「今日東省易幟，全國統一，本報特休刊一日，以資慶祝」。〔註392〕。1929年1月，張學良槍斃楊宇霆、常蔭槐的「老虎廳事件」〔註393〕

〔註387〕遼寧省檔案館藏JC10-30393（0462-0466）遼寧省政府給東三省各報的賀年刊費 1928 年 12 月 24 日。

〔註388〕王樹楠、吳廷燮、金毓黻等纂《奉天通志》第 144 卷，東北文史叢書編輯文員會 1983 年版，第 3307 頁。

〔註389〕（臺灣）陳嘉驥：《東北新聞事業之回顧》，載於曾虛白：《中國新聞史》，第 526 頁。

〔註390〕《創刊小言》1928 年 9 月 20 日《新民晚報》第 1 版。

〔註391〕《創刊小言》1928 年 9 月 20 日《新民晚報》第 1 版。

〔註392〕1928 年 12 月 29 日《新民晚報》頭版。

〔註393〕《楊宇霆、常蔭槐十一日伏法》1929 年 1 月 12 日《新民晚報》第一版。

以及張學良致楊宇霆夫人的信，也是率先由《新民晚報》向外界報導的。每逢新年，張學良攜夫人張于鳳至都要發來新年致辭，並配發照片，向讀者恭賀新年。

趙雨時注重報紙的社會效益，創辦之初即側重於文藝雜組。共產黨員李郁階主編副刊時，以「大小孩」的筆名經常發表進步作品。該報的文藝副刊「晚鐘」常發表國內著名作家的作品，曾連載著名作家張恨水長篇小說《春明新史》及《黃金時代》，使該報異軍突起，銷量大增，最高銷售達每期 50萬份，僅瀋陽城內就日銷兩萬份以上。

《新民晚報》的創刊意在調整東北新聞，和日本人的《盛京時報》必然要發生矛盾。1930 年，《盛京時報》主筆菊池貞二，以「傲霜庵」筆名發表文章，說「虎頭蛇尾」本是「虎頭無尾」之誤，由此，《新民晚報》主編王乙之撰文批駁其謬論，兩報爭論了很長時間。1931 年 8 月，《盛京時報》造謠張學良病故。《新民晚報》迅即派人去京核實，並將張學良病癒後的近照發表在報面上，指責《盛京時報》別有用心。

「九‧一八」事變前夕，《新民晚報》由於張學良進關，失去了憑藉，於1931 年 9 月 16 日自動停刊。

（八）《國際協報》

《國際協報》創刊於 1918 年 7 月 1 日〔註394〕，初在吉林省長春市，1919年 11 月 10 日〔註395〕遷往哈爾濱。該報由民人張濤、吳逖遠、吳作明發起。該報在發起宣言中論明長春所處地理上中樞位置，為國際間會師之地，「今後遠東防務精神，一在消弭敵人東窺野心，一在監視俄國亂黨構煽。中東幹路

〔註394〕《國際協報》創刊時間分歧：《哈爾濱市志‧報業志‧廣播電視志》，第 21頁載其創刊時間為 1918 年 8 月 1 日；1919 年 11 月 10 日遷來哈爾濱；《東北新聞史》，第 105 頁載其創刊時間為 1918 年 7 月 1 日；實際上《國際協報》的創刊時間為 1918 年 6 月 10 日。《黑龍江報刊》，第 170 頁所載黑龍江省檔案材料《國際協報社為創刊請賜題詞、資助的函》中記載民國七年「本報定六月十日出版」；又 1919 年 11 月 3 日檔案《國際協報編輯部為遷移來哈繼續出版的函》載「本報前於去年六月間在長春出版」，由此確定《國際協報》創刊時間為 1918 年 6 月 10 日。

〔註395〕《國際協報》遷往哈爾濱出版的時間分歧：《東北新聞史》，第 105 頁載 1919年 10 月遷往哈爾濱，《黑龍江報刊》，第 171 頁民國八年十一月十八日《濱江警察廳廳長張晉升為〈國際協報〉遷移濱江報請鑒核的呈》載「茲於十月間遷移來哈，十一月十日在哈出版」，所以確定《國際協報》在哈爾濱初刊時間為 1919 年 11 月 10 日。

不啻我國家第一中心防線，而長春密邇，濱江縮轂，奉吉鎖鑰，龍沙為南北滿出入門戶及東北邊傲之重鎮，蓋位臨兩大，地街三路之中樞，在地理上洵有左右輕重之價值。萬一俄亂波及遠東，則春一隅或為國際間會師之機要中樞，正未可知」〔註396〕，正因為有國際地位的動擾，需要有一個健全的新聞輿論機構，「故不得已以「國際」為標題，所以翊贊中央遠交近親之方針，冀為平和正誼之保障。非敢標榜政見，以阿當世；非敢依附黨派，相競流俗。耿耿私懷，但願抒為平易公正之論，喚起國人之大覺悟暨貫灌輸平民之外交常識而已」〔註397〕。

《國際協報》社長兼主筆為張復生，總編輯為趙惜夢，副刊主編為陳紀瀅。濱江道道尹李家鏊為《國際協報》創刊撰送頌詞：「莽莽風雲，翻揚歐亞。嗟我中國，得助素寡。不亟自謀，何以守區夏？勤釐政教，勉治戎馬。講信修睦，敦盤是假。措施不慎，人恒指其瘕。國際協報，志揝大廈。糾匪過謬，補苴漏罅。盡其天職，為國是鑒借。鏊漸不才，忝任邊化。盱衡時局，憂心夙夜。惟冀昌言，待拜嘉風下」〔註398〕。該報辦刊宗旨為志在扶持正義，促進和平，編輯內容，分世界大事、國際要聞、國際新聞，內容與編排均甚為新穎，副刊尤具特色，《國際協報》歷時近 20 年，是哈爾濱出版時間較長、社會影響較大的一家民辦報紙，且為「東北部最具權威的報紙，銷路亦有數萬份」〔註399〕。

《國際協報》1920 年 5 月下旬出版了《俄中友誼報》。10 月下旬，瞿秋白赴莫斯科途徑哈爾濱時，曾經走訪張復生。他在北京《晨報》的報導和《餓鄉紀程》一書中曾說：哈爾濱「中文報的內容都不大高明」，「只有《國際協報》好些。」此後，該報進入了它曾自稱的「革進時期」。

《國際協報》不斷抨擊日本的侵華陰謀。1922 年 2 月，哈爾濱各界群眾組織救國喚醒團，抵制華盛頓會議，抗議國際共管中東鐵路，要求「還我青島」、「取消二十一條」。張復生被推為哈爾濱救國喚醒團團長，由於張復生擅

〔註396〕黑龍江省檔案館：《黑龍江報刊》，哈爾濱市紙製品印刷廠印刷（內部刊物），
　　　　　1985 年出版，第 168 頁。
〔註397〕黑龍江省檔案館：《黑龍江報刊》，哈爾濱市紙製品印刷廠印刷（內部刊物），
　　　　　1985 年出版，第 168 頁。
〔註398〕黑龍江省檔案館：《黑龍江報刊》，哈爾濱市紙製品印刷廠印刷（內部刊物），
　　　　　1985 年出版，第 169 頁。
〔註399〕（臺灣）陳嘉驥：《東北新聞事業之回顧》，載於曾虛白：《中國新聞史》，第
　　　　　526 頁。

長國際評論，至此在該刊發表大量抵制日本書章，日本滿鐵情報機關因而視該報為「排日傾向強烈」的報紙。

《國際協報》對蘇俄之前有所偏見但以後逐步有所糾正。1923 年 11 月曾刊載哈爾濱通訊社的稿件，批駁日本為挑撥中蘇關係而散佈的謠言，維護中蘇兩國友好睦鄰關係。還聘請化名駱森和警寅的中共黨員李震瀛為該報撰寫評論。國共兩黨實行合作後，張復生著文自命「為相對贊成聯俄之員」，並把國民革命政府所在地廣州，贊「為唯一色彩濃厚、旌旗鮮明薰陶共產主義之發祥地」，表示「私意引為安慰」〔註 400〕。

1928 年春夏之間《國際協報》副刊《燦星》創刊，共產黨員楚圖南組織的「燦星文藝研究社」創辦，目標純為研究文藝，附《國際協報》副刊出版，約每星期出刊一次，每次多印數十張。1930 年 12 月 5 日「檢查共黨犯人楚圖南之書籍中，有名《燦星》之刊物」，「查此種刊物，實足以煽動青年。若任其宣傳，殊能危害治安」〔註 401〕，「嚴行取締出版。並禁止售賣，以免流行」〔註 402〕。

《國際協報》的副刊《俄文日報》是奉系當局出資創辦。1920 年創辦時，奉系軍閥已漸次收回開始收回中東鐵路政權、路權業，凡百措施，皆因言語所不能普及，妨礙傳佈。哈爾濱當局默察時勢，亟應組織《俄文日報》，「俾地方雜居中俄商賈群曉然於地方政俗，俾資聯絡感情，促進邦交。即如近頃過激主義之傳播，恒視遠東為根據地，在我如果闡揚禮教，下以針砭，援繩愆糾謬之行，為敦風正俗之詞，保障世道之心，誠非淺鮮。唯倉猝創辦一報，需款浩繁，當此款項支絀之際，籌措匪易」〔註 403〕。所以當局要求《國際協報》附出俄文日報，《俄文日報》志在捍衛國家行政威信，聯絡中俄感情，並以絕對主持正誼，糾正外報偏激言論為宗旨，向在哈俄僑宣傳中國各項政策。

從 1920 年 5 月始東三省長官機關按月津貼《國際協報》附刊《俄文日

〔註 400〕黑龍江省地方志編纂委員會編：《黑龍江省志·報業志》，黑龍江人民出版社，1993 年版，第 47 頁。

〔註 401〕《東北邊防軍駐吉副司令官公署為查禁《國際協報》副刊《燦星》的咨》1930 年 12 月 5 日《黑龍江報刊》，第 180 頁。

〔註 402〕《東北邊防軍駐吉副司令官公署為查禁《國際協報》副刊《燦星》的咨》1930 年 12 月 5 日《黑龍江報刊》，第 180 頁。

〔註 403〕《哈爾濱警察總局局長張曾榘為擬請組織《俄文日報》附於《國際協報》發行的呈》1920 年 3 月 29 日《黑龍江報刊》，第 172 頁。

報》，「以所收吉林省長公署協款開支此汲經常用款每月一千一百元」〔註404〕，包括東省鐵路督辦公所每月津貼現大洋六十元，吉林省長公署每月津貼現洋二百元（由上年八月起已領一千四百元），奉天省長公署每月津貼現洋二百元（由本年一月起尚未具領），黑龍江省長公署每月津貼現洋一百元（由本年一月起尚未具領），護路軍總司令每月津貼現洋六十元（由本年二月起），濱江道尹公署每月津貼現洋六十元（尚未具領），東省特別區警察總管理處每月津貼現洋六十元（尚未具領），東省特別區高等廳每月津貼現洋六十元（尚未具領），每月報費收入約現洋二百元（暫發一千份附送各機關閱看及代派扣用外約能收入此數），每月廣告費收入約現洋一百元（初次出版廣告不易招登故每月暫定一百元）〔註405〕。1928年12月24日遼寧省政府在給東三省各報的賀年刊費中給《國際協報》刊費十元〔註406〕。

（九）《吉長日報》

《吉長日報》於1909年11月27日長春創刊，翌年12月遷至吉林，1931年「九一八」事變後日軍接管《吉長日報》。《吉長日報》出版時間延續22年，是吉林省當時出版時間最長的報紙之一。《吉長日報》為顧植個人經營，官署經常給予津貼，是吉林省最有影響的半官方報紙。1911年4月吉林省城大火，波及《吉長日報》，官署怕各地報刊對此次火災「登載失實，張皇其詞，人心易致動搖」，於是迅速撥款給吉長日報社，要求5月「續行出版」〔註407〕。1915年有吉林廳署議定助款數目，各縣署暨各稅捐局銷報數目，所有各機關認助款項，自1915年6月起按月發給；1917年12月起准由軍界機關月助吉洋一百元；1919年4月由財政廳借墊大洋貳仟元；1922年11月至1923年3月止，每月均由財政廳應撥大洋三百元，所有一次撥給之二千元應已領訖。

根據吉林省檔案館藏資料，查《吉長日報》有三次申請補助。第一次是1915年5月，據《吉長日報》報社稟陳，「經費支絀，積虧甚巨，請予維持」〔註408〕，吉林鎮安左將軍行署於1915年5月7日批示「查吉長日報為全省言

〔註404〕吉林省檔案館藏109-09-0299補助國際協報社經費1920.5.7～1921.5.21。
〔註405〕吉林省檔案館藏109-09-0299補助國際協報社經費1920年5月7日。
〔註406〕遼寧省檔案館藏JC10-30393（0462-0466）遼寧省政府給東三省各報的賀年刊費1928年12月24日。
〔註407〕吉林省檔案館藏《吉林巡撫陳昭常1911年4月給民政司與度支司關於按月給〈吉長日報〉津貼的指示》。
〔註408〕吉林省檔案館藏J101-08-0513《吉長日報社經理為經費竭盡請令由財政廳借

論機關，存發動聲大局，本將軍苟力所能及自當勉爲其難，設法補助應候咨商巡按使妥籌辦法共策進行」〔註409〕；吉林巡按使公署於 1915 年 6 月 25 日批示「當經批飭政務廳邀集各機關核議去後，茲據各該廳署議定助款數目，並將各縣署暨各稅捐局銷報數目分別規定，詳覆前來所有各機關認助款項，自本年六月起按月發給，相應抄單函知該報社」〔註410〕。吉林省政務廳公文「竊查吉長日報創辦有年，向由官家籌撥經費，每年編列預算自經中央將此項預算刪除，以後經費支拙至今，有不能支持之勢，惟本省遇有內政外交發表正論，尚可以該報爲言論機關，是於行政方面不無裨助，況吉省報紙僅此一項設，竟聽其停止，不予維持其勢，必致外人趁機發刊，爲患滋巨，顧維持之策，不外推廣銷路及補助經費兩項辦法，各廳署公費有限，協濟本屬爲難，然以該報與政界之關係不得不勉爲擔任，現已酌定各署每月協助二三十元不等，其協助之款，按月由該報社分向各署請領，至於各縣暨各稅捐局並按差缺之繁簡酌定銷報數目，無論報紙能否照銷，其應交報費，均須按月措繳設，如積欠至半年以上准由報社稟請財政廳通知金庫於各該縣局應領款內照數核扣，遇有知事局長更替代並須會同核明，仍由後任擔負責任，以期經久，廳長等官商至再意見相同，謹將省城各廳署暨四路道署酌定協助數目，並各縣及各稅局酌定銷報價目分繕清單，合詞稟請鑒核批示，遵辦再省公署每月補助若干，並候核定遵行」〔註411〕。第二次是 1919 年 1 月 20 日請令由財政廳借墊大洋二千元，以度危局。呈言：「民國四年呈由軍民兩長核准各機關按月補助若干，各縣署局並承銷報紙，前後任應繳報費並准列入交代中，一方推廣輿論勢力，一方即維持社中現狀法良意美。然詎歐戰以還，紙價驟漲，幸蒙督軍洞悉爲難情形，民國六年十二月起准由軍界機關月助吉洋一百元，藉資彌補懇求省長恫念吉省言論機關僅有此報，本數年來維持之苦心，特別贊助令由財政廳借墊大洋貳仟元以支危局，萬一慮款無著落，則請查照附單所開，將綏遠等各署局欠款由廳按照成案，扣除，如是則一轉移間社事

　　　墊大洋二千元以度危局的呈文及吉林省長的公署訓令》1919 年 1 月 20 日。
〔註409〕吉林省檔案館藏 J101-08-0513《吉長日報社經理爲經費竭盡請令由財政廳借
　　　墊大洋二千元以度危局的呈文及吉林省長的公署訓令》1919 年 1 月 20 日。
〔註410〕吉林省檔案館藏 J101-08-0513《吉長日報社經理爲經費竭盡請令由財政廳借
　　　墊大洋二千元以度危局的呈文及吉林省長的公署訓令》1919 年 1 月 20 日。
〔註411〕吉林省檔案館藏 J101-08-0513《吉長日報社經理爲經費竭盡請令由財政廳借
　　　墊大洋二千元以度危局的呈文及吉林省長的公署訓令》1919 年 1 月 20 日。

可暫維，目前款項亦不至虛懸，無薄一舉兩得殆無逾斯，否則十年之功毀於今日」〔註412〕。第三次是 1923 年 4 月呈請補助，呈言：「1922 年 11 月至 1923 年 3 月止，每月均由財政廳應撥大洋三百元，所有一次撥給之二千元應已領訖」〔註413〕。1923 年 5 月 13 日兼署吉林省長孫烈臣令吉林省財政廳按月給《吉長日報》撥款三百洋，並應嚴於公文手續，令稱「據吉長日報社經理顧次英呈稱，本社於去年間因經費支絀，月虧約大洋三萬餘元之譜，又因兩年以來各機關補助各費一律停止不得已挪用，派報處押款已及二千六百餘元之多，月虧既不能維持挪用又無從籌措，當經次英瀝經種種困難情形，荷蒙軍省憲面諭前財政廳蔡援照奉省東三省公報成例，經挪用押款一次撥給大洋貳仟元外，其每月不敷之款由廳按月照撥三百元，以資維持，仰見提倡正論維獲公益之盛心，莫名感荷，查自去年十一月起至本年正月止，每月均由財政廳應撥大洋三百元，所有一次撥給之二千元應已領訖，各在案二月以來適用，財政廳長前後交代之示尚未具領，前日備函請領蒙係廳長鑒及此案所有補助各款均係奉諭，應嚴於公文手續，頗不完備，囑即補呈備案以便函發云云，自係為慎重公款起見理應遵辦用特詳還，本社荷承補助經費緣由呈請鈞署查核備案並懇轉令財政廳繼續照撥以資維持，兩完手續」〔註414〕。

《吉長日報》以「開濬民智，扶助外交」為宗旨，每日對開一大張，經常批揭日俄侵華行為及官府舞弊事實。1922 年 12 月 2 日顧植在《告為補助本社經費請令財政廳補助》稱「本報自發刊以來，如宣統元年中國圖門界約等，津滬輿論均視我報之記載，為評判之依據」。

（十）《哈爾濱晨光報》

《哈爾濱晨光報》1923 年 2 月 21 日在哈爾濱創刊，是「哈爾濱救國喚醒團」想辦一張宣傳救國救民反帝反封建的報紙作為輿論陣地，經過張學良在哈爾濱道外區所辦的糧食交易所投資 5,000 大洋創辦的綜合性日報〔註415〕。

《哈爾濱晨光報》初期發行人兼著作人韓慶昌（鐵聲），年底改由于芳洲

〔註412〕吉林省檔案館藏 J101-08-0513《吉長日報社經理為經費竭盡請令由財政廳借墊大洋二千元以度危局的呈文及吉林省長的公署訓令》1919 年 1 月 20 日。

〔註413〕吉林省檔案館藏 J109-12-1036 吉長日報社補助費 1923 年 4 月 10 日。

〔註414〕吉林省檔案館藏 J109-12-1036 吉長日報社補助費 1923 年 4 月 10 日。

〔註415〕羅玉琳、艾國忱：《訪革命老報人韓鐵生》，《新聞研究資料》第二十輯，中國社會科學院新聞研究所《新聞研究資料》編輯部編輯，1987 年 7 月，第 70 頁。

任社長，張樹屏任總編輯，喚醒團團員參與編撰，均爲兼職，不支薪水。日出對開 2 張 8 個版面，報紙常用「報章體」發表言論，也常用白話文報導新聞，是哈爾濱最早響應五四、利用白話文的報紙之一。3 月，中共黨員李震瀛和陳爲人以晨光報記者名義，化名駱森、陳濤進行採訪活動，促進該報發展。該報注重新聞，時配短評，經常以直系軍閥政府和吳佩孚爲抨擊對象，指名道姓地指斥「軍閥制運數已終，子玉（吳佩孚）必爲先隕之果」（引自 7 月 1 日楓冷的短評）。日本人在哈爾濱的《大北新報》曾舉辦「花選」，由嫖客投票選出妓院裏的「花界總統」。晨光報仿而舉辦「民選總統」活動，尖銳地嘲笑曹錕的「賄選總統」鬧劇。特別著意揭露日本侵華野心，和在哈爾濱的日本人的非法活動，常在頭條等顯著位置揭載。同時也經常攻擊蘇俄，但逐步改變反對蘇俄的趨向。1923 年 12 月 1 日韓鐵聲、陳爲人和李震瀛因與晨光報同人矛盾激化，公開「啓事」，從是日起，正式退出晨光報〔註416〕。

後來于芳洲和張樹屏分別繼任社長和總編輯，該報向地方當局靠攏，取得官方資助。報紙擴爲日出對開三張半，依然是反對日本侵華和反對蘇俄的報導和言論。副刊《藝林》更名《光之波動》，1924 年青年作者趙惜夢和陳新會（凝秋）主編，使該報副刊堅持了「五四」運動的新文藝方向，繼續傳播新思想，宣傳新文化運動。該報銷數居哈市報界第一。隨著北伐戰爭的勝利發展，晨光報越來越同情和支持國共兩黨合作進行的國民革命，被日本特務機關視爲「排日」、「左傾」的報紙，地方當局加強對它的監視。「五卅」慘案，共產黨員馬駿在吉林成立「吉林滬案後援會」，通電全國反對英日野蠻暴行，並組織吉林各校公眾集會遊行。6 月 14 日省城各界舉行悼念上海死難同胞哀悼會，吉林省長公署予以警告。《哈爾濱晨光》報導當時的情景說：「群眾均爲感動，而一般青年學生尤爲激昂，大有此仇不報寧死不甘之勢」。1926 年 3 月原副刊《光之波動》更名《江邊》經常宣傳民主科學的新思想、新知識，也是當時哈爾濱報紙僅有的。1926 年 12 月中旬，濱江警察廳以該報副刊《江邊》於 11、12 兩日「節錄《女權運動與人權運動》」和小詩《暴烈的呼聲》，「語多隱躍，細玩其語意，似有鼓吹赤化之旨趣」，於是押于芳洲、張樹屏和陳會新，並搜查報館和帳簿，對該報接受救國後援會津貼，「認爲有可疑之點」。于、張二人爲了辯解，曾呈送 3 張刊有抨擊蘇聯言論和報導的近日該

〔註416〕黑龍江省地方志編纂委員會編：《黑龍江省志·報業志》，黑龍江人民出版社，1993 年版，第 59 頁。

報。吉林省軍務督辦張作相訓令說：「《江邊》欄內登載之文字，雖語多離奇，不無可疑，然遽以疑似之語，遂興文字之獄，似與法治國家精神有未盡合」。但他要求「詳細追究」救國後援會津貼問題。晨光報於 12 月 15 日被迫停刊〔註417〕。1928 年 12 月 12 日復刊後，辦報宗旨改爲「提倡實業，振興教育，注重倫理道德，發揚國粹，援助外交。」1931 年 12 月停刊〔註418〕。

（十一）《松江日報》

《松江日報》於 1923 年 9 月 10 日在哈爾濱創刊。社長郭大鳴（郭瑞齡）是奉軍將領郭松齡之弟，編輯長爲原《遠東報》主筆楊墨宣。《松江日報》以「超然獨立，無黨無系，不偏不倚，以穩健遠大之言論，中正和平之主張，而啓迪國家，振導社會」爲宗旨。但實際上是奉系少壯派張學良、郭松齡的機關報。辦報經費由張郭等人在哈爾濱開辦的濱江糧食交易所提供，資本金共 8 萬元〔註419〕。

報社設編輯、印刷、發行三部，並利用張郭的社會影響，在東北各城鎮（主要是黑龍江地區）開設分社，推銷報紙，期發 800 多份。

《松江日報》所刊言論，一律採用文言，常常代表奉系抨擊直系軍閥，文章中常常出現「我奉」字樣。有的社論爲奉系當局出謀劃策，結尾時謙稱「記者代庖杞憂，不知吾東省當局，亦以芻蕘之言，爲有當否乎」〔註420〕。

因爲辦報經費不足，特別是可以利用奉系在各地的機構，所刊國內新聞不少是獨家專稿，常見新聞電頭有：本報北京特約通信、本報駐上海特約通訊、本報駐廣州特約通信，以及本報廣州專電、本報滬函云、北京專電等，甚至有「華盛頓 11 月 25 日專電」等。除哈爾濱外，還聘請瀋陽、長春、吉林和齊齊哈爾等城市熟悉軍政各界重要情形的人作訪員，專門採寫東省鐵路情形，現在選舉內幕、本埠商務狀況、中俄交涉事件、官署社會要聞之類的稿件。

〔註417〕黑龍江省地方志編纂委員會編：《黑龍江省志·報業志》，黑龍江人民出版社，1993 年版，第 59 頁。

〔註418〕黑龍江省地方志編纂委員會編：《黑龍江省志·報業志》，黑龍江人民出版社，1993 年版，第 59 頁。

〔註419〕黑龍江省地方志編纂委員會編：《黑龍江省志·報業志》，黑龍江人民出版社，1993 年版，第 60 頁。

〔註420〕黑龍江省地方志編纂委員會編：《黑龍江省志·報業志》，黑龍江人民出版社，1993 年版，第 61 頁。

1925 年 11 月 24 日，郭松齡起兵倒張反奉。30 日張作霖發佈討伐郭松齡宣言，同時嚴禁報紙刊載郭松齡不對的消息。12 月 2 日，《松江日報》發表啓事宣佈「因機件損壞，修理需時，暫行停版數日」〔註421〕，自動停刊。

（十二）《哈爾濱公報》

《哈爾濱公報》於 1926 年 12 月 1 日在哈爾濱創刊，是因郭松齡事件停刊的《松江日報》改辦而成。主辦人關鴻翼自任社長，編輯長楊墨宣。每日對開兩大張。12 月 7 日，又附出俄文《哈爾濱公報》，聘白俄維斯主編。這是哈埠中國人第 2 家同時出版中俄文報的民辦大報，是哈埠較有影響的大型綜合性日報。報紙創刊前，關鴻翼呈請東省特別區行政長官公署說：我國開始收回中東鐵路界主權以來，俄國鐵路員工和僑民「以語言之隔閡及黨派之傾軋，與我國商民時生誤會」，對我國地方當局採取的措施，「往往不甚諒解，猜疑滋多」。他認爲產生這些問題的原因是，「由俄僑在哈所裏各報館以文字空憑之記載，爲報紙無據之播楊，影響所及，小之而挑撥惡感，大之而構成交涉」。並特別指責蘇聯「新黨發行之報紙，本主義之作用，爲利己之宣傳」，他指出：雖然「我官署固向持嚴屬查禁，力事防範」，但「報紙爲日刊之物」，防不勝防。於是他表示，「同人等旅哈年久，見解日深」，加上精通俄語等有利條件，他的報紙將「開中國報界之先河，達世界文化之上乘」。並確定該報宗旨「爲官民對外之喉舌，移特區俄僑之觀感」。在《廣告簡章》中還規定免費刊載各官署的命令、布告等。

由於關鴻翼「力圖使該報成爲官署機關報，以爲晉身之階」〔註422〕，該報雖然印製精良，但內容保守，且多文言文，時爲哈郵局實習生的當代著名文藝評論家孔羅蓀，入該報編輯副刊僅三天，以「報社的頑固是可怕的」〔註423〕感悟自動離職。而哈爾濱當局非常讚賞關鴻翼，東省特別區行政長官公署迅疾按月津貼大洋 200 元，並函達各機關分別「酌量資助」，濱江道尹公署遵囑每月津貼大洋 100 元〔註424〕。

〔註421〕黑龍江省地方志編纂委員會編：《黑龍江省志‧報業志》，黑龍江人民出版社，1993 年版，第 61 頁。

〔註422〕黑龍江日報社新聞志編輯室編著：《東北新聞史（1899～1949）》，黑龍江人民出版社，2001 年版，第 158 頁。

〔註423〕孔羅蓀：《走向文學之路》，1983 年。

〔註424〕黑龍江省地方志編纂委員會編：《黑龍江省志‧報業志》，黑龍江人民出版社，1993 年版，第 62 頁。

1928 年 5 月《哈爾濱公報》因任察哈爾省交涉署署長的關鴻翼「無暇兼顧」，交由東省特別區行政長官公署接管，正式成爲東省長官公署機關報。12 月 6 日卸任交涉署長的關鴻翼依長官公署令接辦《哈爾濱公報》。1937 年 10 月 31 日《哈爾濱公報》奉令與《濱江時報》、《國際協報》合併，於 11 月 1 日出版《濱江日報》。日本投降後，任哈爾濱市副市長的關鴻翼於 1945 年 12 月 1 日重新副刊《哈爾濱公報》，1954 年 2 月關因病去世，該報終刊〔註 425〕。

（十三）《黑龍江報》

《黑龍江報》於 1916 年 2 月 10 日在齊齊哈爾創刊，主辦人魏毓蘭籌備經年，招股集資 1,100 元，自任社長兼總編輯，該報宗旨爲「提倡殖邊，促進教育，代表輿論，擁護國政」，周六刊，對開六版。黑龍江公署很重視《黑龍江報》，「每月津貼 100 元，其餘各機關也均有津貼，總數達到 700 元」〔註 426〕。另外黑龍江公署還對印刷費給予免印或補助給財政廳函「向由貴廳印刷所代印，而近日印刷增價，實因工料昂貴之故。惟念報紙有啟發民智之功，亟應設法贊助。務請貴廳大力維持，無論如何爲難，或飭知印刷所對於該兩報之印刷費仍舊辦理，不再加價，抑或由貴廳另籌補助，以爲救濟之處，均請卓裁」〔註 427〕，因此《黑龍江報》屬於半官方報紙。該報的編採者僅三四人，魏毓蘭主持日常編務，更勤於撰寫詩文，尤其注重積累各種資料。他自述在採編中，「或得諸故老傳聞，或參與私家著述，或網絡散佚，旁以群言，人物臧否，凡地理、歷史、土物、風俗以及軍警法學之科，根礦漁林之業，一切內政外交，與夫金石、詩歌、貨殖、方伎之屬，兼收並蓄，鍥而不捨，積時閱六寒暑，計稿得百萬言，分類約二十種，統名之曰《龍塞叢編》」〔註 428〕。1919 年 3 月《黑龍江報》紀念出版第 1000 號，出版增刊《龍城舊聞》一書，內容爲原報中「抽摘舊聞數十種」，是一部 8 萬字的方志著述，較有文史價值，後來曾多次再版。1929 年元旦黑龍江省公署創辦機關報

〔註 425〕黑龍江省地方志編纂委員會編：《黑龍江省志・報業志》，黑龍江人民出版社，1993 年版，第 64 頁。

〔註 426〕《黑龍江省政務廳爲請財政廳維持《黑龍江報》公函》1919 年 11 月 13 日《黑龍江報刊》，第 82 頁。

〔註 427〕《黑龍江省政務廳爲請財政廳維持《黑龍江報》公函》1919 年 11 月 13 日《黑龍江報刊》，第 82 頁。

〔註 428〕黑龍江省地方志編纂委員會編：《黑龍江省志・報業志》，黑龍江人民出版社，1993 年版，第 33 頁。

《黑龍江民報》,《黑龍江報》於 4 月 3 日被迫終刊〔註 429〕。

（十四）《濱江時報》

　　《濱江時報》於 1921 年 3 月 15 日在哈爾濱創刊,民營日報。主辦者爲直隸鹽山（河北省黃驊市）范氏兄弟,經理二哥范聘卿任,社長四弟范介卿,王趾舒、趙逸民相繼任主筆。這是一家發行份數雖少而出版時間較長的民辦大型日報。該報政治上依附當權者,一貫反蘇反共,初捧奉系當局,領取地方當局按月津貼,僅鐵路督辦公署每月予以津貼大洋 100 元或 60 元不等〔註 430〕。1928 年 12 月 24 日遼寧省政府給東三省各報的賀年刊費給《濱江時報》十元〔註 431〕。中東鐵路督辦王景春、中東鐵路會辦俞人鳳還爲《濱江時報》三週年紀念祝詞:「群龍戰野,強虎鬪鄰,葹醲香奐,疇恤泯棼,袞袞諸子,晁賈之倫,珥筆三載,璀璨燕雲」〔註 432〕。

　　《濱江時報》的辦報宗旨:「崇尚德道,提倡實業,維持東亞和平」。早期的評論,一再標榜該報「不偏不黨」,但卻利用哈爾濱白俄報紙或剪裁歐洲如柏林的白俄報紙,爲帝俄和白俄勢力代言,惡毒攻擊蘇聯。關於蘇聯的新聞評論,比較該報的經濟新聞評論,缺乏特色,從創刊之日起就一再拾中外牙慧,翻來覆去地鼓譟共產主義爲「有妻共御」,「殺人放火」,「不合中國國情」〔註 433〕等陳詞濫調。

　　《濱江時報》在東北各地和京、津、滬以及蘇聯遠東地區的伯力、伊爾庫次克等都有分館或代銷處,國內報導較爲靈通。該報發展迅速,1921 年 9 月後即增至對開兩大張。1923 年又自辦印刷廠。1924 年 1 月起附出小報《消閒錄》。1924 年曾摘錄國民黨黨章,並刊載孫中山先生的題詞:「鼓蕩文明」。1925 年 8 月以「考查社會,不識字者,非藉重畫報,不足以增其知識」〔註 434〕

〔註 429〕黑龍江省地方志編纂委員會編:《黑龍江省志‧報業志》,黑龍江人民出版社,1993 年版,第 33 頁。

〔註 430〕《濱江時報社爲經費艱難懇請設法補助的函》1927 年 3 月 7 日《黑龍江報刊》,第 203 頁。

〔註 431〕遼寧省檔案館藏 JC10-30393（0462-0466）遼寧省政府給東三省各報的賀年刊費 1928 年 12 月 24 日。

〔註 432〕《濱江時報社爲特刊三週年紀念號請賜箴言的函》1924 年 3 月 2 日《黑龍江報刊》,第 201 頁。

〔註 433〕黑龍江省地方志編纂委員會編:《黑龍江省志‧報業志》,黑龍江人民出版社,1993 年版,第 52 頁。

〔註 434〕《濱江警察廳廳長興今關於〈濱江時報〉增加一小張畫報的呈》1925 年 4 月

爲由又隨報附出繪圖石印《濱江畫報》。1927 年「四一二」政變後，投靠國民黨。1928 年，本報版面增加到對開三大張。1928 年新年特刊曾達 10 大張半，42 個版之多，創哈埠中國人報紙空前紀錄。但是期發數只千份左右，最低時僅 400 多份〔註435〕。爲了招徠讀者，擴大發行，《濱江時報》非常注意報導下層社會，並廣設「說部」（小說）專欄，有時從要聞版到副刊設立 4 個「說部」欄，分別連載「豔情小說」、「俠情小說」、「社會小說」等。在本埠社會新聞中，尤其突出黃色新聞，曾設立「花界」或「花國集豔」專欄，每日爲妓女、嫖客提供版面，內容極其低級下流。同時，范聘卿以開設賭場、私賣鴉片爲副業，受到正派讀者的非難，報紙形象在正派讀者心目中極爲低劣。

在蔣介石發動「四一二」反革命政變後，該報瘋狂進行反對共產黨的宣傳報導，曾造謠污蔑說，「江漢赤共產黨屠殺益殘酷」，「陸無能行之人，水無可通之舟」〔註436〕。東北易幟後，更公開投靠國民黨，曾每日提供一個整版，作爲國民黨黨務專刊，刊載蔣介石等國民黨要人的講話和文章，以及哈市黨部炮製的《剿赤歌》之類的作品。

《濱江時報》1937 年 10 月 31 日出版到 4996 號時終刊，與《國際協報》、《哈爾濱公報》合併，出版《濱江日報》。

（十五）《濱江新報》

《濱江新報》於 1919 年 7 月 20 日創刊，民人沈疆（沈玉和）爲發起人，以濱江爲萬國孔道，滿洲大埠，其商興衰與東省關係甚巨，自歐戰以還，又爲日俄勢力範圍所必爭，數十年來民生凋零，商權放棄，舉市貿易全權半爲外人所操縱，創辦濱江時報志在擁護國權，發揚商情，並以增進國際貿易普通常識爲前提。立言務求平易，紀事務求翔實，但得標榜正誼，闡揚國論，拱衛地方政權，折衝於壇坫樽俎之間，該報內容以提倡實業、發揚地方商務爲宗。1919 年 5 月 3 日吉林省長公署批示給濱江新報補助大洋 200 元〔註437〕。

21 日《黑龍江報刊》，第 202 頁。

〔註435〕黑龍江省地方志編纂委員會編：《黑龍江省志・報業志》，黑龍江人民出版社，1993 年版，第 52 頁。

〔註436〕黑龍江省地方志編纂委員會編：《黑龍江省志・報業志》，黑龍江人民出版社，1993 年版，第 52 頁。

〔註437〕吉林省檔案館藏 J101-08-0640 哈爾濱濱江新報社爲請補經費的呈文及吉林省長公署的指令 1919 年 5 月 3 日。

濱江道道尹傅疆准予《濱江新報》備案7月15日「准予備案」〔註438〕。

（十六）《東三省商報》

　　《東三省商報》1921年12月1日創刊於哈爾濱。中國南洋兄弟煙草公司在哈市經銷機構出資7,000大洋創辦。發行人葉元宰（號輕帆）編輯人吳春雷，以哈爾濱爲東三省通商巨埠，年來路政、司法次第收回，國家主權日形發展，允宜有一健全言論機關提倡鼓舞，以喚起商民對外貿易之精神爲由，呈請創辦。地址在哈爾濱道外南十四道街路東。《東三省商報》以提倡國際貿易，啓發人民商業智識道德爲宗旨〔註439〕。凡外交、軍事秘密及個人私德有關名譽者，概不登載。每日出紙二大張，內容分論說、短評、特電、命令、本埠新聞、東三省新聞、國內要聞、世界要聞、專件公佈、行市商況、文苑、小說、談叢、筆記等十六門。1926年12月東三省商報社五週年紀念，中東鐵路督辦公所所長于沖漢撰送祝詞「世界實業，曰農工商。維我東亞，商戰之場。三省中心，咸推哈埠。商業勃興，民生基礎。猗歟人報，諳悉商情。闡揚指導，持論公平。比及五年，風行紙貴。藹如之言，浩然之氣。貸殖著傳，創自龍門。千秋萬歲，橡筆同尊。」〔註440〕1928年12月哈爾濱東三省商報社向遼寧省政府請新年增刊贈言，「敝報此次新年紀念增刊，特設各界賀年廣告一欄以備諸君贈言之用，篇幅宏廣格式齊全，排列如鴛鷺之班，可蜚聲於千里萬里，登出盡鳳凰之侶，請取證於前年昨年，見故人於紙上款款相通，標大名於眼前，面面俱到，不須投刺，免馳驛使之勞，借用崢誠，直等鴻音之寄用，用意至爲方便，取價格外從廉，敢竭歡迎之忱，用酬惠顧之雅」〔註441〕。遼寧省政府照舊例給《東三省商報》賀年刊費二十元〔註442〕。1933年1月停刊。

〔註438〕《濱江道道尹傅疆准予《濱江新報》備案給警察廳的指令》1919年7月15日《黑龍江報刊》，第187頁。

〔註439〕《濱江警察廳廳長興今爲葉元宰等請設〈東三省商報〉應即照準的呈》1921年11月15日《黑龍江報刊》，第227頁。

〔註440〕《中東鐵路督辦公所爲撰送祝詞的函》1926年12月11日《黑龍江報刊》，第230頁。

〔註441〕遼寧省檔案館藏JC10-30393-0449哈爾濱東三省商報社1928年12月。

〔註442〕遼寧省檔案館藏JC10-30393-0462～0466遼寧省政府給東三省各報的賀年刊費1928年12月24日。

（十七）《東方時報》

《東方時報》（Far Eastern Times）1923年2月25日〔註443〕創刊於北京，用中英文兩種文字出版。張作霖的顧問、英國記者辛博森（Lenox Simpson）為名義上的創辦人。經費由奉天督軍署支付，是奉系軍閥在北京的重要宣傳機關〔註444〕。日出兩大張，社址北京東單二條胡同二十八號。1922年2月12日東方時報社為派銷製作紀念曆書呈奉天省長公署「本社前奉大元帥諭，遵製紀念曆書，曾代電徵集各省軍民、長官影像在案，現該曆書已尅日製就，即行分配各省區，請代為銷售，務使家喻戶曉，紛披不遺於僻壤，德敷威宣愛戴，深推夫閭閻至，該書價目原定四角，本社僅每冊收洋三角五分，茲由郵局寄出曆書六千五百冊，即希查收代為分銷」〔註445〕。後又為製作紀念曆書經費無力墊付呈奉天省長公署，「貴署派銷在案，並承貴署函開盡數分銷等原因，茲時逾兩月所欠工資紙費屢經催討，敝經費支出無力墊付，為此即祈分神檢核，按派銷數目收據寄下藉俗經費手續維持之力，紉感無極」〔註446〕。奉天省長政務廳回覆「貴社印行紀念曆書請由本署代售一事，奉省長諭，為期已遲，未便派銷，應撥給印刷費奉大洋五千元，以資補助」〔註447〕。東方時報社回覆「蒙鈞署津給奉大洋五千元作為印刷費等云，仰見高誼，茲特開具收據，敬祈撥發實為公便」〔註448〕。1923年3月23日北京東方時報經理史俊民要在瀋陽設立東方時報社總分館給奉天省長呈，「竊俊民現在北京東單二條胡同設有東方時報，以提倡民治擁護國權為宗旨，茲擬在瀋陽城內設立東三省總分館，派楊萃廷為主任，以便推廣銷路，暫假鐘樓南月窗胡同奉天

〔註443〕《東方時報》創刊時間分歧：方漢奇主編《中國新聞事業編年史》上，第980頁載《東方時報》創刊時間1923年8～9月間；黃河編著《北京報刊史話》，第80頁載《東方時報》1923年8、9月創刊；筆者查中國人民大學圖書館藏MBZ/D032：1923，no2～3《東方時報》第二號是民國十二年二月二十六日，由此推出《東方時報》的創刊時間為1923年2月25日。

〔註444〕黃河編著：《北京報刊史話》，文化藝術出版社，1992年10月版，第80頁。

〔註445〕遼寧省檔案館藏JC10-30515（2469-2475）東方時報社為函請分發各屬紀念曆書由與省長公署之函1922年2月12日。

〔註446〕遼寧省檔案館藏JC10-30515（2469-2475）東方時報社為函請分發各屬紀念曆書由與省長公署之函1922年2月12日。

〔註447〕遼寧省檔案館藏JC10-30515（2469-2475）東方時報社為函請分發各屬紀念曆書由與省長公署之函1922年2月12日。

〔註448〕遼寧省檔案館藏JC10-30515（2469-2475）東方時報社為函請分發各屬紀念曆書由與省長公署之函1922年2月12日。

旅館為事務所，為此懇請備案，以利進行，並飭所屬一體知照，實為公便，謹呈省長核示」〔註449〕。1923 年 4 月 2 日東三省巡閱使、奉天督軍兼省長張作霖批北京東方時報館呈請在省設立分館「事屬可行，應准備案，並仰省會警察廳查照」〔註450〕。1927 年 12 月 17 日東方時報社為刊登賀年廣告函請奉天省政務廳刊登並予廣告費，「敝報行銷海內，日出萬份，為華北唯一之宣傳機關，廣告效力之宏大，諒為鈞座所明鑒，節屆新正萬象更新。鈞座勳業彪炳，寰海敬仰。刊登賀年廣告，用代簡束，利便實多。爰特訂定廣告價格，肅函奉懇如荷」〔註451〕奉天省長公署在東方時報社列舉的廣告刊費中最高甲等「刊費現大洋二十元，函送查收，屆時刊登為荷」〔註452〕。

《東方時報》經常以很大的篇幅來報導奉軍的動態和奉軍將領的起居，宣揚奉軍的軍紀和奉軍在關外的『德政』。張作霖以及張學良、張作相、楊宇霆等奉軍頭目的函電文告也經常在報紙上發表，報紙的評論代表奉系軍閥的意見，反映他們對當前時局和重大政治問題的態度和看法。

《東方時報》一貫維護北洋軍閥集團的政治經濟利益，反對任何足以威脅和動搖他們的統治秩序的言論和行動，對中國共產黨所領導的反帝反封建的民族民主革命運動尤其懷有強烈的敵意。

《東方時報》也是帝國主義侵略活動的義務辯護人。報紙上充滿了媚外的言論，對公開支持奉系的日本帝國主義更是吮癰舐痔無所不至，充分流露出一副卑躬屈膝的帝國主義走狗的奴才相。在辛博森主持時期，《東方時報》同時也是一個著名的親英報紙。『五卅』運動前後，這個報紙由於為虎作倀，大放厥詞，公開幫助英帝國主義訕辱詆毀我國，曾經引起愛國群眾的極大憤慨，受到他們的強烈譴責。當時不少愛國群眾團體都發表通告聲明拒買《東方時報》和不在《東方時報》刊登廣告，這個報紙的工人也宣佈罷工，並提出『驅逐館內英人』、拒絕祖護英日帝國主義者擔任社內負責工作等要求作為復工條件。在群眾的抵制下，這個報紙的銷路大減，辛博森也被迫辭職。1924 年 18 日《東方時報》被封，史俊明被捕，辛博森自行到司令部陳述一

〔註449〕遼寧省檔案館藏 JC10-3017（1912）東方時報設立分館 1923 年 3 月 23 日。
〔註450〕遼寧省檔案館藏 JC10-3017（1912）東方時報設立分館 1923 年 3 月 23 日。
〔註451〕遼寧檔案館藏 JC10-29645（1146-1147、1152）東方時報刊賀年廣告給奉天省
　　　　政務廳呈 1927 年 12 月 17 日。
〔註452〕遼寧檔案館藏 JC10-29645（1146-1147、1152）東方時報刊賀年廣告給奉天省
　　　　政務廳呈 1927 年 12 月 17 日。

切〔註453〕。

1925 年 4 月 28 日《東方時報》總經理史俊民在北京《晨報》登出啓事稱，因與該報英文部主任辛博森意見衝突，決定內部改組，定於 4 月 27 日起暫時停刊，並已登報聲明。不料辛博森倚外僑勢力，竟雇印度人 2 人，把守報館，阻止史氏及編輯入內，並另雇職員出版報紙。爲此，史俊民特聲明自 4 月 27 日起至實行收回日止，對辛氏出版之《東方時報》不負任何責任。在此以前，辛博森曾致函警廳稱：《東方時報》係英商資產，警廳不應無故干涉，以免牽動外交。警廳當即覆函指出：外人不准在內地開設營業（包括辦報），且該報立案時係以經理人史俊民名義並無洋股，方予批准的，據此，勒令該報於 5 月 2 日停刊。

五卅運動中該報因袒英受到北京民眾的抵制，許多愛國群眾團體發表通告拒訂並不送廣告給該報刊登，該報工人宣佈罷工，並提出驅逐內英人及對主要編撰人撤職爲復工條件，使該報銷路大降，辛博森被迫辭職。1925 年 6 月 12 日北京（親英的）《東方時報》工人舉行同盟罷工，向該報中方經理提出三點要求作爲復工條件。在 1925 年至 1927 年期間，先後擔任該報社長和編輯主任以上職務的有張培風、趙雨時、吳晉、史俊民等人。在他們主持下，《東方時報》的「反動政治面目更爲露骨，氣焰更爲囂張。」〔註454〕

1926 年 6 月 20 日《東方時報》創刊一千號紀念增刊第一版右上欄刊登振威上將軍張作霖氏照片，配發張作霖的題詞「東方時報千號特出增刊紀念偉哉大報，卓垂東方；國聞翔實，社論優良；義輪焯赫，宏圖曙光；辭炳星漢，筆抉風霜；詹詹小言，孰輿頏頑；增刊繼出，落耀高翔；新知蓋淪，讜議彌昌；特祝前途，盛業芟皇。張作霖」。

1927 年 1 月 5 日北京警廳設檢查新聞特務委員會，檢查由津來京各報，除《東方時報》外，須一律蓋戳，方可放行。北京警廳還令商民、每家訂購東方時報一份〔註455〕。

1927 年 11 月 2 日英文《東方時報》由北京遷至天津出版。社址在天津東浮橋小洋貨街 22 號。1928 年奉軍失敗後，該報隨之停刊。著有《張作霖反對共產主義威脅的鬥爭》、《爲什麼中國看重了赤色》的《東方時報》創辦人辛

〔註453〕《北京〈東方時報〉被封，史俊明被捕》1924 年 10 月 19 日《申報》206-810（3）。
〔註454〕黃河編著：《北京報刊史話》，文化藝術出版社，1992 年 10 月版，第 80 頁。
〔註455〕《京警廳設檢查新聞特務委員會》1927 年 1 月 6 日《申報》231-127（4）。

博森，大肆反對剛剛在中國興起的共產主義運動，既是記者也是北洋軍閥部門的官員和在中國從事投機活動的冒險家，1930 年被刺身亡，

（十八）《北洋畫報》

《北洋畫報》（The PeiYang Pictorial News）1926 年 7 月 7 日創刊於天津法租界，因財力不支於抗戰爆發後的 1937 年 7 月 29 日終刊，先後出版 1587期，並於 1927 年 7～9 月間另出版副刊 20 期，《北洋畫報》開北派畫報先河，被譽爲「是天津及華北第一份銅版畫報」，時稱「北方巨擘」。該刊由馮武越創辦、後轉入譚林北之手，吳秋塵主編，該報是一家獨資經營的刊物，張學良支持創辦，曾多次得到奉系軍閥的資助。創辦之初爲三日刊，即每周三、六刊，1928 年 10 月 2 日起改爲隔日刊，每周二、四、六出版。

《北洋畫報》爲大眾的、綜合性的畫報。擔任過主編的馮武越、王小隱、劉雲若、吳秋塵等爲天津文化名流，其中有受過西方文化薰陶的「新派士紳」，創辦初衷「實質上是希望與他同在一個階層的新派士紳的生活方式得以宣揚，得到大眾的認同，從而成爲整個社會的理想。而這種生活方式，體現爲熱烈的追求資產階級化的日常生活，同時對傳統文化抱坑賞的態度」〔註456〕。編輯們認爲畫報應該「美育」社會，追求「時尚、藝術、科學」，辦刊宗旨在於「傳播時事，提倡藝術，灌輸常識，陶冶生靈」〔註457〕。《北洋畫報》的刊載的內容有時事、人物、社會活動、電影、戲劇、風景名勝及書畫等，版面大都比較穩定「至於各項材料，亦均有一定之位置，非不得已，不輕移易，所以使讀者展報章，即知何自而獲觀所最注意之部分。」〔註458〕副刊專載長篇小說、筆記、名畫、漫畫等，認爲「畫報的好處，在於人人都能看，人人喜歡看，因之畫報應當利用這個優點，容納一切能用圖畫和照片傳佈的事物，實行普及知識的任務，不應拿畫報當作一種文人遊戲品看。舉凡時事、美術、科學、藝術、遊戲，種種的畫片和文字，畫報均應選登，然後維能成爲一種完善的報紙」〔註459〕。按著這個宗旨，《北洋畫報》的同人們在新舊雜陳的社會文化大背景下，既善於描摹新生事物，又致力展示舊式習俗，原汁原味地

〔註456〕張元卿：《讀圖時代的紳商、大眾讀物與文學——解讀〈北洋畫報〉》，《天津社會科學》，2002 年第 4 期。
〔註457〕《北洋畫報》，書目文獻出版社，1985 年 8 月版，第 3 頁。
〔註458〕《北畫真正價值之所在》，《北洋畫報》，1928 年第 201 期第 3 版。
〔註459〕《要說的幾句話》1926 年 7 月 7 日《北洋畫報》第 1 期，第 2 版。

記錄著天津乃至整個中國在 20 世紀 20～30 年代的社會景觀。

　　《北洋畫報》的創辦人馮武越，曾擔任張學良的法文秘書，是時任中國銀行總裁馮耿光的兒子，其妻爲張學良之妻趙一荻的姐姐。馮武越爲法國留學生，能文、能畫、能書。《北洋畫報》不僅與軍閥政府的關係非常密切，而且與北京、天津的文化美術界名人多有往來。馮武越曾說：「大家認爲《北洋畫報》是張學良的機關報，其實只初辦時登載過一些三、四方面軍的消息，經後很少談政治，偶爾登載一些有諷刺性的政界花絮而已，所以銷路廣，京津而外，外省定產也不少。因爲辦報的意圖不是爲賺錢，紙張印刷精益求精，其中印過的書畫精品，有一部分是張漢卿的藏品」〔註460〕。翻看《北洋畫報》中登載的大量奉系軍閥的新聞不難看出，它是依附於奉系軍閥利益的。鑒於華北形勢已變，張學良出國養病，經費補助斷絕，馮武越就將《北洋畫報》賣給開照相館的譚林北，由譚維持終刊。

　　根據天津檔案網統計，「《北洋畫報》總信息條目約 4 萬 7 千餘條，文字方面信息約爲 2 萬餘條左右，各類照片 2 萬餘幀，其中時事新聞、各種社會活動及相關人物照片 1 萬餘幀。」〔註461〕可見，新聞內容在《北洋畫報》中佔有很大比重，「努力傳播時事爲本報之特色」〔註462〕，「時事照片本報最多，介紹本報足爲表示君之有知識」〔註463〕。《北洋畫報》上刊載每期的細目及編輯的章法，「以最精美、最有價值或最新時事有關係的圖片登於封面上方中部。第二頁登新聞照片，時事諷畫及與時事有關的人物風景照片，小品文字亦取切合時事編入此頁內；是可名爲動的一頁。第三頁登美術作品：如古今名人名畫，金石雕刻，攝影名作，藝術照片：如戲劇、電影、遊戲；閨秀及兒童等照片；文字則取於藝術方面的；是可稱爲靜的一頁。第四頁即底封面，刊科學文明，長短篇小說等。遇有重要時事照片，必需趕速刊入者，則犧牲廣告，登封面廣告地位」〔註464〕。《北洋畫報》作爲一種大眾媒介，履行著迅速、準確的報導正在發生或者已經發生的重大事件的新聞傳播

〔註460〕中國人民政治協商會議天津市委員會文史資料研究委員會編：《天津文史資料選輯》第 39 輯，第 190 頁。

〔註461〕劉生：《圖文並茂的〈北洋畫報〉》，天津檔案網 http//www.tjdag.gov.cn/daby/daby_zthc_xiangxi.asp 敘 n_id=460。

〔註462〕1928 年 2 月 25 日《北洋畫報》（165）。

〔註463〕1928 年 3 月 3 日《北洋畫報》（167）。

〔註464〕1926 年 9 月 18 日《北洋畫報》（22）。

職能。「報紙爲傳播消息之利器，以時事眞相，披露於眾，使國人借圖畫之介紹，瞭解各種時事之經過，因推測其發展之趨勢，是其所影響於社會之觀聽。」〔註465〕

　　《北洋畫報》得到了張學良的支持，極盡爲奉系作宣傳。創辦之初每期四版，其中前兩版刊登的都是奉系的活動照片。1926 年 7 月 7 日第一期第一版上即刊登了《張吳兩上將軍在京會面紀念攝影》大幅照片；第二版上是《奉直魯三大將領聯歡圖》，中左是《英庚款委員會長惠靈喬親訪張作霖上將軍》，下左是《張學良軍團長在飛機場談說飛機》；1926 年 7 月 10 日第二期第一版上刊登《北京張吳會面中之吳佩孚上將軍與張學良軍團長》，第二版上刊登六月二十八日張吳兩上將軍會面本報專員特攝之影四幅：《張作霖上將軍對於此次會面表示非常滿意》、《在張上將軍左方爲張宗昌督辦、王懷慶總司令與張學良軍團長握手親熱》、《張吳在順城王府會面後於各軍將領合影》、《張宗昌督辦張學良軍團長吳佩孚上將軍在西站下車改乘汽車進城》，下右刊登《張作霖上將軍抵京之盛況六月二十七日前門東車站前第一道歡迎之牌坊及瞻望之民眾》，下左刊登《張上將軍的汽車（車上裝有機關槍）赴順城王府》；1926 年 7 月 17 日第四期，第二版刊登張學良軍團長及與家庭近影：上 1《張學良軍團長最近肖像》，上 2《張氏與夫人及第二三兩公子》，上 3《張氏在賽馬場與友人談話之光景》，中 1《張氏之二三兩公子》，中 2《六月二十八日張吳兩帥入京，王懷慶杜錫珪設宴於懷仁堂歡迎紀念合影》；1926 年 8 月 25 日的《北洋畫報》上，一版篇幅，四張照片報導北洋軍閥的軍隊和國民北伐軍交戰之情況，爲軍閥吹噓；1926 年 9 月 1 日，以半版篇幅報導奉軍陣亡將士追悼大會照片四張；1926 年 10 月 10 日，登載所謂南北一致「聯合」、「討赤」的首領張作霖、孫傳芳、吳佩孚之合影。1926 年 10 月 20 日（1）刊登：《國慶日南苑奉軍大檢閱（照片）》；《國慶北京南苑陸軍大檢閱中之重要人物——財次夏仁虎、參次楊毓珣、張軍團長學良、代揆顧維鈞、海長杜錫珪、韓軍團長麟春、陸次金少曾（照片）》；1926 年 10 月 27 日刊登《國慶日北京南苑大檢閱中之兩貴婦人合影（顧〔維鈞〕代揆夫人、張學良軍團長夫人）（照片）》，《國慶日南苑大閱之所見敬安（照片六幅）》；1926 年 12 月 1 日（1）刊登《國務總理室中之顧（顧維鈞）代揆近影（照片附簡介）》。

〔註465〕1928 年 7 月 7 日《北洋畫報》（201）。

　　1927 年 7 月 9 日第 102 期第二版正上中刊登「張作霖於六月十八日在就任大元帥」，中「張氏由禮官引導至居仁堂就職」，下「大元帥就職日居仁堂所見之重要人物：張宗昌、張作相、孫傳芳、吳俊升、貢桑諾爾布、潘復」「慶賀大元帥就職之北京市民」。

　　1927 年 9 月下旬開始至 1927 年 12 月 30 日結束的長達三個月的奉晉大戰中，武器、指揮者、士兵是戰爭勝利的重要環節，《北洋畫報》報導明顯傾向奉軍，畫報上刊登大量照片、文字。對先進武器的報導，如 1927 年 10 月 29 日第 133 期的「中央準備攻晉用之新式武器」、「廿四生的臼炮」、「十生的半加長袍，射四十四華里」；對指揮者的報導，如 1927 年 11 月 19 日第 139 期的「張（1）韓（2）兩軍團長在石家莊督戰」、「張學良氏檢視獲得晉軍之山炮」；對士兵的報導，如 1927 年 22 月 26 日第 141 期「攻涿州之炮兵醀放中」。由此看來，《北洋畫報》的戰事報導宣傳鼓動意識明顯，圖文並用宣傳奉軍，詳細介紹了奉軍的新式武器及戰時盛況，振奮精神，鼓舞士氣，充滿戰鬥性，替奉軍造勢。其中的文字報導也立場明確，美化奉軍，卻極盡嘲諷打擊之能事來力貶晉軍，貶其「天惡奸猾、屢闖屢敗、尤屬幼稚者」〔註 466〕。攝影鏡頭全部指向奉軍，編輯們的用意就是向公眾展示了奉軍的無畏、有膽識、被迫而戰卻戰必勝的形象。後來，因政治局面發生變化，《北洋畫報》報導傾向也有所轉變。

　　《北洋畫報》中關於張學良的圖文報導也很多，不僅有戰場、社交、生活上的，也有不少對張學良贊溢之辭。1927 年 3 月 12 日第 2 版報導張學良創辦貧兒院的情況，「張學良軍團長在奉天所創辦之貧兒院數百人合影」夕〔註 467〕；5 月 25 日第 2 版刊登照片「以護國祐民為懷之張學良將軍」〔註 468〕，坐在「護國祐民」石碑前面的張學良凝望遠方，若有所思。10 月 21 日以張學良照片為封面，題為「所向無敵之青年將軍張學良氏」〔註 469〕。

　　《北洋畫報》對張學良的報導規模最大的一次是 1927 年 7 月 13 日第 103 期。第一版為「孫中山夫人」「孫科夫人」〔註 470〕，第二版上中為橫幅「天下為公」題名為：「漢卿世兄屬」落款為：「孫文」，橫幅左右兩側分別為：「孫

〔註 466〕1927 年 11 月 9 日《北洋畫報》（136）。
〔註 467〕1927 年 3 月 12 日《北洋畫報》第 2 版。
〔註 468〕1927 年 5 月 25 日《北洋畫報》第 2 版。
〔註 469〕1927 年 10 月 21 日《北洋畫報》第 1 版。
〔註 470〕1927 年 7 月 13 日《北洋畫報》第 103 期，第 1 版。

中山書贈張學良將軍之手迹，奉天與國民黨合作之舊痕」，「天下爲公」橫幅下方爲孫中山、張學良照片，右爲「全民景仰之前大總統孫中山氏」，左爲「北方之曙光——青年將軍張學良氏」，正中間有署名「妙觀自京寄」的文章：「負有重大使命的青年將軍」，文中闡述了此期談論孫中山與張學良的緣由，「茲余所談者，爲青年將軍張學良氏，兼張少帥也。人之可以大有爲，何必少帥；吾知少帥（動詞）將軍者，將軍實恥之，蓋謂『中山先人何人也，吾何人也，有爲者亦若是，何必少帥而後可以有爲！』將軍聞吾言，當爲之一樂。他人信吾言，可以知將軍」〔註471〕。接著作者陳述晉謁張學良將軍時的所見所聞，由此點名張學良與孫中山的關係，張學良是倡導孫中山的「三民主義」及「天下爲公」的來歷，「去多某君初謁將軍於津門，見其藏書閣中，三民主義，建國大綱諸書，文件橫頭，又立有中山銅像，益不解所謂，然未敢置問也。直至今日，老將發出擁護三民主義通電，始恍然大悟，來語於余，更出中山先生爲漢卿將軍所寫橫幅之複影，囑寄北畫，刊之報端，使天下共知奉方與國民黨昔日關係之深，及老將自稱中山老友，其來有自，而中山先生之以世兄稱青年將軍，實亦具有淵源也」〔註472〕。接著作者又以張學良在法大的一次演講盛況辯明張學良的爲人，以張學良對青年的訓示提出對青年的希望，「青年者有三：一曰，青年要有聯合思想；二曰，青年要自覺；三曰，青年要言行一致；語語中肯，可謂能洞察今日青年之弊病，對症而發藥也。將軍此舉，實有意置身於中國新青年領袖之地位，以圖共起國家於危亡，然則將軍所負使命之重，蓋莫可與比倫矣。願將軍勉力爲之」〔註473〕。這版下方還有三幅照片「張學良所部三四方面軍團之十五生丁重炮（炮兵司令鄭作華）、「張學良統率之學生隊——軍容之整齊嚴肅」、「張學良軍中健將之一斑」以及馮武越文章《『一封書』之反響》，「本報第九十四期所登『張漢卿致其二弟西卿之一封書』後，中英法文各報，均經轉錄，傳誦一時。華人對於書中所云『自念純爲國戰爭，非如他人爭地盤而來。……但一念同是同種，自相殘殺，心中又快快焉』等語，一致同情。西人於讀『如有對外征戰，則馬革裹屍，雖死無恨』等語，亦深表敬畏；蓋世人今而後始知將軍之爲人也」〔註474〕。經過《北洋畫報》整兩版的報導描述，一個擁護「三民主

〔註471〕1927 年 7 月 13 日《北洋畫報》第 103 期，第 2 版。
〔註472〕1927 年 7 月 13 日《北洋畫報》第 103 期，第 2 版。
〔註473〕1927 年 7 月 13 日《北洋畫報》第 103 期，第 2 版。
〔註474〕1927 年 7 月 13 日《北洋畫報》第 103 期，第 2 版。

義」、心爲天下、胸懷寬闊、精神抖擻、有魄力、有抱負的軍官形象躍然於公眾視野。

（十九）《大義報》

奉系軍閥資助北京《大義報》，曾向大義報捐助大洋五十元〔註 475〕。1922 年 8 月 7 日《大義報》同人向奉天省王岷源省長請捐助，稱「蒙公道德高尚，海內景仰，對於國家公共事業不分畛域，熱心提倡維持，尤報同人等，傾心崇拜顧榮膺關席，他年揆座可歌我國地大物博，雖屬窮困之鄉義德，蒙公躬親整理，未嘗不可挽回破產之痛，此報同人等，心悉禱祝，盼望者也，現在中樞無主，國勢飄零，論外交則危險，孰正論內政則夙解土崩，然國內不乏明達兩院無多，練幹之材，豈能坐視論胥而不一挽救也，同人等本匹有素之義，擬收報務大數擴充，發表良心之主張，不畏強梁，披肝瀝膽，警忠告於同胞兩院同人與，同人等交遊萬象，諒表同情，俾國基早奠，只救危亡，惟願宏力薄附，呈捐照一冊，敬希蒙公鼎力贊助國家聿正東云，勉首不盡影言，同人等欽慕之伊影夕，倘天僞良會聚晤有日專此，即頌勳安。附捐歷一冊」〔註 476〕。8 月 14 日奉天省長政務廳回函「案奉省長發交來函並捐冊一份，查本省各項經費，悉爲預算所限，未便隨意挹注，前次捐送貴報大洋五十元，即係省長捐廉給予，實難再行資助，捐冊璧還，請查收見宥，此致北京大義報。附還捐冊」。1923 年 3 月大義報經理宋誌公向奉天省王岷源省長請捐，稱「岷源省長偉鑒，本報創辦近五年矣，至公至正不黨不系，以道德大義爲宗旨，以國家公共爲前提，蒙海內外同胞歡迎期許，幾次國勢飄搖之頃千鈞一髮之秋，群雄互峙各據一方，兵匪日多國債日增，長此而往亡國滅種即在目前，無富貴貧賤同歸於盡而已，嗟夫，人生在世百年一瞬，迨迷夢醒覺噬臍難追，寢食不安，擬將報務擴充大聲疾呼冀挽狂瀾於萬一，惟經常項下尚有不充，素仰我公道德高尚愛國情切熱心公益廣種善因，用特附上股票二張，敬祈賜存是幸，俾大義昭昭永供長生祿位矣，肅函奉懇伏候示遵，敬頌勳安，崇照不宣」〔註 477〕奉天省公署政務廳覆「函

〔註 475〕遼寧省檔案館藏 JC10-14089（1013-1014）北京大義報館請捐助 1922 年 8 月 14 日。

〔註 476〕遼寧省檔案館藏 JC10-14089（1013-1014）北京大義報館請捐助 1922 年 8 月 14 日。

〔註 477〕遼寧省檔案館藏 JC10-14089（1013-1014）北京大義報館請捐助 1923 年 3 月 6 日。

覆北京大義報：敬啓者，奉省長發下來函並股票二張，查貴報擴充需款早經省長捐廉資助，未便再行入股，股票敬璧，尚希見原，耑此侅爰，順頌萬綏。」

（二十）《正言報》

奉系軍閥資助北京《正言報》，1919 年 6 月 14 日奉天財政廳廳長王永江呈報遵諭補助北京正言報社現大洋二千元給奉天省長張作霖的呈文，稱「爲補助北京正言報社款項已遵照匯送，請鑒核備案事案查，前奉省長面諭補助北京正言報社現大洋二千元等因，經委託官銀號照數匯寄，茲准開具匯款清單，以每百元加七十四元合小洋三千四百八十元按一二折合大洋二千九百元，已在票照費項下照數開支，將來歸入計算案內列銷，理合呈請，鑒核備案」〔註478〕。財政廳林仰喬覆「指令財政廳呈報遵諭補助北京正言報社現大洋二千元已照數匯寄，如呈備案，此令。」〔註479〕

三、限制、利用的報刊

奉系軍閥對一些已經有了獨立的財政基礎的商業報紙採用限制、利用的策略。由於年輕的中國民族資產階級經濟基礎太薄弱，資本主義在中國發展太慢，商業性報紙創辦得不是很多。這些商業報紙則抱著『惹不起，躲得起』的態度，提出『經濟獨立』，『無偏無黨』的消極的八字辦報方針，遠離政治、遠離是非，靠念生意經求生存、圖發展。儘管這些報紙對奉系做法不能苟同，甚至從前還曾刊發揭批奉系的文章，但是當辦報所屬地被奉系佔領後，它們也逐漸服從奉系軍閥管治，與奉系發生些許的親緣，甚至爲其利用。比如天津《益世報》，奉系軍閥在 1925 年至 1928 年完全控制該報以後，便一直注意把握該報的方向，該報也在這階段成爲奉系的言論機關。還有《晨報》、《大公報》，這些被奉系軍閥掌握和限制後的報紙，大多數情況下被迫自律，遇有重大時局問題保持沉默，儘管對人民擁護或工人運動等報導比較詳細，但不能主動發表任何評論。只要條件許可，這些商業大報便力求其報業蓬勃發展而不受政治的約束。

〔註478〕遼寧省檔案館藏 JC10-14088 財政廳呈報遵諭補助北京正言報社現大洋二千元由 1919 年 6 月 28 日。

〔註479〕遼寧省檔案館藏 JC10-14088 財政廳呈報遵諭補助北京正言報社現大洋二千元由 1919 年 6 月 28 日。

（一）天津《益世報》

《益世報》1915 年 10 月 1 日在天津創刊，以維持世道、改良社會爲宗旨，每日兩大張，零售銅元三枚自創辦之日起，劉守榮（字濬卿）據任命爲總經理，全權負責報館的日常經營活動。經過劉濬卿、劉豁軒兄弟的努力，天津《益世報》在天津的地位和影響僅次於《大公報》，甚至有時聲望高於《大公報》。《益世報》爲天主教所辦，雖在帝國主義文化侵略和宗教滲透上起了一定的作用，但在歷次愛國運動中，卻持論比較公正客觀，敢於秉公直言，能站在群眾的立場上，鼓勵青年學生和愛國同胞的熱情。「五四」運動期間，《益世報》熱烈擁護京津兩地的愛國運動和新文化運動，連續著論宣傳，特別是「1921～1922 年間，報紙連續刊載周恩來的 56 篇旅歐通訊，一時聲望和銷路均超過天津的其他報紙」〔註 480〕。

由於對《益世報》寄予厚望，周恩來曾以飛飛的筆名於 1919 年 8 月 5 日，在《天津學生聯合會報》上發表題目爲《評現今輿論界並問益世報》的文章，向《益世報》提出質問：「王君的奉吉風潮感想，文上有幾句話到：何以天津最著名的報館，居然在高士儐的通電上大加批罵，而對於現政府及張作霖，就不置一詞呢？王君所指的是益世報，我對於現實的《益世報》也有幾點疑問：一、北京《益世報》復活被收買的信息很甚，並且被捕的潘君仍在獄中未出（按：潘君乃北京《益世報》總編輯，思想進步，是國民黨員，因替學運說話而被捕——作者注）不知潘的犧牲果爲誰呀？二、奉張古孟固然全是武人，全是粗小子，然孟的心術究竟還比張強大些。高士儐抗命固然是爲岳丈，爲他自己，然而張作霖的大東三省主義，日本王，終究一下子不能實現，《益世報》爲什麼對安福派所促成的吉奉私鬥有所偏見呢？《益世報》素來不分南北，何以這次大說中央威信，中央命令，這個時候還替這班軍閥講威信，講命令，眞是令人莫名其妙。三，外交到這個時候，安福派鬧到這樣子，我們還不快用我們的輿論奮鬥嗎？益世報卻大大扭著吉奉私鬥，做大文章，對於簽字同山東戒嚴，北大學生被捕的事，一字不提，並且也沒有評論，我眞百思不得其解。我是愛益世報的讀者（五四運動後，益世報終算是敢於發言），我們也很尊重他，但是總覺得他沒有一點目標，拿著現象看，我很盼望益世報還要讓社會回想當年。」〔註 481〕次日，周恩來仍以飛飛

〔註 480〕馬藝主編：《天津新聞傳播史綱要》，新華出版社，2005 年 6 月版，第 88 頁。
〔註 481〕俞志厚：《天津〈益世報〉概述》，《天津文史資料選輯》第十八輯，天津人民

的筆名在《天津學生聯合會報》上發表《再問益世報》和《黑暗勢力》兩篇短文，充分體現出周恩來當時憂國愛國和對《益世報》寄予希望的心情。如在《再問益世報》一文中說：「……現在外交、內政、事事危急，益世報負『轉移社會趨向』的責任為什麼總拿奉吉私鬥一件事，糾纏不休？其餘所發生比這個大的事情，卻不甚記載，移開過敏的注意點，這裡是否別有作用？」〔註482〕

1924 年 8 月 21 日東三省保安總司令張作霖以對東省政局誣衊詆毀意圖挑撥電吉林省警察廳令，嚴禁輸送和銷售天津北京《益世報》，理由是「天津北京益世報宗旨乖謬，別抱陰謀，對於東省政局誣衊詆毀意圖挑撥，若不嚴禁售閱，何以息謠諑，而保治安，應請通令軍政商學各界及各道縣不得購閱，並飭地方軍警嚴禁輸送銷售，以資杜絕，而定人心」〔註483〕。1924 年 9 月吉林省長春、濱江警廳貫徹了張作霖的指示，嚴行查禁及傳諭商民不准購閱《益世報》，並將該報代派處一律取締，由於該報直接與商民郵寄者源源不絕勢難禁，又與吉黑郵務管理局商議請其代為扣留《益世報》。

1925 年奉系勢力進入天津，因劉守榮所主持的《益世報》反對奉系擁護直系的政治立場，奉系不僅逮捕了劉守榮，還「強行接收了《益世報》，直到1928 年夏奉系被驅逐出關，報紙才被劉守榮收回」〔註484〕，此時的《益世報》已是千瘡百孔，奄奄一息了。1927 年《大東日報》社長張云澤去天津幫助張學良辦《益世報》任主筆〔註485〕。1928 年奉系敗退撤出天津之後，劉守榮重回報社任社長，此時的《益世報》不僅失去了初開辦時從『五四運動』借來的一點聲譽，又被奉系抹上了一層灰色的陰影，經濟情況也已到了山窮水盡的地步。

1927 年 6 月 5 日《益世報》因為登載奉軍退河北訊，被警廳禁止出版〔註486〕，1927 年 8 月 30 日京益世報解禁，明日續出版〔註487〕。

出版社，1982 年版。

〔註482〕馬藝主編：《天津新聞傳播史綱要》，新華出版社，2005 年 6 月版，第 89 頁。

〔註483〕吉林省檔案館藏 J156-01-0680 張作霖電禁售天津北京《益世報》1924 年 8 月 21 日。

〔註484〕馬藝主編：《天津新聞傳播史綱要》，新華出版社，2005 年 6 月版，第 84 頁。

〔註485〕《蕭丹峰同志的回憶》，《吉林黨史資料》，1985 年第 2 期，第 27 頁。

〔註486〕《〈益世報〉因登載奉軍退河北訊，被禁出版》1927 年 6 月 6 日《申報》235-112（3）。

〔註487〕《京〈益世報〉解禁，明續出版》1927 年 8 月 30 日《申報》237-622（5）。

（二）《晨報》

《晨報》，原名《晨鐘報》，1916 年 8 月 15 日創刊，1915 年以後，袁世凱稱帝失敗，國內政黨林立，競爭政權，進步黨爲宣傳其政策，創立晨鐘報。劉道鏗爲總經理並主持報務，編輯李大釗，在創刊第一日發刊詞《晨鐘之使命》「晨鐘當努力爲青年自勉，而各以青年中華之創造爲唯一之使命」〔註 488〕，核心就是反對政黨政治而贊成議會政治。1918 年 9 月 24 日因安福系以對日借款，惡輿論之責難被查封，後經各方努力疏通，《晨報》於 1918 年 12 月 1 日〔註 489〕復刊於北京，劉道鏗爲經理，陳築山爲總編輯，陳博生、劉勉擔任編輯，後蒲伯英任總編。

《晨報》經常闡明新聞紙的意義和自己的使命。1922 年 6 月 4 日《晨報》第 6、7 版出《晨報特刊・新聞紙問題號》稱：近來北京報紙在日日退步中，一些以敲竹槓爲目的的記者，用恐嚇、詐欺、誣衊、造謠等手段來糟蹋報紙。究竟新聞紙的使命、目的是什麼？出版這個特號，就是向大眾普及新聞知識，促進報紙的進步。在此特刊號上發表了黃紹谷《新聞紙》、明宵譯《中國之新聞事業》、張維周《編輯新聞之我見》、M・T《我國新聞事業不發達的原因》、悶悶《北京新聞紙的趣談》共 5 篇文章。面對社會上有言論說《晨報》與某黨派及憲法地特殊關係，該報在 1923 年 1 月 22 日發表緊要聲明稱：「茲特嚴重聲明，本報一切言論，絕對本於所信，完全自由。即經濟上亦純以營業所得爲維持，絕對獨立。無論何黨何派，本報與之絕無絲毫關係。公是公非，斷不稍受牽制」〔註 490〕。「已漸漸的脫離私人式的言論機關的態度，而入於社會式的言論機關的規模」〔註 491〕。《晨報》發刊 5 週年紀念那天，淵泉寫社論《吾報之使命》稱「始終抱定不要使我們的晨報變成一個商品」，「相信報紙的惟一存在的意義，在實行社會教育」，「我們晨報因爲受人才和經濟的限制，如今還不能十分貫徹這種主張，實在抱歉得很；但是我們日夜總向著這目標努力，進行，始終抱定不要使我們的晨報變成一個商品」〔註 492〕。《晨

〔註 488〕《晨鐘之使命》1916 年 8 月 15 日《晨鐘報》。
〔註 489〕《晨報》復刊時間分歧：燕京大學文學院新聞系鄭茂根 1925 年 5 月學士畢業論文《北平晨實兩報之比較研究》載《晨報》1918 年 12 月 1 日復刊；方漢奇主編：《中國新聞事業通史》第 2 卷，第 85 頁載 1919 年 2 月改爲《晨報》。筆者查中國人民大學圖書館《晨報》確認復刊時間爲 1918 年 12 月 1 日。
〔註 490〕《本報緊要聲明》1923 年 1 月 22 日《晨報》。
〔註 491〕《本報緊要聲明》1923 年 1 月 22 日《晨報》。
〔註 492〕《吾報之使命》1923 年 12 月 1 日《晨報》。

報》認爲「思想革命」是改造中國和世界的惟一工具，是《晨報》存在的惟一使命。

　　1925 年 11 月 19 日北京《晨報》揭露北洋政府參政院、國憲起草委員會、軍事善後委員會、財政善後委員會、國民會議籌備處、國政商榷會等六單位聯合向新聞界贈送「宣傳費」的情況。所贈「宣傳費」分爲四級：一、超等 6 家，每家 300 元；二、最要者 39 家，每家 200 元；三、次要者 38 家，每家 100 元；四、普通者 42 家，每家 50 元。總計爲 1.45 萬元。受贈的 125 家新聞單位中，有日報 47 家、晚報 17 家、通信社 61 家〔註 493〕。1926 年 12 月 31 日北京《晨報》登出《本報緊要啓事》稱：警廳 30 日晚令區署傳諭該報，「每晚發稿，應先送區呈警廳檢查」。「惟本報銷數過多，不能待稿發還，始行鑄版。以後如有禁載之件，只得就原版刮去原文，報上自不免有空白之處。此外尚有因檢查費事，或致本報不能早時送達各節。敬希讀者見諒」。

　　《晨報》對五四運動，有莫大幫助，歐戰巴黎和會，日本欲奪取德國在山東的權利，《晨報》發社論更力爲鼓動，督促政府，堅不簽字於日人所提巴黎和約，並闢和議問題專欄，徵求國人意見，以闡揚法治、打倒國內外強權，提倡新文化爲努力的目標。由於五四運動前後的言論，警廳緹騎四出，到報館監視稿件，非經簽字，不得登載。直皖戰爭時，《晨報》社論反對內爭而觸當局之怒，經遭勒令停版之厄。在驅黎擁曹之時，謂滋事不可以爲訓，《晨報》又爲偵探騎之目標。當曹錕密謀賄選總統之時，《晨報》主張先議憲法，再選總統，是以又見忌於直系。吳佩孚大舉攻奉，《晨報》戒以武力不可以自存，專斷不足以成事，而吳亦唧甚。當時警廳嚴令各報館稱直系爲國軍，奉軍爲逆軍，《申報》以國內戰爭本無順逆可分，若就國家而言，則不肯服從民意者，皆可謂逆，始終不肯稱用。段祺瑞組織政府，世方以三角同盟大功告成，統一事業指日可待之時，《晨報》則斷定安福之徒不足有爲，故對於欺人之善後會議國民代表大會條例加以抨擊，段祺瑞又聽容左右，舉辦具在野所反對之金案，當時舉爭分餘款，唯恐不得者，比比皆是，而《晨報》態度始終如一，痛陳不可。

　　1922 年 8 月 9 日上午 11 時，上海法租界捕房再次查抄陳獨秀住所，抄去《新青年》等「禁書及底稿等物」，陳獨秀被捕候審。中共組織發動社會團體

〔註 493〕1925 年 11 月 19 日《晨報》。

和新聞界開展大規模營救活動。滬京各報迅速報導陳又被捕消息，刊登各方營救通電，8 月 15 日，北京《晨報》刊發自治同志會、共存社、馬克思主義研究會、少年中國學會、中國社會主義青年團、非基督教學生同盟等十團體《爲陳獨秀被捕敬告國人》的宣言書〔註494〕。

《晨報》1928 年夏季以前，是由陳博生主持的研究系的言論機關，被認爲是「親奉系張作霖的報紙」〔註495〕，對國民黨和共產黨言論都非常排斥。但在第一次奉直戰爭奉系軍閥失敗後，也刊登過不利奉系的文章言論。1922 年 5 月 17 日起就曾連日刊出神州通訊社《徵求張作霖賣國之事實》啓事，全文如下：「張作霖勾通日本賣國之陰謀，本社首先揭載，此種危害東亞和平之毒計，非獨中國人士之所疾者，亦當爲日本國民所痛心。本社今特鄭重申明，以喚起中日兩國國民之注意，如中日各界人士，能以張作霖勾通日本事實，及其秘約，向本社投稿者，定當盡情披露，決不宣佈投稿者之姓名。同人等一息尚存，誓儘其爲國除奸之天職。一當不畏強暴，二當不避嫌疑，值此存亡一發稍縱即逝之時，尤望各界人士急起直追，共謀挽救，愼勿輕視之，國家幸甚，同人幸甚」〔註496〕。1925 年 12 月 8 日郭松齡反張作霖，攻破錦州，兵迫瀋陽，張作霖通電下野時，《晨報》之特大號標題於左，以示其反對軍閥將要覆滅態度之一斑，《中國第一惡軍閥　張作霖已於六日亡命矣　郭松齡部下詐降之妙用》。1924 年 10 月 20 日京畿警備總司令部通知北京各報，嗣後各報館各通信社，關於登載軍事新聞，應先將原稿按照檢查時間表，先行送交該部檢查，經驗訖，始准刊發。北京《晨報》爲此於同月 22 日在第 2 版上用 4 號字登出特別啓事：「在此種限制之下，本社所發稿件，不敢保證不受減削，不及選擇材料補充時，即留一空白，請閱者原諒。」同版登出的軍事消息《張作霖向榆關增援》稿，即留有部分空白。

《晨報》儘管在奉系軍閥第一次直奉戰爭失敗後，登載過抨擊奉系軍閥聲討張作霖的言論，但在第二次直奉戰爭奉系軍閥取得勝利後，《晨報》的言論傾向又有了大的變化。刊載文章思想與奉系軍閥的立場、理念如出一轍。《晨報》始終對國民黨的偏至民權論、武力革命之說不能苟同，甚至互相水火。反對 1924 年後的國共合作，反對孫中山的三大政策和要求召開國民會議及廢

〔註494〕1922 年 8 月 15 日北京《晨報》。
〔註495〕黃河編著：《北京報刊史話》，文化藝術出版社，1992 年 10 月版，第 103 頁。
〔註496〕《徵求張作霖賣國之事實》啓事 1922 年 5 月 17 日《晨報》。

除不平等條約的政治主張，並且對孫中山進行人身攻擊，誣衊孫中山為「黨同伐異不擇手段的新式軍閥」。「記得孫中山先生在北京協和醫院養病時，該報每天必有一條消息，報導孫的病狀，標題稱『孫文昨日病況』，天天如是。」〔註497〕在國民黨看來，該報對孫不尊敬，很不滿意。對國民黨一些措施，亦多批評。1925 年 11 月 29 日，由於政府關稅問題的北京國民革命大示威運動，在天安門前千名群眾集會，有五十餘人打著「打去啊，晨報輿論之奸賊」的條幅，到順治門大街搗毀《晨報》報館，部分房屋和紙張被燒毀，該報被迫停刊 1 周〔註498〕。

　　《晨報》對於中國共產黨在這一時期所領導的群眾性的反對帝國主義、反對封建軍閥的政治運動，始終持反對態度，並且還經常在言論和新聞報導中進行歪曲宣傳，力圖縮小革命影響，阻撓和破壞革命的發展。1925 年 10 月 7 日～11 月下旬北京《晨報》副刊之一《社會周刊》借討論中俄關係為由頭，掀起一場所謂「仇友赤白」的大爭論，指蘇俄為「赤色帝國主義」，主要編撰人把爭論的矛頭引向排蘇、反共，攻擊共產主義不適合中國國情。

　　1925 年「五卅」反帝運動爆發後，這個報紙在民族革命的大勢壓力下也出版過《滬案專號》，組織過「滬案後援募捐團」，發表過一些抗議英日帝國主義暴行的文章，但是基本態度仍然傾向於縮小運動的範圍，支持北洋政府和帝國主義妥協。1926 年「三一八」慘案以後，這個報紙也極力為屠殺愛國群眾的段祺瑞政府作辯護，捏造遊行群眾「多執木棍、棍端嵌鐵釘以為武器」，「攜帶手槍」，「不知何故與衛兵衝突」等謠言，為段祺瑞政府開脫罪行。《晨報》的這些反動宣傳，曾經受到當時的進步群眾的嚴厲斥責。

　　1928 年夏蔣、馮、閻的軍隊逼近京畿，張作霖棄城出走，奉系軍閥的反動統治宣告結束，以蔣介石為首的北伐軍進駐北京，《晨報》同年 6 月 5 日自動停刊，並於本日該報刊出《本報停刊啟事》稱，該報「創刊十年，每天處在不滿意環境中，委曲求全，希望能對社會有所貢獻。但由於「事實所限，所欲言者，既未及什一，而所言者，又未為各方所瞭解，徒求苟存，毫無意義」，因此決定自本日起停刊。其時，蔣、馮、閻軍隊逼近北京，張作霖率部

〔註497〕林華：《憶北洋政府後期的北京新聞界》，載於中國人民政治協商會議全國委員會文史資料委員會編：《文史資料存稿選編‧文化》，中國文史出版社，2002 年 8 月版，第 180 頁。

〔註498〕方漢奇：《中國新聞事業編年史》（三卷本），福建人民出版社，2000 年版，第 1042 頁。

向關外撤退，奉系軍閥在北京的統治告終。該報素以親奉著稱，在此情況下，不得不主動停刊」〔註499〕。

1928 年 8 月 5 日，《晨報》更名爲《新晨報》恢復出版，由閻錫山手下的平津衛戍司令部交通處處長李慶芳出任社長，羅秋心、張愼之等爲總編輯，鄧之誠爲總主筆，與當時在北平新創辦的《民言日報》和《北平日報》都是閻系的宣傳機關。1930 年 4 月，蔣馮大戰爆發。9 月閻錫山戰敗下野。《新晨報》出版到 9 月 24 日自動停刊。

這時和奉系關係密切的舊《晨報》人員陳博生等，陸續回北平，受張學良委託接辦《新晨報》。1930 年 12 月 16 日，《新晨報》改名《北平晨報》恢復出版。

《北平晨報》在政治上擁護國民政府，支持它的內政外交政策。1931 年「九一八」事變以後，《北平晨報》雖然對日本帝國主義的侵略活動表示過抗議，但始終不敢言戰，強調只有「逆來順受，忍辱負重」，「繼續進行交涉」才能解決問題。

1933 年張學良下野出國以後，《北平晨報》開始更多地爲國民政府效勞：「宣傳所謂政令『統一』，支持蔣介石爲鞏固其個人的專制統治削弱地方勢力而發動的國內混戰；宣傳蔣介石發動的『新生活運動』，刊載藍衣社特務頭目劉建新等人所寫的公開稱讚法西斯主義，要求在中國實行以蔣介石個人獨裁爲實質公認的『親中央』的報紙。」〔註500〕

（三）天津《大公報》

《大公報》於 1902 年 6 月 17 日創刊於天津法租界，創辦人爲英斂之，因「忘己之爲大，無私之爲公」而得名。辦報宗旨是「開風氣，牖民智，挹彼歐西學術，啓我同胞聰明」。1916 年原股東之一的王郅隆購買《大公報》，胡政之爲經理兼主筆，1925 年 11 月 27 日宣佈停刊。1926 年 9 月 1 日社長吳鼎昌、經理胡政之、總編輯張季鸞共同接手《大公報》，改名「新記」《大公報》，1949 年後在香港發行。

《大公報》資本出資北洋軍閥官僚資本集團，爲安福系的機關報，安福系沒落後，組建的「新記」《大公報》提出「四不主義」，即「不黨、不賣、不私、不盲」。

〔註499〕《本報停刊啓事》1928 年 6 月 5 日《晨報》。
〔註500〕黃河編著：《北京報刊史話》，文化藝術出版社，1992 年 10 月版，第 104 頁。

作為安福系機關報的《大公報》曾經遭到過奉系軍閥的限制，禁止寄送。《大公報》在登載消息言論傾向為段祺瑞鼓與呼，後來登載傾向直系軍閥的言論。所以，第二次奉直戰爭奉系獲勝，1924 年 9 月 18 日天津警察廳收到奉系軍閥為禁止寄送《大公報》指令，並指令直隸郵務管理局，稱「茲查有《新中華報》及《大公報》所載消息，言論悖謬，迹近造謠。戒嚴期內，未免惑動觀聽。相應函請貴廳飭警禁止各派報所派售以及送報人分送，並停止郵局寄遞，以清亂源。即希查照切實禁止實為公便……轉飭各分局並京奉津浦各路郵車協助辦理所有出口之《新中華報》及《大公報》一律扣留，是為至荷」〔註 501〕。

「新記」《大公報》與奉系軍閥是有關係的。總編輯張季鸞體格消瘦，面色黑炭，故常被人誤為「癮君子」。張學良曾遣人持大包煙土為贈，竟遭到拒絕〔註 502〕。胡政之曾在辦《國聞周報》時，不免賴津貼維持，奉系按月付給津貼〔註 503〕，在接辦《大公報》後胡政之雖恪守「不賣主義」，但仍然與奉系張學良相交甚好。奉系軍閥在東北崛起進而掌控京津地區的時代，天津《大公報》受過奉系軍閥資助賀年刊費二十元〔註 504〕。

《大公報》對奉系軍閥的統治是盡力支持的，經常刊載張學良對時局的談話。原因除了私交甚好外，還有就是張學良代表北方人的利益。在張學良就任陸海空軍副司令與蔣平分天下後，華北地盤遂歸奉系軍閥所有。這樣的結果，倒蔣雖未如願，但華北地盤仍在北方人之手，故北方人還是願意的。《大公報》和張學良的關係繫於胡政之一身，張學良與胡政之無話不談，傾誠相待。「九一八」事變的當夜，張學良親以電話告胡政之消息。「開頭就是：『政之，我的那一塊洋錢丟啦！……』胡立刻明白了這則消息的含意，馬上從床上把我叫醒，命我立刻乘趕得上的火車去瀋陽探訪。胡並把與張談話

〔註 501〕《天津警察廳為禁止寄送〈新中華報〉及〈大公報〉事致直隸郵務管理局函》1924 年 9 月 18 日《北洋軍閥天津檔案史料選編》，第 50 頁。

〔註 502〕汪松年：《〈大公報〉在天津》，載於中國人民政治協商會議全國委員會文史資料委員會編：《文史資料存稿選編‧文化》，中國文史出版社，2002 年 8 月版，第 3 頁。

〔註 503〕汪松年：《〈大公報〉在天津》，載於中國人民政治協商會議全國委員會文史資料委員會編：《文史資料存稿選編‧文化》，中國文史出版社，2002 年 8 月版，第 3 頁。

〔註 504〕遼寧省檔案館藏 JC10-30393-0462～0466 遼寧省政府給東三省各報的賀年刊費 1928 年 12 月 24 日。

的內容告訴我，也對我說出『那一塊洋錢』的啞謎。原來『那一塊洋錢』是張學良在殺楊宇霆、常蔭槐前占卜決疑的」〔註505〕。「九一八」事變的發生，張學良很快以「洋錢丟啦」的暗語透露給胡政之，可見他們二人的關係很不一般。

「新記」《大公報》1926年9月19日刊載過張學良與國聞社記者縱談時局的《息內爭即以防過激》，此時奉系軍閥剛剛進入北京，需要安撫京津民眾，張學良發表時局感慨，並對國人提出希望，「時局變幻，如風雲莫測，譬之行舟大海中，雖舟中人亦難預知天象。余自信寡識，不敢輕下斷語。想無論何人，對此破碎之時局，或未必都有先見之明。余意際茲邪說橫行，青年喪志，誠爲國家一大隱憂。人民憔悴，不勝其苦。余當戎馬倥傯之頃，未曾不念及非速計民生，則國莫由安。非速籌民治，則國莫由立。所望海內擁有實力者早息內爭，共禦外侮，則共產之學，不傳自消，過激之論，不攻自破。試觀一班血氣未定之青年，經媚外軍閥之誘惑，難免不爲赤化主義所蒙蔽，自害害人，自誤誤國，則禍亂將糜所底止。我輩分屬軍人，又焉能袖手作壁上觀哉！」〔註506〕12月8日《大公報》又刊載《接防保大，決心討赤》，文章是《大公報》記者詢問張學良出兵京漢路情形，張學良說「因褚玉璞部調赴徐州，奉軍系往保大接防，並非入豫。連日謠言甚多，尚擬電致吳子玉，告以眞相，免啓誤會」〔註507〕。在這次談話中張學良也表示如果國民軍與奉系一樣共同反赤，將無戰爭，「吾人確有討赤作戰決心。只要黨軍3驅除俄國人，且不再到處鼓動工潮、提倡工會，使舉世騷然，人人危懼，則奉軍對黨軍本無仇視之意，否則爲國家社會計，不惜與之一拚，不得最後解決不止也」〔註508〕。

1927年4月3日張學良自豫戰前線返京，張學良與《大公報》記者再次談對於息內爭一致對外的看法，闡明一切都爲反赤，「我爲軍人，只知服從；且余甚迷信舊道德，忠孝二字，絕對遵守，永無變更！對大局主張，固另有主宰者，但無論如何，決不能因一黨一派之利害而危及國家，如彼方拋棄過

〔註505〕汪松年：《〈大公報〉在天津》，載於中國人民政治協商會議全國委員會文史資料委員會編：《文史資料存稿選編‧文化》，中國文史出版社，2002年8月版，第10頁。
〔註506〕1926年9月19日《大公報》第6版。
〔註507〕1926年12月9日《大公報》第2版。
〔註508〕1926年12月9日《大公報》第2版。

激之一切運動及對鮑羅廷之操縱，爲國家事沒有什麼不可商量的」〔註509〕。
1928 年 10 月 7 日張學良爲國慶寄贈《大公報》題詞：「直道存三代，知名過
卅年；高文期有用，清議貴無偏；回雁驚秋亂，聞鵙訝地施；中庸在天下，
先爲化幽燕。」〔註510〕

四、打擊、查封的報刊

　　奉系軍閥無論是在東三省還是統治京津時期所打擊、查封的報刊，多是
言語上指名道姓攻擊張作霖其人或攻擊東省政局，或報紙經常宣傳過激主
義、共產主義，在政治時局上極具有評判奉系軍閥勇氣的報刊。這樣的報刊
奉系軍閥也是允許出版的，但若輿論傾向性極強，言辭過於激烈，奉系軍閥
就會適時採取打擊、查封的策略。

　　奉系軍閥採取的新聞輿論操控政策是時緊時鬆的，張作霖在第一次直奉
戰爭前後對報刊控制頗爲嚴格，第二次直奉戰爭後除對赤化報刊封禁外，其
他報刊還是有極大生存空間的，到了郭松齡倒戈時控制又非常嚴格。

（一）北京《世界日報》

　　北京《世界日報》1925 年 2 月 10 日在北京創刊，創辦人成舍我，曾標
榜它是一個「無黨派之報紙」，實際上是資產階級改良主義的政治團體「世
界社」支持創辦，是馮玉祥的國民軍第二軍的機關報〔註511〕。在經濟上，這
個報紙初創時曾經受過「世界社」分子的鉅額資助，其後又迭次接受北洋
政府各部的津貼，社內個別人員還曾經以報社名義向有關部門索取賄賂。
北洋政府財政總長賀得霖從東陸銀行撥給 3,000 元，後又給過幾次現金，共
計 4,000 多元，作爲該報開辦經費。1925 年北京政府給全國 125 家報館、通
訊社以「宣傳費」的名義發津貼，分「超等者」「最要者」「次要者「普通
者」四等，《世界日報》、《世界晚報》名列「最要者」，每月可得津貼 200 元
〔註512〕。

　　《世界日報》的內容以軍事、政治新聞爲主，兼刊教育新聞。《世界日報》

〔註509〕1927 年 4 月 4 日《大公報》第 2 版。
〔註510〕胡玉海、里蓉主編：《奉系軍閥大事記（1894～1931）》，遼寧民族出版社，
　　　　2005 年 2 月第一版，第 493 頁。
〔註511〕滿鐵株式會社：《支那新聞一覽表》，北京公所研究室發行，1926 年 9 月 5
　　　　日。
〔註512〕傅國湧：《一代報人成舍我》，載於《炎黃春秋》，2003 年 10 月，第 40 頁。

的言論傾向可以說是反覆無常，開始幫助封建軍閥討赤，後來又轉向共產黨
抨擊封建軍閥，最後又討赤成爲封建軍閥的代言機關。報紙創刊初期曾同情
和支持反對封建軍閥的鬥爭，報紙上充滿了謾罵和攻擊國民黨左派及共產黨
的言論，公開誣衊共產黨「並不代表民眾」，鼓動北洋政府加強對共產黨的屠
殺和迫害。但是，1926 年《世界日報》言論來了個大轉換，開始傾向國民軍
系，成爲馮玉祥的代言人，言論上開始抨擊奉系軍閥。1926 年 4 月 27 日該報
刊登《邵飄萍以身殉報》的大字標題報導著名報人、《京報》社長邵飄萍被奉
系軍閥張作霖公開殺害。1926 年 8 月 6 日《社會日報》社長林白水又被奉系
軍閥張宗昌公開槍殺後的第二天，《世界日報》社長成舍我，被奉系軍閥張宗
昌派遣軍警逮捕。1927 年蔣介石發動「四一二」政變以後，這個報紙公開歡
迎蔣介石叛變革命，並且散佈張作霖願意接受「三民主義」和蔣介石共同「討
赤」的空氣，促使奉蔣合作，共掌「救亡」大業〔註 513〕，實際上已經變成了
封建軍閥和國民黨右派的代言機關了。

　　成舍我，1912～1913 年間到過瀋陽、大連，當過報館的校對員。1915 年，
投靠瀋陽本家成本樸，成舍我在安慶時曾受其教導。是年 11 月，因受軍閥張
作霖迫害辭去瀋陽職，與王新命輾轉到上海，後加入柳亞子所辦「南社」，結
識了陳獨秀、劉半農和《太平洋》雜誌主辦人李劍農。並與王新命、向愷然
等組成「賣文公司」，以向各地報刊投稿爲生。1915 年 12 月入上海《民國日
報》做校對和助理編輯。1916 年，與劉半農從事翻譯小說工作。是年 6 月至
愚園參加「南社」第 14 次「雅集」。期間還曾與《新申報》之副刊編輯王鈍
根等發起組織「上海記者俱樂部」，吳稚暉、曹松翹、陳白虛、王新命、葉楚
傖等都爲該俱樂部成員。1917 年，因「南社」內「朱鴛雛公案」而脫離「南
社」。隨後辭去《民國日報》職，前往北京。1918 年春，成舍我經李大釗介紹
到北京《益世報》任編輯。自此白天在北大國文系聽課，晚上回北京《益世
報》工作，並辦小型報紙《眞報》。1924 年起在北京創辦《世界晚報》、《世界
日報》、《世界畫報》，還創辦「世界新聞專科學校」，爲三報培養人才。早年
的成舍我辦報，「說自己想說的話，說社會大眾想說的話」，並因此「本身坐
牢不下二十次，報館封門也不下十餘次」〔註 514〕。

　　1926 年「三·一八」慘案發生，他辦的報紙旗幟鮮明地站在愛國學生一

〔註 513〕黃河編著：《北京報刊史話》，文化藝術出版社，1992 年 10 月版，第 81 頁。
〔註 514〕成舍我：《我們這一代報人》，載《世界日報》，1945 年 11 月 20 日。

邊，痛斥段祺瑞政府。張友漁向成舍我建議，把如此重大的新聞從七版調整到頭版頭條，「成同意，而且親自改新聞、寫評論、審編稿件。從 19 號到 23 號，每天都以頭版全版刊登這個慘案的情況」〔註515〕。

　　1926 年奉魯軍閥佔據北京時代，有些報紙的言論記載對軍閥敢批逆鱗，間作冷嘲熱諷之詞。張宗昌因潘復等的慫恿，決定實行殘酷的鎮壓手段。「1926 年張宗昌入北京，捕殺新聞記者，成舍我繼邵飄萍、林白水之後被憲兵隊逮捕，幸由曾任外交總長的孫寶琦大力營救，才幸免於難。」〔註516〕

　　1926 年 8 月 7 日夜間成舍我被憲兵捕去，關於成舍我被捕，說法不一。有如，罪名是：一、惡毒反奉；二、和馮玉祥有密切勾結；三、替國民黨宣傳。經曾任北洋政府國務總理的孫寶琦出面營救後獲釋〔註517〕。有如「昨早三時許，某軍事機關派兵二十餘人，警察數人，乘汽車先赴西城前百戶廟壽逾百胡同二號，民立晚報館，逮捕該報經理成濟安。時成不在館中，即將報館標封。四時該警兵人等，轉赴石駙馬大街世界日報館，將大門把守，成舍我原住在館中，當即被捕，薛大可等聞知成舍我被捕，既往某機關疏通。」〔註518〕。有如，「七日上午三時許，被憲兵司令部派李營長同李湯兩副官帶兵數名，到石駙馬大街九十號該報社，將成從廁所內捕獲，成知難免，向李等要求穿好衣服，遂上汽車，解往司令部而去，聞成此次被捕原因，係因日來民立晚報登載某項新聞，為張宗昌所知，大發雷霆，密令督戰司令王琦速派員前往拿辦，故昨晨（七日）三時憲兵司令部派湯副官帶督戰隊十餘人、警察十餘人，同乘一輛大汽車先到民立晚報，時該社經理成濟安已聞風先逃，故未捕獲，僅將聽差工人一併拿去候訊，並將該報社封閉，但因成濟安系成舍我之兄，恐其藏匿伊處，遂跟蹤追至世界日報社遍尋不獲，湯、李等問舍我伊兄濟安所在，因答覆模棱，乃將舍我逮捕，押於憲兵司令部」〔註519〕。有如，林白水之女林慰君回憶「張宗昌之流為掩己過，暴政愈加殘酷。先父就義後，北京的報人個個自危。世界日報社長成舍我因對先父之死略表同

〔註515〕張友漁：《張友漁文選》上卷，法律出版社，1997 年，電子版。

〔註516〕賴光臨：《中國新聞傳播史》，臺灣三民書局，1978 年 10 月版，第 175 頁。

〔註517〕方漢奇：《中國新聞事業編年史》（三卷本），福建人民出版社，2000 年版，第 1059 頁。

〔註518〕《成舍我昨早被捕、成濟安所辦之民立晚報已被封》1926 年 8 月 7 日星期六《晨報》。

〔註519〕《北京又有兩報社獲罪〈民立晚報〉被封，〈世界日報〉經理被拘》1926 年 8 月 11 日《申報》226-253（1）。

情，即被王琦捏造罪名逮捕下獄」。〔註 520〕有如，「該報登載了一條不利於所謂魯軍消息，張宗昌據報告，即派憲兵司令王琦把成舍我捕走，情勢很嚴重。北京新聞界管翼賢、劉煌、華覺明、季迺時、龔德柏等 50 多人，赴憲兵司令部要求見王琦，請予釋放。王允轉陳張宗昌從寬處理。過幾天成的夫人楊璠因成舍我平日與做過北京政府國務總理的孫寶琦有夙誼，請孫斡旋。孫具函致張宗昌，請予釋放，張即寫一紙條交王琦，謂成舍我一名送交孫總理查收。」〔註 521〕

　　成舍我被捕後，成的親友四處活動營救，其中孫寶琦的兒子孫用時（當時任住友洋行買辦）因和成是盟兄弟，央求他父親以國務總理的身份親到石老娘胡同張宗昌私宅求情，親函求情。張宗昌答覆「……成舍我罪情重大，本應槍斃，既承尊囑，可改處徒刑……」。經過孫寶琦要求後，張宗昌又審查 10 天內的《世界日報》，但原以印好的第 50 期《世界畫報》，內容稍有不妥被臨時停止出版。8 月 10 日成舍我被開釋，文稱「世界日報成舍我既屬情有可原，著即開釋，並派人送往孫總理宅可也，此令」〔註 522〕。孫遵令寫收條「茲收到成舍我一名。孫寶琦」〔註 523〕。成舍我死裏逃生後，在《世界日報》刊登啓事「平此次被捕，情勢危急。……承各方師友竭力營救，再生之德，沒齒難忘」〔註 524〕。對前往慰問的人說被捕時感想，他說他在被推上大卡車的時候，腦子裏只有一個念頭，就是一顆子彈從後腦打進去的可怕的設想。他自己在《一篇沒有題目的廢話》中敘述道：「在林（白水）先生就義後的一天，我也曾被張宗昌捕去，並宣佈處死。經孫寶琦先生力救得免……數年後，我在中央公園見到張宗昌，悶坐搔首，幾欲與我攀談，我只是報以微笑」〔註 525〕因為死裏逃生的經歷蕩漾成舍我腦海，留下詩句「崎嶇歷盡歸平

〔註 520〕林慰君：《記先父林白水烈士》（續），《新聞研究資料》第四十二輯，1988 年 6 月，第 80 頁。

〔註 521〕林華：《憶北洋政府後期的北京新聞界》，載於中國人民政治協商會議全國委員會文史資料委員會編：《文史資料存稿選編・文化》，中國文史出版社，2002 年 8 月版，第 181 頁。

〔註 522〕吳範寰：《成舍我與北平〈世界日報〉》，載於 SQ 張有鸞：《北平〈世界日報〉興衰史》，1985 年，第 18 頁。

〔註 523〕方漢奇：《中國新聞事業編年史》（三卷本），福建人民出版社，2000 年版，第 1059 頁。

〔註 524〕傅國湧：《一代報人成舍我》，載於《炎黃春秋》，2003 年 10 月，第 40 頁。

〔註 525〕成舍我：《一篇沒有題目的廢話》，載《北京晚報》五千號特刊，成舍我撰寫的感言。

淡」，「且喜半生逃百死」。

成舍我 1927 年爲躲避軍閥迫害去南京創辦《民生報》，《民生報》於 1934 年被國民黨當局查封。1935 年在上海創辦小型日報《立報》。抗日戰爭爆發後，成舍我被國民黨當局聘爲國民參政員，在桂林 1942 年恢復「世界專科學校」。在重慶 1945 年出版《世界日報》。抗戰勝利後，先後復刊《立報》、《世界晚報》和《世界日報》。在《世界日報》復刊之際，撰文回顧了《世界日報》和他本人的辦報經歷：「我們眞不幸，做了這一時代的報人！在艱苦奮鬥中，萬千同樣的報人中，單就我自己說，三十多年的報人生活，本身坐牢不下二十次，報館封門也不下十餘次。……世界日報的生命中斷，一個純粹的民營的報紙，竟如此犧牲。實則此種艱辛險惡的遭遇，在這一時代的中國報業，也可算司空見慣，極其平凡。做一個報人，不能依循軌範，求本身正常的發展。人與報均朝不保夕，未知命在何時，我們眞不幸，做了這一時代的報人！」「但從另一角度看，我們也眞太幸運了，做了這一時代的報人！……過去凡是我們所反對的，幾無一不徹底消滅。這不是我們若干報人的力量，而是我們忠誠篤實反映輿論的結果。……打倒我們的，只有我們自己；只有我們自己，變成了時代和民眾的渣滓。我們向正義之路前進，我們有無限的光明。我們太幸運，做了這一時代的報人！」〔註 526〕

1947 年成舍我當選國民黨政府立法院委員，1949 年去香港，1952 年移居臺灣，曾在臺北各大學任教，並創辦「世界新聞職業學校」，任「世界書局」董事長。1988 年臺灣當局解除報禁後，創辦《臺灣立報》，1991 年病逝於臺北〔註 527〕。

（二）《國民新報》

《國民新報》1925 年 9 月創刊，日出三大張，用中英兩種文字編印，（英文版出一大張，創刊於 1925 年 2 月 23 日）經費以蘇聯退回的庚款爲主要來源，是國民黨左派在馮玉祥部國民軍駐守北京時期創辦起來的重要宣傳機關，擔任這個報紙編輯工作的有陳啓修、陳友仁、張風舉等人，以共產黨員身份加入國民黨當選爲中央委員的李大釗同志，從廣州回到北京以後，也曾經給這個報紙以一定的指導和支持。

〔註 526〕成舍我：《我們這一時代的報人》1945 年 11 月 20 日《世界日報》。
〔註 527〕方漢奇：《成舍我傳略》，中國人民大學港澳臺新聞研究所（編），《報海生涯——成舍我百年誕辰紀念文集》，第 3～4 頁。

《國民新報》從創刊起就對北洋各系軍閥和支持他們的英日帝國主義者
發出嚴正聲討。1926 年 3 月以前，《國民新報》的矛頭主要指向奉系軍閥，
1926 年 3 月以後，在「三一八」慘案刺激下，《國民新報》的矛頭又逐漸地轉
向皖系軍閥，在慘案發生後的一個月內，這個報紙除了以大量的篇幅報導慘
案的經過，駁斥反動官僚誣衊群眾的無恥讕言和發表各地愛國人民悼念死難
烈士眼球嚴懲元兇的來搞之外，還先後發表《段祺瑞之大屠殺》、《賣國賊及
其走狗之妖言》、《賣國賊之禽獸行爲》、《段祺瑞應受人民審判》等社論，對
皖系軍閥首惡段祺瑞進行了猛烈的撻伐。

1926 年 4 月，國民軍被迫撤往南口，奉系軍隊開入北京，不少曾經反對
過奉系軍閥的進步報刊和革命報紙都受到了嚴重的迫害，《國民新報》也自 4
月 28 日起自動停刊。〔註 528〕

（三）《中美晚報》

《中美晚報》，國民軍機關報，1926 年 6 月 19 日京師憲兵司令部副官凌
某，以京皖通信社記者名義，將該社編輯范治平帶到憲兵司令部，由王琦總
司令問話，指該報 15 日等載的五臺山代縣失守消息失實，當晚報界同人組織
營救，派神州通信社管翼賢、民聲晚報社高伯奇、新聞晚報社胡峻陠、復旦
通信社華覺民、五洲通信社田某等 5 人爲代表前往憲兵司令部申請保釋。范
於 2 天後獲釋。1926 年 6 月 26 日下午三時，有人至北河沿中美晚報社詢問
該報經理人在京否，次又詢及職員人名，當經聞者一一答覆。至晚九時，遂
有某機關兵士至該報館，即令停止出報。並將該報館廣告人張德祿，及中美
通訊社書記黃覺民兩人帶去問話，中美通訊社昨日因亦未出稿〔註 529〕。8 月
26 日晚警察封閉中美通信社，並拘去室內華人兩名，皆下級供事，該報停
刊。27 日晨忽被憲兵司令部以「通敵」之理由封閉，該報記者已逃入公使館
區域。中美通信社亦如中美晚報館同樣被憲兵司令部封閉，該通信社之社
長，雖有華人之名義出面，但事實上爲美國公使館機關，故恐不免發生糾葛
〔註 530〕。1926 年 9 月 1 日午前十二時京畿憲兵司令王琦招待本京中外新聞記
者，稱「中美晚報本爲國民軍之機關報，人人知之，張督辦張軍團長及張秘

〔註 528〕黃河編著：《北京報刊史話》，文化藝術出版社，1992 年 10 月版，第 82 頁。
〔註 529〕《中美晚報昨日停刊》1926 年 6 月 26 日《晨報》。
〔註 530〕《北京憲兵司令部以通敵之理由封閉〈中美晚報〉》1926 年 8 月 28 日《申報》
226-677（2）。

書長（其鍠）會下誡數次囑即查封，經一再誥令，請勿爲偏袒之言論，迄未見信，故於前晚查封。至中美通信社，昨據各位來部聲稱，繫屬兩事，自應准其復業。現黃君覺民已到此地，一俟茶點完畢，即可與諸位同出司令部」〔註531〕。1926 年 10 月 16 日下午一時，北京警廳函各報社，以後禁用中美通訊社稿〔註532〕。

（四）《新民意報》

《新民意報》於 1920 年 9 月 15 日創刊天津，主要創辦人有時子周、馬千里、夏琴西、孟繼鼎。讀者對象以教育界師生和思想進步者居多。周恩來爲《新民意報》寫了報牌，報牌邊還貼有兩句話：「主張全民政治，討論社會問題」。這都表明了該報的進步傾向。

《新民意報》發表了大量反對帝國主義、抨擊北洋政府的文章。對帝國主義的侵略、各系軍閥割據混戰、地方行政的腐敗等進行了強烈的批判。1924年 3 月 4 日，針對社會上有人利用輿論親日的主張，發表評論《輿論的勢力》、《中日不能親善》。《新民意報》注重馬克思主義的宣傳，刊登了一些介紹馬列主義的通俗文章。副刊《星火》發表過較多的文章，有李大釗的《馬克思經濟學說》、《社會主義的經濟組織》、《史學與哲學》，還發表過《馬克思傳》、《五一史》等文章。副刊《明日》在第一號的鄭重宣言「我們相信馬克思主義是改造社會的良劑，所以我們打算本著馬克思的精神來解決社會問題，現組織這個《明日》作爲我們發表言論的機關」〔註533〕。副刊《同光》發表了中國駐蘇聯大使館參贊的講演詞《什麼是赤化？》。《豐臺》也是以發表馬列主義通俗理論爲主的一個副刊。

《新民意報》在 4 年多的時間裏，立場鮮明，一貫主張對外打倒帝國主義，對內剗除軍閥，建立統一的民主革命政府，宣傳愛國、鼓吹民主、推動改革、傳播新文化新思想，成爲進步人士和青年所喜愛的報紙。1925 年 1 月7 日《新民意報》被奉系軍閥張作霖勒令查封而停刊。

（五）《新天津報》

《新天津報》創刊不久，適逢軍閥掀起了直奉二次大戰，由於馮玉祥倒

〔註531〕《王琦昨日招待中外新聞界》1926 年 9 月 2 日《晨報》。
〔註532〕《（北京）警廳函各報社，以後禁用中美通信社稿》1926 年 10 月 17 日《申報》。
〔註533〕《明日》創刊號 1923 年 1 月 5 日《新民意報》。

戈，吳佩孚打敗，《新天津報》即以直系為正統，大捧吳佩孚，大罵馮玉祥，由此一炮而響，暢銷無阻。該報主辦人為劉仲儒，筆名髯公。報紙暢銷後，由每天油印一小張增至兩小張，兩張半到四小張，合對開報紙兩大張，發印數目由每天印 500 份一直漲到每天印 10,000 餘份，大有後來居上，壓倒儕輩之勢，隨著業務的發展，以後又出了《新天津晚報》、《新天津畫報》，劉髯公逐漸成了天津市天津市新聞報界名流。1924 年第二次「直奉戰爭」爆發，馮玉祥倒戈，直系大敗。這時《新天津報》劉髯公，即以直系為正統，大捧吳佩孚，大罵馮玉祥（為馬二）破壞統一的種種罪行，《新天津報》由此即大紅大紫，發行量猛增，由每天印 3,000 份漲到 10,000 餘份，天津市民爭相購閱。因劉髯公依仗租界作屏障，每天在報紙上痛罵馮玉祥，中國地方當局時常派偵緝隊人員潛入法租界，對《新天津報》進行窺探，但因劉髯公曾任法國工部局調查長，況法國工部局又對劉進行保護，幸未發生過意外。奉軍進關後，張作霖任命李景林為直隸督辦，劉復罵李景林為虎作倀。1928 年夏，孫殿英盜取了清故乾隆帝、同治帝及西太后慈禧的陵墓，劉髯公便將張作霖、馮玉祥、李景林、張宗昌、褚玉璞、胡景翼、張之江、孫岳、鹿鍾麟、孫殿英等列為「四凶八惡」，劉並著有《丙寅戰史》文章，除每日在報紙上發表外，並印出單行本售賣，把這些人罵個「狗血噴頭」。由於老百姓連年遭受兵燹慘禍，自然就愛看這樣的報紙，劉髯公就抓住了這些民眾的心理，除自己撰寫文章外，還在報紙上徵求辱罵「四凶八惡」的稿件，並注明「稿費從豐」的字樣，所以由外寄來的這類稿件，也是登不勝登，《新鉞》，更受到京劇界內外行的歡迎。〔註 534〕

「1931 年張學良在北平執政，委其弟張學銘為天津公安局長，因劉髯公在『直奉戰爭』時期極力反奉，《新天津報》被勒令停刊。劉髯公百般營救未果，不得已暫行停刊，本欲解散職工另謀他業。此時九一八事變爆發，劉髯公即以冠冕堂皇之詞『國家興亡，匹夫有責』，強行將《新天津報》復刊。」〔註 535〕

〔註 534〕董孟豪：《天津的〈新天津報〉》，載於中國人民政治協商會議全國委員會文史資料委員會編：《文史資料存稿選編・文化》，中國文史出版社，2002 年 8 月版，第 73 頁。

〔註 535〕董孟豪：《天津的〈新天津報〉》，載於中國人民政治協商會議全國委員會文史資料委員會編：《文史資料存稿選編・文化》，中國文史出版社，2002 年 8 月版，第 74 頁。

（六）北京《益世報》

北京《益世報》1916 年 11 月創刊，美國基督教機關報，曾爲直隸派機關報。社長杜竹軒，經理張漢儒，主筆言旨微。起初日出兩大張，後日出刊八頁，每天能銷八千份。該報雖然以傳教爲目的，但因言旨微是個資產階級政論者，對於當時北洋政府的措施不時加以評論，對於政府的資助也接受。段祺瑞的執政府初開鑼時，北京各報社除《晨報》外都給應酬費，《益世報》不例外。張作霖政府時，該報的作風未變，但未拿奉系之錢〔註536〕。奉系軍閥進入北京以後，北京《益世報》多次被警察廳禁止發售，勒令停刊。1926 年 4 月 24 日《益世報》刊登《本報緊要啓事》「本報自二十一日起，突然被警察廳傳令禁止發售，並派警察多人在意租界兩端（即特別二三區交界處）把守，阻止運送，究竟因何觸犯禁忌，本報亦未接到正式公文，除已函電軍民各長官分別請示外，對於非租界地閱報諸君，未能按日派送深爲抱歉一俟辦有結果再行補送尚希鑒原是幸。」〔註537〕

1927 年 6 月 4 日北京《益世報》被查封，編輯朱鑒堂被傳訊。京師警察廳發佈布告，指該報「值此軍事倥傯之際，未使任其肆言無忌，致令影響治安，應即先行查封。除將該報編輯朱鑑堂傳訊依法訊辦外，令行布告周知，此布。」〔註538〕。1927 年 6 月 5 日的北京《晨報》報導《新聞界營救益世報記者（公呈請釋朱鑑堂）》呈言北京益世報館 6 月 3 日誤登軍報，當日該報記者朱鑑堂君被警廳留質，並令行該報禁止出版，現該報已遵照命令即日停止出版。「鈞廳爲使社會秩序安寧，此舉至當，同人等實深欽仰。惟同人等猶有不能不向鈞廳懇請者，即北京益世報既已遵令停版，而朱鑑堂君在該報所任職務，亦即軒末，擬懇恩施格外，即予釋放此後事宜，不難按照手續辦理。同人等與朱君誼切同業，故敢合詞呈請，懇即網開一面，恢復自由，迫切陳詞，尚乞鑒核施行。」〔註539〕1927 年 6 月 18 日北京《益世報》社緊要啓事：謹啓者，敝社現奉京師警察廳令禁止出版當於五月六日暫行停

〔註536〕林華：《憶北洋政府後期的北京新聞界》，載於中國人民政治協商會議全國委員會文史資料委員會編：《文史資料存稿選編・文化》，中國文史出版社，2002 年 8 月版，第 182 頁。

〔註537〕《本報緊要啓事》1926 年 4 月 24 日北京《益世報》。

〔註538〕《北京〈益世報〉前日被封（編輯朱鑑堂尚在押）》1927 年 6 月 6 日北京《晨報》。

〔註539〕《新聞界營救益世報記者（公呈請釋朱鑑堂）》1927 年 6 月 5 日北京《晨報》。

刊，所有訂閱本報及刊登廣告者俟出版時將停刊日期一律推補祈，各界原諒是幸。《益世報》後因競爭，新聞報導落後，營業不振，延到七七事變後歇業〔註540〕。

（七）北京《京報》

《京報》1918年10月5日創刊與北京。創辦人兼社長為著名記者邵飄萍。日出對開4版。《京報》注重對政局、戰局的報導和評述，講求新聞及時性。《京報》言論多傾向於反對帝國主義和反對封建軍閥。1919年曾因刊載文章批揭曹汝霖親日賣國行為，被北京當局查封。1920年9月7日《京報》復刊後，開始支持馮玉祥建立國民軍第二軍，並在言論中支持中蘇建交、孫中山領導的國民革命、國共合作的南方革命政府。《京報》出版《馬克思紀念特刊》和《列寧專刊》，宣傳馬克思主義和社會主義理論。「五卅」運動期間，為聲援慘案遭受迫害學生，刊出「帝國主義」、「打倒外國強盜」的口號。《京報》副刊多次刊登魯迅文章，如《大衍發微》、《可慘與可笑》、《如此討赤》等。《京報》對段祺瑞製造的「三一八」慘案給予猛烈抨擊。

《京報》反帝反封建軍閥方面十分堅決，對奉系軍閥時有批判和嘲諷。曾先後多次刊登抨擊奉系軍閥及張作霖的文章，面對東報言張作霖復辟之言論「奉天督軍張作霖初以馬賊身份，投劍來歸……所謂未來之副總統，所謂第二張勳，虛實參半」〔註541〕；面對日本向佔領間道「東省長官日惟醉夢於國內戰爭，不知思患予防，致受人以莫大間隙，其罪實不可赦」，「東省官吏腐敗，漠視外交，不知駐重兵以杜野心，乃竟造成日本侵略之機會，言之可痛」〔註542〕；面對第二次直奉戰爭「吳佩孚與張作霖私人仇恨之戰，不應犧牲多數軍隊，犧牲一般人民之生命財產」〔註543〕；邵飄萍曾為挽救中國提出「縮小中國，整理地方」之原則，但奉系行為實屬背道而馳，於是撰文聲討，「吾人所以反對張作霖者，固因其違反民意，妄肆野心，以武力逞威權，視戰爭如兒戲。獨夫民賊，不應再聽其專橫，此就消極方面言也。惟其如此，故雖擁有東省之富庶，而財政紊亂，鬍匪猖獗，暴斂橫征，社會破產。數次

〔註540〕 林華：《憶北洋政府後期的北京新聞界》，載於中國人民政治協商會議全國委員會文史資料委員會編：《文史資料存稿選編・文化》，中國文史出版社，2002年8月版，第182頁。
〔註541〕《北京特別通訊》1918年3月2日《申報》。
〔註542〕飄萍：《日本侵佔間島之陰謀》1920年10月12日《京報》。
〔註543〕《馮檢閱使與本社邵君談話》1924年10月24日《京報》。

侵略關內之戰，皆耗費數千萬金，何莫非東省人民之所負擔，充其舍近圖遠，窮兵黷武之虛榮心理。東省民力，將無復得資休養之期，推翻張作霖，即為劃除整理地方之障礙，此就積極方面言也」〔註544〕。在郭松齡倒戈之際邵飄萍撰文聲援東北國民軍，「中國大多數人民之心理，既視奉派之惡勢力為公敵，不惜援助國民軍以劃除之」，對於日本的援助「東省日軍閥之秘密援助張作霖，對東北國民軍予以種種不利，郭司令已正式提出質問，要求世界各國之公評」〔註545〕。

《京報》有多篇言論支持國民軍「國軍愛惜隊伍，不肯為無意義之戰」。「吳、張兩方之腐舊勢力，方合謀以劃除國軍為其第一步之目的。國軍之被劃除與否，決不僅馮玉祥及其部下之榮枯禍福問題，乃中國全部政治之前進或倒退的問題也」〔註546〕。為國民軍解析「軍自軍，民自民，自有『國民軍』之名義，始覺軍為應屬於國民的。……與國民不可分離之精神，則永久存在，而將來之此種精神打破所謂『軍閥』者」〔註547〕。馮玉祥部國民軍撤離北京後，又在《京報》上發表署名文章《歡送國民軍》，對國民軍大加讚揚。

從《京報》的言論看，同為戰爭奉系為私仇而戰，棄人民於水火，而國民軍愛惜人民，不肯做無意義戰爭。同為軍隊，國民則永久長存。如此的言論傾向也是邵飄萍後來遭殺害的主要原因。

1926年4月22日奉直聯軍進入北京。當日出版的北京《京報》刊出邵飄萍所寫的《飄萍啟事》一則，聲明鄙人之罪「五不該」，不該反對段祺瑞及黨羽，不該主張法律追究段主謀的三一八慘案，不該希望取消不平等條約，不該承認國民軍紀律不錯，不該言章士釗不配整頓學風。登載啟事後的第四天，4月26日《京報》社長、名記者邵飄萍被奉系軍閥殺害於北京天橋。其實邵飄萍的言論立場早已觸怒了奉系軍閥，必欲除之而後快。奉直聯軍入京前夕，邵被迫避居六國飯店。4月24日晚因事返回報館，在魏染胡同口被暗伏的偵緝隊截捕。北京新聞界人士得訊後，緊急會議推舉劉煌等13名代表面見張學良，請軍方尊重輿論對邵從寬處理，被拒絕，並以「勾結赤俄，宣傳赤化，罪大惡極，實無可恕」等莫須有的罪名於26日凌晨公開處決。

〔註544〕飄萍：《整理地方前途之希望》1925年12月9日《京報》。
〔註545〕飄萍：《日軍閥之干涉中國內政》1925年12月9日《京報》。
〔註546〕飄萍：《生死關頭之避嫌敷衍》1926年3月8日《京報》。
〔註547〕素昧：《國民軍精神長在》1924年12月24日《京報》短評欄。

（八）《社會日報》

《社會日報》1921 年 5 月 1 日發刊，其前身是 1921 年 3 月 1 日是林白水在北京創辦的《新社會報》，社長林白水，總編輯為胡政之。報紙因揭露軍閥黑幕，被北京警察廳勒令停刊三個月，復刊後就更名為《社會日報》，取意「自今伊始，除去新社會報之新字，如斬首級，示所以自刑也」。《社會日報》依然刊登報導揭露曹錕賄選總統以及諸多議員受賄，林白水被囚禁三個月。

《社會日報》對於國民軍馮玉祥，林白水稱其為「馮君誠為傑出之人才，故近年以來，人民望治者，頗屬意於馮，以為刷新民治，徹底改革，捨馮軍其誰與歸」〔註 548〕。

《社會日報》對奉系軍閥是排斥的，經常撰文嘲諷、披露。林白水儘管痛恨張作霖，但對於郭松齡反奉，林白水主觀上不提倡，「推倒張作霖一事，在民眾何嘗不希望能翦滅此萬惡之軍閥，好亂之賊子。然欲達此目的，而用非常之手段，則期期以為不可」〔註 549〕，原因是「蓋惡風氣絕不可提倡，一經提倡，如火燎原，紀綱敗壞，人類幾息，則根本上是無政治可言」〔註 550〕。1926 年奉系軍閥進入北京之後，林白水撰文《奉聯將領大大覺悟》，文章描述之前北京慘不忍睹狀況，奉軍津京「柳暗花明又一村」，原來「奉聯各將領，近年在打仗裏得到許多教訓，因此漸漸覺悟轉來」〔註 551〕。刊登奉系張作霖約束京畿奉聯軍隊電令「嚴查嚴辦，懲一儆百，……如難於約束，嚴令奉軍，即日撤退出京，以免世人詬病也」。同時發表張學良對中外新聞記者談話，大意為「戰勝忽驕」「嚴守軍紀」「不許入城」。5 月 8 日刊登《時局漸趨安定》稱奉派將領之覺醒，頒佈軍紀以來「京師治安，立見恢復，商民各安生業，立袪其驚惶之念」〔註 552〕。

奉系軍閥進入北京後，儘管林白水多次撰文誇讚覺醒，維持治安成績可慶，然而 1926 年 8 月 6 日北京《社會日報》社長林白水本日凌晨被京畿憲兵司令王琦奉張宗昌之命誘捕，3 小時後即押赴天橋刑場槍斃。憲兵司令部為此發佈布告稱：「頃奉張督辦令，查社會日報經理林白水通敵有據，著即槍斃」

〔註 548〕白水：《敬告國民軍首領》1925 年 11 月 29 日《社會日報》。
〔註 549〕白水：《敬告國民軍首領》1925 年 11 月 29 日《社會日報》。
〔註 550〕白水：《敬告國民軍首領》1925 年 11 月 29 日《社會日報》。
〔註 551〕白水：《奉聯將領大大覺悟》1926 年 4 月 26 日《社會日報》。
〔註 552〕白水：《時局漸趨安定》1926 年 5 月 8 日《社會日報》。

〔註553〕。事由直接起因是林在 8 月 5 日《社會日報》撰發時評《官僚之運氣》，對奉系政客潘復與張宗昌的關係進行嘲諷，比爲「腎囊之於睾丸」，從而激怒潘、張，招致殺身之禍。林白水被捕後，北京新聞界當即推舉楊度、薛大可出面求情，但爲時已晚，林白水已在半小時前被處決。次日，日本在京新聞記者團曾爲林舉行哀悼儀式並發表宣言。9 月 12 日，林白水開弔式在京舉行，中外各界人士前往悼念者絡繹不絕。《社會日報》在林被捕後宣佈停刊。

（九）《語絲》周刊

　　《語絲》1924 年 11 月 17 日創刊於北京。該刊由孫伏園發起籌組，魯迅支持創辦，周作人負責編務，北京北新書局出版發行。由孫伏園創辦，主要撰稿人有魯迅、周作人、錢玄同、江紹原、劉半農、林語堂、馮文炳、顧頡剛等。初爲 16 開本周刊，從第 81 期起改爲 20 開本，刊址是北京大學第一院新潮社。這是一份以批評社會和文化思想爲主旨的綜合性文藝刊物。主要刊登雜感、散文，也有少量詩歌、小說、譯文。魯迅是首席作者，他的作品代表了該刊的特色「任意而談，無所顧忌，要催促新的產生，對於有害於新的舊物，則竭力加以排擊，——但應該產生怎樣的新，卻並無明白的表示，而到覺得有些危機之際，也還故意隱約其詞。」〔註554〕創刊號僅印 2,000 份，因讀者爭購而增印 7 次，計 1.5 萬份，行銷全國。該刊是魯迅在北京期間用以批駁「現代評論派」和「甲寅派」，抨擊北洋軍閥專制統治的重要陣地。魯迅在《語絲》周刊上發表的作品，對它的政治傾向產生了決定性的作用。據統計，魯迅在《語絲》周刊上發表的作品約一百四十餘篇，其中在北京時期的作品有六十餘篇，主要是雜文、散文詩，也有小說、譯文等。這些作品對帝國主義、封建軍閥及其附庸進行了堅決的鬥爭，集中反映《語絲》周刊「要催促新的產生，對於有害於新的舊物，則竭力加以排擊的特色，顯示出『語絲派』『不願意在有權者的刀下，頌揚他的威權，並奚落其敵人來取媚』的戰鬥態度。」〔註555〕1927 年 10 月 22 日被奉系軍閥查禁而停刊，北京北新書局亦被封。1927 年 12 月 17 日《語絲》周刊移到上海出版。上海北新書局發行。

〔註553〕1926 年 8 月 7 日北京《晨報》。
〔註554〕魯迅：《我和〈語絲〉的始終》，《魯迅全集》第 4 卷，人民文學出版社，1982 年版，第 167 頁。
〔註555〕黃河編著：《北京報刊史話》，文化藝術出版社，1992 年 10 月版，第 92 頁。

魯迅任主編。是反對國民黨文化「圍剿的陣地之一」。

（十）《大東日報》

《大東日報》創刊於 1915 年 7 月 30 日〔註 556〕，由巨商史敬奇與劉笠泉籌資，利用直隸同鄉會會址創辦，社長為霍占一，為東北北部刊行最久與較早的報紙，在吉林、長春一帶頗具權威，其地位正和《國際協報》在哈爾濱相同〔註 557〕。該報宗旨為「鞏固國權，注意邊事，提倡實業，開發促進社會文明」〔註 558〕，每日對開一張半，設有論說、命令、要電、新聞、時評、專件、雜俎、演說、小說傳奇、文林摘豔、梨園月旦、花國春秋等欄目。20 年代初，進步文人吉林省毓文中學張云責就任總編輯後，內容多是轉載全國各大報紙的新聞，也刊登地方上的事情和揭露日本帝國主義及軍閥罪行的雜文。這張報紙在社會中有一定影響，當時各個單位和團體都訂閱這張報紙。1927 年社長張云澤去天津幫助張學良辦《益世報》任主筆。將大東報社的事託付給副社長謝雨天和李光漢負責，總編輯為共產黨員蕭丹峰，1927 年 10 月滿洲省委成立後，蕭丹峰利用大東日報社總編輯的身份為掩護，以《大東日報》為宣傳陣地，開展活動，黨組織還利用報社的有利條件，報社作為地下活動的接頭聯絡站。此時《大東日報》所登載罵帝國主義的稿件，大多是二師和二中師生投的稿。1927 年 9 月 30 日，吉林全省警務處為宣傳四維主義派人前往《大東日報》接洽辦理，該報社「願宣傳四維主義，以正人心」〔註 559〕。1927 年末，《大東日報》登載共產黨領導廣州暴動的消息，立即引起震動，也受到副社長時任吉林毓文中學校長李光漢的批評，而長春警察廳在 1928 年 2 月 1 日《大東日報》上登載通緝共產黨員蕭丹峰。「九一八」事變後，當時長春只有唯一的一家國人報紙 9 月 19 日出版《號外》，報導日軍侵略真相，後

〔註 556〕 《大東日報》創刊時間分歧：曾虛白《中國新聞史》，第 527 頁在其創刊時間為「民國六年」；而《吉林黨史資料》之《蕭丹峰同志的回憶》，第 27 頁載其「一九二一年創刊」；《東北新聞史》，第 102 頁載其創刊時間為「1915 年 7 月 30 日」；由於未見到報刊創刊號及報紙立案檔案，故創辦時間難以確定，暫且以 1915 年 7 月 30 日為依據。
〔註 557〕 （臺灣）陳嘉驥：《東北新聞事業之回顧》，載於曾虛白：《中國新聞史》，第 527 頁。
〔註 558〕 吉林省地方志編纂委員會《吉林省新聞（報業志）‧報社與報紙篇》，第 109 頁。
〔註 559〕 吉林省檔案館藏 J156-11-0534 吉林全省警務處奉省令嚴密審查報館並宣傳四維主義等訓令及長春警察廳呈文 1927 年 9 月 30 日。

由日本接管〔註560〕。

（十一）《哈爾濱日報》

《哈爾濱日報》1926 年 6 月 8 日創刊，國民黨哈爾濱市黨部主辦，共產黨人負責編務。中共北滿地委書記吳麗石根據中共中央要求，整頓和重建哈爾濱市國民黨組織，與國民黨左派人士建立國民黨市黨部。吳麗石邀請曾任晨光報編輯的市黨部執行委員穆紹武（穆景周），以個人身份於 3 月「呈請濱江警察廳立案」〔註561〕。編輯部設在道外昇平二道街北頭一座二層樓上。《哈爾濱日報》日刊一大張對開四版，另刊副刊一張的四開八版，逢周一停刊。該報向廣大人民群眾傳播進步思想爲方針，以反帝、反封建軍閥爲宣傳中心。報紙的發行量逐漸增爲一千二百多份，發行範圍由本埠逐漸擴展到中東路沿線及直隸一部分地區。

《哈爾濱日報》以反日鬥爭爲重點，不斷揭露日本南滿攫取政治、經濟及文化特權，逐漸擴大侵略勢力，目的是有朝一日染指北滿和吞併整個束北。在反對封建軍閥的言論中，則著重揭露官僚政客、軍閥與帝國主義勾結的各種行徑。

《哈爾濱日報》曾刊載惲代英的《中國爲什麼有內戰》，文章認爲一切的內戰根本，都是外國帝國主義的作崇。進一步分析中國爲什麼有這麼多內戰，做工和種田的人爲什麼生活這麼苦，爲什麼軍閥黷武戰爭，「因爲有許多兇狠的軍閥要爭奪地盤，謀他們各自的私人利益」〔註562〕，「因爲受外國資本帝國主義的壓迫，和受外國人敲詐賠款債息，鹽稅增加，日常生活昂貴」〔註563〕，「因爲軍閥不怕戰敗，敗了可以向使館和租界中逃走，以求外國人的庇護」〔註564〕。

《哈爾濱日報·副刊》每日對開一大張。該刊是側重於宣傳革命思想的綜合性文化副刊，經常刊載結合國內外形勢的長篇專論、宣傳馬列的理論文

〔註560〕1931 年 10 月 9 日第 9 版《申報》。
〔註561〕1926 年 4 月 1 日《濱江時報》報導。
〔註562〕馬彥超：《中國共產黨早期在黑龍江的宣傳活動》，《世紀橋》1011 年 8 月 20 日。
〔註563〕馬彥超：《中國共產黨早期在黑龍江的宣傳活動》，《世紀橋》1011 年 8 月 20 日。
〔註564〕馬彥超：《中國共產黨早期在黑龍江的宣傳活動》，《世紀橋》1011 年 8 月 20 日。

章，以及時評、散文、隨筆、小說、詩歌、劇本、日記、書信等多種體裁的作品與譯作。1926 年 8 月 31 日刊載《民族主義與國家主義》疑問，公開表示「站在國民黨的地位」，擁護孫中山的聯俄、聯共、扶助農工政策，呼喊「國民黨口號：打倒帝國主義！打倒軍閥！」〔註565〕與從南國出師北伐的大革命相呼應。副刊經常以「介紹書目」爲名，向讀者推薦上海、廣州和北京分別出版的《嚮導》周報、《新青年》、《中國青年》、《政治生活》、《革命周刊》等黨刊。副刊連載的不少長篇文章，大多轉自這些中共黨團刊物。尤其令當局不滿的是，副刊無視張作霖嚴防「赤化」宣傳的禁令，接連刊文宣傳馬列主義與國際共運。如連載 10 期的《唯物史觀》〔註566〕，介紹國際共運發展簡史的《四個國際》〔註567〕等，並公開讚揚「列寧是世界革命的領袖，是偉大的革命家」〔註568〕。在最後一期刊載的《中國的現狀和我們人民惟一的出路》一文中說：「解除帝國主義俄侵略和封建軍閥的虐政，乃是中國人民的目前最急迫、最低限度的要求，絕不是什麼赤化，亦不是什麼共產主義的赤化」〔註569〕。在東北各地當時的各種報刊上，如此嚴詞駁斥張作霖是絕無僅有的。

《哈爾濱日報》1926 年 10 月 24 日轉載上海《申報》浙江各界集會相應北伐消息，「自稱爲『浙、閩、蘇、皖、贛五省聯軍總司令』的孫傳芳，已經到了朝不保夕、搖搖欲墜的地步。奉系軍閥張作霖與吳佩孚勾結，並與孫傳芳聯合，反對革命軍北上。浙江各界群眾憤起集會響應北伐軍，提出打倒孫傳芳、打倒張作霖的口號」〔註570〕。濱江警察廳以「《哈爾濱日報》出版副刊，有宣傳赤化性質」〔註571〕爲由，派警查封了該報，搜查到「國民黨員空白表數張，並查帳簿每月入有吳記海記錢八百元」〔註572〕，「顯有不軌行爲」，決定「將該報查封，飭警查拿該社長穆紹武、編輯楊寧濤等三人，及搜查其

〔註565〕《民族主義與國家主義》1926 年 8 月 31 日《哈爾濱日報・副刊》。
〔註566〕1926 年 9 月 4 日第 69 號至 9 月 19 日第 80 號《哈爾濱日報》。
〔註567〕1926 年 8 月 27 日第 62 號《哈爾濱日報》。
〔註568〕《反文化侵略與國民革命》1926 年 9 月 2 日《哈爾濱日報》。
〔註569〕1926 年 10 月 24 日《哈爾濱日報》最後一號報紙。
〔註570〕1926 年 10 月 24 日《哈爾濱日報》。
〔註571〕黑龍江省檔案館藏1926 年 10 月 25 日濱江警察廳廳長高齊棟爲查封哈爾濱日報社情形的呈文。
〔註572〕黑龍江省檔案館藏1926 年 10 月 25 日濱江警察廳廳長高齊棟爲查封哈爾濱日報社情形的呈文。

餘黨機關，並將司帳人紀幼柏暫押訊究外」〔註573〕。10 月 29 日的《濱江時報》登出「哈爾濱日報被查封，傳與南方革命軍有關」〔註574〕。

（十二）《毓文周刊》

　　《毓文周刊》創刊於 1921 年，8 開 8 頁，由毓文中學師生主辦，吉林省城毓文中學校刊《毓文周刊》。1924 年 9 月馬駿（馬天安）到毓文中學做英語老師，在毓文中學傳播馬克思主義，經常分析帝國主義瓜分中國的原因、形勢，指出中國人民將來站起來，組建的一定是「赤色的世界」。「五卅」運動時《毓文周刊》連續兩周每日發行「滬案專刊」，以評論、記述、活報劇、諷刺短文和詩歌等形式，抨擊帝國主義的野蠻行徑、激勵人們堅持愛國主義鬥爭〔註575〕。當局下令查封《毓文周刊》，驅逐編輯人員。幸有該校教務主任張云責承擔責任，接受罰款，才使《毓文周刊》得以繼續出版〔註576〕。馬駿成立「吉林滬案後援會」集會遊行，震驚了軍閥政府，張作霖非常恐慌，為鎮壓轟轟烈烈的反帝群眾運動，電示吉林省長公署「本帥三千皮鞘，二千健兒，制關內則不足，打吉林則有餘，不知馬（馬駿）、李（李毅）、韓（韓幽桐）、付（付哲）、張（張乃仁）、何（何靄仁）何許人也？急速將首級奉奉」〔註577〕。吉林省教育廳決定省城各校一律放假，企圖遣散學生來阻撓和破壞運動發展。由於《毓文周刊》經常發表對時局的評論和改造社會的設想，抒發只是青年渴望國家安定昌盛的心聲。在反帝、反封建、反官僚和軍閥的鬥爭中很為激進，因此招致了軍閥政府的屢次抄查，於 1928 年 6 月被迫停刊。

（十三）《吉林二師周刊》

　　《吉林二師周刊》1925 年 10 月 1 日在長春創刊，是吉林省長春第二師範學校校刊。共產黨人韓守本、王溱、劉曠達組成編輯部，是中共在長春出

〔註573〕黑龍江省檔案館藏 1926 年 10 月 25 日濱江警察廳廳長高齊棟為查封哈爾濱日報社情形的呈文。

〔註574〕羅玉琳、艾國忱：《訪革命老報人韓鐵生》，《新聞研究資料》第二十輯，中國社會科學院新聞研究所《新聞研究資料》編輯部編輯，1987 年 7 月，第 75 ～78 頁。

〔註575〕《在吉林從事黨的活動的第一位共產黨員──馬駿》，《吉林黨史資料》，1985 年第 2 期，第 72 頁。

〔註576〕吉林省地方志編纂委員會：《吉林省志》第 39 卷（報業篇），吉林人民出版社，2011 年版。

〔註577〕《在吉林從事黨的活動的第一位共產黨員──馬駿》，《吉林黨史資料》，1985 年第 2 期，第 74 頁。

版的第一家報刊〔註578〕，是一個宣傳反帝反封建，傳播馬克思主義的刊物。每期兩張八開，在吉林省立第二師範學校收發室發售。該刊以「研究學術，闡揚文化」〔註579〕為宗旨，實踐有為地「領著有為青年，改造那黑暗的社會」，「打起我們不屈不撓的精神，幹！幹！幹！」奔向「光明燦爛之巔」〔註580〕。《吉林二師周刊》刊載本校新聞，還刊載評論、調查研究、小說、詩歌等文章內容豐富，短小精悍，思想活潑，結合當前的社會形勢宣傳反帝反封建的革命思想和黨的民主革命綱領。韓守本的評論《遊頭道溝的悲感》流暢犀利，切中時弊，控訴日本人在長春無故毆打殺害中國人的罪行，大聲疾呼「青年速醒」快「起來救國」，把「帝國主義推翻」〔註581〕。第四期刊載韓的評論《中國之病源》熱情歌頌馬克思主義「……夫國家的強弱，在乎人民，而支配人民進步之思想，當恃學者之指導」，指出中國的病源在「不平等條約是貼在中國人民身上的賣身契」，是由於「人民奴隸性太甚，其奴隸性之養成，即受秦以後所謂聖賢學者之經賜也」〔註582〕，同時也介紹了在馬克思主義指導下蘇聯十月革命的勝利，讓中國人民感受到馬克思主義的作用，從而接受馬克思主義。《吉林二師周刊》出版後在省內影響很大，受到社會各界重視和讚揚，哈爾濱青年勵志會信中稱讚「是東省刊物明燈」，「實係青年修養善良導師」〔註583〕。在由於宣傳革命思想，共出8期，1925年12月16日出版最後一期，在張作霖下令加緊「反赤」聲中被迫終刊。

（十四）《東北早報》

《東北早報》1925年8月15日在哈爾濱創刊。是由時任廣益學校教師的共產黨員李鐵鈞申請立案的，中共哈爾濱市特別支部書記吳麗石負責主辦，主筆張晉（張照德），編輯陳侮生，是中共地下組織在黑龍江省創辦的第一家公開報紙。日出4開4版。設有時論、緊要消息、國外新聞、國內要聞、本埠新聞等欄目和副刊《東北思潮》，第4版為廣告。宣稱以「開導民智，增進文化」為宗旨。《東北早報》雖由共產黨主辦，但卻不是政黨報紙，而是以進

〔註578〕黑龍江日報社新聞志編輯室編著：《東北新聞史（1899～1949）》，黑龍江人民出版社，2001年版，第162頁。
〔註579〕《介紹〈二師周刊〉》，《吉林黨史資料》，1985年第2期，第109頁。
〔註580〕《介紹〈二師周刊〉》，《吉林黨史資料》，1985年第2期，第109頁。
〔註581〕《介紹〈二師周刊〉》，《吉林黨史資料》，1985年第2期，第110頁。
〔註582〕《歲月滄桑話〈吉林二師周刊〉》，《吉林報業史料》，1991年第4期。
〔註583〕《介紹〈二師周刊〉》，《吉林黨史資料》，1985年第2期，第110頁。

步的民辦報紙面世，只有細心的讀者才會發現它的政治傾向。

　　1925 年 9 月上旬，任國楨根據李大釗的指示從瀋陽到哈爾濱，以《東北早報》編輯身份，從事反日反對奉系軍閥的宣傳活動。離沈時，他寫信給魯迅先生，在哈期間仍與魯迅繼續通信。他的譯著《蘇俄的文藝論戰》，經魯迅校閱並作序，作為其主編的「未名叢書」之一，此時由北京北新書店剛剛出版。

　　任國楨等人與國民黨人朱霽青在哈爾濱組建東北國民自治軍（亦稱東北革命軍）。任負責籌款、運輸與策應工作，曾秘密與蘇聯駐哈總領事館及蘇聯駐華大使加拉罕接洽，商談接濟奉系將軍郭松齡一事。11 月下旬，《東北早報》不顧奉系軍閥禁止報紙登載郭松齡起兵反奉消息，連續刊載郭松齡倒戈反奉的報導，引起奉系當局注意。張作霖指令在「赤化」宣傳「最甚」的哈爾濱成立戒嚴司令部，「防範赤化黨人」。1925 年 12 月 5 日，東省特警處發佈「防止赤化辦法」，嚴禁報紙刊載「過激之言論」，派軍警「檢查信件，核閱報稿」。月底，任國楨、陳晦生、彭守樸被捕，張昭德因赴廣州出席國民黨二大，李鐵鈞去天津採買印報機器，哈爾濱黨團組織陷於癱瘓。1925 年 12 月，陳晦生慘死在吉林監獄，他是黑龍江地區第一個被反動當局致死的革命報人。[註 584]1926 年 2 月，東北早報社公開宣佈：「現以特別事故不得已而停刊」[註 585]。張作霖通令「防範赤化黨人」，使東北各地迷漫著白色恐怖，中共在東北各地的黨團組織出版的報刊一度被迫停刊。

　　大連地委 1926 年 5 月 1 日創辦的《滿洲工人》週刊，秘密印發，並通過郵局寄給各地同志。哈爾濱和齊齊哈爾當局，在郵檢中曾多次查獲該刊，以其「言詞荒謬，足以擾亂治安」為由，下令「嚴加查禁」，「一體取締」。[註 586]

（十五）查封的其它報刊

　　1917 年 6 月創刊哈爾濱的《白話畫報》，7 月初報導張勳復辟時，為溥儀分封張作霖、孟恩遠等一事配發兩幅插圖：《兔子登基》與《龜鱉謝恩》。哈爾濱當局以該報「有辱國體」為罪名，封禁該報。主辦人牛安鋪（去金字）請人「從中關說」，官署取消禁令，7 月 14 日該報復刊，但因「經濟支拙，無

〔註 584〕《黑龍江省志・第五十卷・報業志》，黑龍江人民出版社，第 68 頁。
〔註 585〕1926 年 2 月 11 日《哈爾濱晨光》報導。
〔註 586〕1926 年 9 月黑龍江省長吳俊生為從嚴查禁《滿洲工人》週刊給東省特別區行
　　　　政長官公署的咨文。轉引自《黑龍江報刊》，1985 年版。

法支持」〔註587〕，數日後即終刊。

　　1920 年 3 月 1 日俄文《前進報》在哈爾濱創刊。中東鐵路俄國職工聯合會創辦，是俄國布爾什維克領導下在中國出版的第一家報紙。該報宣傳十月革命，和白俄的《光明報》進行鬥爭。1921 年 4 月 18 日。東省特別區警察總管理處以「宣傳過激主義」罪名，逮捕該報主編海特。6 月 5 日，該報停刊，共出 370 期。9 天後，該職工聯合會又辦俄文《俄羅斯報》，1922 年 7 月 5 日，以同樣罪名被查封。同年 8 月 16 日又改出俄文《論壇報》，1925 年 4 月 26 日，再次被查禁。1921 年 10 月 10 日《共進》半月刊創刊於北京，不久在北京被奉系軍閥張作霖查封〔註588〕。

　　奉系軍閥 1926 年 6 月進駐京畿，控制了北京天津的治安，此時北京天津多家報刊受到勒令停刊和查封的待遇。1925 年 5 月 29 日青島《公民報》主筆、共產黨員胡信之被軍閥張宗昌以煽動紗廠罷工風潮爲罪名殺害〔註589〕。1926 年 1 月 25 日，1926 年 3 月下旬中共天津地委爲進一步貼近實際，決定由天津總工會創辦的《工人小報》在奉系軍閥入關後才被迫停辦〔註590〕。1926 年 8 月 7 日北京《民立晚報》被奉系軍閥查封。該報經理成濟安事先聞訊逃脫，幸免被捕〔註591〕。1926 年 9 月 15 日《婦女之友》半月刊在北京創刊，中共北方區委和國民黨北京特別市黨部合辦。回族同胞劉清揚、郭隆眞領導出版，張挹蘭主編。在天津秘密印刷。1927 年 3 月下旬被京師警察廳取締，被迫停刊。張挹蘭、郭隆眞眞相被捕，4 月 28 日張挹蘭與李大釗等 20 位革命者同時被絞殺。該刊共出 12 期，內有 2 期特刊：《本社成立特刊》（第 9 期）、《國際婦女節特刊》（第 12 期）。期銷四五千份，在婦女界有較大影響。大連地委 1926 年 5 月 1 日創辦的《滿洲工人》周刊，秘密印發，並通過郵局寄給各地同志。哈爾濱和齊齊哈爾當局，在郵檢中曾多次查獲該刊，以其「言詞荒謬，足以擾亂治安」爲由，下令「嚴加查禁」，「一體取

〔註587〕《遠東報》1917 年連續報導。

〔註588〕中共中央馬恩列斯著作編譯局研究室編：《五四時期期刊介紹》第二集上冊，三聯書店，1979 年出版，第 514 頁。

〔註589〕方漢奇：《中國新聞事業編年史》（三卷本），福建人民出版社，2000 年版，第 1020 頁。

〔註590〕馬藝主編：《天津新聞傳播史綱要》，新華出版社，2005 年 6 月版，第 111 頁。

〔註591〕方漢奇：《中國新聞事業編年史》（三卷本），福建人民出版社，2000 年版，第 1059 頁。

締」〔註592〕。

　　1927 年 4 月 1 日北京世界通信社社長孫劍秋被警廳逮捕。北京新聞界發起營救，派張恨水、吳範寰、田廷、趙之成、管翼賢等爲代表持函分謁張學良等奉軍將領要求保釋。1927 年 4 月 28 日中共早期領導人、中國無產階級新聞事業的開創人之一、著名報刊政論家李大釗在北京被奉系軍閥張作霖殺害。同時遇難的還有 19 位革命者。李大釗於 4 月 6 日被捕，在獄中 22 天。1927 年 10 月 31 日《醒獅》周刊在北京的發行部被北洋警方的便衣偵緝隊 10 餘人搜查，抄走該刊及各種國家主義書報和發行部的往來函件多件。帶走經理林時茂，社內差役及購報者數人同時被拘〔註593〕。1927 年《蒙古農民》編輯發行人、任中共察哈爾特區工委書記多松年，在參加中共「五大」，返回綏察時在張家口被奉軍逮捕，拒絕利誘，壯烈犧牲，年僅 22 歲〔註594〕。李大釗指導該刊創辦，看到創刊號後，讚揚多松年說：「真想不到你能搞得這樣漂亮，完全像個老手辦的！」〔註595〕

五、通訊社

　　奉系軍閥統治時期，各報新聞消息來源很多，國際要聞一部分是採用日本的電報通信社的資料。國內要聞也經常採用日本電通社的消息。日本在中國非法掠奪的電信設施權，建立多個日本電報通信社，且在各大都市設有支社、特派員，可以自由快捷傳遞消息，東北的報刊不得不採用它的消息。但是東北報刊大部分還是採用國人創辦通訊社的新聞稿，比如國聞社、中央通訊社，復旦通訊社等等，除此以外，有些報紙還採用天津大公報、益世報的資料，但這些消息總是遲一天。也有一小部分東北報刊報社本身有專電，東北民眾報有南京通訊員專電和天津通訊員專電，東三省民報有北京電話，消息比較快一些。

　　奉系統治時期通訊社多半設在瀋陽、大連、吉林及哈爾濱。在瀋陽的有

〔註592〕1926 年 9 月黑龍江省長吳俊生爲從嚴查禁《滿洲工人》周刊給東省特別區行政長官公署的咨文。轉引自《黑龍江報刊》，1985 年版。

〔註593〕方漢奇：《中國新聞事業編年史》（三卷本），福建人民出版社，2000 年版，第 1088 頁。

〔註594〕方漢奇：《中國新聞事業編年史》（三卷本），福建人民出版社，2000 年版，第 1020 頁。

〔註595〕方漢奇主編：《中國新聞事業通史》（第二卷），中國人民大學出版社，1992 年，第 1163 頁。

國聯通訊社、世界通訊社、復旦國聞通訊社分社等。在哈爾濱的有華東通訊社、光華通訊社、哈爾濱通訊社、亞細亞通訊社、復旦國聞通訊社分社等。在吉林的有吉林通訊社，黑龍江有國民通訊社。日人在東北所辦的通訊社有東方通訊社、帝國通訊社、同盟社東北分社等〔註596〕。蘇俄在哈爾濱創立塔斯社哈分社。

（一）東北國人創辦通訊社

東北境內，國人創辦通訊社起步較早，但因日本侵華勢力的限制和封建軍閥的摧殘，發展遲緩，經歷坎坷。據資料記載，民國初年，有白君者在瀋陽創立一家通訊社但因傳達政治消息之故，竟被當局逐之出境，此後無人敢辦。從1916～1929年，據已收的資料記載，在東北境內的通訊社有遼寧報聯通信社、長江通訊社、駐撫東北通信總社、哈爾濱通訊社。

遼寧報聯通信社成立於1920年12月25日，社址設在奉天一經路輔升里。遼寧報界聯合會內通訊社章程有8條：該報為遼寧報界聯合會主辦的唯一通訊機關，故定名為遼寧報聯通信社；該社在遼寧報界聯合會管理之下辦理省內外新聞通信事宜；該社遇必要時為便利採訪新聞起見，得於省內外各重要省、市、縣設立分社；社內組織分編輯、採訪、會計、庶務4部，各有專司，以一事權；該社在經濟上完全獨立，除為遼寧報界聯合會會員之各報社外，凡訂閱本社通訊稿者一律收取稿費；省垣境內本社採訪部派員分頭採訪新聞，其他各省重要市、縣，視需要情形延聘專員辦理通電通訊事宜，必要時也添設國外通訊；通訊稿每日11點及21點各發行一次，如遇重要新聞，隨時發電訊稿。

長江通訊社成立於1922年4月，長江通訊社同人因「睹政綱未一世局瞬，更時事紛歧已達極點，第長江數省為扼要之區，新聞消息尤以確切靈通為率，因特呈請省長立案創設長江通訊社，專載長江重要聞見，廣聘訪員，遇事必求真相，編輯抒其識見，以供當道政行耳目。」而創辦通訊社，創辦之初向省長公署呈文補助，「現偵開辦伊始，諸事並舉，經濟一途，尚虞竭蹶，諒我鈞夥襟懷高曠不遺菲葑，敬希量予一次輔助，俾資展拓，即所以利於國家、人民擴新知識取用實宏則感非一己私」〔註597〕。

〔註596〕（臺灣）陳嘉驥：《東北新聞事業之回顧》，載於曾虛白：《中國新聞史》，第528頁。
〔註597〕遼寧省檔案館藏JC10-29627（0428-0430）長江通信社函請補助開辦費。

　　駐撫東北通信總社成立於 1926 年 7 月。其宗旨是：「取公開主義，用科學方法，指導社會各界趨向政治軌道，以期造成民治正當輿論爲宗旨。」其任務是：「彙集東北各省道縣區，關於政治經濟各種新聞材料，訪問準確，直言不諱，逕寄國內與交際各報館，登載報章。」該社內部設有總部、文事、交際、收發、庶務及會計 6 股，擔負社內外各種職責，外設訪員多人分駐各處。該社設社長 1 人；總務、交際、會計各股設股長 1 人；其餘各股設正、副股長各 1 人。社內志願任期爲半年，期滿後亦可酌情連任。

　　哈爾濱通訊社是韓鐵生、陳濤（陳爲人）、駱森（李震瀛）、吳春雷聯名申請〔註598〕，1923 年 9 月 16 日創辦，是中共「三大」後需創設由黨「所能支配的新聞機關」，「一種中日俄輿論最低限的聯合戰線運動」〔註599〕在東北建立。哈通社「除每日發新聞稿外，每星期送一次有系統的記載，每月贈送關於社會問題之譯著數次」〔註600〕。新聞稿向本埠訂戶「按日專人送遞，每月收大洋十元；外埠照加郵費，個人訂閱者特別減輕」〔註601〕。1923 年 11 月 7 日，蘇俄僑民紀念十月革命六週年，哈埠警察當局鎮壓集會，日本報紙趁機挑唆製造反蘇輿論，「哈通社記者走訪蘇聯駐哈全權代表，揭露日報挑撥中蘇關係，供哈埠各報刊用，以遏制反蘇宣傳」〔註602〕。

　　哈爾濱無線電訊社，1924 年劉瀚創辦，「接收各地無線電報，傳播國內外消息」〔註603〕。同時使用中、英、俄三種文字發稿，每日早晚兩次發行油印複寫新聞稿 1 至 5 頁 50 份。

（二）日、俄創辦通訊社

　　從民國 9 年（1920 年）8 月，日本電報通訊社在大連創辦支社，9 月 1 日得到關東廳許可後，東方通訊社、帝國通訊社、僞滿洲國通訊社大連支社、日滿通訊社、商業通訊社等，相繼在東北境內建立。蘇俄在哈爾濱創立塔斯

〔註598〕黑龍江省檔案館藏《哈爾濱通信社成立公告》，黑龍江省檔案館：《黑龍江報刊》，哈爾濱市紙製品印刷廠印刷（內部刊物），1985 年出版。

〔註599〕李震瀛：《東三省實情分析》，《嚮導》週報第 52～54 期。

〔註600〕《哈爾濱通訊社簡章》，黑龍江省檔案館：《黑龍江報刊》，哈爾濱市紙製品印刷廠印刷（內部刊物），1985 年出版。

〔註601〕《哈爾濱通訊社簡章》，黑龍江省檔案館：《黑龍江報刊》，哈爾濱市紙製品印刷廠印刷（內部刊物），1985 年出版。

〔註602〕黑龍江日報社新聞志編輯室編著：《東北新聞史（1899～1949）》，黑龍江人民出版社，2001 年版，第 136 頁。

〔註603〕1926 年 7 月 2 日《濱江時報》報導。

社哈分社。東北新聞界「在哈是俄舊黨的勢力，在奉是張作霖的勢力。其他外國人的通訊社，實可左右一切政治潮汐的消長」〔註604〕。

滿洲通訊社 1914 年日本人在瀋陽創辦，這是遼寧地區出現最早的通訊社，社長是藤曲政吉。建社之初，主要是報導瀋陽的經濟，每日發兩次通訊稿。

帝國通訊社，大連的創立於 1924 年 5 月 24 日，全稱是「大連帝國通訊社」。瀋陽的創立於 1925 年 5 月，哈爾濱的創立於 1925 年 9 月。原是日本東京帝國通訊社設在大連、瀋陽、哈爾濱的支柱，由於東京本社的業務不振，大連支社則獨立稱爲「帝國通訊社」。由山口忠三任社長並經營。1935 年 10 月山口忠三退職，由高橋德夫繼任。

東方通訊社，瀋陽的成立於 1921 年 2 月，哈爾濱的創立於 1921 年 6 月 1 日，是當時日本通訊社中發稿較多的，每日發行 200 份（其中日文稿 100 份，中俄文各 50 份）〔註605〕。因爲「取費甚廉」，哈埠各種文字得報紙多爲該社的訂戶。

日滿通訊社 1921 年 5 月 27 日在大連成立，由日本人津上善七獨自經營。先後在奉天、撫順、長春、吉林等市設立分社，自成系統，每日謄寫印刷稿 300 份，津上善七在大連通訊界有「一方之雄」〔註606〕之稱，他又是當時大連記者協會的常任幹事，在各言論機關頗有影響。

蘇聯塔斯社哈分社：1925 年 5 月 1 日蘇聯的塔斯社分社在哈爾濱成立。每日向訂戶發行複印稿件，稿件「多是從蘇聯發來的消息」，有爲引人注目。較有影響的《哈爾濱晨光》、《國際協報》等擁護孫中山先生「三大政策」，改反俄爲「聯俄」，曾刊用該社消息。爲此，滿鐵調查科公開抨擊塔斯社哈分社爲蘇聯在哈爾濱「揮動魔手的中心」〔註607〕。

六、建立無線、廣播電臺

對於中國第一座官辦廣播無線電臺，學界同認定爲是「哈爾濱廣播無線電臺」，但就開播時間學界主要有兩種說法：一是 1923 年 1 月 1 日說，一是

〔註604〕李震瀛：《東三省實情分析》，《嚮導》周報第 52～54 期。

〔註605〕1926 年 7 月 2 日《濱江時報》報導。

〔註606〕溫化之：《日本帝國主義統治大連時期的新聞通訊、報紙刊物簡況》，《大連文史資料》。

〔註607〕據《滿鐵機關的現勢》1926 年 11 月出版。

1926 年 10 月 1 日說。通過查閱資料及作者的理解，其實 1923 年 1 月建立了東北無線電臺及無線電國內外通信，用於軍事、報館、通訊社，尋常無線電報電話收發機器多為呈辦者所籌備，人民通訊按次收費；1926 年 10 月建立東北無線電廣播電臺，廣播電臺須設立電臺一所，籌收聽器由人民自行裝置，隨時可以應用，且此項無線電效力極大，如在奉天裝置，一啓羅華脫電力之真空管發音機，其所檔電浪能遠東三省內外蒙直魯豫鄂蘇皖一帶，及日本全境並俄東部諸處，凡在此範圍以內裝置適當之收聽器者，即可直接收受奉天所發一切政治商情演講音樂等項，誠交通之要務。

（一）無線電臺的建立與發展

1922 年，東三省陸軍整理處工務處處長張宣、電信科長吳梯青等人，為適應直奉戰爭的需要，擺脫英、美、丹三國水線公司對電訊事業的壟斷，曾向張作霖提出在奉天建立無線電臺的建議。後經張學良、楊宇霆等人請東三省官銀號總經理閻澤溥從中斡旋，得到批准。張作霖以分期付款的方式，訂購了德國西門子公司的通信設備，將第一臺馬克尼式無線收發電報機架設在故宮的禮樂亭裏〔註 608〕。這段文字只說明東三省建立無線電臺是 1922 年以後。

1923 年 1 月 1 日說。相關的書面佐證材料有四：其一：「哈爾濱 1923 年開始廣播……，廣播發射功率 500w，頻率 600 千周，呼號 XOH，用漢語、俄語進行廣播」〔註 609〕。其二：「1923 年哈爾濱廣播開始進行，東北政權吉林、齊齊哈爾無線電臺設立，奉天省長話開設，大連電話自動化」〔註 610〕。其三：「東三省無線電臺齊齊哈爾分臺……於 1 月 1 日成立」〔註 611〕。其四：1923 年 3 月 17 日《濱江時報》載「無線電話自發明以來，已著完滿效果」，「現該臺擬就哈埠市內，於重要機關設置電機……」，「……如中俄戲院中，各設電線一架」，「聞此項話機，該臺即能自製，每架約七八十元。」以上四個材料都說明哈爾濱廣播無線電臺開播時間是 1923 年，但未說明具體日期是「1 月

〔註 608〕遼寧省檔案局（館）編：《奉天紀事》，遼寧人民出版社，2009 年 12 月，第 248 頁。

〔註 609〕《滿洲電信電話株式會社十年史》（下卷）（1943 年 8 月編印）中的《局沿革》。

〔註 610〕《滿洲電信電話株式會社十年史》（下卷）（1943 年 8 月編印）中的《電氣通信發達年表》即「大事年表」。

〔註 611〕黑龍江省檔案史料《咨》（1923 年 4 月 19 日）。

1 日」，只說「東三省無線電臺齊齊哈爾分臺於 1 月 1 日成立」。

據遼寧省檔案資料載，1923 年 2 月 5 日東三省陸軍整理處統監孫烈臣請示設立「東三省無線電監督處」，「該處監督委任張處長宣兼充」﹝註612﹞。1923 年 2 月 13 日東三省總司令張作霖的一份批文載「竊查三省無線電臺成立，已有四所職處，爲溝通消息便利公眾起見，試辦東三省無線電新聞通信，訂定規則一份，發交各電臺遵照辦理，所有新聞材料除由各電臺就地向報館通信社採集外，擬請鈞部轉飭軍政各機關隨時摘要供給，交由就地電臺傳佈，以應社會之需要，而引起人民之利用，除咨行吉黑保安副司令，東省鐵路護路軍總司令轉飭各機關辦理」﹝註613﹞。此檔案中就說明在 1923 年 2 月 13 日前，東三省無線電臺已有四所；現試辦「東三省無線電新聞通信」，制定規則一份，發交各電臺；電臺發佈的新聞材料來源其一爲各報館通信社採集，其二爲軍政各機關隨時摘要供給；目的是「應社會之需要」，「引起人民之利用」。通令吉黑保安副司令及東省鐵路護路軍總司令辦理。在此檔案的附件《試辦東三省無線電新聞通信規則》中第一條，爲「東三省無線電新聞通信以奉天、哈爾濱、長春、齊齊哈爾四處電臺爲收發傳遞之機關」，規定新聞傳佈機關。第二條「各電臺應向本地著名各通信社各報館接洽，每日供給本地新聞材料情節較重有益公眾者若干份，每份字數最多以五十字爲限，由各該電臺臺長適量分配，每日應送新聞字數奉天長齊各臺不得過一百五十字，哈爾濱不得過三百字」，規定各電臺向報館通訊社所要有益公眾較重的新聞材料，並規定各臺每份新聞字數。第三條「除報館通信社以外，如有軍政機關須傳佈之新聞應由該機構負責，將新聞電稿蓋印再交就近電臺發佈該項新聞，字數每份仍以五十字爲限，每日所發總字數須加入報館新聞電一併計算，不得超過每日之至多額，怡有特別情形者，不在此限」，規定軍政機關傳布新聞的要求。第四條「各該電臺向本地各報館採集之新聞，每日按照下期時間輪流傳佈：上午八點正，奉天發；上午九點正，長春發；上午十點正，齊齊哈爾發；上午十一點正，哈爾濱發」，規定了各電臺發佈新聞的時間。

以上檔案材料說明在 1923 年 2 月 5 日前東三省有奉天、哈爾濱、長春、齊齊哈爾無線電臺四所，其中齊齊哈爾電臺成立於 1923 年 1 月 1 日，相應能

﹝註612﹞ 遼寧省檔案館藏 JC10-8893（0090）訓令各屬准陸軍整理處咨爲委任張宣兼充無線電監督由 1923 年 2 月 5 日。
﹝註613﹞ 遼寧省檔案館藏 JC10-8893（0083-0089）保安總司令部咨陸軍整理處試辦無線電新聞並附送規則案 1923 年 2 月 13 日。

否認定其它各臺成立的時間也是 1923 年 1 月 1 日，不能就此確定。東三省已成立的四所電臺將在 1923 年 2 月 15 日起試辦「東三省無線電新聞通信」，就此發佈新聞，若各報館登載各電臺所發新聞務須標明「東三省無線電」字樣。另規定哈爾濱臺所發新聞除向外界採集外，關於東北無線電通信臺收錄之世界新聞應採擇重要者同時發佈。在 1923 年 5 月 26 日東三省無線電監督處又設製世界無線電通信圖〔註 614〕，送交奉天省長公署。1923 年 11 月 6 日東三省陸軍整理處呈文奉天、長春、齊齊哈爾、營口、哈爾濱、綏寧六處設立臨時電臺以維通信，因電臺機器組織僅合軍事應用，在大機器未到前，為防機器發生故障，故凡經無線電拍發電報文字務求簡短，每份字數至多以百字為度〔註 615〕。

之後，東三省無線電監督處分別於 1924 年 2 月與德國柏林無線電通信社、1925 年 1 月於法國巴黎無線電總公司簽訂了通信合同，並在故宮大正殿裏架設東北第一臺遠程無線收發報機，至此故宮成為奉系軍閥的無線電臺。該電臺除了收發各地電報外，還接收國外新聞電訊，分送各機關參閱。此時的大正殿無線電臺，不僅開奉省無線電報之先河，也成為中國與歐美直接通信的開端，被譽為「世界收信處」。〔註 616〕

被譽為「世界收信處」的東三省的無線電臺除發佈國內各地新聞外，還發佈世界無線電收信處發來的新聞電。在遼寧省檔案館藏 1924 年 8 月 7 日無線電臺送世界無線電收信處發來的新聞電〔註 617〕，摘要如下：

• 賠償委員會與德代表直接談判第一聲

八月七日倫敦電　賠償委員會本日定在瑞資飯點德代表團辦事處與德財長羅梭會晤討論一切問題，將來遇事即由委員會與德代表直接磋商云

• 美大使赴英與國務卿旋美

八月七日柏林電　美國駐德大使何夫敦日昨送別國務卿登輪返美後旋即啟程前往倫敦

〔註 614〕遼寧省檔案館藏 JC10-8893（0093）東三省無線電監督處為送世界無線電通信圖由 1923 年 5 月 26 日。

〔註 615〕遼寧檔案館藏 JC10-8896（0111-0113）保安總司令部咨拍發無線電報限製字數 1923 年 11 月 6 日。

〔註 616〕遼寧省檔案局（館）編：《奉天紀事》，遼寧人民出版社，2009 年 12 月，第 248 頁。

〔註 617〕遼寧省檔案館藏 JC10-8894（0097-0103）無線電臺送新聞電 1924 年 8 月 7 日。

• 沙保羅之損失

八月七日沙保羅電　此次沙保羅亂事結果預計全城損失在二百萬左右

• 墨匪之伏法與總統之清鄉策

八月七日墨西哥電　墨西哥刺殺艾文士夫人之匪徒已與其他之匪徒六十名同時槍斃，墨西哥總統並提出全境內肅清匪黨之議案

東三省建立無線電臺花費了大量的資金，東三省無線電各處大電臺、滿洲里無線電分臺、富錦大電臺、依蘭、密山兩處無線電臺的建立，各省財政都分攤了大量的資金。檔案資料記載 1925 年 4 月，東三省各處建立無線電大電臺，「東三省無線電各處大電臺現在已經竣工各臺人員亦編制妥協，統共年需經費現大洋二十一萬一千七百八十元，計奉天應撥攤十一萬八千三百二十元，吉林應攤五萬二千一百三十二元，黑龍江應攤四萬一千三百二十八元，由本年四月起按月照數匯解」〔註 618〕。1925 年 7 月 23 日滿洲里無線電臺因與國防東路有關，其每月所需經費奉大洋六百四十六元三角，自 1925 年 4 月份起費用由吉黑兩省平均分攤，藉示公允。據滿洲里無線電分台臺長桂黃呈領該臺四五六三個月，吉林省攤款奉大洋九百六十九元四角五分，吉林省長張作相指示「按造十四年度預算時再將此項經費加入按月匯撥外，所有該臺四五六三個月攤款奉大洋九百六十九元四角五分」，「相應咨行貴公署請煩飭廳迅予籌撥，以資轉發」〔註 619〕。吉林財政廳第 312 號文件，呈「查此項攤款奉大洋九百六十九元四角五分業於七月二十七日籌，提吉大洋七百零六元二角零七釐，商由官銀錢號按照市價轉兌奉大洋送交到廳，理合具文呈請鑒核轉咨飭課具領謹呈吉林省長」〔註 620〕。1926 年 11 月 12 日鎮威上將軍公署以富錦大電臺成立需用開辦費現大洋六百元，及每月應攤三分之一經費，現大洋五百十九元四角四分四釐，自九月一日起，按月匯撥。吉林省財政廳呈第 1005 號，稱「奉督辦公署令飭籌撥到廳，已於十月二十九日，將開辦費，及九月份經費，計共現大洋一千一百一十九元四角四分四釐，按照市價以吉大洋一千四百零八元一角九分七釐，轉兌現大洋交由軍需課領款員具領訖，理合具文呈請鑒核備案，謹呈吉林省長」〔註 621〕。1926 年 11

〔註 618〕吉林省檔案館藏 J109-14-1352 三省各無線電臺經費 1925 年 4 月 30 日。
〔註 619〕吉林省檔案館藏 J109-14-1352 滿洲里無線電臺經費 1925 年 7 月 23 日。
〔註 620〕吉林省檔案館藏 J109-14-1352 滿洲里無線電臺經費 1925 年 7 月 23 日。
〔註 621〕吉林省檔案館藏 J109-14-1352 富錦大電臺經費 1926 年 11 月 2 日。

月 3 日吉林軍務善後事宜公署墊付依蘭、密山兩處無線電臺曾向北京中華無線電公司訂購馬克尼式無線電機兩架的貨款，應付價款英金三千磅，連同進口關稅，共合哈大洋四萬二千四百六十八元五角三分五釐。吉林財政廳呈第 778 號文件「查此項用款，不在正式預算以內，業經如數另行籌妥，於十月二十二日，交由軍需課來員領訖，理合具文呈請鈞署鑒核，謹呈吉林省長」〔註622〕。

為使無線電通信更好地利於軍務通信，前後方通信交涉員交涉方便，還特意制定等級不同的通信徽章，「對於前方軍事通信時繕涉員接洽，並本埠各機關之軍務電報亦為繁重，所有職員出外辦公暨差役送報時諸感不便，亟應規定徽章以資識別，查制定員司差役徽章三種，分發各員佩用」〔註623〕。張作霖令奉天省長公署「合函令仰該署特飭所屬一體知照等因，合行檢同圖樣刊登公報，通令各屬一體知照，此令」〔註624〕。

為了培養無線電人才，奉系軍閥張作霖還指令東北無線電長途電話監督處籌建無線電培訓學校，張宣為校長，於 1927 年 8 月 31 日舉行開學典禮，「職校組織成立，業於本年八月三十一日行開學禮，蒙大元帥頒發訓詞並派代表蒞校，即於是日啟用關防，除呈報並分行外，理合具文呈請鑒核，俯賜備案，實為公便」〔註625〕，9 月 14 日東三省巡閱使奉天督軍兼省長張作霖「如呈備案，抄件存，此令」。

（二）廣播無線電臺的建立

北洋政府交通部於 1924 年 8 月公佈中國歷史上第一個關於無線電廣播的原則：《裝用廣播無線電接收機暫行規則》，規則中明確規定，允許民間裝設收音機，從而改變了原來嚴加禁止的做法。規則還就收音機裝設範圍、收聽內容、收音機收費等問題做了具體規定。這個規則的頒佈，客觀上促進了中國廣播事業的發展。不久，北洋政府責成東北無線電長途電話監督處，在北

〔註622〕吉林省檔案館藏 J109-14-1352 依蘭、密山兩處無線電臺經費 1926 年 11 月 3 日。
〔註623〕遼寧省檔案館藏 JC10-8900（0297-0301）上將軍署為東北無線電監督處規定徽章 1927 年 8 月 27 日。
〔註624〕遼寧省檔案館藏 JC10-8900（0297-0301）上將軍署為東北無線電監督處規定徽章 1927 年 8 月 27 日。
〔註625〕遼寧省檔案館藏 JC10-8900（0302-0304）指令東北無線電長途電話監督處為學校成立於八月三十一日行開學禮由 1927 年 9 月 14 日。

京、天津、哈爾濱、瀋陽等地籌建廣播電臺。

廣播無線電臺與無線電臺不同，東北無線電長途電話監督處處長張宣在接到北洋政府及張作霖的指令後，稱「籌廣播無線電臺爲晚近之新事業，各國電政當局同不積極提倡，總以與籌電之無線電報電話迥不相同，尋常無線電報電話收發機器多爲呈辦者所籌備，人民通訊按次收費，而廣播電臺只須設立電臺一所，籌收聽器由人民自行裝置，隨時可以應用，且此項無線電效力極大，如在奉天裝置，一啓羅華脫電力之眞空管發音機，其所檔電浪能遠東三省內外蒙直魯豫鄂蘇皖一帶，及日本全境並俄東部諸處，凡在此範圍以內裝置適當之收聽器者，即可直接收受奉天所發一切政治商情演講音樂等項，誠交通之要務，應遵即籌設」〔註626〕。

東北最早的廣播電臺是日本在大連的殖民機構關東遞信局〔註627〕，1925年8月7日在大連設立了「大連放送局」，是「日本帝國主義在殖民地建立的第一座廣播電臺，呼號爲『JQAK』，它拉開了日本帝國主義統治僞滿廣播的序幕」〔註628〕。

而中國人自己籌建的廣播無線電臺爲哈爾濱廣播無線電臺。據僞滿出版的《放送年鑒》（1939、1940）和《電電讀本》（1939）中說哈臺「1926年10月開播」。1926年10月說源自《關於無線電交涉解決》，該文刊於1926年11月20日《濱江時報》。1982年6月陳爾泰、叢林《哈爾濱廣播無線電臺的誕生》一文中引述該文「東北無線電兼長途電話監督處理於利權外溢，特請准鎮威上將軍（即張作霖）公署籌備廣播無線電臺。先於奉天、哈爾濱兩處各設一座。已於十月一日開辦。」緊接著說，「這裡清楚地記載了哈爾濱廣播無線電臺正式開播的時間是1926年10月1日」。1985年4月，陳爾泰發表的《中國第一座廣播電臺》一文，明確說「1926年10月1日哈爾濱廣播無線電臺正式廣播。中國的第一座廣播電臺正式誕生」。

1926年10月1日哈爾濱廣播無線電臺正式開播，奉系當局主辦〔註629〕。

〔註626〕遼寧省檔案館藏JC10-8663（2942-2967）上將軍署爲發廣播無線電臺條例規則飭屬遵照由1926年10月13日。

〔註627〕大連市地方志編纂委員會：《大連市志・廣播電視志》，大連出版社，1996年，第17頁。

〔註628〕哈豔秋：《僞滿14年廣播歷史概述》，《新聞研究資料》第四十七輯，1989年9月，第158頁。

〔註629〕方漢奇：《中國新聞事業編年史》（三卷本），福建人民出版社，2000年版，第1062頁。

呼號 XOH（後改爲 COHB），發射功率 100 瓦（後增加到 1 千瓦），每天播音兩小時。內容有新聞、音樂、演講和物價報告等。這是中國第一座官辦的廣播電臺，1927 年底，在哈爾濱公署街新建的集編播與發射爲一體的兩層樓房竣工，總面積達 844 平方米，1928 年元旦新樓正式啓用〔註630〕。

　　爲使廣播無線電臺能夠正式規律運行，1926 年 10 月 13 日上將軍署爲發廣播無線電臺條例規則，稱「擬具廣播無線電臺條例一份，連普及裝設廣播無線電收聽器規則各一份」〔註631〕。由此檔案資料可知，東三省巡閱使奉天督軍兼省長張作霖在 1926 年令東北無線電長途電話監督張宣修正東北廣播無線電臺條例規則，而 1926 年 10 月 13 日前條例和規則已經完成，張宣來向東三省巡閱使奉天督軍兼省長張作霖復命，才發了此文〔註632〕。10 月 19 日張作霖令奉天省長公署，「案據東北無線電長途電話監督張宣呈送修正廣播無線電條例及規則，請予照令公佈，冠諸條例及規則以前用昭鄭重等情，查所請不爲多見，除指令呈案條例及規則函收，已令發奉吉黑軍政各機關遵照，並即令行奉天省長公署登報公佈，此令」〔註633〕。《附公佈令》爲「鎮威上將軍公署令務字第一號：茲制定廣播無線電條例及運銷裝設廣播無線電收聽器規則公佈之，此令（附條例及規則）。全御，張作霖，中華民國十五年十月十九日」。此文件還附有《運銷廣播無線電收聽器規則》、《運輸廣播無線電收聽器請領進口護照書》、《裝設廣播無線電收聽器規則》、《裝設廣播無線電收聽器請願註冊書》、《裝設廣播無線電收聽器請領執照書》、《廣播無線電條例》。由此檔案資料可知，此時東三省已經建立了廣播無線電臺，且有了成型的運銷規則、裝設規則及廣播無線電條例。在《廣播無線電條例》的第九條「本條例自公佈之日起施行」，說明 1926 年 10 月 13 日前東三省境內已經有廣播無線電臺。

　　《廣播無線電條例》

　　第一條東北無線電長途電話監督處爲普及文化傳佈商情起見，於東三省

〔註630〕黑龍江省地方志編纂委員會編：《黑龍江省志・廣播電視志》，黑龍江人民出版社，1996 年版，第 45 頁。
〔註631〕遼寧省檔案館藏 JC10-8663（2942-2967）上將軍署爲發廣播無線電臺條例規則飭屬遵照由 1926 年 10 月 13 日。
〔註632〕此文：1926 年 10 月 13 日建立的《上將軍署爲發廣播無線電臺條例規則飭屬遵照由》的文件。
〔註633〕遼寧省檔案館藏 JC10-8663（2942-2967）上將軍署爲發廣播無線電臺條例規則飭屬遵照由 1926 年 10 月 13 日。

境內擇相當地點設立廣播無線電臺辦理廣播無線電事業。

第二條廣播無線電臺處於每日規定時間內用無線電傳播新聞商情音樂歌曲演講等項，以供公眾收聽，其詳細辦法由該臺另行規定，至每日廣播節目欲登報紙或印刷傳單宣佈之。

第三條廣播無線電臺所發之新聞商情音樂歌曲演講等項，凡居住東三省境內者均得裝設收聽器收聽之，惟須絕對遵守東北無線電長途電話監督處所規定裝設收聽器之規定。

第四條凡東三省境內所需之收聽器暨附屬品以及零件等項無論中外商行均得運輸銷售，但須絕對遵守東北無線電長途電話監督處所規定運銷收聽器之規定。

第五條廣播無線電收聽器暨附屬品以及零件輸入東三省境內各口岸時，除由承運之商行遵章請領進口護照外，並須經東北無線電長途電話監督處派員檢查，其詳細辦法另行規定。

第六條無論何人或任何機關不得在東三省境內私運私售或私設任何無線電機器並經營廣播無線電事業，違則除沒收其全部機器外並處以現大洋二千元以上一萬元以下之罰金，惟本國海陸軍機關裝設無線電機專為軍事通信或有特別情形呈奉鎮威上將軍公署核准者，不在此限。

第七條凡私人或團體有因事借東北廣播無線電臺向公眾宣告或講演者須先將底稿商得該臺許可並繳相當之費用。

第八條廣播無線電臺須用長途電話線接通他埠，以便傳音時得由該臺隨時接洽辦理。

第九條本條例自公佈之日起施行。

東北無線電監督處籌建了哈爾濱廣播無線電臺後，又於 1926 年 10 月呈奉天省長請撥借苗圃隙地修建奉天廣播無線電臺。「敝處籌設廣播無線電臺，業經呈奉上將軍公署令准照辦在案，惟建設電臺地基迄未勘定，茲查大西邊門外馬路灣貴屬第一苗圃西南隅隙地甚為相宜，擬請劃發若干以便剋日興工建築，早觀厥成，等因準此，當查該圃西南隅原有隙地一處，計北自桑林南邊起南至窪坑止，東自葦塘南豐西沿起西至榆樹牆止，南北長約六十弓，東西寬約三十弓，借建電臺，於苗木尚無侵礙，惟苗圃繫屬廳產負有保管之責，此次撥建電臺繫屬因公借用，將來電臺如有遷移，應將原地交還廳署，以重官產，現已函覆，俟呈明鈞署再行接洽辦理，所有無線電臺請撥借地基

情形理合具文呈報，伏乞鑒核批示施行」〔註634〕。10 月 26 日東三省巡閱使奉天督軍兼省長張作霖回覆，「呈案東北無線電監督處擬請撥借苗圃隙地修建電臺，既撥稱於苗木尚無侵礙，應准借用，仰即逕行接洽辦理，具扻此令」〔註635〕。奉天廣播無線電臺 1927 年冬建成試播，適逢中國新聞史家戈公振來奉天，應邀在該臺做愛國主義主題演講。1928 年 1 月 1 日奉天廣播無線電臺正式播音〔註636〕。奉天廣播無線電臺資金雄厚，使用法國巴黎電氣公司製造的發射機，功率達 2,000 瓦，波長 425 米，覆蓋面積達 600 平方公里，每天 12 時 30 分開始播音，每次首奏國歌，接著報告東北各埠新聞和商情、行市、音樂、廣告、氣象報告、娛樂節目。

　　奉系軍閥相繼建立了哈爾濱和奉天廣播無線電臺後，所放節目具有商情、行市、氣象報告、中外新聞、文字教授以及音樂戲曲等多項內容，「利用之以傳政教，以達民情，即機隨訓話首發宣言亦得千里一堂，家喻戶曉傳播之廣，效用之運，較之文書電報之通告、報紙廣告之宣傳間有不可以道里計者」〔註637〕，廣播無線電臺有如此的威力，裝機收聽者日見增加，到 1928 年 10 月，奉天省各縣也都安裝收聽器，以利社會而裨政務。10 月 1 日東北無線電長途電話監督李德言為各縣設置收聽器向奉天省長公署呈請，「值斯社會信仰該項設施之時，可籍作政令播傳之計，更念都埠商民雖已獲廣播之益，而遼陲腹地尚鮮有收聽之方，自應亟籌善法以期普遍，因擬由職處審定機件靈敏調整簡便之收聽器數種，以備各縣公署先行購置數具裝在適當地點，藉以傳達政聞，並為人民倡導，所費預計無多，事屬輕而易舉，一俟各機裝竣則鈞座命令以及公佈消息，均可藉奉哈兩臺播及遐邇祛上下隔膜之病，收官民一致之功，對於行政前途獲助當非淺鮮，且教育演請當局可作文化之宣傳，音樂絃歌人民後得高尚之娛樂，其於社會獲益亦多將來知廣播無線電之利者多即裝設收聽器者日眾，於是由邑而鎮，由鎮而鄉，窮陬僻壤都得親聆省政，則收效更宏且大，用特擬具各縣裝設廣播收聽器辦法八條，呈送鈞

〔註634〕遼寧省檔案館藏 JC10-8663（2965-2967）實業廳呈為無線電監督處請撥借苗圃隙地修建電臺 1926 年 10 月 14 日。

〔註635〕遼寧省檔案館藏 JC10-8663（2965-2967）實業廳呈為無線電監督處請撥借苗圃隙地修建電臺 1926 年 10 月 14 日。

〔註636〕瀋陽市政府地方志辦公室編寫：《瀋陽市志》（交通郵電卷），瀋陽出版社，1989 年，第 16 頁。

〔註637〕遼寧省檔案館藏 JC10-8900（0337-0345）指令東北無線電長途電話監督處呈為奉哈無線電臺成立請各縣按照抄開辦法設置收聽器 1928 年 10 月 1 日。

鑒」〔註638〕。奉天省長指令「呈悉已令各道縣遵照辦理矣清單存此令……將裝置具數及地點按照該處所定辦法開則，詳單彙交該要分途安設，並收裝置費先行縣省以遵照發，此令」〔註639〕。

東北易幟後，奉天廣播無線電臺更名爲瀋陽廣播電臺正式廣播，與哈爾濱廣播電臺同「最早歸北洋政府奉系軍閥所屬的東北無線電長途電話監督處管轄，1929 年冬歸蔣介石政府所屬的東北交通委員會所轄。僞滿時期，是日本控制下的地方電臺。」〔註640〕

到了 1930 年，奉天無線電臺已經成爲了全國國際電報的一個重要樞紐站，凡是北平、天津、漢口、上海等地發往國外的電報，均由奉天無線電臺轉發，占全國國際電報業務量的一半，每月收入超過 3 萬元，堪稱東北無線電史上的「黃金時代」〔註641〕。

奉系軍閥不僅在東北建立了廣播無線電臺，北京、天津的廣播無線電臺也是北京政府委託東北無線電長途電話監督處建立的，北京《晨報》有記載「關於裝設廣播無線電收聽器規則暨運銷廣播無線電收聽器規則，曾於去年10 月 13 日由威鎮上將軍（即張作霖——作者）公署通令公佈，現該署特電東北無線電長途電話監督處，暫在京津兩處施行。……一條關於東北無線電長途電話監督處在北京、天津兩地設立廣播無線電辦事處、籌建京、津廣播無線電臺的消息」〔註642〕。1927 年 5 月 1 日，官營的天津廣播電臺建立。歸屬北洋政府的東北廣播無線電管理處天津辦事處領導，1927 年 5 月 15 日，天津廣播無線電臺開始播音。北京《晨報》的《天津通信》刊載天津廣播無線電臺播放了四齣戲——《虹霓關》（程硯秋主唱），《珠簾寨》（高慶奎唱），《探母》（梅蘭芳與余叔岩唱），《麒麟閣》（楊小樓唱），稱讚播放效果「眞切」、「字字入耳」，「使我不能不驚歎這種廣播（Broadcasting）的力量。」〔註643〕於此

〔註638〕遼寧省檔案館藏 JC10-8900（0337-0345）指令東北無線電長途電話監督處呈爲奉哈無線電臺成立請各縣按照抄開辦法設置收聽器 1928 年 10 月 1 日。

〔註639〕遼寧省檔案館藏 JC10-8900（0337-0345）指令東北無線電長途電話監督處呈爲奉哈無線電臺成立請各縣按照抄開辦法設置收聽器 1928 年 10 月 1 日。

〔註640〕哈豔秋：《僞滿 14 年廣播歷史概述》，《新聞研究資料》第四十七輯，1989 年9 月，第 158 頁。

〔註641〕遼寧省檔案局（館）編：《奉天紀事》，遼寧人民出版社，2009 年 12 月，第248 頁。

〔註642〕1927 年 5 月 12 日《晨報》。

〔註643〕《在天津所聽到的第一舞臺四齣戲：清新、宏亮》1927 年 6 月 24 日《晨報》。

同時北京的廣播無線電臺也在著手建立,「北京方面,已在本京琉璃廠北京電話總局內設立廣播無線電辦事處,並利用京津長途電話,暨天津無線電臺,以資傳播北京方面的音樂、歌曲、商情、新聞等項之需。該處業於前日(十日)正式成立」〔註644〕。1927年9月1日北京廣播無線電臺也開始廣播。

(三)建立發展無線電臺與日本的交涉

東三省建立無線電臺,曾多次與日本產生交涉。日本對於東北無線電事業任意侵犯的依據就是1918年2月,中國北洋政府與日本三井洋行簽訂的無線電信契約。而奉系當局則依據1922年華盛頓會議《九國公約》規定:各國在華無線電臺全部設備移歸中國接管,決定由東北保安軍陸軍整理處代表中國政府於9月28日派人接收後,即納入其軍事系統,更名為東三省無線電臺,臺長為吳梯青,副臺長劉瀚。為此,奉系當局與日本在東北的無線電訊事業的建立和發展經常產生矛盾衝突,交涉時有發生。

日方對奉系當局提出交涉。1924年10月東三省無線電信臺將無線電信發信所築成,不僅與國內地無線通信聯絡,且收發德國及其他歐美國家公眾的通信。為此,1925年2月25日日總領事照會為東省無線電臺收發電務違背電信契約照會振威上將軍公署,稱「貴國海軍部曾於西曆一九一八年即民國七年二月與敝國商三井洋行訂有無線電信契約,而該契約係經貴國國務院承認即貴國政府亦不得違背,此契約並將專利權附與我三井洋行,該行已將雙橋電臺建築完竣,確信貴方素所知悉,將來本地無線電信臺與收發電務,務希勿侵犯該三井洋行無線電信契約專利權。」〔註645〕對於日本違背華盛頓九國公約的規定,鎮威上將軍公署對此不予理會,採取拖延策略,2月28日核示「仰俟奉到指令,再行錄抄備查,此令」〔註646〕。

奉系當局對日方提出交涉。1925年4月,日本駐瀋陽總領事館無視我國主權,並違反「九國公約」,向奉系當局提出要東北各地設立無線電臺和長途電話,三省官憲不得干涉等8項無理要求。7月大連日本關東遞信局建立「放送局」,8月開始試播,播發新聞、音樂、演講、娛樂、行情及教育性節目

〔註644〕1927年5月12日的《晨報》。
〔註645〕遼寧省檔案館藏 JC10-8820(1233)外交部特派交涉員報總領事照文,東三省無線電違背電信契約1925年2月25日。
〔註646〕遼寧省檔案館藏 JC10-8820(1235)外交部特派交涉員報總領事照文,東三省無線電違背電信契約1925年2月25日。

〔註 647〕，1926 年 1 月，在哈爾濱的日本商務通訊社，私設無線電機關及天線，擅自收發新聞電訊與商電，嚴重地侵犯了我國電政主權。爲此東三省無線電臺副臺長劉瀚呈報東省特別區行政公署，指責日本人「舊態復萌，對於我國電政事業極欲壟斷獨登，以圖私利」，「且藐視我國主權」〔註 648〕，要求「認眞取締，嚴行禁止」，「以維電政而保主權」〔註 649〕。而日本人狡猾否認設立發報機、電線等設備，謊稱是爲了收聽、研究廣播才設立天線。日本領事公然表示「如中國承辦此項研究，訂有條約，日本亦可遵辦」〔註 650〕。

對於日方的挑戰，奉系當局加大對東北廣播無線電臺的建設，1926 年 8 月在哈爾濱舉辦爲期 4 天的廣播試驗展覽。9 月 22 日成立哈爾濱廣播無線電臺和哈爾濱無線電臺事務所。10 月 1 日中國人自己創辦的哈爾濱廣播無線電臺正式開播。1926 年 10 月 19 日公佈鎮威上將軍公署令務字第一號：「茲制定廣播無線電條例及運銷裝設廣播無線電收聽器規則公佈之，此令（附條例及規則）。全御，張作霖，中華民國十五年十月十九日」〔註 651〕，同時頒佈了《運銷廣播無線電收聽器規則》、《裝設廣播無線電收聽器規則》、《廣播無線電條例》。11 月 19 日，經過奉系當局交涉，日商哈爾濱通信社被取締，拆除了私設的無線電臺，奉系軍閥又一次維護了中國的電政主權。

以後日本多次向奉系當局提出東北無線電臺交涉。日本總領事吉田茂爲日方請中止東北無線電臺與海外通信，於 1927 年 12 月 26 日照會奉天省長，稱「當地東北無線電臺因與海外無線電信通信，致侵害帝國三井洋行與貴國政府已經協定之該行無線電信專利權一事，屢經敝館向貴省申述抗議在案，現在該東北無線電臺自十二月一日起經由德國之「諾因」無線電信開始與該德國各地公眾通信。查前記三井洋行之權利，乃係曾經貴國政府承認，貴國政府自不待言，即貴國各地方官憲均不許違反此項嚴重契約，所有上述之違約通信，帝國政府絕難承認，相應照會貴省對於此項通信嚴令該館官憲即刻中止，並希見覆。」〔註 652〕奉天省長劉尚清於 12 月 31 日回函「查東北無線

〔註 647〕 大連市地方志編纂委員會：《大連市志·廣播電視志》，大連出版社，1996 年。
〔註 648〕 《尋蹤拾迹》，哈爾濱出版社，1986 年版。
〔註 649〕 《哈爾濱市志·報業志·廣播電視志》，第 16 頁。
〔註 650〕 《哈爾濱市志·報業志·廣播電視志》，第 16 頁。
〔註 651〕 遼寧省檔案館藏 JC10-8663（2942-2967）上將軍署爲發廣播無線電臺條例規則飭屬遵照由 1926 年 10 月 13 日。
〔註 652〕 遼寧省檔案館藏 JC10-2182（3262-3268）日總領事爲日三井洋行已與中國政府有電信專利權，禁止東北無線電臺與海外通信由 1927 年 12 月 26 日。

電信臺係隸於鎮威上將軍公署直轄機關，原函所述海外通信一節，本署無案可稽，准函前因，合行令仰該交涉員轉函知照可也，此令」。〔註653〕

奉天總領事代理蜂谷輝雄爲東北無線電臺對歐通信再次於 1928 年 4 月 11 日函請停止，稱「關於本地東北無線電臺即時停止海外無線通信一節，業於客歲十二月二十六日、公文第 901 號詳陳一切，本年一月十號接到高交涉員第 29 號公函一件內開，現下交涉署已呈報於上將軍公署，須俟奉到指令後方能答覆等語，其後對於本件並未奉到貴方何等通知，現據哈爾濱帝國總領事之報告，關於東北無線電哈爾濱電臺接受一般歐美各地間電報通信一事，業由該總領事向該地貴國交涉員提出抗議，本地東北無線電臺對歐通信，我方既未承認，希迅即停止」〔註654〕。奉天省長劉尙淸 4 月 14 日回覆「當以東北無線電臺係軍署直轄機關，該臺與海外通信本署會案可稽等因，令飭轉覆在案，准函前因，合令該署仍尊前令「意旨」，轉覆該館查照。此令。」〔註655〕

駐奉日本帝國總領事林久治郎爲葫蘆島計劃設立無線電臺及東北無線電臺與海外通信各節於 1928 年 6 月 26 日再次照會奉天省長，稱「貴省擬在葫蘆島設立無線電臺，計劃由叩抱林（譯音）無線電社購入該臺，建設一切機械，聞此項契約已經調印完畢，並該臺純爲對美國通信計劃而設，倘屬事實，則此事對於帝國三井洋行與貴國政府間協定之同社無線電信權不無侵害之處，況所謂東北無線電臺之海外通信，及今次葫蘆島之建設計劃等項，在貴省均蔑視切不尊協定，敝方甚爲遺憾之至，則帝國政府萬難默忍也，本事件是否屬實，希速示之」〔註656〕。1928 年 7 月 20 日張學良發東三省保安總司令指令「日本領事函述東北無線電臺與海外通信及子項葫蘆島計劃設立無線電臺各節請鑒核，呈悉，仰候令行東北無線電長途電話監督查明具報再行令去，此令。」〔註657〕

〔註653〕遼寧省檔案館藏 JC10-2182（3262-3268）日總領事爲日三井洋行已與中國政府有電信專利權，禁止東北無線電臺與海外通信由 1927 年 12 月 26 日。

〔註654〕遼寧省檔案館藏 JC10-2183（3271-3280）日總領事爲東北無線電臺對歐通信函請停止由 1928 年 4 月 14 日。

〔註655〕遼寧省檔案館藏 JC10-2183（3271-3280）日總領事爲東北無線電臺對歐通信函請停止由 1928 年 4 月 14 日。

〔註656〕遼寧省檔案館藏 JC10-2183（3271-3280）日總領事爲葫蘆島計劃設立無線電臺函請由 1928 年 6 月 26 日。

〔註657〕遼寧省檔案館藏 JC10-2183（3271-3280）日總領事爲葫蘆島計劃設立無線電

儘管日本駐東北各領事多次向奉系當局呈請東北無線電臺與海外通信有違三井洋行契約，但奉系當局多次採取拖延策略，不與直接回覆，致使日本交涉不斷，而奉系當局對於東北各地無線電臺的建設卻日益進行，遺憾的是「九一八」事變後都被日本侵略者佔據。

七、通電

在中國歷史上，出現過多次軍閥割據的時期，每逢這種時期，軍人都毫無例外地成為社會的主宰。軍人在政治上的發言權最大。陳志讓先生稱之為「軍紳政權」，其實，軍的分量遠比紳要大得多，兩者處於完全的不平衡狀態。經歷了民國共和的軍閥，認識到隨著近代工商業的發展，紳與商以及新興的學界都有著千絲萬縷的關係，他們有自己的團體、商會、教育會，有相應的公共空間。更重要的是，「新興媒體的出現，已經形成了一種壓力，對於紳商學在媒體上的聲音，武夫們還是有所忌憚的。儘管武人們有力量封報館，鉗制言論，但一般不敢這麼幹。他們顧忌輿論，也顧忌民意，更顧忌道德譴責，一旦被置於道德上被動的地位，他們在日後的軍閥紛爭中，就會處於不利的地位。但是，北洋軍閥時期，畢竟是軍人政治。軍人有軍人的積習，耐性不夠，實在急了，還是要用武力解決的。但是，即使武力解決，也要顧忌自家的形象，如果在道德上理虧，在戰爭中也就占卜了便宜。」〔註658〕所以，北洋軍閥的戰爭向有「電報戰」為序曲，戰爭雙方通常是雨點小、雷聲大，通電多於交戰。通過通電，擺事實、詭辯、醜化對方美化自己，以此博得民眾在道德上的同情，從而佔領輿論制高點，為打贏實際戰爭做好輿論基礎。「當時戰事『直與演戲無異』，各方並不『出其全力以從事於戰』，反倒是『用其全力於打電報』。實是諸公好『滑稽』，以國事為兒戲」〔註659〕。

自古未有民心不歸，而打仗能夠全勝；輿論不附，而地位能夠保存。奉系軍閥統治的過程中，每次政局交鋒及戰爭開拔前，最初階段都是一場「通電戰」，各方都指責他方的政府和所說的愛國心，同時宣揚己方動機的純正。通電電文簡明扼要、思路清晰、直陳事實，痛斥對方，美化自己，極盡宣傳

臺函請由 1928 年 6 月 26 日。

〔註658〕 張鳴：《北洋裂變：軍閥與五四》，廣西師範大學出版社，2010 年 5 月，第 237 頁。

〔註659〕 《申報》1920 年 8 月 27 日、11 月 12 日，收入楊蔭杭：《老圃遺文輯》，第 95、126 頁。

與蠱惑功能，以此來從道德上博得民眾同情，從而獲得輿論上的支持。1920年直奉的首領們因段祺瑞賣國共同通電聲討段祺瑞內閣；之後的「直奉在整個 1922 年的頭幾個月中相互交換通電並在春季發展成爲軍隊和槍炮的眞正戰爭」〔註 660〕；1924 年「奉張以吳佩孚借題發揮，攻到梁閣，對他存有敵意，極不相能。吳則以張推梁組閣，爲禍國殃民，雙方電罵，繼以通電數張十大罪狀，張亦通電數吳罪狀，各不相讓，又成爲非兵戎相見，不能解決之局面」〔註 661〕；隨後發生郭松齡倒戈也以發表通電表明正義；最後是奉張主政北京發表就職、反赤、出關通電。

（一）直奉共討段內閣的通電戰

　　奉系軍閥由東北出關，第一次入京是 1918 年「秦皇島劫械」成爲轟動全國頭號新聞後，由天津開赴北京近畿，援助促使段祺瑞組閣。段祺瑞內閣主張「武力統一」中國，並身體力行，以參加第一次世界大戰爲名，以中國土地、礦山、森林、鐵路等資源作抵押，向日本「西原借款」建設自己軍隊，後在「巴黎和會」上默認日本繼承德國在山東攫取的主權合法，遭到國人強烈反對。

　　直奉兩系對皖系段強烈不滿，1918 年 8 月起直系吳佩孚就連續通電發表「罷戰主和」的通電，揭露段的賣國罪行。1920 年 4 月 9 日，直督曹錕、奉督張作霖、黑督孫烈臣、吉督鮑貴卿、蘇督李純、鄂督王占元、贛督陳光遠、豫督趙倜組成的反皖八省聯盟以「清君側」的旗號，發表通電，反對段祺瑞的主將徐樹錚。1920 年 6 月 19 日張作霖受大總統徐世昌之邀來北京調停直皖之爭，與直系聯合反皖。1920 年 7 月 9 日後，吳佩孚連續發表通電《吳佩孚出師討賊通電》、《吳佩孚宣佈段徐罪狀通電》、《直軍致邊防軍西北軍書》、《直軍將士再忠告段軍書》等，申明自己主張，討賊檄文「自古中國，嚴中外之防。罪莫大於賣國，醜莫重於媚外。窮兇極惡，漢奸爲極。段祺瑞再秉國政，認賊作父。始則盜賣國權，大借日款，以殘同胞；繼則假託參戰，廣練日軍，以資敵國；終則導異國之人，用異國之錢，運異國之械，膏吾民之血，絕神黃之裔。實敵國之忠臣，民國之漢奸也。」表態「佩孚等束髮受書，嘗聞大義。治軍以還，以身許國，誓不與張邦昌、石敬瑭、劉豫、吳三桂之徒，共戴一天。賊生則我死，賊死則我生。」發誓「今日之戰，爲討賊救國而戰，

〔註 660〕費正清，《劍橋中華民國史》，中國社會科學出版社，1994 年，第 356 頁。
〔註 661〕曹汝霖《一生之回憶》，香港春秋雜誌社，1966 年版，第 98 頁。

爲中國民族二戰」。〔註662〕1920 年 7 月 9 日後，張作霖也先後發表通電《張作霖派兵入關通電》、《張作霖勸段祺瑞勿袒護徐樹錚電》、《張作霖等共舉義師通電》、《張作霖揭破段派陰謀通電》等。說明入關爲民的原因「作霖爲戴我元首，衛我商民，保管我路線，援救我軍旅，實逼處此，坐視不能，義憤塡膺，忍無可忍。是用派兵入關，扶危定亂」〔註663〕。奉軍 10 日通電入關爲「清君側」：「作霖反覆焦思，忍無可忍。如有敢於倒行逆施，居心禍國，即視爲公敵，誓將親率師旅，剷除此禍國之障礙，以解吾民之倒懸。然後請罪於大總統、我督辦之前，以謝天下」〔註664〕。12 日通電申明皖系派奸細來東省作亂，「奉省偵獲由北京派來姚步瀛等 13 名，親筆供認曾云霈等指派，並有定國軍第三軍委任，給予大洋 12 萬元，來東省招募匪徒，在山裏或中東路線一帶擾亂東省，使奉省內顧不暇，牽制奉省兵力。」〔註665〕由此出兵打皖系「作霖此次出師，爲民國誅除奸黨，爲元首恢復自由，拯近畿數百萬人民於水深火熱。倘國難不解，黨惡不除，誓不旋還鄉也」〔註666〕。

此次直奉通電共討段祺瑞內閣，由於段的媚外的賣國行徑失去道德底線，反駁詞窮，而直奉爲護國衛國的正義理由，獲得民眾輿論支持，致使「清君側」成功，段祺瑞內閣由此下臺。

（二）直奉梁士詒內閣的通電戰

直奉雙方在北京勢力中互相角逐、對峙，組閣運動此起披伏，最後 1921 年 12 月 23 日奉張強力推舉梁士詒組閣。直系吳佩孚因此不滿，於 1922 年 1 月 5 日發表通電，譴責梁士詒剛上臺後，與日本小幡公使達成日本借款贖回膠濟鐵路，並中日共管之賣國行徑，其實是項莊舞劍，意在沛公，暗刺梁的後臺是張作霖，賣國爲奉張所爲。「梁士詒投機而起，窮窺閣揆。日代表忽變態度，頓翻前議。一面由東京訓令駐華日使，向外交部要求借日本款，用人由日推薦。外部電知華會代表，覆電稱：請俟與英美接洽後再答。當此千鈞一髮之際，梁士詒不問利害，不顧輿情，不經外部，徑自面覆。竟允日使要求，借日款贖路，並訓令駐美各代表遵照。是該路仍歸日人經營，更益之以

〔註662〕張一麐：《直皖秘史》，《北洋軍閥》資料叢刊，第 3 冊，上海人民出版社，1988 年版，第 74 頁。
〔註663〕《張作霖入關通電》1920 年 7 月 9 日《盛京時報》。
〔註664〕《張作霖入關通電》1920 年 7 月 10 日《盛京時報》。
〔註665〕1920 年 7 月 12 日《盛京時報》。
〔註666〕1920 年 7 月 12 日《盛京時報》。

數千萬債權。舉歷任內閣所不忍爲不敢爲者，梁士詒乃悍然爲之；舉曩昔經年累月人民之所呼號、代表之所爭持者，咸視爲兒戲。犧牲國脈，斷送路權，何厚於外人？何仇於祖國？縱梁士詒勾援結黨，賣國媚外，甘爲李完用、張邦昌而弗恤。我全國父老兄弟亦斷不忍坐視宗邦淪入異族。袪害除奸，義無反顧，惟有群策群力，亟起直追，迅電華會代表，堅持原案。」〔註667〕各路直系督軍，贛督陳光遠、陝督馮玉祥、鄂督蕭耀南、魯督田中玉、蘇督齊燮元接連發表通電響應吳佩孚。在輿論的攻擊下，梁士詒於 7 日通電解釋贖路既無現款，採取「國內外合籌借款」，不限日本一國。吳佩孚又連續在 8～12日通電攻擊梁士詒。12 日轉述國民外交代表余日章、蔣孟麐的電文：「今晨梁士詒電告專使，接受日本借款賄路與中日共管之要求，北京政府更可藉此多得日本之借款。北京交涉之耗，已皇皇登載各國報紙。日本公言北京已接受其要求，吾人之苦心努力全歸泡影。」此一揭老底通電使梁士詒原形畢露。「凡屬食毛踐土者，皆應與祖國誓同生死，與元惡不共戴天。如有以梁士詒借日款及共管鐵路爲是者，則其人既甘爲梁氏之謀主，即屬全國之公敵，凡我國人，當共棄之。佩孚爲民請命。敢效前驅。」這份通電裏的「謀主」「公敵」既是指張作霖。

　　張作霖面對吳佩孚的攻擊，也不能保持沉默，坐以待斃，毫不掩飾地爲梁士詒辯護，指斥吳佩孚，致電中央表明態度：「某上次到京，隨曹使之後，促成內閣；誠以華會關頭，內閣一日不成，國本一日不固，故勉爲贊襄。乃以膠濟問題，梁內閣甫經宣佈進行，微日通電，亦不過陳述進行實況，而吳使竟不加諒解，肆意譏彈。歌日通電，其措辭是否失當，姑不具論，毋亦因愛國熱忱迫而至此，亦未可知。惟若不問是非，輒加攻擊，試問當局者將何所措手？國事何望？應請主持正論，宣佈國人，俾當事者得以從容展布，克竟全功」。因爲張作霖清楚梁士詒的賣國行徑已經被吳佩孚告白於天下，自己與其捆在一起會遭到國人同仇敵愾，於是聲言自己是擁護曹錕之意才同意組梁閣的，且國事緊急不得已匆忙組閣；接著言膠濟問題正在商討中，而吳佩孚不加諒解，借題發揮，定有不可告人的用意。

　　吳佩孚又在報紙上揭露梁士詒，《驅鱷魚文》、《討武則天檄》，梁士詒也反覆辯白從沒主張過向日本借款賄路，也沒同意過華盛頓未決的山東問題移北京來交涉。對於直系在新聞媒體上的輿論攻擊，奉系已無招架之功更

〔註667〕1922 年 1 月 5 日《申報》。

無還手之力，在吳佩孚驅梁下臺輿論聲中，梁士詒當了 28 天後請假避走天津。這一回合電報戰直勝奉敗，張作霖自討直系軍力雄厚，只能容忍，但已然磨刀霍霍，經過一段時間努力，達成張作霖、孫中山、段祺瑞的反直三角聯盟。

（三）第一次直奉戰爭的通電戰

1922 年在第一次直奉戰爭開戰前，直奉雙方再次展開通電戰，4 月 19 日，張作霖通電奉軍入關理由：「統一無期，則國家永無寧日，障礙不去，則統一終屬無期。是以簡率師徒，入關屯駐，期以武力為統一之後盾。」隨後直陳吳佩孚：「凡有害民病國，結黨營私，亂政干紀，剽劫國帑者，均視為和平統一障礙物，願即執殳前驅，與眾共棄」。建議召開和平統一會議「至於統一進行，如何公開會議，如何確定制度，當由全國耆年碩德、政治名流共同討論，非作霖所敢妄參末議」。第二天，張作霖電請徐世昌主持召開全國統一會議，若有人反對，將武力相加。

吳佩孚也於 19 日以假託人民的名義通電反唇相譏奉系張作霖：「年來中央政局純由奉張把持，佩孚向不干涉，即曹使亦從無絕對之主張。此次梁氏恃有奉張保鏢，不惜禍國媚外，而為之保鏢者猶不許人民之呼籲，必庇護此禍國殃民之蟊賊，至不惜以兵威相脅迫。推其用心，直以國家為私產，人民為豬仔。諸君代表三千萬直人請命，佩孚竊願代表全國四萬萬人請願也。」21 日直系軍閥吳佩孚、田中玉、馮玉祥、齊燮元、蕭耀南、陳光遠、趙倜、劉振華聯名通電，表明應戰態度「藉口謀統一而先破壞統一，託詞去障礙而自為障礙」。

23 日張作霖通電反駁曹錕稱奉軍入關「既無中央明令，又不知會地方長官」的說法，其實奉軍入關是得到徐世昌和曹氏兄弟同意的。

25 日，吳佩孚與直系將領聯名通電《張作霖十大罪狀》，聲稱「作霖不死，大盜不止。佩孚等既負剿匪之責，應盡鋤奸之義。」從 4 月 28 日至 5 月 3 日，直奉雙方都捏造事實，吹噓自己勝利。張作霖每天都發表告捷電報，直軍則編造號外，言北京政府已免職張作霖，派張錫鑾為東三省巡閱使，馮德麟為奉天督軍。雖然奉軍兵力和裝備都優於直軍，但由於管理鬆懈、素質很差，遂不堪一擊，六天結束直奉戰爭。

1922 年 5 月 10 日，徐世昌在直系催促下不得已下令裁撤東三省巡閱使、蒙疆經略使，免去張作霖本兼各職，聽候查辦。任命奉天督軍為吳俊升、奉

天省長爲袁金鎧，黑龍江督軍爲馮德麟、黑龍江省長爲史紀常，馮德麟等四人於 5 月 15 日通電表明「北庭亂命，免去張巡閱使本兼各職，並調任德麟等署理督軍等語……德麟等對此亂命，拒不承認，合電奉聞」〔註668〕，可見「直系藉此離間作霖舊部，而迫其下野。究之計不得逞」〔註669〕。1922 年 5 月 12 日奉系軍閥張作霖宣佈東三省自治，作爲奉軍總司令發表宣言，稱「對於友邦人民生命財產力加保護，所有前清及民國時期所訂各項條約一概承認。此後如有交涉事件，請徑行照會灤州本總司令行轅。自本月一日起，所有北京訂立關於東三省、蒙古、熱河、察哈爾之條約，未得本總司令允許者，概不承認」〔註670〕。5 月 26 日張作霖、吳俊升、孫烈臣聯名宣佈「自五月一日起，東三省和西南及長江同志各省一致行動，擁護法律，扶植自治，促進統一」〔註671〕，之後東三省正式實行「聯省自治」。

　　第一次直奉戰爭張作霖被認爲是日本支持者，張所支持的梁士詒內閣因與日密謀華盛頓會議未決的山東問題，遭到輿論強勢攻擊，所以直奉系電報戰上，理屈詞窮，未得到人民的同情與支持；另外日本在華盛頓會議上受到英美的孤立，不敢爲奉軍張目，而親英美的吳佩孚抓住五四時機，表現激進，頻繁地表達他的政治見解和進步主張，控制了輿論界，得到人民支持，獲得第一次直奉戰爭勝利。

（四）第二次直奉戰爭的通電戰

　　奉系敗給直系後修整三年，各方面實力都非昔日可比，時值 1924 年 9 月江蘇督軍齊變元和浙江督軍盧永祥發生江浙戰爭，這是直奉戰爭，也是直系後臺英美和奉系後臺日本之間的戰爭。因爲江浙戰爭關係到張作霖反直三角聯盟的命運，所以張作霖不能袖手旁觀，於 9 月 4 日發表通電，聲援浙盧，痛斥直系曹錕，「今年天災流行，饑民遍野，弟嘗進言討浙之不可，足下亦有力主和平之回答；然墨迹未乾，戰令已發，同時又進兵奉天，扣留山海關列車，杜絕交通，是果何意者？足下近年爲吳佩孚之傀儡，招致民怨……因此，將由飛機以問足下之起居，枕戈以待最後之回答」〔註672〕。宣佈「謹率

〔註668〕1922 年 5 月 16 日北京《晨報》。
〔註669〕金玉黻：《張作霖別傳》，《吉林文史資料選輯》第 4 輯，吉林人民出版社，
　　　　　1983 年版，第 241 頁。
〔註670〕1922 年 5 月 12 日《東三省公報》。
〔註671〕1922 年 5 月 26 日《東三省公報》。
〔註672〕1924 年 9 月 5 日《東方時報》。

三軍,掃除民賊,去全國和平之障礙」〔註673〕。並派人告知盧永祥會派兵入關,送 300 萬元軍餉。9 月 5 日孫中山發佈《討伐曹吳對粵宣言》,親督各軍,分江西、湖南討伐曹、吳。因直系馮玉祥倒戈,以及奉軍在政治、財政、軍事和外交上都有充足準備,歷時 50 餘天的第二次直奉戰爭結束,奉軍勝利。

第二次直奉戰爭從輿論戰上,直系吳佩孚在第一次直奉戰爭勝利後,目空一切,驕橫狂妄,日漸暴露了他反人民反革命的本質,鎮壓京漢鐵路工人罷工,製造二七慘案。後又欺騙人民,賄買議員,與曹錕聯手篡奪全國最高領導權,上海人民的「下半旗,討曹錕,誅豬仔,懲政客,打倒萬惡軍閥」傳單,足見曹吳聲譽掃地,成為眾矢之的。所以在輿論站上奉系取得道德優勢,佔領輿論制高點,得到民眾支持,遂取得戰爭的勝利。

(五)郭松齡倒戈的通電戰

1925 年 11 月 22 日郭松齡倒戈,因「雨帥不事建設,窮兵黷武,以東北的民脂民膏作孤注一擲,進關打仗,爭奪地盤,為少數人利益連年征戰」〔註674〕而舉兵反奉,由天津發出通電,用張學良名義「連歲興戎,現金告匱,錢鈔濫發,價額日虧。」「軍旅迭興,賦斂日眾,邑無倉積,家無蓋藏」,「汗卿軍長,英年踔厲,識量洪深,國倚金湯,家珍玉樹,干風雲而直上,厲雷雨而弗迷,松齡素同袍澤,久炙光儀。竊願遵命匡」;11 月 30 日郭松齡在山海關發表通電,把所轄部隊改稱東北國民軍,不再用張學良名義。12 月 14 日發表通電《敬告東三省父老書》直指張作霖統治東三省 14 年的四大罪狀:摧殘教育,壓制輿論,招兵害農,用人不公。公開提出「驅除楊賊,並勸張氏下野,擁戴漢卿軍長出而執政」。「松齡刻已師抵新民,張氏慘敗之餘,不難一鼓討滅。恐父老受其欺蒙,不明真相,特將班師回奉各情形,略陳顛末。並將事定後,治奉方針露示如左:(一)實行省自治,以發揚民氣,大局定後,由各縣推舉代表,連同省議會,開一善後會議,公爵施政方針,及應興應革之事;(二)保護勞工,節制資本,以消赤化隱患;(三)免除苛稅,以蘇民困;(四)練兵採精兵主義,務求淘汰匪兵,以除民害,而輕負擔;(五)整頓金融,以維民業;(六)增加教育經費,實行強迫教育;

〔註673〕1924 年 9 月 5 日《東方時報》。
〔註674〕蕭兆麟:《憶郭松齡被殺的前前後後》,《遼寧文史資料》第 16 輯,遼寧人民出版社,1986 年版,第 156 頁。

（七）用人以才為本，不拘黨派親疏之見；（八）開發地利，振興實業；（九）整頓交通，以利商旅；（十）肅清匪患，整頓警察。」郭松齡的進步主張是在東北要實行資產階級的民主共和制，但終究「郭松齡為人剛愎自用，一切操之過急，以致壞了大事」。〔註675〕

張作霖也曾被迫通電，承認連年參與戰爭，影響人民生活，表示在反郭戰爭後，將引咎告退，還政於民。稱「作霖才德菲薄，招致戰禍，引咎辭職，還政於民，今後將東北行政交王公岷源（王永江）、軍事交吳公興權（吳俊升），請中央另派賢能來主持東北大局，本人甘願避路讓賢」〔註676〕。對於郭松齡倒戈原因，王永江對報界記者的談話「郭松齡舉動，種因於兩次直奉之戰。混戰之結果，毫無所得，徒耗糜了鉅額的款項。目前奉票已達到270元，真是聞所未聞」，這也表達自己對內戰的不滿。1926年1月11日，張作霖通電宣佈與北京政府斷絕行政關係〔註677〕。

（六）奉進京主政的通電

起死回生的張作霖又辦利害聯吳討馮，雖然馮玉祥於1926年1月發表主和息爭通電，言下野，但吳佩孚於1926年2月2日聯名齊燮元、蕭耀南發表討馮通電：「馮玉祥狡稱下野，伏處平地泉（集寧），密集餉械，特集師討伐」。2月6日國民軍張之江、孫岳通電應戰，討伐吳佩孚。段祺瑞因「三一八」慘案受到輿論攻擊，於4月20日避居天津下野，吳、張進駐北京。1926年5月1日，吳逼曹錕辭職意組顏惠慶內閣並代發通電「國務院自當復政，依法攝行大總統職務」，5月3日奉系意組靳雲鵬內閣，同時孫傳芳為首的蘇、浙、皖、贛、閩五省軍閥聯名通電主張顏內閣。並請吳佩孚「早日北上，主持大計」。舊直系反抗奉系，張作霖被迫電吳佩孚「此事悉請我兄主持，放手辦去，弟毫無成見」。吳佩孚覆電「承囑放手進行，即當勉副尊意，轉達駿人（顏），請其早日攝政」。5月9日，顏惠慶通電覆職。張作霖6月4日進京後出難題逼迫顏內閣6月22日倒臺，1926年7月國民革命軍大舉北伐，先後吳佩孚逃走、孫傳芳投奉，此時北京先後組成張作霖勢力下的杜錫珪、顧維鈞內閣。

〔註675〕魏益三：《郭松齡反奉親歷記》，《文史資料選輯》第35輯，文史資料出版社，1980年版，第124頁。
〔註676〕1926年1月9日《東三省民報》。
〔註677〕劉信君、霍燎原主編：《中國東北史》第六卷，吉林文史出版社，第119頁。

　　1926 年 11 月 28 日，張作霖爲安國軍總司令，捏造了一封吳佩孚宣佈下野的假電報，目的是造成北洋派只有張作霖堪當大任的興論。11 月 29 日孫傳芳、吳俊升、張宗昌、閻錫山、商震、寇英傑、陳調元、張作相、盧香亭、韓麟春、高維岳、周蔭人、陳儀、褚玉璞、湯玉麟、劉振華等 15 省督軍聯名通電推戴張作霖爲安國軍總司令，閻錫山、商震被冒簽列名。12 月 1 日張作霖就職安國軍總司令，發表反赤宣言：「吾人不愛國則已，若愛國非崇信聖道不可。吾人不愛身則已，若愛身則非消滅赤化不可」。變相討好帝國主義，希望得到做到最高統治者的支持。1927 年 6 月 16 日孫傳芳、吳俊升、張宗昌、張作相、褚玉璞、張學良、韓麟春、湯玉麟聯名通電，推戴張作霖爲安國軍政府海陸軍大元帥，「伏維我總司令自去歲就職以後，志在靖亂。昕夕焦勞，北方赤禍，雖就廓清。南方赤黨，益爲猖獗。全國皇皇，罔知所屆。際此存亡絕續之交，正我輩奮身報國之日。傳芳等再三籌議，僉謂討赤救國，必須厚集實力，固結內部，方能大張撻伐，戡定兇殘。拯神州陸沉之危，救元元塗炭之厄。我總司令大公無量，天地爲昭。同志之孚，友仇若一。惟有籲懇總司令以國家爲前提，拯生靈之浩劫，勉就陸海軍大元帥」。張作霖也在同一天發表討赤通電「惟是共產標題，志在世界革命，則討除共產，實爲世界公共之事業，亦爲人類共同之事。則非作霖一手一足之烈，所能告成。凡我全國同胞，既負報國衛民之責，皆有同仇敵愾之忱，自必通力合作，不必功自我成。此後海內各將帥，不論何黨何系，但以討赤爲標題，不特從前之敵此時已成爲友，即現在之敵，將來亦可爲友。惟獨對赤禍則始終一致對敵，決不相容。一息尙存，此志不改」〔註 678〕。

　　1927 年 6 月 18 日，張作霖在懷仁堂就大元帥職，宣讀誓詞「作霖忝膺中華民國陸海軍大元帥之職，誓當鞏固共和，發揚民主，刷新內政，輯睦邦交，謹此誓言。」發表就職通電「總之，赤逆一日不清，即作霖與在事諸人之責一日未盡。如其時局敉平，自當敬賢讓能，遂我初服。政治改革，聽諸國人，此則昕夕盼禱者也。願共勉之。」張作霖夢想當上中國最高統治者，也期望取得和南方平等談判的對等資格，也企盼得到帝國主義的鼎力支持。

　　面對北伐，張作霖 1927 年 6 月 25 日發佈「息爭令」，通電「本大元帥與中山爲多年老友。十一、十三兩年之役，均經約定會師武漢。當時在事同志，

〔註 678〕 丁燕公：《張作霖任大元帥經過》，《張作霖傳記資料》第 1 輯，臺灣天一出版
　　　　　 社，第 72 頁。

類能言之……凡屬中山同志，一律友視。其有甘心赤化者，本大元帥爲老友爭榮譽，爲國民爭人格，爲世界爭和平，仍當貫徹初旨，問罪興討。」張作霖自稱與孫中山「爲多年老友」，「一生宗旨本屬相同」，故而他對「中山同志」「一律友視」，〔註679〕意在與國民黨爲「老友」「同志」，共同敵人是「甘心赤化者」的馮玉祥與唐生智。而此時馮玉祥在蔣介石的收買下也大肆反共，汪精衛也對共產黨「寧可錯殺千個，不使一人漏網」。親英美的蔣介石萌生與張作霖合作，對日本有利，將失去英美的支持，利弊權衡之下，張、蔣都認爲武力解決是最佳途徑。1928 年 1 月，張、蔣開展，1928 年 5 月 9 日，不斷撤退的張作霖發息戰電報「正太、彰德兩路已停止攻擊，國內政治，聽侯國民公正裁決。是非曲直，付之公論。」而國民黨對息爭通電置之不理，繼續北伐。5 月 30 日張作霖決定以大元帥名義下總退卻令。1928 年 6 月 2 日，張作霖發佈爲退出京師通電。

第四節　奉系軍閥統治地域的日人報刊

　　日本在 1905 年 5 月日俄戰爭結束後，與中國和戰敗的俄國簽訂《東三省事宜正約》和《樸茨茅斯和約》，撰取原俄國佔據的長春以南的南滿鐵路控制權和關東州殖民地佔領權。由此日本大量移民湧入東北，「日本人在滿洲者，約二十萬人，其多數在關東州鐵道附屬地及開放地域，大都從事商工業。」〔註680〕「本政府爲了著手經營滿洲而進行宣傳工作，痛切地感到必須設置一個言論機關」〔註681〕，以便滿足移居東北日僑精神生活需要，更爲擴大日本殖民文化滲透，達到從文化心理上同化和征服東北人民，實現永久佔領東北的侵略目標。代表的日本文化侵略者的東亞同文會和滿洲株式會社部分成員，以在「滿洲」各地創辦和出版日、中文報紙爲職責。到1931 年「日本人在東北共創建了 230 多種報刊，幾乎壟斷了東北的新聞市場」〔註682〕。所創辦日人報刊名義上以開通民智、連絡中日邦交爲主旨，實際上以文化侵略爲

〔註679〕《中國東北史》佟冬主編，第六卷，劉信君、霍燎原主編，吉林文史出版社，第 130 頁。

〔註680〕《東三省之實況》，民國十七年十月二十四日出版，第 45 頁。

〔註681〕西村成雄（日）著：《辛亥革命在東北》，《國外中國近代史研究》（第四輯），中國社會科學出版社，1983 年，第 112 頁。

〔註682〕趙建明：《近代遼寧報業研究（1988～1949）》，吉林大學博士學位論文，2010年。

目的，包藏蓄謀吞併東北的野心。尤其是日本政府 1927 年 6 月召開「東方會議」後，日本殖民統治機構滿鐵相繼收購大連的《遼東新報》和《盛京時報》，使得東北主要日本報紙都在其控制之下出版發行，以此配合日本侵略東北的步伐。

民國時期日人在東北出版時間較長、影響較大的中、日文報刊有：在奉天有中文報紙《盛京時報》（1906.10.18～1944.9.14），日文報紙《奉天日日新聞（原〈南滿日報〉）》（1912.9～1938）、《奉天滿洲日報》（1920.12～1934.6）、《奉天商況時報》（1921.6.30～1934.12）、《奉天商工新報》（1924.5.17～1936.12）；在大連有日文《遼東新報》（1905.10.25～1927.11），中、日、英文的《滿洲日日新聞》（1907.11.3～1945.8），中文報紙《泰東日報》（1908.11.3～1945.10），在大連創辦後遷長春的英、日文報紙《滿洲每日新聞》（1912.8.5～1941），日文報紙《大連新聞》（1920.5.5～1935），中文報紙《關東報》（1920.9.1～1937），《滿洲報》（1922.7.24～1937），日文《大連商業興信所日報》（1925.5.31～1937.12），《滿洲重要物產商況日報》（1913～1935.12）、《滿洲商業新報》（1918.3.13～1927.11）、《極東周刊》（1922.6.12～1935.12）、《中日實業興信》（1922.11.6～1935.12），《遼東時報》（1925.8～1933）。在營口有日文報紙《滿洲新報》（1908.2.11～1938.4），《營口商業會議所月報》（1920.9.24～1928.2）；在安東有日文報刊《安東新報》（1906.10.17～1939.6.1）；在鐵嶺有日文報紙《鐵嶺時報》（1911.8.1～1939）；在遼陽有日文報紙《遼鞍每日新聞》（1908.3.10～1940.6）；在長春有日文報紙《寬城時報》、《長春實業新聞》、《長春商業時報》；在哈爾濱有中文《極東新報》、《大北新報》（1922 年成立《盛京時報》支社）、日文《哈爾濱日日新聞》等。

綜觀日本人在東北所創辦的報刊絕大多數是日文報刊，多分佈在奉天、大連、營口、安東、鐵嶺、遼陽、長春、哈爾濱等城市，其中省會城市和港口城市居多，主要是日本到東北的大量移民多集中在這些城市，日本僑民迫切需要瞭解東北文化，間接刺激日文報刊的發展。日文報刊以經濟類報刊居多，凸顯日本實現對華經濟侵略的野心。

這些日本人創辦的報刊中，以中文發行的《盛京時報》、《泰東日報》、《滿洲日日新聞》、《滿洲報》、《關東報》等報刊對當時東北的政治、經濟、文化以及東北人民的思想行為等方面產生很大影響，也使剛剛興起的東北報業基本被整體殖民化，研究近代東北政治、經濟、軍事文化、社會、歷史等諸多

方面，也離不開這些報刊。

一、《盛京時報》

　　《盛京時報》是日本人中島眞雄於 1906 年 10 月 18 日（光緒三十二年九月初一）在奉天創半的中文報紙，「據中島眞雄自述，《盛京時報》這個報名，『是襲用俄國佔領奉天時發行的俄文《盛京報》而定的』，並請清末進士張元奇（後任奉天民政使）題寫報名。」〔註683〕報紙每日對開 4 版，不久增加爲 6 版，後爲對開兩大張 8 個版，1944 年 9 月 14 日改名爲《康德新聞》，1945 年「八・一五」日本投降時停刊。「總計在民國二十年（九一八）事變以前，國人在東北各地創辦的報紙，約有三十家左右。外人所辦的報紙以日人爲最多，大多在南部，以大連、瀋陽爲中心，中日文皆有，共計十二家，以《盛京時報》爲最大」〔註684〕，是日本在中國東北地區出版的第一張中文報紙，同時也是日本在華出版歷史最長的中文報紙。

　　《盛京時報》是日本外務省的機關報，每月由日本外務省奉天日總領事館東滿鐵道會社等機關津貼，以作綒費。據記載，奉天清鄉總辦齊恩銘投資《盛京時報》二千元〔註685〕。《盛京時報》在東北扮演著記錄者、宣傳者、煽動者、鼓動者的角色。戈公振在《中國報學史》記載，《盛京時報》「是以張作霖取締中國報紙頗嚴，而該報獨立肆言中國內政，無所顧忌，故華人多讀之，東三省日人報紙之領袖也」〔註686〕。「其發行量一時竟達兩萬份以上。九一八事變發生時，銷售量雖然一時激減，但不久以後又恢復舊觀，直至戰爭結束，仍執東北報紙之牛耳。」〔註687〕

　　《盛京時報》的《發行之辭》中闡明宗旨：「我國人民因善鄰念，唇齒友誼，多方保全，冀力圖自強……所以發行盛京時報者即此故也」〔註688〕。這

〔註683〕黑龍江日報社新聞志編輯室：《東北新聞史 1899～1949》，黑龍江人民出版社，1994 年，第 25 頁。

〔註684〕（臺灣）陳嘉驥：《東北新聞事業之回顧》，載於曾虛白：《中國新聞史》，第 527 頁。

〔註685〕《奉系軍閥資產和投資事業表》，載於日文《東三省官憲的施政內情》附錄，1928 年 3 月調查。

〔註686〕戈公振：《中國報學史》，三聯書店，1955 年，第 78 頁。

〔註687〕中下正治：《日本人經營新聞小史》，轉引自《近代日本在華文化及社會事業之研究》，中央研究院近代史研究所專刊（45），1982 年，第 235 頁。

〔註688〕《發行之辭》1906 年 10 月 18 日《盛京時報》。

裡「我國」有兩種解釋，其一是將中國妄稱爲日本的附屬地，本報雖日人創辦但在日本附屬地領土中國東北奉天發行；其二是該報在法律上實然爲中國報紙，是日本人主辦經營發行，報導中華民國之事都將以「我國」字樣出現。在其祝詞中寫道：「按日清兩國論利害則爲唇齒，論情誼則若兄弟，日本盛衰即清國盛衰，清國盛衰即日本盛衰。……使彼此互相國猷，爭優勝於世界也。」輿論上認爲中日兩國毗鄰，在世界利益格局上屬唇亡齒寒。足見《盛京時報》發刊之際就闡明立場中華民國爲「我國」，中日兩國爲「唇齒」「兄弟」，而其後的動機、言行是侵略，將東北據爲己有。

　　《盛京時報》由日本政黨、政治集團、國家機關來主持，是日本在東北設置的政治性報紙，追求日本政治利益，以宣傳日本政府的政治主張、綱領和政策，所以帶有殖民地的色彩。在政治傳播上，主張廢除君主立憲，建立民主共和，提倡民主思想，提倡地方自治，同時該報不擇手段地爲日本侵華戰爭和殖民政策服務，以政治、經濟、軍事等硬新聞爲主，「肆言中國內政，無所顧忌」；在信息傳播上，該報對於東北各地交流信息，金融行情，物價漲落的消息報導快且準，促進了經濟的發展；在文化傳播上，該報重視傳播新知識，且非常重視言論的導向性，蓄意腐蝕麻痹中國人民的民族精神，文化侵略色彩極濃。在日本軍國主義侵佔東北過程中，該報起到「勝似十萬毛瑟」的作用，以至曾任僞滿國要職的日本前首相岸信介等 140 多人，在集體編撰的《滿洲國史》中稱讚該報爲「在滿日本人的先驅者。」〔註689〕

　　《盛京時報》的政治傾向性的表達，筆法含蓄委婉，頗具蠱惑性。以對「五四」運動的報導爲例。由於作爲第一次世界大戰戰勝國，北京政府準備在明文規定把德國在山東的特權全部轉讓給日本，並打算在「巴黎和約」上簽字，激起了中國人民的強烈反對，引起了學生及群眾示威遊行「五四」愛國運動。《盛京時報》在 5 月 6 日刊登《國民憤恨外交失敗》，5 月 7 日刊載《北京學生大騷動》，8 日、9 日「京師學生團騷動之詳聞」、「總統對於學生風潮之明令」，14 日刊登評論《對內與對外》，17 日登載《學生之本分》，18 日《讀訓誡學生干政令感言》，28 日《願當局勿因循姑息》，6 月 8 日爲《狂熱與隱忍》，所有的報導中初爲五四運動場面記敘，描繪詞爲「騷動」，斥「罷課演講」「實爲中國學界獨一無二之創舉也」。視學生運動爲「輕舉妄動，無補於

〔註689〕　（日）滿洲國史刊行會：《滿洲國史》，由黑龍江省社會科院歷史所翻譯出
　　　　　版，1990 年，第 90 頁。

事，徒誤青年進德修業之時機，無一利而有百害」〔註 690〕，更諷刺「國人昏
憒偷安，不知國難爲何事，所以不得不俟青年學生蹶起運動，爲之喚醒，暗
中煽惑，無所不至」〔註 691〕。《盛京時報》的觀點一言以蔽之，學生的愛國行
爲是徒勞的、不經審愼思考的愚蠢之舉。言論顛倒是非，指責學生，蠱惑政
府進行鎮壓。

　　《盛京時報》介紹國外新知，有《物理動靜淺說》〔註 692〕、《德國之新
燃料》〔註 693〕、國外先進的美容技術、外國各個民族的圖片等，拓寬了國人
的視野。《盛京時報》設有《文苑》，刊有《韓昌黎文集的研究》〔註 694〕，魯
迅譯著的《時光老人》和《不周山》〔註 695〕等著名學者文人的論說、信函、
研究、譯著等，還刊登古體詩、詞、韻、賦等，繼承了中國優秀的傳統文化。
《盛京時報》設有《新詩》，刊登了郭沫若、徐志摩、王蓮友、金光耀、冰心
等人的新詩，在新文化運動中頗能引領報界潮流。《盛京時報》刊登《論今日
官報之價值》〔註 696〕，《論報紙之天職與其價值》〔註 697〕、《日本報紙發達史》
〔註 698〕、胡適之的《新聞學》〔註 699〕等新聞學術文章，使讀者對新聞業有一
定的關注和認識，對東北新聞事業的發展具有促進作用。

　　《盛京時報》仰仗帝國主義殖民特權，而不受軍閥控制，報紙時常刊載
有關奉系軍閥言論。「專以外交手腕挑撥中國內亂爲目的，對於日本侵略東省
政策，維護粉飾，無所不至，但頗能於不關痛癢中責罵奉派武人，以故東省
寡識的人們，皆甚愛閱」〔註 700〕。

　　第二次直奉戰爭勝利後，《盛京時報》在「東三省新聞」裏，刊載《張總
司令入關矣》大字標題，副題爲「擇青龍出洞之吉時／黃夜出發，儀表亦莊
嚴／大廚師及理髮師無一不俱／豫戒『媽拉巴子』示雅度也」〔註 701〕。用亦

〔註 690〕《狂熱與隱忍》1919 年 6 月 8 日《盛京時報》。
〔註 691〕《狂熱與隱忍》1919 年 6 月 8 日《盛京時報》。
〔註 692〕1906 年《盛京時報》第 1 冊，第 244 頁。
〔註 693〕1920 年《盛京時報》第 47 冊，第 85 頁。
〔註 694〕1923 年《盛京時報》第 56 冊，第 446 頁。
〔註 695〕1923 年《盛京時報》第 54 冊，第 9 頁。
〔註 696〕1910 年《盛京時報》第 15 冊，第 65 頁。
〔註 697〕1913 年《盛京時報》第 24 冊，第 37 頁。
〔註 698〕1922 年《盛京時報》第 53 冊，第 278 頁。
〔註 699〕1922 年《盛京時報》第 51 冊，第 13 頁。
〔註 700〕杜吉仁：《東三省的報紙》，《現代評論》第 4 卷第 84 期，1926 年，第 119 頁。
〔註 701〕1924 年 11 月 9 日《盛京時報》。

莊亦諧的語言，對這位驕橫一時的大帥大加挖苦，群眾讀了啞熱失笑，官場人雖然想取締和限制它，但因其享有治外法權，也奈何不得。

《盛京時報》十年後，「中國通」菊池貞二到該報任總編後，報紙的版面安排編輯均有所改觀。菊池貞二，畢業於東亞同文書院，精通漢文漢語，並與日本特務機關有關係，消息頗爲靈通。他以「傲雪庵」爲筆名專作社論和短評，「爲文犀利，善於辯論，中國政情知之頗詳。在事變前，東北人士，多受其迷惑」〔註702〕。他在抨擊張作霖的文章中，常用《左傳》中的「夫己氏」作爲張作霖的代名詞，以免遭張的指責。但那尖酸刻薄的文字、冷嘲熱諷的筆觸，不僅揭露了窮兵黷武的「胡帥」，也生動地表明了日本侵華勢力那種偏狹善妒、幸災樂禍的性格〔註703〕。

《盛京時報》對歷史事件的報導都在積極維護日本帝國的權益，而這種政治的傾向性就導致了事件報導的失實，淆亂中國政體，侮辱中國之記載甚多，有時還故意充當事件的始作俑者，而妄圖蒙蔽中國人的耳目。然而有時也會被奉系當局識破，進而產生交涉。

1923年5月，張作霖之四夫人赴黑山，《盛京時報》忽連登新聞，謂「被匪掠去」。張作霖疑之，令召闞朝璽詢問，經過多方調查證實報導失實，1923年5月8日張作霖下令《盛京時報》造謠離間，禁止發行，5月21日該報解禁〔註704〕。1923年11月9日奉天省再次禁售《盛京時報》，日本旋即提出抗議〔註705〕。

1924年4月13日《盛京時報》時評《兒戲焉耳》報導失實，4月14日奉天《東報》傚仿刊時評《是亦兒戲焉耳》，1924年4月21日，駐奉日本總領事船津赴大帥府謁張總司令，請取締奉天東報，聲明盛京時報先語侵中國當局，奉天東報答覆亦語侵日當局，要求停止奉天東報發刊，作爲交換條件，該國亦停辦盛京時報，同日日本憲兵亦違約來奉天東報社干涉〔註706〕。

〔註702〕《暴日統治下的東北報紙調查》，《東北消息彙刊》，1934年第1卷第1期，第6頁。

〔註703〕黑龍江日報社新聞志編輯室編著：《東北新聞史（1899～1949）》，黑龍江人民出版社，2001年版，第147頁。

〔註704〕胡玉海、里蓉主編：《奉系軍閥大事記（1894～1931）》，遼寧民族出版社，2005年2月第一版，第325頁。

〔註705〕胡玉海、里蓉主編：《奉系軍閥大事記（1894～1931）》，遼寧民族出版社，2005年2月第一版，第341頁。

〔註706〕《奉天東報被查封後之呼籲》1924年4月28日《申報》201-587（1）。

1924 年 4 月 30 日日本總領事函盛京時報措詞失當已將社長嚴重申斥等情呈給署特派奉天交涉員鍾世銘，稱「本月十三日盛京時報時評欄內所載記事，措詞失當，以致釀生貴國官民之誤會，甚為歉疚，此種情事係由於該社社員不謹慎之所致，本總領事已將該社長傳館加以嚴重申斥，且特告誡其將來，該社長亦自覺措詞不當，深表遺憾，此種記事將來誓不揭載，切實聲明」〔註 707〕。5 月 3 日署特派奉天交涉員鍾世銘敬稟奉天省長，稱「省長鈞鑒：敬稟者，茲接日總領事函稱，本月十三日盛京時報時評欄內所載記事，措詞失當……此種記事將來誓不揭載，切實聲明。前來相應函達查照等因，理合稟報，伏祈監察，肅此敬叩勳祺。」〔註 708〕。5 月 7 日東三省保安總司令指令禁閱盛京時報，稱「查現當國家多事之時，報紙登載新聞與地方安寧關係綦切，乃盛京時報往往捏造事實搖惑人心，種種荒謬不勝僂指，值此倡導和平之際，若敢其肆意簧鼓，實於地方治安大有妨礙，應請貴署轉行各機關、各法團，通知各界人等一律停止閱看該報，並由警察廳傳諭送報人，不准代為派送，一面派員逐日前赴郵局從事檢察，遇有該報無論寄至何處即行扣留，以免散佈謠言煽惑聞聽，本總司令為保障地方治安防止危害起見，除電吉江兩省一體辦理外，希即查照辦理見覆，此致省長公署」〔註 709〕。

日人以自封《盛京時報》為條件，要求查封奉天《東報》，其中緣故為「奉天《東報》為東省傑出之報紙。1923 年，日人在東省組織賽馬公司，國際銀公司，及諸般販賣槍彈、嗎啡、鴉片等事，曾歷為該報揭破內幕。日人銜之，早下干涉決心。最近奉人運動收回南滿鐵路沿線教育權，駐奉日領信為《東報》鼓吹所成，忌之更甚。於是藉口《東報》有排日論調，採先發制人之策，在省教育會未開會之前，晉謁張司令，要求封禁。當時又以該國在奉發行之《盛京時報》，亦有侮辱奉天省政府之論評，並允同時作同一之取締。《東報》復刊之前，張作霖知己此次受日方之愚，解聘了個做警事間諜的上田警事顧問，遺憾卻滑稽的是《盛京時報》並未履行承諾自行停刊，足見日方的奸詐。

〔註 707〕遼寧省檔案館藏 JC10-3019 日本總領事函盛京時報措詞失當已將社長嚴重申斥等情 1923 年 4 月 30 日。

〔註 708〕遼寧省檔案館藏 JC10-3019（1991-1993）保安總司令函請禁閱盛京時報 1924 年 5 月 3 日。

〔註 709〕遼寧省檔案館藏 JC10-3019（1987-1990）保安總司令函請禁閱盛京時報 1924 年 5 月 7 日。

1925 年 6 月 25 日《盛京時報》刊載張學良《與記者談對滬案之意見》，發表對滬案解決意見「學良來滬，以維護治安保衛國民爲唯一責任。對於交涉絕對不能干預，然私心竊願交涉之能得公平解決，恢復國際友誼，維護世界和平。要知國際戰爭其禍甚烈。譬如歐戰，法雖獲勝，而國家元氣今猶未復。明乎此，則世界上無論何人，爲視戰爭唯有害無益之舉」〔註710〕，接著張學良表決心，並對國人提出希望，「學良年幼，且寡學識，竊敢一言以勉國人，並以自勉，其言惟何，即牢記國恥，發奮圖強，人人從修養人格入手，工商學界各以發展其業爲職志，則二十年後，所謂十年生聚，十年教訓，誰敢再以侮辱臨我」〔註711〕。

1927 年 6 月 16 日安國軍總司令張作霖發給東三省指令，「查近日盛京時報記載種種讕言，謬妄已極，實屬淆人聽聞，擾亂治安，且於戰事關係尤鉅，亟應施以相當辦法：（一）飭郵政局對於該報停止寄送，（二）飭軍警隨時查禁，不准人民購閱，如有故意違犯者，處以相當懲罰，此事期在必行，仰即分別遵照辦理，如因此事發生交涉，本總司令自有辦法，毋須顧慮，倘辦理不力，惟各該主管是問，並將遵辦情形，具報總司令，蒸印」〔註712〕1927 年 7 月 23 日，駐奉總領事吉田茂約見奉天省省長莫德惠，對禁售《盛京時報》〔註713〕提出交涉。

1928 年 2 月 1 日盛京時報社呈給吉林省長公署函「各分管、代派處執事先生鈞鑒，本報現經省當局於一月三十一通告弛禁，准人民自由購閱，貴分館及代派處每日須多少份足資分配，希即來函告知營業部，以便照數郵寄，對於擴充銷數有何意見亦祈詳具陳述，俾可酌量採納是爲至要，新聞及雜報訪稿務望按日照寄，尤爲盼，專此布告。藉頌春祺。」〔註714〕1928 年 3 月 3 日雙城縣知事爲盛京時報是否弛禁呈吉林省長公署，稱「呈爲盛京時報是否馳禁，檢同報社公啓請鑒核示，遵事案據警察所呈，稱本月九日據第一區分所長常鳳閣呈稱：查奉令取締盛京時報各情形，業經呈報在案，昨據本城盛

〔註710〕1925 年 6 月 25 日《盛京時報》。

〔註711〕1925 年 6 月 25 日《盛京時報》。

〔註712〕吉林省檔案館藏 101-16-0987 吉林省長公署爲鎮威上將軍公署呈查禁盛京日報的訓令 1927 年 6 月 16 日。

〔註713〕佟冬主編：《中國東北史》，劉信君、霍燎原主編第六卷，吉林文史出版社，第 1134 頁。

〔註714〕吉林省檔案館藏 101-16-0987 雙城縣知事爲盛京時報是否弛禁呈吉林省長公署 1928 年 3 月 3 日。

京時報分館經理金萬選報稱，昨奉總社公啓，謂現經省當局通令馳禁，仍准人民自由購閱，敝分館擬即遵辦等語前來，分所長以弛禁購閱盛京時報，並未奉有明令，是否屬實，殊難揣測，當令將報暫時緩向各分戶分發，一面派員到郵局調查，旋據回稱，詢據郵局人員聲稱，此項盛京時報，未在弛禁以前，均繫自貼郵票郵寄，一經敝局查出，即如數扣留，現下寄來之報，蓋有郵務總局利權戳記，其爲弛禁可知，未便再爲扣留等語報告到區，分所長覆查盛京時報，向來取締甚嚴，未便據其一面之詞，認爲弛禁，理合將調查郵局情形，並檢同公啓一份備文呈請鑒核等情據此，查禁閱盛京時報，功令森嚴，是否弛禁，現未奉有命令，殊難懸揣，理合檢同公啓一份，備文呈請核示等情據此，查該報是否弛禁，未奉明令，除轉飭聽候外，理合檢同原啓備文呈請鈞署，鑒核令遵謹呈吉林省長公署」〔註715〕

　　1928 年 2 月，日本單方面提出將正在修建的吉敦鐵路延長至圖門，或借款修築長春至大賚鐵路，以此作爲中國修建吉海鐵路的交換條件。日本《盛京時報》妄稱，吉海路是南滿鐵路之平行線，影響日本的利益，延長吉敦是日本經濟發展之必需，其野心畢露，但均被張作霖所拒絕。〔註716〕

二、《泰東日報》

　　《泰東日報》創刊於 1908 年 10 月 8 日，由大連華商公議會會長、山東巨商劉志恒（肇億），副會長郭精儀及其他民族實業家集資籌劃，由 1906 年 4 月 3 日日本人金子雪齋主辦的《遼東新報》中文版的基礎上創辦起來的。當時的資金是 20 萬元，編輯部 30 多人，經營部 50 多人，社址初爲大連南山，後遷至奧町（今中山區民生街）85 號，最後遷至飛彈町 67 號（今新生街 62 號）〔註717〕。初創時期確立的辦報宗旨爲「刊登國內外形勢及市場行情、金融現況等，爲華商開展業務提供參考」〔註718〕。該報初爲對開 2 版，繼而增至 4 版，節日有增刊，後發展爲 8 版、10 版。該報版面分政治、經濟、地方、社會、少兒等專欄與副刊，該報發行量一般在 3 萬份左右，其中三分之

〔註715〕吉林省檔案館藏 101-16-0987 雙城縣知事爲盛京時報是否弛禁呈吉林省長公署 1928 年 3 月 3 日。
〔註716〕高崇民：《張作霖與東北》，《高崇民傳》，人民日報出版社，1991 年版，第 31 頁。
〔註717〕牛鑫：《遼寧傳播馬列主義第一人傅立魚》，載於東北新聞網，2010 年 6 月 18 日。
〔註718〕《發刊詞》1908 年 10 月 8 日《泰東日報》。

二發往東北各地。在北平（今北京）、天津、青島、煙臺、濟南和日本東京設分社。《泰東日報》是日本殖民統治時期大連地區最早的中文報紙，也是日據時期在大連地區乃至東北地區發行時間長（1908 年 10 月～1945 年 10 月近 40 年），發行量大（1938 年最高發行量 12 萬份），影響大的中文報刊。

《泰東日報》初聘日本人金子平吉為副社長，長於與日本人打交道，後金子平吉任社長掌握實權。其後歷任社長均為日本人，其中有三位是日本退役軍人，有的曾官至中將。「惟金子頗與國民黨接近，故持論尚不失為公允。」〔註 719〕《泰東日報》「同日本軍部早已構成不可分離的密切關係，這也是它在日本殖民統治時期創辦時間最長的中文報紙的原因之一」〔註 720〕。

《泰東日報》在金子雪齋任社長期間，恰逢傅立魚 1913 年因為北洋政府迫害逃入大連，因「優於文學及辦報之學識經驗，遂與金子雪齋甚相得，入《泰東日報》為編輯長」〔註 721〕。

傅立魚，安徽省英山縣（今湖北英山）人，是同盟會早期成員，被譽為遼寧最早傳播馬克思主義的先驅。當時傅立魚對日本人金子雪齋的盛情邀請是存有疑慮的，於是他跟金子雪齋約法三章，稱要答應他三個條件，才可以擔任《泰東日報》的編輯長。「第一條，《泰東日報》是中國人辦的報紙，必須要替中國人說話。第二條，遇有中日兩國爭端及民間糾紛，是非曲直，必須要服從真理。第三條，擔任編輯長的工作只是暫時的，一旦有討伐袁世凱的機會就要放行前去。」〔註 722〕

《泰東日報》在傅立魚擔任編輯長時期，積極宣傳馬克思列寧主義先進思想，對早期馬列主義先進文化的宣傳做出了重要貢獻。發表了一些別的報紙未發或不敢發的，對人民有益的文章。如，1919 年 10 月 6 日發表的題為《匈國芳農政府經過實況》的文章，通過介紹匈牙利勞農政府建立經過，第一次把俄國十月革命介紹到大連，並頌揚俄匈兩國人民的革命精神。同年 11 月 28 日，又在重要版面上登載《六個月的李（列）寧》一文，文章在開篇以

〔註 719〕杜吉仁：《東三省的報紙》，《現代評論》第 4 卷第 84 期，1926 年，第 119 頁。

〔註 720〕牛鑫：《遼寧傳播馬列主義第一人傅立魚》，載於東北新聞網，2010 年 6 月 18 日。

〔註 721〕《居大連十六年之傅立魚氏還鄉》1928 年 8 月 16 日《滿洲報》。

〔註 722〕牛鑫：《遼寧傳播馬列主義第一人傅立魚》，載於東北新聞網，2010 年 6 月 18 日。

反問式提出了中國人對於列寧和他建立的蘇維埃政權的最大疑問——列寧是一個怎樣的人物，蘇維埃政權是一個怎樣的政權，能否延續下去？「有的稱讚他是個人群中的生佛，福星，救世主。又有的咒詛他是個世界上的惡魔，暴君，破壞神……然而列寧若眞的若是到了中國來，不要說你的僭竊總統作不成，權勢保不住，就是吃飯，亦恐怕困難呢。你想這奴隸根性太深專制遺毒太重的老頭兒們，聽得怎麼不嚇的見了李寧兩個字，就同蛇蠍一樣呢」〔註723〕。文章巧妙的回答了列寧是怎樣的一個人，同時又譏諷了只會榨壓剝削老百姓的北洋軍閥。這篇《六個月的李寧》全文 6,000 多字，是大連地區報刊上第一篇刊登有關於俄國十月革命的文章，爲全中國人民解開了這個世界上第一個由無產階級創建的偉大政權的種種疑惑。該篇報導一經發表之後，迅速在社會上引起巨大反響，東北地區的人民第一次觸及到「十月革命」、「馬克思列寧主義」，這是整個東北地區的中文報紙上最早觀點鮮明地報導蘇聯十月革命的紀實性專文，對馬克思列寧主義在東北地區的傳播做出了開拓性的歷史功績，同時對抵制日本帝國主義文化封鎖做出了極大的貢獻。

　　1921 年 11 月 4、5 日《泰東日報》刊登了光亮撰寫的《馬克斯主義底特色》，文章開篇點題，「馬克斯主義底特色，一言以蔽之，就在於有唯物史觀。唯物史觀底特色，即在於注重物質的條件，所以我們可以說，馬克斯主義底特色，在於注重物質的條件，輕視了物質的條件，便不成馬克斯主義」。文章一語中地之處是馬克思主義的本質和特色在於唯物主義。接下來文章又通過資本主義和社會主義之間的對比闡述說明了馬克思主義必將興起的眞理，「資本制度是歷史底過程。他從這個裏面發見了從資本主義社會發展來的生產力，以足實行社會主義了。在他看來，資本主義必定要滅亡，社會主義必定要興起。這種重要的證明，很可以增加我們底確信和勇氣」。〔註724〕

　　正是由於《泰東日報》刊登了大量支持馬克思列寧主義和中國共產黨的文章，使得馬克思主義和中國共產黨的形象深入東北人民心中。可以說《泰東日報》在宣傳馬克思主義中國共產的進步思想上做出了巨大的貢獻。值得一提的是，中國共產黨的早期領導人之一的關向應便是從《泰東日報》裏走

〔註723〕1919 年 11 月 28 日《泰東日報》第 5 版大連圖書館館藏。
〔註724〕邢軍：《僞滿時期東北地區日文期刊考略》，《圖書館學研究》2012 年第 02 期，第 26 頁。

出去的傑出的共產主義者。

《泰東日報》積極反應人民群眾呼聲，為爭取人民群眾切身權益，替人民代言，替人民伸張正義，為反抗日本殖民統治做出了貢獻。《泰東日報》對紀念「雙十節」、「五卅」慘案（1925 年 7 月 24 日報導：奉天省各界為援助「五卅」運動，前後三次共募集捐款 32 萬元，已有 20 萬匯往上海〔註 725〕。福紡罷工（1926 年 4 月 26 日滿洲福島紡績株式會社（簡稱福紡，大連紡織廠前身）工人為保障基本生活條件、爭取人身自由權利宣佈罷工，堅持了百日，在國內外均有重大影響。《泰東日報》發表福紡罷工消息，譴責日本當局「視工人如草芥」，「以巧取工人之膏血為能事」等愛國反帝運動，都做過正面的報導，並對統治當局予以抨擊。

《泰東日報》於 1920 年 5 月 6 日發表了《三十里堡水田被占事件之真相》、《三十里堡水田事件現狀如斯，和田強取民稻一半，男啼女哭慘不忍聞》的文章，報導描述的農民慘狀讀來讓人落淚：「和田篤郎帶同多人在水田強取稻禾一半，並有警察為之出力。農民終為勤苦所得為食用之需者，……被人擄去，行將瀕於飢餓、心如刀割，因此多數男女老幼在禾田之中嚎啕痛哭，聲震天地慘不忍聞。並有痛哭數日不食者或每日減食一半以補償此項損失者，不禁令人酸鼻。」〔註 726〕揭露了日本人資本家侵佔大連旅順三十里堡 3,000 畝水田的事實。報導描述了一天，和田篤郎帶人前往勘驗稻田，可是農民們不服，他們奮起反抗，其中首領叫韓希貴，他帶著那些絕望的人們手持鐵鍬等農具與和田篤郎及其走狗誓死抗爭，和田篤郎落荒而逃。但是和田並沒有因此放棄水田，而是繼續動用關係侵佔。農民們忍無可忍，一起到大連請願，無奈兩次都被壓了下來。「華人農民請願中」「第一次請願批斥不准、第二次請願勒令取消」，揭露了金州民政署是與和田篤郎相勾結的真相。傅立魚對該事件深感痛恨，憤慨地發表社論《為三十里堡三千農民向山縣關東長官乞命》以聲援農民，號召廣大國人團結起來。這些文章立即在社會上引起了轟動性的影響，廣大進步青年，學生、商人、工人紛紛團結起來為中國農民爭取權利。於是在一年後的 1921 年，「關東廳長官同意與雙方代表協商，以土地權歸日本商人和田篤郎，允許農民『長久耕種永不退佃』可以收穫『東

〔註 725〕胡玉海、里蓉主編：《奉系軍閥大事記（1894～1931）》，遼寧民族出版社，2005 年 2 月第一版，第 392 頁。
〔註 726〕大連圖書館館藏：《泰東日報》1920 年 5 月 6 日第 2 版。

三佃七』等條款達成協議。雖然這只是次極其微小甚至是委屈的勝利，但是大大激發了國人的鬥爭之心」〔註727〕。該新聞事件在社會上引起了重要的反響，也爲《泰東日報》在一個很長的時期內博得了信譽。

傅立魚注重對青年的思想啓蒙教育。1920 年 7 月，傅立魚組織創立了大連第一個中國人成立的愛國團體和社會教育機關——大連中華青年會，被選爲會長。組織社會青年學習新文化，灌輸愛國主義思想。創辦了青年會會刊《新文化》（後更名《青年翼》），任社長。發表過不少歌頌蘇聯十月革命、支持國共合作和喚醒同胞不受帝國主義奴役的文章。1923 年傅立魚開設了圖書館，爲青年們訂閱進步書籍。傅立魚的進步思想引起了日本殖民者的恐慌和不滿，金子雪齋去世後，傅立魚被冠以「排日巨頭」、「赤化禍根」和擁護張學良「東北易幟」的罪名，1928 年 8 月 16 日被殖民統治當局驅逐出境。不過傅立魚依然心繫大連，「九・一八事變」後，他還主動募捐支持東北抗日義勇軍。

「在傅立魚爲該報主筆的時代，行銷極廣，東三省各地殆無不閱者。近年傅氏辭職，價值頓減，聞僅行銷一二千，日出兩大張，發行至五千四百五十餘號，金子平吉前年死去，現由日人阿部眞言充當社長，阿部是日本浪人，又係大陸青年團的團員，大陸青年團性質與黑龍會一樣，同是侵略東三省的先鋒隊，則該報今後的宗旨，也就不言而喻了」〔註728〕。

《泰東日報》在創辦過程中，每年元旦之際，都會以「元旦號增加篇幅，以爲諸大君子列銜之地位，藉增光寵」爲由，向遼寧省政府提請撥款「賀洋若干」。但奉天省署政務廳第一科都以「查明上年並無給過此項刊費，本年是否酌給，請鈞裁。」上級部門回覆爲「不給」〔註729〕或「照舊辦理」〔註730〕或「存不理」〔註731〕或「擬存」〔註732〕。直至 1928 年 12 月 24 日遼寧省政

〔註727〕《傅立魚：一個勤奮的敲鐘人》2011 年 06 月 23 日《遼瀋晚報》第 6 版。

〔註728〕杜吉仁：《東三省的報紙》，《現代評論》第 4 卷第 84 期，1926 年，第 119 頁。

〔註729〕遼寧省檔案館藏 JC10-30393（0319-0321）泰東日報爲賀新請資 1920 年 12 月 16 日。

〔註730〕遼寧省檔案館藏 JC10-30393（0325-0326）泰東日報賀新請資 1921 年 12 月 13 日。

〔註731〕遼寧省檔案館藏 JC10-30397（0527-0528）奉天泰東日報社賀年請資 1922 年 12 月 7 日。

〔註732〕遼寧省檔案館藏 JC10-30393（0346）泰東日報爲賀新請資 1924 年 12 月 10 日。

府給東三省各報的賀年刊費中有「大連外國報：泰東日報四十元，但注明『不給，此份賀年刊費現在未刊』」。由此可見《泰東日報》在奉系心目中是無地位的。

《泰東日報》在經營過程中，曾發生過一起法律官司，是因爲寧安泰東日報經理詐財引起的。寧安泰東報館經理魏文濤因用款艱窘忽起詐財之心於1922 年 4 月 24 日、4 月 28 日兩次與寧安稅捐徵收局言局長去函控指該局徵收皮行與雜貨商稅項有舞弊情形，並謂登報與局長名譽有礙等語，以此達到要挾地步。4 月 24 日第一次上言稱「昨據某訪員投稿內悉，貴局日前在各皮行徵收布錢五萬幣，又由各雜貨行徵收布錢十五萬幣之譜該各商號均悉出何項稅款盡出於雜項帳由等情，據之以後復向各商號調查均屬實在，並無虛語，敝館負有言必錄之責，理應逐即刊載，慮爲此事未悉局，貴局長之前途有礙與否是以先行函請鑒墨，示覆並指明趨向以免誤會，此感刻安，即希覆示」；4 月 28 日第二次上言稱「云局專臺鑒，於日昨奉上一函諒必擾到至今已三日，未見覆函內云之事局，貴局長有關係否見函無論爲何速覆函到之，一定回示，祗安」；魏文濤見該局長接信後均置之未答，恐目的不達，復與該局徵收主任李慶符去信囑向局長代借現洋一百元，實行詐財之手段，5 月 7 日給李慶符信稱「慶符仁兄先生碩鑒，昨奉屢示內情已悉是證明至誠處友才盡項心之誨並不稍存高傲使友輩望之而生畏，然今既不以弟爲外人，弟尤不敢略藏隱志遂不邂招致譏諷，敬乞鑒草代爲致意，貴局長臺前略援蒼酒之餘資僞給現洋一百元以補助，交代總館之處，此無他故，只以到性無路，始召通財之義，諒不至見阻，而貽口並不能以無理允疑也倘蒙青及之後之無論能否資助，即乞速爲示覆，看能允許則蒙賜恤之下俟後款項稍裕，必當歸補，決不食言，此祈祈並候復示速速」。

對於魏文濤的挑釁、敲詐，寧安稅捐徵收局局長言微 5 月 9 日以徵收各商稅款均呈報有案，並無不法之處，遂呈報財政廳電令由縣拘捕法辦，並將原函令發到縣，當即由縣拘案訊明前情。稱「竊查寧安泰東報館經理魏文濤品行不端心術險詐，以報館經理之名實行詐欺取財之事，前局長嚴屬查稅處罰各商均前後呈報，鈞廳在案乃該經理魏文濤意爲有弊可以藉此詐財一再來函恐喝，局長均置之未理，因法律手續尚未完備，姑不與較量，茲該經理魏文濤又來函致局長征收主任李慶符聲言，假給現大洋一百元等語，又查前後來函均有該報館正當印戳，查照刑法草案，該經理魏文濤確實犯罪之證據，

懇請鈞廳飭將證據發交寧安縣公署，嚴密拘捕魏文濤，依法懲辦，以杜詐欺之風，而維稅局名譽或乞鈞廳密派專員來寧查明實情，再行處辦，如何辦理之處，應請鈞廳鑒核施行」〔註 733〕。吉林省財政廳覆函「呈悉已分別電令寧安縣嚴拘法辦件並發縣作證至李慶符覆函，應由局就近錄送縣署備質，此令」。寧安稅捐徵收局局長言微又呈吉林省財政廳，稱「奉此遵將李慶符覆函咨送寧安縣署以備質證當經寧縣公署開庭審訊，局長繫屬告訴人依照法律程序出庭兩次，辯論終結證據確鑿，該被告人魏文濤已俯首認罪，經法庭依法定期限，按照暫行刑律三百八十二條判決，處以四等有期徒刑一年，當庭宣佈」。

《泰東日報》1929 年 10 月曾被國民黨中央執行文員會宣傳要求遼寧省政府取締《泰東日報》，理由「九月三日載有『中俄事件如墜五里霧中』社說一篇，及橘樸作啓東譯『資產階級霸權下之國民黨』一文，言論反動亟應取締，相應呈請貴政府查照，設法查禁，以杜亂源至紉公誼。」〔註 734〕10 月 25 日外交部特派遼寧交涉員王璟寰，呈遼寧省政府鑒於《泰東日報》的治外法權關係，要求以消極的方式取締《泰東日報》，「查該報系在大連出版發行時，又有南滿鐵路為之運送，皆為我法權所不及，故關於取締只得從消極入手。擬請由鈞座密令，省城公安局及沿路各縣隨時派警暗查，對於送報人勒令不准代送此項報紙，各縣確於查戶口之便，亦可婉為勸令勿庸購閱，倘能實辦，令行行見銷路減少，聲價墜落，刊言論亦不足重輕矣」〔註 735〕。

《泰東日報》在 1931 年日本帝國主義侵佔東三省之時，被日本軍部所控制，成為宣傳日本軍國主義「中日親善」、「王道樂土」的工具。1941 年太平洋戰爭爆發，日本殖民當局在該報上大肆宣揚「大東亞聖戰必勝」、「大東亞共榮圈」、「英美必敗」等反動論調，在社會上引起很大的負面影響。隨著日本在太平洋戰場上的節節失利，對於東北地區的新聞言論控制力度也越來越小。歷經 37 年《泰東日報》於 1945 年 10 月上旬被蘇軍司令部勒令停刊。

〔註 733〕吉林省檔案館藏 J109-11-0643 寧安局報泰東報館經理詐財 1922 年 5 月 12 日。

〔註 734〕遼寧省檔案館藏 JC10-3025（2221-2231）關於取締大連之泰東日報 1929 年 10 月 5 日。

〔註 735〕遼寧省檔案館藏 JC10-3025（2221-2231）關於取締大連之泰東日報 1929 年 10 月 5 日。

三、《關東報》

《關東報》：1920 年 9 月 1 日創刊於大連，日本人甲文雄申請立案，社長永田善三郎，編輯長爲中國人王子衡。以「促進日華親善」爲宗旨的通俗報紙，以華人口吻任意評說國事。第一次直奉戰爭之時，東北報刊「輿論紛歧」，奉系當局「恐牽動人民惶恐」，下令報紙暫停出刊，《關東報》利用不受奉系當局管理的權力，連續發表論說抨擊「張（作霖）吳（佩孚）兩閥私鬥」以悅讀者。不久，該報在大連開設股票市場時，因刊「股票標準價格行情」，一時「聲價甚高」，永田大撈一筆返回日本，當選爲「代議士」。該報卻因「辦報資金困難」，長期「不甚興旺」。

1922 年 12 月 22 日《關東報》王子衡呈請奉天省長王永江，請賜新年祝詞及玉照，但未查到王永江省長給予祝詞。該報稱「擬與關東長官滿鐵社長送來相片，連衡排印，庶表中日協和之象，藉免喧賓奪主之嫌，惟製造銅板署需時日，倉猝草率，每難工緻，可否於每二十五六日付郵賜下」，另外爲了增加篇幅，請求「報面（關東報）三字敬求椽筆一揮，其格式大小，每字以寸爲度，便爲恰合，無論眞草篆隸悉從鈞意」；又請賜祝詞「新聞通例，每值擴充改良恒以得邀名流題祝，視爲榮幸」〔註 736〕。

1931 年，大連商會會長劉召卿和劉先鴻等人籌資改組《關東報》社，社長爲日本人市川年房。此時該報雖爲華人出資，但仍然受日本殖民當局統治，爲日本的侵略和掠奪政策服務。「該報無自作之論說時評，文藝版亦純係剪取外報，故毫無價值之可言，行銷約一千份左右。」〔註 737〕該報初爲日報六版，後爲十二版，發行於大連及東北、華北。1937 年該報與《滿洲報》同時被僞滿政府勒令停刊。

四、《滿洲日日新聞》

《滿洲日日新聞》創刊於 1907 年 11 月 3 日，是日本關東州廳和滿鐵的機關報。這張報以日文爲主，兼出英文與中文版。1920 年該報早、晚出八版，1923 年後改出十二版，從 1935 年開始出晨報十版，晚報四版，計十四版，同時還有附刊《小學新聞》二版。直到 1945 年 8 月，日本侵略者投降前

〔註 736〕遼寧省檔案館藏 C10-30397（0530-0533）關東報社請省長賜照片、題字、祝詞 1922 年 12 月 22 日。
〔註 737〕杜吉仁：《東三省的報紙》，《現代評論》第 4 卷第 84 期，1926 年，第 119 頁。

夕才停刊，它在地方報界中有很大的實力。該報的作者隊伍不僅大連有，而且擴及到瀋陽、長春、哈爾濱、北京、天津、上海、臺北以及日本的東京，大阪、門司等地。發行範圍遍及東北地區，也向關內某些城市和日本國內發行。

五、《滿洲報》

《滿洲報》創刊於 1922 年 7 月 24 日〔註738〕，由日本人西片朝三經營。西片朝三原為日文報紙《滿洲日日新聞》副社長，主辦該報中文版。是年 7 月 24 日中文版改刊為《滿洲報》發刊轉讓權讓給西片朝三個人。自此，西片朝三退出《滿洲日日新聞》，任《滿洲報》社長。

西片朝三表面上主張「滿洲報是中國文報紙，須要迎合中國人心理，不得罵中國人」。但自民國 20 年（1931 年）「九一八」事變後，雖然報紙有時也轉錄些中國內地報紙的消息，藉此博得中國讀者的好感，但在主要問題上始終堅持其日本帝國主義的侵略立場。該報紙也受日本殖民當局操縱。

《滿洲報》開始時日出 8 版，1935 年增發晚刊 4 版共 12 版。該報在東北及華北設 160 餘所分社和支局，發行東北全境。1937 年「七七」事變後，該報與《關東報》同時被偽滿統治當局勒令停刊。

六、《極東新報》

《極東新報》1918 年 11 月 1 日創刊，是日本人在哈爾濱出版的第一家中文報紙。社主齋藤竹藏，聘中國人王鼓晨、王作東任主筆，社址在道里石頭道街。「宣言書」稱：該報「以國際親善為宗旨，以東亞和平為目的」，「使極東一隅放光明」。「無如我中國內顧多艱，相持未息，致對於親善問題，究不無抱歉之處。」末句竟公然指責中國人民反對日本帝國主義強加給中國的「二十一」條不平等條約等愛國行動，令日本「抱歉」。因此，其報紙宗旨和內容可以想見。據《遠東報》1918 年 12 月 13 日報導：該報出版一個月後，因積欠印費甚巨，工藝教養所「將該報停刊，於是該報亦不再出版」〔註739〕。

〔註738〕《滿洲報》創刊時間分歧：方漢奇主編《中國新聞事業編年史》上，第 919 頁載「1921 年 1 月 1 日，日文《滿洲報》創刊於大連。日刊。創辦人西片朝三。」此說法不正確，其一為時間 1921 年 1 月 1 日有誤，其二發刊日文有誤。查閱《滿洲報》原件得知成立 1922 年 7 月 24 日，是中文發刊。

〔註739〕黑龍江省地方志編纂委員會編：《黑龍江省志·報業志》，黑龍江人民出版社，1993 年版，第 22 頁。

第五節　奉系軍閥統治地域的俄人報刊

1897 年中東鐵路開工，到至 1903 年通車，這期間有 3 萬俄羅斯人來到中國東北，有築路技師工人、資本家、商人、手工業者，醫生、律師、娛樂服務人員。儘管 1906 年日俄戰爭中俄國戰敗，但中東鐵路沿線依然有俄國人的工廠、商業、學校，同時也在中東鐵路附屬地出版了大量的報刊。1917 年俄國十月革命後，有大批反對蘇維埃政權的舊俄貴族、官吏、資本家、地主、白衛軍、工程師、報人、藝術家等來到哈爾濱，到 1922 年以「俄僑之都」聞名的哈爾濱俄僑猛增至 155,402 人，幾乎占當時全市人口的一半，在東北落戶生根。此時東北的俄羅斯人在政治、經濟、宗教、文化、社會生活等方面已經具有了一定的實力和影響，紛紛創辦報刊進行信息溝通和輿論宣傳。哈爾濱在 1920 年至 1923 年新辦俄文報刊達 110 多家。其中，報紙 46 家，期刊雜誌 66 家〔註 740〕，是東北俄文報刊最多的年代。

1924 年中蘇正式建交，中東鐵路共管，蘇聯在哈的辦報活動受到奉系軍閥的嚴加控制；加之 1924 年中蘇簽訂的《中俄解決懸案大綱協定》的條款中，規定蘇聯政府不在中國傳播共產主義思想〔註 741〕，鑒於以上的政治和外交因素使蘇聯在東北的新聞傳播活動規模逐年減小。但隨著東北經濟的發展 1925 年報刊規模又增多，1926 年後因奉系嚴屬控制俄文報刊開始逐年減少。

1920 年 10 月，瞿秋白以記者身份赴蘇俄考察。與同行的俞頌華、李宗武抵達哈爾濱時，親眼目睹了俄文報業在哈爾濱的繁榮景象，「那一天我從前進報館出來到七道街江蘇小飯館吃了飯，沿著俄國人所謂中國大街回家，已經傍晚時分。走過一家俄國報館，看見許多中國賣報的，領著報，爭先恐後地跑到中國大街去搶生意做，——搶著跑著，口裏亂喘，腳下跌滑，也顧不得，逢著路人，喘吁吁叫著：買『Novocti zizni』《生活新聞報》呵！『Vperiod』《前進報》呵！買『Zarya』《柴拉報》、『Russky Goloc』《俄國之聲》報呵！——爲的是生活競爭。」〔註 742〕，這是對當時哈爾濱俄文報業生機勃勃景象的生動形象的描繪。

〔註 740〕秋寧：《東省出版物源流考》，中東鐵路出版機構，1927 年版，第 6 頁。
〔註 741〕〔美〕J·B·鮑威爾著，邢建榕等譯：《鮑威爾對華回憶錄》，知識出版社，1994 年版，第 165 頁。
〔註 742〕《瞿秋白文集》第 1 卷，人民文學出版社，1954 年版，第 47 頁。

俄國報刊是適應對日輿論鬥爭的需要開始興辦起來的，爲了爭奪在東北的利益，沙俄於 1899 年在旅順創辦《新邊疆報》（1905 年後遷哈，1912 年終刊），是中國版的第一份俄文報紙，也是俄國人在中國辦報的一個開端。隨後中東鐵路局於 1903 年創刊《哈爾濱日報》，於 1906 年 3 月 14 日創辦了中東鐵路機關報《遠東報》作爲遠東的宣傳陣地，並與日本等列強抗衡。隨後在哈爾濱先後出版 247 種俄文報刊雜誌，其中出版時間較長、影響較大的俄文報刊有：《遠東報》（1906.3.14～1921.3.1），《新生活報》（1907.11.1～1929.6.18，1914 年 7 月 1 日後改名爲《生活新聞報》），《遠東鐵路生活》周刊（1908.12.19～1917），《哈爾濱交易所商業通報》周刊（1910.3.26～1935），《光明報》日報（1919.3.5～1924.10.3），《霞光報》日報（1920.4.15～1945.8），《俄聲報》日報（1920.7.1～1926.1），《魯波爾晚報》日報（1921.10～1938.2.20），《論壇報》日報（1922.8.16～1925.4.26），《風聞報》（1924.8.11～1929.1.5），《公報》日報（1925.12.1～1937.10），《俄語報》日報（1926.1.31～1935.9.23）等。

綜觀俄國人在東北所創辦的報刊絕大多數是俄文報刊，無論是 1917 年的帝俄殖民時期還是中蘇建交後的中東鐵路的中蘇共管時期，集中在哈爾濱一城的俄文報刊都得到了比較自由的發展，這些俄文報刊在新聞報導上講求快速，版面設計追求美觀，管理上服務意識很強，報業經營走上了商業化道路。這些俄文報刊品種齊全，能夠滿足各個階層、人群和不同行業的需求。由於當時俄僑間的政治紛爭激烈，持不同政見的都以創辦報刊來宣傳政論製造輿論，爲此綜合性傾向政治報刊居多，這些報紙報導新聞事件、進行政治宣傳並與敵對勢力論戰。由於俄羅斯民族對文學藝術造詣頗深，喜歡娛樂，所以文藝類報刊也較多；發展經濟是俄羅斯人在哈爾濱生存下來的根本，故隨著商業工業的繁榮，經濟類報刊也發展起來。

哈爾濱俄文報刊「你方唱罷我登場」，以中文發行的《遠東報》、《公報》、《生活新聞報》、《霞光報》等報刊發行時間較長，對當時東北的政治、經濟、文化以及哈爾濱人民的思想行爲等方面產生很大影響，研究近代東北社會、軍事、文化、政治、經濟、歷史等諸多方面，也離不開這些報刊。

一、《遠東報》

《遠東報》於 1906 年 3 月 14 日在哈爾濱創刊，1921 年 3 月 1 日停刊，是沙俄出資創辦的中東鐵路公司機關報，中東鐵路公司每年撥款 17 萬盧布作

爲經費，隸屬於鐵路管理局新聞出版處，總經理（社長）爲俄國人社長亞歷山大‧瓦西里耶維奇‧史彌臣。史彌臣爲海參崴俄國東方學院畢業，攻讀中國——滿洲專業，畢業後成爲中東鐵路管理局顧問。主編《盛京報》和《遠東報》，由於善於經營管理，長於新聞採寫，《遠東報》是除報頭三字的俄文譯名和俄歷年月日外，與國人報紙儼然一模。該報的辦刊宗旨：「開發北滿之文明，溝通華俄之感情」，但對中國政治權限隱相干涉，混淆黑白，顛倒是非，成爲沙俄在東北的主要喉舌，與當時俄國人辦的 4 家俄文報紙和 1 家中文報紙，壟斷了哈爾濱的新聞輿論。

《遠東報》的首任華人主筆爲顧植，因無獨立發表言論的自由一年後離開赴吉林。繼任主筆連夢青經常在該報「論說」「時評」等新聞評論中，直言指責清廷和地方事務，引起中國當局和讀者的忿詈與抵制。該報在創刊 10 週年《紀念辭》中『借文字以鼓吹，商業能否如今日之盛，未可知也；人民能否如今日之開通，未可知也』〔註 743〕，雖然以自我吹噓之詞把哈爾濱的發展完全歸於該報，但也確是因爲哈爾濱中樞修建中東鐵路，大批俄人興辦工商業，使哈爾濱由分散的村落，迅速形成初具規模的國際商埠，該報與其它俄報在開通民智，溝通信息上是功不可沒的。

《遠東報》還大量刊載北京和東北各地軍政要人、各界團體和知名人士的祝賀詞。中東鐵路公司管理局霍爾瓦特更讚許該報「以聯絡中俄感情爲宗旨，瘦小甚大，且對於敦促北滿文明進步不誤微勞」〔註 744〕，因而「嘉獎」史彌臣，並向報館同仁致謝。

爲了抵制俄國十月革命對中國的影響，《遠東報》經常刊載言論，詭稱中國爲千年古國，社會主義不合國情，並告誡中國當局：「蓋中古物產雖多，人民之困窮不在俄國之下，如該黨散步傳單式運動，無業游民不難以星星之火可以燎原及大原，豈非政府當軸不知愼之於始已禍乎」〔註 745〕。但是《遠東報》卻熱情讚揚「五四」愛國學生運動。1919 年 5 月 9 日以《北京學生之愛國潮》爲題，正面報導「五四」運動，詳細地記述了北京學生遊行示威的全過程。11 日社論《論北京學生之大活動》，稱「此誠痛快人心之事」，抨擊北

〔註 743〕黑龍江省地方志編纂委員會編：《黑龍江省志‧報業志》，黑龍江人民出版社，1993 年版，第 21 頁。

〔註 744〕黑龍江省地方志編纂委員會編：《黑龍江省志‧報業志》，黑龍江人民出版社，1993 年版，第 21 頁。

〔註 745〕《中國與多數主義》1920 年 9 月 4 日《遠東報》時評。

洋政府鎮壓學生的罪行，此後還相繼報導全國各地和哈爾濱的相應活動。當時的《遠東報》只所以規模之大，前所未有的聲援五四，主要原因是企圖利用國人的反日鬥爭，抵制日本在東北取代俄國的擴張。

1920 年起，中國開始回收中東鐵路主權，國際列強干涉西比利亞的軍事行動不久也失敗撤軍，在哈的沙俄殘餘勢力日趨衰落。在 1921 年 2 月 27 日頭版頭條刊登《本館緊要啓事》兩則。一是：「本館現奉鐵路公司令，於陽曆三月一號停止出版，所有定閱本報尚未期滿者，本館應分別計算退還餘款。此布」其二：「本報於陽曆三月一號停止出版，所有本報各處訪員，應即於日停止投稿。此布」〔註746〕。1921 年 3 月 1 日，出版 15 年之久的《遠東報》，奉中東鐵路公司令終刊。

二、《生活新聞報》

《生活新聞報》在哈爾濱俄文報刊中出版時間較長，期發行量很大，在俄僑中有很大影響的報紙。該報前期站在白俄的立場上，1924 年中東鐵路實行中蘇共管後，該報逐漸向蘇聯政府靠攏，遭到白俄和日本帝國主義的猛烈攻擊。

《生活新聞報》的主筆是烏斯特里亞洛夫，1919 年來到哈爾濱，曾是白俄高爾察克政府的情報部長。他在潛移默化中改變了《生活新聞報》的紅色性質，成爲與現政府眞誠合作的友好夥伴。《生活新聞報》的主編切爾尼亞夫斯基是哈爾濱第一批俄文報人中的顯著人物，後來立場也轉到了布爾什維克一邊，成爲轉換派，於 1926 年被哈爾濱的白俄極右分子暗殺。

1926 年 11 月《生活新聞報》在十月革命九週年之際刊載紀念文章，別東省特警處勒令停刊 14 天。1929 年 6 月 18 日，由於中蘇關係惡化被中國地方當局查封。

1920 年 2 月 16 日俄國駐吉領事官巴押爲訂閱俄國新生活報常遭遺失給吉林交涉特派員，稱「本領月前在哈埠俄國新生活報館訂閱新聞一份，係中國郵局轉寄，敝署查該報在哈每日發行，而敝署由該局每逾四五日始收到一份，於此可知該局對於敝署俄報疏於檢閱，時常遺失，爲此特懇貴員分神，轉行該局務請其對於敝署俄報格外注意，俾免遺失至爲感禱」〔註747〕。2 月 19 日

〔註746〕《本館緊要啓事》1921 年 2 月 27 日《遠東報》。
〔註747〕吉林省檔案館藏 J101-09-1613 駐吉俄領事函爲前訂哈埠俄新生活報郵局每有

外交部特派吉林交涉員回覆俄國駐吉領事館，稱「本領月前在哈埠俄國新生活報云云，並請示覆爲盼等因，準此除由本署函請吉林郵務局通知哈埠郵局嗣後對於貴館俄報按日郵寄勿再延誤外，相應函覆貴領事請煩查照」〔註748〕。外交部特派吉林交涉員給吉林郵務局發函，稱「俄國駐吉領事館函開本館月前在哈爾濱俄國新生活報館訂約一份，係由中國郵局轉寄，查該報在哈每日發行而敝館每逾四五日始收到一份，恐係郵局疏於檢閱時常遺失，用特函懇貴署轉知郵局嗣後對於敝館俄文報紙格外注意，俾免遺失爲感等因準此除函覆俄領外，相應函請貴局通知哈爾濱郵務局嗣後對於俄國駐吉領事館之俄文報紙按日郵寄，幸勿延誤並希見覆爲幸」。2 月 23 日吉林一等郵局給外交部吉林交涉署函，稱「查該項報紙到局時即行投送，向未延誤以致遺失等情，除由敝局轉告哈局嗣後對於該項報紙按日郵寄，免致延誤外，相應函覆，希即查照可也」〔註749〕。

遲到遺失等事請特對於該報格外注意由的公函 1920 年 2 月 16 日。

〔註748〕吉林省檔案館藏 J101-09-1613 外交部吉林交涉署准駐吉俄領事函爲郵局送報刊遲到遺失等情給駐吉俄領事和吉林郵務局的公函 1920 年 2 月 19 日。

〔註749〕吉林省檔案館藏 J101-09-1613 吉林郵務局爲請通知哈埠郵局嗣後對於俄國駐吉領館俄文報按日郵寄勿誤並見覆由 1920 年 2 月 23 日。

第四章　奉系軍閥製造的新聞事件

　　中國古代政治文化中所蘊含的權力獨享傳統源遠流長，這一歷史慣性沿革到近代政治轉型時期，雖然辛亥革命推翻滿清，建立中華民國，使近代新聞傳播在制度層面徹底顛覆了以皇權為核心的傳播結構，初步建立以「民權」為核心的傳播理念，極大地釋放了以「公民」為傳播主體的各種權利。但是新聞業依然處於權力壓制狀態，既缺乏自身主體性，也無法與權力制衡。但是傳播本身所蘊含的民意潛力，使依然以皇權思想為主導思想的當權者對輿論既敬畏又力圖征服，這一強政治、弱新聞的關係格局，在近代中國轉型過程中受到嚴峻挑戰。辛亥革命的不徹底性和中外反動勢力的破壞，使袁世凱篡奪了國家政權，結果是在「民主、共和」的制度外衣下，開啟了軍閥混戰的時代。袁世凱穩握國家政權，因實施民國理念不得法，在思想文化領域採取了全面復古，遂對報刊採取了高價收買、創辦「御用」報紙，制定法律，嚴格統制等強力鎮壓、摧殘等措施、手段。據統計，在 1912 年 4 月至 1916 年袁世凱統治時期，全國報紙至少 71 家被封，49 家受到傳訊，9 家被軍警搗毀。新聞記者中至少有 24 人被殺，60 人被捕入獄。〔註1〕袁世凱做了 83 天的皇帝悲慘收場，但其遺毒卻深刻影響了民國多年的新聞傳播發展。

　　由於報界的自由主義與軍閥的實用主義之間具有猛烈的衝突，奉系軍閥也延續袁世凱摧殘報業的策略、手段，嚴厲鎮壓軍閥統治的反抗者、異議者。在東北統治時期，由於地方報業守法守規，不敢肆意攻擊地方當局，且張作霖對報刊輿論只要不點名道姓還是寬以待之的，唯獨對宣傳「赤化」報

〔註1〕 丁淦林：《中國新聞事業通史》，高等教育出版社，2002 年版，第 165 頁。

刊報人嚴加查封、打擊。奉系軍閥在統治時期曾以「宣傳赤化」爲由製造多起逮捕和殺害報人的新聞事件。奉東三省總督趙爾巽之令，張作霖在辛亥革命前夕以「鼓吹革命」罪名殺害《國民報》記者張榕、田亞斌；奉系進駐津京後多次命各警區「通告印刷業，凡於治安不利之文字，不准印刷，違則嚴懲」〔註2〕。奉系軍閥以「宣傳赤化」爲名，殺害《青島公民報》主編胡信之、《京報》社長邵飄萍、《社會日報》社長林白水以及中國共產黨的報刊活動家李大釗，還殺害創辦《農民日報》並從事共產宣傳的李清漣。可以說人們常用政治黑暗、鉗制輿論、迫害民主、鎮壓進步來形容那個年代統治者，但因言獲罪還是少數的，而因言遭致殺身之禍的就更少，除了胡信之、林白水因言致命外，邵飄萍、李大釗、李清漣還確是與「宣傳赤化」分不開的，由此慘死於短期執政、土匪出身對赤化深惡痛絕的奉系軍閥之手。北京《蒙古農民》編輯發行人多松年1925年奉派赴蘇聯學習，1926年回國任中共察哈爾特區工委書記。1927年參加中共「五大」，返回綏察時在張家口被奉軍逮捕，拒絕利誘，壯烈犧牲，年僅22歲〔註3〕。

奉系軍閥進京後製造多起新聞事件，輿論反應強烈，「中國新聞界自軍事長官槍斃林白水後，更逮捕兩報界人物，皆敢怒而不敢言，京內西人亦大都表示同情於華人，刻聞所捕兩人，一人已判定終身監禁，一人運命尚未悉，京中華字報紙近日論戰新聞，非當審慎，有數家甚至對於日本新聞記者協會之議案，拖延一日始行登出，惟外國報紙頗能仗義發言，天津華北明星報更直斥，爲太上士土匪之罪惡，國民黨機關報則稱近日北京景象，直視政府如無物，實於市民之生命與福利，有嚴重之危險云」〔註4〕。

第一節　張榕、田亞贇事件

張榕，（1884～1912）近代資產階級革命者。原名煥榕，字蔭華，奉天府漢軍鑲黃旗人，世居撫順城東新屯。1903年張榕入北京譯學館學習。由於不滿清廷統治，1905年9月，與吳樾轟炸出國考察的五大臣，張榕被捕。託人救出後流亡日本。

〔註2〕 《津警區不准印刷不利治安文字》1927年5月5日《申報》234-87（4）。
〔註3〕 方漢奇：《中國新聞事業編年史》（三卷本），福建人民出版社，2000年版，第1020頁。
〔註4〕 《武力鉗制下之北京報界》1926年8月13日《申報》226-302（1）。

1910 年，張榕奉孫中山之命從日本回到大連、瀋陽活動，發動數人參加和支持革命，逐漸擴大東北地區的革命力量。東三省總督趙爾巽得知張榕、藍天蔚要宣佈瀋陽獨立，驅逐他出東北，感到威脅，恨之入骨。爲削弱張榕等革命力量，趙爾巽用計逼走藍天蔚，拉攏張榕做「保安會」參議部副長的虛銜，張榕沒有到任並成立與「保安會」針鋒相對的「急進會」，同時與趙爾巽談判，請其交出政權，脫離清廷，被趙爾巽拒絕。

張榕會同同盟會會員張根仁於 1911 年 11 月 17 日在奉天成立「聯合急進會」。張榕爲急進會領導人〔註5〕，機關報爲《國民報》，董事爲趙中鵠，主編田亞斌、趙元壽、楊大實〔註 6〕。「聯合急進會」代表革命派及中間偏左立憲派的政治主張。當時在奉天還有「奉天保安會」是以官僚軍人代表的保守派及中間偏右立憲派的政治態度。「聯合急進會」因爲代表廣大移民社會成員的政治利益，同時也代表了所有小鄉紳和知識階層的政治利益，比起「保安會」來說更易爲東三省人民所接受。據張榕表示，「聯急會」擁有 35,000 人的武裝力量，並有「鬍子」支持。「聯合急進會」最初希望以和平的方式影響保守的「保安會」份子。但趙爾巽旨在保持東三省現狀，靜候京城及內省的事態發展。由於清廷的命運未定，北方革命黨處在不利地位。「聯合急進會」決定採用「武裝起義」的方式，達成東三省獨立的目的，遂有了莊河復縣之役、鳳凰城安東之役、遼陽之役，武裝起義均以失敗而告終。而此舉的嚴重後果是奉天當局大肆撲滅「聯合急進會」革命組織的行動。1912 年 1 月 23 日，「聯合急進會」首腦張榕在奉天遇難，田亞斌同時遇難。雖然張榕和田亞斌是爲革命遇難，但同時他們也是東北宣傳進步思想的報人。對於其二人的遇難僅以新聞史的角度闡釋。

1911 年武昌起義消息傳到東北後，東三省總督趙爾巽嚴令飭屬「鞠躬盡瘁，以死相報」清王朝，並電令三省軍政機關「不動聲色，廣布偵探，防患未然」。10 月 18 日，趙爾巽札飭通告東北中外報館，「暫緩刊載」〔註7〕武昌起義的消息。同時下令查禁了印發起義號外的《大眾公報》〔註8〕，派便衣軍

〔註 5〕 宣統三年十月四日《盛京時報》。
〔註 6〕 宣統三年十月四日《盛京時報》。
〔註 7〕 《趙爾巽爲奉省各報「暫緩」登載武昌起義消息事，給交涉司的箚文》1911 年 10 月 18 日「欽差大臣」。
〔註 8〕 東北師範大學研究所：《近代東北史》，黑龍江人民出版社，1984 年版，第 234 頁。

警搗毀了最先刊載起義消息的《東三省日報》〔註9〕。隨後槍殺了《國民報》社長張榕，主編田亞斌等人。《國民報》於1911年春在瀋陽創刊，主辦人初爲廣鐵生〔註10〕。「因爲響應當日國民會的主張，故名《國民報》」〔註11〕。武昌起義後，該報改爲奉天聯合急進會機關報，「以反對帝俄侵略外蒙，需要變法圖強爲號召」，鼓吹「人道主義」和聯合滿漢人民共同建立「共和政體」，經常刊載「寓意繪形諷時之作」，因而又被稱爲畫報〔註12〕。

對於張榕被害經過，時任奉天巡防前路兼中路馬步隊統領張作霖，有呈給欽差大臣尚書銜東三省總督兼管東三省將軍奉天巡撫事趙爾巽的呈文，稱「竊查奉省自武昌事起義後，遙諑分傳，當九、十兩月之間，凡各處土匪、地痞及諸無賴不逞之徒，無不假革命爲名，希圖擾亂。迭蒙憲臺面諭：隨時訪查首要人等，捕拿送案，以遏亂萌，等因」〔註13〕。這裡可以看出張作霖訪查革命要人，捕拿送案，是奉趙爾巽面諭。接著陳述了訪查到張榕及拘捕擊斃的經過，「連日秘派偵探嚴加防範，茲查有省城大北張榕，前經組織急進會，自稱會長，潛結亡命無賴多人，晝夜記議，並有暗殺黨多名伺職出入，職早有所聞，只以無據風傳，仍坦懷以待。近據密探報告，數日以來民軍北犯，已抵煙臺，風聲愈加急緊。連日，該犯張榕糾聚在會多人，大開秘密會議，與該軍機關部來往通函，約期起事等語。職聞信之下，尚未敢稍涉魯莽，當派偵探長於文甲，帶同兵弁跟蹤追緝。本擬將張榕捕獲，然後呈請訊辦，乃行至關平康里，路遇張榕，上前詰問，該犯竟敢開搶拒捕，經於文甲還搶迎擊，即將該犯當場擊斃。旋赴該犯住屋，收出民軍告示，委任狀多件，又急進會會長木印一顆，小戳一個及信內有東洋文字者數封，內有大連來信，係近日發自機關部者，並匯有鉅款，即係約期急速起事之函；又內有速將雙木消化一語，雙木蓋暗寓職名也；又有一日文信函，內有速將張某、馮某致死，則余可無慮等語。皆與職偵探相符，即此二函可爲謀叛暗殺之鐵證。」〔註14〕

〔註9〕 《辛壬春秋》第23卷，第3頁：《東三省日報》被搗毀時，主筆、經理被毆打，幾乎至死。

〔註10〕 《盛京時報》1929年11月5日載《二十年來瀋陽之報界·國民報》。

〔註11〕 《盛京時報》1929年11月5日載《二十年來瀋陽之報界·國民報》。

〔註12〕 《二十年來瀋陽之報界·國民報》1929年11月5日《盛京時報》。

〔註13〕 1912年1月29日《張作霖給趙爾巽的呈文》，《辛亥革命史資料新編》第三、四卷，第132頁。

〔註14〕 1912年1月29日《張作霖給趙爾巽的呈文》，《辛亥革命史資料新編》第三、

　　緊接著對張榕同黨田亞贇的捕殺經過進行闡述，「聞該犯黨羽甚多，以滿洲人寶昆，田亞贇爲死友，一切結會、通匪，多係寶昆爲之主謀，田亞贇輔之，張榕即已被捕，同惡萬難姑容。該偵長旋分赴查拿，乃一進寶昆宅內，該犯即從樓上開槍，轟傷偵兵一名，該兵等奮勇前進，寶昆由樓窗躍下，被偵探兵立時格斃，搜獲快搶三杆。步二營湯管帶，分往查拿田亞贇，方抵其家，田亞贇已持槍衝出，該管帶上前攔擊，亦將田亞贇擊斃。職查張榕圖謀不軌，意欲自舉總統，擾害治安，其蓄謀已非一日，今與民軍機關部匯款，定期即擬起事，若非先期探明，下手迅速，則內外溝通，禍必變不可思議。至同黨田亞贇素著兇惡，其密謀暗殺之心亦最烈，惟以無知莠民，無足比數」〔註15〕。1912 年 1 月 27 日通告趙爾巽的曉諭稿「照得保安必先焚亂，除暴乃可安良。自南方亂事之起，影響所及，匪人輒思暴動。我奉天地方，幸賴軍警協力，紳民同心，均以安靖如常。而匪人張榕藉端鼓惑，嚇詐取材，屢謀作亂。本大臣所接紳民報告，何止盈篋，只以重人道爲主，憫其狂愚，迭諭官紳向其告誡。詎料該匪謀亂之心，無時或息，近竟連日招集黨類，秘密會議，勾結匪徒，定日起事及散佈悍黨謀叛。防軍張、馮各統領，勢甚急迫，不得不密諭軍隊防範查拿。初五夜，張統領派弁分路查拿。張榕及其死黨寶昆，田亞贇等，竟敢拒捕，致被格斃。茲據張統領呈報，並申送搜獲名冊、告示、某亂函件多封、拒捕手槍三枝，罪狀顯著，除將原稟告並批抄發登報外，合亟示諭闔省紳民諸色人等知悉。須知張榕等，此次格斃，實由於勾結某亂，禍我生靈之所至。其名冊業經本大臣當堂焚毀，決不株連，並嚴諭陸防各軍，妥爲守鎮地面，不得妄有捕殺。凡軍民人等，各宜安心職業，勿信謠言，致滋驚擾。切切。特諭。」〔註16〕

　　張作霖在趙爾巽的面諭下槍殺張榕、田亞贇，雖然是在中華民國元年第一個月，但當時東北三省還爲趙爾巽等清廷的奴才們所控制，他們除了觀望清廷的飄搖命運外，也恐將來推翻清朝革命成功後，東三省勢力被革命黨人所取締，所以策劃製造了這場槍殺革命黨人事件，也是東北第一次槍殺報人的大血案，開了東北槍殺報人之先例。

　　　　四卷，第 132 頁。

〔註15〕1912 年 1 月 24 日《張作霖給趙爾巽的呈文》，《辛亥革命史資料新編》第三、
　　　　四卷，第 132 頁。

〔註16〕1912 年 1 月 27 日《趙爾巽的曉諭稿》，《辛亥革命史資料新編》第三、四卷，
　　　　第 132 頁。

張榕的事迹「有造民國厥功甚偉」﹝註17﹞，因爲在張榕犧牲後二十天裏，中國人民終於推翻清王朝。然張榕沒有看到革命的曙光，但其功績是不朽的，歷史也將永遠珍攝和記取。張榕的革命「業迹爲關內外人士景仰、首錄原功」﹝註18﹞，但同時也應該看到，張榕雖頑強、勇敢地與敵鬥爭，不講鬥爭策略，對敵警惕性也不高，幾次上當仍不覺悟、終於釀製悲劇。

第二節　胡信之事件

胡信之（1890～1925）又名寄韜，1890 年出生於北京的一個小官僚家庭，畢業於北京大學。五四運動時期，已是一名報社記者。1922 年底中國收回青島後，受聘擔任了《中國青島報》記者。胡信之受中國共產黨人領導的反帝反封建愛國運動的啓發教育，增強了他希望依靠社會輿論的力量實現自己富國強民的信念。因與《中國青島報》難以共處，遂於 1924 年 9 月 10 日，與董事長（社長）劉祖乾、段子涵等人共同創辦了《青島公民報》，胡信之任總編輯。該報日報，對開 8 版，以「提倡實業」爲宗旨，但在中國共產黨的影響和工人運動的推動下，胡信之順乎潮流、鞭撻時弊的文風在《青島公民報》得以充分體現，他著文論說，大膽揭露邪惡，抨擊時弊爲民眾大膽地伸張主義。該報闢有《公民言論》、《公民俱樂部》等欄目，爲民眾提供發表意見、評論國事的園地。運用報紙公開支持工人、學生的反帝愛國運動。同時，還在《來件照登》欄內，刊登進步社團的文告、宣言等，1925 年 5 月 7 日，在《來件照登》欄內，刊登了《我們應當如何紀念今年的「五一」》的文章，號召工人團結起來，向帝國主義、資本家開展鬥爭。1925 年上半年在青島日本紗廠工人大罷工的同時，該報連續刊登了《共產黨宣言》全文，鮮明地宣傳馬克思主義，深得民心，被譽爲「工人的喉舌」。《青島公民報》順民心，合人意，初期僅印幾百份，不久便發行萬份以上。

1925 年 4 月，青島日商紗廠工人大罷工，鬥爭矛頭直指日本帝國主義。鬥爭一開始，《青島公民報》上就發表胡信之的評論，斥責日本廠主虐待工人的罪行。同時報紙開闢《工潮專載》欄目，以大量篇幅報導罷工動態和各界

﹝註17﹞ 全國政協文史資料編委會：《辛亥革命回憶錄》第五集，文史資料出版社，1961 年，第 609 頁。
﹝註18﹞ 全國政協文史資料編委會：《辛亥革命回憶錄》第五集，文史資料出版社，1961 年，第 609 頁。

支持罷工的情況。並號召各界人士「本良心之主持，援助可憐之工人」。《青島公民報》因此爲廣大工人、市民所喜愛，被譽爲「工人的喉舌」。

1925 年「五卅」慘案後，青島民眾發起抵制英、日貨運動。青島商會會長隋石卿及一般商董因個人利益關係，表面上贊成抵制洋貨，但實際並未付諸行動。由此工人、學生與商會隋石卿結怨。《青島公民報》總編輯胡信之不但與活動最活躍的學生、工人聯繫，還與編輯段子涵一起邀請青島各界記者舉行聯席會議，要求報界同仁齊心協力奮起聲援罷工工人；並邀請共產黨人傅書堂、李慰農等人介紹反動當局屠殺工人的經過；免費刊登倡議召開市民雪恥大會的啓事；連續在《青島公民報》上發表文章，批駁商會少數媚日買辦資本家的賣國行徑。對腐敗無能的政府，他發表了《還要認定步驟向前去幹》的社論，號召人民起來「要從根本上推翻現政府，造成有組織的國家，然後人民才能有眞正的保障」。胡信之反帝反軍閥的嚴正立場，贏得了人民的擁護和愛戴，卻遭到日本紗廠資本家及商會隋石卿等的忌恨。他們相互勾結，惡語中傷污蔑胡信之「惟恐天下不亂」，誣陷《青島公民報》「煽惑風潮」，指使爪牙砸碎報社門窗玻璃，甚至屢屢投遞匿名信，寄子彈，揚言要對他下毒手。

時值張宗昌回鄉祭祖，商會會長隋石卿以地方團體名義在日本人開辦的一家大旅館設宴招待張宗昌，一夜間耗洋 5,000 元〔註 19〕。《青島公民報》在數日後，發表胡信之文章，「隋石卿對愛國運動及援助上海罷工工人各嗇異常，對獻媚當道則又這麼鋪張浪費，實屬喪心病狂。」〔註 20〕受辱罵後的隋石卿在張宗昌一旁添油加醋，極盡慫恿令張宗昌十分惱火。在文章見報當晚，有人勸胡信之避避風頭。胡說：「我是赤腳的，不怕穿鞋的，他能把我怎麼樣？」〔註21〕

1925 年夏季淮河流域水災，兩岸數百萬人民無家可歸，全國發起募捐救災運動。青島首富「煙土大王」劉子山，不但只捐了數百元救災，而且大肆譏諷募捐的人們，引起市民憤恨。膠澳電氣公司職員余哲文對之尤爲不滿，就畫了一盞油燈臺、一個老鼠正要爬上去，且注：「老劉、老劉，快來舔油！」

〔註19〕山東省地方史志編纂委員會：《山東省志・報業志》，山東人民出版社，1993年 12 月版，第 47 頁。

〔註20〕1925 年 6 月 10 日《青島公民報》。

〔註21〕蘇全有、高彬：《張宗昌與三大新聞記者被殺案》，蘭臺世界，2011 年 3 月上，第 50 頁。

的漫畫，投到《青島公民報》副刊，胡信之即予登載。漫畫觸怒了巨商劉子山與商會會長隋石卿勾結串通 13 個團體，秘密到濟南，用四萬餘元大洋，通過劉懷周打通山東省警務廳長袁致和，聯名上書控告《青島公民報》鼓動工潮，宣傳異端邪說，胡信之鼓動學生、工人在青島鬧事等罪名請求公署嚴加制裁。

　　對反動當局的無恥行徑，胡信之怒火萬丈，於 7 月 8 日在報上發表了《胡信之緊要聲明》，揭露敵人的陰謀，表達視死如歸的決心。他說「鄙人以一介書生，與帝國主義下之資本主義戰，爲爭社會之正義戰，在鄙人固死得其所，然光腳不怕穿鞋的，我不得其死，彼又安得其生？」〔註 22〕「死一胡信之，安知無似十胡信之者再起而與惡魔鬥？」〔註 23〕同時，向法院起訴，回擊商會會長等人的誣告。山東軍務督辦張宗昌於 7 月 25 日日商紗廠工人第三次大罷工時，親率大批軍隊到青島鎮壓工人運動。日本資本家和一些親日商會分子大肆賄賂張宗昌，並詆毀胡信之和《青島公民報》。張宗昌遂下令於 7 月 26 日以「肆意行邪論，鼓動風潮，擾亂社會，引起重大糾紛，群情慌懼」〔註 24〕的罪名將胡信之逮捕。在《青島公民報》黎明之前尚未結束工作時，軍警突入，將胡信之逮捕，同時被捕的還有社長劉祖謙，並對《青島公民報》予以查封。胡信之被捕後儘管受到嚴刑拷打，但始終堅貞不屈。在獄中胡信之和李慰農一起仿文天祥《正義歌》作《殺氣歌》，表示對敵人的蔑視和不屈的精神。1925 年 7 月 29 日，胡信之和李慰農一起被殺害於青島團島，這位反帝愛國、威武不屈的報壇英豪時年僅 35 歲。社長劉祖謙也死於獄中。

第三節　邵飄萍事件

　　邵振青（1886～1926.4.26），號飄萍，浙江杭州人，少年時赴日本留學，回國後在上海做新聞記者。邵飄萍文筆生動潑辣，有辯才，記憶力強，具有新聞記者天賦。1916 年邵飄萍被《申報》聘爲駐京特派記者。「新記」《大公報》的主編張季鸞對邵飄萍的採訪藝術倍加讚賞：「飄萍每遇內政外交之大事，感覺最早，而採訪必工。北京大官本惡見新聞記者，飄萍獨能使之不得

〔註 22〕《胡信之緊要聲明》1925 年 7 月 8 日《青島公民報》。
〔註 23〕《胡信之緊要聲明》1925 年 7 月 8 日《青島公民報》。
〔註 24〕山東省地方史志編纂委員會：《山東省志‧報業志》，山東人民出版社，1993 年 12 月版，第 47 頁。

不見，見且不得談，旁敲側擊，數語已得要領。其有干時忌者，或婉曲披露，或直言攻訐，官僚無如之何也。自官僚漸識飄萍，遂亦漸重視報紙，飄萍聲譽，以是日隆」。隨後來北京獨立創辦《京報》，1919 年「五四」運動爆發，邵飄萍因積極參加這場反帝愛國運動而觸怒了段祺瑞政府，抨擊安福系主持的北洋軍閥政府對日借款，他的《京報》被查封，邵避走上海。爲免遭段政府的迫害，邵飄萍在時任上海《中華新報》總編輯張季鸞的推薦下赴日本大阪《朝日新聞》報工作。1920 年段政府垮臺，邵飄萍返回北京，復刊《京報》，繼續堅持反帝反軍閥的立場，繼續爲中國新聞事業的發展而努力奔波。由於邵飄萍直陳時事，《京報》的銷路差不多與北京《晨報》相等，聲名日彰。1924年段祺瑞的臨時執政府成立，邵與執政府秘書長梁鴻志都是新聞界舊人，邵飄萍得到段祺瑞政府的特別援助。而 1926 年邵飄萍對段祺瑞製造的「三一八」慘案給予猛烈抨擊，在《飄萍啓事》中第一條言「一不該反對段祺瑞及其黨羽之戀棧無恥；二不該主張法律追究段、賈等之慘殺多數民眾（被屠殺者大多數爲無辜學生，段命令已自承認）」〔註 25〕。

　　1925 年 11 月奉系軍閥郭松齡倒戈，邵飄萍撰文向民眾擺事實講道理，提出反對奉系軍閥的理由，「吾人所以反對張作霖者，固因其違反民意，妄肆野心，以武力逞威權，視戰爭如兒戲。獨夫民賊，不應再聽其專橫，此就消極方面言也。惟其如此，故雖擁有東省之富庶，而財政紊亂，鬍匪猖獗，暴斂橫征，社會破產。數次侵略關內之戰，皆耗費數千萬金，何莫非東省人民之所負擔，充其舍近圖遠，窮兵黷武之虛榮心理。東省民力，將無復得資休養之期，推翻張作霖，即爲劃除整理地方之障礙，此就積極方面言也」〔註 26〕。同時邵飄萍還撰文聲援東北國民軍，「中國大多數人民之心理，既視奉派之惡勢力爲公敵，不惜援助國民軍以剷除之」，而對於日本援助張作霖，邵飄萍也予以聲討，「東省日軍閥之秘密援助張作霖，對東北國民軍予以種種不利，郭司令已正式提出質問，要求世界各國之公評」〔註 27〕。

　　1926 年冬，奉系軍閥聯合直系吳佩孚殘部，攻打馮的國民軍，邵飄萍在《京報》撰文表明國民軍的立場「國軍愛惜隊伍，不肯爲無意義之戰」〔註 28〕，並竭力請民眾辯明，國民軍才是中國的希望，「吳、張兩方之腐舊勢力，方合

〔註 25〕《飄萍啓事》1926 年 4 月 22 日北京《京報》。
〔註 26〕飄萍：《整理地方前途之希望》1925 年 12 月 9 日《京報》。
〔註 27〕飄萍：《日軍閥之干涉中國內政》1925 年 12 月 9 日《京報》。
〔註 28〕飄萍：《生死關頭之避嫌敷衍》1926 年 3 月 8 日《京報》。

謀以剷除國軍爲其第一步之目的。國軍之被剷除與否,決不僅馮玉祥及其部下之榮枯禍福問題,乃中國全部政治之前進或倒退的問題也」〔註29〕。當國、奉各軍對戰之時,《京報》盡力爲國民軍助陣,不時也批揭張作霖的出身及奉軍不好的秩序。所以當國民軍退出北京,奉系軍閥進入北京首先下令逮捕邵飄萍。

1926年4月24日邵飄萍被捕,當時北京《晨報》記載被捕經過,「自聯軍入京後,京報經理邵振青(號飄萍)即避居德國醫院,旋又移住六國飯店,而京報仍照常出版。二十四日下午,邵以多日聯軍對該報並無何種舉動,以爲可以無事,乃乘汽車回館。五時許,又驅車外出,行至魏染胡同北口,有偵探上前問曰,『您是邵先生麼?』邵曰『是。』偵探即拘之至警廳」〔註30〕,逮捕邵飄萍後,奉軍又搜索京報館「聞僅攜去函件及相片等,該報館及家族(其住宅即在館內)即被監視」〔註31〕,北京新聞界受邵飄萍夫人湯修慧委託及邵平日對同業很熱情幫助,展開營救邵飄萍行動。至次日,新聞界在某處集會,當場推舉代表十三人,赴石老娘胡同,訪張學良營救,各代表述來意,張謂「邵宣傳共產,爲賣國行爲,罪在不赦」。各代表乃悵然而去。「同日黃報社長薛大可又爲之馳書張李,東方時報社記者張培風,亦私怨張學良,爲之營救,均無效。至昨晨一時餘,邵由警廳解到督戰執法處,審問一過,即判決死刑。三時餘又解回警廳,至四時三十分,由警廳一面通知外右五區警署預到刑場,一面用汽車二輛,將邵提到天橋,執行槍決。當時邵穿長夾袍,青馬褂。汽車行抵刑場,由警隊扶之下車,走至監刑官案前報名,邵向監刑官狂笑數聲,往南行數武,由行刑者用馬槍向腦後射擊,砰然一響,邵即應聲倒地,彈由右眼穿出,即時斃命。」〔註32〕

這個毫無民主、法制可言的社會,致使邵飄萍被冠以「勾結赤俄,宣傳赤化,罪大惡極,實無可恕」等莫須有的罪名,於4月26日拂曉在天橋被槍斃,《京報》26日晚被查封。邵飄萍遇難後有團體江蘇省公民協進會致電張作霖、吳佩孚請其籌辦善後,保障人權,「漢口吳玉帥、奉天張雨帥、北京張效帥均鑒,京報主筆邵振青,因文字得罪,被捕槍斃,縱內幕確有證據,對此力難縛雞、手無寸鐵之文人,亦應付法庭訊究,方合共和國家司法獨立之正

〔註29〕 飄萍:《生死關頭之避嫌數衍》1926年3月8日《京報》。
〔註30〕 《邵振青昨早被槍斃》1926年4月27日《晨報》。
〔註31〕 《邵振青昨早被槍斃》1926年4月27日《晨報》。
〔註32〕 《邵振青昨早被槍斃》1926年4月27日《晨報》。

軌，公等既以護法救國爲號召，似不應作此亂法殃民之舉動，自悖其固有之主張，縱因大權在握，爲所欲爲，其如舉國人心何，今則死者不可復生，苟能亡羊補牢，以圖救濟，失之東隅，或可收之桑榆。望以後無論對於何種案件，苟不以危險品希圖破壞，概交司法機關，公平處置，望勿以軍法裁判，蹂躪人權，則國民共感恩於無地，公等亦不失救國護法之初衷，臨電神馳，無任盼切，」〔註33〕又上海新聞大學致電張宗昌、李景林、褚玉璞云，「京報社長邵飄萍，據被慘殺，同深憤慨，聞執行者爲軍團司令部，其蔑視人權法律，可謂已甚，應請宣佈眞相，以牟公憤」〔註34〕。

　　據 4 月 25 日張學良在北京石老娘胡同住宅，對營救邵飄萍之北京新聞界代表的答詞「此次治邵之罪，爲其赤化，適其爲記者耳，本人並無下令封閉該報也。」「此爲張雨帥及吳玉帥之命令，不可違，本人現須接待齊燮元將軍，不能再談」〔註35〕。張學良當時不施救也有將邵牽涉到郭松齡倒戈前後邵的蠱惑，「學良謂前敵將領有便宜行事權，已無及，並謂郭松齡倒戈案，邵亦與謀云云。」〔註36〕對於邵飄萍之死因，作者認爲有三原由。主要原因是，由於邵飄萍同情聲援國民軍，支持郭松齡倒戈，反對「討赤」，譴責張作霖親日賣國的罪行，深爲奉系張作霖所忌恨。張學良不施救實怨邵飄萍對郭松齡倒戈的慫恿蠱惑。次要原因是邵飄萍宣傳「赤化」。再一原因就是邵亂拿津貼，「有償新聞」所致，就如熟知邵飄萍的創辦《大同晚報》的龔德柏斬釘截鐵地判斷，邵飄萍是「爲金錢爲自由而死」。

　　聲援馮玉祥的國民軍。第二次直奉戰爭正酣，馮玉祥班師回京，通電主和，邵飄萍於 1924 年 10 月 22 日「與馮檢閱使會晤，抵北苑司令部時，馮使即欣然出面握談」〔註37〕，馮曰「今日之中國，水旱頻仍，民生凋敝，士卒困頓於外，政治腐敗與內」〔註38〕，惟和平「解決人民之倒懸，保存國之元氣」〔註39〕。邵飄萍與馮玉祥的傾心交談遂二人成爲摯友開端，且在輿論上達到正視聽、辨是非的功效。在馮、直、奉北京三角局勢中，由於馮弱，段

〔註33〕　《兩團體爲邵振清呼籲》1926 年 4 月 28 日《申報》222-631（3）。
〔註34〕　《兩團體爲邵振清呼籲》1926 年 4 月 28 日《申報》222-631（3）。
〔註35〕　《對營救邵飄萍之北京新聞界代表的答詞》1926 年 4 月 27 日《晨報》第 6版。
〔註36〕　《京報社社長邵振清昨被槍斃》1926 年 4 月 27 日《申報》222-602（2）。
〔註37〕　《馮檢閱使與本社邵君談話》1924 年 10 月 24 日《京報》。
〔註38〕　《馮檢閱使與本社邵君談話》1924 年 10 月 24 日《京報》。
〔註39〕　《馮玉祥解決時局之大體意見》1924 年 10 月 25 日《京報》。

祺瑞政府完全受命於奉方，促馮玉祥「就任『西北邊防督力』」〔註40〕。邵飄萍認定馮若屯兵西北，將來必大有作為「藉以時日，可使西北富業發達，調劑全國之人口，施以化兵為農功之政策」〔註41〕。馮玉祥「貫徹和平主張，避免再起內戰計，決潔身引退」〔註42〕。1925 年邵飄萍為宣傳西北開發而創辦京報副刊《西北周刊》，「本刊發行之目的，在於開發西北」〔註43〕，在創刊號上刊登馮玉祥照片。1925 年 11 月 27 日馮玉祥正式聘邵飄萍為西北督辦公署高級顧問，聘書上寫明「特聘邵飄萍先生本署高等顧問，此聘馮玉祥，中華民國十四年十一月二十七日」。邵飄萍還大加讚賞國民軍而以此對比奉軍，「國民軍對待人民相友愛，有紀律，實踐不擾民真愛民之口號，乃一般鄉民所異口同聲，即敵人變無法加以污蔑者。比之李景林、張宗昌之奉軍如何？」〔註44〕在 1926 年三一八慘案後，段祺瑞將鎮壓群眾的罪行嫁禍給國民軍，邵飄萍撰文為國民軍正名，並提醒司法機關「當下盡職之決心，示獨立之地位，組織特別法庭，將段、賈等速察訊問」，並警告國民軍「司法機關如無能力執行此案，則國民軍應聽司法機關之指揮，緝拿要犯，公開審判，使犯罪者伏法」〔註45〕。當直奉兩系軍閥以「討赤」為名聯合向馮玉祥的國民軍進攻，馮玉祥宣佈下野之時，邵飄萍歎「中國不欲革新而已，否則此種良好之武力，若得謀勇兼備真誠愛國之人以指揮統帥，實足以當捍衛國家之責而無愧」〔註46〕。力護國民軍，稱由京退至南口，「顧慮北京市面之安寧，甘願速退以永保其紀律上的榮譽」〔註47〕。

邵飄萍同感馮玉祥的愛國情愫，相交甚篤，邵飄萍之死與同情支持傾蘇聯的馮玉祥及國民軍有直接關係，在飄萍逮捕前的《飄萍啟事》中言「不該人云亦云，承認國民第一軍紀律之不錯（鄙人從未參與任何一派之機密，所以贊成國民軍者，只在紀律一點，即槍斃亦不否認，故該軍退去以後，尚發表一篇歡送之文）」〔註48〕。其實張作霖特瞧不起馮玉祥，認為馮為反覆小人，

〔註40〕《邵飄萍傳略》，北京師範出版社，第 108 頁。
〔註41〕《西北周刊》第一期《京報》1925 年 2 月 14 日。
〔註42〕〔臺灣〕簡又文：《馮玉祥傳》，傳記文學出版社，第 220 頁。
〔註43〕《西北周刊》第一期《京報》1925 年 2 月 14 日。
〔註44〕《中國今後之趨勢》1926 年 2 月 18 日《京報》。
〔註45〕《警告司法界與國民軍》1926 年 3 月 21 日《京報》。
〔註46〕《歡送國民軍》1926 年 4 月 16 日《京報》。
〔註47〕《歡送國民軍》1926 年 4 月 16 月《京報》。
〔註48〕《飄萍啟事》1924 年 4 月 22 日《京報》。

曹汝霖在《一生之回憶》提到張作霖「對馮玉祥深惡痛絕，謂這種反覆小人，惟利是圖，還要裝僞君子。這人險而詐，同他共事，眞要小心」〔註 49〕。邵飄萍與張作霖痛恨之馮，傾蘇之馮，敵對之馮如此親密，招致張作霖的嫉恨，起殺心也是正常的。

　　支持郭松齡倒戈。郭松齡倒戈之時與馮玉祥聯合，邵飄萍在《京報》上著文「西北與東北國民軍之合力打倒奉張一派素與國民福利不相容，爲中國革命新前途之大障礙之橫暴勢力」，此行爲「雖不敢謂中國之政治面目，即自是進於康衢之大道，然至少可以服從民意，警醒軍閥，使中國發生一種新機運之有益的行爲。」是「順乎民意的革命行爲」〔註 50〕。

　　隨後邵飄萍捧馮玉祥批張作霖勸張學良支持郭松齡倒戈，在 1925 年 12 月 7 日《京報》刊出「最近時局人物寫眞」的特刊，注「馮玉祥將軍」、「一世之梟親離眾叛之張作霖」、「忠孝兩難之張學良」，對張學良稱「惟良對於朋友之義，尚不能背，安肯見利忘義，背叛家父」，以覆郭松齡「即此停止軍事」。顯然之邵飄萍言張學良與郭松齡爲摯友，若與郭同倒戈爲忠於國家民族，爲利大「家」之義，而對張作霖只是父子之情爲孝，爲顧小「家」之情。「這次郭松齡對於東三省，以爲要想挽救這種危險，勢非先推倒張作霖不可，遂毅然反戈，計一旦剷除張賊，來廓新東三省的政治，挽救東三省的主權，挽救東三省頻作奴隸的民族。」〔註 51〕張作霖因邵飄萍的輿論壓力，使以鉅款，「當即將張作霖三十萬匯款退回，並繼續在報上對張進行揭露」〔註 52〕。郭松齡兵敗，邵痛言「日本侵略東省之成功而已」，「玩張作霖於臣僕之列」〔註 53〕。邵飄萍對於郭松齡倒戈，「名正言順，勢如破竹，張作霖之倒，勢在必然」〔註 54〕，招致張作霖殺之也屬情理之中。至於張學良在邵被捕之時不施救原因也歸咎於邵「挑唆」自己密友，反對老帥，甚至喪掉全家性命，「余與郭松齡情誼之篤，世無論可比」；況且郭松齡倒戈使張學良父子關係緊張「我與張學良今生父子，前世冤仇」（張作霖覆李景林電）。張氏

〔註 49〕　曹汝霖：《一生之回憶》，香港春秋雜誌社，1966 年版，第 255 頁。

〔註 50〕　《新聞界人物》編輯委員會編：《新聞界人物》，新華出版社，1982 年，第 69 頁。

〔註 51〕　王墨林：《日本，張作霖，東三省》1926 年 2 月《京報副刊》第十五期第七版。

〔註 52〕　轉引自旭文編：《邵飄萍傳略》，北京師範大學出版社，第 129 頁。

〔註 53〕　《日本暗助奉張之成功》1925 年 12 月 27 日《京報》時評欄。

〔註 54〕　王墨林：《日本，張作霖，東三省》1926 年 2 月 15 日《京報副刊》第十五期第七版。

父子對邵飄萍在郭松齡倒戈鑄成的大錯不肯釋懷，導致張作霖殺害邵的原因之一。

攻擊奉軍及張作霖。1918 年邵飄萍在《申報》就張作霖截留中央政府軍火撰文「……討伐令下，敝軍亟應南征，因缺乏軍械，未能早發，呈請則需時日，運京而復運奉覆運奉更費周旋，不得已先留用而後呈報云云。」〔註55〕直接勾勒出張作霖蠻橫霸道又由頭詭辯的嘴臉，接著以民族立場斥責張作霖，「其違反民意，妄肆野心，以武力逞威權，視戰爭如兒戲，獨夫民賊……推翻張作霖，即為剷除整理地方之障礙。」〔註56〕

《京報副刊》刊載《日本，張作霖，東三省》一文，言「三名詞放在一處，表面上風馬牛不相及，但實際上關係是極深的。日本好像一橫行霸道的惡主，張作霖乃是助桀為虐的惡奴，東三省是被欺的弱者，這被欺的弱者，早已為惡主的魚肉，可是表面用一惡奴來代庖」〔註57〕；「日本既據有東三省南部，東三省天天被他們剝削，凡人盡知，但中間要無張作霖這個惡奴為爪牙，那麼日本的惡勢力絕無有如現在之大，比較痛苦總要小一點」；「張作霖並不是出乎其頹拔乎其萃標奇立異的能人，乃一昏庸自用爭權嗜利的小人，何以能經此長久時期，弄出許多花樣，就是背後全靠日本為之主持，為之畫策」。日本「在背後作主，這不識大體的張作霖，也就肆無忌憚，誓把中國弄到滅亡不可」；「這次郭松齡對於東三省，以為要想挽救這種危險，勢非先推倒張作霖不可，遂毅然反戈，計一旦剷除張賊，來廓新東三省的政治，挽救東三省的主權，挽救東三省頻作奴隸的民族」。郭松齡倒戈事件因日本援助張作霖反敗為勝。張作霖「因感激惡主的援助，除涕泣感謝外，還報以『密約六條』，（一）割讓海城以南各縣，（二）實行二十一條，（三）讓與鴨綠江渾江航線，（四）東三省鐵路礦山均由中日合辦，（五）日本在東三省有自由居住權，土地所有權，設置警察權，（六）參加張軍之日本兵士，死者每名給恤金二萬元。照這六條看來，張作霖之報效日本，不為不厚。返回來說，張作霖替日本來摧殘東三省，不為不厲害，幫日本來吞併東三省，不算不成功。」

〔註55〕 《北京特別通信（一五四）——張作霖自由行動》1918 年 3 月 2 日《申報》第二版。

〔註56〕 《北京特別通信（一五四）——張作霖自由行動》1918 年 3 月 2 日《申報》第二版。

〔註57〕 王墨林：《日本，張作霖，東三省》1926 年 2 月 15 日《京報副刊》第十五期第七版。

「世人俱知東三省土匪多，其實並非東三省人，天生有土匪性，也並不是東三省人，長於作土匪，而所以有許多土匪，重大原由有兩，一則張作霖是土匪出身，故對於土匪，有同類的觀念，當招撫之引爲死黨，試以東三省軍隊比較起來，其中由土匪變成的，眞十有七八，所以在東三省，一般無業游民，俱願作土匪，因衣食既可充裕，還有陞官發財的機會，當然是願爲土匪。二則土匪全憑殺人武器，在東三省買殺人武器，是很容易的，就是作惡日人，在租界內，大賣殺人的槍械。且與土匪合作，爲土匪的指揮。遇有危險，往租界去住，同北京每次失敗政客，到東交民巷去一樣的。然他們還以土匪騷擾，借保護僑民爲名，出兵來侵中國種種權利。」「我們要想挽此危險，日本是個應急反對，張作霖也得火速實行推到，並得剷除一切惡勢力。」「反對日本，而不推到張作霖，結果與未反對日本一樣，那麼東三省免不了爲日本屬地了。國人啊，注意注意吧」。〔註58〕

邵飄萍在字裏行間辱罵抨擊張作霖爲「一世之梟」、「國民公敵」、「獨夫民賊」、「助桀爲虐的惡奴」、「爪牙」、「昏庸自用爭權嗜利的小人」、「不識大體」、「土匪」，而對於郭倒戈事件，張作霖爲答謝日本的厚禮是以出賣東三省爲代價的，又指出東三省土匪成群因張作霖而起，定性張作霖的行爲是「違反民意，妄肆野心」，其結果是「推翻」「剷除」。面對這樣的痛罵，凡夫俗子可能只「記恨在心」，而對於手握兵權，執掌北方政局的張作霖結果可想而知，必啖其肉而殺之，所以邵飄萍因辱罵張作霖招來殺身之禍是合情合理的。

宣傳赤化。1920 年 9 月 20 日邵飄萍主辦的北京《京報》復刊，刊載過不少介紹和討論馬克思主義的文章。在李大釗、羅章龍等共產黨人影響下，復刊後的《京報》成爲北方宣傳革命的重要輿論基地。1923 年報導支持「二七」罷工鬥爭，協助中共北京區委出版發行《工人周刊》和《京漢工人流血記》小冊子，與勞動通訊社合作採訪。1924 年起，該報報導贊成國共合作，支持孫中山和廣州革命政府聯俄、聯共、扶助工農的政策，曾出版追悼列寧逝世的《列寧特刊》、《紀念馬克思誕辰專號》、《紀念五一專號》，在客觀上爲馬克思主義的傳播作出了一定的貢獻。1925 年「五卅」慘案發生後，《京報》在將近一個月的期間內，「逐日以兩版以上的篇幅報導慘案的經過，刊載各階

〔註58〕王墨林：《日本，張作霖，東三省》1926 年 2 月 15 日《京報副刊》第十五期第七版。

層人民聲援被害同胞，抗議英日帝國主義暴行的消息和來稿，停刊一切英日
商人的生命和廣告，提出了廢除一切不平等條約、收回租界、取消帝國主義
在中國的一切特權主張，並反對段祺瑞的妥協外交政策。」〔註 59〕1926 年
「三一八」慘案中，該報詳盡調查報導事件真相，刊發社論和魯迅的一系列
雜文。邵飄萍確是刊登過不少宣傳馬克思主義文章，且與共產黨素有來往，
而且支持愛國運動，抨擊軍閥，揭露帝國主義罪行，但被冠以赤化之名，邵
飄萍在被捕前兩天的《飄萍啟事》中有澄清，「鄙人至現在止，尚無黨籍（將
來不敢預定），既非國民黨，更非共產黨，各方師友，知之甚悉，無待聲明，
時至今日，凡有怨仇，動輒以赤化布黨相誣陷，認為報復之唯一時機，甚至
有捏造團體名義，郵寄傳單，對鄙人橫加攻擊者，究竟此類機關何在，主持
何人，會員幾許，恐彼等自思，亦將啞然失笑也」〔註 60〕。邵飄萍矢口否認
自己是共產黨員。但在《邵飄萍是共產黨員》一文中，羅章龍說「邵飄萍 1922
年以後，就和黨有聯繫，為黨作了不少工作，並表示了入黨的願望。1924 年
前後，經我和守常（李大釗）介紹入黨。我和守常認為像他那樣有社會影響
的人，以不暴露黨員身份為好，因此是秘密黨員。」邵飄萍在生前的「啟事」
中聲稱自己為「非共產黨」，也許是為自己被捕後留有迴旋餘地。其實考察邵
飄萍發表過的文章，邵確實是在 1924 年後對馬列主義的宣傳投入了更多精
力，不但是客觀介紹，更傾向許多主觀好惡的理性色彩，而對反帝反軍閥更
加堅定，邵飄萍是接受軍閥津貼的，如果沒有政治信仰，反帝反軍閥的立場
或許沒那麼堅定。由此看來邵飄萍是秘密共產黨黨員，1986 年中共中央組織
部「認定」邵飄萍是中國共產黨的「秘密黨員」，而當時的張作霖雖未嗅到邵
飄萍是共產黨員，但張對赤化分子深惡痛絕，以「宣傳赤化」為名送邵飄萍
走上斷頭臺是恰當的。

　　亂拿津貼，言皆有值。邵飄萍生活奢侈，抽特製「振青」牌香煙，出入
小轎車，「邵氏平日最好排場，其實私債積欠甚深。聞其臨死之日，京報館
會計處只餘七十一元」〔註 61〕，由此可知單靠辦報收入是不夠邵開支的。章
士釗半耳聞半推測認為飄萍積累財富的手段是利用了輿論的影響力，「頗以言
抑揚人，而言皆有值」。言皆有值就是今天新聞媒介的有償新聞，熟知邵飄萍

〔註 59〕蔣國珍：《中國新聞發達史》，世界書局，1927 年，第 73 頁。
〔註 60〕《飄萍啟事》1924 年 4 月 22 日《京報》。
〔註 61〕1926 年 5 月 4 日長沙《大公報》。

的創辦《大同晚報》的龔德柏斬釘截鐵地判斷，邵飄萍是「爲金錢爲自由而死」。對於奉系張作霖是否給邵飄萍津貼或給予「掩口費」等之類鉅款，無從考證，但北洋政府爲當時北京各報提供經常性津貼，安福系財政總長李思浩回憶給邵飄萍錢「記得兩次送給他成筆的錢，數目相當大，每次總達好幾千吧」〔註62〕，足見當時政府各財政、外交等部給予報館津貼爲正常。當時各大軍閥爲收買輿論更是給予津貼，奉系爲大軍閥之首，給報館津貼數定高於政府津貼。張學良在對營救邵飄萍的記者說「余與飄萍私交不惡」，且邵飄萍在爲郭軍宣傳稱張作霖爲「紅鬍子軍閥」，稱郭松齡爲「東三省救主」，張作霖派人交涉：「張雨亭對你曾幫大忙，你爲何對張太不客氣？」邵答：「他係幫邵飄萍個人的忙，《京報》的言論，是與邵飄萍無關係的」。有學者推斷邵飄萍此時是收了郭松齡的錢。據邵氏後人轉述飄萍之語「張作霖出三十萬元買我，這種錢我不要，槍斃我也不要」。邵飄萍自有誇大成分，但依據上述論斷推理奉系每月給邵飄萍約千元的津貼還是可以成立的。鑒此可知，邵飄萍是曾得到奉系資助，又轉而辱罵奉系，確爲人格缺失，故當新聞界十三代表向張學良求情時，張學良極不客氣淡言：「爲邵飄萍說情，太無人格」。經上述推斷，邵飄萍因「爲錢而言論自由」而招致殺身之禍並非空穴來風。

鑒於上飄萍聲援馮玉祥的國民軍，支持郭松齡倒戈，攻擊張作霖及奉軍作風，共產黨員宣傳赤化，亂拿津貼、言皆有值，「有此數罪，私仇公敵，早伺於旁」〔註63〕，張作霖對邵飄萍恨之入骨，「於是乎乃有必死飄萍之心矣」〔註64〕。對於張作霖殺害邵飄萍，後人有評「壓迫言論雖爲袁世凱等的慣技，然對新聞業者猶不敢公然殺害，而這一班武人則概置弗顧，驚笑萬邦，眞敎人不能生食其肉也。」〔註65〕

第四節　林白水事件

林白水（1874.1.17～1926.8.6）字少泉，別署白水，福建閩侯人。前清時爲閩中名士。出洋留學日本早稻田大學。回國後與蔡元培辦理《俄事警聞》，

〔註62〕　《李思浩生前談從政始末》，《文史資料選輯》第二輯，1978年。
〔註63〕　《飄萍啓事》1924年4月22日《京報》。
〔註64〕　《一代極人——邵飄萍》，《文史資料選編》第6輯，北京出版社。
〔註65〕　蔣國珍：《中國新聞發達史》，世界書局，1927年，第73頁。

又自辦《中國白話報》。1913 年當選國會眾議院議員，被聘爲袁世凱總統府秘書兼直隸省督軍署秘書長。1917 年帝製取消，林重操舊業，與友人合辦《公言報》，任主筆，敢於講眞話、揭露眞相，在社會上影響很大。

1921 年 3 月 1 日北京《新社會報》創刊。社址在北京宣武門外棉花頭條 1 號。該報的創刊得到北京政府財政總長周自齊的支持。總撰述林白水，編輯主任胡政之。該報自稱其旨趣是：該報注重社會新聞，間日即有「白水」署名的評論。1922 年 2 月，該報因刊登軍閥吳佩孚搬運飛機炸彈和鹽務公債黑幕等消息，爲徐世昌令警察廳勒令停刊 3 個月。

1922 年 5 月 1 日北京《新社會報》改名《社會日報》恢復出版。林白水寫復刊社論，用大字刊出，稱：「蒙赦之，不改不可。自今伊始，斬去《新社會報》之『新』字，如斬首然，所以自刑也」〔註66〕。《社會日報》的經費「主要依靠北洋軍閥的津貼，北洋政府的國務院、鹽務署和直系軍閥控制下的福建督軍署等機關，都對該報發有長期的津貼」〔註67〕。

1923 年 4 月曹錕賄選總統，林白水撰文揭露議員受賄醜聞，該報再次被查封，林白水被監禁 3 個月。曹錕坐穩了總統寶座之後，始准《社會日報》繼續出版。

《社會日報》自創刊以來就一貫反對一切進步和革命的力量，破壞工人運動、學生運動和群眾性的反帝愛國運動，對領導中國革命的工人階級政黨──中國共產黨，也極盡其詛咒謾罵之能事。1923 年以後，這個報紙又極力宣傳所謂「赤化和共產黨侵略」的危險，屢次借箸代謀，爲帝國主義和北洋反動集團籌劃反共和抵制革命的「良策」，毫不隱諱它的反動的政治立場。

《社會日報》依附於北洋軍閥，是北洋軍閥反動統治的積極維護者。1924 年至 1926 年段祺瑞執權時期，這個報紙自稱「與合肥有歷史上之關係」，對段阿諛備至，極力爲段及其屬僚勾結帝國主義，鎮壓愛國運動，屠殺愛國群眾的罪行辯護。段被迫下野後，這個報紙又轉而對重掌政權的奉系軍閥表示好感，對於郭松齡倒戈，林白水主觀上不提倡，「推倒張作霖一事，在民眾何嘗不希望能翦滅此萬惡之軍閥，好亂之賊子。然欲達此目的，而用非常之手段，則期期以爲不可」〔註68〕，原因是「蓋惡風氣絕不可提倡，一經提倡，

〔註66〕《新聞研究資料》總第 42 輯，第 66 頁。
〔註67〕黃河編著《北京報刊史話》文化藝術出版社，1992 年 10 月版，第 79 頁。
〔註68〕白水《敬告國民軍首領》1925 年 11 月 29 日《社會日報》。

如火燎原，紀綱敗壞，人類幾息，則根本上是無政治可言」〔註69〕。1926年奉系軍閥進入北京之後，林白水撰文《奉聯將領大大覺悟》，文章描述之前北京慘不忍睹狀況，奉軍津京「柳暗花明又一村」，原來「奉聯各將領，近年在打仗裏得到許多教訓，因此漸漸覺悟轉來」〔註70〕。刊登奉系張作霖約束京畿奉聯軍隊電令「嚴查嚴辦，懲一儆百，……如難於約束，嚴令奉軍，即日撤退出京，以免世人訴病也」。同時發表張學良對中外新聞記者談話，大意為「戰勝忽驕」「嚴守軍紀」「不許入城」。5月8日刊登《時局漸趨安定》稱奉派將領之覺醒，頒佈軍紀以來「京師治安，立見恢復，商民各安生業，立祛其驚惶之念」〔註71〕。對擁兵自重的張作霖尊之為「大元帥」，奉之為「上將軍」〔註72〕。

　　《社會日報》林白水雖對奉系軍閥的態度隨奉系的勢力強弱而變，但卻多次撰文諷刺奉系軍閥張宗昌的幕僚潘復。1923年1月25日，林白水在《社會日報》上發表一篇時評，揭責潘復任財政次長期間的營私舞弊，企望能激起國人，尤其是山東人民的憤激，以阻止其出任山東省長。時評中有這樣一段文字：「你們山東人應該知道，你那位貴同鄉潘大少名復，快要做山東省長了。講起這位潘大少，他的做官成績，實在可驚。他統共做了一年零幾個月的財政次長，兼鹽署署長，在北京就買了兩所大房子，連裝飾一切，大約花去十萬塊錢。又在天津英界，蓋一座大洋房，光是地皮，就有10畝之大，一切工程地價，統共花去15萬塊錢。你想，一年半的次長，能有25萬買房子的大成績，其他，古董、器具、陳設，怕不也得花十幾萬塊錢嗎？就這一項簡簡單單的大房子，已經值得40萬左右，那麼這位潘大少的穿衣吃飯、賭錢、經商、供給姨太太……」讀了如上不容置疑的數字，有這樣一位斂錢有術的省長，百姓們還能活路是可想而知的。

　　1926年8月5日，林白水在北京《社會日報》上發表了一篇諷刺性的文章，題為《官僚之運氣》。這篇時評主要評論了三個人——吳佩孚、潘復、張宗昌。文章首先指斥了吳佩孚，說吳「頭腦簡單，不諳政治，其思想陳腐」，「與合肥極相類」。然後筆鋒一轉，點題寫道說：「狗有狗運，豬有豬運，督辦亦有督運，苟運氣未到，不怕你有大來頭，終難如願也。某君者，人皆號

〔註69〕白水《敬告國民軍首領》1925年11月29日《社會日報》。
〔註70〕白水《奉聯將領大大覺悟》1926年4月26日《社會日報》。
〔註71〕白水《時局漸趨安定》1926年5月8日《社會日報》。
〔註72〕黃河編著：《北京報刊史話》，文化藝術出版社，1992年10月版，第79頁。

之爲某軍閥之腎囊，因其終日系在某軍閥之褲下，亦步亦趨，不離晷刻，有類於腎囊之累贅，終日懸於腿間也。此君熱心做官，熱心刮地皮，因是有口皆碑，而此次既不能得優缺總長，乃並一優缺督辦亦不能得……甚矣運氣之不能不講也」〔註73〕。林白水文中所說的「某君」指的就是張宗昌幕下號稱「智囊」的潘復。當時人們都知潘復是山東軍閥頭子張宗昌幕下之「智囊」。林白水借張宗昌素有的「長腿」綽號，在這裡把「智囊」變作「腎囊」，潘復字馨航，馨航與腎囊諧音，對潘復的譏諷眞是入骨三分，「於是有語及潘復，皆不馨航而腎囊矣」。此文一出，見者都爲之大笑。當天下午，潘復即令人打電話到報館，責令林白水在報上更正謝罪。林白水以言論自由，不容暴力干涉，拒絕了認錯。

潘復「恨之入骨，勢必殺林而後已」，立即手持報紙，親自訴之於張宗昌，要求嚴懲林白水。張宗昌看後，也認爲林如此公開謾罵，污辱人身，實屬過分，雖與己關係不大，但礙於潘復的情面，教訓他一下，也未爲不可，遂同意下令逮捕林白水。

林白水在北京原有住所兩處：一處在宣武門外果子巷北棉花頭條 1 號，一處在西單牌樓宏廟 20 號。林白水被捕是在棉花頭條，就在「腎囊」文發表的當天傍晚。到了夜半，憲兵司令王琦，用汽車把他押到憲兵司令部，說他是「通敵有據」，訊問了不多幾句話，就喝令上綁。林白水被捕後，態度從容，只說要寫一張遺囑，別的並無所求。遺囑寫道：「我絕命在頃刻，家中事一時無從說起，只好聽之。愛女好好讀書，以後擇婿，須格外愼重；可電知陸兒回家照應。小林、寶玉，和氣過日。所有難決之事，請茇孫、淮生、律閣、秋岳諸友幫忙。我生平不作虧心事，天應祐我家人也。丙寅八月七日夜四時，萬里絕筆。西斜街宏廟二十號林太太。外玉器兩件，銅印一個，又金手錶一個。」

於四時，由憲兵隊二人軍法官，某用洋車出順治門押到天橋刑場。林白水衣白夏布長衫，外罩青背心。外右五區事前已派警在該處有所準備，林下車後，軍法官命林面南跪，軍法官當揭處如下之布告：「憲兵司令部布告，爲布告事，頃奉張督辦令，查社會日報經理林白水，通敵有證，著即槍斃，除執行外，合行布告。司令王琦。中華民國十五年八月六日」〔註74〕。扶林之

〔註73〕林白水：《官僚之運氣》1926 年 8 月 5 日《社會月報》。
〔註74〕《京憲兵司令部以通敵罪槍斃社會日報經理林白水》1926 年 8 月 7 日《申報》

二兵士命林注意，言未畢，其他之兵士舉槍由林腦後射擊，砰然一聲，血花飛濺，彈由後腦入，左眼出，此五十四歲之老人，遂脫離二十一年之新聞記者生活，與世長辭。

其實，在奉聯軍抵京之時，就有人主張警察廳特別注意對林白水等人的行動。林白水被捕當夜，楊度、薛大可等向張宗昌求情，張宗昌開始頗以軍令重大，未便出爾反爾為由，意似難回。最後《黃報》記者薛大可情急之中竟屈膝跪於張宗昌面前求情，涕泗縱橫，一再懇求，求貸其死，並以古名將種種懿行美德期待張氏，張宗昌「意始轉活動，惟仍以命令既出，不便收回為言，嗣經協商結果，決定根據刑律定，將『著即槍斃』之罪，改為『猶豫執行』」〔註75〕。楊度當場另草釋放手令，張親自簽署，再由警廳轉送憲兵司令部，往返周折，經歷手續較多。而計林自被捕，三時在司令部過堂，四時四十分即已押赴刑場執行槍決，此令轉到憲兵司令部，業五時有餘，相差約兩刻鐘上下，林已於四時五十分在天橋執行，諸人相與歎息不置。據瞭解，王琦接到張宗昌手令後，是否遵照執行，不敢擅自做主，立即驅車就商於潘復，隨後將林自監獄提出槍殺，然後謊稱釋放手令來遲一步。事後，張宗昌對潘復的行為大為不滿，他罵道：「你小子心胸狹窄，為人說兩句就殺人，你小子比周瑜的氣量還小。」

林白水家奠那天，張宗昌派員送去祭金一萬元，為林女慰君堅拒。林白水被殺後，「北京報界現正竭力抗議軍人槍決林白水事」〔註76〕，日本報界聯合會為日新聞家組織，特為此事開會，認為中國軍閥置法律、人權於不顧，隨意草菅人命，外媒深感在中國的治外法權受到威脅，「自京報社長邵振青慘遭奇禍以來，現復有社會日報社長林白水君亦同罹此厄，殊令吾儕不勝扼腕歎息，並對此同業者兩君表深厚之同情，且認此類不詳事件是層出不已，實為至憾也。夫邵林兩君均於被捕後，不出數小時間，並未履行任何法律的手續，即予槍決，是縱令其罪果屬不赦，而此種暴戾之行，在人道上既難默許，且亦信其為法治國之一大污點也。吾儕固極盼撤銷從來各國在華之治外法權，並冀望中國及早整頓其內政法律，乃近來竟迭見此種不詳事件發生，誠以為不特足為收回治外法權之阻礙，且中國軍閥此種武斷的舉措，亦深使在

226-148（3）。

〔註75〕《京憲兵司令部以通敵罪槍斃社會日報經理林白水》1926 年 8 月 7 日《申報》226-148（3）。

〔註76〕《京報界抗議非法槍斃記者》1926 年 8 月 9 日《申報》226-206（5）。

華外僑對於撤銷治外法權，感不安焉」〔註77〕。

　　林白水並非白璧無瑕的人，但文筆犀利，論文精闢，敢說眞話，敢作諍言，爲人稱道。他曾說：「新聞記者應該說人話，不說鬼話；應該說眞話，不說假話！」〔註78〕後因發表「智囊與腎囊」諷刺潘復，措辭過火，招致軍閥怨怒，是招致殺身之禍原因之一。而還有一原因是林白水同情國民軍，曾痛罵張作霖、張宗昌〔註79〕。1962年他的同鄉後輩鄧拓所說，「無論如何，最後蓋棺論定，畢竟還是爲反抗封建軍閥、官僚而遭殺害的。」林白水慘遭殺害的直接原因是撰文進行人身攻擊，惹怒潘復；但是仔細考察，其實也與林白水同情國民軍有一定的間接關係。

　　同情國民軍。《社會日報》對於國民軍馮玉祥，林白水稱其爲「馮君誠爲傑出之人才，故近年以來，人民望治者，頗屬意於馮，以爲刷新民治，徹底改革，捨馮軍其誰與歸」〔註80〕。1926年春，馮玉祥軍隊被直奉軍閥迫離北京退往南口時，林白水在報導其撤退中寫道：「秩序井井，數萬大軍能於數個鐘頭之內全行撤退，而京師全市，並不生絲毫之驚動，且有多數市民，竟不知局面有如此大變化者，此不能不欽服國軍當局處置得法，態度從容。吾人以其行也，謹致深切之感謝與敬意」〔註81〕。是年5月，他又報導直奉軍隊在京畿的情況，其中寫道：「直奉聯軍開到近畿以來，近畿之民，廬舍爲墟，田園盡蕪，室中雞犬不留，婦女老弱，流離顛沛。彼身留兵禍之愚民，固不知討赤有許多好處在後，而且覺目前所遭之慘禍，雖不赤亦何可樂也。……赤黨之洪水猛獸未至，而不赤之洪水猛獸先來……」。林白水「當時不認識馮玉祥，但憑著新聞記者之良心，實事求是地記述其軍紀之嚴明；先父十分清楚直奉軍閥之兇惡霸道，但他不畏強權，秉筆直書」〔註82〕。「林白水君慘遭槍決聞矣，偶語棄市，睊皆殺人，恐怖時代之民命，曾雞犬不若，言之心戚，聞者髮指，視其公佈罪狀曰，通敵有據，此種莫須有之詞，豈可以殺人，即如外報猜測，有攻擊軍閥政府及詆毀軍閥言論，然亦僅有賠償損失之責，罪

〔註77〕《北京日報社悲悼林白水》1926年8月10日《申報》226-253（1）。
〔註78〕朱虛白：《中國名報人軼事》報學三卷三期。
〔註79〕王植倫：《林白水傳》，福建教育出版社，1992年版，成舍我序。
〔註80〕白水：《敬告國民軍首領》1925年11月29日《社會日報》。
〔註81〕1926年3月27日《社會日報》。
〔註82〕林慰君：《記先父林白水烈士》（續），《新聞研究資料》第四十二輯，1988年6月，第71頁。

何至於死」〔註83〕。

　　林白水爲新聞界舊宿，毫無黨派關係，也無打倒軍閥打倒帝國主義的露骨主張，僅見爲國民軍稍有讚語，發些公正的言論，竟遭慘殺。可見當時的軍閥權威凌駕於法律之上，「人爲刀俎，我爲魚肉，草草勞民，將不知死所」〔註84〕。

第五節　李大釗事件

　　李大釗（1889.10.29～1927.4.28），字守常，河北省樂亭人。中國最早的馬克思主義者和共產主義者之一，中國共產黨主要創立人之一，是中國國民黨第一屆中央執行委員會委員之一，也是共產國際在中國的代理人；同時也是著名的報刊撰稿人、政論家。

　　考察李大釗的新聞傳播活動都是爲其政治身份、政治思想、政治立場服務的。從宣傳馬克主義、指導工人運動到反對帝國主義反對封建軍閥等多項活動，從一而終都是靠新聞媒介努力宣傳進步思想、革命思想，並踐行領導國民革命。

　　李大釗 1916 年 8 月在北京《晨鐘報》創刊號上發表《〈晨鐘〉之使命——青春中華之創造》一文，抒發青春中華再造的信心和決心，提出改造中國的希望。1917 年受十月革命影響，明確地站到馬克思主義的立場上來，成爲中國最早的馬克思主義者和共產主義者。1918 年 12 月在《每周評論》發表《新紀元》等宣傳社會主義的文章，以及《共產黨宣言》的部分譯文。

　　1919 年 5 月 1 日北京《晨報》副刊《勞動節紀念專號》發表李大釗的《五一節雜感》。5 月 2 日在《新青年》第 6 卷第 5 號刊出的《馬克思主義研究專號》發表《我的馬克思主義觀》，5 月 5 日指導《晨報》副刊特闢《馬克思研究》專欄以紀念馬克思誕辰 101 週年，在以後半年裏刊載介紹馬克思主義經典著作和紀念馬克思的文章，其中有馬克思的《勞動與資本》、河上肇的《馬克思唯物史觀》、考茨基的《馬氏資本論釋文》等。5 月 11 日在《每周評論》上發表《秘密外交與強盜世界》，8 月 24 日北京《新生活》創刊，李大釗在該刊撰發 60 多篇短小時評、雜感。

〔註83〕　《國民黨爲林白水事宣言》1926 年 8 月 10 日《申報》226-235（6）。
〔註84〕　《國民黨爲林白水事宣言》1926 年 8 月 10 日《申報》226-235（6）。

1920 年 5 月在《新青年》第 7 卷第 6 號《勞動節紀念號》上發表《「五一」運動史》，8 月李大釗指導《曙光》月刊從第 1 卷第 6 號起開始傾向社會主義。10 月 20 日在《批判》半月刊發表《歐文的傳略和他的新村運動》，《批評》等關於新村主義的主張實際上是行不通的，它反映了知識分子的個人主義和人道主義的幻想。11 月 7 日《勞動音》創刊於北京，在李大釗指導下，該刊重視理論和實際的結合，著重反映工人受壓迫的悲慘生活和反抗壓迫的罷工鬥爭，指導工人運動的開展。

1921 年 7 月 31 日《工人周刊》在北京創刊，爲中國勞動組合書記部北方分部的機關報。羅章龍、李大釗被軍閥政府多次查禁停刊。1926 年遷往天津出版，同年底停刊，共出 150 期以上。工人周刊社得到邵飄萍京報社支持，出有《京漢工人流血記》、《五月一日》等小冊子。7 月 31 日北京勞動通訊社成立。爲工人周刊社附屬的宣傳機構。後期曾與邵飄萍的《京報》及新聞編譯社合作採訪。1926 年 4 月下旬後被迫停止發稿。

1922 年 2 月 12 日北京大學新聞記者同志會召開成立大會。李大釗發表演說認爲，這類新聞職業團體一方面可以增進友誼，提高學識，同時又應關注社會、政治問題，提高記者人格，盡爲國民宣傳的責任。4 月 27 日李大釗領導創辦《政治生活》，並在創刊號《發刊辭》宣佈宗旨說：「中國的政治不良，但是誰能逃出外力與軍閥的宰割？」〔註 85〕「本刊的使命，便是要領導全國國民向：奮鬥反抗的政治生活走！」〔註 86〕該刊報導評論政治時事，宣傳貫徹中共的方針政策，傳播馬克思主義理論，反映和推進反帝反封建軍閥的國民革命。

1924 年 6 月 18 日《嚮導》第 71 期發表李大釗寫的《新聞的侵略》一文，署名 Ｔ・Ｃ・文章指出：「中國遍地盡是外國通信社的宣傳機關，如東方、路透、中美等，他們挾資本雄厚的優勢，在內地時時操縱新聞」，造謠惑眾，破壞中國革命運動，這是一種「新聞的侵略」。他主張「中國政府應根本取締外國利用通訊社在國內各地宣傳，應將那些造謠生事的、侮辱中國的外國新聞記者，驅逐出境」〔註 87〕。

1925 年 10 月下旬《西北日報》在包頭創刊。是馮玉祥所屬的西北國民革

〔註 85〕 《發刊辭》1922 年 4 月 27 日《政治生活》。
〔註 86〕 《發刊辭》1922 年 4 月 27 日《政治生活》。
〔註 87〕 《新聞的侵略》1924 年 6 月 18 日《嚮導》周刊，第 71 期。

命軍的機關報。中共北方區委負責人李大釗從北京高校抽調共產黨人協助出版，1927 年秋停刊。

　　1927 年 4 月 6 日十時京師警察廳總監陳興亞率領警察、憲兵、便衣偵探三百多人趕至使館區，遞交歐登科一份公文「近來，大批共產黨人躲避在使館區內遠東銀行、中東鐵路辦事處，庚子賠款委員會，『煽動學生、工人，預謀在首都暴動』這種布爾什維克思想的蔓延，必定損害外國人並破壞地方安寧與秩序」，「採取果斷措施」，「查抄上述共產黨人躲避處，請予許可」〔註88〕。十時二十分，歐登科代表公師團在該公文上簽字，並通知使館巡捕房：「有中國軍警入界，勿得攔阻」〔註 89〕。接著大批軍警進入蘇聯使館西側區進行搜索，並在蘇聯使館舊兵營逮捕共產黨北方區執委會書記李大釗等二十餘人，並檢獲槍支、彈藥、旗幟、印章以及大批重要文件。

　　奉系軍閥張作霖在控制北京政府後，作為蘇俄共產國際的代理人、中國共產黨北方負責人的李大釗是張作霖的重要抓捕對象。於 3 月張作霖就遍訪外國駐華使節「探詢可否由外人協助抗拒布爾什維克主義」〔註 90〕，在「南北妥協反赤」的空氣日趨囂張之際，由日、法使館人員密報和李大釗北大學生李渤海的叛變，外國公使團的默許，在全國反帝愛國風暴使各外交使館及奉系軍閥焦慮不安之時，查抄蘇聯使館事件不僅轟動一時，而且對政局產生衝擊性影響。如美國駐華公使馬慕瑞評論「雖然它不能被稱為中國對外關係史上轉折點的標誌，但是至少大大緩和了此時陷入中國政務的人們所熟悉的緊張焦慮」〔註 91〕，「人們希望北京和上海赤色機構搜查到的文件被翻譯後，會在被捕者以及反共的公共輿論面前，證明搜捕行動的正確」〔註 92〕。如《京津時報》評論說「如果它以外交豁免權為藉口抗議查抄，那麼它將必須解釋，為何在該地存有敵意性宣傳資料和徽章，據稱這些物品都是在那裡製造的。如果它不提出抗議，那麼它仍須解釋，其所控制的地產為何用於貯藏煽動叛亂的印刷品和國民黨旗幟。兩者都不能逃避明顯濫用外交特權的責

〔註88〕《京師警察廳致首席公使函》1927 年 4 月 6 日《英國外交部機要文書・中國事務》，第 336 頁。

〔註89〕1927 年 4 月 16 日《國聞周報》第 4 卷第 13 期，第 4 頁。

〔註90〕1927 年 3 月 31 日《申報》。

〔註91〕《駐華公使（馬慕瑞）致國務卿電》1927 年 5 月 10 日《美國對外關係文件》1927 年第 2 卷，第 10 頁。

〔註92〕美國《時代》周刊 1927 年 5 月 9 日。

任」〔註93〕。《國際法》第二部分第四章第五十一節宣佈：「為使非外交職業人員免於享受治外法權，外交人員必須有固定的職責，其正規職業是為大使工作」〔註94〕，這表明查抄發現煽動叛亂活動，即使武官室被入侵，也是正當行為，蘇聯政府似乎沒有正當理由控告搜查。搜查當夜北京政府外交部知照蘇聯使館，「蘇聯駐華使館『容納共產黨人，陰謀擾亂中國治安，並藏有種種武裝、宣傳赤化之物品』，『此實違背國際公法與中俄協定』，『為此提出嚴重抗議』」〔註95〕。蘇聯駐華代辦齊愛爾尼克於7日清晨照會外交部，對於武裝軍警「強行侵入」「肆行剽掠」〔註96〕提出強烈抗議；其後蘇聯政府提出撤軍警、放職員、歸文件、還物品四項交涉要求，得到北京政府回覆「目前礙難照辦」，至於撤回駐華使館願「聽其自便」〔註97〕。4月19日蘇聯駐華代表及全體館員返國，中蘇關係斷裂。

李大釗及國共黨員，交軍法處審訊。李大釗判處死刑，4月28日執行槍斃。李大釗在執行處決時，「康涅狄格州參議員、大塊頭的美國佬賓厄姆正和張作霖一起品茶時，張元帥的軍官們就在相隔僅百米之遙的地方，忙於執行殘暴的處決……此種酷刑叫做『絞刑』，被集中用來處決他們在違反國際法情況下衝進蘇聯使館逮捕的中國人。在此次行動中，還查收了各種文件，張作霖正用自己的人根據需要予以翻譯。這些文件，上周被用來作為秘密審判的證據。……《紐約時報》記者電訊稱，張作霖向參議員解釋說：『是我下的命令。我不允許在我的地盤上有反對外國的主義存在』」〔註98〕。

李大釗是報刊活動家，創辦指導許多報刊，也發表過大量文章，但多數是宣傳馬克思主義，宣傳共產主義理論，並組織發動多起工人愛國運動，這些活動都是受蘇俄共產國際的代理人、中國共產黨北方負責人的身份支配的，其「宣傳赤化」，「擾亂社會治安」的影響早已深入奉系軍閥張作霖心中的反赤名單中。其實除此之外，讓奉系軍閥張作霖痛恨不已的是：李大釗支

〔註93〕《藍普森致奧斯汀・張伯倫函》1927年4月11日，載於習五一編譯《1927年奉系軍警查抄蘇聯使館事件函電選擇》。

〔註94〕轉引自《藍普森致奧斯汀・張伯倫函》1927年4月11日，載於習五一編譯《1927年奉系軍警查抄蘇聯使館事件函電選擇》。

〔註95〕1927年4月8日《晨報》。

〔註96〕1927年4月6日《蘇聯駐華使館致北京政府外交部照會》，北京市檔案館藏。

〔註97〕1927年4月16日《外交部至駐蘇代辦鄭延禧電》，《北洋政府外交檔案》，1039・12。

〔註98〕美國《時代》周刊1927年5月9日。

持馮玉祥，並使其逐漸赤化，策應北伐；同時還勸誘閻錫山，使其轉變立場起兵反奉，由此形成了北方反奉統一戰線。

1924 年起，李大釗以共產國際的力量援助並不斷支持馮玉祥，1927 年李大釗又勸馮玉祥在北方發動國民革命，以策應北伐。2 月馮玉祥發佈討奉檄文「本司令親率二十萬兵力」，「乃為民眾利益而戰，乃為中國自由獨立而奮鬥」〔註99〕。與此同時，李大釗電文奉勸閻錫山出兵反奉，「晉閻自第一次革命即督山西，於今十五年矣。革命以來，歷督一省而始終未遭更動以迄今日者，百川（閻）而外寧復幾人？然百川之苦心孤詣，歷盡事齊事楚之艱難，而不惜卑身屈節以保此位置者，豈僅為身家一己之尊榮乎？抑將守此以有待，而為吾國家民族完成革命之大事業乎？如使為一己，則吾於百川復有何言，如為民族革命之大事業者，則百川今日所處之境，真所謂千載一時之良機，不容或失者矣。現在革命軍之勢力已足控制長江，國民軍亦且雄視西北，倘來歲春深反奉戰起，百川若能率其十數萬健兒加入我軍方面作戰，則榆關以內胡騎全清，易如反掌耳」〔註100〕。此時的閻錫山是張作霖所封的安國軍副總司令，雖沒宣誓就職，但既不敢得罪張作霖，也不敢小視節節取勝的國民軍，在飄搖不定之時，熟讀李大釗的電文，感覺不僅申明大義且滿懷真情，遂於1927 年 4 月就任國民革命軍北路總司令，下令討奉。李大釗在北方建立了反奉統一戰線，致使張作霖痛恨不已，遂逮捕李大釗。

李大釗被捕後，京津各報相繼發表評論，輿論呼籲「黨獄萬不可興，處罰不宜過重」〔註101〕，張作霖也曾猶豫不定，《順天時報》載，「自李大釗被捕後，張作霖曾電張宗昌、韓麟春、孫傳芳、吳俊升、張作相、閻錫山、吳佩孚七人，徵詢意見。『五電嚴辦，一電法辦，閻無覆電』。其中張宗昌電『赤黨禍根』、『巨魁不除，北京終久危險』」〔註102〕。據說蔣介石密電張作霖「將所捕黨人即行處決，以免後患」〔註103〕。28 日「軍法會審」後，李大釗被處

〔註99〕 馮玉祥：《贊蘇共產黨員致蘭州鄧長耀、沙明遠電》1926 年 12 月 24 日，中國第二歷史檔案館藏。
〔註100〕 中國李大釗研究會：《李大釗全集》第 4 卷，人民出版社，2006 年出版，第687 頁。
〔註101〕 張篁溪：《李大釗殉國記》。
〔註102〕 張次溪：《李大釗先生傳》，北京宣文書店，1951 年版，第 74 頁。
〔註103〕 1927 年 4 月 29 日《晨報》刊載，未署發電人，《漢口民國日報》1927 年 5 月 12 日報導「南方某要人」實為蔣介石。參見王凡西《雙山回憶錄》，第 36 頁。

以絞刑。

第六節　李清漪事件

李清漪，（1902～1927）字泮溪。1902 年出生於山東省沂水縣七區下胡同峪村（今沂水縣諸葛鎮下胡同峪村），是馬克思主義在沂水最早傳播者，沂水縣黨組織創建人之一。出身地主家庭。早年學習努力，愛好書法、繪畫、篆刻，且有較深造詣。1919 年，考入駐臨沂的山東省立第五中學。1920 年考進以民主空氣較活躍聞名的濟南育英中學，1923 年考入上海大學，先入文學系，不久轉社會系。在此，受到瞿秋白、陳望道、鄧中夏、蔡和森、惲代英等人的啟迪和影響，開始研讀馬克思著作，思想很快成熟。1924 年經瞿秋白介紹加入中國共產黨。李清漪入黨後，一面學習，一面在校辦群眾夜校任教，得以直接接觸到社會底層群眾，堅定了為工農勞苦大眾謀解放的信念和決心。他積極參加革命活動，經常向各界發表演說，並擔任上海大學附設工人夜校教員，向工人傳播文化知識和革命道理。1925 年「五卅」反帝革命運動爆發後，上海工人階級在共產黨人瞿秋白、李立三、蔡和森、劉少奇等的領導下，於 6 月 1 日成立了上海總工會，他被黨組織選派到總工會總務科文牘股工作，掌管秘書、庶務，並負責組織指導下屬工會，協助總工會領導人李立三、劉少奇做了大量的宣傳工作。1925 年秋，李清漪受黨組織派遣，隨國民黨中央執委、上海大學校長于右任到北京、天津、保定一帶做國民黨孫岳、鄧寶珊的工作，促其策應北伐。

1926 年冬，組織批准積勞成疾李清漪的回家養病。這期間，他邊治病，邊工作，發展黨員，建民校，向貧苦青年學生和農民傳授文化知識、傳播共產主義思想，在他的影響下，沂水縣西北鄉的知識分子李鴻寶、陳梯山也都在各自的村內辦起了平民學校，採用了他編寫的課本，並發展李鴻寶等加入中國共產黨。

李清漪還在胞弟李松舟的幫助下創辦油印小報《農民日報》，四開四版不定期出版。撰稿、編輯、刻鋼版、印刷、散發等工作他都承擔。小報內容，除了摘登他從外地帶回來的進步書報（如《嚮導》、《新青年》、《中國青年》、《新建設》等）上的文章和香港大罷工等有關資料以外，他自己也撰寫評論、通訊和文藝小品等，結合地方上的時弊，予以揭露和抨擊。宣傳貧苦農

民只是在中國共產黨領導下組織起來，推翻反動統治，才能翻身得解放。小報的讀者對象是粗識文字的農民、小學教師、高年級學生和各階層的知識分子。報紙雖小，但在交通不便、地處偏僻的沂水地區，卻起到了革命的啓蒙作用。

1927 年春，李清漪病稍愈，回上海，途經濟南，被組織留任中共山東區委機關技術書記。同年 5 月，區委機關遭到破壞，李清漪被軍閥張宗昌殺害〔註104〕，時年僅二十六歲。

〔註104〕郝導松主編：《臨沂地區報紙志（1916～1990）》，臨沂大眾報社、臨沂地區報紙志編纂辦公室編印，1991 年 11 月，第 10 頁。

第五章　北洋其他派系的新聞輿論操控和奉系軍閥操控新聞輿論的理論根源及得失

　　結語部分首先簡單闡述北洋軍閥中直系軍閥、安福系、國民軍系對新聞輿論進行的操控，文章簡單述此，目的只起到烘托作用，辨明同作為北洋軍閥時期的一個派系，不只是奉系軍閥對新聞輿論進行操控，其他派系也如此。接著重點分析奉系軍閥操控新聞輿論的理論根源，最後對奉系軍閥實施新聞輿論操控的功過得失進行重點關注。

第一節　北洋時期其他派系的新聞輿論操控

　　北洋軍閥的報刊思想是披著新聞自由主義外衣而為其集權專製作理論上的辯護與粉飾。北洋軍閥各派系除了以上論文闡述的奉系對新聞輿論進行控制外，其他派系直系軍閥、安福系（皖系）、國民軍系都曾在自己執掌北京政權時對輿論進行引導和控制，各派系都有自己資助創辦的報刊以引導輿論走勢，為自己的武力權爭充當輿論先鋒，擴大輿論影響，同時在執掌北京政府大權時，對異系的報刊進行限制、查封。

一、直系軍閥的輿論操控

　　直系軍閥是北洋軍閥派系之一，代表人物馮國璋、曹錕、吳佩孚等人曾長期控制北京政權。

　　北洋直系軍閥曹錕和吳佩孚是最善於利用輿論的。第一次直奉戰爭，直系吳佩孚抓住五四時機，表現激進，使用通電先進的輿論手段，頻繁地表達他的政治見解和進步主張，控制了輿論界，得到人民支持，獲得第一次直奉戰爭勝利。而之後吳佩孚目空一切，驕橫狂妄，日漸暴露了他反人民反革命的本質，鎮壓京漢鐵路工人罷工，製造二七慘案。後又欺騙人民，賄買議員，與曹錕聯手篡奪全國最高領導權，上海人民的「下半旗，討曹錕，誅豬仔，懲政客，打倒萬惡軍閥」傳單，足見曹吳聲譽掃地，成為眾矢之的，所以第二次直奉戰爭吳佩孚戰敗。直系軍閥對於新聞輿論的操控還表現在自己創辦一些報刊以及津貼扶持一些報刊，而對於阻礙直系軍閥前途的異派報刊加以限制、查封。論文對於直系軍閥新聞輿論的操控只限於北京，而且資料收集有限，僅作簡單描述。

　　直系軍閥在北京扶持創辦及資助的報刊有如下十多種：《國報》，由邊守靖任社長，何車勇任主筆，吳佩孚資助資本金 3 萬元〔註 1〕。北京《益世報》，社長杜竹宣，主筆顏旨微，1915 年 11 月創刊，美國基督教會機關報，親美排日，曾為直隸機關報。《北京報》社長任振亞，主筆徐伯動，1919 年創刊，與直隸吳佩孚有特殊關係。《北京晚報》1921 年創刊，社長劉煌，主編陳冷生，為直系機關報。直系在天津有天津《益世報》1915 年創刊法國天主教等合資創辦，親美排日，曾是直隸派機關報，後親奉系。《庸報》1926 年 6 月創刊，社長董顯光，主編邵光典，與吳佩孚關係親近。《和平日報》1926 年創刊，社長李萬鍾，直隸督辦公署機關報。《津聲報》1924 年創刊，社長胡起鳳，主編劉家賓，舊直隸派機關報。《新天津報》1924 年 9 月創刊，社長劉中儒，主編薛月櫻，直隸系機關報。

　　直系軍閥在 1921 年 12 月至 1924 年 11 月期間主要控制北京政權，為了控制新聞輿論，對報刊查禁相當嚴厲。1924 年 9 月 3 日京師警察廳布告稱，「以時局不定，謠言四起，輿論界對於各省軍政事項，均應持以鎮靜態度，不得任意登載」〔註 2〕，並指飭目前仍有一些報館及通信社，「故意造謠，存心煽惑挑釁情事，影響治安」，除飭傳有關報社經理人，「嚴加根究法辦外」，特布告各報館，「往後對於軍事及有關大局各項，務宜審慎登載，勿得故違」〔註 3〕。

〔註 1〕　《支那新聞一覽表》，南滿鐵道株式會社，大正十五年九月五日發行。
〔註 2〕　方漢奇：《中國新聞事業編年史》（三卷本），福建人民出版社，2000 年版，第 999 頁。
〔註 3〕　方漢奇：《中國新聞事業編年史》（三卷本），福建人民出版社，2000 年版，第

10月20日京畿警備總司令部通知北京各報館各通信社，關於登載軍事新聞，應先將原稿按照檢查時間表，先行送交該部檢查，經驗訖始准刊發。北京《晨報》爲此登出特別啓事：「在此種限制之下，本社所發稿件，不敢保證不受減削，不及選擇材料補充時，即留一空白，請閱者原諒」〔註4〕。而《晨報》第二版登出的軍事消息《張作霖向榆關增援》稿，即留有部分空白。

　　直系軍閥對於宣傳進步思想及攻擊直系當局的報刊大肆進行限制和查封。社會主義青年團的機關報《先驅》半月刊因受到北京政府查禁，1922 年 1 月 5 日創刊後出至第 4 期起遷上海出版。江西人在北京創辦的《贛事周刊》1923 年 2 月 1 日因發表言論，揭露抨擊軍閥蔡成勳罪惡，被警察廳檢查員禁止發行〔註5〕。亞洲通訊社 2 月 2 日發稿觸犯國務院秘書長呂均，京師警察廳派便衣警察和巡警 10 餘人至，逮捕該社社長林超然遂以侮辱罪拘捕候審。7 月 26 日北京《京津晚報》社編輯曾青云，發行人吳鳳鳴，民治通訊社社長劉子任等人被拘押，晚報和通訊社被警廳查封。北京報界同人群起營救，於 30 日保釋。8 月 1 日，上海報界戈公振、邵力子、張季鸞等 20 多人聯名致電京津和全國各報館、通訊社，呼籲共同一致聲援，以保障人權，而維護輿論。民治通訊社被查封兩個月後於 10 月 11 日復業〔註6〕。北京民治通訊社於 11 月 20 日被政府當局查究，因所發有關金佛朗案的報導涉及閣員受賄等情節，爲此該社在《晨報》發表聲明稱：「查敝社此項新聞系轉錄 16 日天津《大公報》，且同時京中其他報紙亦有同樣記載，並非敝社造謠誣衊，誠恐外間不明真相或有誤會」〔註7〕。

　　1924 年 9 月 1 日京師警察廳傳訊國聞通訊社編輯周某，指責該社前兩日刊載奉天通信員關於奉張致曹錕函失實。6 日，該社被勒令停止發稿〔註8〕。9 月 2 日世界通信社編輯被京師警察廳傳訊。該社總經理遭到監視。5 日，該社停止發稿〔註9〕。9 月 5 日京師警察廳傳訊上海《申報》駐京記者秦墨哂及

　　　　999 頁。
〔註 4〕《特別啓事》1924 年 10 月 22 日《晨報》第二版。
〔註 5〕方漢奇主編：《中國新聞事業編年史》上，福建人民出版社，第 969 頁。
〔註 6〕方漢奇主編：《中國新聞事業編年史》上，福建人民出版社，第 979 頁。
〔註 7〕1923 年 11 月 20 日《晨報》。
〔註 8〕方漢奇：《中國新聞事業編年史》（三卷本），福建人民出版社，2000 年版，第 999 頁。
〔註 9〕方漢奇：《中國新聞事業編年史》（三卷本），福建人民出版社，2000 年版，第 999 頁。

亞東新聞社記者,並查封《民德報》〔註10〕。9月底中國第一張在共產黨領導下的婦女報紙,天津當時唯一由婦女主辦的報紙《婦女日報》因報導並抨擊禍國殃民的反動軍閥,引起軍閥政府的嫉恨,被施加種種壓力,加之經費困難、主要辦報人離津或忙於其他工作,被迫停刊〔註11〕。

第二次直奉戰爭直系失敗後,直系退出北京政府舞臺,但依然有《直系殘黨辦報說》「在中國法租界創中國報:直隸派殘黨爲圖謀回覆九日勢力起見,時常製造空氣,淆惑全國聽聞,以爲復起之運動,近更在京之巨魁高淩蔚王毓芝曹鍈等出資二十萬元,在天津法國租界創辦一中國報,派前益世報劉經理之弟劉福清爲經理,現正籌備一切,不日即將出版,聞其宗旨在散佈謠言,及對現政府爲目標云」〔註12〕。由此可見,直系軍閥即使兵敗勢衰,依然想借助輿論攻伐異派,挽回頹勢。

二、安福系的新聞輿論操控

安福系是中國北洋軍閥時期依附於皖系軍閥的官僚政客集團,在徐樹錚的策劃下,王揖唐、光云錦、王印川等皖系政客於1918年3月在安福胡同成立安福俱樂部,爲該系形成肇始,到1920年直皖戰爭皖系失敗止,安福系作爲皖系軍閥左右北方政局的政治力量頗爲活躍。段祺瑞於1920年直皖戰爭後通電辭職,北京政府下令解散安福俱樂部,但安福系勢力仍然存在。直到段祺瑞在1926年4月徹底垮臺時,安福系始告解體。

安福系對於新聞輿論的操控主要是自己創辦報刊,以及津貼扶持一些報刊,而對於阻礙安福系軍閥前途的異派報刊加以限制查封。文中對於安福系新聞輿論的操控只限於北京,而且資料收集有限,僅作簡單描述。

安福系在北京津貼資助的報刊有《民福報》,社長王太素,主筆伍薏農。《京津時報》,社長汪文之,主筆徐一元。《大公報》,社長王維新,主編胡霖,段祺瑞出資三萬。《民國公報》,社長羅毅夫,安福系出資4千元創辦。《公報》爲安福系機關報。《大中報》,1916年8月創刊,社長張履桓,主編張毅夫,總商會機關報,與安福系關係密切。《現代評論》,1924年12月創刊,主編陳

<hr>

〔註10〕 方漢奇:《中國新聞事業編年史》(三卷本),福建人民出版社,2000年版,第999頁。

〔註11〕 馬藝主編:《天津新聞傳播史綱要》,新華出版社,2005年6月版,第112頁。

〔註12〕 1925年9月14日《晨報》第七版。

源（西瀅），曾得到段祺瑞資助，一貫支持北洋當局〔註 13〕。《甲寅》周刊，
1925 年 7 月 18 日創刊，北洋政府司法總長兼教育總長章士釗主辦，鍾介民編
輯，爲段祺瑞執政府的反動統治辯護，是十分滑稽的「公報尺牘合璧」式的
刊物〔註 14〕。

　　安福系段祺瑞在 1924 年 11 月 24 日至 1926 年 4 月 20 日在北京政府臨時
執政，期間對宣傳赤化報刊及攻擊當局言論的報刊控制相當嚴格，《嚮導》周
報主編蔡和森發表《安福政府對於輿論的摧殘》一文，提到年初段祺瑞政府
通令查禁《嚮導》等 20 種刊物，以及百餘讀者給《嚮導》來信，表示憤怒抗
議和呼籲言論自由等情況。文章說：「本報是民眾生活的寒暑表。人們只要測
驗帝國主義與軍閥所加於本報的壓迫是怎樣，便可推知全國輿論界和民眾的
命運將怎樣」〔註 15〕。魯迅發表在《京報副刊》刊載《大衍發微》一文，提
及「三一八」慘案後，段祺瑞政府發出通緝名單，並將列出該名單的 48 人的
籍貫、職務一一列出，其中現任各報編輯、記者的有陳友仁、邵振青、陳啓
修、林玉堂、周樹人、張鳳舉、孫伏園、成平、潘蘊巢、羅敦偉、鄧飛黃等
11 人，以及《猛進》的撰稿者李玄伯、徐炳昶等 7 人。魯迅還在文章中揭露
北洋政府摧殘新聞界的以下計劃：「撲滅四種報章：《京報》、《世界日報》、《世
界晚報》、《國民新報》、《國民晚報》。」「『逼死』兩種副刊《京報副刊》、《國
民新報副刊》。」「妨害三種期刊《猛進》、《語絲》、《莽原》。」〔註 16〕

　　安福系段祺瑞臨時執政期間查封大量報刊、逮捕不少進步報人。中國國
民黨在北京及華北地區的黨報《民國日報》1925 年 3 月 17 日因刊登上海國民
會議策進會撰寫《喪權辱國的安福系》一文被北京警廳以「侮辱國家元首臨
時執政段祺瑞」的罪名查封，編輯鄒德高（明初）被捕，該報僅出刊 13 天。
北京中國大學學生主辦的《衝鋒》旬刊 1925 年 4 月 3 日被京師警察署查封。
《世界晚報》1925 年 4 月 8 日登出特別啓事，稱「京師地檢廳，對於本報，
一再以妨害公務，犯出版法第十一條第五款等罪，傳訊本報經理成舍我，成
君因應付訟事，所有經理職務由協理龔德柏兼任」〔註 17〕。國民黨左派辦的

〔註 13〕方漢奇主編：《中國新聞事業編年史》上，福建人民出版社，第 1007 頁。
〔註 14〕《魯迅全集》第 3 卷，第 112 頁。
〔註 15〕蔡和森：《安福政府對於輿論的摧殘》1925 年 4 月 5 日《嚮導》周報第 109
期。
〔註 16〕魯迅：《大衍發微》，《京報副刊》1926 年 4 月 16 日。
〔註 17〕1925 年 4 月 8 日《晨報》。

機關報《國民新報》用蘇聯退回的庚子賠款作為主要經費來源辦刊，宗旨為「主張國民救國，宣傳民族自決，剷除黑暗勢力，打倒帝國主義」，該報揭露抨擊北洋軍閥及其支持者英日帝國主義，北伐前夕，隨著國民黨北京黨部被封，該報於 4 月 10 日停刊。1926 年 2 月 21 日北京《大同晚報》經理龔德柏，編輯胡春冰，庶務唐維楨及《北京晚報》經理劉仰乾本日晚被警方拘捕，《大同晚報》被查封。旋即復刊，4 月 9 日《大同晚報》以刊載軍事消息失慎，再次被警方查封，經理龔德柏再次被鋪。《東方時報》1924 年 10 月 18 日三時被封，史俊明被捕，辛博森自行到司令部陳述一切，內容不明〔註 18〕。同時《遠東時報》10 月 18 日晨未出版，「據經理稱，今日之報，乃由警廳禁止出版，現正設法使日內續出版」〔註 19〕。

三、國民軍系的新聞輿論操控

國民軍成軍於 1924 年 10 月北京政變，結束於 1927 年 4 月下旬，改稱國民革命軍第二集團軍，凡兩年六個月。國民軍系以馮玉祥為代表。國民軍系馮玉祥在北洋軍閥中最初為直系軍閥將領，第二次直奉戰爭與奉系軍閥聯合打敗直系軍閥，後來參與奉系郭松齡倒戈，遭到直系與奉系聯合攻擊，退出北京，最後與北伐軍聯合將奉系軍閥逐出北京。

國民軍系對報刊的新聞輿論操控主要是創辦一些自己的機關報，而對打擊查封異系新聞輿論機關，只有在 1925 年國民軍與奉軍開展時控制過一段北京治安時，只對個別報刊有查禁，這與當時北京各大民營報刊支持國民軍系有關。

國民系在京津創辦大量的機關報刊和通訊社。馮玉祥與孫中山有過交往，對孫的「三民主義」很是推崇。「中山先生送給我六千本《三民主義》，一千本《建國大綱》和《建國方略》，我便全數發給各部隊，令官兵列為正課，悉心研讀」〔註 20〕。為了宣傳革命的理論，使社會民眾不至受愚，馮玉祥特敦請陳友仁在北京創辦《民報》〔註 21〕，中英文發行，主張與態度完全以中

〔註 18〕 《北京〈東方時報〉被封，史俊明被捕》1924 年 10 月 19 日《申報》206-810（3）。

〔註 19〕 《北京〈東方時報〉被封，史俊明被捕》1924 年 10 月 19 日《申報》206-810（3）。

〔註 20〕 馮玉祥：《我的生活——馮玉祥自傳》，解放軍文藝出版社，2002 年出版，第342 頁。

〔註 21〕 馮玉祥：《我的生活——馮玉祥自傳》，解放軍文藝出版社，2002 年出版，第

山先生的遺教爲依據，以達成反帝的任務，這是馮玉祥當時與國民黨相結合的一個步驟。1925 年創刊的《世界日報》，社長成舍我，主編周邦武，賀德霖出資，爲國民軍第二機關報。1924 年創刊的《世界晚報》，社長成舍我，主編吳前摸，爲國民軍系吳景濂出資創辦。1925 年創刊的《國民晚報》，社長何廷述，爲國民軍系易培基等出資創辦。1925 年創刊的《心聲晚報》，社長張介之，主編高懶雲，還有《中美晚報》、《民立晚報》等。國民軍系的通信社有五洲新聞通信，社長汪鐵英；世界通信社，社長孫九余；1921 年創立的神州通信社，社長陳定遠，主編管翼賢、徐瑾、陳冕雅，標榜國家主義親國民軍系；民興通信社，社長張伯傑，與國民第二軍關係親近；維民通信社，社長姚鈞民，發稿國民軍色彩濃厚。

　　1925 年奉軍和國民軍在京津近郊作戰，直系吳佩孚與張作霖聯合討伐馮玉祥，北京治安由國民軍系所派的北京警備司令鹿鍾麟負責。《北京晚報》因登載華威銀行發生銅元票擠兌風潮，鹿鍾麟認爲擾亂金融，蠱惑人心，把劉煌捕去。當時《京報》社長邵飄萍以援救同業關係，向鹿鍾麟鹿保釋，「鹿謂劉是直系，邵百口擔保劉非直系，今後一切完全負責，鹿始把劉釋放」〔註 22〕。

第二節　奉系軍閥操控新聞輿論的理論根源及得失

一、奉系軍閥操控新聞輿論的理論根源

　　奉系軍閥對新聞業實施輿論操控的根源就是新聞與政治既相互制約，又彼此利用的矛盾衝突。這種矛盾衝突在施拉姆的《報刊的四種理論》中有所闡釋，即是自由主義報刊理論與集權主義報刊理論的衝突。自由主義報刊理論認爲新聞報刊不受政府的干涉，政府的唯一職責是採取措施保護新聞自由，爲新聞媒介的採訪、發佈新聞提供種種方便；新聞報刊是司法、立法、行政以外的國家的第四種權力，擁有對政府的監督權；人們群眾、各黨派都利用新聞報刊充分自由地表達各自的意見。讓劣的思想，偏頗、錯誤的觀點

---

　　　　344 頁。
〔註 22〕林華：《憶北洋政府後期的北京新聞界》，載於中國人民政治協商會議全國委
　　　　員會文史資料委員會編：《文史資料存稿選編・文化》，中國文史出版社，2002
　　　　年 8 月版，第 183 頁。

在「意見自由市場」中進行「自我修正」。集權主義報刊理論認爲新聞報刊是國家的公器，新聞報刊需要統一節奏和步調，新聞言論應對當權者的統治負責，只有如此統治者才能順利地爲公眾的利益服務。統治者對報刊應嚴加控制和審查，只有對經過選擇的馴順的人才能給予經營報刊的權利，報刊出版必須事先領取執照，對信息採集與報導橫加干涉，對傳播內容進行審查，對觸犯或批評當局的內容處以罰金或勒令停刊，對人們購買、閱讀或收聽、收看征稅並加以干預，這些控制或壓制都是對報刊自由的冒犯。

其實自由主義、集權主義報刊理論都有各自的局限性。新聞報刊自由過渡就是無政府主義，這種報刊自由是含糊的、不確定的，有時是不一致的，具有巨大的伸縮性和適應性，而且有時會對社會造成一定的危害並招致許多批評的現狀。而統治者對報刊採取的控制或壓制是對報刊自由的冒犯，完全沒有自由的政治，是封建暴政集權專制，雖能存續一時終會曇花一現。所以新聞報刊的自由與統治者的政治之間是共存的一對矛盾範疇，它們既彼此利用，又相互制約，然而雙方均無法擺脫、乃至消滅彼此而獨存。既然如此，就應該在新聞報刊與統治者之間尋找平衡點，即社會責任報刊理論。新聞報刊應當「供給眞實的、概括的、明智的關於當天事件的記述，它要能說明事件的意義」〔註 23〕；成爲「以個交換評論和批評的論壇」〔註 24〕，擔負起社會成員之間交流思想觀點的責任；要能描繪「社會各個成員集團的典型圖畫」〔註 25〕；要澄清和提出社會的目標和價值觀，承擔起教育和宣傳的職責；要遵循公認的職業標準和道德準則，杜絕拿津貼和節敬後盲目地爲統治者鼓與呼，而應當切實關心公眾利益和國家利益。而作爲統治者應當提供新聞報刊自由言說的環境，讓政治權利在正確的輿論監督、引導下行使，通過對話和協商解決各階層矛盾，而非限制、查禁、封殺。只有如此新聞報刊自由與統治者的政治才能保持相對平衡的穩定狀態，人類社會才能和諧、健康發展。但事實上新聞報刊不可能眞正實行自律，而統治者對新聞報刊的管束和制約也未必完全放在社會責任的角度，彼此各盡所能履行社會責任只能緩和矛

〔註 23〕 〔美〕威爾伯‧施拉姆等著，中國人民大學新聞系譯：《報刊的四種理論》，新華出版社，1980 年版，第 27 頁。

〔註 24〕 〔美〕威爾伯‧施拉姆等著，中國人民大學新聞系譯：《報刊的四種理論》，新華出版社，1980 年版，第 27 頁。

〔註 25〕 〔美〕威爾伯‧施拉姆等著，中國人民大學新聞系譯：《報刊的四種理論》，新華出版社，1980 年版，第 27 頁。

盾，不可能取消對立。

　　奉系軍閥對新聞業的輿論操控雖未能達到社會責任理論所說的，讓權力在陽光下進行，但也未如集權主義報刊理論所說的對報刊言論自由採取絕對的武力鉗制。奉系軍閥的統治者由於受當時國內西方民主思想薰染及人民言論出版自由理念提升的衝擊，爲此爲獲得民眾輿論支持，表現出來還是重視、尊重報刊言論自由的，再加之奉系更關注武力擴張及內部衝突，並無統一的機構鉗制新聞自由，報刊的言論處於放任的狀態，致使這一時期的新聞自由度較大，從而爲東北新文化運動深入、啓蒙報刊的繁榮、民營報刊的發展、國民黨報刊的新生、中共報刊的創建提供了外部生存條件，進一步推動了近代新聞傳播結構向現代轉型。然而，奉系軍閥的統治也是一種頭重腳輕、政權與被治之民上下脫節的統治結構，骨子裏還是願意奉行古代「民可使由之，不可使知之」的愚民政策，所以爲保住政權，也有時用固守傳統的鬪騙、強權與武力來維護統治地位，對啓蒙民眾、喚醒民眾、動員民眾力量雖有重視但力度不夠，以致多時都不會很好地協調與外部輿論環境的關係，更不能有孫中山「革命成功極快的方法，宣傳要用九成，武力只可用一成」〔註26〕的深刻認識。爲此，奉系軍閥爲操控新聞輿論，更好地讓有利於統治者的信息傳播出去，讓信息邏輯符合權力、財富、榮譽的需要，除自己創建報刊外，還津貼資助有影響的民營報刊，當然也採取法律或秘密的防範措施和手段，壓制對立的思想和意識形態等，對主張新聞自由的新聞界採取統治、管制、漠視態度。由於新聞與政治雙方的互動衝突形成言行不一、言行相悖，使奉系統治時期的新聞陷入謠言、流言、虛假新聞盛行的畸形狀態，表面繁榮昌盛，數量龐大，實則備受摧殘、信譽喪失、效果萎靡，乃至淪爲軍閥政治爭鬪的附屬品，失去了主體性。而政治高壓強力扭曲了近代報人的新聞思想，深刻影響了中國近現代新聞史的歷史底色。媒介的多次「缺位」「移位」，嚴重衝擊了奉系的政治藍圖、政治目標，結果在南征北戰中漸漸式微，丟失了民心丟失了軍隊、丟失了地盤，最後以沉重的代價逃離歷史舞臺。

二、奉系軍閥操控新聞輿論的得失

　　奉系軍閥的統治由於稱霸東北十六年且統治北京政權兩年，其與新聞事業有著割不斷的聯繫，且對新聞業的發展有著重要的影響。奉系軍閥作爲

〔註26〕孫中山：《宣傳造成輿論》，1923 年 12 月 20 日。《孫中山文集》電子版。

一個統治集團，歷史學界對其的研究多從政治史、經濟史、教育史、軍事史等敘事視角進行論述，在新聞史學界對他與新聞事業關係的論述是寥若星辰，即便零星評價也是負面因素佔據主流。其實通過全面梳理奉系軍閥與新聞事業錯綜複雜的關係，從客觀上辯證分析，奉系軍閥對新聞事業發展的影響既有積極推動，也有消極阻礙，有所得也有所失。所以分析其是非功過可以進而豐富對奉系軍閥的認識和評價。首先分析奉系軍閥對新聞業的積極影響：

其一，重視經濟發展，為民營報刊提供資本。奉系軍閥注重實業和資本發展，工商業的發展使東北的經濟在民國時期達到繁榮高峰，促使有一定經濟實力的知識分子紛紛辦報，資本為民營報刊提供資金來源；同時經濟的發展也帶動了報刊的廣告源和讀者購買力，由此加強了新聞報業在民眾中的影響力，在客觀上促進新聞事業的發展。

其二，重視教育，間接培養擴大報刊受眾群體。邵飄萍曾說新聞事業不發達的原因之一就是「教育不普及」。奉系軍閥執政以來非常重視教育，曾言「凡國家若想富強，哪有不注意教育與實業」的，「知用民財設立大學，培養人才」「是國內其他軍閥所不及」〔註27〕。而張學良加速「培植政治、技術、科學人才」〔註28〕。在奉系軍閥執政時期創建大批中小學和大學，使人民受教育程度提高，間接培養和擴大了報刊的受眾群體。

其三，奉系軍閥各職能部門創建大量公報和職業報刊，完善報刊體系。奉系軍閥在執政時期為宣傳政策，創建大量機關報，奉天省《東三省公報》、《奉天市報》、《奉天公報》，吉林省《吉林省官報》、《吉林公報》、《新共和報》，黑龍江省創辦《黑龍江公報》、《黑龍江報》、《黑河日報》等，這些政府機關報都為政府發佈權威信息，起到了上傳下達的功效。同時奉系軍閥還自己創辦職業報刊《通俗教育報》、《遼寧教育雜誌》、《黑龍江省教育公報》、《黑龍江通俗教育日報》、《吉林教育公報》、《吉林省教育會月報》、《輯安教育月刊》、《吉林省通俗教育》、《東北》、《精神》、《東北航空季刊》、《東北交通大學校刊》、《東北新建設》、《軍事月刊》、《蒙旗旬刊》等，這些職業類報刊對東北地區政治、經濟、軍事、文化的發展，起到引導和促進作用。

〔註27〕 吳相湘：《張作霖與日本關係微妙》，陳崇橋：《奉系軍閥與知識分子》，《遼寧大學學報》，1986 年第 3 期，第 84 頁。

〔註28〕 吳相湘：《楊宇霆之死是否端納告密》，陳崇橋：《奉系軍閥與知識分子》，《遼寧大學學報》，1986 年第 3 期，第 84 頁。

其四，制定新聞政策，完善新聞法規體系。奉系軍閥的新聞法規從消極層面看對新聞業的發展有諸多的限制，但從其積極層面來看，正是由於對新聞業的嚴密監管，使得新聞法律法規在這期間得到極大的完善。從東省頒佈的暫行報紙條例到無線廣播電臺和電報傳遞新聞等發佈管理條例，都是對新聞法律體系的完善，為後來的新聞法律法規的更正與重新設立建立了一定的基礎，完善了後來的新聞法律體系。促進多元思想文化的發展，奉系軍閥雖制定了新聞法規，但除了赤化報刊外，奉系軍閥對新聞的管治相對於晚晴和袁世凱時期還是寬鬆的，東北各種報刊也曾宣傳國家、三民、共產、馬克思、無政府等各種主義，促進了各種學說、流派、主義的思想文化交融。

其五，發展無線電訊事業，建立第一座廣播無線電臺。奉系軍閥從 1922年開始由東三省陸軍整理處籌建奉天無線電臺，到 1923 年 2 月 13 日已經建立奉天、哈爾濱、長春、齊齊哈爾四處無線電臺，奉天無線電臺還與德國柏林和法國巴黎的無線電信立約，成為中國與歐美直接通信的開端，被譽為「世界收信處」。北洋政府交通部於 1924 年 8 月公佈了中國歷史上第一個關於無線電廣播的原則《裝用廣播無線電接收機暫行規則》，責成東北無線電長途電話監督處在北京、天津、哈爾濱、瀋陽等地籌建廣播電臺，由此中國的第一座廣播電臺哈爾濱廣播無線電臺於 1926 年 10 月 1 日正式誕生。

其六，限制蘇俄報刊的發展，維護文化主權。中東鐵路的建立和俄國十月革命的勝利，使得大批俄僑流入東北哈爾濱，在「俄僑之都」創辦大量報刊，奉系軍閥對俄文報刊制定了限制的新聞法規，採取限制和查封行動，雖然理由是防止「赤化宣傳」，但目的是維護東北領土不受侵犯，國人思想不受侵蝕、同化，文化主權不被侵略。蘇俄在東北創辦的報刊在 1924 年達到歷史最高點，但隨著奉俄協定的簽訂和搜查蘇聯大使館事件後中蘇斷交，到 1928年蘇俄在東北出版的報刊只剩下兩種《哈爾濱報》和《真理報》，到「九一八」事變前蘇俄報刊在東北絕迹。

其七，寬容日文報刊，帶動國人報刊的發展。奉系軍閥與日本人的關係應一分為二辯證地分析，張作霖自稱為奉系統帥以來，時常想借助日本人的力量達到自己政權的穩固和擴張，所以對日本在東北創辦的報刊大多不予查究，為此到 1928 年日本在東北的報刊達到 187 種，中國人報刊 67 種，是國人報刊的 2.8 倍。日本在東北的《盛京時報》發行至日本投降，成為後人研究東北政治、經濟、文化、社會的歷史依據。同時由於日本報刊在東北輿論的

同化、麻醉、造謠激怒了大批國人，以辦報抵制日本報刊的輿論強勢，如張作霖秘書羅廷棟繼任的《東三省民報》就是反對日本侵華鬥爭的陣地。哈爾濱《午報》堅決抵制日本的《大北新報》批揭該報干涉中國內政，侵犯中國主權的行徑。民人金韜爲抵制日報創辦《東北實報》理由爲呈「東省外報充斥，往往是非顛倒，淆亂人心，莫此爲甚，欲救此弊，自非提倡本國之報紙不爲功」〔註 29〕，《滿蒙日報》「爲促進中日親善起見」〔註 30〕。國人辦刊不論是抵制日本還是親善日本，但東北報刊發展與日本報刊的帶動是分不開的。

奉系軍閥對新聞事業的破壞或阻礙學界基本定格在奉系查封《京報》、《社會日報》，捕殺報人邵飄萍和林白水。其實奉系對新聞事業的過失勝過這些很多。根據文中論述主要將其抑制報刊全面、健康、可持續發展的過失歸結如下：

其一，對宣傳「赤化」報人、報刊的殺害和封禁，遏制新聞自由，抑制報刊發展。奉系軍閥給新聞界烙上鉗制言論自由的歷史罪名是捕殺報人邵飄萍和林白水。對於邵飄萍是「宣傳赤化」，林白水是「通敵有據」，雖是因言賈禍，但是根本原因是由於政治立場背離，二人均撰文爲國民軍助陣加油，由此導致殺身之禍。其實奉系軍閥以嚴防赤化爲名殺害的報人還有《國民報》的張榕、田亞斌，青島《公民報》的胡信之，共產黨的報刊活動家李大釗，《蒙古農民》的總編輯多松年，《農民日報》主編李清漣。奉系軍閥對防止赤化報刊不僅專門制定新聞法規，多次發佈戒嚴指令搜查郵件中進步報刊，還查封宣傳共產、革命思想、反軍閥的進步報刊，如《語絲》周刊、《大東日報》、《哈爾濱日報》、《毓文周刊》、《吉林二師周刊》、《東北早報》、《滿洲工人》、《醒獅》周刊等，奉系對報人、報刊的殘酷鎮壓，使得新聞界一片愕然，新聞自由受到遏制，報刊的健康發展受到影響。

其二，對異系報刊的排擠、查封，雖促進了自身輿論的強勢，卻阻礙報業的全面發展。奉系軍閥控制京津時期，「以時局不定，事件四起，輿論界對於軍政事項，均應持以鎮靜態度，不得任意登載」，並指飭目前仍有一些報館及通信社，「故意造謠，存心煽惑挑釁情事，影響治安」，除飭傳有關報社經

〔註 29〕 遼寧檔案館藏 JC10-23256（0061）金韜爲報創辦東北實報請備案由 1929 年 1 月 16 日。

〔註 30〕 遼寧省檔案館藏 JC10-3020（2104）省會警察廳爲商人周元恒呈請組設滿蒙日報社由 1926 年 11 月 5 日。

理人，「嚴加根究法辦外」，特布告各報館，「往後對於軍事及有關大局各項，務宜審慎登載，勿得故違」，先後有《世界日報》、《民報》、《國民新報》、《中美晚報》、《新天津報》、《新民意報》、《京報》、北京《益世報》、《社會日報》等直系軍閥、國民軍系的報刊被勒令停刊或查封，雖然遏制住了排己輿論，促進了自身新聞輿論強勢，但卻阻礙了這些報刊的發展，使新聞業整體的健康、可持續發展受到損失。

其三，內外新聞政策不平衡，促使國內新聞業落後於外報。奉系軍閥統治時期日人的報刊在東北佔有三分之二的新聞報業市場，且日人報刊多為鼓吹、造謠，間接達到侵華目的。有《東報》和《東三省民報》等報刊發表日本欺侮華人、販賣槍彈、嗎啡、鴉片等事實時，都會受到日本領事晉謁張作霖後帶來的勒令停刊，而此時奉系並沒有弄清具體情況，一味偏聽偏信，儘管日領自以停刊《盛京時報》作為停刊《東報》的條件，《東報》停刊後，《盛京時報》依然照常出版。致使東北報界聯合呈文「日本報紙，淆亂我國政體，侮辱我國家之記載甚多，該國亦並未懲辦或取締，何對於我國報紙，即任意要求？」〔註31〕由於對日本與中國報紙採取的新聞政策不平衡，導致日人報業在東北的興盛，而國人報刊則殘喘生存，致使東北新聞業落後於外報。

其四，對日人報刊的寬鬆，導致日本帝國主義文化侵華加速，致使東北淪陷。奉系軍閥統治時期日本對東北的侵略政策有武力、政治、外交、經濟、文化、慈善的侵略，而無論哪種侵略都是以新聞報紙作為侵略先鋒隊、偵探隊、精神滅國的遠征隊。日本軍閥及政客們將報刊視為「侵略滿蒙的無上勁旅」，擁護扶植，不遺餘力致使東北三分之二為日人報刊。奉系當局雖然對日人報刊有登載造謠信息多次加以全東北封禁郵寄、購閱，但都是暫時的，不久經過交涉後就會弛禁。由於奉系軍閥沒有認識到日人報刊的侵華威力，致使對日人報刊享受相對寬鬆的新聞自由。日本帝國主義也因此依靠新聞報刊對東北實施文化侵略，這種侵略更是具有柔和性、同化性、迷惑性、麻醉性、陰毒性、危險性等，侵潤於東北人的身心於無形中，危害不可和難以估量，由此加速東北淪陷。

奉系軍閥雖然有張宗昌對待言論界「只許說我好，不許說我壞，如果哪個說我壞，我就以軍法從事」的武夫思維與武夫做法，但奉系的張作霖和張

〔註31〕1924 年 4 月 28 日《申報》載《奉天東報被查封後之呼籲》201-587（1）。

學良對新聞界都還是很尊重的，他們允許異黨異派報刊的生存和發展，但只要不宣傳赤化，不直接指名道姓地罵「張作霖」，奉系軍閥都以扶植、資助、改造和限制的方式爭取「爲我所用」，並不予嚴查追究，對於新聞輿論的檢查、刪扣、糾正做法也略有人性化、彈性化。這個時期的新聞輿論控制較之「癸丑報災」時期言論自由大有放鬆，因此先後創辦發行大量報刊。新聞傳播業在數量上，覆蓋面上，物質設備上都逐年發展，但新聞傳播整體上也存在畸形。如，奉系軍閥創辦的官報在東北各省都有，都是派銷到各機關團體，因而遠不如民營報紙發行量多，新聞信譽度高，輿論影響力大。奉系軍閥雖然也以贊助津貼的方式資助報刊，以民營色彩宣傳奉系軍閥的施政綱領，但也無情刪扣、懲罰不聽話的媒體。由此可以看出，奉系軍閥始終沒有理解輿論，始終沒有掌控主流輿論的主導權，致使在東北人民乃至全國輿論面前相當脆弱，不堪一擊。奉系軍閥雖然從新聞法規規定「混亂政體、妨害治安、攻訐他人陰私、損害其名譽、失實、淫穢」等內容禁止刊登，但謠言、政謠、流言、虛構性的宣傳、虛假新聞等不良的媒介信息還是不斷湧現，並成爲奉系軍閥統治時期普遍性的、備受詬罵的新聞媒介信息現象。與此同時，黃色新聞泛濫成災，低俗化、娛樂化、迷信化等媒介信息的盛行，降低了民眾對新聞眞實的約定成俗的信任關係。這是由於民眾文化水平低，社會信息傳播渠道缺失，軍閥統治高壓堵塞社會信息流通通道、尤其是民意通道所造成。但此時由於日本的侵略激起了東北社會各個階層的愛國的民族主義情緒，新聞媒體在民族主義情緒下，才得以發揮出整合民眾的媒介力量，成爲反軍閥反帝國主義的力量。

參考文獻

一、民國報紙、期刊類

《申報》、《東方時報》、《晨報》、《東方雜誌》、《北洋畫報》、《大公報》、《盛京時報》、《東三省公報》、《東三省民報》、《醒時報》、《東三省商報》、《國聞周報》、《世界日報》、天津《益世報》、《東亞日報》、《大東日報》、《滿洲報》、《濱江時報》、《公言報》、《京報》、《語絲》周刊、《蒙古農民》、《公民報》、《民報》、《社會日報》、《民立晚報》、《婦女之友》、《醒獅》周刊、《前進報》、《哈爾濱晨光報》、《東北早報》，等等。

二、檔案、地方志、文史集、工具書類

1. 遼寧省檔案館館藏資料

2. 吉林省檔案館館藏資料

3. 黑龍江省檔案館藏資料

4. 大連市檔案館資料

5. 北京市檔案館資料

6. 天津市檔案館資料

7. 黑龍江省檔案館：《黑龍江報刊》，哈爾濱市紙製品印刷廠印刷（內部刊物），1985 年出版。

8. 遼寧省檔案館編：《奉系軍閥檔案史料彙編》第 2～7 卷，江蘇古籍出版社，1990 年版。

9. 遼寧省檔案館編：《中華民國史資料叢稿·電稿·奉系軍閥密電》第 1～6 冊，中華書局，1984 年版。

10. 遼寧省檔案館編：《中華民國史資料叢稿·電稿·奉系軍閥密信》，中華書局，1985 年 7 月版。

11. 中國邊疆史地研究中心、遼寧省檔案館合編：《東北邊疆檔案選輯》，廣西師範大學出版社。

12. 中國第二歷史檔案館編：《中華民國史檔案資料彙編》第五輯‧文化，江蘇古籍出版社，1998 年。

13. 中國第二歷史檔案館編：《中華民國史檔案資料彙編》第三輯‧文化，江蘇古籍出版社，1991 年。

14. 國家圖書館歷史檔案文獻：《大總統府秘書廳公函》第 2 冊，2003 年 9 月。

15. 季嘯風、沈友益主編：《中華民國史史料外編》，廣西師大出版社出版，1997 年。

16. 天津市檔案館編：《北洋軍閥天津檔案史料彙編》，天津古籍出版社，1991 年版。

17. 王樹楠、吳廷燮、金毓黻等纂：《奉天通志》，東北文史叢書編輯文員會，1983 年版。

18. 山東省地方史志編纂委員會：《山東省志‧報業志》，山東人民出版社，1993 年 12 月版。

19. 郝導松主編：《臨沂地區報紙志（1916～1990）》，臨沂大眾報社、臨沂地區報紙志編纂辦公室編印，1991 年 11 月。

20. 黑龍江省地方志編纂委員會編：《黑龍江省志‧報業志》，黑龍江人民出版社，1993 年版。

21. 黑龍江省地方志編纂委員會編：《黑龍江省志‧廣播電視志》，黑龍江人民出版社，1996 年版。

22. 吉林省地方志編纂委員會：《吉林省志》卷 39 文化藝術，吉林人民出版社，2011 年版。

23. 遼寧省地方志編纂委員會辦公室主編：《遼寧省志‧報業志》，遼寧人民出版社，2005 年。

24. 遼寧省地方志編纂委員會辦公室主編：《遼寧省志‧出版志》，遼寧科學技術出版社，1999 年 5 月。

25. 遼寧新聞志（報紙部分）編寫組編：《遼寧省地方志資料叢刊》第十二輯，《遼寧新聞志資料選編》第一冊，遼寧省人民政府印刷廠印刷（內部發行），1990 年。

26. 大連市地方志編纂委員會：《大連市志‧廣播電視志》，大連出版社，1996 年。

27. 大連史志辦公室編：《大連實話報史料集》，大連出版社出版，2003 年 12 月。

28. 廷瑞、孫紹宗修，張輔相等纂：《海城縣志》，民國十三年（1924）鉛印本。

29. 營口市政府地方志辦公室編寫:《營口市志》,中國書籍出版社,1992 年版。

30. 瀋陽市政府地方志辦公室編寫:《瀋陽市志》(交通郵電卷),瀋陽出版社,1989 年。

31. 宋繼業:《錦州新聞志》,錦州日報社,1993 年。

32. 包華德:《民國人物傳記辭典》第 2 分冊,中華書局,1980 年。

33. 東北人物大辭典編委會:《東北人物大辭典》,遼寧人民出版、遼寧教育出版社,1991 年。

34. 上海圖書館編:《中國近代期刊篇目彙錄》第二卷,電子版。

35. 復旦大學歷史系資料室編:《五十二種文史資料篇目分類索引》,復旦大學出版社,1982 年 12 月。

36. 史和、姚福申:《中國近代報刊名錄》,福建人民出版社。

37. 王檜林、朱漢國:《中國報刊辭典(1815～1949)》,書海出版社,1992 年。

38. 中共中央馬恩列斯著作編譯局研究室編:《五四時期期刊介紹》第二集上冊,三聯書店,1979 年出版。

39. 全國政協文史資料編委會:《文史資料存稿選編·文化》,中國文史出版社,2002 年 8 月版。

40. 全國政協文史資料編委會:《文史資料存稿選編》,《清末民初風雲》,中國文史出版社 2006 年。

41. 全國政協文史資料編委會:《文史資料存稿選編》,《派系紛爭混戰》,中國文史出版社 2006 年。

42. 全國政協文史資料編委會:《辛亥革命回憶錄》第一集,文史資料出版社,1961 年。

43. 遼寧省政協文史資料研究委員會:《遼寧文史資料》,遼寧人民出版社,1984 年

44. 政協瀋陽市委員會文史資料研究委員會編:《瀋陽文史資料》第 1～7 輯,1983 年。

45. 劉哲民:《近現代出版新聞法規彙編》,學林出版社,1992 年。

46. 沈雲龍主編:《近代中國史料叢刊續編》,臺北文海出版社,1991 年。

47. 張靜廬輯注:《中國現代出版史料》,中華書局,1959 年。

48. 張玉法主編:《中國現代史論集》第四輯民初政局,臺灣聯經出版事業公司,1987 年。

49. 莊建平主編:《近代史資料文庫》第二卷,上海書店出版社,2009 年 1 月。

50. 彭明主編：《中國現代史資料選輯》第 1～7 冊，中國人民大學出版社，1988 年。

51. 朱傳譽：《中國新聞事業研究論集》，臺灣商務印書館，1988 年 3 月版。

三、通史、傳記、回憶錄類

1. 中國社會科學院近代史主持編纂：《中華民國史》（4～6 冊），中華書局，2011 年 8 月。

2. 楊天石：《中華民國史》（第二卷第五編），中華書局，1996 年版。

3. 章伯鋒主編：《北洋軍閥 1912～1928》第 4、5 卷，武漢出版社，1990 年版。

4. 來新夏等著：《北洋軍閥史》，南開大學出版社，2000 年 12 月。

5. 李宏生、王林、安作璋編著：《山東通史・近代卷》（上、下冊），人民出版社，2009 年。

6. 陶菊隱：《北洋軍閥統治時期史話》第 4 冊，生活・讀書・新知三聯書店，1978 年版。

7. 李劍農：《中國近代政治史（1840～1926）》，復旦大學出版社，2002 年版。

8. 馬克思、恩格斯：《馬克思恩格斯全集》第 1 卷，人民出版社，2007 年 10 月版。

9. 李澤厚：《中國近代思想史論》，天津社會科學院出版社，2004 年第 2 版。

10. 劉信君、霍燎原主編：《中國東北史》第六卷，吉林文史出版社，2006 年。

11. 魏建、唐志勇、李偉著：《齊魯文化通史》（8）近現代卷，中華書局，2004 年。

12. 王鐵漢：《東北軍事史略》，傳記文學出版社，1982 年版。

13. 王喜等：《近代東北史》，黑龍江人民出版社，1984 年版。

14. 薛龍新著：《北洋軍閥時期的中國地方政府：傳統、近代化與東北地區（1916～1928）》，2002 年。

15. 張一麐：《直皖秘史》，《北洋軍閥》資料叢刊，第 3 冊，上海人民出版社，1988 年版。

16. 文公直：《最近三十年中國軍事史》，上海太平洋書店，1932 年。

17. 吳勛：《北洋派之起源及其崩潰》，海天出版社，1937 年。

18. 衣保中：《東北農業近代化研究》，吉林文史出版社，1990 年。

19. 李鴻文：《東北大事記》下卷，吉林文史出版社，1987 年。

20. 郭鐵樞、關捷主編：《日本殖民統治大連四十年史》，社會科學文獻出版社，2008 年 5 月。

21. 王芸生編著：《六十年來中國與日本》，生活・讀書・新知三聯書店，2005 年。

22. 孔經緯、傅笑楓：《奉系軍閥官僚資本》，吉林大學出版社，1989 年。

23. 葉再生：《中國近代現代出版通史》（全四卷），華文出版社，2002 年。

24. 張鳴：《北洋裂變：軍閥與五四》，廣西師範大學出版社，2010 年 5 月。

25. 中共遼寧省委黨史研究室：《中共遼寧黨史大事記 1919～1949》，中共黨史出版社，1991 年。

26. 陳志讓：《軍紳政權：近代中國的軍閥時期》，廣西師範大學出版社，2008 年 1 月。

27. 郭雙林、王續添編：《中國近代史讀本》（下），北京大學出版社。

28. 鄧雲特：《中國救荒史》，商務印書館，1998 年。

29. 周佳榮：《近代日人在華報業活動》，三聯書店（香港）有限公司，2007 年。

30. 連睿：《東三省經濟實況攬要》，臺灣傳記文學出版社，1931 年。

31. 王摹寧：《東三省之實況》，中華書局，1929 年 10 月。

32. 遼寧省檔案局編：《奉天紀事》，遼寧人民出版社，2009 年 12 月。

33. 胡玉海、里蓉主編：《奉系軍閥大事記（1894～1931）》，遼寧民族出版社，2005 年 2 月。

34. 劉雲波著：《射天狼・奉系軍閥全傳》，團結出版社，2002 年 2 月。

35. 徐徹、徐悅：《張作霖》，中國文史出版社，2012 年 1 月。

36. 園田一龜：《怪傑張作霖》，瀋陽市第六印刷廠，1981 年 6 月。

37. 金毓黻：《張作霖別傳》，吉林人民出版社，1983 年。

38. 王化一：《張作霖二三事》，吉林人民出版社，1983 年。

39. 高崇民：《張作霖與東北》，《高崇民傳》，人民日報出版社，1991 年。

40. 蘇全有：《張宗昌全傳》，經濟日報出版社，2007 年 4 月。

41. 唐德剛：《張學良口述歷史》，中國檔案出版社，2007 年 7 月。

42. 張友坤、錢進主編：《張學良年譜》，社會科學文獻出版社，2010 年。

43. 王貴忠：《張學良與東北鐵路建設》，香港同澤出版社，1996 年。

44. 鄒念之編譯：《日本外交文書選譯》，中國社會科學出版社，1980 年。

45. 吳童編著：《諜海風雲——日本對華諜報活動與日本間諜戰》，中共黨史出版社，2005 年 8 月。

46. 李輝著：《封面中國——美國〈時代〉周刊講述的中國故事（1923～

1946）》，東方出版社，2007 年 5 月。

47. 傅國湧：《民國年間那人這事》，珠海出版社，2007 年 5 月。

48. 許紀霖等：《近代中國知識分子的公共交往（1898～1949）》，上海人民出版社，2008 年。

49. 周質平：《胡適與中國現代思潮》，南京大學出版社，2002 年 9 月。

50. 閻潤魚：《自由主義與近代中國》，新星出版社，2007 年。

51. 孫懿華：《法律語言學》，湖南人民出版社，2006 年 12 月。

52. 羅志田：《從文化運動到北伐：激變時代的文化與政治》，北京大學出版社，2007 年 11 月。

53. 張次溪：《李大釗先生傳》，北京宣文書店，1951 年。

54. 中國李大釗研究會：《李大釗全集》第 4 卷，人民出版社，2006 年。

55. 旭文編：《邵飄萍傳略》，北京師範出版社，1990 年版。

56. 馮玉祥：《我的生活──馮玉祥自傳》，解放軍文藝出版社，2002 年。

57. 顧維鈞：《顧維鈞回憶錄》（第一分冊），中國社會科學院近代史研究所譯，中華書局，1983 年。

58. 曹汝霖：《一生之回憶》，香港春秋雜誌社，1966 年。

59. 顧執中：《戰鬥的新聞記者》，新華出版社，1985 年 9 月。

60. 丁文江、趙豐田編：《梁啓超年譜長編》，上海人民出版社，1983 年。

61. 爾泰、叢林：《尋蹤拾迹》，哈爾濱出版社，1986 年。

62. 楊蔭杭：《老圃遺文輯》，長江文藝出版社，1993 年。

63. 張鈁：《風雨慢慢四十年》，中國文史出版社，1986 年。

64. 瞿秋白文集編輯委員會：《瞿秋白文集》第 1 卷，人民文學出版社，1954 年。

65. 魯迅：《魯迅日記》，人民文學出版社，1976 年。

66. 王瑾、胡玫編：《胡政之文集》（上、下冊），天津人民出版社，2007 年 4 月。

67. 中國社科院近代史所編：《孫中山全集》（1～11 卷），中華書局，1985 年。

68. 黃彥編著：《建國方略》，廣東人民出版社，2007 年。

69. 黃彥編著：《革命方略》，廣東人民出版社，2007 年。

70. 林偉功主編：《林白水文集》，福建省歷史名人研究會林白水分會刊行，2006 年 8 月。

四、新聞傳播類論著

1. 戈公振：《中國報學史》，中國新聞出版社，1985 年。

2. 戈公振：《中國報學史》，商務印書館，1928 年。

3. 方漢奇：《方漢奇自選集》，中國人民大學出版社，2007 年。

4. 方漢奇：《中國近代報刊史》，山西人民出版社，1981 年。

5. 方漢奇：《中國新聞傳播史》，中國人民大學出版社，2004 年。

6. 方漢奇：《中國新聞事業編年史》（三卷本），福建人民出版社，2000 年。

7. 方漢奇主編：《中國新聞事業通史》（第一至三卷），中國人民大學出版社，1992 年。

8. 方漢奇主編：《邵飄萍選集》，中國人民大學出版社，1985 年。

9. 胡道靜：《新聞史上的新時代》，世界書局，1946 年 11 月。

10. 胡道靜：《上海新聞事業之史的發展》，上海市通志館，1935 年。

11. 黃天鵬：《中國新聞事業》，上海聯合書店，1930 年。

12. 黃天鵬編：《新聞學演講集》，上海現代書局，1931 年。

13. 季達：《宣傳學與新聞記者》，暨南大學文化部，1932 年。

14. 梁士純：《戰時的輿論及其統制》，燕京大學新聞學系，1936 年。

15. 燕京大學新聞學系編：《燕大的報學教育》，北平燕京大學新聞學系，1940 年。

16. 申報年鑒社：《第四次申報年鑒》，申報館售書科，1936 年 6 月。

17. 許晚成編：《全國報館刊社調查錄》，上海龍文書店，1936 年。

18. 吳定九著：《新聞事業經營法》，上海聯合書店，1930 年。

19. 燕京大學新聞學系：《中國報界交通錄》，擷華印書局，1932 年 12 月。

20. 趙君豪：《中國近代之報業》，商務印書館，1938 年。

21. 張靜廬：《中國的新聞記者與新聞紙》，光華書局印行，1930 年。

22. 任白濤著：《日本對華的宣傳政策》，商務印書館發行，1940 年。

23. 曾虛白：《中國新聞史》，三民書局印行，1966 年。

24. 賴光臨：《中國近代報人與報業》，臺灣商務印書館，1987 年。

25. 賴光臨：《七十年中國報業史》，臺北中央日報社出版，1981 年。

26. 賴光臨：《中國新聞傳播史》，臺灣三民書局，1978 年 10 月。

27. 丁淦林：《中國新聞事業史新編》，四川人民出版社，1998 年。

28. 卓南生：《中國近代報業發展史》，中國社會科學出版社，2002 年。

29. 李龍牧：《中國新聞事業史稿》，上海人民出版社，1984 年。

30. 胡太春：《中國近代新聞思想史》，山西人民出版社，1987 年。

31. 曾建雄：《中國新聞評論發展史》，廣西師範大學出版社，1996 年。

32. 林語堂：《中國新聞輿論史》，中國人民大學出版社，2008 年。

33. 王鳳超：《中國的報刊》，人民出版社，1988 年。

34. 李秀雲：《中國新聞學術史（1834～1949)》，新華出版社，2004 年。

35. 馬光仁等著：《上海新聞史》，復旦大學出版社，1996 年。

36. 蔣國珍：《中國新聞發達史》，世界書局，1927 年。

37. 馬藝主編：《天津新聞傳播史綱要》，新華出版社，2005 年 6 月。

38. 丁淦林：《中國新聞事業史》，高等教育出版社，2002 年。

39. 甘惜分：《新聞學大辭典》，河南人民出版社，1993 年。

40. 黃瑚：《中國近代新聞法制史論》，復旦大學出版社，1999 年 8 月。

41. 李彬：《中國新聞社會史》（插圖本），清華大學出版社，2009 年。

42. 李金詮主編：《文人論證：知識分子與報刊》，廣西師範大學出版社，2008 年。

43. 李元書：《政治體系中的信息溝通：政治傳播學的分析視角》，河南人民出版社，2005 年。

44. 邵培仁主編：《政治傳播學》，江蘇人民出版社，1991 年。

45. 吳廷俊：《中國新聞事業新修》，復旦大學出版社，2008 年。

46. 姚福申：《中國編輯史》，復旦大學出版社，1990 年。

47. 張昆：《大眾媒介的政治社會化功能》，武漢大學出版社，2003 年。

48. 張友鸞等：《世界日報興衰史》，重慶出版社，1982 年。

49. 張友漁：《報人生涯三十年》，重慶出版社，1982 年。

50. 張育仁：《自由的歷程——中國自由主義新聞思想史》，雲南人民出版社，2002 年 11 月。

51. 趙玉明：《中國廣播電視通史》，北京廣播學院出版社，2004 年。

52. 鄭保衛：《中國共產黨新聞思想史》，福建人民出版社，2004 年。

53. 薩空了：《科學的新聞學概論》，香港文化供應社，1946 年。

54. 周佳榮：《近代日人在華報業活動》，三聯書店，2007 年。

55. 王潤澤：《北洋政府時期的新聞事業及其現代化（1916～1928)》，中國人民大學出版社，2010 年。

56. 趙永華：《在華俄文新聞傳播活動史（1898～1956)》，中國人民大學出版社，2009 年。

57. 黑龍江日報社新聞志編輯室編著：《東北新聞史（1899～1949)》，黑龍江人民出版社，2001 年。

58. 撫順市委宣傳部新聞出版處編：《撫順報刊史》（內部發行），1987 年 6 月。

59. 姜長喜，諶紀平主編：《遼寧老期刊圖錄》，遼寧人民出版社，2008 年。

60. 遼寧大學文化傳播學院、遼寧省對外貿易經濟合作廳編印：《遼寧百年報紙》（第一卷）（內部資料），2005 年。

61. 秋寧編：《東省出版物源流考》，中東鐵路出版機構，1927 年。

62. 楊光輝等編：《中國近代報刊發展概況》，新華出版社，1986 年。

63. 張靜廬輯注：《中國近代出版史料初編》，上海上雜出版社，1953 年。

五、外國書籍類

1. 〔美〕埃德溫‧埃默里、邁克爾‧埃默里著，蘇金琥等譯：《美國新聞史》，新華出版社，1982 年 12 月。

2. 〔美〕梅爾文‧德弗勒，埃弗雷特‧丹尼斯著，顏建軍，王怡紅，張躍宏等譯：《大眾傳播通論》，華夏出版社，1989 年。

3. 〔美〕J‧B‧鮑威爾著，邢建榕等譯：《鮑威爾對華回憶錄》，知識出版社，1994 年。

4. 〔美〕費正清主編：《劍橋中國史（1912～1949）》（上），中國社會科學出版社，1994 年。

5. 〔美〕保羅‧S‧芮芮恩施著，李抱宏，盛震溯譯：《一個美國外交官使華記》，商務印書館，1982 年。

6. 〔美〕W‧蘭斯‧班尼特：《新聞：政治的幻象》，當代中國出版社，2005 年。

7. 〔美〕斯蒂文‧小約翰：《傳播理論》，中國社會科學院出版社，1999 年 12 月。

8. 〔美〕威爾伯‧施拉姆，威廉‧波特著：《傳播學概論》，新華出版社，1984 年。

9. 〔美〕威爾伯‧施拉姆：《大眾傳播媒介與社會發展》，華夏出版社，1990 年。

10. 〔美〕威爾伯‧施拉姆等著，中國人民大學新聞系譯：《報刊的四種理論》，新華出版社，1980 年。

11. 〔美〕沃特曼‧李普曼著，閻克文，江紅譯：《公眾輿論》，上海人民出版社，2002 年 6 月。

12. 〔美〕詹姆斯‧卡倫著，史安斌、董關鵬譯：《媒體與權力》，清華大學出版社，2006 年 7 月。

13. 〔美〕費約翰著，李恭忠等譯：《喚醒中國：國民革命中的政治文化與階級》，生活‧讀書‧新知三聯書店，2004 年。

14. 〔美〕吉爾伯特‧羅茲曼主編，比較現代化課題組譯：《中國的現代化》，江蘇人民出版社，2003 年。

15. 〔日〕松本君平:《新聞學》,載余家宏、寧樹藩、徐培汀、譚啓泰編注:《新聞文存》,中國新聞出版社,1987年版。

16. 〔日〕滿鐵庶務科:《東三省官憲的施政內情》,大連檔案,1929年。

17. 〔日〕山本書雄:《日本大眾傳媒史》(增補版),廣西師範大學出版社,2007年。

18. 〔日〕田中義一:《田中奏摺》,《日本田中內閣侵略滿蒙之積極政策》,上海民新書店,1931年。

19. 〔日〕長澤千代造:《滿洲國現勢》滿洲國通信社,1938年。

20. 〔日〕棲崎觀一:《滿洲・支那・朝鮮新聞記者三十年回顧錄》,1934年。

21. 〔日〕文教部文教年鑒編纂委員會:《滿洲文教年鑒》,1933年。

22. 〔日〕大冢令三編述:《滿洲に於ける言論機關の現勢》,南滿洲鉄道株式會社庶務部調查課,1926年。

23. 〔日〕滿鐵弘報業:《在滿日刊新聞一覽》,《滿洲國現勢》,滿洲國通信社,1939年。

24. 〔日〕森田久:《滿洲の新聞は如何に統制されつゝあるか》,滿洲弘報協會,1940年。

25. 〔日〕中村明星:《滿洲言論界活動全貌》,1936年版。

26. 〔日〕中島眞雄:《不退庵の一生:中島眞雄翁自敘伝》,我觀社,1944年。

27. 〔日〕中下正治:《日本人經營新聞小史》,轉《近代日本在華文化及社會事業之研究》,中央研究院近代史研究所專刊(45),1982年。

28. 〔日〕李相哲:《滿州における日本人經營新聞の歷史》,凱鳳社,2000年。

29. 〔日〕黑龍會編:《東亞先覺志士記傳》(下),黑龍會出版部,1936年。

30. 〔日〕駒井德三:《滿洲大豆論》,1912年。

31. 〔日〕滿洲電信電話株式會社:《滿洲電信電話株式會社十年史》(下卷),滿洲電信電話株式會社,1943年。

32. 〔日〕西村成雄著:《辛亥革命在東北》,《國外中國近代史研究》(第四輯),中國社會科學出版社,1983年。

33. 〔日〕滿洲國史刊行會:《滿洲國史》,黑龍江省社會科院歷史所翻譯出版,1990年。

34. 〔蘇〕耶・馬・茹科夫,E・M・編:《遠東國際關係史:1840~1949》(增訂第二版),北京世界知識出版社,1959年。

六、參考論文類

燕京大學新聞系本科論文，1930～1940 年。

1. 張德生：《北平晨報過去與現在》，1934 年。

2. 鄭茂根：《北平晨實兩報比較之研究》，1936 年 5 月。

3. 劉琴：《中國報紙文體及文字研究》，1937 年 5 月。

4. 胡啓寅：《中國報紙之法令》，1940 年 5 月。

七、碩博論文

1. 曹立新：《在統治與自由之間——抗戰時期國民政府的新聞政策與國統區媒體的新聞實踐》，中國人民大學博士論文，2009 年。

2. 劉繼忠：《新聞與訓政：國統區的新聞事業研究（1927～1937)》，中國人民大學博士論文，2009 年。

3. 郭傳芹：《袁世凱與近代新聞事業》中國人民大學博士論文，2012 年。

4. 趙建明：《近代遼寧報業研究（1988～1949)》吉林大學博士學位論文，2010 年。

八、一般論文

1. 許仕廉：《再論武力統一》，《晨報副刊》，1926 年 5 月 11 日 7 版。

2. 周孝庵：《中國最近之新聞事業》，《東方雜誌》第 22 卷第 9 號。

3. 陸鏗：《新聞自由的贅瘤》，《新聞學季刊》第 3 卷第 1 期（復刊號），1947 年 5 月。

4. 王若飛：《奉系軍閥統治下的北京》，《嚮導周報》第 151 期，1926 年 5 月，署名：雷音。

5. 杜吉仁：《東三省的報紙》，《現代評論》第 4 卷第 84 期，1926 年。

6. 陳鴻舜：《東北期刊目錄》，《禹貢》半月刊，第 6 卷第 3、4 期合編，1936 年出版。

7. 孫景瑞：《報業巨子成舍我》，《文史春秋》，1997 年第 4 期。

8. 成舍我：《中國報紙之將來》(《新聞學研究》，燕京大學新聞系，1932 年。

9. 成舍我：《我們這一代報人》，《世界日報》，1945 年 11 月 20 日。

10. 余英時：《關於中國歷史特質的一些看法》，余英時：《文史傳統與文化重建》，2004 年。

11. 吳範寰：《成舍我與北平〈世界日報〉》，張友鸞：《世界日報興衰史》，1982 年。

12. 李金銓：《新聞史研究：「問題」與「理論」》，《國際新聞界》，2009 年第 4 期。

13. 邵力子：《輿論與社會》，《報學月刊》第 1 卷第 1 期，1929 年 3 月。

14. 林華：《憶北洋政府後期的北京新聞界》，《文史資料存稿選編・文化》，中國文史出版社，2002 年 8 月版。

15. 周東郊：《鐵窗內外》，《吉林文史資料》第 6 輯，吉林文史資料研究委員會，1985 年出版。

16. 丁燕公：《張作霖任大元帥經過》，《張作霖傳記資料》第 1 輯，臺灣天一出版社。

17. 何柱國：《孫、段、張聯合推到曹吳的經過》，《文史資料選輯》第 51 輯，中國文史出版社，1986 年版。

18. 蕭兆麟：《憶郭松齡被殺的前前後後》，《遼寧文史資料》第 16 輯，遼寧人民出版社，1986 年版。

19. 魏益三：《郭松齡反奉親歷記》，《文史資料選輯》第 35 輯，文史資料出版社，1980 年版。

20. R・布裏斯（Roswell S, Britton）：《中國的新聞界》（Chinese News Interests），《太平洋事務季刊》第 7 卷第 2 冊，1934 年 6 月。

21. 俞志厚：《天津〈益世報〉概述》，《天津文史資料選輯》第 18 輯，天津人民出版社，1982 年版。

22. 《暴日統治下的東北報紙調查》，《東北消息彙刊》，1934 年第 1 卷第 1 期。

23. 景學濤：《報界舊聞》載《新聞學季刊》，1940 年第 1 卷第 2 期。

24. 陳崇橋：《奉系軍閥與知識分子》，《遼寧大學學報》，1986 年第 3 期。

25. 世界日報史料編寫小組：《世界日報初創階段》，《新聞研究資料》第 2 輯，中國社會科學出版社，1980 年。

26. 吳相湘：《孟祿博士與張作霖、閻錫山的談話》，臺灣《傳記文學》第 34 卷第 2 期。

27. 李慶林：《從傳播的分類看傳播學的研究重點》，《國際新聞界》，2008 年第 3 期。

28. 蔣達：《舊中國航空界見聞》，《天津文史資料選輯》第 27 輯，天津人民出版社，1982 年版。

29. 蘇全有、高彬：《張宗昌與三大新聞記者被殺案》，《蘭臺世界》，2011 年 3 月上。

30. 徐鑄成：《〈國聞通訊社〉和舊〈大公報〉》，《新聞研究資料》第 1 輯，1979 年 8 月。

31. 張友鸞：《無意間破壞了張作霖參政》，《新聞研究資料》第 4 輯，1980 年 8 月。

32. 張友漁：《關於世界日報》，《新聞研究資料》第 6 輯，1981 年。

33. 張蓬舟：《大公報大事記（1902～1966）》，《新聞研究資料》第 7 輯，1981 年。

34. 羅玉林、艾國忱：《訪革命老報人韓鐵生》，《新聞研究資料》第 20 輯。

35. 埃德加‧斯諾：《中國的新聞檢查》，《新聞研究資料》第 24 輯，1984 年 3 月。

36. 陳爾泰：《中國的第一座廣播電臺》，《新聞研究資料》第 30 輯。

37. 郭鎮之：《中國境內第一座廣播電臺始末記》，《新聞研究資料》第 34 輯，1986 年 8 月。

38. 李銳：《回憶熱河辦報》，《新聞研究資料》第 35 輯，1986 年 8 月。

39. 黃志浩：《中國沉沉女界報曉第一聲——六十多年前天津婦女日報簡介》，《新聞研究資料》第 35 輯，1986 年 8 月。

40. 劉巨才：《中國近代婦女報刊小史（1898～1918）》，《新聞研究資料》第 35 輯，1986 年 8 月。

41. 馬光仁：《袁記〈出版法〉的制定與廢止》，《新聞研究資料》第 38 輯，1987 年 6 月。

42. 林慰君：《記先父林白水烈士》，《新聞研究資料》第 41、42 輯，1988 年 3 月、6 月。

43. 立言：《不虛揚鞭自奮蹄——記顧執中的新聞道路》，《新聞研究資料》第 44 輯，1988 年 12 月。

44. 喻山瀾：《從〈晨報〉看北京早期的無線電廣播》，《新聞研究資料》第 45 輯，1989 年 3 月。

45. 張鈺：《報壇馳聘 30 年——記先父張友鸞新聞工作經歷》，《新聞研究資料》第 52、53 輯。

46. 張貴：《東北淪陷 14 年日偽的新聞事業》，《新聞研究資料》第 60 輯，1993 年 3 月。

九、主要電子數據庫

1. 中國期刊全文數據庫：http://dlib.cnki.net/kns50。

2. 中文科技期刊數據庫：http://www.lib.xznu.edu.cn/dzzy/vip.jsp。

3. 讀秀知識庫：http://www.duxiu.com/。

附錄一：東北地區報刊統計表
（1931年前，順序爲中日俄）

報刊名稱	刊期	出版時間	停刊時間	創辦單位	主辦人	地點	語種
東三省公報	隔日	1905.12.21	1907.2	奉天省學務處	謝蔭昌	奉天	中
海城白話演說報		1906.11		海城縣署	管鳳和	海城	
芻報		1906.12			朱霽青、錢公來	奉天	中
奉天通俗白話報		1906		奉天全省學務處編譯科		奉天	中
東三省日報（原東三省公報）	日	1907.2.28	1911.8	奉天商務會	趙國亭、汪洋	奉天	中
通報		1907.4.24	1907.7.25	國人和德國商人合辦		奉天	中
簡明日報		1907.7.10			呂君玉	奉天	中
東方曉報	日	1907.7.19			奚廷黻	哈爾濱	中
鐘聲白話報		1907.7				哈爾濱	中
營口官報		1907.7		營口官報局		營口	中
營口醒世彙報		1907.7	1908	民辦	張兆麟	營口	中
營商日報	日	1907.9	1937	營口商務總會	潘達球等	營口	中
吉林報	隔日	1907.11.30	1908.9		劉德	吉林	中
黑龍江公報	旬	1908.1	1908.5	黑龍江行省公署		齊齊哈爾	中

白話報	周 3	1908.3	1908.3	黑龍江行省公署		齊齊哈爾	中
公民日報		1908.6.29	1908.1		松毓	吉林	中
濱江日報	日	1908.12.23			奚廷黻、姚岫雲	哈爾濱	中
東三省民報		1908			趙中鵠		中
奉天教育官報		1908		奉天省學務處		奉天	中
奉天教育雜誌		1908	1909	奉天提學司編輯處			中
省官憲機關報		1909				吉林	中
醒時白話報（1921.2.21 改醒時報）	日	1909.1.21	1944.9	民辦，官府津貼資助	社長張兆麟，主筆張維麟、張幼崎、張蘊華	奉天	中
長春日報	日	1909.4.3	1909.5.19	蔣大同等人集股	劉善臣	長春	中
亞東報（亞東白話報）		1909.8		民辦集股	郭俊臣	營口	中
長春時報	日	1909.10.14	1910	私人經營	畢維垣	長春	中
吉長日報		1909.11.27	1931.9.18	政府津貼	社長顧植	吉林	中
國民日報		1910			趙中鵠	奉天	中
京奉鐵路公報		1910.1		京奉鐵路管理局			中
黑龍江官報	旬	1910.3	1911.11	黑龍江行省公署		齊齊哈爾	中
大中公報		1910.7.11	1913	民辦	袁昆喬	奉天	中
奉天勸業報		1910.8.16		奉天勸業公所		奉天	中
東陲公報		1910.10.3			經理游少博和姚岫雲，主筆周浩	哈爾濱	中
長春公報	日	1910.10.13	1911.8.3	私人組織	劉英	長春	中
黑龍江報		1911.2		省政府機關報	魏毓蘭		中
國民報		1911 年春			張榕		中
譚風報		1911.6	1912		宋文林	奉天	中
民聲報		1911.7.1			劉藝舟	奉天	中
華商報		1911.7			趙子西	營口	中

國民新報	日	1911.8.4	1912.2.2	私人組織	畢維垣，主筆、編輯人魏馨鑰	長春	中
鐵嶺日報	日	1911.8.11				鐵嶺	中
奉天官報		1911.9.22		奉天度支司衙門		奉天	中
濱江畫報	二日	1911.12.15			王子山	哈爾濱	中
北報		1911.12.20		華人	發行人玉潤	齊齊哈爾	中
微言報	日	1911		民辦	壽世公	奉天	中
風俗改良報	日	1912.1.10			安銘	吉林	中
新吉林報	日	1912.1.16			趙堃	吉林	中
黑河白話醒時日報	日	1912.1.19			主任胡潤南	黑河	中
東三省公報		1912.2.18	1933.4	奉天省議會	曾有嚴	奉天	中
醒時報（原奉天醒時白話報）		1912.2.21	1944.9	奉天省議會		奉天	中
黑龍江時報	日	1912.2.25	1914	黑龍江省諮議局		齊齊哈爾	中
奉天公報		1912.2				奉天	中
國民常識報		1912.5.30		奉天學務公所		奉天	中
少年吉林報	周	1912.5	1913.9		季啓琳	吉林	中
新東陲報		1912.7.1		係商辦報紙，道里道外商會每月資助俄洋150元	原《東陲公報》編輯王德滋	哈爾濱	中
民生報	日	1912.7.24		民辦	鬍子晉	營口	中
砭俗報	日	1912.12.7			主任舒毓才	齊齊哈爾	中
中華自治報	日	1912.12.7			李作矩，經理孫振實		中
吉林公報		1912年改刊		吉林行政公署			中
國民日報		1912	1914		廣鐵生	奉天	中
亞洲日報	日	1912	1914	遼防長官署秘書廳	王維宙	奉天	中
群力報	日	1913.5			李作矩等人	長春	中

民生報	日	1913.8.1			社長牛得仁	齊齊哈爾	中
黑龍江政務報告書		1913.11	1914.12	黑龍江巡按使公署 1915 年			中
吉鐸報	日	1913.12.5	1913.12		羅國慶，金德疇	吉林	中
天民日報	日	1913.12.5	1914.5		劉炎	長春	中
警察公報		1913		安東警察廳		安東	中
黑龍江政務報告統計表		1913	1913	黑龍江巡按使公署 1915 年公報			中
曉鐘日報	日	1914.1	1916.1		白曉峰、鄭希僑	長春	中
白話報	周	1914.1		省模範小學私人辦的報紙	初鶴皋	吉林	中
黑龍江公報	日	1914.3		省政府官報	張守試		中
長春白話日報	日	1914.7.13			李馨吾		中
通俗教育報	日	1914.12	1928.9	黑龍江省通俗教育社		齊齊哈爾	中
墾務公報	日	1914				齊齊哈爾	中
龍沙新報	日	1914			編輯人崔敏唯	齊齊哈爾	中
維新報	日	1914				哈爾濱	中
健報		1914	1915		張復生	奉天	中
白話小報		1915.1		哈爾濱山東同鄉會		哈爾濱	中
通俗教育報	日	1915.5		省教育廳省教育會機關報	趙良裔		中
大東日報	日	1915.7.30	1931.9.19	商務會和社長劉笠泉出資	社長霍占一，後張雲貴、蕭丹峰任總編輯	吉林	中
北寧工聲		1915		北寧鐵路工會理事會			中
血潮		1915		北寧鐵路特別黨部			中

譚風報		1915	1916		趙荷	奉天	中
黑龍江報		1916.2.10	1929.4.3	黑龍江公署每月津貼 100 元，其餘各機關均有津貼，總數達 700 元。半官方報紙	社長兼總編輯魏毓蘭	齊齊哈爾	中
醒民報	日	1916.5	1926	民辦	侯炳章任社長，張松橋任主筆	長春	中
啓民報	日	1916.8.10			主任韓鑫樓	齊齊哈爾	中
星期報	周	1916.8.13		傅家甸信託公司		哈爾濱	中
東亞日報	日	1916.9.15	1917.11.15	濱江縣勸學所所長刁子明等發起組辦	刁子明爲名譽經理。總經理王趾舒，總編輯周祉民	哈爾濱	中
吉林商報	日	1916.9.15			關鐸	吉林	中
新民日報	日	1916.10.10	1921.1		白雲深	長春	中
民生日報	日	1916.11.1		長春民生協會	發行人孫一鳴，營業主任王穆之	長春	中
每日新聞	日	1916.12.26	1917.11.15		社長張陶庵	哈爾濱	中
吉林農報		1916.12 改刊		吉東印刷所印刷			中
吉林教育雜誌		1916		吉林省公報			中
吉林公報		1916		吉林省官報		吉林	中
大東新報	日	1916				長春	中
正俗日報	日	1917.1			賈普知、王精一，沈功孝	長春	中
譚風新聞	日	1917.1.20			社長張浮生	齊齊哈爾	中
雅言報		1917.3.25	1917.11.15		社長龐秋言	哈爾濱	中
東陲商報	日	1917.4				哈爾濱	中
龍沙日報	日	1917.5.12	1917.9		發行人李建元	齊齊哈爾	中

通俗教育報	雙日	1917.6.4	1918.12	哈爾濱通俗教育社		哈爾濱	中
白話畫報	日	1917.6.7	1917.7.18		主辦人牛安甫	哈爾濱	中
東邊報	日	1917.6.8			陳興寬	哈爾濱	中
遼東商報		1917.9.1			發行人沈毓禾，編輯孫鐵俠		中
宏遠商報	日	1917.9			經理聞魯瞻	齊齊哈爾	中
吉林教育公報	月	1918.1		吉林省公報	吉林教育廳編		中
關東日報	日	1918.3.1			欒武等人	長春	中
吉林日報	日	1918.3.23	1922		張希天、劉哲	吉林	中
社會時報		1918.6.1			劉毅		中
大中報	日	1918.9.25	1919.5.21		經理王趾舒	哈爾濱	中
通俗白話報		1918.12.22		雙城縣公署		雙城	中
堂報	月	1918	1923	望奎縣公署內務科		望奎	中
新民日報	日	1918		新民印刷廠印刷	發行人畢升垣		中
國際協報	日	1918.7.1，1919.11.10遷到哈爾濱	1937.10.31	民人張濤、吳逖遠、吳作明發起	社長張復生	哈爾濱	中
新共和報		1918				吉林	中
公民日報	日	1919.1.15		私人合股		長春	中
大北新聞	日	1919.2			社長翰華堂	哈爾濱	中
國際商報		1919.7.1				哈爾濱	中
采風報	日	1919.9			李（君）	哈爾濱	中
小公報	周	1919.12	1926.9	《東三省公報》附張		奉天	中
通俗白話報		1919		教育廳機關報		吉林	中
大亞公報		1920.1				瀋陽	中
白話商報	日	1920.6			經理王文林	哈爾濱	中

吉林實業日報		1920.9.1		姚明德廖志達溫繼嶠汪題瑞	汪題瑞	吉林	中
黑河日報	日	1920.9		黑河道尹公署機關報		黑河	中
黑河日報	雙日	1920.10.1	1929.11.23	黑河道公署		黑河	中
中東日報	日	1920.12.7			發起人李逢春、孟介民	哈爾濱	中
濱江民報	日	1921.1.13			趙志超	哈爾濱	中
濱江時報	日	1921.3.15	1937.10.31		經理范聘卿、社長范介卿	哈爾濱	中
濱江華業畫報	日	1921.4.16			主任韓洪業	哈爾濱	中
東北日報	日	1921.5	1934	九一八事變後改名東亞日報，1934.12由滿洲報社收買改名民聲晚報		瀋陽	中
濱江午報	日	1921.6.1				哈爾濱	中
極東商報	日	1921.6.18			經理王子益	哈爾濱	中
同澤半月刊	半月	1921.6	1921.8	同澤中學		瀋陽	中
長春話報		1921.8.10			楊介忱	長春	中
通俗日報	日	1921.8.29			陳澈		中
醒民畫報	日	1921.9.28			盧振亞	哈爾濱	中
長春白話報	日	1921.8	1913.9		楊介忱	長春	中
濱江晚報	日	1921.9			發行人王玉麟、編輯李新吾	哈爾濱	中
民報		1921.10.10	1931.5.18 同年再刊			瀋陽	中
醒民報	日	1921.10.12				哈爾濱	中
士報	日	1921.10.30	1922.2.20		經理于雲波	哈爾濱	中
大同報	日	1921.10.31			發行人汪鏡洲	哈爾濱	中
東三省商報	日	1921.12.1	1933.1.25	經費由葉元宰所在的中國南洋兄弟煙草公司提供現大洋7000元	發行人葉元宰，總編輯吳春雷、張子淦	哈爾濱	中

哈爾濱商報		1921.12.1			哈爾濱	中
民主叢報	旬	1921		吉林商務同行印刷局		中
毓文周刊	周	1921		毓文中學師生		中
吉長吉敦鐵路月刊（原名吉長敦月報）	月	1921		吉長吉敦鐵路編、吉林省公報		中
撫商日報		1921	1929.12		渠子元	撫順	中
正俗日報	日	1922.1.10			發行人鄭希僑	哈爾濱	中
濱江晨報	日	1922.1.15			經理井樹人	哈爾濱	中
東北職業報	日	1922.5.13			李南信	哈爾濱	中
廣告大觀	日	1922.6.29			經理周祉民	哈爾濱	中
新民報	日	1922.6.29			總經理周祉民	哈爾濱	中
消閒日報	日	1922.6.29			發行人胡立業	哈爾濱	中
濱江晚風報	日	1922.7.17			經理王星垣	哈爾濱	中
濱江新報	日	1922.7.7			發行人李定宜	哈爾濱	中
商務公報	日	1922.8.15			經理高仙洲、發行人周祉民	哈爾濱	中
強國日報		1922.8.25			蔡興良	長春	中
延邊時報	日	1922.8.27			程永年	延吉	中
國民新聞		1922.8.28			吳景濂	吉林	中
工商日報	日	1922.9.1			發行人延東樵	哈爾濱	中
東三省民報	日	1922.10.20	1933	東三省民治促進會	社長趙鉏非、主編宋大章	奉天	中
濱江曉報	日	1922.10.25			發行人楊星槎	哈爾濱	中
濱江東明報	日	1922.11.10			發行人劉潤清	哈爾濱	中
實事愛國報	日	1922.11.4			發行人劉宗漢	哈爾濱	中

黑龍江通俗教育日報		1922	1925	黑龍江通俗教育社		綏化	中
福報		1922				哈爾濱	中
東陲商報		1922	1924	全社編		哈爾濱	中
東北文化月報，後改名《東北文化》	月	1922	1928	滿蒙文化協會編		大連	中
滿洲報		1922		全社編		大連	中
奉天畫報		1922			趙子貞	奉天	中
東報		1922			張烜	奉天	中
東省雜誌（Manchurian Monitor）	半月	1922		中東鐵路管理局			俄、英
奉天巿報	日	1923.1		市政公所機關報	市政公所主任盛桂柵，主筆張耀	奉天	中
哈爾濱晨光報	日	1923.2.21	1931.12	愛國青年合作組辦	韓鐵生、李震瀛、陳為人	哈爾濱	中
吉林教育會月報	月	1923.4		吉林省公報	吉林省教育會編		中
華東通信	日	1923.5				哈爾濱	中
濱江東話報	日	1923.6			發行人楊介忱	哈爾濱	中
松江日報	日	1923.9.10			社長郭大鳴，主筆楊墨言	哈爾濱	中
濱江曉報	日	1923.10.10			發行人郝非僧	哈爾濱	中
吉林民報		1923.10.9			沈子易	長春	中
濱江正言報	日	1923.11.1			社長張維中	哈爾濱	中
滿洲新報		1923.11.27				營口	中
民國日報	日	1923.12		組織者佟振歐	經營者吳亞泉，主筆唐繼先		中
東邊時報	日	1923.12		民辦	康蔭叔	安東	中
黑龍江教育公報		1923		黑龍江省教育廳			中

黑河日報	日	1923		仝社編		黑河	中
東陸商報	日	1923		哈爾濱商務會		哈爾濱	中
大北日報	日	1923		濱江實業團		哈爾濱	中
遼寧省教育雜誌		1923		遼寧教育會		瀋陽	中
東三省民報		1923				瀋陽	中
新文化，後改名《青年翼》		1923	1924	仝社編		大連	中
大同報，原名《大東報》		1923				長春	中
鐵嶺日報	日	1923	1924		關向應	鐵嶺	中
鐵嶺公報		1923				鐵嶺	中
遼寧地方日報		1923	1931	奉系軍閥組建的俄軍團		奉天	俄
東北月報	月	1924.1				哈爾濱	中
國民日報	日	1924.4.19	1925.12		吳亞泉，唐繼先	長春	中
春生日報	日	1924.4.23 備案			發行人李佩聲，編輯程仲仁，印刷李志夒		中
長春曉報		1924.6.19 備案			陳了俗	長春	中
濱江翼世新聞	日	1924.7			發行人萬航	哈爾濱	中
興業日報	日	1924.7			陳鎮，呂聞欣	吉林	中
東三省新聞報	日	1924.8.10			發行人韓鑫樓	哈爾濱	中
東三省時報	日	1924.12.25			王綸章	長春	中
消閒報		1924				哈爾濱	中
商報晚刊		1924	1931			哈爾濱	中
中東（鐵）路路警統計報告		1924		東省鐵路路警處			中
東北		1924		奉天教育廳			中
輯安教育月刊	月	1924		遼寧輯安縣教育局		輯安	中

遼東詩壇	月	1924	1930	全文社編		大連	中
華北新報	日	1925.5.12	1932.2		朱實魯	哈爾濱	中
道德報	日	1925.7.1			社長、編輯徐石藩		中
益民時報		1925.8.25			郎儒樵	長春	中
吉林二師周刊	周	1925.10.1		吉林省立第二師範學校	主編韓守本，編輯劉曠達，校對王濤，發行魏廷翰		中
探美月刊	月	1925		毓文中學藝術社			中
東省經濟月刊，1930 改名中東經濟月刊，1933年改名北滿經濟月刊	月	1925	1930	東省鐵路經濟調查局		哈爾濱	中
東省日報	日	1925		全社編		長春	中
叢報		1925	1927			安東	中
吉林警團公報	周	1926.1		吉林省警務處、保安團管理處			中
東省特別區警察周刊	周	1926.1	1928.11	東省特別行政區公報		哈爾濱	中
松北報	日	1926.1			社長孔子明	哈爾濱	中
東北大學周刊	周	1926.1	1930.12	東北大學		瀋陽	中
營口市報	日	1926.3.17	不詳	營口市政公所		營口	中
大成時報	日	1926.3				哈爾濱	中
采風日報	日	1926.4	1937.10.31		盧文芳	哈爾濱	中
遼東日報	日	1926.4		黨派關係		瀋陽	中
東北日報		1926.5	1944		丁袖東	奉天	中
北極日報	日	1926.6.10			經理馬趾祥	齊齊哈爾	中
龍江益世報	日	1926.6					中
小安東報		1926.6			呂志厚	安東	中
東省特別區路警周刊	周	1926.11	1928.11	東省特別區路警處		哈爾濱	中

東省鐵路路警周刊	周	1926.11	1928.1	東省鐵路路警處		哈爾濱	中
新亞日報		1926.11	1929		董榮庭等	奉天	中
哈爾濱公報		1926.12.1	1937.10.31 奉命停刊，與國際協報、濱江時報合併，於11.1 出版《濱江日報》。1945.12.1《哈爾濱公報》復刊，1954.2.1終刊	東省特別區行政長官公署按月津貼大洋200 元，濱江道尹公署遵囑月津貼100 元	社長關鴻翼、編輯長楊墨宣	哈爾濱	中
四洮鐵路公報		1926.12		遼寧省公報	四洮鐵路管理局		中
東亞日報	日	1926.12			社長陳披卿，主筆陳瘦	奉天	中
延邊日報	日	1926.12	1927.3.23		李琪宣	延吉	中
龍江益時報	日	1926			社長劉宗漢、王風鳴	哈爾濱	中
奉天總社商會月刊	月	1926		全社編		瀋陽	中
吉林通俗教育半月刊（1～19 期）	半月	1926		吉林省公報	吉林省立民教育館		中
滿蒙日報		1926			周元恒	奉天	中
奉天大亞圖畫周報	周刊	1926			陸一勺	奉天	中
中華商報		1926			費香九	奉天	中
商工日報		1926		奉天省商工總會		奉天	中
奉天商報		1927.1		奉天總商會		奉天	中
奉天公報	日	1927.3		省政府的官報		奉天	中
市報	日	1927.4.1	1932.2	哈爾濱特別市政局		哈爾濱	中
市政日報	日	1927.4	1928	奉天市政公署		奉天	中
東北大學季刊	季	1927.5	1927.11	東北大學		瀋陽	中
教育月刊	月	1927.6	1927.9	東省特別區教育會	東省特別行政區公報	哈爾濱	中

海事		1927.7		海事編輯處	遼寧省公報		中
滿洲通訊		1927.12.1		中共滿洲省委		奉天	中
法學新報	旬	1927		奉天法學研究會編		瀋陽	中
遼寧省第一高級中學校刊		1927		全校編		瀋陽	中
大亞畫報		1927	1931		沈叔邃	奉天	中
東方小報		1927				安東	中
松浦日報	日	1928.1.10			經理孫竹亭	哈爾濱	中
平民日報	日	1928.2	1929 年初	民辦	苗渤然	奉天	中
滿洲工農兵		1928.3.20	1928.11	中共滿洲省委		奉天	中
龍沙畫報	日	1928.6.19			社長呂漁	哈爾濱	中
濱江辰報	日	1928.7.16	1930		趙逸民	哈爾濱	中
東北商工日報（原爲《奉天商報》）		1928.9.10	1931.9	奉天省商會		奉天	中
新民晚報	日	1928.9.20	1931.9.16	張學良扶植	錢芥塵等	奉天	中
松江花報	日	1928.9			經理金一民	哈爾濱	中
黑龍江通俗教育周報		1928.10.	1928.12	黑龍江通俗教育社		綏化	中
滿洲工人		1928.11		中共滿洲省委職工運動委員會		奉天	中
文畫日報	日	1928.11	不詳	民辦	楊際青	營口	中
黑龍江民報		1928.12.25		華人		齊齊哈爾	中
啓民白話日報	日	1928		綏化縣公署		綏化	中
東省特別區市政月刊	月	1928	1931	東省特別行政區公報	哈爾濱特別市市政局	哈爾濱	中
軍事月刊	月	1928		東北陸軍訓練委員會		瀋陽	中
東北新建設	月	1928	1931	東北新建設雜誌社		瀋陽	中
遼寧建設月刊		1928		遼寧省建設廳	遼寧省公報		中
蒙邊日報	日	1928			李一樵	奉天	中

安東商報		1928			袁愼禮	安東	中
東北航空季刊	季	1929.1		東北航空司令部		瀋陽	中
東北民眾報	日	1929.1	1931.9	集資	陳言	瀋陽	中
新民畫報		1929.3.31		新民晚報		瀋陽	中
瀋陽市報		1929.4.2		瀋陽市政公所		瀋陽	中
東北民國日報	日	1929.8		國民政府執委會		奉天	中
安東市報	周	1929.9.1	1931.4	安東市政籌備處		安東	中
撫順商報		1929.9			武子章	撫順縣	中
撫商日報		1929.9	1929.12	撫順縣商會		撫順	中
東華日報	日	1929.11			社長薛子奇	哈爾濱	中
紅十字報		1929.12	1931.9		李大貞	瀋陽	中
農礦月刊	月	1929		吉林省農礦廳主辦，吉林永衡印刷局印刷			中
廣告小報	日	1929			社長王希純	哈爾濱	中
奎生日報	日	1929			經理楊琦昌	哈爾濱	中
東北文化，原名《東北文化月刊》，後改名《大同文化》	周	1929	1931	中日文化協會編		大連	中
新社會		1929				瀋陽	中
冰花		1929			郭維城	瀋陽	中
東邊商工日報	日	1929	1931		袁華東	安東	中
遼寧日報	日	1929	1930		馬昂雷	瀋陽	中
新滿公報	日	1929	1934.3.1 或 1933 不詳		徐鐵珊	安東	中
奉天公報		1929	1937.8	奉天高等審判所		奉天	中
公眾閱報		1929		瀋陽縣電話局		瀋陽縣	中
曦光報		1929			柏煩塵	營口	中
遼寧新報		1929			馬耕井	營口	中
東北實報		1929			金韜	瀋陽	中

政聲		1929	1930.8			臺安縣	中
新奉午報	日	1929			王國光	瀋陽	中
國民新報		1930.4	1931.8		楊雲樓	撫順	中
公民日報		1930.7		私人辦		開原	中
滿洲紅旗	3 日	1930.9.15	1931.12 遷哈爾濱	中共滿洲總行動委員會		瀋陽	中
松浦市聲報	日	1930.9			社長慶錄	哈爾濱	中
濱江市政周刊	周	1930	1931	濱江市政籌備處		哈爾濱	中
哈爾濱晚報	日	1930			馮永秋	哈爾濱	中
平民報	日	1930			馮戢吳	哈爾濱	中
工商月報	月	1930				安東	中
東北實業日報	日	1930	1931	劉積三等	賈貫之	吉林	中
國民新報		1930			張法友	瀋陽	中
瀋陽晚報		1930			宋格謹	瀋陽	中
遼寧全民報		1930				瀋陽	中
新遼午報		1930			張學成	瀋陽	中
開原公民日報		1930			李毅	開原縣	中
救國公報		1930			吳家星	瀋陽	中
新晨報		1931.1.1			趙雨時	瀋陽	中
東北市聲報	日	1931.7.15			社長慶錄	哈爾濱	中
東北日報	日	1931.8.15				哈爾濱	中
吉林日報	日	1931.12.10				吉林縣	中
春蕾滿蒙專號			1929	吉林大學憑欄社		吉林縣	中
吉林通俗報	月12刊					吉林縣	中
吉林教育月刊	月					吉林縣	中
五中周刊	周						中
白楊							中
火犁							中
曉光日報						瀋陽	中
安東青年	季					安東	中

安東教育月刊	月					安東	中
安東警察公報						安東	中
無線通信						哈爾濱	中
營業日報						牛莊	中
疾呼報					高其志、李碩夫	奉天	中
滿洲畫報						奉天	中
民鐸報						奉天	中
牖民報						奉天	中
自治周報	周				于占淵	奉天	中
共和報						瀋陽	中
醒獅報						瀋陽	中
國民新聞報						瀋陽	中
東北無線電新聞						瀋陽	中
營口新聞		1902	1904	日本人		營口	日
營口商報		1905.5.15	1907		大井憲太郎	營口	日
滿洲日報	日	1905.7.26	1908.10.17	營口軍政署	中島眞雄	營口	日、英、中
遼東新報	日	1905.10.25	1927.10.31	關東都督府	末永純一郎、金子平吉	大連	日、中
關東都督府府報		1906.9		日本人		大連	日
安東新報	日	1906.10.17	1939.6.1		川保篤、金子彌平	安東	日
盛京時報	日	1906.10.18	1944.9.14	日本外務省	中島眞雄	奉天	中
關東都督府報		1906	1917	關東都督府	日人刊物關東廳機關報	旅順	日
遼東新報附錄・關東總督府報		1906		遼東新報		大連	日
「南滿洲鐵道株式會社」營業報告（年報）	年	1906		滿鐵社編			日
Manchuria Daily News（滿報）	日	1907.1.17		仝社編		大連	
滿韓日報		1907.6	1912	日本人	野口多內	安東	日

奉天每日新聞		1907.7.1	1939 尚存	全社編		瀋陽	日
內外通訊		1907.7.1	1918.7.1 改爲奉天每日新聞	日本人	合田惠	奉天	日
滿洲實業新報		1907.9		日本人	椿井必治	安東	日
滿洲日日新聞	日	1907.11.3	1945.8	日本關東廳、「滿鐵」	後藤新平	大連	中、日、英
內外通訊（1918.8 改奉天每日新聞）		1907			松宮琴子	奉天	日
滿洲日日新聞・大連民政署報		1907		滿洲日日新聞		大連	日
南滿洲鐵道株式會社社報		1907		滿鐵社編			日
滿洲新報		1908.2.11	1938.4	日本憲政會	小川義和	營口	日
滿洲土木建築業組合報	雙月	1908.8	1928	全社合編		大連	日
鐵嶺新聞	日	1908.9	1911.2		木戶作次郎	鐵嶺	日
北滿洲	旬	1908.9.5		北滿洲新聞社	社長布施勝治	哈爾濱	日
泰東日報	日	1908.11.3	1945.1	大連華商公議會發起	金子平吉	大連	中
安東每夕新聞	晚報	1908.11	1912.9.9		嘉納三治	安東	日
奉天日日新聞，改名爲《奉天滿洲日報》	日	1908.12.4	1930	全社編		瀋陽	日
遼陽新報 / 遼鞍每日新聞	日	1908.12.15	1918.10.30 改名遼鞍每日新聞	全社編	渡邊德重	遼陽	日
南滿日報（1912.9 改奉天日日新聞）		1908.12	1918 改爲奉天中日戰爭結束滿洲日報		村田愨磨	奉天	日
南滿日報		1908.12	1912.9.1 易名奉天日日新聞 1918 改奉天滿洲日報		矢野勘	奉天	日
滿洲日日新聞，1927 年改名《滿洲日報》	日	1908	1927	全社編		大連	日

長春日報	日	1909.1.1	1920改爲北滿日報，1932改爲新京日報，1938.10.11改爲滿洲新聞		箱田琢磨	長春	日
滿鮮旅行案內月刊	月	1909.2.9				旅順	日
大陸日日新聞		1909.6.1			吉野直治	奉天	日
協和	半月	1909	1909～1914名爲《自修會雜誌》，1914～1927改名爲《讀書會雜誌》，1927改現名	滿鐵社會會編		大連	日
大連實業雜誌，1907～1908名爲《大連實業會會報》		1909	1915			大連	日
「南滿洲鐵道株式會社」統計年報	年	1909	1929	滿鐵社編			日
海友		1910.4		海務協會	日人交通類雜誌	大連	日
埠頭事務所報		1910.12.9		滿鐵埠頭事務所編	日人交通類雜誌	大連	日
北滿日報，1932～1940年改爲新京日報	日	1910	1932	日本人			日
鐵嶺時報		1911.8.1	1939	日本人	西尾信	鐵嶺	日
靈陽	半年	1911.8				旅順	日
開原新報	日	1912.2.11	1939尚存		山田民五郎	開原	日
東報	日	1912.3.29		《北滿洲》的俄文版	布施勝治	哈爾濱	俄
滿洲每日新聞	日	1912.8.5	1941	「滿鐵」機關	濱村善吉	大連後遷長春	英、日
奉天新聞		1912.9.1		全社編	佐藤善雄	瀋陽	日
奉天日日新聞（原爲《南滿日報》）		1912.9	1938	日本人	難波勝治	奉天	日

南滿工專時報月刊	月	1913.6				大連	日
邊聲報	日	1913.8.13	1913.12.4	兒玉多一伊東季藏	連武公	吉林	中
滿洲重要物產商況日報		1913.7.28	1935.12	日本人	照井長次郎	大連	日
朝鮮及滿洲		1913	1931	朝鮮雜誌社		朝鮮京城	日
大陸工報		1914.1		日本人興亞技術同志會		大連	日
營口新聞		1914.5	1914.9		李雨亭	營口	日
滿洲通訊	日2刊	1914.8.31	中日戰爭時	日本人	武內忠次郎	奉天	日
滿蒙評論	月	1915.7		仝社編		大連	日
大連商工月報	月	1915.6	1915～1916 名為《大連商業會議所月報》，1916 改名為《滿蒙實業會報》，1925～1929 又名《大連商業會議所月報》，1930 改用《大連商工月報》	大連商業會議所		大連	日
ヒビキ		1915	1917	滿洲雜誌社編		大連	日
滿蒙研究叢報		1915	1919	滿蒙研究彙編（1～50 號）		大連	日
Manchuria Medical College, Mitteilungen		1916				瀋陽	日
南滿州書司會雜誌（1～4 號）		1916	1917	仝會編	日人學術類雜誌	大連	日
奉天新聞		1917.9.1	1939 年尚存		佐藤善雄	奉天	日
大連經濟日報		1917.12.4	1923.12 改名《滿洲商業新報》		山口忠三	大連	日
大陸工報		1917	1920（？）	興亞技術同志會編		大連	日
大陸		1917	1936 年尚存	仝社編	森宣次郎	大連	日
祖國の光月刊	月	1918.2				旅順	日

滿洲商業新報		1918.3.13	1927.11	日本人		大連	日
露亞通信	周二刊	1918.4			近藤義晴	哈爾濱	日
奉天每日新聞（原1907.7.1《內外通訊》）		1918.7.1	1939尚存	日本人	松宮幹雄	奉天	日
奉天蒙文報	周	1918.8	不足一年停刊	日本人	菊池貞二	奉天	蒙
極東新報		1918.11.1	1939年尚存	齋藤竹藏	聘中國人王鼓晨、王作東任主筆	哈爾濱	日
奉天商業會議所月報，曾改名為《滿蒙經濟時報》	月	1918	1925	全所編		瀋陽	日
開原新報		1919.2.21		全社編		開原	日
大陸日日新聞	日	1919	1923	全社編		瀋陽	日
哈爾濱商品陳列館館報		1919	1920，後改名《露亞時報》	日本人		哈爾濱	日
關東報	日	1919.11	1937.8		都甲文雄	大連	中
公主嶺商業月報	月	1920.3.9				公主嶺	日
大連新聞	日	1920.5.5	1935.8.7與《滿洲日報》合併《滿洲日日新聞》		小澤太兵衛／立川雲平	大連	日
滿洲株式經濟時報		1920.6.20		日本人		大連	日
電通日刊	日	1920.8.24		日本人		大連	日
關東報	日	1920.9.1	1937	日本海軍	永田善三郎	大連	中
營口商業會議所月報	月刊	1920.9.24	1928.2		田中七	營口	日
四洮新聞	日	1920.10.10	1940尚存		泉本章太郎	四平街	日
日清興信所內報日刊	日	1920.11.2				大連	日
埠頭日報		1920.11.8		日本人	富田喜代三	大連	日
長春實業新聞，1932年改為新京日日新聞	日	1920.12.15	1939尚存	日本人	染谷保藏	長春	日
奉天滿洲日報		1920.12	1934.6	日本人		奉天	日

滿洲經濟時報		1920.4	1931	全社編		大連	日
鐵魂半月刊	半月	1920.9				鞍山	日
新滿洲		1920		新滿洲社			日
營口商業會議所報	月	1920		全社編		營口	日
關東廳廳報		1920		關東廳機關報		旅順	日
滿蒙之文化，後改名《滿蒙》		1920	1923	滿蒙文化協會		大連	日
「南滿洲鐵道株式會社」調查時報		1920	1931年改名爲《滿蒙事情》（？）	滿鐵調查科編		大連	日
營口實業會月報		1920		日本人商工團			日
盛京時報		1920		全社編		大連	中
大連株式商品日報		1920		日本人		大連	日
長春商業會議所報		1920	1922	日本人		長春	日
新天地	月	1921.1		全社編		大連	日
哈爾濱日日新聞	日	1921.1		1921年10月歸滿鐵經營	社長佐藤四郎，主筆大河原厚仁	哈爾濱	日
撫順新報	日	1921.2.14	1939尚存	全社編	窪田利平	撫順	日
滿洲建築協會雜誌	月	1921.3		全社編		大連	日
北滿洲	日	1921.3	1921.12	大連北滿洲支局		大連	日
日滿通信日刊	日	1921.4.25		日本人		大連	日
鞍山鋼鐵會雜誌	季	1921.4				鞍山	日
瑩雪（月刊）	月	1921.5		大連語學校瑩雪會	日人文學類雜誌	大連	日
奉天商況時報		1921.6.30	1934.12	日本人		奉天	日
間島新報	日	1921.7.1	1939尚存		安東貞元	間島	日
滿洲報	日	1921.7.24	1937		西片朝三	大連	日
白道	月	1921.11				大連	日
滿洲女性界		1921		滿洲社編		大連	日

滿蒙經濟時報，原名《奉天商業會議所月報》	月	1921	1922	奉天商業會議所編		瀋陽	日
南滿統計概覽	年	1921		關東廳文書科	關東廳機關報	旅順	日
關東州貿易月表	月	1921		關東廳庶務科		旅順	日
「南滿洲鐵道株式會社」統計月報	月	1921	1931	滿鐵調查科			日
哈爾濱日日新聞	日	1922.1.12	1945		大澤隼	哈爾濱	日
泰東興信公所日報	日	1922.3.28				大連	日
營口經濟日報		1922.3.30	1925.5.9	日本人	落合醜彥	營口	日
奉天商工新報	半月	1922.3.31				瀋陽	日
大同文化	月	1922.3	1936 尚存	大連中日文化協會		大連	中
滿洲興信公所日報		1922.3	1930.6	日本人		大連	日
撫順新聞		1922.4.3	1925.12	日本人		撫順	日
東亞興信所周刊	周	1922.5.31				瀋陽	日
極東周刊		1922.6.12	1935.12	日本人		大連	日
東省日報	日	1922.7.18	1937.8.31	日本人三橋政明	劉振東	吉林	中
滿洲報	日	1922.7.24	1937	日本殖民當局	西片朝三	大連	中
滿洲公論	月	1922.7		仝社編		大連	日
奉天電報通信		1922.8		日本人	渡邊義一	奉天	日
大北新報		1922.9.22		盛京時報北滿版	中島眞雄	哈爾濱	中
哈爾濱新聞		1922.10.1		日本人	仝社編	哈爾濱	日
中日實業興信日報	日	1922.11.7		仝社編		大連	日
開原實業時報		1922				開原	日
滿鮮縱橫評論		1922	1923	仝社編		安東	日
滿蒙年鑑，1926～1932 改名為《滿洲年鑑》	年	1922	1924	中日文化協會		大連	日

滿洲調查機關聯合會會報		1922		仝社編		大連	日
滿洲之社會，1925 年改名爲《社會研究》		1922	1925	滿洲社會事業研究會編		大連	日
南滿教育		1922		南滿洲教育會編		大連	日
極東		1922（？）		哈爾濱極東公論社			日
滿洲年鑑（原名滿蒙年鑑）		1922～1924	1926～1932	滿洲文化協會編			日
開原實業時報		1923.1.1			篠田仙十郎	開原	
聯合通信日刊	日	1923.1.15		日本人		大連	日
民國醫學雜誌，自第13卷1期改名爲《東方醫學雜誌》	月	1923.1	1933.12			瀋陽	日
旅順農學會月刊	月	1923.1				旅順	日
滿洲醫學雜誌	月	1923.1		東洋醫學社編		大連	日
哈爾濱通信	日	1923.1			大川周三	哈爾濱	日
滿蒙經濟時報		1923.1		日本人	大#茂樹	奉天	日
南滿洲青年月刊	月	1923.3.12				大連	日
妙光	月	1923.12		仝社編		營口	日
東亞興信公所周報		1923.12		日本人		奉天	日
中華藥報月刊	月	1923.7				大連	日
日滿藥報		1923.7				大連	日
松江新聞		1923.9		日本人		吉林縣	日
安東新報		1923.11.3		仝社編		安東	日
商業通信		1923.12.12				安東	日
滿洲婦人新聞	旬	1923.12.26				大連	日
「南滿洲鐵道株式會社哈爾濱事務所」調查時報		1923	1924，後改名《哈爾濱事務所調查叢報》（1925～1926）	日本人		哈爾濱	日

滿蒙月刊，原名《滿蒙之文化》	月	1923				大連	日
中華樂報		1923	1925.12	日本人		大連	日
滿鐵通信協會雜誌	雙月	1923			日人交通類雜誌	大連	日
開原實業新報		1923				開原	日
長春商業會議所調查叢報	月	1923	1928	日本人		長春	日
The Manchurian Mouth-Mouthly upplement of the Manchuria Daily News（上報的副刊）		1924.1				大連	
泰東興信公所日報		1924.2.9	1926.12	日本人		大連	日
帝國通信	日	1924.3.6			信濃汀三一	大連	日
大廣場教育	年三刊	1924.3.31				大連	日
滿鐵入笥通信日刊	日	1924.3.31			日人交通類雜誌	大連	日
安東經濟時報		1924.3		安東商業會議所編		安東	日
保護者會報	半年	1924.3				大連	日
松之綠	半年	1924.4				瀋陽	日
法律時報	半月	1924.5.14		全社編		大連	日
奉天商工新報		1924.5.17	1936.12	日本人		奉天	日
滿洲技術協會志	兩月	1924.5		全社編		大連	日
奉天商工月報	月	1924.5		奉天商業會議所編		瀋陽	日
滿洲經濟統計月報	月	1924.5		滿鐵經濟調查會編		大連	日
極東周刊	周	1924.6.25				大連	日
亞細亞大觀月刊	月	1924.7				大連	日
亞東印畫輯（月刊）	月	1924.7		亞東印畫協會編		大連	日
醫學原著索引	月	1924.8				瀋陽	日
亞東月刊	月	1924.9				大連	日

滿洲土木建築時報		1924.10.15		日本人	新田新太郎	奉天	日
商業通信		1924.10.21				開原	日
神の道月刊	月	1924.11		神の道會編	日人宗教類雜誌	大連	日
大連青年月刊	月	1924.12				大連	日
間島日報	日	1924.12.20		日本人		間島	日
地方經濟		1924	1926	滿鐵地方部庶務科編		大連	日
鐵道之研究月刊，原名《聯運之研究》1921～1923	月	1924		滿鐵鐵道部	日人交通類雜誌	大連	日
北京滿鐵月報，後改名滿鐵支那月志		1924	1928	滿鐵北京公所編			日
周報大日活	周	1925.1.29				大連	日
支那礦業時報	季	1925.1		滿鐵地質調查所		大連	日
大連園藝會報月刊	月	1925.1				大連	日
大正半年刊	半年	1925.1				大連	日
是城月刊	月	1925.1				大連	日
滿洲日日新聞		1925.1	1926.12	日本人		大連	日
Weekly Takara	周	1925.3.31				大連	日
錢鈔日報	半日	1925.4.2				大連	日
山田見株日報月刊	月	1925.4.2				大連	日
山田實株周報	周	1925.4.2				大連	日
泰記相場日報日刊	日	1925.4.22				大連	日
泰信日報	日	1925.4.27				大連	日
有終	半年	1925.4				瀋陽	日
鐵嶺商工會議所月報	月	1925.4		全社編		鐵嶺	日
滿洲醫藥時報		1925.4		日本人	畦森抱山	奉天	日

大連商業興信所日報		1925.5.31	1937.12	大連商業興信所	大連	日
大眾興信所內報		1925.5		日本人大眾興信所	大連	日
滿洲大連沙河口實業時報	半月	1925.7			大連	日
遼東時報		1925.8	1933	日本人	大連	日
帝國通信	日	1925.9			哈爾濱	日
學校と家庭	年5回	1925.10.26			大連	日
中日經濟通信日刊	日	1925.11.4		日本人	大連	日
南山麓	年3刊	1925.11.6			大連	日
電華月刊	月	1925.11			大連	日
書香		1925	（前期）1925～1926（後期）1929.4	滿鐵大連圖書館	日人學術類雜誌	大連	日
柔克		1925	1927	滿鐵婦人會編		大連	日
社會研究，原名《滿洲之社會》		1925	1929	仝社編		大連	日
大連タィムス，1927年改名《遼東タィムス》		1925	1927	仝社編		大連	日
泰東日報	日	1925		仝社編		大連	中
「南滿洲鐵道株式會社」主要貨物年報	年	1925	1930（？）	滿鐵鐵道部庶務科		日
東滿日日新聞	日	1926.1.1	1940尚存		須佐美芳男	牡丹江	日
統計月報（半月刊）	半月	1926.3.3		滿鐵資料科編		大連	日
大連市公報旬刊	旬	1926.3.3		大連市役所		大連	日
大眾興信周報		1926.3		日本人		大連	日
大連市公報		1926.4.1		大連市役所		大連	日
東方通信	日	1926.5			哈爾濱	日、中、俄
愛兒と家庭	月	1926.5		大連民政署		大連	日

春日の學園	年 3 刊	1926.5			日人文學類雜誌	大連	日
奉天興信所內報	半周	1926.6.25				瀋陽	日
滿洲果子食料新報月刊	月	1926.6				大連	日
安奉每日新聞	日	1926.8.25			野村一郎	本溪湖	日
靈南教育月刊	月	1926.9				旅順	日
安東時事新報		1926.11		日本人		安東	日
檢友半月刊	半月	1926.11				大連	日
南滿獸醫畜產學會報		1926		全社編		大連	日
法政經濟研究		1926		滿洲法政經濟研究會編		大連	日
亞東時報		1926	1927.12	日本人	中野初太郎	安東	中
奉天經濟旬報	旬	1926	1931	奉天商業會議所編		瀋陽	日
滿鮮月刊	月	1927.1				大連	日
組合報月刊	月	1927.1				大連	日
女性と滿洲月刊	月	1927.1				大連	日
興亞月刊	月	1927.1		興亞技術同志會		大連	日
全滿運輸交通報		1927.1.13			日人交通類雜誌	大連	日
社團法人全滿洲	旬	1927.1.31		米穀同業組織		瀋陽	日
滿洲重要物產月報	月	1927.3		滿洲重要物產組編		大連	日
滿洲之水產	旬	1927.4.19				大連	日
關東水產會報	月	1927.5				大連	日
大東	月	1927.6				瀋陽	日
帝國在鄉軍人	雙月	1927.6		大連第二分會會報	日人軍事類雜誌	大連	日
聲	月	1927.6		滿鐵社員消費組合編		大連	日
青泥月刊	月	1927.8			日人文學類雜誌	大連	日

聖德	年 3 刊	1927.8				大連	日
安奉每日新聞		1927.8		日本人		本溪	日
長春經濟內報周刊	周	1927.9.8		日本人		長春	日
滿洲藥報	月	1927.9				瀋陽	日
滿洲日報		1927.11	1935	日本「滿鐵」		大連	日、中
國境每日新聞	日	1927.11.25				安東	日
大陸生活		1927	1928	仝社編		大連	日
滿蒙研究會會報		1927	1928	仝社編（1～3號）		大連	日
滿蒙の知識		1927		滿蒙の知識普及會編		大連	日
若頁		1927		仝社編	日人文學類雜誌	大連	日
聖化		1927		仝社編	日人宗教類雜誌	大連	日
滿洲經濟調查叢報		1927	1929	奉天商工會議所編		瀋陽	日
滿洲日報	日	1927		仝社編		大連	日
國境每日新聞	日	1928.1.1	1939.6.1		中野初太郎／吉永成一	安東	日
滿鮮經濟月刊	月	1928.6				大連	日
大連海市日報		1928.6	1934.12	日本人		大連	日
關東報		1928		仝社編		大連	中
遼東タイムス 1925～1927 曾用名《大連タイムス》		1928	1932	仝社編		大連	日
書香		1929.6.27		滿鐵務圖書館報		大連	日
關東州貿易統計	年	1929		關東廳庶務科		旅順	日
大連時報		1930.6.1		日本人		大連	日
每日新聞	早晚刊	1931.5			多田英吉	安東縣	日
滿洲タイムス		1932		仝社編		大連	日
錦州新報		1934.6.24				錦州	日

東北交通大學校刊			1929	東北大學		奉天	日
關東廳統計要覽	年			關東廳文書科	關東廳機關報	旅順	日
奉天日日新聞						奉天	日
滿洲通信						奉天	日
滿洲商業通信						奉天	日
聯合通信						奉天	日
東方通信						奉天	日
日本電報通信						奉天	日
東亞興信所周報						奉天	日
滿洲日日新聞·小學生新聞						大連	日
滿洲日報·關東廳廳報						大連	日
滿洲日報						大連	日
滿洲日報·旅順版						大連	日
大連新聞·小學生新聞						大連	日
大阪朝日新聞·滿洲版						大阪	日
營口華商報					山口忠山	營口	
鐵嶺每日新聞	日					鐵嶺	日、中
哈爾濱		1898			古奇科夫	哈爾濱	俄
新邊疆報	日	1899.8	1912.1		阿爾捷米耶夫	旅順，1905 年後在哈爾濱	俄
哈爾濱每日電訊廣告報	日	1901.8.14	1902.5.23，1905.5～1905.11.28		羅文斯基	哈爾濱	俄
哈爾濱新聞	日	1903.6.23		中東鐵路管理局	拉扎列夫、季申科、布拉塔諾夫斯基	哈爾濱	俄
在華東正教協會消息		1904.3.25		在華東正教協會		哈爾濱	俄

盛京報		1904	1905	俄國人		奉天	中
外阿穆爾人消閒報	周	1905.1	1912.4	俄國外阿穆爾軍區獨立團參謀處	巴爾達諾維奇	哈爾濱	俄
新生活	周	1905.11		俄國社會民主工黨哈爾濱工人團		哈爾濱	俄
滿洲報		1905.12.17			羅文斯基	哈爾濱	俄
青年俄羅斯報		1906.2	1906.4		羅文斯基	哈爾濱	俄
遠東報		1906.3.14		沙俄控制的中東鐵路公司	創辦人史弼臣，先後聘中國人顧值、連夢青、楊楷	哈爾濱	中
軍事生活報		1906		俄國滿洲部隊後方司令部		哈爾濱	俄
哈爾濱報		1906	1909.12		波波夫	哈爾濱	俄
東方通報		1907.2	1907.11		切爾尼亞夫斯基	哈爾濱	俄
九級浪報		1907.8.1	1907.11.1		克里奧林	哈爾濱	俄
新生活報 1914.7.1 改為《生活新聞報》	日	1907.11.1	1929.6.18		切爾尼亞夫斯基、克里奧林、布洛克米勒	哈爾濱	俄
哈爾濱市公議會公報	不定期	1908.10.22	1922	哈爾濱市自治公議會		哈爾濱	俄
遠東鐵路生活	周	1908.12.19	1917		烏索夫	哈爾濱	俄
黎明報		1908			阿列菲耶夫	哈爾濱	俄
革命思想報		1908		俄國社會革命黨哈爾濱支部		哈爾濱	俄
亞細亞時報	不定期	1909.7	1927		多布羅洛夫斯基	哈爾濱	俄
哈爾濱交易所商業通報	周	1910.3.26	1935	哈爾濱交易所		哈爾濱	俄
工商報		1910			諾沃肖洛夫	哈爾濱	俄
防鼠疫通報		1910	1911.3	哈爾濱市自治公議會抗鼠疫總局		哈爾濱	俄

北滿報		1911			富謝	哈爾濱	俄
滿洲報		1911			切爾尼霍夫斯基	哈爾濱	俄
北滿農業	雙月	1911	1917，1918～1923.10			哈爾濱	俄
勞動之聲	日	1917.5.1		哈爾濱俄國工兵代表蘇維埃		哈爾濱	俄
俄國人民自由黨哈爾濱分部簡報		1917.11	1917.12.13	俄國人民自由黨哈爾濱分		哈爾濱	俄
鐵路員工報		1917.12		哈爾濱工兵蘇維埃臨時軍事委員會		哈爾濱	俄
鬥爭	周	1917		布爾什維克黨		哈爾濱	俄
滿洲新聞	日	1918.1.1	1920.3.11		霍爾瓦特	哈爾濱	俄
號召報	日	1918.1				哈爾濱	俄
晚報		1918.7.19				哈爾濱	俄
光明報	日	1919.3.5	1924.10.3		謝苗諾夫、薩托夫斯基、勒熱夫斯基	哈爾濱	俄
前進報	日	1920.2.14	1921.6.5	中東鐵路俄國職工聯合會	戈爾恰科夫斯基	哈爾濱	俄
霞光報	日	1920.4.15	1945.8		連比奇	哈爾濱	俄
俄聲報	日	1920.7.1	1926.1		沃斯特羅金	哈爾濱	俄
俄羅斯報	日	1921.6.14	1922.7.5	中東鐵路俄國職工聯合會	斯米爾諾夫	哈爾濱	俄
魯波爾晚報	日	1921.1	1938.2.20		考夫曼	哈爾濱	俄
山隘報		1921		中東鐵路共青團		哈爾濱	俄
俄羅斯真理報		1922		中東鐵路共青團		哈爾濱	俄
遙遠的邊區報		1922	1924	路標轉換派		哈爾濱	俄
南方社會主義革命者報		1922.3.12	1922.4.19	蘇俄西伯利亞青年社會主義者哈爾濱委員會		哈爾濱	俄
遠東時報		1922.4.30	1922.7.9		布勞恩	哈爾濱	俄

工會委員會通訊	不定期	1922.7.6		中東鐵路俄國職工聯合會		哈爾濱	俄
論壇報	日	1922.8.16	1925.4.26	中東鐵路俄國職工聯合會		哈爾濱	俄
考畢克晚報		1923.3			奇利金	哈爾濱	俄
風聞報	日	1924.8.11	1929.1.5		涅奇金	哈爾濱	俄
回聲報	日	1925.5.6	1926.12.10		利特曼、馬利茨基	哈爾濱	俄
公報	日	1925.12.1	1937.1		關鴻翼	哈爾濱	俄
信仰與生活	月	1925		宗教組織		哈爾濱	俄
俄語報	日	1926.1.31	1935.9.23		斯巴斯基、科羅博夫	哈爾濱	俄
邊界	旬	1926.8.22	1945.8.10		考夫曼	哈爾濱	俄
燕子	雙周	1926.10.15	40年代中期		布伊洛夫，1931年後爲考夫曼	哈爾濱	俄
聖賜食糧	月	1926		宗教組織		哈爾濱	俄
曲線	周	1927	1941		留巴文	哈爾濱	俄
邊界的青年讀者		1930.1	1931.12		考夫曼	哈爾濱	俄
東華日報	日	1930.6.24	1932.2.21		薛子奇	哈爾濱	俄
德滿消息		1930			德國人創辦	哈爾濱	俄
探照燈		1931				哈爾濱	俄
遼寧地方日報		1931.4		俄國人		瀋陽	俄
哈爾濱觀察報	日	1931.11.1	1932.6.25		弗利特	哈爾濱	俄
哈爾濱時報	日	1931.11.3	1942.8		大澤隼、古澤幸吉	哈爾濱	俄

附錄二：奉系軍閥通電一覽表

（1918～1929）

時間	發電人	題　目	內　　　　　容	來　源
1918. 3.5	張作霖		「毫無私意，若有虛言，鬼神鑒察。」表自己無個人 野心	
1920. 7.9	張作霖	張作霖派兵 入關通電	「作霖爲戴我元首，衛我商民，保管我路線，援救我 軍旅，實逼處此，坐視不能，義憤填膺，忍無可忍。 是用派兵入關，扶危定亂。」闡明入關是爲民。奉軍 入關爲「清君側」：「作霖反覆焦思，忍無可忍。如有 敢於倒行逆施，居心禍國，即視爲公敵，誓將親率師 旅，剷除此禍國之障礙，以解吾民之倒懸。然後請罪 於大總統、我督辦之前，以謝天下。」	
1920. 7.9	張作霖	張作霖揭破 段派陰謀通 電	奉省偵獲由北京派來姚步瀛等 13 名，親筆供認曾雲霈 等指派，並有定國軍第三軍委任，給予大洋 12 萬元， 來東省招募匪徒，在山裏或中東路線一帶擾亂東省， 使奉省內顧不暇，牽制奉省兵力。由此出兵打皖系「作 霖此次出師，爲民國誅除奸黨，爲元首恢復自由，拯 近畿數百萬人民於水深火熱。倘國難不解，黨惡不除， 誓不旋還鄉也。」	
1922.1. 5～12	吳佩孚	通電攻擊梁 內閣 P112	5 日「梁士詒投機而起，窮竊閣揆。日代表忽變態度， 頓翻前議。一面由東京訓令駐華日使，向外交部要求 借日本款，用人由日推薦。外部電知華會代表，覆電 稱：請俟與英美接洽後再答。當此千鈞一髮之際，梁 士詒不問利害，不顧輿情，不經外部，徑自面覆。竟 允日使要求，借日款贖路，並訓令駐美各代表遵照。 是該路仍歸日人經營，更益之以數千萬債權。舉歷任 內閣所不忍爲不敢爲者，梁士詒乃悍然爲之；舉曩昔 經年累月人民之所呼號、代表之所爭持者，咸視爲兒 戲。犧牲國脈，斷送路權，何厚於外人？何仇於祖國？ 縱梁士詒勾援結黨，賣國媚外，甘爲李完用、張邦昌 而弗恤。我全國父老兄弟亦斷不忍坐視宗邦淪入異	

			族。袪害除奸，義無反顧，惟有群策群力，亟起直追，迅電華會代表，堅持原案」。12 日「今晨梁士詒電告專使，接受日本借款賄路與中日共管之要求，北京政府更可藉此多得日本之借款。北京交涉之耗，已皇皇登載各國報紙。日本公言北京已接受其要求，吾人之苦心努力全歸泡影。」此一揭老底通電使梁士詒原形畢露。「凡屬食毛踐土者，皆應與祖國誓同生死，與元惡不共戴天。如有以梁士詒借日款及共管鐵路為是者，則其人既甘為梁氏之謀主，即屬全國之公敵，凡我國人，當共棄之。佩孚為民請命。敢效前驅。」	
1922.1.5	張作霖	通電	「某上次到京，隨曹使之後，促成內閣；誠以華會關頭，內閣一日不成，國本一日不固，故勉為贊襄。乃以膠濟問題，梁內閣甫經宣佈進行，微日通電，亦不過陳述進行實況，而吳使竟不加諒解，肆意譏彈。歌日通電，其措辭是否失當，姑不具論，毋亦因愛國熱忱迫而至此，亦未可知。惟若不問是非，輒加攻擊，試問當局者將何所措手？國事何望？應請主持正論，宣佈國人，俾當事者得以從容展布，克竟全功。」	
1922.4.19	張作霖	通電	「統一無期，則國家永無寧日，障礙不去，則統一終屬無期。是以簡率師徒，入關屯駐，期以武力為統一之後盾。」隨後直陳吳佩孚：「凡有害民病國，結黨營私，亂政干紀，剽劫國帑者，均視為和平統一障礙物，願即執殳前驅，與眾共棄」。建議召開和平統一會議「至於統一進行，如何公開會議，如何確定制度，當由全國耆年碩德、政治名流共同討論，非作霖所敢妄參末議」。	
1922.4.19	吳佩孚	通電	年來中央政局純由奉張把持，佩孚向不干涉，即曹使亦從無絕對之主張。此次梁氏恃有奉張保鏢，不惜禍國媚外，而為之保鏢者猶不許人民之呼籲，必庇護此禍國殃民之孟賊，至不惜以兵威相脅迫。推其用心，直以國家為私產，人民為豬仔。諸君代表三千萬直人請命，佩孚竊願代表全國四萬萬人請願也。」	
1922.4.21	直系將領	通電	「藉口謀統一而先破壞統一，託詞去障礙而自為障礙」	
1922.4.23	曹　錕	曹錕通電	陳明奉軍無故入關環視京津海內驚疑友邦駭經張巡閱使皓電主張以武力為統一後盾錕決不贊同養電一件「既無中央明令，又不知會地方長官」	《大總統府秘書廳公函》
1922.4.25	張作霖	張作霖通電罵吳佩孚	覆總統電（銜略）奉の攜手，數年於茲，所有誤會，本可磋商。無如吳氏一意孤行，在中央方面，淘汰奉籍之官吏，在保定方面，驅逐關外之人民，其心地之毒辣，恐蛇蠍難以過焉。他知地畝加捐，貨物增稅，種種罪狀，罄竹難書，是誠人神之所共疾，天地之所不容。作霖生長在關外，與三省父老，有痛癢之關係，義不容辭，責無旁貸，鈞座素以忠厚著名，此中情節，諒早洞悉。至於三省制憲，純出人民之本意，作霖無提倡之必要，亦無取消之能力，明達如公，當能寬宥。張作霖有（二十五）印。	《晨報》1922.4.27

1922. 4.25	吳佩孚等	吳佩孚等宣佈奉天張作霖十大罪狀之通電	「作霖不死，大盜不止。佩服等既負剿匪之責，應盡鋤奸之義。」	北洋政府陸軍部檔案（一〇一一）1509
1922. 4.26	張作霖	張作霖致電各省區，聲明制憲純出人民之本意。張作霖令東三省省議會刻期制憲，當經中央去電制止，並派王占元出關疏通。此中究竟有何種意義，亦非局外人所能推測也。	致各省區電（銜略）自奉直失和以來，瞬及二月有餘，雙方經過之情形，諒早在洞鑒之中，誠恐全國人民，對於作霖方面，有懷疑之點，茲特掬誠披瀝陳之，庶乎曲直可分，而疑點可去。夫奉直兄弟，國人共知，往自誰開，必早分晰，不待作霖喋喋爲也。吳佩孚以小人之腹，度君子之心，其桀驁不馴之狀，中外目睹，逼走東海，其罪既已不逭，玩視黎宋卿，其心別有所圖。他如顛倒政令，獨斷獨行，不恤人言，不憚國法，往事歷歷，一按即得。今因關外一隅，中央甘爲放棄，作霖□□任疆寄，數年於茲。決不忍以父母之邦，作外人砧上之肉，乃罷免圖治，俾臻完區。旋由三省各法團，公舉作霖爲三省自治保安總司令，以便維持一切，作霖義不容辭，責無旁貸，乃照章蒞任，復由三省各法團，根據湘省辦法，定期制憲，若心孤詣，不得不然，光明磊落，無逾於斯，乃各省多未喻此旨，日來仍紛然電質，特此奉聞，諸維×察，張作霖宥（二十六）。	《晨報》1922.4.27
1922. 5.15	馮德麟、吳俊升、袁金鎧、史紀常	聯名通電	「北庭亂命，免去張巡閱使本兼各職，並調任德麟等署理督軍等語……德麟等對此亂命，拒不承認，合電奉聞」，可見「直系藉此離間作霖舊部，而迫其下野。究之計不得逞」	
1922. 5.12	張作霖、吳俊升、孫烈臣	東三省聯省自治	「對於友邦人民生命財產力加保護，所有前清及民國時期所訂各項條約一概承認。此後如有交涉事件，請徑行照會灤州本總司令行轅。自本月一日起，所有北京訂立關於東三省、蒙古、熱河、察哈爾之條約，未得本總司令允許者，概不承認。」「自五月一日起，東三省和西南及長江同志各省一致行動，擁護法律，扶植自治，促進統一。」	
1924. 9.4	張作霖	致曹錕通電	痛斥直系，聲援浙盧永祥「今年天災流行，饑民遍野，弟嘗進言討浙之不可，足下亦有力主和平之回答；然墨迹未乾，戰令已發，同時又進兵奉天，扣留山海關列車，杜絕交通，是何意者？足下近年爲吳佩孚之傀儡，招致民怨……因此，將由飛機以問足下之起居，枕戈以待最後之回答」。宣佈「謹率三軍，掃除民賊，去全國和平之障礙」	
1924. 9.8	張作霖	張作霖通電討曹吳	奉天通電　何護軍使轉各省軍民長官、各省省護會、總商會、教育會及各法團、各報館均鑒，國人苦兵禍久矣，年來川湘桂粵，十室九空，益以本年旱潦爲災，又延亙十餘省之廣。哀鴻遍地，慘不忍聞，此在稍有人心者，宜如何悲憫哀矜，力謀拯救，乃曹吳包藏禍心，益張毒焰，不特對於被災省份，略無衿恤之念，且更以兵戈慘禍，橫施之於完善之區。士紳之呼無聞，外交之責言不恤，是何肺腑，言之通心，當風潮發生	《申報》1924.9.8～206-146(3)

			之初，作霖屢向彼方，切進忠告之詞，勸其以人民爲重，覆書頗以和平爲念，方謂其悔禍出於眞誠，乃墨迹未乾，兵鋒已及，頃接杭州盧總司令江日通電，是戎首之責，已有所歸，即聲討之師，不容或緩，夫曹吳惡山積，悉數難終，姑舉其熒熒大者言之，賄買議員，以竊大位，豢養爪牙，以禍臨疆，人民所希望者自治也，則百方破壞之，全國所企者和平也，則一意蹂躪之，甚至自身前以奧債責人，而得票則不惜公然承認，外人方以與學盼我，而庚歟則施其攘奪之私，賣國喪權，窮兵黷武，語其罪狀，早爲天下所不容，徒以頻年民困已深，不忍使地方重遭兵災，偶存投鼠忌器之念，遂益啓其舐糠及米之心，流毒既深，輿情共憤，作霖爲國家計，爲人民計，仗義誓眾，義無可辭，謹率三軍，掃除民賊，去全國和平之障礙，挽人民垂絕之生機，在同人聲氣投合者，固當深表同情，即彼方夙受排擠者，亦可共知覺悟，師行所至，廛市無驚，但期元惡伏誅，決不株連旁及，天日在上，實鑒斯言，敬布悃忱，伏希公察，張作霖支印。	
1924.9.20	蕭耀南	兩湖巡閱使蕭耀南宣告對奉張作戰通電	特急十份。北京參眾兩院、國務院、各部院、軍事處、討逆軍吳總司令、王副總司令，各報館鈞鑒：恭奉大總統篠日明令：比年國步多艱，人心厭亂，東三省爲東北屏蔽，同屬國家版圖，前歲張作霖藉端稱兵，施經戡定，乃其野心未戢，乘西南多事之秋，爲擾亂中原之計，證以今日所傳通電各方，益見破壞大局蓄謀已久，實難再事容忍，不得不以國家權力強行制止。除明令總、副司令並分派各司令外，即責成各率所部相機剿辦，剋日肅清。各等因。奉此。查張作霖盤踞關外，擁重兵以自固，視國疆如私有，上年敗退之後，種種設施，固已久蓄逆謀，居心叵測，中央寬大爲懷，未嘗加入詰責，原冀其徐圖悔悟，予以自新，乃黷武窮兵，野心未已，乘江浙肇釁之際，爲潢池鴟盜之謀，稱兵內犯，節節進逼。我大總統赫然震怒，爰整師旅，大張撻伐，以堂堂正正之師，摧小丑跳梁之眾，引見愁雲毒霧遇烈日而俱消，蜉斧螳鋒遭天戈而自敗。耀南不敏，立願躬冒矢石，足弩前驅，滅此朝食，懲恣凶頑。凡我袍澤，同仇敵愾，諒表同情，務祈一致聲討。各路各司令均屬忠勇夙性成，尤希戮力同心，一鼓作氣，蕩平邊亂，迅奏膚功，以奠國基，而慰喁望。枕戈陳詞，佇候明教。蕭耀南。號。印。	北洋政府國務院檔案
1924.9.23	陳籙	陳籙關於日本、法國對直奉戰爭的態度等情電	北京國務院籤：改編電敬悉。遵示將本日覆外交部電分電如下：日本擬勸阻停戰事，頃向法外部探詢，據稱：法政府對於此事，毫無聞及；且對於戰事，決持中立態度；交涉貴國內政，除由駐京代辦正式申明，中國應負保護法人生命財產責任外，亦無他項訓令云云。再，報載：日本已准奉方借用鐵路運兵，此間輿論頗懷疑慮。特覆。？。二十三日。	北洋政府國務院檔案
1924.9.16	張作霖	張作霖在第二次直奉戰	九月十六日錄，來官報二二九六號，奉天致曹仲珊三哥鑒，本年天災流行，饑民遍野，四省圖浙之舉，弟	北洋政府大總統府檔案

		爭前夕致曹錕電	曾切進忠言，兄覆函力主和平，方深佩慰。乃墨猶濕，而戰令已頒，同時又向敝處分路進兵，榆關扣車，交通頓阻，甘爲戎首，是何用心.兄頻年受吳賊包圍，禍閩粵、禍桂、禍湘、禍川，慘毒之聲，遍於海內。現在蘇軍迭次大挫，西南聯軍北伐，贛鄂震動，主張武力之效果，亦可概見一斑。兄尊處自娛，高踞爐火，危機四伏，不知曾否少動於心。弟恭敬桑梓，義當自衛，率師應敵，不得不然.近聞兄依然傀儡，仍在吳賊支配之中，此時行動，能否自由，殊深懸盼，車行阻斷，遣使爲難，日內將派員乘飛機赴京，藉候起居（居）。使者一介武夫，舉止鹵莽，倘有侵犯，請恕唐突，枕戈待命，佇盼福音.張作霖，咸，叩。	（一○○三）96
1924.9.18	曹　錕	曹錕討伐張作霖令	大總領令：據直魯豫巡閱使吳佩孚電呈：據報近日奉軍動員五路進兵，叛迹已著。又據直魯豫巡閱副使王承斌、暑熱河都統米振標、朝陽鎮守使龔漢治等先後電稱：奉天蓄陰叵測，近派各軍節節前進，集中錦縣，拆毀萬家屯一帶鐵道，並侵犯阜新縣境，先施攻擊。又在朝陽附近金角寺、三寶營子等處，偷架浮橋，約集兩旅之衆，向我軍猛烈衝鋒，不得不正當抵禦。各等情。比年國步多艱，人心厭亂，本大總統受任以來，即以振導和平爲職志。前因盧永祥等破壞治安，首開兵釁，中央爲戢暴安民起見，不得已明令討伐，原期兵禍早消，迅紓民困。東三省爲東北屛蔽，同屬國家版圖。前歲張作霖藉端稱兵，施徑戡定。邇年以來，方冀其徐知悔悟，痛改前非，乃據陳報各情，是其野心未戢，復乘東南多事之秋，爲擾亂中原之計，證以近日所傳通電各方，益見破壞大局，蓄謀已久，實難再事容忍，不得不以國家權力強行制止。除明令總副司令並分派各司令外，即責成各該將領督率所部，相機剿辦，剋日肅清。軍隊經過地方，所有中外人民生命財產，並著一體妥爲保護，毋任驚擾。至奉天各軍隊，有去逆效順自拔來歸者，脅從罔治，悉予自新。務期邊亂弭平，國基奠定。布告有衆，咸使聞知。此令。	北洋政府公報，1924.9.18 第 3050號
1924.9.27	張作霖	張作霖進關討曹之通電	張作霖二次通電：各省軍民長官、各師旅長、各法團、各報館均鑒，國家不幸，兵禍頻仍，凡有人心，皆爲疾首。作霖偶緣時會，謬領軍符，才本凡庸，深懍非分，勉盡桑梓保安之責，絕無私毫權利之心，頃以曹吳迭次稱兵，毒痛海內，視國家爲私產，以民命爲犧牲，玩視天災，摧殘自治，義憤所激，萬口同聲。作霖同屬國民，敢忘匹夫之責，出師聲討，不得不然，所有經過情形，業於支日通電詳陳，計邀明察。夫曹氏昔同患難，中結姻盟，平時信使往還，異常融洽，本無宿怨，寧有私爭，惟是共和精神，以人民爲主體，軍人天職，以愛國爲前提，曹錕竊位以來，寵信僉壬，醉心武力，政治穢亂，國勢岌危，早已衆叛親離，天怒人怒，棟樑崩折，禍迫須臾。作霖固不願挾成見以拂公評，又豈敢徇私親而忘公敵，凡茲衷曲，諒在國人洞察之中，至於作霖一介軍人，未諳政治，私人權	《申報》1924.9.27～206-451（5）

			利，久已摒絕於心，曾誓神明，不忘息壤，但期元兇就殄，即救國志願已伸，嗣後政治，如何進行，悉聽海內名賢，共同商榷，國家大計，負責有人，即當率隊出關，遄歸防地，中央政局，概不與聞，謹此宣言，藉明素志。張作霖有印。	
1924.9.28	張福來等	張福來等宣言對奉張作戰通電	急。若干份。北京大總統、國務總理、討逆軍吳總司令鈞鑒：參眾兩院、各院部、討逆軍各總司令，各報館鈞鑒：竊以張作霖稱兵犯順，已由大總統命令討伐，並派福來爲援軍總司令，濟臣爲河南後方籌備總司令等因。仰承明令，憤激莫名。蠢爾作霖，公然叛逆，肆其兇焰，違抗中央，禍國殃民，罪大惡極，我大總統赫然震怒，命將出師，閔暴救民，聿引天討，海內袍澤，莫不髮指皆裂，厲兵秣馬，爭傚前驅，逆虜之亡，無煩薯蔡，所有該逆種種罪狀，迭經各疆吏通電指陳，義正詞嚴，昭然若揭，此獠雖悍，應已膽寒。福來等職責攸關，義無反顧，謹當整飭部署，修我戈矛，分路進行，相機策應。至後方籌備事，頃已刻期布置就緒，務使源源接濟，軍無野沙之苦，士有挾纊之歡，敵愾同仇，直搗巢穴，誓殲此虜，以快人心。況以國家節制之師，攻草澤逋亡之寇，順逆既分，勝負自判，而十萬鐵騎，又何難橫掃遼東哉。諸公負時重望，爲國干城，尚祈指示機宜，藉資循率，枕戈待命，無任屏營。肅此電聞，伏維垂詧。援軍總司令張福來、河南後方籌備總司令李濟臣。儉。印。	北洋政府國務院檔案
1924.10.4	張作霖	張作霖出兵討伐曹錕吳佩孚致孫中山電	廣州中山先生鑒：國人苦兵禍久矣，年來川湘桂粵十室九空，益以本年旱潦爲災，又延亙十餘省之廣，哀鴻遍地，慘不忍聞。此在稍有人心者，宜如何悲憫哀矜，力謀挽救。乃曹、吳包藏禍心，益張毒焰，不特對於被災省分略無矜恤之念，且更以兵戈慘禍橫施之於完善之區。士紳之呼籲無聞，外交之責言不恤，是何肺腑言之痛心。當風潮發生之初，作霖屢向彼方切進忠告之詞，勸其以人民爲重。覆書頗以和平之念，方謂其悔禍出於至誠，乃墨瀋未乾，兵鋒已及，頃接杭州盧總司令江日通電，是戎首之責，已有所歸，即聲討之師，不容或緩。夫曹吳罪惡山積，悉數難終，姑舉其犖犖大者言之：賄買議員，以竊大位；豢養爪牙，以禍鄰疆。人民所希望者，自治也，則百方破壞之；全國所禱企者，和平也，則一意蹂躪之。甚至自身前以奧債賣而德票，則不惜公然承認外交；方以興學盼我而庚款，則施其攘奪之私。賣國喪權，窮兵黷武，語其罪狀，早爲天下所不容，徒以頻年民困已深，不忍使地方重遭兵燹，偶存投鼠忌器之念，遂啓其舐糠及米之心。流毒既深，輿情同憤，作霖爲國家計，爲人民計，仗義誓眾，義無可辭，謹率三軍，掃除民賊，去全國和平障礙，挽人民垂絕之生機。在同人聲氣投合者，固當深表同情，即彼方夙受擠排者，亦可共知覺悟，師行所至，市廛無驚，但求原惡伏誅，絕不誅連旁及。天日在上，實鑒斯言，敬布悃忱，伏希公鑒，張作霖。支。印。	廣州大本營公報 1924年第28號

1924.10.24	曹錕	大總統曹錕關於直奉雙方停戰令	大總統令：比歲國家多難，兵禍相尋，本大總統受任之初，即以振導祥和爲職責，耿耿此心，久經宣示有衆。此次用兵東北，實出萬不獲已，而蘄望和平之志，未嘗一日或渝。軍興經月，戰釁未消，軫念痌瘝，至深惻怛。茲特申令停戰，自下令之日起，兩方軍事，著即停止進行，各守原防，聽候中央籌議結束辦法。其有抗令不遵者，仍當強行制止，以期促進和平，與民休息。此令。	北洋政府公報 1924 年 10 月 25 日第 3085 號
	馮玉祥	《馮玉祥表示贊同和平解決時局電》	民治通訊社云：政府解決時局命令發表後，張雨亭、李景林首先來電，表示贊同，原文已附昨稿。昨晨執政府又接到馮玉祥覆電，亦對該電表示贊同。茲覓尋原文如左：萬急。北京執政鈞鑒：之密。頃奉元日電令，仰見鈞座倡導和平，至公至大。玉祥素抱無爭無黨之懷，此次變興，始終退讓，正所以副鈞座愛國愛民之至意。但期各方一致聽命，職部絕對服從，以維大局。茲派職屬熊參謀長斌晉謁鈞座，面陳一切，至訖進見垂訓。謹此電陳。馮玉祥寒扣。印。	北洋政府京畿衛戍總司令部檔案
1924.11.1	張作霖	張作霖通電全國，推戴段祺瑞爲各省聯合軍總帥	馮張與吳無妥洽望 東方社三十日北京電云，馮玉祥爲大元帥段祺瑞強硬之命令，與奉軍之大捷所刺激，且得張紹曾向津後報告與吳佩孚會見之結果之電報，知吳氏之無誠意言和，乃決定進攻楊村之吳軍，至二十九日爲止，某旅於前線，是日晚間白移其總司令部於豐臺。 三十日天津電云，山海關方面之直軍，自二十九日起，開始退卻，因奉軍之攻擊極爲猛烈，遂至分崩潰敗，入徐州之張宗昌軍之主力，向天津前進，胡景翼之二旅，二十九日晚間佔領塘沽，馮軍之七旅，至二十九日止，集合於廊坊，約一萬之吳佩孚軍，今正受兩面夾攻，孫岳軍前進至涿鹿，閻錫山之一旅，已佔領石家莊，截斷京漢鐵路，二十九日襲擊正乘火車北上之鄂軍，已解除武裝。 三十日奉天電云，張作霖因吳佩孚捏造種種謠言爲激烈之宣傳，大爲憤怒，聲言逼徹底的討伐吳佩孚。 三十日張作霖通電全國，其要旨在欲推戴爲各省聯合軍總帥，主張不問黨派，概示擁段之襟懷，先於段派統治之下，就收拾全局統一全國之端緒，或謂此通電已先得段氏之瞭解。	《申報》1924.11.1～207-5(3)
	張作霖	張作霖關於北洋政府主政人選問題通電	急。北京各機關，各省軍民長官，各總司令，各發團，各報關鈞鑒：此次討赤之役，用兵至十數萬之多，鏖戰至數月之久，人民橫遭痛苦，國家重大犧牲。所以然者，固將爲政局謀永久之安寧，非爲個人謀一身之權利。是以作霖屢經通電聲明，對於法律政治概不過問，悉聽海內賢豪公同解決，蘄合共和眞理。良由武人干政，爲從前最大癥結，專制獨裁，亦即民主最大障礙。近因中央失職，各方商權政策，函電紛馳，有謂宜恢復約法黃陂復職者，有謂宜恢復憲法仲珊退位宜以黃郛攝政者，有謂宜以胡惟德、顏惠慶攝政者。就表面觀之，宜之似各有理由，考其內容，是否爲無	北洋政府陸軍部檔案

			聊政客視爲奇貨可居，又將以傀儡武力，助其威權復活。愚如作霖，於政治法律素少研究，實未能測其究竟。惟國家大事，理應公開討論，不宜專斷獨裁，區區此心，始終如一。實鑒於累歲戰爭，民生困苦，實不堪再事紛擾，作霖抱分崩離析之憂，懷軍人干政之懼，識見所囿，實不敢輕作主張，妄參末議也。敬告國人，諸希鑒察。張作霖。東印。	
1924.11.2	曹錕	曹錕因戰敗辭去大總統職通電	（銜略）本大總統謬承國民託付之重，蒞職以來，時切兢兢，冀有樹立，以慰國人之望，無如時局多艱，德薄能鮮，近復患病，精力不支，實難勝此艱巨之任，惟有請避賢路，以謝國人。除咨參眾兩院辭職，並將大總統印璽移送國務院自即日起依法攝行大總統職權外，特此通告。曹錕。冬。印。	北洋政府公報 1924.11.3 第 3094 號
1925.10.16	孫傳芳、周蔭人、夏超聯名發表通電	浙奉戰爭通電	「數月以來，奉軍喋血販煙，騰笑中外，殺人越貨，苦我人民，穢德腥聞，眾所共見」，聲討奉系的種種劣迹後又把矛頭直指張作霖一人「時至今日，傳芳縱可忍，而士兵不能忍。士兵能忍，而人民不能忍，並宣佈唯張作霖一人是討」奉敗	
1925.11.22	郭松齡	郭松齡反奉通電 P106《中國東北史》佟冬主編，第六卷，劉信君、霍燎原主編，吉林文史出版社	「雨帥不事建設，窮兵黷武，以東北的民脂民膏作孤注一擲，進關打仗，爭奪地盤，爲少數人利益連年征戰」〔註 1〕而舉兵反奉，由天津發出通電，用張學良名義「連歲興戎，現金告匱，錢鈔濫發，價額日虧。」「軍旅迭興，賦斂日眾，邑無倉積，家無蓋藏」，「汗卿軍長，英material踔厲，識量洪深，國倚金湯，家珍玉樹，干風雲而直上，屬雷雨而弗迷，松齡素同袍澤，久炙光儀。竊願遵命匡」	《國聞周報》第 2 卷第 46 期
1925.12.14	郭松齡	敬告東三省父老書	直指張作霖統治東三省 14 年的四大罪狀：摧殘教育，壓制輿論，招兵害農，用人不公。公開提出「驅除楊賊，並勸張氏下野，擁戴漢卿軍長出而執政」。「松齡刻已師抵新民，張氏慘敗之餘，不難一鼓討滅。恐父老受其欺蒙，不明眞相，特將班師回奉各情形，略陳顛末。並將事定後，治奉方針露示如左：（一）實行省自治，以發揚民氣，大局定後，由各縣推舉代表，連同省議會，開一善後會議，公爵施政方針，及應興應革之事；（二）保護勞工，節制資本，以消赤化隱患；（三）免除苛稅，以蘇民困；（四）練兵採精兵主義，務求淘汰匪兵，以除民害，而輕負擔；（五）整頓金融，以維民業；（六）增加教育經費，實行強迫教育；（七）用人以才爲本，不拘黨派親疏之見；（八）開發地利，振興實業；（九）整頓交通，以利商旅；（十）肅清匪患，整頓警察。」郭松齡的進步主張是在東北要實行資產階級的民主共和制，但終究「郭松齡爲人剛愎自用，一切操之過急，以致壞了大事」	

〔註 1〕 蕭兆麟：《憶郭松齡被殺的前前後後》，《遼寧文史資料》第 16 輯，遼寧人民出版社，1986 年版，第 156 頁。

1925. 12.14	張作霖	告東三省父老	承認連年參戰，影響人民生活，表示在反郭戰爭結束後，將引咎告退，還政於民。「作霖才德菲薄，招致戰禍，引咎辭職，還政於民，今後將東北行政交王公岷源（王永江）、軍事交吳公興權（吳俊升），請中央另派賢能來主持東北大局，本人甘願避路讓賢」。	
1926. 4.21	張作霖	張作霖聲明政治公決	張作霖稱有（二十一）電到京，聲明本人對於法律、政治、仍根據二月宥日通電，悉聽海內賢達，公同解決，仍無何等主張，亦來發表意見，茲電知該電如左：百萬火急，北京各機關各省廳司令軍民長官，各法國各報館鑒，此次計劃，優以救國為心，為世道人心而戰，較之大防，除各界之聲援，曾於二月宥日通電聲明，一切法律政治，悉聽海內賢達，公同解決，現在京城收復，軍事數已告終，政治問題，行略開始，數電以支持，仍抱定余願，始終一貫，決不為一黨一系之爭，亦不為任何而所動，對於法律政治，仍無何等主張，亦未發表意見，悉姦人撥弄，混淆是非，未明真相，特再鄭重聲明，敬希（二十一·日）印	《申報》 1926.4.24
1926. 5.5	張作霖	張作霖通電談時局	盛京張作霖電　各報館鈞鑒，此次討赤之役，用兵至十數萬之多，鏖戰至數月之久，人民橫遭痛苦，國家重大犧牲，所以然者，固專為政局謀永久之安寧，非為個人謀一身之權利。是以作霖屢經通電，聲明對於法律政治，概不過問，悉聽海內賢豪公同解決，謀合共和真理，良由武人干政，為從前最大癥結，專制獨裁，亦即民主最大障礙。近因中央失政，各方商榷政策，函電紛馳，有謂宜恢復約法黃陂復職者，有謂宜恢復憲法仲復位者，有謂革命事業，合肥繼續有效者，有為仲退位，宜以黃郭攝政者，有謂宜以胡維德、顏惠慶攝政者。就表面觀之，言之似各有理由，考其內容，是否為無聊政客，視為貨可居，又將以傀儡武人助其威權復活。作霖於政治、法律，素少研究，實未能測其究竟，惟國家大事，理應公開討論，不宜專斷獨裁，區區此心，始終如一實鑒於累歲戰爭民生困苦，實不堪再事紛擾。作霖極分崩離析之憂，懍軍人干政之懼，所見所圍，實不敢輕作主張，妄參末議也。敬告國人，諸希鑒察，張作霖東印。	《申報》 1926.5.5～ 223-100（3）
1926. 11.19	奉天張雨帥，鄭州吳玉帥，南京孫馨帥、濟南張效帥，太原閻百帥，雲南唐蓂帥，上海反赤救國大聯合總部	反赤大聯合之通電	各省支分部，各團體，各報館均鑒：赤寇披猖，蔓延日廣，自蔣中正率兵北犯，湘、鄂、閩、贛均受摧殘，近□陷我潯陽，駸駸有侵入長江下游之勢，此誠危急存亡之秋，我統兵列帥，所當劍及履及，出兵討賊，而不容稍緩者也。夫赤軍奉蘇俄以侵略，非尋常國內之爭，乃長、嶽陷後，吳玉帥矢志滅賊，□於自任，□卒無救於武漢之亡。孫馨帥繼與撐持，獨立苦戰於南潯之間，然終不能阻遏凶鋒，前車之覆可謂殷鑒。今者禍及心腹，全國震駭。張雨帥公忠謀國，磊落光明，前與直晉軍合作討馮，膚功立奏。粵赤凶狡，更甚於馮，應請雨帥以西北之事，全託閻百帥，而訊以大兵南下，與玉、馨兩帥合力環而攻之。馨帥雖善用兵，然九江新失，竊恐赤軍以全力下瞰南京，奪為偽	上海市檔案館

			都,以資號召,或乘虛窺浙以拊蘇背,萬一東南半壁,不幸淪亡,則滔天之勢已成,亡國之慘之至。玉帥馨帥應即力促奉魯出師,雨帥顧念大局,當可迅速赴□,同急國難。效帥志滅赤軍,與馨帥義氣相孚,推心置腹,聞部隊準備已久,盼即動員,剋日開撥。萁帥雖遠處南服,,亦望率滇中健兒,東出兩粵,義覆赤黨巢穴。各方合作,庶可力挽狂瀾,驅除赤禍。此時所急,唯在滅賊,一切政治問題,均宜置後,和平謬說,由應拒絕,倘再因循猶豫,甚或各懷意氣權利之私,則覆巢之下,必無完卵。寇深事急,不容再誤,幸速圖之,痛哭陳詞,敬祈採納,並請諸公敦促以免遲誤。反赤救國大聯合廣東支部叩。刪。印。	
1926.12.4.	張作霖	張作霖通電就安國軍總司令職訓令	京畿衛戍總司令部訓令 秘字七號令本部軍務處,為訓令事:頃奉鎮威上將軍張東日通電內開:比以國政不綱暴民亂紀,宣傳惡化,勾結外援,年餘以來,奪城爭地,殘民以逞,長此披猖,國將不國。頃據孫馨帥諸君以時局艱危,暴徒肆虐,聯名電請以安國軍總司令名義,統率同志,保安國家。作霖自分駑駘,豈堪鷹鸇重任,屢經電辭,未承諒許。當茲危急存亡之秋,敢昧匹夫有責之義,爰於十二月一日,在津就安國軍總司令之職,所冀袍澤同仇,共紓國難,凡有敢於危害我國家安寧者,願與同人共逐之,以全我安國軍保安國家之素願。近年暴徒騷擾,全國苦兵,凡安國軍行至軍紀風紀,整齊嚴肅,但知救國,決不擾民。作霖戎馬半生,飽經憂患,只期國家謀永久之安,決於個人無權利之見,事平之日,乃當於海內名流,共商國是,總期造成真正法治之共和國家,不致使神明華冑蹈於洪水猛獸,免為世界人類所不齒,則幸甚矣。特布區區,敬希諒察。等因。奉此。除分行外,合行訓令,令到該處,即便轉飭一體遵照。切切。此令。	北洋政府京畿衛戍總司令部檔案
1927.6.16	孫傳芳、吳俊升、張宗昌、張作相、褚玉璞、張學良、韓麟春、湯玉麟聯名通電	擁戴張作霖為中華民國海陸軍大元帥通電	萬急。北京張大帥鈞鑒、各省軍民長官、各法團各報館均鑒:天禍民國,政綱解紐,國無政府,民無元首,紛壇擾攘,累載於茲。現在赤氛彌漫,天日為昏,毒痛全國,無所不至。國民之期望,友邦之責備,皆以討赤為惟一安國之大計。然非統一軍權,整肅政綱,實無以慰群倫,而靖禍患。伏維我總司令自去歲就職〔註2〕以後,志在靖亂,昕夕焦勞,北方赤棱,雖就廓清,南服赤黨,益為猖獗,全國皇皇,罔知所屆,際此存亡絕續之交,正我輩奮身報國之日。傳芳等再三籌議,僉謂討赤救國,必須厚集實力,固結內部,方能大張撻伐。勘定兇殘,拯神州陸沉之危,救元元塗炭之厄。我總司令大公之量,天地為昭,同志之孚,友仇若一。惟有籲懇總司令以國家為前提,拯生靈之浩劫,勉就海陸軍大元帥,用以振奮軍志,激勵士心,堅中央出令之權,一全國同仇之愾,庶可道掃赤氛,	《國聞周報》第4卷第24期

〔註2〕 1926年12月1日張作霖在天津就任安國軍總司令。

			澄清華夏。傳芳等當首先將士，盡力疆場，以副拯民水火之忱，而盡殄除暴亂之責。切請勿拘小節而失人心；勿慕謙光而釀巨變。總之，全國之人將死，惟我總司令生之，全國之士將亡，惟我總司令存之。事機所迫，間不容髮，干冒尊嚴，不勝惶惶屏營之至。孫傳芳　張宗昌　吳俊升　張作相褚玉璞　張學良　韓麟春　湯玉麟　銑（十六日）印	
1927.6.18	張作霖	北洋政府大元帥張作霖就職宣言	比年以來，四方多難，國是蝸蟺，中央無負責之人，關說乃趁虛而入。作霖睹茲赤氛日熾，不忍使五千年神明衣冠之冑，淪為異類；三萬里城社農商之盛，夷為荒墟。勉徇群情，於本月十八日就陸海軍大元帥之職，自顧疏庸，深虞顛越，只以時機所迫，不得不暫膺艱巨縆維。民國建立，主權在民，當本共和之精神，求五族之福利，凡所謂篤厚民生諸端，及尊重民德者，皆宜銳意屬行，以謀康樂於大同，維體教於不墜，整理內治，敦睦外交，尤為當務之急，為此敬告父老兄弟，凡我同人，一切設施必以民意為依歸，共救人心之陷溺，用期力挽頹波，迅除巨患。總之，赤逆一日不清，即作霖與在事諸人之責一日未盡如其時局平，自當敬讓賢能，遂我初服，政治改革，聽諸國人，此則晰夕盼禱者也，願共勉之。	（北洋政府公報1927.6.19第4008號）
1927.6.18	張作霖	北洋政府張作霖公佈《中華民國軍政府組織令》	第一條　陸海軍大元帥統帥中華民國陸海軍。 第二條　大元帥於軍政時期，代表中華民國行駛統治權，保障全國人民法律上應享有之權利。 第三條　軍政府置國務院輔佐大元帥執行任務。 第四條　國務院之員數如下： 國務總理，外交總長，軍事總長，內務總長，財政總長，司法總長，教育總長，實業總長，農工總長，交通總長。 第五條　大元帥之命令，國務總理須附屬之：其關於各主管部務者，各部總長須連帶副署：惟任免國務員不在此例。 第六條　國務院及各部之官制另定之。 第七條　中華民國十六年六月十七日以前之法律命令，於本令不相牴觸得適用之。	（北洋政府公報1927.6.19第4008號）
1927.6.18	張作霖	張作霖討赤通電	惟是共產標題，志在世界革命，則討除共產，實為世界公共之事業，亦為人類共同之事。則非作霖一手一足之烈，所能告成。凡我全國同胞，既負報國衛民之責，皆有同仇敵愾之忱，自必通力合作，不必功自我成。此後海內各將帥，不論何黨何系，但以討赤為標題，不特從前之敵此時已成為友，即現在之敵，將來亦可為友。惟獨對赤禍則始終一致對敵，決不相容。一息尚存，此志不改。	天津《益世報》1927.6.18
1927.6.25	張作霖	息爭通電	「本大元帥與中山為多年老友。十一、十三兩年之役，均經約定會師武漢。當時在事同志，類能言之……凡屬中山同志，一律友視。其有甘心赤化者，本大元帥為老友爭榮譽，為國民爭人格，為世界爭和平，仍當貫徹初旨，問罪興討。	

1928.5.9	張作霖	息爭通電	「正太、彰德兩路已停止攻擊，國內政治，聽候國民公正裁決。是非曲直，付之公論。」	
1928.6.2		奉張出關通電	各省軍民長官、各軍團長、各軍長、各法團、全國父老同鑒：曩以內亂未已，波及外交，曾經通電全國撤退各路軍事，表示息爭意旨，諒邀鑒察。方期彼此覺悟，早靖糾紛，既釋友邦之憂疑、并泯未來之禍。乃外交之責難方亟，而同室之操戈未休，瞬將喋血京畿，轉恐禍延中外。溯自頻年用兵，商賈失業，物力凋殘，百姓流離，餓殍載道，實已慘不忍言。若再周旋武力，圖苦吾民，既乖討赤初衷、亦背息爭本旨。上年膺此艱巨，本為救國而來，今救國志願未償，決不忍窮兵黷武，爰整飭所部退出京師。所有中央政務，暫交國務院攝理，軍事歸各軍團長負責，此後政治問題，悉聽國民裁決。總之共和國家，主權在民，天下公器，惟德能守。作霖戎馬半生，飽經世變，但期於民有益，無事不可犧牲，所冀中華國祚，不自我而斬，共產惡化，不自我而興，此則可告無罪於天下後世者也。特布區區，至希亮察。張作霖冬印。	北京《益世報》1928.6.3
1928.12.29		《張學良等易幟通電》	（銜略）均鑒：中山先生，三民主義，在癸亥甲子之役，先大帥贊助尤早。提攜合作，海內共知。第共黨橫肆險謀，流毒海內，不特人民皆為疾首，即中國國民黨孫總理之主義，而亦幾為之不彰。先大元帥，發討赤之師，首先述明與中山先生合作歷史，詞旨懇切，首注反共，本無黷武之意。五月佳日又有息爭通電，臨行復以力主和平促成統一為囑，苦心遠慮，益復昭然。現在國府諸公，反共清黨與此間宗旨相同，彼此使者往來，一切真相，更加明澈，自應仰承先大元帥遺志，力謀統一，貫徹和平。已於即日起，宣佈遵守三民主義，服從國民政府，改旗易幟。伏乞諸公，不遺在遠，時賜明教，無任盼禱。張學良、張作相、萬福麟、翟文選、常蔭槐。豔（二十九日）	《國聞周報》第6卷第2期，1929.1.6
1928.12.29		《南京國民政府覆張學良電》	該委員等效忠黨國，慶豔宣觴，嘉慰之餘，尤深倚畀。完成統一，捍衛邊防，並力一心，相與致中國於獨立自由平等之盛，有厚望焉。 國府豔印	《國聞周報》第6卷第2期，1929.1.6

後　記

　　愚鈍如我，萬倖進入中國人民大學新聞學院師從方漢奇先生學習，三載日夜，深恐愧對恩師教誨和名校聲譽，冬寒抱冰，夏日握火，不敢有一絲懈怠。

　　更所幸吾有尊師方漢奇先生，人格蒼勁廣德，學識精深廣博；且耋耄之壽，仍事必親為，為必當日；治學一絲不苟，親授新聞春秋句句精湛，如行雲流水；我真是五體投地，折服其蘊，受益匪淺。永遠忘不了先生的鋼琴人生和每面的一杯綠茶。師母黃曉芙女士以慈母情懷，對我及家人在學習生活上的關照和叮嚀已潛移默化注我心田，終身受益。

　　《奉系軍閥與中國新聞業》之書落定之時，驀然回首，百味頓入。兩年多來，謹尊師命，細緻拜讀了許多專家學者的相關論述，曾查訪北京、天津、遼寧、大連、吉林、黑龍江等地檔案館、圖書館，查閱相關史料，拜訪名士鴻儒，聆聽歷史回聲。在浩瀚繁楄的資料中拾珍揀貝，提取論文素材。囿於學識，數易其稿，幸得尊師方先生多次及時點撥和悉心指導，始有所突破，形成芻議。衷心感謝導師方漢奇先生，恩師的恩情厚愛學生將永遠銘記在心。

　　感謝中國人民大學新聞學院的鄭保衛、陳力丹、楊保軍等幾位老師的教導與鼓勵，感謝求教中及時為學生指點迷津、答疑解惑。感謝李磊、倪寧、李彬、涂光晉、程曼麗、彭蘭、陳昌鳳、王潤澤、趙永華、趙雲澤、劉繼忠、孟鵬、李衛華、郭傳芹等同門師兄師姐及王樊一婧、文武英、易耕等在讀同門，是他們給予我智慧的啟迪和生活的照顧，在此表示深深的感謝！

　　感謝工作單位的多位領導和同事，多年來給予我莫大的關心和幫助，恩情友情永生難忘。感謝生我育我的父母，是他們培養了我堅韌、勤勞、善良的品性；感謝我的愛人和女兒是他們默默無私的支持使我能安心深造學習。感謝我所有的至愛親朋，他們是我生活的陽光雨露！

　　衷心祝福方先生和師母永遠健康與快樂！衷心祝福父母康樂長壽！衷心祝願所有老師、師長、同門、同學、朋友，祝願他們事業蒸蒸日上，生活幸福美滿！

王健　謹記

2013 年 4 月 26 日